Die Geigenspielerin

Laurel Corona

Die Geigenspielerin

Deutsch von Maria Mill

Weltbild

Originaltitel: *The Four Seasons*
Originalverlag: Hyperion/Buena Vista Books, Inc., New York

Besuchen Sie uns im Internet:
www.weltbild.de

Hinweis:
Fremdsprachige Wörter und Fachbegriffe, die im Glossar auf den Seiten 410 bis 413 erklärt werden, erscheinen beim ersten Vorkommen im Text *kursiv*.

Die Autorin

Laurel Corona promovierte in Anglistik an der University of California (Davis) und lehrte anschließend an der San Diego State University, der University of California (San Diego) und am San Diego City College. Sie ist die Autorin zahlreicher Jugendbücher. *Die Geigenspielerin* ist ihr erster historischer Roman.

Für Lynn, ohne die ich nicht wüsste,
was es heißt, eine Schwester zu haben

Und für Jim, dem ich für fast alles andere danke

Prolog: 1695

Während der Stunde, in der das Geschrei des Säuglings sämtliche Stadien von Qual, Zorn und schließlich Erschöpfung durchmaß, dachte niemand an etwas anderes als daran, wie sehr doch Gott Venedig vor allen anderen Städten begünstigt habe. Von der Empore hoch über dem Altar der Kapelle der Pietà strahlte der Glanz der gebenedeiten Jungfrau und aller Heiligen aus. Von dort floss der Segen über die schwarz gekleideten, auf verschrammten Holzbänken sitzenden Edelleute und weiter zu den abgerissenen Tagelöhnern, die ganz hinten standen. Drang zur Tür hinaus zu den Menschen, die sich auf der *Riva* degli Schiavoni drängten, und zu jenen, die auf ihren kleinen schaukelnden Booten begierig lauschten.

Denn zu jener Stunde tat sich der Himmel auf, und Gott sprach zu ihnen. Zwei Dutzend Frauen in roten und weißen Kleidern waren seine Botinnen. Kein Kontrapunkt, wie wild und verschränkt er auch sein mochte, konnte die hinter schwarzer Gaze und Eisengitter verborgenen Musikerinnen der Pietà in Verlegenheit bringen. Keine Feinheit der Harmonie entging ihnen, keine langsame Passage wurde jemals beschleunigt. Könnte man Musik mit Stoff vergleichen, die der *figlie di coro* wäre Brokat, Spitze, hauchzartes Gewebe gewesen.

Und die Sängerin war der Goldfaden darin. »*Qui habitat*«, sang Michielina, »*in adiutorio altissimo.*« Jeder einzelne Ton schwebte über den Zuhörern wie eine Feder, vom Atem eines Engels emporgehalten. Wenn auch viele derer, die da lauschten, die Worte kaum begriffen, diejenigen, deren mit Hermelin ausgeputzte Umhänge von ihrer hohen Stellung zeugten, verstanden sehr wohl Latein und bemerkten womöglich, wie passend der Psalm hier war. Denn falls es einen Ort auf Erden gab, von dem aus man einen Blick auf die Wohnstatt des Allerhöchsten erhaschen konnte, so war es die Empore der Pietà.

Als die letzten Töne verklangen, entschwanden die *figlie di coro* durch eine Tür am hinteren Ende der Empore in den geheimen Hallen der Pietà. Der Himmel verschloss sich, und die Menschen strömten hinaus in die Oktoberdämmerung.

»Michielina ist besser als Paola vom Ospedale dei Mendicanti, findest du nicht?« Ein junger Edelmann hielt die Seitentür der Kapelle auf. »Nach dir«, bedeutete er seinem identisch gekleideten Freund.

»Ich mag die Mendicanti lieber«, erwiderte sein Freund. »Aber Michielina ...«, er zog hörbar die Luft ein, um seine Wertschätzung zu signalisieren. »Sie ist unglaublich gut. Vielleicht manchmal ein bisschen belegt, aber ...«

»Es heißt, sie sei hässlich wie eine Kröte und hinken soll sie auch.«

»Ahh«, meinte der zweite seufzend, »eine Tragödie! Vielleicht sollten wir froh sein, dass wir die Mädchen nicht zu sehen bekommen.«

Noch ehe der erste darauf antworten konnte, stach ihm etwas ins Auge, das man für einen Lumpensack hätte halten können, den jemand in einem Eingang über eine Packkiste geworfen hatte. Aus der Kiste ertönten laute Atemgeräusche, gefolgt von einem erstickten Husten und heiserem erschöpftem Gewimmer. Als einer der beiden näher trat, um einen Blick darauf zu werfen, stieß er versehentlich mit dem Stiefel gegen den Sack. Der Stoff bewegte sich, und der Mann sah, wie sich ein Ärmchen zwischen den Falten hervorschob.

Er beugte sich hinunter und stieß gegen die Schulter des Kindes. »Alles in Ordnung, Kleine?«, fragte er. Als er sie umdrehte, zuckte sie weder zusammen, noch wachte sie auf. Das nach oben gerichtete Gesicht war das einer Dreijährigen. Die Augen waren zu den Lidern hin verdreht, und der Mund fiel nach unten und entblößte eine makellose weiße Zahnreihe unter der schlaffen Zunge.

»*Laudanum*«, sagte er. »Ich glaube, man hat ihr etwas einge-flößt.« Er versuchte sie hochzuheben, merkte dann jedoch, dass man sie mit der Seidenkordel eines Morgenmantels an der Kiste festgebunden hatte. »Irgendwer wollte offenbar verhin-dern, dass sie davonläuft und ertrinkt.«

Auch ein ob seines eigenen Geschreis schweißgebadeter Säug-ling lag dabei, der inzwischen jedoch nur mehr schniefte und wieder einschlief. Unter seinem Kopf steckte ein Kuvert, auf das jemand mit sorgfältiger Hand »Pietà« geschrieben hatte.

»Wolltest du etwa mit Michielina konkurrieren?«, meinte der zweite Mann. »Kein Wunder, dass dich keiner gehört hat.« Er richtete sich auf und begann, an die Tür zu trommeln.

In der Ecke der kleinen Untersuchungskammer neben der Krankenstation des *Ospedale* della Pietà war das kleine Mäd-chen bis auf die Unterwäsche entkleidet worden und hockte nun auf der umgedrehten Kiste, während man aus einem der umliegenden Häuser eine Amme für den Säugling geholt hatte. Nachdem das Baby zufrieden die Brust der Frau freigegeben hatte, legte man es auf einen langen Holztisch, badete es und ließ es einschlafen.

Auch im schwachen Licht der Öllampen – inzwischen war es Abend geworden – erzählte das Tuch, das den Säugling um-hüllte, noch eine Geschichte, die zweifellos auch in dem unge-öffneten Brief stand. Der Schal, in den das Kleine sich schmiegte, bestand aus weicher, honigfarbener Wolle und war mit einem Strahlenmuster aus karmesinroter und goldener Seide bestickt.

»Teuer«, meinte eine der Pflegerinnen und hob ihn hoch, um ihn genauer zu betrachten. Sie faltete den Schal und legte ihn ans Tischende. »Hol das Buch«, sagte sie zu dem neben ihr stehenden, etwa zwölfjährigen Mädchen.

Das Mädchen trat an einen Schrank und nahm ein großes in Leder gebundenes Register heraus, legte es neben den Schal und kehrte zum Schrank zurück, um Feder und Tinte zu holen.

»Und nun leg das Eisen ins Feuer«, befahl die Pflegerin. Sie öffnete den Umschlag, und als sie den Brief herauszog, fielen drei Goldmünzen aus dem gefalteten Bogen. Sie rückte näher zur Lampe, um die Goldstücke in Augenschein zu nehmen, ehe sie sie in das Kuvert zurückschob.

»Hab ich dir nicht gesagt, du sollst das Eisen ins Feuer legen«, erinnerte sie das Mädchen.

Das Mädchen warf einen raschen Blick auf die Kleine auf ihrer Kiste, wandte sich wieder ab und nahm eine metallene Stange von einem Haken an der Wand. Während die Pflegerin las, stocherte das Mädchen mit dem Stab im Feuer, bis die Spitze direkt in den glühenden Kohlen lag.

»Genau wie ich es mir gedacht habe«, sagte die Pflegerin, ihr Schweigen unterbrechend. Sie begann, laut zu lesen.

»Gott helfe mir, mein Gönner hat mich verlassen und behauptet, das Kind sei nicht seines«, hieß es in dem Brief.

Die Entbindung hat mir auf eine Weise mitgespielt, von der zu sprechen sich nicht geziemt, und nicht einmal denen, die einst nichts sehnlicher wünschten, als ihn aus meiner Gunst zu verdrängen, wage ich mich zu zeigen. Drei Jahre ist es mir gelungen, meine Tochter bei den Dienern zu verstecken und den Anschein sorgloser Jugend aufrechtzuerhalten, der in meinem Gewerbe so wichtig ist. Ebenso wollte ich auch mit der vor drei Monaten geborenen Kleinen verfahren, jetzt aber weiß ich nicht mehr, wo ich leben soll und ob ich überhaupt noch lange zu leben habe, da ich kaum Geld und nicht einmal für die ungeschlachtesten aller Männer noch Reiz besitze.

Die Entscheidung, zu der ich mich gezwungen sehe, stürzt mich in tiefste Verzweiflung, und ich bitte Sie, zu begreifen, dass ich Ihnen meine Töchter nur deshalb anvertraue, weil ich sie selbst nicht mehr beschützen kann. Die ältere habe ich Maddalena genannt zu Ehren der Heiligen, zu der ich flehe, damit sie Fürsprache für mich einlege und dadurch meine Seele gerettet werde. Sie ist bereits auf diesen Namen getauft. Die Kleine ver-

fügt über etwas, das mir ans Herz greift, und fast von Geburt an hatten ihre Augen die Farbe des Himmels. Ich habe es als gutes Omen verstanden und bitte Sie deshalb, sie auf den Namen der Jungfrau zu taufen und Chiaretta zu nennen.

Die Pflegerin ergriff die Feder und schrieb in die rechte Spalte des Registers das Datum. »Maddalena«, sagte sie laut, während sie weiterschrieb. »Und Maria Chiaretta.«

Sie las weiter.

Alles Geld, das ich erübrigen kann, habe ich beigefügt, um Ihnen die Suche nach einer Amme, die beide aufnimmt, zu erleichtern – sodass sie zusammenbleiben können. Ich vertraue auf die unendliche Barmherzigkeit Gottes, der alles ermöglicht und auch die Gebete der Gestrauchelten hört. Auch wenn ich es nicht verdiene, meine Kinder je wiederzusehen, noch es zu hoffen wage, habe ich ein Erkennungszeichen beigelegt, in drei Teile zerbrochen, sodass meine Kinder, so es Gott gefällt und ich je zu ihnen zurückkehre, mich erkennen können, und sie ein Mittel haben, einander zu erkennen, sollten die Umstände sie je auseinanderreißen.

»Bring mir die Erkennungszeichen«, sagte die Pflegerin zu dem Mädchen. »Ich muss sie beschreiben.« Sie nahm die beiden Elfenbeinstücke in die Hand und versuchte, im Licht der Lampe Einzelheiten auszumachen. »Ein Kamm aus Elfenbein«, sagte sie, »in drei Teile zerbrochen. Jedes Mädchen erhält ein Ende mit einer geschnitzten Blume. Das Stück der Mutter muss wohl das dazwischenliegende sein; so kann sie, wenn sie zurückkehrt, beweisen, wer sie ist.«

»Wird sie denn je zurückkehren?«, fragte das Mädchen.

»Nein«, versetzte die Pflegerin. »Doch einige von ihnen brauchen diese Hoffnung.« Sie steckte den Brief in das Kuvert zurück, notierte eine Beschreibung des Schals und des zerbrochenen Kamms in ihr Buch und reichte dem Mädchen die Feder zum Säubern. »Wenn du mir nicht helfen willst, so such eine Schachtel, in der wir das alles aufbewahren. Und wo du schon dabei bist, geh zum Refektorium und bring etwas Brot und Käse mit.« Sie blickte auf Maddalena. »Hast du Hunger?«

Die Wirkung des Laudanums verflog. Maddalena hatte sich auf der Kiste aufgesetzt und rieb sich – zu benommen, um zu antworten – die Augen.

Sobald das junge Mädchen aus der Kammer gelaufen war, stand die Krankenschwester auf und zog den Eisenstab aus dem Feuer. Die Spitze glühte auf, als sie die Asche wegblies. Mit einem Ruck packte sie Maddalena am Fuß, und die Kleine fiel auf den Rücken. Mit zusammengepressten Lippen brachte die Schwester das Ende des rotglühenden Schüreisens in Fersennähe an Maddalenas Sohle und hielt es kurz dort.

Die Schwester hatte den Fuß losgelassen und stieß den Haken wieder ins Feuer, ehe der Schock den ersten Schmerzensschrei auslöste und dem Geschrei der Verratenen wich. »Ist ja gut«, sagte sie, als sie mit einem Tropfen Salbe auf dem Finger zurückkam. »Das wird alles wieder.«

Als sie Maddalenas Fuß erneut packte, wand sich die Kleine und strampelte, doch die Schwester umklammerte das Gelenk so fest, dass sich um ihre Fingerknöchel weiße Stellen bildeten. Einen Moment lang betrachtete sie das den Buchstaben »P« umschließende geschwärzte Rechteck, tupfte dann die Salbe auf die Wunde und suchte nach einem Verband. Als sie schließlich fündig geworden war, hatte Maddalena sich beruhigt, schluchzte nur noch erstickt und beobachtete mit fassungslosem Erstaunen, wie ihr die Schwester einen sauberen Lappen um den Fuß band.

»Wir nehmen hier nur Säuglinge auf«, sagte die Pflegerin in einem Ton, der weder barsch noch zärtlich, sondern völlig sachlich klang, als ob sie diese Erklärung ebenso sehr vor den Wänden wie vor dem kleinen Mädchen abgäbe. »Und die haben das im Nu vergessen. Für dich war es leider nicht so angenehm, das lässt sich aber nicht ändern.«

An der groben Schürze wischte sie sich die Hände ab, als wolle sie damit auch ihre Beteiligung an dem Ganzen wegwischen. »In ein paar Tagen bist du sowieso fort, und auf diese Weise gehst du uns nicht verloren.« Sie nahm das Brenneisen aus dem Feuer. »Und wir können dich wieder zurückholen.«

»Ich will aber nicht zurück!« Obwohl der Schmerz die Wirkung des Laudanums zunichte gemacht hatte, sprach Maddalena leise und lallend, als weine sie im Schlaf. »Ich will nach Hause.«

»Du wirst vergessen.« Als die Schwester die glühende Spitze des Eisens zum zweiten Mal prüfte, keuchte Maddalena, weil sie vor Angst nicht mehr schreien konnte; diesmal aber trat die Schwester an den Tisch, auf dem Chiaretta sich zu regen begann. Sie hob das Baby am Fußgelenk und ließ es neben dem Tisch nach unten baumeln.

»Nein!«, schrie Maddalena, während sie von ihrer Kiste zu klettern versuchte. Die Schwester drückte das Brandeisen auf den Fuß des Babys, und wieder füllte sich die Kammer mit dem Geschrei der Mädchen und dem Geruch versengten Fleisches.

ERSTER TEIL

Das Zeichen der Pietà
1701–1703

1

Der schwarze und silberne Bogen der Gondel verschwand in einem Nebel, der so dicht war, dass es zischte, wenn er vom Rumpf der Gondel geteilt wurde. Um jeden Ruderschlag wirbelte eine vage, nicht einzufangende Melodie und verlor sich im Wasser.

Der Gondoliere war derart langsam gerudert, dass er nicht so recht wusste, ob sie die Mündung des Canal Grande bereits erreicht hatten. Zwischen den Fassaden der großen Häuser, in denen die edlen Familien Venedigs soeben ihr Souper beendeten, schien die Luft zu stehen, dann aber, als sie in die weite Lagune hinausglitten, öffnete sie sich wie bei einem Gähnen.

Er beugte sich vor und kniff die Augen zusammen, legte den Kopf etwas zur Seite, um die Rufe der anderen Schiffer zu hören. Ein Lied klang auf der Höhe der Kirche Santa Maria della Salute zu ihnen herüber, und während er lauschte, wurde es immer lauter. Schließlich verstand er die Worte, die der Bootsmann sang.

Von Edelfräulein sah ich – eine Schar.
Am Allerheiligentag war's – übers Jahr.

Der Nebel verschluckte die Antwort des Gondoliere.

Die Erste schritt einher so anmutvoll,
Dass Lieb' an ihrer Seit' zu wandeln schien.

Das andere Boot war so nahe herangekommen, dass der Gondoliere einen neuen Klang im Plätschern des Wassers hörte – ehe sie in entgegengesetzte Richtungen davon glitten.

So rein das Licht aus ihrem Auge floss,
Wie's nur bei strahlenden Geistern ward gesehn.

Die Worte verklangen, während die Gondeln sich entfernten. Doch ganz Venedig war von Musik erfüllt. Die beiden Gondolieri sangen durch den Nebel miteinander weiter, bis sich die Stimme des jeweiligen anderen in der Ferne verlor.

Erkühnend blickt' ich ihr ins Angesicht
Ein Geist, ein Engel, wahrlich …

Während der Gesang des Gondoliere verklang, teilte sich der Vorhang der *Felce,* und eine stämmige Frau mittleren Alters in weitem dunklem Umhang und Schleier lugte aus der Kabine. »Ich kann dich ja kaum erkennen«, sagte sie. »Wo sind wir denn?«

»Am *Broglio.* Ich mache hier fest.«

»Am Broglio?«, fragte sie lauter werdend, und ihre Stimme klang missbilligend. »Du solltest uns zur Anlegestelle der Pietà bringen.«

»Eine grässliche Nacht«, erwiderte der Gondoliere, als sei dies eine Erklärung, räusperte sich und spie einen dicken Schleimbatzen in die Lagune. Das Boot stieß gegen den Uferdamm, und er fluchte leise, während er von der Gondel sprang. Durch die jähe Bewegung verlor die Frau das Gleichgewicht und ließ sich ächzend auf ihren Platz zurücksinken.

»Sehen Sie«, meinte der Gondoliere und kam wieder an Bord, um ihr aufzuhelfen. »Die fünf Minuten zur Pietà gehen Sie schneller zu Fuß, als ich Sie auf dem Wasser hinbringen kann. Ich mache für heute Schluss.«

Die Frau knurrte, als wolle sie sagen, dass er zu gegebener Zeit mehr dazu hören werde, und zog sich wieder in die Kabine zurück. Nach wenigen Minuten tauchte sie erneut daraus auf und setzte eine Mappe und einen abgedeckten Strohkorb auf dem Boden der Gondel ab.

Sie wandte den Kopf. »Nun trödelt nicht«, rief sie in die Felce zurück.

Eine kleine bloße Hand schob den Vorhang zurück, und ein Gesichtchen lugte heraus. Ein Mädchen, nicht älter als sechs, stand reglos da, bis es von hinten angeschubst wurde.

»Los!«, sagte die Stimme hinter ihm. Und nach wenigen Minuten standen zwei kleine Mädchen, das andere war etwa neun, auf der Kaimauer.

Die Frau ergriff Mappe und Korb. »Nun kommt«, befahl sie, ohne sich zu vergewissern, ob sie ihr folgten. Sie überquerte die kleine Piazza so rasch, dass die Mädchen sie im Nebel beinahe aus den Augen verloren hätten – bis sie schließlich an der Stelle innehielt, wo die spitzzackige, rot- und cremefarbene Fassade des Dogenpalasts aus dem Dunst aufzutauchen begann. Nachdem sie sich orientiert hatte, wandte sie sich nach rechts und schritt wieder schneller aus. Die Mädchen bemühten sich, nicht mehr als ein, zwei Schritte hinter ihr zurückzufallen, während sie eine Steinsäule nach der anderen passierten, deren Farbe so sehr der des Nebels glich, dass sie sie mehr spürten als sahen.

Die Frau brummte, als sie über eine Kiste stolperte, die einer der Händler zurückgelassen hatte, deren Stände sich während der Adventszeit auf der Riva degli Schiavoni drängten. Aus den Abfällen des vergangenen Tages stieg ein leichter Geruch nach feuchtem Stroh und den früheren Inhalten der Körbe auf, in denen getrocknete Blumen und Kräuter, Muscheln, Würste aus Wild und scharfe Salben und Tonika zum Verkauf feilgeboten worden waren.

Eine Steinbrücke ragte vor ihnen auf und dann eine zweite, bis die Frau jäh in eine Gasse bog. Sie betätigte einen großen bronzenen Türklopfer, und hinter einem Guckloch glitt das Gitter herunter.

»Wer ist da?«, fragte eine Frauenstimme.

»Annina. Mit den beiden Mädchen.«

Sie hörten, wie ein Riegel zurückgeschoben wurde – dann

das Ächzen von Scharnieren, als sich die Tür knarrend öffnete. Eine Frau mit weißer Haube und einem Umhang wie den Anninas bedeutete ihnen einzutreten.

»Beeilt euch. Es ist kalt«, sagte sie, und ihre Stimme hallte durch den Hof, in dem sich die Mädchen nun wiederfanden. »Heute Nacht schlaft ihr hier. Annina bleibt bei euch. Es hat keinen Sinn, die anderen so spät noch zu stören.«

Die Kammer, in die sie sie gebracht hatte, war kahl bis auf ein kleines hölzernes *Prie-dieu* und ein Bett, auf dem die Mädchen jetzt steif und reglos saßen. Vor der Türe standen flüsternd die beiden Frauen.

»Chiaretta – die Jüngere – kann singen«, sagte Annina. »Und sie ist auch recht hübsch.«

»Und die Ältere?«

»Maddalena. Spricht kaum. Soll geschickte Hände haben, hat man mir gesagt, und folgsamer sein als die andere, aber ich kann nichts Besonderes an ihr entdecken.«

Mit einem Nicken wünschten sie sich Gute Nacht, und Annina trat wieder ins Zimmer, während die andere Frau ohne ein weiteres Wort im Nebel verschwand.

Chiaretta weinte sich in den Schlaf. Verfilzt und zerzaust lag ihr blondes Haar auf einem klumpigen behelfsmäßigen Kissen, und Kleid und Umhang dienten ihr als Decke für die bloßen Arme und Beine. Auf der Pritsche, die Annina für sie vorbereitet hatte, lag Maddalena neben ihrer Schwester und wurde von jedem unvertrauten Geräusch aus dem herannahenden Schlummer gerissen. Maddalena hörte Anninas rasselnden Atem und erkannte ihre Gestalt auf dem Bett. Nur einen Moment lang hatte sie Annina ohne den schweren Umhang und die Haube gesehen; nun, im Dunkeln, konnte sie sich nicht mehr erinnern, wie sie ausgesehen hatte. Annina hatte etwas so Einschüchterndes, dass Maddalena in den vergangenen zwei Tagen fast nur auf die eigenen Füße gestarrt hatte.

Ein paar Tage vor Anninas Ankunft im Dorf war der Tagesablauf der Familie derart aus seinem sonstigen Trott gerissen worden, als habe der Papst persönlich seinen Besuch angekündigt. Im Hühnerstall mussten Dreck und Federn weggerecht werden und sogar der Hund wurde gewaschen und gestriegelt. Auch ihr Pflegevater blieb nicht verschont: er bekam einen Haarschnitt verpasst, der ihn so verloren aussehen ließ wie ein frisch geschorenes Lämmchen.

Maddalena und Chiaretta fanden keine Zeit mehr, nach dem Eieraufsammeln die Hühner durch den Hof zu scheuchen oder mit der Geiß Zwiesprache zu halten, wenn die in ihren Schürzentaschen nach Essbarem schnoberte. Man verbot ihnen, das Haus zu verlassen und nach Schmetterlingen Ausschau zu halten, die bereit waren, auf ihren Fingern zu landen, oder nach großen Ameisenhaufen, die man mit Wasser übergießen konnte. Stattdessen schrubbten sie den Steinboden des Häuschens und fegten mit langen Stangen und einem Tuch die Spinnweben von der niedrigen Decke, während ein älteres Mädchen, die Tochter von Chiaretta und Maddalenas Pflegeeltern, sämtliche Flecken aus den Kleidern der Mädchen bürstete und wusch und die Löcher in den Hosen ihrer beiden Brüder stopfte.

Der Pflegevater und die Jungen hackten einen riesigen Stapel Feuerholz, während die Mutter fast einen ganzen Tag lang das Feuer schürte und nicht nur die übliche Polenta mit Bohnen zubereitete, sondern dazu Honigkuchen und Braten von einem Lamm, dass ihr Mann geschlachtet hatte, ohne dass die zwei kleinen Mädchen es mitbekommen hatten.

Nie hatten Chiaretta und Maddalena etwas erlebt, das diesen Vorbereitungen glich, außer bei den wenigen Malen im Jahr, wenn sich das Dorf für ein Fest rüstete oder jemand Hochzeit feierte. Chiaretta war völlig aus dem Häuschen, da sie sich einbildete, der Gast müsse eine schrecklich wichtige Person sein. Maddalena dagegen war fast gelähmt vor Sorge. Von den Kindern im Haus hatten nur sie und Chiaretta das Zeichen an der Ferse. Nur sie gehörten nicht zur Familie, würden nicht bleiben können. Eines Tages, hatte man ihr gesagt, würde man sie abholen.

Am Tag, an dem der Besuch erwartet wurde, badete die Pflegemutter Maddalena und Chiaretta, wusch ihnen die Haare und half ihnen in ihre besten Kleider. Stundenlang saßen sie ohne Schuhe herum, bis schließlich die Besucherin eintraf.

»Sind das die beiden Mädchen?« Annina wartete die Antwort gar nicht ab. »Lass sie die Strümpfe ausziehen, damit ich mich vergewissern kann.«

»Zeig mir deine Ferse«, sagte sie erst zur einen, dann zur anderen. Zufrieden damit, die gesuchten Pfleglinge gefunden zu haben, hatte sie ihnen ab da nichts mehr zu sagen.

Dass sie auf Anhieb Anninas Interesse weckte, genügte Chiaretta; denn sie schloss daraus, dass man sich ihnen zu Ehren all die Mühe gemacht hatte. Den ganzen Abend zog sie die Jungen von den Bänken, damit sie mit ihr tanzten, während sie sang, obwohl außer ihr keiner in Feierlaune war.

»Das ist kein Fest«, meinte eines der Mädchen. »Warum beruhigst du dich nicht wieder?«

»Natürlich ist es ein Fest«, schmollte Chiaretta, senkte den Kopf und malte mit dem Fuß einen Bogen auf die Dielen. »Wir hatten schon ewig kein Fleisch mehr.«

Ihre Pflegemutter stand auf und trat zu Chiaretta. »Nun sitz still und halt den Mund. Einmal die Woche essen wir so.«

Wegen ihres erstaunten Blicks angesichts der offensichtlichen Lüge handelte sich Chiaretta eine deftige Ohrfeige ein und musste in der Ecke stehen, wo sie heulte, bis sie kapierte, dass alle sie absichtlich ignorierten. Daraufhin schlief sie auf der Stelle ein.

Maddalena hatte geahnt, was Anninas Interesse an ihren Fersen wirklich bedeutete, und kaum einen Bissen hinunterwürgen können. Obwohl sie gehört hatte, dass sie eines Tages an einem Ort leben würde, wo es viele kleine Mädchen gab, einem Ort, wo die Menschen so glücklich waren, dass sie die ganze Zeit sangen, wäre sie lieber hier geblieben, wo ihr alles vertraut war. Im Dorf hatte sie für alles und jeden einen eigenen Namen erfunden, von den Jungen bis zu den Gänsen, die den Pfad zum Flussufer hinunterwatschelten. Schon am Geruch konnte sie Chiarettas Wolldecke von ihrer eigenen unterscheiden, und im Obstgarten kannte sie jede Astgabel, auf der man festen Halt fand, um an die Äpfel an den oberen Zweigen zu kommen. Doch sie konnte es sich nicht aussuchen, und sie wusste, dass nichts die Familie dazu bewegen würde, die zwei zusätzlichen hungrigen Mäuler zu behalten, für deren Verköstigung man ihnen künftig nichts mehr zahlen würde.

Und nun war sie am versprochenen Ort der Mädchen und des Gesangs. Chiaretta regte sich, drehte sich um und zerrte dabei Maddalenas Umhang mit sich. Maddalena fröstelte, und als es ihr nicht gelang, den Mantel wieder herüberzuziehen, schmiegte sie sich enger an ihre Schwester, damit ihr die Kälte nicht zu sehr in die Knochen drang. Das Gesicht an die Schulter der Schwester gepresst, schienen sich in ihrem Kopf all die Tränen zu sammeln, die sie den ganzen Tag über zurückgehalten hatte. Sie machte die Augen zu, und obwohl die geschwollenen Lider nicht recht aufeinanderzupassen schienen, ließ sie sie diesmal geschlossen.

Maddalena hatte kaum geschlafen, als sie spürte, dass Annina sie schüttelte. »Steh auf«, sagte sie. »Hörst du nicht die Glocke?«

Annina stieß Chiaretta in den Rücken. Die wich aus und murmelte in einem Ton, der irgendwo zwischen einen Knurren und einem Ächzen lag, »Nicht!«, ehe sie kerzengerade in die Höhe schoss. Sie sah sich in dem kleinen Gemach um, versuchte sich zu erinnern, wo sie war. Auch Maddalena hatte sich aufgesetzt und rieb sich die Augen.

»Zieht euch an!«, befahl Annina. Sie ging zum Prie-dieu, kniete nieder, bekreuzigte sich und flüsterte mit geschlossenen Augen. *»Aperi, Domine, os meum«*, hörten sie sie wispern, wobei sie die Stimme weiter senkte, bis sie nur noch die Lippen bewegte.

Die Mädchen schauten Annina beim Beten zu, bis diese sich bekreuzigte und aufstand.

»Betet ihr etwa nicht?« fragte sie, und als Maddalena bejahend mit dem Kopf nickte, fügte sie hinzu: »Na, dann tut es auch! *Pater noster …*«

Maddalena bekreuzigte sich, und Chiaretta folgte ihrem Beispiel. »*Qui es in caelis*«, fuhren sie fort. »*Sanctificetur nomen tuum.*« Sie murmelten den Rest des Vaterunsers und ein Ave Maria, bis Annina sie aufforderte, sich zu erheben.

»Ihr müsst euch an die Art gewöhnen, wie wir die Dinge hier tun«, sagte sie.

»Haben wir es denn nicht richtig gemacht?«, fragte Chiaretta. So lange sie denken konnte, hatten Maddalena und sie diese Gebete heruntergeleiert.

»Ihr wart nicht schnell genug, um rechtzeitig zur Laudes in der Kapelle zu sein«, erwiderte Annina. »Lass dein Kleid ungeschnürt und zieh den Umhang über.

Als sie in ihre vom Vorabend noch feuchten Schuhe geschlüpft waren, musterte Annina die beiden Mädchen. Maddalena war so viel größer als Chiaretta, dass die drei Jahre Altersunterschied als Erklärung nicht ausreichten. Ihr Haar, braun und mit roten und goldenen Strähnen durchzogen, ähnelte dem Herbstlaub. Die ernsten haselnussbraunen Augen waren rund, das Kinn spitz, sodass ihr Gesicht herzförmig wirkte. Es war ein Gesicht ohne jeden Makel, in dem sich die einzelnen Züge dennoch nicht recht zueinander fügen wollten.

Chiarettas Haar besaß die helle Strohfarbe der Weißweine des Veneto. Ihre Locken bildeten einen Heiligenschein um die Wangen, die von der Kälte des Vortags noch immer ein wenig rau waren. Sogar im Kerzenlicht zeigten die von dichten Wimpern umrahmten Augen das strahlende Blau von Lapislazuli. Doch in diesem Moment machte sie einen völlig derangierten Eindruck. Ihr Haar war derart verfilzt, dass sie es, um rechtzeitig in die Kapelle zu sein, nur bändigen konnten, indem sie es hinter die Ohren schoben, und ihr Kleid war von irgendetwas, das sie am Vortag darauf verschüttet hatte, völlig verdreckt.

»Nun halte mal still«, sagte Maddalena, während sie die Hand ausstreckte, um Chiaretta die Spuren des Schlafs aus den Augenwinkeln zu entfernen. Die Kleine hielt inne, schob folgsam das Kinn nach vorn und entblößte dabei eine von den Blütenblättern ihrer Lippen gerahmte Zähnchenreihe, die vollkommen wie eine Perlenkette war.

Nachdem Annina die Tür geöffnet und mit einer Kopfbewegung in den Korridor gewiesen hatte, fanden sie sich inmitten von Mädchen und Frauen wieder – insgesamt waren es wohl mehrere Hundert –, die in ihren im dämmrigen Licht schlammfarben wirkenden Kleidern in einer einzigen großen Welle dahinglitten, während sie wortlos durch den Hof eilten.

Das Licht begann gerade durch das milchweiße Glas über dem Haupteingang der Kapelle zu dringen, doch da diese an den Seiten an andere Gebäude grenzte, waren die Fenster größtenteils noch dunkel. Die Kleider der Frauen, die zur Beleuchtung des Altars Kerzen angezündet hatte, hatten – unter Schürzen und Hauben in der Farbe frischen Rahms – inzwischen einen kräftigen Karmesinton angenommen.

Als Maddalena und Chiaretta in die Kapelle traten, führte Annina sie zu einem Marmorpfeiler. »Bleibt hier stehen«, sagte sie. Die Mädchen hielten sich an den Händen und beobachteten, wie die Kirche sich füllte. Als die letzten eingetreten waren, drückten sie sich mit dem Rücken an die Säule und sahen nun nichts mehr außer den Kleidern der sie umdrängenden Frauen.

»*Domine, labia mea aperies*«, rief eine Frau in der Tonfolge eines gregorianischen Gesangs und flehte Gott an, er möge ihre Lippen zum Gebet öffnen.

Rings um die beiden Mädchen antwortete singend die Gemeinde. »*Et os meum annuntiabit laudem tuam.*« Chiaretta versuchte, sich an der Säule hochzuschieben, um zu erkennen, wer nur wenige Schritte von ihnen entfernt mit so klarer und strahlender Stimme sang, und Annina versetzte ihr einen mahnenden Rippenstoß.

»Wer ist das?«, flüsterte Chiaretta.

Annina blickte finster und legte den Finger auf die Lippen. »Eine *figlia di coro*.«

»Eine Chortochter?« Chiaretta konnte nicht fragen, was sie damit meinte – wenigstens nicht sofort –, sodass sie sich abwandte und das Gesicht an den kühlen Marmor presste, während die Luft von den sich ringsum drängenden Körpern warm und zum Schneiden wurde. Als die Menschen wieder zu singen begannen, blickte Chiaretta, statt nach der Frau Ausschau zu halten, auf die Stelle in der Luft, an der sie die Stimme vermutete, und versuchte zu begreifen, weshalb etwas Unsichtbares so schön sein konnte.

Auf einem Rost im großen offenen Kamin sprudelte in mehreren großen Töpfen das kochende Wasser, und neben dem Kamin stand ein Blechzuber. Eine junge Frau band sich eine große Arbeitsschürze vor und begann, das heiße Wasser in den Zuber zu gießen.

Sie forderte die beiden Mädchen auf, sich auszuziehen und sich hineinzusetzen, und als Maddalena ihr gehorchte, packte eine andere Frau mit einer Hand ihren Haarschopf und schnitt ihn ihr mit einem grausamen Ritschratsch der Schere direkt am Nacken ab.

Chiaretta schrie auf, als habe man ihrer Schwester die Kehle durchtrennt. Sie rannte zur Tür, und als die sich nicht öffnen ließ, stemmte sie sich mit dem Rücken dagegen und keuchte und schluchzte. Die erste Frau trat zu ihr und kauerte sich neben sie.

»Komm, *Cara,* es tut ja nicht weh.« Ihre Stimme war weich, ihre Hand freundlich, während sie Chiaretta am Kinn fasste und ihr Gesicht zu Maddalena drehte. »Siehst du?«

Schockiert hielt Maddalena die stumpfen Enden ihres Haares in der Hand, während ihr Fuß mit den rötlichen Strähnen auf dem Boden spielte.

Chiaretta drückte sich an die Tür, doch die vor ihr kniende Frau schien nett zu sein, und Maddalena wirkte zwar benommen, aber nicht verletzt. Schließlich ließ sich Chiaretta überreden, auf einem Stuhl Platz zu nehmen.

Nach dem Haarschnitt bekamen beide jeweils eine kleinere Ausgabe des roten Kleides gereicht, das auch die Frauen trugen. Nachdem die es zurechtgezupft und glattgestrichen hatten, wurden ihnen kleine weiße Schürzen vorgebunden. Nach einigen Minuten vor dem Feuer, in denen sie das, was ihnen von ihrem Haar geblieben war, zerzaust hatten, bedeckten Maddalena und Chiaretta die Köpfe mit spitzenverzierten Hauben, deren Enden ihnen bis auf die Schultern herabhingen. Die Frauen setzten ihnen noch weiße Kappen auf, und die Verwandlung der beiden Mädchen in Pfleglinge der Pietà war komplett.

Ein paar kraftlose Strahlen des grauen Winterlichts drangen durch die schmutzigen Fenster des Kindersaals. Die Holzkohle in den offenen Kaminen zu beiden Enden des Raumes hatte man bis zum Abend abgelöscht, und keine Lampe brannte, als die Mädchen durch die Reihen der ordentlichen Betten geführt wurden.

»Wo sind denn die ganzen Kinder?«, fragte Chiaretta.

»Bei der Arbeit.« Anzoleta, eine der Hausmütter, wies auf zwei Betten. »Das da sind eure«, sagte sie.

Maddalena setzte sich. Durch die dünne Matratze spürte sie den harten Bettrahmen. Sie blickte auf Chiaretta, die auf dem anderen Bett Platz genommen hatte und an der groben Wolldecke rieb, als versuche sie, sich mit ihr anzufreunden.

Irgendwo innerhalb der Pietà-Mauern begann es zu läuten. »Zeit für die Sext«, meinte Anzoleta. Sie kniete nieder und bekreuzigte sich. »*Aperi, Domine, os meum*«, begann sie, doch noch ehe sich Chiaretta und Maddalena hinknien konnten, war sie, fortwährend lateinische Wörter murmelnd, schon wieder aufgestanden.

»Das *Offizium* werdet ihr bald gelernt haben«, sagte sie, ihr Gebet kurz unterbrechend. »Betet fürs erste, bis ich fertig bin, das Vaterunser und das Ave Maria, dann gehen wir zum Essen.« Chiaretta und Maddalena schlugen rasch ein Kreuz, während sie sich wieder in ihr Gebet vertiefte.

Das Refektorium war vom Rascheln der Kleider und dem Scharren von Bänken erfüllt, die man über den Steinboden zog, um Sitzplätze zu schaffen. Aus der Küche trugen Mädchen Terrinen an die Tische, und die, die den Schüsseln am nächsten saßen, erhoben sich und begannen, eine dicke Reis-Erbsen-Suppe in die Teller zu schöpfen. Andere brachten Körbe mit Brot herbei und legten Brotstücke an jeden Platz. Es wurde gebetet, und die Mahlzeit begann.

Maddalena und Chiaretta hatten sie innerhalb von Sekunden beendet und tupften mit feuchten Fingern die letzten Brotkrumen vom Tisch. Während die restliche Suppe verteilt wurde, erhob sich am vordersten Tisch eine ältere Frau in einem Samtkleid und trat an ein Pult. Sie bekreuzigte sich und schlug ein Buch auf.

»Fürchtet euch nicht mehr, denn Er nimmt eure Furcht auf sich – jetzt und für immerdar«, las sie. Maddalena blickte sich um und sah, dass einige der älteren Frauen an den anderen Tischen zu essen aufgehört hatten und mit gesenktem Blick lauschten, während andere, meist die jungen, ihre Teller leer aßen und nachschauten, ob noch Brotstücke in den Körben lagen.

Nach ein, zwei Minuten spürte Maddalena ein Zucken an ihrer Seite und schlang rasch den Arm um ihre Schwester, damit sie nicht nach vorn in ihren Suppenteller kippte. Chiarettas Augen waren rot vor Erschöpfung; sie war den Tränen nahe. Maddalena hielt sie fest, und Chiaretta legte den Kopf auf ihre Schulter.

Wenige Augenblicke später hörte Maddalena, wie alle mit den Fingerknöcheln auf den Tisch klopften. Die Frau am

Tischende formte mit den Lippen ein unhörbares »Nein!«, und Maddalena rüttelte ihre Schwester wach.

Die Frau am Pult schlug das Buch zu. Daraufhin erhoben sich alle wie auf ein Signal und brachten einstimmig ein Dankgebet dar. Nachdem sie wieder verstummt waren, verließen sie der Reihe nach das Refektorium und stiegen zu ihren Sälen hinauf.

Als Maddalena und Chiaretta den Schlafsaal erreicht hatten, legten Dutzende von Mädchen in roten Kleidern ihre Schürzen und Kopfbedeckungen ab und schnürten sich die Schuhe auf. Chiaretta saß auf ihrem Bett und sah zu, wie ein Mädchen nach dem anderen niederkniete, sich bekreuzigte, ein kurzes Gebet murmelte und sich dann schlafen legte. *Ich sollte wohl auch beten,* dachte sie. *Aber ich habe heute schon gebetet.*

Noch nie hatte sie bis dahin erlebt, dass Leute so viel beteten. Außer vielleicht, dachte sie, wenn einmal ein Junge im Dorf unglücklich gestürzt war und ein, zwei Tage nicht mehr aufwachte, oder wenn eine Frau im Kindbett starb oder auch, als ihr Pflegevater nach einer Überschwemmung nicht mehr heimkam und so lange wegblieb, dass sie glaubten, er sei ertrunken. Zu solchen Zeiten bekreuzigten sich die Frauen des Dorfs so oft hintereinander, dass es aussah, als wollten sie sich die Fingerkuppen wund reiben.

Warum beten die hier andauernd?, dachte sie. *Haben sie Angst, dass etwas Schreckliches passieren könnte?* Als sie sich umdrehte, um Maddalena zu fragen, stellte sie fest, dass ihre Schwester schon eingeschlafen war.

Schatten malten dunkle Dreiecke in die Ecken des Schlafsaals, als die Mädchen wieder in ihre Schuhe und Hauben schlüpften und durch die Korridore zu den ihnen zugeteilten Räumen marschierten, um zwei Stunden zu arbeiten oder unterrichtet zu werden. Chiaretta wurde in ein Klassenzimmer geführt, Maddalena in einen Raum, in dem mehrere Dutzend Frauen und Mädchen auf Schemeln saßen und Spitze klöppelten.

Nach kaum einer Stunde übte Maddalena schon eine einfache Folge aus Knoten und Drehern, die die Klöppelmeisterin Zenobia ihr beigebracht hatte. Die schmuddligen Fäden zeigten stellenweise Blutflecken, weil das Mädchen sich gestochen hatte, und im dämmrigen Licht begannen Maddalena die Augen zu tränen. *Wird das jetzt immer so sein?*, fragte sie sich. *Wie kann man nur den ganzen Tag drinnen bleiben? Kriegen sie denn nie den Himmel zu sehen?*

Schließlich war Maddalenas und Chiarettas erster Tag zu Ende. Als sie zu ihren Betten zurückkehrten, grüßten sie einander lediglich mit den Augen, waren viel zu eingeschüchtert und erschöpft, um sich auch nur eine tröstliche Berührung zu gönnen. Sie legten ihre Oberkleider auf den hölzernen *Cassone* am Fußende von Maddalenas Bett und standen mit all den andern bleichen und schmalschultrigen Mädchen, die Gott gesenkten Haupts ihre Seelen anbefahlen, vor ihren Betten.

2

Was Zenobia und einige andere beim Klöppeln mit ihren Händen vollbrachten, war für Maddalena eine Wissenschaft mit sieben Siegeln. Sie verwandelten schlichtes Garn in Bilder, auf denen – zwischen griechischen Säulen und Vasen – Engel oder mythische Tiere standen, die durch kunstvolle Schnecken, Fächer und Arabesken miteinander verbunden waren. Und dann lösten sie mit nicht mehr als einem flüchtigen Blick die Nadeln aus dem fertigen Werk, legten es in einen Korb und begannen mit einem neuen.

In Maddalenas ersten paar Monaten in der Pietà landete einer ihrer grauen blutigen Fetzen nach dem anderen im Feuer – nur die Stichflamme wert, die er bei seinem Verschwinden erzeugte –, doch endlich schuf sie ihr erstes Stück, das so weiß war wie das Garn, mit dem sie es begonnen hatte. Die schlichte, für ein Mädchenunterkleid bestimmte Borte wurde am Abend zu den anderen fertigen Teilen in den Korb geworfen.

»Und was passiert nun damit?«, fragte sie Zenobia.

»Wie? Morgen fängst du mit was Neuem an. Und da du dir jetzt ein bisschen Geld verdient hast, eröffnen sie dir ein Konto auf der Bank.« Sie zuckte die Achseln, als ob etwas so Naheliegendes und Unbedeutendes keiner weiteren Antwort bedürfe.

»Ich hab mich ja nur gefragt, wer meine Spitze bekommt.«

»Es war doch nur ein kleines Stück. Vielleicht kauft sie irgendein Tourist.«

Maddalena merkte, wie ihr Denken ins Stocken geriet wie Rahm, die sich im Butterfass zu Butter verfestigt, während sie das zu begreifen versuchte. »Ich weiß weder, was eine Bank ist«, sagte sie, »noch, was ich mir unter ›Tourist‹ vorstellen soll.«

»Das ist ein Besucher. Eine Person, die unsere Stadt besucht, um den *coro* zu hören.«

Als sie abends auf ihrem Bett lag, merkte sie, dass sie zu durcheinander gewesen war, um Zenobia zu der anderen von ihr erwähnten Sache zu befragen. *Warum werde ich bezahlt,* fragte sie sich, *und wenn wir bezahlt werden, wo bleibt dann das Geld?* Sie wusste, dass ein paar der anderen schon vor dem Glockenläuten – wenn keiner da war, der ihnen den Mund verbot – in den Klöppelsaal kamen, um sich zu unterhalten. Mit dem festen Vorsatz, am nächsten Morgen früher hinunterzugehen und es herauszubekommen, schlief Maddalena ein.

»Irgendwas muss man ja tun, oder?«, meinte eine Spitzenklöpplerin namens Francesca. »Besser hier klöppeln als im Spital Verbände wechseln oder Geschirr spülen.« Die anderen *Figlie* murmelten zustimmend.

»Und wenn wir schon stundenlang hier rumsitzen müssen, warum sollten wir dann nicht möglichst viel Geld damit verdienen? Je kunstvoller daher die Spitze, um so besser«, fügte eine Figlia namens Alegrezza hinzu.

»Aber was nützt es uns, wenn es nichts dafür zu kaufen gibt?«

»Aber natürlich gibt es das«, erwiderte Francesca. »Vielleicht momentan nicht – wenn man von kleinen Dingen wie einem Rosenkranz mit hübschen Perlen oder vielleicht einem Paar schönerer Schuhe mal absieht. Oder einem Gebetbuch mit Bildern und hübschem Einband. Du hast doch das von Zenobia gesehen, oder?«

»Aber das, was ihr hier herstellt, ist so wunderschön. Macht ihr euch denn gar nichts draus?«

»Eigentlich nicht … nicht mehr«, versetzte Francesca. »Oder vielleicht nur kurzzeitig. Außerdem lassen sie es dich büßen, wenn du zu stolz darauf bist.«

»Aber du wirst schon sehr viel mehr klöppeln müssen als diese kleine Borte, damit du genug Geld zusammenkriegst und dir was kaufen kannst«, fügte ein Mädchen namens Veronica hinzu. »Erst wenn du den Schlitz eines Brautnachthemds oder für das Mieder eines Kleid klöppeln kannst ...« Die anderen murmelten zustimmend. »Erst dann kommt allmählich Geld herein.«

»Und später besserst du damit deine Mitgift auf«, sagte Alegrezza, »und wenn du nicht heiratest, kannst du dir mit deinen Ersparnissen eine hübschere Zelle in einem Kloster kaufen.«

Alegrezza klang so nüchtern und sachlich, dass Maddalena den Eindruck bekam, sie betrachte beides als gleichermaßen erstrebenswerte Ziele, doch Maddalena konnte nicht begreifen, wie die Aussicht darauf, Nonne oder Ehefrau zu werden, ihre Finger zu schnellerer oder besserer Arbeit anspornen sollte.

»Nun«, meinte Francesca. »Ich habe zwar keine derartigen Pläne. Ich will hier bleiben und Priorin werden.« Sie ahmte nach, wie die Priorin die Augen zusammenkniff, wenn sie nach den Mahlzeiten im Refektorium die Lesung hielt. Die anderen stimmten in ihr Gelächter ein. »Dann könnte ich alle rumkommandieren. Ich würde anziehen, wozu ich Lust hätte, und in meiner eigenen Wohnung leben.«

»Sie wohnt aber doch *hier*, oder?«, fragte Maddalena.

»Dummerchen! Sie lebt nicht im Heim. Und all die anderen, die an ihrem Tisch sitzen, auch nicht. Wenn du mit vierzig immer noch hier bist, ziehst du dich aufs Altenteil zurück und kriegst dein eigenes Zimmer. Falls du je in die Studierstube der Priorin kommen solltest, wirst du sehen, wie schön es da ist. Und ihre Kleider sind ganz und gar nicht kratzig – ganz anders als die unsren.«

»Dann können sie sich also, wenn sie alt sind, alles kaufen?«

»Na ja, vermutlich nicht alles.«

»Den kleinen Affen vom Leierkastenmann auf der Riva könnten sie nicht kaufen ...«, sagte Alegrezza, »mit seinem haarigen kleinen ... Ding.« Die Figlie kicherten hinter vorgehaltener Hand, und Maddalena spürte, wie ihr die Hitze ins Gesicht schoss, als habe man sich auf ihre Kosten einen Witz erlaubt.

»Ach, komm schon«, sagte Alegrezza, »wir lachen doch nicht über dich.« – »Nach einer gewissen Zeit können sie ihr Geld ausgeben, für was sie wollen«, fügte Veronica hinzu. »Zumindest das, was übrig bleibt, wenn Unterkunft und Verpflegung für all die Jahre abgezogen sind.«

Mehrere der Figlie seufzten und standen auf, um ihre Klöppelkissen aus dem Schrank zu holen. Beim Anblick von Maddalenas verständnisloser Miene fuhr Francesca fort. »Den Großteil von dem, was die Figlie verdienen, nimmt die Kongregation. Sie behalten es als Gegenleistung für die Kosten, die ihnen durch deine Verköstigung und Unterbringung entstehen, aber sie lassen dir auch ein bisschen.«

»Was ist mit denen, die gar nichts verdienen?«

Francesca blickte verwirrt, als ob ihr das noch nie in den Sinn gekommen wäre. »Ich weiß nicht. Ich nehme an, die müssen nichts zahlen.«

»Auf diese Weise würden wir lernen, mit Geld umzugehen, meinen sie, weil wir das ja später vielleicht mal gebrauchen können.« Alegrezza war mit ihrem Kissen zurückgekehrt und setzte sich. »Zenobia hat mir erzählt, eine gute Ehefrau muss das können. Und das ist – falls du denn heiraten willst – fast genauso gut, wie im *coro* zu sein.«

»Aber nicht, wenn du Geld verdienen willst«, warf Veronica dazwischen. »Die *figlie di coro* werden nach jeder Vorführung bezahlt.« Sie verdrehte die Augen, stand dann auf und legte die Hand aufs Herz. Dramatisch Atem schöpfend, begann sie rau und falsch zu singen, gerade leise genug, um auf dem Gang nicht mehr gehört zu werden. Dann verbeugte sie sich unter dem Beifall der anderen, strich sich den Rock glatt und setzte sich, um mit ihrer Arbeit zu beginnen.

»Wie es sich gehört«, fügte Francesca mit eisigem Sarkasmus hinzu. »Denn die *figlie di coro* sind besser als wir anderen, weißt du! Das weiß sogar Gott. Er vor allem.«

* * *

Maddalenas Unbehagen an dieser Unterhaltung überkam sie so jäh wie ein Kopfschmerz, verlor sich aber nach Zenobias Ankunft und war am Ende des Nachmittags vergessen. Während sie über die Arbeit gebeugt ihrem eigenen leisen Atem lauschte, vergaß sie die durch die Fenster und den fadenscheinigen Teppich auf dem Steinboden dringende Kälte. Dann begann Zenobia zu summen, und als die anderen Figlie in ihr leises Lied einstimmten, sprach auch etwas in Maddalena darauf an.

Was immer sonst in der Pietà geschah – oder draußen in der Stadt, oder gar im Dorf, das ihnen nun so fern war – hatte keine Bedeutung mehr. Der winzige Anfang eines neuen, unter ihren Händen entstehenden Werks und Zenobias Stimme, die so warm war, dass sie das ersterbende Feuer und den kalten Luftzug vergessen machte, waren nun ihr neuer Lebensmittelpunkt. Mochten die anderen Mädchen den Klöppelsaal als trostlos und einengend empfinden, von nun an würde sie ihn immer erst gemeinsam mit Zenobia betreten und keine Minute früher.

* * *

Als Maddalena elf und Chiaretta acht Jahre alt war, verlief ihr Leben in Bahnen, die so sicher und vorhersehbar schienen wie die Knoten in Maddalenas Spitzenkrägen. Sie standen im oder gar vor dem Morgengrauen auf, beteten während des Ankleidens und liefen zur Kapelle, hörten die Laudes, studierten oder arbeiteten mehrere Stunden, unterbrachen die Arbeit, um vor dem Mittagessen Prim, Terz und Sext zu beten. Am Nachmittag ruhten sie bis zur Non, arbeiteten oder studierten dann bis zur Vesper. Das Abendessen fand etwa bei Sonnenuntergang statt, ihm folgte die Komplet und das Zubettgehen.

Genauso wie die Tätigkeiten verliehen auch die Geräusche dem Tag seine Struktur. Glocken läuteten, die kleineren Mädchen kicherten und sangen, wenn sie während der täglichen Pause im Hof mit Reifen und Bällen spielten. Die langen

Stunden erzwungenen Schweigens sollten das müßige Geplapper in Schach halten, und Pflicht und Andacht waren die Hauptgründe, dieses Schweigen zu brechen. Inzwischen liebte Maddalena den weichen Klang der Frauenstimmen, die im Refektorium aus den Schriften des heiligen Augustinus, Katharina von Sienas oder Franz von Assisis lasen, und den Singsang der Mädchen, die in den Klassenzimmern ihre Lektionen vortrugen. All diese Geräusche linderten die Nadelstiche, beschwichtigten den leeren Magen und die klappernden Zähne in der winterlichen Frühe mehr als die einstudierte Vollkommenheit des *coro*.

Für Chiaretta dagegen zählten keine anderen Klänge als die des *coro*. Ihr Versuch, in der Kapelle durch ihren eifrigen Gesang auf sich aufmerksam zu machen, hatte ihr lediglich anerkennendes Kopfnicken eingetragen, das allerdings durch die bösen Blicke und die Schelte über ihre Zappelei während des restlichen Gottesdiensts überwogen wurde. Chiarettas Träume tanzten, wenn sie Sonntag um Sonntag und Feiertag um Feiertag aus der für die *figlie di commun* reservierten Kapellennische heraus dem Chor lauschte, auf dem Atem zwischen ihren geöffneten Lippen. Jeden Tag schlich sie auf Zehenspitzen an der verschlossenen Tür vorbei, die zur Chor-Empore hinaufführte, als müsse sie ganz schrecklich vorsichtig sein. *Nicht anfassen,* schien die innere Mahnung zu lauten. *Wage es nicht.*

Und dann, eines Tages, stand die Türe offen. Die Rekreationszeit begann gerade, und die *figlie di coro* schoben sich, als Chiaretta vorbeikam, die Treppe hinunter und auf den Gang. Chiaretta wich ihnen aus und wartete auf die Gelegenheit, einen Blick die Stiege hinaufzuwerfen.

Und dann … hörte sie sie, die prächtige Altstimme, die explodierte wie ein Granatapfel, der auf dem Gartenboden zerbirst und an Blut und Edelsteine denken lässt. »Filiae maestae Jerusalem«, sang die Stimme und forderte die trauernden Töchter Jerusalems auf, ihren gekreuzigten Herrn zu betrachten.

Wie hypnotisiert von diesem Klang stieg Chiaretta erst eine,

35

dann noch eine Stufe hinauf. Und ohne sagen zu können, wie es gekommen war, fand sie sich schließlich am Eingang zur Chorempore wieder. Die Bemalung der Kapellenwände tauchte den Raum in einen dunklen Bernsteinton. Körnige Bänder silbernen Lichts erstreckten sich von den kleinen Obergadenfenstern bis zur Klaviatur einer kleinen Orgel. Hinter mehreren Notenständern mit aufgeschlagenen Noten sah Chiaretta das schmiedeeiserne Gitter, zu dem sie aus dem Kapellenschiff so oft hinaufgestarrt hatte. Davor erkannte sie die Silhouette einer Frau, die sich, die Arme um den Leib geschlungen, hin- und herwiegte, während sie sang.

Chiaretta trat näher und stolperte dabei über einen kleinen Bücherstapel, den jemand auf dem Boden hatte liegen lassen. Die Frau verstummte und fuhr herum.

»Wer bist du?«, fragte sie.

»Ich, ich … es tut mir leid. Bitte seien Sie mir nicht böse. Ich habe Sie unten gehört und …«

»Du hast hier nichts verloren«, sagte die Frau, und obwohl Chiaretta sie nicht gut sehen konnte, verriet der Ton, dass sie eher erstaunt als verärgert war.

»Wie heißt du?«, fragte die Frau.

»Maria Chiaretta«, stotterte sie. »Aber so nennt mich keiner. Einfach Chiaretta.«

»Weißt du, wer ich bin?«

Chiaretta nickte. Michielina war eine der Maestre, und obwohl sie bereits auf die vierzig zuging und seit fast zwei Jahrzehnten sang, galt sie noch immer als die berühmteste Solistin der Pietà. Wann immer Chiaretta im Refektorium an ihr vorbeikam, senkte sie den Blick, um nicht jemandem, der eine solche Stimme in sich barg, in die Augen schauen zu müssen.

Michielina näherte sich Chiaretta mit dem Hinken eines Menschen, der von Geburt an behindert ist. »Komm ins Licht, damit ich sehe, ob ich dich kenne«, sagte sie. Im Schein der Lampe betrachtete Michielina, was unter Haube und Kappe von Chiarettas Gesicht zu erkennen war. »Ich habe dich im Refektorium gesehen«, meinte sie lächelnd. »Ein sehr hübsches Mädchen mit blauen Augen und gutem Appetit.«

Michielinas Gesicht wirkte eigenartig abgeflacht, wie ein Tonkopf, auf den vor dem vollständigen Austrocknen jemand getreten war. Ihre Augen blickten jedoch freundlich, und ihr Lächeln war so breit, dass es eine Zahnlücke entblößte. »Singst du auch?«, fragte sie.

»Nein ... das heißt, ja. Ich meine ...« – Chiaretta holte tief Luft – »... ich weiß nicht. Nicht so wie Sie.«

Michielina hinkte zum Geländer zurück. »Willst du hören, wie es klingt, wenn man hier oben singt?«

Chiaretta nickte, und Michielina bedeutete ihr, zu ihr an die Brüstung zu treten. »Und jetzt sing«, sagte sie. »*Agnus Dei*«, sang sie. »*Qui tollis peccata mundi.*« Und obwohl ihr ihr Gesang wie ein Flüstern erschien, füllte er die Kapelle. Doch ihre Stimme erstarb, noch ehe sie das Balkongeländer erreicht hatte.

»Atme tiefer, von ganz da unten«, sagte Michielina und umspannte mit den Händen Chiarettas Taille. Sie nahm die Hände wieder weg, trat zurück und gab Chiaretta den Einsatz. »Lamm Gottes, du nimmst hinweg die Sünden der Welt«, wiederholte sie.

Chiaretta richtete sich aus der Hüfte heraus auf, um Luft zu holen, und spürte, wie ihre Lungen, während sie die Töne aus sich heraussang, zusammenfielen. »Erbarme dich unser.« Ihre Stimme wurde kräftiger, und mit zunehmendem Selbstvertrauen sang sie eine Phrase nach der anderen, bis sie hörte, wie es von den Wänden der Kapelle zurückhallte.

»Brava.« Michielina klatschte. »Und wenn dich das nächste Mal einer fragt, ob du singst, sagst du Ja.«

Das seltsame Atmen hatte sie ganz benommen gemacht. »Ja, *Maestra*«, sagte sie leise.

»Und nun kannst du mir helfen, die Noten in den Übungsraum zurückzutragen. Und sollte sich jemand wundern, wo du herkommst, sage ich, dass ich dich gebeten habe, mir zu helfen. Aber ...«, wandte sie sich an Chiaretta. »... jetzt muss ich dich schelten. Du darfst auf keinen Fall zugeben, dass du herumge-streift und Treppen hinaufgestiegen bist oder sonst etwas getan hast, das dir gerade in den Sinn kam. Schwierige Mädchen können hier sehr unglücklich werden. Verstehst du, was ich meine?«

»Ja, Maestra«, erwiderte Chiaretta und fragte sich, ob es stimmen konnte, was Michielina da sagte. *Ich bin glücklicher, als ich es je war, seit dem Moment, in dem ich hierher gekom-men bin,* dachte sie, als sie die Treppen hinuntereilte. Das musste sie unbedingt ihrer Schwester erzählen.

3

Chiaretta war die erste, die man hörte, sobald Schwatzen und Lachen erlaubt waren, und auch die, die am häufigsten zum Stillsein ermahnt wurde, wenn die Zeit des Scherzens vorüber war. Hätte man nicht gewusst, dass sie und Maddalena Schwestern waren, bemerkten die Hausmütter zuweilen, sie wären unter allen Heimbewohnerinnen die unwahrscheinlichsten Kandidatinnen gewesen.

Hätte Chiaretta sie nicht immer wieder dazu angehalten, hätte Maddalena tagelang mit keinem Menschen gesprochen. Sie verlor sich in Tagträumen, dachte sich Geschichten aus, und das Kloster und die Einsamkeit der Pietà entsprachen völlig ihrem Naturell. Sie schaute gern zu, wie die Staubpartikel im goldenen Licht des Klöppelsaals schwebten, wie eine Spinne in der Ecke des Kindersaals ihr vollkommenes Netz spann, wie die Kerzen in der Kapelle ihre Flammen tanzen ließen, ehe von ihren Dochten, wenn der Priester während der Messe in ihre Nähe kam, lange Rauchfäden aufstiegen. Sie wusste, wo sich in den Traufen im Hof die Vogelnester befanden, und, ohne auch nur hinaufzublicken, wann ihre Bewohner ausgeflogen waren.

Auch wenn sie stärker am Gemeinschaftsleben hätte teilhaben wollen, die erzwungenen Zeiten der Stille bewirkten, dass das Leben der Figlie meist nach innen gewandt war. Angesichts der Umstände war es besser, dachte Maddalena, Zufriedenheit in sich selbst zu finden. Wenn man andere zu sehr brauchte, hatte man es schwer in der Pietà, vor allem, wenn man weder über eine gute Stimme verfügte noch ein Instrument beherrschte und daher kaum Aussicht auf stärkere Beachtung hatte.

Und Maddalena spielte sogar ein Instrument. Wie auch die anderen Figlie widmete sie einen kleinen Teil ihrer Zeit den Musikstunden. Mit neun Jahren – später als die meisten – war sie in die Pietà zurückgekehrt, und erst nach ein, zwei Monaten hatte man ihre musikalischen Anlagen beurteilt. Annina hatte wohl recht gehabt, überlegte die Maestra. Sie hatte keine besonderen Gaben. Durch das viele Klöppeln waren Maddalenas Hände zwar flink geworden, sodass sie die Fingersätze der Laute ohne große Schwierigkeiten lernte, aber sie übte, als ob es sich dabei um eine x-beliebige Beschäftigung handle.

Maddalena entwickelte sich vorteilhaft, darin waren sich die älteren Frauen einig. Eines Tages würde sie eine gute Ehefrau abgeben. Sie war durchaus hübsch und gesund, und vor allem nicht so flatterhaft wie ihre Schwester. Chiaretta war eigensinniger, als gut für sie war. Entsetzlich eigensinnig.

Während der letzten Monate hatte man Chiaretta in die Stick-Werkstatt geschickt. Die Arbeit hatte ihr, als sie die wirbelnden goldenen Muster sah, die sich von der leuchtend karmesinroten, smaragdgrünen oder meerblauen Seide abhoben und eines Tages Mieder und Westen schmücken würden, zunächst gefallen. Doch von dem Moment an, als sie merkte, dass sie an einem ganzen Nachmittag nicht mehr als zwei Fingerbreit zustande brachte und sie weder schnell noch sauber genug arbeitete, um dafür gelobt zu werden, kam ihr der Saal wie ein Gefängnis vor.

Einige Tage nach ihrem Besuch bei Michielina bekam Chiaretta eine Verschnaufpause gewährt. Michielinas Gehilfinnen kümmerten sich um die Noten und organisierten die Proben, doch nun hatte sie darum gebeten, ihr ein Mädchen zuzuteilen, das dafür sorgen sollte, dass die Klaviaturen abgedeckt wurden, um sie vor Staub zu schützen, die Noten zum Ablegen ordentlich aufgestapelt und die Notenständer stets sauber waren. Die Pietà war voller junger Mädchen, die eine Beschäftigung brauchten, doch Michielina hatte eine ganz bestimmte Figlia im Sinn – eine, aus der, wie es aussah, sowieso nie eine große Stickerin werden würde.

Von da an durfte Chiaretta den Sticksaal früher verlassen, um im Übungsraum und auf der Chorempore auszuhelfen. Michielina näherte sich ihrem Ruhestand, und nachdem sie Jahr um Jahr bei schwachem Licht Noten kopiert hatte, ließ ihre Sehkraft immer mehr nach. Ob ihr Augenlicht plötzlich noch schwächer geworden war oder ob sie, wie manche glaubten, nur Chiarettas Gesellschaft genoss – innerhalb weniger Monate wurde Chiaretta ganz von der Stickarbeit befreit und verbrachte fast den ganzen Tag an Michielinas Seite. Innerhalb weniger Monate konnte sie so gut Noten lesen, dass sie bei den Proben die Seiten umblätterte und leise mitsang, während Michielina ihr wohlwollend zunickte.

»Das Schoßhündchen der Maestra«, flüsterten einige der Mädchen. Doch sie liebten Michielina, und alle wussten, dass es ihr nicht gut ging. Wenigstens waren die *figlie di coro* klug genug, ihre unziemlichsten Gedanken für sich zu behalten.

* * *

Als ein jäher Wachstumsschub Maddalenas Pubertät ankündigte, befahl man ihr, ihre Habseligkeiten zu packen und in ein anderes Gebäude zu ziehen.

»Wenn ich dich hier nicht mehr sehe, dann sehe ich dich überhaupt nicht mehr«, jammerte Chiaretta. Obwohl sie eigentlich hatte flüstern wollen, hatte sie die Worte so laut herausgeschluchzt, dass die Hausmutter ihr mit Einzelarrest drohte, falls sie nicht sofort den Mund hielt.

Maddalenas Gesicht zeigte ihre Verzweiflung, als sie ihre Sachen unter den Arm klemmte und in das Haus für heranwachsende Mädchen trug.

Beim Aufwachen nach ihrer ersten Ruhezeit im neuen Bett sah sie, dass das Mädchen im Nachbarbett sich schon aufgerichtet hatte und sie anstarrte.

»Ich wollte sehen, ob ich dich allein durch Anstarren dazu bringen kann, aufzuwachen«, flüsterte sie. »Wie heißt du?«

»Maddalena. Und wer bist du?«

»Anna Maria. Was machst du?«

»Ich klöpple Spitze.«

»Ich bin im *coro*; ich bin ein Wunderkind.«

Hätte Maddalena nicht schon gewusst, was man sich darunter vorzustellen hatte, hätte sie es nun erfahren. Mit den Fersen wippend, zählte Anna Maria unter Zuhilfenahme der Finger sämtliche Instrumente auf, die sie bereits spielte, ebenso wie die, die sie noch lernen wollte.

»Und was spielst du?«, fragte sie.

»Ich lerne Laute.«

»O bitte, erkundige dich doch mal, ob ich nicht deine Lehrerin werden kann! Ich soll bald eine neue Schülerin bekommen.«

Das Wippen hatte sich jetzt in den oberen Teil des Körpers verlagert, da Anna Maria die Hände neben den Hüften aufs Bett stützte und auf und ab zu federn begann.

Sie hat noch mehr Energie als Chiaretta, dachte Maddalena. Der Gedanke an ihre Schwester überfiel sie mit derartiger Heftigkeit, dass sie einen Moment lang keine Luft bekam. Eine Glocke läutete, und alles verstummte, bis auf das Geraschel der Mädchen, die sich hinunterbeugten, um ihre Schuhe zu binden, und aufstanden, um ihre Kleider glatt zu streichen. Maddalena setzte sich die Haube auf, zog sie an der Naht herunter und hielt sie mit geschlossenen Augen fest; doch ob sie etwas in ihrem Innern verwahren oder etwas anderes draußen halten wollte, wusste sie nicht. Sie atmete aus, öffnete die Augen und setzte die Kappe auf. Als sie den Schlafsaal verließen, holte Anna Maria sie ein.

Unter ihren Hauben und Kappen hätte man die meisten Mädchen der Pietà nur schwer auseinanderhalten können. Anna Maria war eine Ausnahme – nicht, weil sie auffällig schön oder hässlich gewesen wäre, sondern wegen der Intensität ihres Blicks; stets hatte sie die Augen weit aufgerissen, als sei sie permanent erstaunt oder erschrocken. Kniff sie die Augen zusammen, was sie oft und energisch tat, so verstärkte das noch den Eindruck, dass Anna Maria innerlich brannte, als ob ein unsichtbares Feuer in ihr lodere.

Anna Maria schien keine einzige Freundin zu haben. Als Maddalena mit Chiaretta im Kindersaal gelebt hatte, hatte sie lediglich mit flüchtigem Interesse beobachtet, wie die anderen Mädchen sich zusammentaten. Ihre Schwester war die einzige Freundin, die sie brauchte, und die Pietà ließ einem kaum Zeit, sich andere zu suchen. Da sie sah, wie sehr sich Anna Maria nach ihrer Freundschaft sehnte, dass sie sich stets so aufs Bett setzte, dass sie sie schon in dem Moment, wenn sie durch die Tür trat, sehen konnte, hatte Maddalena Mitleid mit ihr. Genauso leid tat sie sich aber auch selbst, weil sie nicht mehr neben Chiaretta aufwachen durfte. Dennoch waren Maddalenas imaginäre Gespräche, die sie im Bett mit Chiaretta führte, nach ein paar Monaten nahezu von den echten mit ihrer neuen Freundin verdrängt worden.

Anna Maria hatte zwei Lieblingsthemen – ihre Musik und ihre Zukunft, die für sie ein und dasselbe waren. »Ich werde«, sagte sie und suchte nach einem Wort, »unentbehrlich sein.«

»Unentbehrlich?«, schalt Maddalena. »Das ist aber kein Beruf. Du kannst höchstens sagen: ›Ich werde Nonne‹ oder ›Ich heirate‹.«

»Tja, ich will einfach nur unentbehrlich werden. Sie sagen: ›Wir brauchen eine Theorbe und ein Cembalo‹, und ich werde da sein. Geige und Viola spiele ich schon, und wenn ich ein bisschen größer bin, lerne ich Cello und Bass. Und Orgel, aber da komme ich noch nicht richtig an die Pedale.«

Die beiden Mädchen drehten einen weitere Runde über den Hof, und Anna Maria schwatzte weiter. »Ich werde Sottomaestra und vielleicht sogar Maestra di Coro. Hoffentlich, schon ehe ich so grässlich stinke wie sie.« Anna Maria versuchte ihr Lachen hinter den vorgehaltenen Händen zu ersticken, doch wie üblich steigerte es sich zu einem lauten Prusten, das von Decke und Wänden des offenen Korridors zurückschallte und den beiden einen finsteren Blick der Hausmutter eintrug.

Man hatte Anna Maria beauftragt, Maddalena ihre erste Lautenstunde zu geben, doch nach wenigen Monaten gelangten beide zu dem Schluss, dass Anna Marias Traum, Maddalena in den *coro* zu holen, nicht realisierbar wäre. Maddalena konnte zwar jemanden begleiten, wenn das Stück nicht allzu kompliziert war, Anlass zu größeren Hoffnungen gab ihr Lautenspiel aber nicht.

»Wahrscheinlich kriegst du bald eine Blockflötenlehrerin«, sagte Anna Maria eines Nachmittags. »Man erwartet, dass du zwei Instrumente lernst, bevor …« Ihre Miene verfinsterte sich, und sie führte den Satz nicht zu Ende. Die Mädchen verstummten und vermieden es, sich anzusehen, bis Maddalena Anna Maria schniefen hörte.

»Was ist denn los?«, fragte sie.

»Erstens werde ich, wenn du nicht mehr Laute spielst, nicht mehr so oft mit dir zusammensein.« Anna Maria stockte. »Und wenn du dann weggehst, werde ich dich gar nicht mehr sehen.«

»Wer sagt denn, dass ich weggehe?«

»Na ja, eines Tages zwingen sie dich dazu, verlangen von dir, dass du Nonne wirst oder sonst was. Was weiß ich!« Anna Maria vergrub das Gesicht in den Händen.

Die Aussicht schreckte beide so sehr, dass sie begannen, sich während der Rekreationszeiten zurückzuziehen, um in der leeren *Sala* zu üben.

Es reichte trotzdem nicht. »Ich weiß nicht, woran es liegt«, sagte Anna Maria. »Du bist nicht wie Annetina, bei der ich kaum bis zum Ende der Stunde durchhalte.« Anna Maria nahm Maddalena die Laute aus den Händen und spielte sie so, dass man an einen unter seiner Last dahintrottenden Esel denken musste und warf zur Vervollständigung der Wirkung noch ein paar falsche Akkorde dazwischen.

»Ich habe keine Ahnung, warum ich es nicht besser hinkriege«, sagte Maddalena. »Ich strenge mich wirklich an. Vielleicht ist der Weg zwischen den Fingern und meinem Kopf einfach zu lang.« Sie hob die Laute ein wenig höher und beugte den Kopf hinunter, sodass das Instrument ihre Wange berührte, und begann zu zupfen. »Ich wünschte, ich könnte sie hören.«

Anna Maria verzog das Gesicht. »Was redest du denn da, du kannst sie nicht hören? Bist du etwa taub?«

Maddalena wusste nicht, wie sie es erklären sollte. »Ich meine, *besser* hören. Vielleicht hat sie einfach nicht die richtige Lautstärke.« Unsicher, was sie eigentlich sagen wollte, überlegte sie kurz.

Anna Maria zuckte die Achseln und gab ihr die Laute zurück. »Spiel nochmal das Stück mit den *Arpeggios*. So laut, wie du willst. Ist ja sonst keiner da.«

»Weißt du, was ich noch lieber täte?« fragte Maddalena, und ohne auf eine Antwort zu warten, fuhr sie fort. »Dir beim Spielen zuhören. Aber nicht auf der Laute.«

Anna Maria stand auf. »Worauf denn dann? Der Mandoline? Der Geige?«

Die Mandoline hatte Maddalena nur ein- oder zweimal gehört und wusste nicht recht, ob sie den Klang mochte, die Geigen in der Kapelle fand sie jedoch immer schön. »Auf der Geige«, sagte sie.

»Ich habe die dumme alte Laute sowieso satt. Gehen wir«, befahl Anna Maria.

Sie brachte Maddalena in einen anderen Übungsraum, packte dort einen Geigenkasten und trug ihn in einen kleinen holzgetäfelten Raum. »Hier bekommen die besten Geigenspielerinnen ihren Einzelunterricht«, sagte Anna Maria. »Ich habe zwar noch nie hier gespielt, aber sie haben es auch nicht ausdrücklich verboten.« Sie zog die Tür hinter ihnen zu. »Kann sein, dass wir Ärger bekommen, aber ich glaube nicht, dass uns jemand hört, und ich will wissen, wie es klingt.«

Sobald Anna Maria zu spielen begann, spürte Maddalena, wie etwas in ihr aufbrach. Sie setzte sich auf einen alten Sessel, und hatte, auch als er nicht weiter unter ihr nachgeben konnte, das Gefühl, als sinke sie immer noch tiefer, so tief, bis sie sich zusammenfalten konnte zu einem kompakten Päckchen vollkommenster Zufriedenheit. Der Raum füllte sich mit Tönen, die glänzten wie poliertes Messing, die schmolzen wie Karamell auf der Zunge und bewirkten, dass sich die Härchen auf ihren Unterarmen aufstellten.

Anna Maria hielt inne. »Mach lieber den Mund zu, du sabberst ja schon fast.«

Maddalena schrak zusammen und richtete sich auf. »Spiel weiter«, bat sie mit leiser, fast flüsternder Stimme.

Anna Maria zuckte die Achseln und begann erneut zu spielen. Maddalena meinte, jedes Haar zu hören, wenn der Bogen die Saiten berührte. Die Musik wirbelte und sauste durch die Luft, tanzte wie Schneeflocken in einer Gasse.

»Magst du diese Melodie?«, fragte Anna Maria. »Ich habe sie mir eben ausgedacht.« Sie sah Maddalena an. »Dir steht schon wieder der Mund offen.«

Maddalena starrte Anna Maria einen Moment lang an, ehe sie begriff, was sie gesagt hatte, schloss dann den Mund und biss sich auf die Lippen. Schließlich sagte sie: »Ich will nicht mehr Laute spielen.«

Anna Maria zuckte die Achseln. »Ich habe alle Instrumente mehr oder weniger gleich gern.« Sie reichte ihre die Geige. »Schieb sie dir unters Kinn«, sagte sie. »Nein, nicht so – die Wange muss ein bisschen zurück.« Sie bog Maddalenas Finger um den Geigenhals und legte sie an bestimmte Stellen. »Behalt sie da«, sagte sie, »und zieh einfach den Bogen über die Saiten.«

Maddalena zuckte zusammen, so schrill klang der Ton.

»Umfasse den Bogen nicht so fest und halte das Handgelenk gerade.«

46

Maddalena lockerte ihren Griff und versuchte, den Bogen mit dem selben Zartgefühl über die Saiten zu ziehen, mit dem sie die letzten Stiche eines Kragens stickte. Das Ergebnis war aber alles andere als das, was Anna Maria der Geige entlockte – prachtvolle Töne, die an das Glitzern des Lichts auf Wasser, an Apfelblüten und Gelächter erinnerten. Bei Maddalena klang die Geige wie das Knarren einer rostigen Türangel, doch es war ihr egal.

Sie öffnete die Augen und sah, wie Anna Maria sie anstarrte.

»Das gefällt dir wirklich«, sagte sie. »Ich glaube, besser als mir.«

Maddalena wusste nicht, was sie darauf erwidern sollte. Sie wollte Anna Maria nicht ansehen, aus Angst, etwas preiszugeben, von dem sie selbst noch nicht wusste, was es war. Sie blickte auf ihre Hände. Die Nägel waren eingerissen, die Finger voller Schwielen, doch im letzten Jahr waren sie lang und schlank geworden. Vielleicht waren sie ja hierfür gemacht. Sie schloss die Augen, und ihr Kopf war voller Musik, die gespielt werden wollte.

* * *

»*Sicut erat in principio, et nunc, et semper, et in saecula saeculorum.*« Die Stimme des Priesters hallte von den Wänden der Kirche San Sebastiano wider, doch Maddalena und Chiaretta hörten es kaum. Am Rande einer Gruppe von Figlie, die man zur Messe hierher gebracht hatte, hatten die zwei die Köpfe so weit in den Nacken gelegt, dass ihnen die Münder offen standen, wenn sie gemeinsam mit den anderen Amen sagen wollten.

»Guck mal!«, flüsterte Chiaretta Maddalena zu und deutete an die Decke. »Ich kann diesem Mann fast unters Hemd schauen.«

»Weitergehen.« Die Anstandsdame schob die Mädchen leicht voran. Ausnahmsweise klang sie einmal nicht barsch, denn schließlich hatte man den Mädchen eben wegen Veroneses Deckenfresken zur Geschichte Esthers den Ausgang gestattet.

»*Mea culpa, mea culpa, mea maxima culpa*«, sprachen Maddalena und Chiaretta im Chor mit den anderen Figlie und schlugen sich, während sie sich dem Altar näherten, reuevoll an die Brust.

Chiaretta blickte wieder zur Decke hinauf, als sich ihr jäh ein Wimmern entrang. Maddalena griff nach ihrer Hand, während sie zu den beiden Pferden hinaufstarrten, einem schwarzen und einem weißen, die von ihrem Standpunkt aus betrachtet aussahen, als kämen sie durch das Dach direkt auf sie zu galoppiert. Die gemalten Frauen sahen mit ängstlichen Augen von einem Palastbalkon aus zu, und drei männliche Figuren versuchten, die wild dreinschauenden Bestien zurückzuhalten, damit sie nicht alles in der Kirche niedertrampelten, wenn sie aus dem Putz herausbrachen und herunterdonnerten.

Die Szene über ihnen erzeugte einen bedrohlichen Sog, und Maddalena senkte den Blick. Chiaretta aber starrte weiter nach oben, bis sie sich plötzlich haltsuchend an Maddalena klammerte. Sie kicherten, während Chiaretta schwankte und die Taumelnde spielte, bis das Zischen der Anstandsdame ihnen Einhalt gebot. Einander die Hände drückend, zwangen sie sich, der Messe zu folgen.

Anschließend sammelten sich die Figlie auf der Piazza vor der Kirche. »Wir gehen nun zum Kloster von Santa Maria dei Carmini«, sagte eine der Betreuerinnen. »Dort werden uns die Nonnen ein besonderes Essen servieren, und dann geht es wieder zurück zur Pietà.«

Die Mädchen wanderten im Gänsemarsch an einem schmalen *Fondamento* entlang, bis sie in einen breiteren Weg an einem größeren Kanal einbogen. Zu ihrer Rechten erhoben sich die Ziegelwände von Santa Maria dei Carmini, während im Wasser zu ihrer Linken einige Enten schwammen und eine Möwe auf einem Pfosten saß. Für die weltabgeschieden leben den Mädchen der Pietà waren Entenfedern so kostbar wie Edelsteine, und die Begleiterinnen blieben stehen, damit die Mädchen sie eine Weile betrachten konnten.

Schließlich klatschte Geltruda, die ältere der beiden, in die Hände. »Kommt jetzt«, sagte sie. »Die Schwestern warten auf uns.«

Vor ihnen lag die zum Campo dei Carmini führende Brücke. Auf dem Fondamento waren die Mädchen fast allein gewesen, aber auf der Brücke standen Leute – meist junge Männer – in Grüppchen herum, unterhielten sich begeistert und so laut, dass sie auch aus einer gewissen Distanz nicht zu überhören waren.

Die Betreuerin, die die Schar anführte, erstarrte und blieb stehen. Geltruda kam nach vorne, um sich mit ihr zu beraten.

»Siehst du das?«, hörte Maddalena sie sagen. »Meinst du …« Sie verstummte, während Geltruda ihren Gedanken mit den Augen zu vervollständigen schien.

Beide warfen sie besorgte Blicke in Richtung der Brücke. »Ich habe der Priorin ja gesagt, dass es keine gute Idee ist, sie um diese Jahreszeit auszuführen«, meinte Geltruda, »und nun sieh dir das an …«

»Sollen wir zurückgehen? Wir könnten die Köchinnen bitten, die Mädchen in der Pietà zu verpflegen.«

»Wie denn? Die Gondel kommt erst am Nachmittag, um uns abzuholen.«

Die Betreuerinnen blickten sich um und hielten die Mädchen zusammen, während fortwährend Menschen über die Brücke zum Campo dei Carmini hasteten.

»Wir bleiben im Kloster und warten auf die Gondel«, hörte Maddalena Geltruda sagen. »Wir können nicht zu Fuß zur Pietà zurück. Wir kennen nur den Weg übers Wasser. Ich glaube nicht, dass wir eine andere Wahl haben.«

Sie bekreuzigte sich hastig, ehe sie sich an die Gruppe wandte. »Lauft rasch und bleibt zusammen«, sagte sie und bedeutete ihnen mit einer Geste, ihr zu folgen.

Die Menge achtete gar nicht auf die Mädchen. Chiaretta sah, wie die Leute an der Kirche vorbeiströmten und in einer Seitengasse verschwanden.

»Wohin so schnell?«, rief sie aus, doch niemand blieb stehen, um ihr zu antworten.

Ein Mann mit nacktem Oberkörper zog, umgeben von halbwüchsigen Jungen, die seinen Namen sangen, an ihr vorbei. Einer der Jungen trug ein Schild aus überzogener Pappe auf der Brust, das mit bunten Verzierungen geschmückt war. »Nicolotti! Nicolotti!«, rief er.

»He, pass doch auf!«, brüllte jemand, während zwei Kinder, von denen jedes einen langen Brotlaib trug, sich durch die Menge schoben. Als sie den Rand des Campo dei Carmini erreicht hatten, begannen die beiden zu laufen und ihre Laibe wie Siegesfahnen zu schwenken. Hinter ihnen hörte Chiaretta eine Männerstimme rufen: »Haltet sie! Haltet die Diebe!« Während sie den Aufruhr betrachte, hatte Chiaretta gar nicht bemerkt, dass sie hinter die Gruppe zurückgefallen war. Geltruda packte sie unsanft an den Schultern und schob sie vor sich her. »Kleine Närrin«, sagte sie. »Nun zeig mal ein bisschen Verstand. Hinein mit dir!«

Auch im spärlichen Licht der Kapelle, wo sich die Figlie zwischen den Kirchenbänken versammelt hatten, war die Sorge auf den Gesichtern der Begleiterinnen nicht zu übersehen. »Lasset uns beten zur gebenedeiten Muttergottes für unsere Errettung aus der Gefahr«, sagte eine der Nonnen, die sie willkommen hießen. Chiaretta und Maddalena bekreuzigten sich und senkten die Köpfe.

Die Nonne wiederholte noch einmal das Ave Maria, ehe sie sich an die Mädchen wandte. »Manchmal kann die Welt schon erschreckend sein«, sagte sie und wies mit dem Kopf zur Tür und dem Tumult draußen. »Aber ist es nicht ein Glück, jemanden zu haben, der uns liebt und beschützt? Überlegt mal, für die heilige Jungfrau seid ihr ihre Kinder, genau wie ihr Sohn! Und welche größere Ehre könnte es geben?« Sie runzelte die

Stirn und rieb sich die Schläfe, als ob sie krampfhaft nach etwas suche, das sie noch sagen könne.

Maddalena drehte sich um und stieß mit dem Kopf an das Schnitzwerk der Bank, auf der sie saß. Im schwachen Kerzenschein erkannte sie seltsame Kreaturen im dunklen Holz. Sie waren ihr so nah, dass es ihr vorkam, als wollten sie ihr etwas ins Ohr flüstern. Eine barbusige Meerjungfrau starrte sie aus ausdruckslosen Augen an, und ein eidechsenartiges Wesen sah aus, als sei es eben von der Armlehne gesprungen und mache sich nun daran, sich die Rücklehne hinaufzuschlängeln.

Maddalena regte sich nicht, als könne sie, wenn sie sich nur stark genug auf die Nonne konzentrierte, die inzwischen beim Thema Sünde angelangt war, die Ungeheuer in Schach halten. Aus dem Augenwinkel registrierte sie, wie sich die erst kurz zuvor eingetroffene Mutter Oberin leise mit ihren Betreuerinnen unterhielt.

Schließlich trat die Oberin vor die Figlie. Ihre Miene zeigte – abgesehen von zwei rasch wieder geglätteten Falten zwischen den Brauen, die sie durch ihre Willenskraft zu verscheuchen schien – angespannte Gefasstheit. »Kinder«, begann sie. »Es ist zu einem bedauerlichen Zwischenfall gekommen, und es tut mir leid, dass ihr das miterleben musstet.«

Sie holte Luft, als ob sie noch etwas sagen wollte, schloss dann aber den Mund und blickte zu Boden. »Das ist alles«, sagte sie. »Wir begeben uns nun ins Refektorium, wo man für euch gedeckt hat.« Dann drehte sie sich um und verließ eilends die Kapelle.

Als die Figlie den Saal betraten, trugen junge Novizinnen Platten mit Braten und Gemüse und Schüsseln mit Polenta auf. Die Mutter Oberin betete vor und sprach ein Dank- und Tischgebet, doch gerade, als sie sich setzen wollte, betrat eine weitere Nonne das Refektorium und schritt so rasch aus, dass sich ihr Habit um ihre Beine wickelte. Sie beugte sich zur Mutter Oberin hinunter und sagte etwas, auf das hin die ältere Frau aufstand und Geltruda und der anderen Begleiterin bedeutete, mitzukommen. Innerhalb weniger Minuten kehrten die beiden wieder zurück.

»Der Gondoliere ist da«, sagte Geltruda zu den Figlie, »und hat unmissverständlich klargemacht, dass es am besten ist, sofort aufzubrechen. Ihr müsst euer Essen stehen lassen, aber ein Stück Brot könnt ihr mitnehmen.«

Ein Maddalena und Chiaretta gegenübersitzendes Mädchen streckte die Hände aus, um sich ein großes Stück Fleisch zu schnappen, doch Maddalena wurde unter den grimmigen Blicken der Begleiterinnen ganz flau, und sie schob ihren Stuhl zurück

Chiaretta, die das Mädchen beim Kauen beobachtete, griff nach der Platte, doch Maddalena fiel ihr in den Arm. »Nimm dir ein Stück Brot und komm!«

Im Hof sah Maddalena den Gondoliere auf und ab schreiten und gelegentlich durch das Guckloch einer Außentür lugen. »Horch doch mal«, sagte Chiaretta und umklammerte Maddalenas Hand fester.

Die hohen Wände und überdachten Gänge des Hofs konnten die von draußen hereindringenden Hoch- und Buhrufe, die Zischlaute und heiseren Schreie, Flüche und Pfiffe nicht völlig aussperren.

Die Begleiterinnen trieben die Mädchen zum Gondoliere. Ohne darauf zu achten, ob die Mädchen ihn hören konnten, begann er auf die Betreuerinnen einzureden.

»Auf der Ponte dei Pugni haben sie gerauft, aber die Polizei ist dazwischen gegangen, und so haben sie beschlossen, hierher zu kommen. Nun prügeln sie sich an der Stelle, wo ich Sie abholen sollte.«

»Ist die Gondel da draußen?«, fragte die Betreuerin in einem derart alarmierten Ton, dass eines der Mädchen neben Maddalena zu wimmern begann.

»Nein. Ich habe sie bei San Sebastiano zurückgelassen. Ich denke, wenn wir hier rausgehen, können wir sie erreichen.«

Er warf einen Blick durch das Guckloch. »Es hat sich noch keine allzu große Menge angesammelt, und da drüben ist noch niemand. Aber wir müssen jetzt aufbrechen!« Ohne die Antwort der Betreuerinnen abzuwarten, stieß er die Tür auf und befahl den Figlie, mit ihm zu kommen.

Maddalena und Chiaretta waren die letzten der Mädchengruppe, die durch die Seitengassen in Richtung San Sebastiano hastete. Chiaretta stolperte über einen losen Pflasterstein und schlug hart auf den Boden, schürfte sich das Knie auf und verstauchte sich das Fußgelenk. Maddalena packte sie am Arm und stützte sie, während sie aufgrund der Schmerzen nur mehr mit kleinen Schritten vorankam.

Geltruda packte Chiaretta am anderen Arm. »Nun komm schon«, sagte sie. »Die anderen sind uns schon so weit voraus, dass ich sie kaum noch sehe.«

Gerade in diesem Moment kam eine Meute von mehreren Dutzend Männern in vollem Tempo den Kanal entlang. Geltruda verlor das Gleichgewicht und klammerte sich an die Mädchen, damit sie nicht alle miteinander ins Wasser geschubst wurden. Doch noch ehe sie wieder Halt fanden, schwappte eine zweite Welle von Laufenden über sie hinweg, diesmal Männer und Frauen aller Altersgruppen, die sich gegenseitig anrempelten und beschimpften.

Chiaretta kreischte, als sich Hände um ihre Taille legten und sie auf ein flaches Boot hinabhoben. Ein zweites Händepaar packte Maddalena, und im Nu saßen Geltruda und die beiden Mädchen neben einem Mann, einer Frau und ihren beiden Kindern, einen Jungen und einem Mädchen, die etwa so alt wie die Schwestern waren, in der *Peota*.

Geltruda schnaufte schwer und rief den Himmel um den Schutz der Heiligen an. Der Mann stieß eine Reihe von Flüchen aus, während er den inzwischen von Booten verstopften Kanal hinuntersteuerte. Chiaretta und Maddalena verbargen ihre Gesichter am Hals der jeweils anderen und riskierten von Zeit zu Zeit einen Blick zur Seite auf ihre Umgebung.

»Geht es euch gut?«, fragte die Frau die Mädchen. Sie nickten stumm.

»Seid ihr für die Nicolotti oder die Castellani?«, fragte der Junge.

Maddalena starrte ihn an. »Nicolotti oder Castellani?«, wiederholte er.

»Ich verstehe nicht, was du meinst.«

»Auf welcher Seite stehst du?«, fragte das Mädchen, verärgert über Maddalenas Unwissenheit.

»Ich stehe auf gar keiner Seite.«

»Ach lasst sie doch in Ruhe«, sagte der Vater. »Sie sind nicht von hier.«

»Wir konnten Sie ja nicht dort Ihrem Schicksal überlassen«, sagte die Frau zu Geltruda. »Sobald es geht, setzen wir Sie an einem sicheren Ort ab.«

Geltruda nickte. Sie klammerte sich an den Rosenkranz, den sie aus ihrer Tasche gezogen hatte, und während sie auf den Boden des Boots starrte, bewegte sie fortwährend die Lippen.

Auf den Straßen brachen nun Kämpfe aus, und die Schaulustigen, die von den oberen Fenstern der Häuser am Kanal zusahen, begannen Abfälle und kaputtes Geschirr auf die Leute hinabzuwerfen. Maddalena sah jemanden über das Dach eines Gebäudes kriechen und einen Dachziegel losstemmen. Er schleuderte ihn in den Kanal und verfehlte das Boot vor ihnen nur um wenige Fuß.

»Warum tun die das?«, schrie Chiaretta.

»Wie, was?«, fragte die Frau. »Hast du noch nie von den *Pugni* gehört? Den Faustkämpfen?«

»Nein«, schluchzte Chiaretta, »Und ich hasse sie! Sie sollen aufhören damit!«

Die Kinder lachten. »Aufhören? Es fängt ja gerade erst an!«

Ihre Mutter streckte die Hand aus und verpasste ihnen einen Klaps. »Raufbolde, ihr!«

»Ah, ich wünsche mir eine richtige Schlägerei!«, sagte der Junge und schrie aus Leibeskräften: »*Frotta! Frotta!*«

»Ich auch!«, pflichtete das Mädchen ihm bei. Sie streckte Maddalena die Zunge heraus und kicherte.

Der Mann hatte das Boot weiter den Kanal hinabmanövriert, um sich einen besseren Überblick zu verschaffen. Zu ihrer Rechten kamen zwei junge Männer vom Fondamento herunter und sprangen von Boot zu Boot, um die andere Seite des Kanals zu erreichen.

»Nicolotti! Nicolotti!«, rief die Familie und grinste und schwenkte die Fäuste, als die beiden kurz auf ihrem Boot waren. Sie stießen versehentlich das Mädchen um, und obwohl sie das Gesicht verzog, rappelte sie sich ohne eine Träne wieder auf und brüllte mit ihrem Bruder weiter.

Innerhalb von Minuten war die Brücke neben dem Kloster voller Männer, die auf den Schlussstein an der höchsten Stelle der Brücke zudrängten, die Nicolotti-Partei auf der einen Seite, die Castellani-Fraktion auf der anderen. Faustschläge trieben einige von ihnen zum Fondamento zurück, während auf andere Stockhiebe niederprasselten. Oben auf der Brücke packten die Männer sich gegenseitig und rangen miteinander, bis einer der Kontrahenten oder alle beide in den Kanal stürzten. Einer trieb reglos im Wasser, Blutschlieren aus einer Kopfwunde rankten sich wie Bänder um ihn. Man zog ihn in ein Boot, und mehrere Leute beugten sich über ihn.

»Ist er tot?«, rief die Frau in Maddalenas und Chiarettas Boot.

»Nein, nur bewusstlos«, erwiderten sie. »Er atmet noch.« Die beiden Kinder stöhnten vor Enttäuschung.

Und dann hörte es, genau so rasch wie es begonnen hatte, wieder auf. Eine Gruppe schob sich am Schlussstein vorbei, die anderen konnten sie, so sehr sie sich auch anstrengten, nicht mehr zurückdrängen. Wilde Beifallsrufe ertönten vom gegenüberliegenden Ufer, während die Verlierer sich zusammenscharten und die Köpfe schüttelten. Die Menge begann sich zu zerstreuen, und bald hatte sich der Kanal so weit geleert, dass sich Chiarettas und Maddalenas Boot in Bewegung setzen konnte.

Nun, da die Gefahr gebannt war, erwachte Geltruda wieder zum Leben und bekreuzigte sich ein ums andere Mal.

»Ihr in euren roten Kleidern«, sagte der Mann. »Ihr seid doch von der Pietà, nicht wahr?« Als Geltruda nickte, lächelte der Mann. »Ah! Eure Sängerinnen, das sind die besten in ganz Venedig!« Er stimmte eine Melodie an, die der *coro* erst in der vorausgegangenen Woche gesungen hatte.

Chiaretta und Maddalena musterten ihn überrascht. »Ihr geht in die Kirche?«, fragte Chiaretta.

»Wann immer ich Zeit finde.« Er sang weiter, doch die Jungfrau Maria war in seinem Lied durch ein schönes Mädchen mit rubinroten Lippen ersetzt worden, und er sang auch nicht auf Latein, sondern im venezianischen Dialekt. Seine Frau fiel mit der zweiten Stimme ein, und bald gesellte sich eine weitere Stimme vom Ufer her dazu und schließlich eine vierte aus einem Fenster.

Sie ruderten den *Rio* di Santa Margherita hinunter und sangen, von Gondolieri und Leuten am Ufer begleitet, ein Lied nach dem anderen. Chiaretta sang auf Latein mit, wann immer sie sich an den Text erinnerte, und ignorierte Geltrudas finstere Blicke.

Maddalena sah, wie auf dem Kanal um sie herum verlorene Mützen, Stücke von Schildern und ein einsamer Schuh trieben. Aus den Fenstern geworfene Abfälle sammelten sich am Ufer, gesäumt von ölig schimmernden Schlieren, in denen sich das Licht zu den Farben des Regenbogens brach. Die Enten kehrten zurück, und Chiaretta ließ die Hand durchs Wasser gleiten und versuchte, sie mit Rufen zu sich zu locken.

Als sie sich dem Canal Grande näherten und in Richtung der Pietà abbogen, verwandelte die untergehende Sonne die Palazzi-Fassaden in leuchtende Quadrate aus Ocker, Rotbraun und Rosa. Die Stimmen der Gondolieri mischten sich mit den Schreien der Möwen, die ihre letzten Bahnen flogen – ein Chor

56

der Hoffnungsvollen und Zufriedenen, die die Welt aufriefen, alles außer dem Erhabenen zu vergessen.

Als der Schiffer sie zur Pietà zurückgerudert hatte, waren die übrigen Figlie bereits verköstigt und zum Ausruhen in die Schlafsäle geschickt worden.

Geltruda und die beiden Mädchen wurden an der Pforte von einer aschfahlen Frau empfangen, die sich bei ihrem Anblick bekreuzigte.

»Sechs Leute sollen umgekommen sein«, sagte sie, während vor Erleichterung ein Schluchzer aus ihr herausbrach. Sie bekreuzigte sich erneut. »*Ave Maria, gratia plena, Dominus tecum*«, begann sie leise zu beten, während sie sie zum Arbeitszimmer der Priorin führte.

Die Priorin kam ihnen schon entgegen, wobei ihr in der Eile der Rosenkranz zu Boden fiel. »Was ist passiert?«, fragte sie Geltruda.

Weder Maddalena noch Chiaretta hatten Geltruda so mutig im Gedächtnis, wie sie sich nun darstellte. Vielleicht, dachten beide, hatten sie nur nicht bemerkt, wie entschlossen sie sie verteidigt hatte.

»Und du«, meinte die Priorin und blickte auf Maddalena, »hast du dich gefürchtet?«

Alle möglichen Bilder wirbelten Maddalena durch den Kopf. Die Pferde von der Kirchendecke donnerten über sie hinweg, während von allen Seiten Menschen mit verzerrten Gesichtern auf sie zudrängten und sie anrempelten und Blut im Kanal floss. Sie schauderte, und als die Priorin den Arm um sie legte, begann sie zu weinen.

Chiaretta hatte sich im Zimmer umgesehen, hatte den großen Teppich mit seinen karmesinroten, blauen und goldenen Mustern entdeckt und die grünen Samtvorhänge am Fenster, die von goldenen Kordeln mit dicken Troddeln gehalten wurden. Ein Feuer brannte im Kamin und verbreitete einen Schein, der das schwere Leder der Sessel erhellte.

»Und du?«, fragte die Priorin zum zweiten Mal. »Hattest du auch Angst?«

Chiaretta wunderte sich über die Frage. »Hin und wieder«, erwiderte sie. »Aber nicht die ganze Zeit über.«

Die Priorin lächelte. »Gott hat euch beschützt.«

Sie hatte es anders gemeint. *Ich war draußen,* dachte Chiaretta. *Ich habe Enten gesehen und an eine Kirchendecke gemalte Menschen, und ich bin – nicht in einer Felce sondern im Freien – über den Canal Grande gefahren. Und ich habe mit den Leuten im Boot gesungen. Die meiste Zeit hatte ich keine Angst. Ich war glücklich.* Sie holte Luft, so als wolle sie es erklären, doch beim Anblick der finsteren Mienen Geltrudas und der Priorin begriff sie, dass sie es sowieso nicht verstanden hätten. »Ja«, sagte sie. »Gott und die heilige Jungfrau.«

ZWEITER TEIL

Ein Bogen für Maddalena Rossa
1703–1709

4

Ihre gesamte Kindheit über hatte Silvia »die Ratte« auf ihrer Unterlippe herumgebissen. Dadurch hatten sich ihre Vorderzähne so weit nach vorn geschoben, dass sie jetzt nur noch außerhalb ihres Mundes bequem aufruhten. Zusammen mit den runden, stumpfbraunen Augen und dem mausbraunen Haar verlieh dies Maddalenas Geigenlehrerin ein nagetierähnliches Aussehen, das ihr bereits vor langer Zeit den wenig schmeichelhaften Spitznamen eingetragen hatte.

Silvia wieselte im Geigen-Übungssaal herum und lächelte einfältig, während sie kleine Aufgaben erledigte, mit denen sie um den Beifall Lucianas, der Maestra del Violino, buhlte. Wenn Luciana laute, herabwürdigende Bemerkungen über die anderen Schülerinnen machte, schmunzelte Silvia, bis die anderen Figlie sich angewidert abwandten.

Lucianas Gunst hatte nichts mit Silvias Begabung zu tun, die, wie sogar eine Anfängerin wie Maddalena erkennen konnte, nur mittelmäßig war. Doch in der abgeschlossenen Welt der Pietà war das Miteinander entscheidend – wenn Luciana dies auch so auslegte, dass man *mit ihr* auszukommen hatte.

Anna Maria übte bereits mehrere Monate mit Maddalena, ehe sie Luciana bat, sie anzuhören. Und obwohl sogar Luciana zugeben musste, dass Maddalena inzwischen besser war als einige der neueren *Iniziate,* verdross es sie, dass Anna Maria sich ihr Vorrecht angemaßt und es selbst in die Hand genommen hatte, Maddalena zu unterrichten. Während Luciana ihrem Ärger bei jeder anderen Figlia mit einem Sperrfeuer an Beschimpfungen Luft machte, bis das Mädchen in Tränen ausbrach, schien Anna Maria gegen eine derartige Behandlung immun.

»Ich habe sie sagen hören, ich sei inzwischen schon berühmter, als gut für mich sei«, flüsterte Anna Maria eines Morgens Maddalena zu. »Ist das nicht herrlich?«

Die einzige regelmäßige Züchtigung, die Luciana Anna Maria verabreichte, galt deren Stolz. »Glaubst du vielleicht, die Muttergottes würde sich über eine solche Angeberin freuen?«, fragte Luciana sie einmal, worauf Anna Maria erwidert hatte: »Nein, aber vielleicht freut es sie ja, mich spielen zu hören.«

Luciana bekam einen roten Kopf bei dieser Bemerkung, die ihr als unverschämteste Anmaßung erscheinen musste, und Maddalena hatte für ihre Freundin gezittert. Doch als Luciana Anna Marias ernste und nüchterne Micne sah, hatte sie schließlich nur vor sich hin gebrummt und ihr lediglich eine milde Strafe auferlegt, nämlich in der Ecke zu sitzen und eine Stunde lang Tonleitern zu üben. Denn im Grunde gingen alle im Raum, einschließlich Lucianas, davon aus, dass das, was Anna Maria gesagt hatte, der Wahrheit entsprach.

Statt an Anna Maria ließ Luciana ihren Ärger an deren Schützling aus, indem sie Maddalena erstens völlig ignorierte und sie zweitens Silvia zuteilte. Silvia unterrichtete Maddalena nach derselben Methode, nach der man auch sie unterwiesen hatte, doch bei der Beobachtung des Spiels der besten Geigerinnen erkannte Maddalena, wie Körper, Instrument und Musik zu etwas Intimem und Vollkommenem verschmolzen, das durch diesen Unterricht nicht erklärbar war. Wenn sie mittlerweile den Bogen über die Seiten führte, war der Ton so süß und wunderbar, dass sie zuweilen zu atmen vergaß. Noch lange nach ihren Stunden erinnerte sie sich daran, wie ihre Finger über die Saiten geflogen und geflattert waren und dabei an etwas Geheimnisvollem, Heiligem teilhatten.

Ihre Freude über ihre kurz nach ihrem elften Geburtstag erfolgte Ernennung zur Iniziata des *coro* war jedoch im Laufe des Jahres durch die Tatsache, Silvia zur Lehrerin zu haben, etwas gedämpft worden. Dennoch sehnte sie jede Gelegenheit herbei, ihre Violine aus dem satingefütterten Kasten zu nehmen, den Bogen mit Kolophonium zu bestreichen und eine Welt zu betreten, in der nichts als der Klang ihres Instruments existierte.

Doch immer wieder wurde diese Welt entweiht. »Nein, nein, nein! So geht das nicht!« Silvia packte Maddalenas Handgelenk und drehte es heftig nach außen.

Maddalena starrte Silvia zornig an, legte den Bogen auf die Saiten und spielte die Arpeggio-Folge ein zweites Mal. In die träge Melodie hineingleitend, schloss sie die Augen. Sie vergaß Silvia völlig und begann sich im Rhythmus der Musik zu wiegen, bis aller Unmut von ihr abfiel.

Silvia klatschte zweimal in die Hände. »Warum tust du das?«

»Was denn?«

»Die Augen schließen und dich hin- und herbewegen.«

Maddalena starrte sie kurz an und wusste nicht recht, was sie meinte. »Tue ich das denn?«

»Ja. Hör auf damit. Du musst dich konzentrieren und nicht nur tun, wonach dir gerade ist. Das ist eine Unterrichtsstunde.«

Maddalena schloss die Augen. »Ich weiß.«

»Außerdem machst du mich damit nervös. Du sollst spielen, was da steht, und nicht so vor dich hinträumen.«

Es hatte noch nicht zum Mittagessen geläutet, und vorher war die Stunde nicht zu Ende, doch Maddalena ließ den Bogen sinken.

»Ich habe Kopfschmerzen«, sagte sie. »Ich kann heute während meiner Freizeit üben, wenn Maestra Luciana es erlaubt.«

Silvia verzog verächtlich die Oberlippe und zeigte – kopfschüttelnd – noch mehr von ihren Vorderzähnen als sonst. »Wenn du nicht zuhörst, wirst du dich nie verbessern.« *Du bist erst fünfzehn Jahre alt und klingst jetzt schon wie eine alte, meckernde Ziege,* dachte Maddalena. *Die Kopfschmerzen habe ich allein dir zu verdanken.*

Maddalena wanderte durch die Paare von Figlie, die sich über Violinen und Violas beugten, bis dorthin, wo sie Luciana mit einem der älteren Mädchen sitzen sah. Maddalena und die anderen Figlie wusste, dass Luciana trotz ihres gegenwärtigen Aussehens und Gebarens einst die berühmteste Geigenspielerin aller vier Ospedali gewesen war, und oft ermahnte man sie, gefälligst dankbar dafür zu sein, dass sie sie zur Lehrerin hatten. Inzwischen hatte die Gicht ihre Füße derart verformt, dass sie nur noch Pantoffeln tragen konnte. Jede Weichheit oder Freundlichkeit, die einst Teil ihrer Persönlichkeit gewesen sein mochte, hatte sich in den Jahren des Schmerzes verflüchtigt.

Wie Michielina würde auch sie sich bald zur Ruhe setzen dürfen und ihren Lebensabend innerhalb einer besonderen, als *Giubilate* bekannten Gruppe von Musikerinnen in der Pietà verbringen. Doch weil keine andere so viel Erfahrung wie sie darin hatte, einer Geige Töne zu entlocken, musste sie trotz aller Gebrechlichkeit weiter Dienst tun. Immer noch zeigte sie sich Tag für Tag in der Sala, und häufig war sie in so garstiger Stimmung, dass es Maddalena vorkam, als falle – sobald Luciana durch die Tür trat – die Temperatur und als verschwinde das wenige durch die schmutzigen Fenster dringende Sonnenlicht dann vollends.

Als Maddalena zu ihnen trat, bedeutete Luciana dem Mädchen, sein Spiel kurz zu unterbrechen. »Ja?« Sie hob die Augenbrauen. »Was willst du?«

»Es geht mir nicht gut heute, Maestra. Ich habe Kopfschmerzen und würde gern aufhören.«

Luciana zeigte ihren Ärger, indem sie hörbar die Luft ausstieß. »Die *Congregazione* hat einen Geigenlehrer engagiert, der einen Teil meiner Pflichten übernehmen soll. Er ist heute bei uns und trifft sich mit *Maestro* Gasparini; sie möchten auch hier bei uns vorbeischauen. Er will sehen, wie viele wir sind und wie hart wir arbeiten.« Sie zog die Winkel ihres dünnlippigen Mundes nach unten. »Nachgiebigkeit gegenüber sich selbst geziemt sich nicht, Maddalena. Du siehst doch, wie ich leide, und du lässt dich von derartigen Wehwehchen beeinträchtigen? Such dir eine Ecke und übe, bis er kommt.«

Der Himmel war bewölkt an diesem Tag, und obwohl das Licht in Fensternähe besser war, hatte die Zugluft eines unzeitig kühlen Septembertags dafür gesorgt, dass die Ecke dort noch frei war. Maddalena schauderte, als sie die Saiten stimmte und den Bogen spannte. Es ging ihr schon besser, sie hatte nur Silvia entkommen müssen, allein und so spielen dürfen, wie sie wollte, außerhalb des Radius von Lucianas bösem Blick, außerhalb der Sala, ja sogar außerhalb der Pietà, dort, wo die vollkommene Musik lockte.

In der Kälte waren ihre Finger schon ganz steif geworden, doch rasch vergaß sie das Unbehagen, als sie ihr Lieblingsstück, ein sanftes Schlaflied, spielte, das sie an die sich wiegenden Bäume vor dem Häuschen ihrer Kindheit erinnerte. Ohne die ständigen Unterbrechungen durch Silvias Klatschen sanken ihr beim Spiel die Lider herunter. Schließlich kam sie zu einer Passage, deren Fingersätze noch zu kompliziert für sie waren, um sie ohne äußerste Konzentration bewältigen zu können, und mit geschlossenen Augen versuchte sie es wieder und wieder.

»Signorina?« Sie blickte auf, erschrocken über den Klang einer Stimme, die, obschon hoch und nasal, definitiv die eines Mannes war. Das erste, was ihr an ihm auffiel, war sein Haar. Von dem durchs Fenster fallende Licht von hinten beleuchtet, wirkte es strahlend wie ein Sonnenuntergang und züngelte flammengleich über den Schultern seines schwarzen Priestergewands.

Der Geigenlehrer. Maddalena sprang auf. Luciana stand mit einem der Herren der Congregazione, der die schwarze Robe eines venezianischen Adligen trug, neben ihm. Er schob sich die Geige unters Kinn und improvisierte eine Einleitung zu der Passage, mit der sie eben noch gekämpft hatte. Er überlegte kurz, versuchte es ein zweites Mal, und gab ihr die Violine zurück.

»Es ist nicht so schwer, wie du denkst«, sagte er. »Probier es einmal so.« Er nahm ihre Finger und bewegte sie auf andere Weise.

Sie spielte, bis ihre Finger wie von allein ihren Weg fanden, und wiederholte es dann noch zweimal, nur zum Vergnügen.

»Sehr gut«, sagte der Priester. Kannst du mir auch noch den Rest vorspielen?«

Maddalena spürte, wie ihr heiß wurde. »Jetzt gleich?«

»Aber gewiss doch.«

Maddalenas Herz machte einen Satz. Obwohl sie sich Luciana zuliebe um Bestleistung bemühte, griff sie ein ums andere Mal daneben. Irgendwie gewann sie zwar am Ende die Kontrolle über sich zurück, doch sie konnte sich nur an ihre Fehler erinnern. Lucianas Gesicht zuckte missbilligend, ehe es wieder zur gewohnten Ausdruckslosigkeit zurückfand.

Der Priester musterte sie verwundert. Sein junges Gesicht war rund, und das Kinn ragte nach vorn, als sei es mit der dünnen, langen Nase im Bunde und wolle es eines Tages schaffen, mit dieser den Kreis zu schließen. Sein feuriger Schopf und die kleine Gestalt erinnerten Maddalena an die Geschichten über Gnome, die aus den Wäldern kamen, um in den Dörfern ihr Unwesen zu treiben. Anders als diese war er aber weder hässlich noch abstoßend, sondern strahlte eine drahtige Energie aus, die die Aufmerksamkeit des ganzen Saales auf ihn zu ziehen schien.

Noch ehe sie sich für ihr Spiel entschuldigen konnte, begann er zu sprechen. »Du fürchtest dich nicht vor dem Schwierigen«, sagte er. »Und die Musik …« – er tippte sich an die Schläfe – »lehrt uns alle Bescheidenheit. Wie heißt du?«

»Maddalena«, erwiderte sie fast flüsternd.

»Maddalena. Maddalena Rossa«, sagte er und zupfte an seinen Haaren. »Rot. Wie meine.« Ein rasches Kopfnicken, und schon war er weitergegangen, gesellte sich wieder zu Luciana und den anderen am gegenüberliegenden Ende des Saales.

Maddalena setzte sich und wartete, dass die Männer den Saal verließen, sodass sie die Schimpftirade Lucianas hinter sich bringen konnte. Als die Besucher fort waren, kehrte Luciana zu ihr zurück. Sie berührte ihre Schulter, und die unerwartete

Freundlichkeit schwächte Maddalenas Vorsatz, keinesfalls in Tränen auszubrechen.

»Ich war grottenschlecht«, sagte sie und verbarg ihr Gesicht in den Händen. »Ich hätte Sie so gern beeindruckt, und jetzt …« Sie sprach nicht zu Ende. *Jetzt komme ich nie von Silvia weg.*

»Du hast zwar ziemlich schlecht gespielt«, pflichtete Luciana ihr bei, »aber er sieht etwas in dir und will, dass wir dich im Auge behalten. Ab morgen hast du bei mir Unterricht. Das ist allerdings keine Beförderung, sondern ein spezielles Abkommen für eine Wochenstunde.«

Maddalena blickte erstaunt auf. »Bei Ihnen?«

»Bei wem denn sonst? Dachtest du vielleicht an Privatunterricht bei Don Antonio Vivaldi persönlich? Er ist der beste Geigenspieler Venedigs.«

»Nein, Maestra«, murmelte Maddalena. Das einzige, was sie sich erhofft hatte, war eine bessere Lehrerin als Silvia, und verlegen, dass man ihr etwas anderes unterstellte, schaute sie zur Seite. Alle Figlie im Saal starrten sie mit den Instrumenten in den Händen an. Von der Unergründlichkeit ihrer Blicke eingeschüchtert, schlug Maddalena die Augen nieder.

Falls Maddalena geglaubt hatte, der Eindruck ihres Spiels auf Don Vivaldi habe bei Luciana Wunder bewirkt, sollte sie bald eines Besseren belehrt werden. Noch ehe Maddalena ihre erste Unterrichtsstunde erhielt, erlitt Luciana einen Gichtanfall und musste im Spital der Pietà behandelt werden. Anfang November kehrte sie dann in noch üblerer Stimmung zurück und bestellte Maddalena zu ihrer ersten Stunde zu sich. Während sie sich vor Schmerzen wand, hob sie den Saum ihres Gewands bis über die Knie. Venen malten violette Linien auf das fahle Fleisch. Die großen Zehen, die sonst in ihren Pantoffeln verborgen waren, waren dick angeschwollen und zeigten das Farbspektrum eines Sonnenuntergangs.

»Du wirst meine Indiskretion ertragen müssen«, sagte sie,

»aber allein die Berührung des Saums fühlt sich an, als würde man mich in Brand setzen.«

Nicht nur der Anblick von Lucianas Füßen entsetzte Maddalena, sondern auch die Intimität, die das Entblößen der Beine mit sich brachte.

»Nun starr' mich doch nicht so an«, sagte Luciana. »Wenn du Krankenschwester werden willst, geh ins Spital. Wenn du Geigerin werden willst, dann spiel!« Sie machte Maddalena ein Zeichen, ihr Instrument zur Hand zu nehmen.

»Ich weiß nicht, was Don Vivaldi in dir sieht«, meinte sie, als sie die Stunde vorzeitig beendete. Sie befahl ihr, selbst zu üben, und lehnte, nachdem Maddalena ihr beim Aufstehen geholfen hatte, jede weitere Unterstützung ab. Sich schwer auf ihren Stock stützend und immer wieder zusammenzuckend, hinkte sie aus dem Zimmer.

Die Maestra ist schon ohne die Füße grässlich genug, dachte Maddalena. Sie kehrte in den Schlafsaal zurück und fragte sich, welche Verbesserung diese Regelung im Vergleich zu den Stunden bei Silvia wohl bringen würde.

* * *

Einmal im Jahr, am Fest der Darstellung Mariens, reihten sich Burchielli und Peote, flache Boote unterschiedlicher Größen und Formen, quer über den Kanal und bildeten Pontons, über die man eine temporäre Brücke legte. Eine vom *Dogen* angeführte Prozession bewegte sich von seinem Palast aus darüber, um in der Kirche Santa Maria della Salute Dankgebete darzubringen. Den ganzen Tag bis in den Abend hinein wanderten Tausende Venezianer über diese Brücke, um für die Gesundheit ihrer Lieben Kerzen zu entzünden, und Gondolieri brachten ihre Ruder, um sie auf den Kirchenstufen von einem Priester segnen zu lassen.

Maddalena und Chiaretta gehörten zu den Figlie, die von der Pietà hierher gepilgert kamen. Die dunstige Morgenluft trug einen schwachen herbstlichen Brandgeruch vom Festland herüber, und es war so kalt, dass sie sich in die Hände bliesen.

Die Mädchen sangen Kirchenlieder, während sie die Hauptstraße zwischen der Piazza San Marco und der Kirche Santa Maria del Giglio entlang wanderten. Vor ihnen schaukelte und schlingerte die Brücke im Wasser, das von Dutzenden in der Nähe stehender Boote aufgewühlt wurde. Manche der Boote waren mit Menschen besetzt, die denjenigen, die die Brücke überquerten, zujubelten und -winkten, während andere darauf warteten, dass sie selbst an der Reihe waren und den Bogen in der Mitte – der kaum hoch und breit genug war, um auch nur einem winzigen Boot Platz zu bieten – passieren konnten. Während ein Schiffer nach dem anderen sich flach auf den Boden warf und hindurchglitt, schwollen die Stimmen aus der Menschenmenge, diese Bewegungen nachahmend, an und wieder ab.

Die Brücke tanzte, und mehrere Mädchen mussten bei der Hand genommen und überredet werden, sie zu überqueren. Maddalena war Chiaretta vorausgegangen und setzte derart bedächtig Fuß vor Fuß, dass sie, bis sie die andere Seite erreicht hatte, kein einziges Mal aufblickte. Und als sie schließlich dort ankam, war sie überrascht, dass ihre Schwester nicht mehr hinter ihr war.

»Nun komm schon, hab keine Angst«, meinte eine der Anstandsdamen zu Chiaretta, die reglos am Kai stand. In einem der Boote saß inmitten einer Ansammlung prachtvoll gemusterter Kissen eine Frau, die in der blassgelben Farbe des Sonnenscheins gekleidet war. Ihr Haar war fast so blond wie das von Chiaretta, und ihre Haut ebenso hell. Der Mann neben ihr warf ihr einen schwarzen Umhang über die Schultern, und lachend lehnte sie sich an ihn.

Chiaretta hörte nicht, dass die Begleiterin sie rief. *Das bin ich, dort im Boot,* dachte sie. *Das bin ich, die da gehalten wird. Das bin ich, die da lacht.*

»Was ist denn los mit dir?«, fragte die Begleiterin. »Grins

nicht wie ein Affe.« Sie packte Chiarettas Hand und zog sie über die Brücke. Auf der anderen Seite drehte sich Chiaretta noch einmal um und blickte zurück, doch ihre Aufpasserin zerrte sie an ihrem Arm weiter.

In der Kirche reichten die Betreuerinnen jedem Mädchen eine Kerze und wiesen sie zu einer Brüstung vor einem Seitenaltar, wo schon Dutzende von Flammen brannten. »Entzündet sie«, sagte eine von ihnen, »für die Gesundheit unseres Dogen und das Wohlsein aller in der Pietà.«

Als Maddalena ihre Kerze anzündete, schloss sie die Augen und flüsterte: »Bitte, liebe Gottesmutter, hilf mir, besser Geige zu spielen.« Sie öffnete die Augen und wollte wieder zu den Betreuerinnen zurückkehren. Doch deren Befehls eingedenk, wandte sie sich noch einmal um und bekreuzigte sich. »Und segne den Dogen und die Pietà.« Sie überlegte kurz und betrachtete den schwarzen Rauchfaden, der sich in Richtung Kapellendecke kräuselte. »Und segne Chiaretta und beschütze sie.« Sie bekreuzigt sich erneut und ging zu den anderen.

Chiaretta kniete sich an die Absperrung. »Bitte, lieber Gott«, sagte sie, »lass mich so werden wie die Frau im Boot.«

5

Chiaretta zuckte zusammen, als Maddalena ihr den Kamm durchs Haar zu ziehen versuchte. Mit neun, vor fast einem Jahr, war es das letzte Mal gestutzt worden, und da es nur selten jemand sah, tat Chiaretta kaum mehr, als sich jeden Morgen die losen Strähnen unter die Haube zu schieben.

»Wenn ich heule, bin ich nicht mehr schön«, wimmerte sie.

»Und wenn du dich nicht kämmen lässt, musst du als einzige Haube und Kappe tragen.« Maddalena hielt inne und sah ihre Schwester an. »Ist dir das etwa lieber?«

Chiaretta erwiderte nichts, sondern hockte sich nur auf den Stuhl in dem Ankleidezimmer neben der Empore, zog die Schultern hoch und ertrug Maddalenas Dienste, bis ihr das Haar wie heller, glänzender Honig über den Rücken floss.

»So«, sagte Maddalena. »Nun setz dich und reich mir die Nadeln.« Während Maddalena sich über sie beugte, lauschte Chiaretta dem leisen Atem ihrer Schwester, spürte die Wärme an ihrer Wange. Sie sah zu Maddalena auf, und die Liebe zu ihrer Schwester – die so nah war, aber ihren Blick nicht bemerkte – überwältigte sie.

Zufrieden mit ihrem Werk, stopfte Maddalena ihre eigenen Haare unter die Haube. Anders als Chiaretta würde sie sie wie immer tragen. »Ziehen wir dir noch das Kleid an«, meinte sie, »dann muss ich wieder nach unten.« Mit den Fingern fuhr sie über das elfenbeinfarbene Seidenhemd, strich dessen weiche Fülle glatt und hielt es Chiaretta zum Anziehen hin.

Die älteren *figlie di coro* betraten barhäuptig und das Haar im Nacken zur züchtigen Rolle gebändigt, den Ankleideraum; sie trugen ihre Konzertgewänder, schlichte schwarze oder dunkelrote Kleider, die manche mit einem v-förmigen Kragen aus weißer Spitze aufgeputzt hatten. Chiarettas Kleid passte nicht recht dazu, es war hastig bei einer Gebrauchtkleiderhändlerin im jüdischen Ghetto besorgt worden, als eine andere Sängerin an Grippe erkrankt war und mehrere Iniziate Bescheid erhielten, sie müssten bei der Sonntagsmesse einspringen. Chiaretta war begeistert von ihrem Kleid, das für ein reiches kleines Mädchen angefertigt worden war und auch für ein Fest angemessen gewesen wäre. Das elfenbeinfarbene Mieder entblößte über mehreren Reihen zarter Spitzenrüschen Chiarettas Schlüsselbeine. Der Rock hatte die gleiche Farbe und raschelte, wenn sie in Strümpfen darin herumwirbelte.

Plötzlich verdüsterte sich ihr Gesicht. »Wie schade, dass du nicht dabei sein wirst«, sagte sie zu Maddalena. »Ich dachte, du wärst vor mir an der Reihe.«

Das vorausgegangene Jahr war schwer für Maddalena gewesen. Nachdem sie drei Jahre lang Geige gespielt hatte, hatte Luciana ihr mitgeteilt, man werde ihre Geigenstunden reduzieren, damit sie auch andere Instrumente erlernen könne. Es war, als habe die Begegnung mit Vivaldi nie stattgefunden.

»Dein Geigenspiel ist gut genug, vielleicht ein bisschen undiszipliniert, aber wir haben ja reichlich Streicherinnen.« Luciana blickte rasch beiseite, als sie Maddalena von ihrer Entscheidung in Kenntnis setzte, als ob sie mit der Ungerechtigkeit ihrer Einschätzung nicht konfrontiert werden wolle. »Du kannst ja in deiner Freizeit in die Sala herunterkommen und spielen, falls du das möchtest. So bleibst du in Übung, falls wir dich für ein *Ripieno* brauchen, aber als *Attiva* werden sie dich nicht einplanen.«

»Aber ich habe doch nur ein paar freie Minuten pro Tag ...«, fiel ihr Maddalena ins Wort.

Luciana hob die Hand, um ihr Einhalt zu gebieten. »Ich habe dir mit einem wertvollen Instrument ein großzügiges Angebot gemacht und höre Klagen? Vielleicht sollte ich es mir anders überlegen.«

»Es tut mir leid, Maestra.« – »Du solltest dich mehr bemühen, dich nützlich zu machen. Wie deine Freundin Anna Maria. Es geht hier schließlich nicht um deine Wünsche, nicht wahr. Der *coro* ist das Rückgrat der Pietà. Jedes Mädchen, das eine musikalische Erziehung genießt, wird so eingesetzt, wie Maestro Gasparini es für richtig hält.«

»Ich verstehe, Maestra«, erwiderte Maddalena und schlug die Augen nieder.

»Und wer weiß?« Luciana dämpfte so unerwartet die Stimme, dass Maddalena aufblickte. In gespielter Sorge hatte die Maestra die Stirn gerunzelt und tätschelte ihr in einem von falscher Mütterlichkeit nur so triefenden Ton den Arm, dass Maddalena zurückwich. »Vielleicht werden dir ja all deine Fähigkeiten schon bald einen Heiratsantrag einbringen.«

Maddalena hatte ihren ganzen Willen zusammennehmen müssen, um bei Lucianas Worten nicht aus dem Zimmer zu laufen. Wenn sie die Wahl hätte, würde sie die Geige einer Heirat vorziehen, ja selbst einem Essen oder einem warmen Wintermantel.

Ich würde sie sogar Gott vorziehen, dachte sie und verbannte den Gedanken, aus Angst vor den Konsequenzen, sofort aus ihrem Kopf. *Ich habe es nicht so gemeint,* flüsterte sie am nächsten Morgen, als sie vor einer Marienstatue ihre tägliche Andacht verrichtete. *Aber bitte, verlass mich nicht. Wenn du Gebete erhörst, dann erhöre meine.*

Luciana hatte sie einer der Blockflötenspielerinnen zugeteilt, und Maddalena fand sich am selben Punkt wieder, wo sie schon mit Silvia gewesen war. Doch nun war es schlimmer; denn damals hatte sie sich, während Silvia an ihr herumnörgelte, wenigstens dem Geigenspiel hingeben können.

Vielleicht hatte ja auch Silvia einst Träume und ist so gemein und bitter geworden, weil sie sich unbemerkt davongestohlen haben, dachte Maddalena, während sie an der Blockflöte herumfingerte. Noten herunterzuspielen war nicht dasselbe wie Musik. Das begriff Silvia nicht, dachte Maddalena, oder vielleicht hatte sie es auch aufgegeben, sich darum zu kümmern.

Egal. Maddalena musste versuchen, die Blockflöte so gut wie möglich zu spielen. Und dennoch stellte sie sich die ganze Zeit über eine Geige vor und einen Bogen, der nach Kolophonium roch, im Dunkeln in seinem Kasten lag und auf die Musik wartete.

Der einzig Gute daran war, dass Luciana nur Maestra der Streicherinnen war und sie praktisch nur noch im Vorbeigehen wahrnahm. Luciana hatte sich geärgert, eine Figlia im ersten Lernstadium unterrichten zu müssen – das wusste Maddalena –, nur weil der Rote Priester, wie viele ihn nannten, eines Tages durch die Sala gefegt war und zufällig Interesse an dem Mädchen gezeigt hatte. Maddalena sah, wie die anderen Mädchen mit Luciana umgingen, wie sie ihr schmeichelten, und konnte sich nicht vorstellen, wie sie je solche Worte über die Lippen bringen sollte. Maddalena hatte nie Ärger verursacht, war nie ungehorsam gewesen und nahm nur selten Lucianas Zeit in Anspruch. Sie hatte sie allein durch gutes Benehmen gewinnen wollen und war stattdessen unsichtbar geworden. Ein geistloses Geschöpf hatte Luciana sie einmal genannt. Nicht wie Anna Maria. Ganz und gar nicht wie Anna Maria.

Nachdem Michielina Chiaretta auf der Empore hin und wieder eine Unterrichtsstunde erteilt hatte, trug ihre Stimme inzwischen so gut, dass alle, die sie hörten, kaum glauben mochten, dass ein kleines Mädchen einen derartigen Klang hervorbringen konnte. Ehe Michielina in den Ruhestand ging, hatte sie dafür gesorgt, dass Chiaretta in den *coro* aufgenommen wurde, doch kurz vor ihrem zehnten Geburtstag stand der Wachstumsschub noch aus, mit dem sie ihre endgültige Größe erreichen würde. Obwohl auch ihr Gesicht noch recht kindlich wirkte, redeten die Figlie schon, als sei es eine ausgemachte Sache, dass Chiaretta den Blick eines reichen Mannes auf sich ziehen und die Pietà als Ehefrau verlassen werde. Doch fürs Erste hatte sie es mit dem Erwachsenwerden nicht eilig. Sie nahm Gesangsstunden und übte mit dem Chor, war jedoch noch nie aufgetreten.

Auf einem Tisch neben der Tür zur Empore stand eine Schüssel mit Granatapfelblüten. Eine Solistin hatte sich ein paar der zarten Kelche hinters Ohr gesteckt, und die anderen *figlie di coro* schmückten ihre Mieder damit.

Agata, eine Figlia mit einer so tiefen Stimme, dass sie den Bariton singen konnte, nahm einen Zweig und steckte ihn in Chiarettas Haar. »Hast du Angst?«

»Nein«, sagte Chiaretta und brachte nur ein Krächzen zustande. Ein paar der Figlie feixten.

»Räuspere dich und versuch es noch einmal«, sagte Agata. Chiaretta musste die Töne richtiggehend herauszwingen; es war, als brüte sie eine Erkältung aus. Doch abgesehen davon klang ihre Stimme fast normal.

»Das passiert einem oft, wenn man neu ist.« Agata absolvierte eine ihrer täglichen *Solfeggio*-Übungen mit Chiaretta und begleitete diese zwei Oktaven tiefer die Tonleitern hinauf und hinunter, wechselte die Tonarten und fügte bei jedem Durchgang neue Ausschmückungen hinzu.

Die Maestra klatschte, und Chiaretta folgte Agata und den anderen Figlie durch eine kleine Tür und auf die enge Empore, wo sie zwei Jahre zuvor zum ersten Mal mit Michielina gesungen hatte. Sie beugte sich vor, um durch den Gazestoff zu spähen, der vor dem Eisengitter hing. Die Kirche war zum Bersten gefüllt, und die erwartungsvolle Stille drang bis zur Empore herauf, wo die Sängerinnen des *coro* ihre Plätze einnahmen.

»*In nomine Patris, et Filii, et Spiritus Sancti*«, rief der Priester, während er sich dem Altar näherte. »*Ad Deum qui laetificat iuventutem meam.*« – »Für Gott, die Freude meiner Jugend«, erwiderte der Chor. Chiaretta hatte ihre ersten Noten gesungen. Sie blickte zu Agata, die ihr zunickte.

Nach dem Sündenbekenntnis wurde es Zeit für das Kyrie, die erste wirkliche Chormusik. Zwei Geigen und ein Cello spielten die Einleitung, und Chiaretta holte Luft und stimmte mit dem Chor ein explosives »*Kyrie!*« an. Sie wiederholten das Wort, dehnten jede Silbe so lange, wie es mit einem Atemzug möglich war, ehe sie zum nächsten Wort weitergingen. »*Eleison*«, sangen sie in *Stakkato*-Silben, ehe ihre Stimmen verstummten.

Eine Solistin stand an einem Ende des Balkons. Als die Begleitung einem Geigen- und Cello-*Continuo* wich, tat sie einen kleinen Schritt nach vorn. Ihre Stimme durchschnitt die Luft mit einem einzigen Ton, den sie wie einen kostbaren Edelstein darbrachte, ehe sie weitersang.

Als das Orchester wieder einsetzte, blickte Chiaretta quer durch die Kapelle auf ein Gemälde Mariens und versuchte sich vorzustellen, wie es wohl wäre, wenn dieser weiche, volle Körper *sie* umschlösse. Dann fiel wieder der Chor ein, und sie tauchte in den puren, reinen Strom des Klangs. »*Kyrie eleison*«, »Herr, erbarme dich«, sangen sie erneut, während Chiaretta ihre Stimme zwang, sich emporzuschwingen und durch die Kapelle zur heiligen Jungfrau zu schweben, die die Gebete der Frommen erhörte, auch wenn sie sich im Gesang eines Chors verbargen.

Ohne ihre Geige verdüsterten sich ihre Gedanken. Maddalena wollte sich nur noch im Bett verkriechen und gar nichts mehr tun. Am darauffolgenden Sonntag, als die regulären *figlie di coro* sich ausreichend erholt hatten, um ihre Pflichten wieder aufzunehmen, war Chiaretta, als sie während der Pause um den Hof wanderten, fast genauso bedrückt.

»Ich hasse die Pietà «, sagte Chiaretta.

»Das stimmt doch gar nicht. Du langweilst dich bloß«, versetzte Maddalena. »Und überhaupt, sag mir doch, wo du lieber wärst.«

Im Nu war Chiarettas Niedergeschlagenheit abgeworfen, und sie drehte vor ihrer Schwester eine Pirouette. »Auf der Bühne! Als Opernsängerin!«

Maddalena brach in Gelächter aus. »Woher hast du denn das? Und was für Rollen gibt es wohl für zehnjährige Mädchen?«

»Ich meine doch nicht jetzt gleich«, sagte Chiaretta. Wenn ich erwachsen bin. Es gibt da ein Mädchen, Antonia Morosini, sie kommt nur zum Unterricht und geht danach wieder nach Hause. Kennst du sie?«

Maddalena schüttelte den Kopf.

»Ihr Vater ist in der Congregazione, und sie wohnt am Canal Grande. Sie sagt, es gibt viele Frauen in Venedig, die Dutzende von schönen Kleidern besitzen. Manche von ihnen singen in der Oper, und andere – na ja, ich denke, ihr Beruf ist einfach nur, schön zu sein, damit Männer Lust haben, sich um sie zu kümmern. Ich weiß nicht genau, wie das geht.«

»Einfach nur schön sein? Das ist doch kein Beruf.«

»In den Opern gibt es Leute, die wie Götter angezogen sind und auf Wolken von der Decke herabgelassen werden«, fuhr sie fort und ignorierte Maddalenas Einwurf. »Antonia geht andauernd in die Oper. Sie sagt, es ist wunderbar!« Das letzte Wort sang sie und wirbelte noch einmal herum.

»Beruhige dich, Chiaretta, wenn du zum Abendessen mehr als Brot und Wasser willst.«

»Schon gut«, stöhnte sie. »Aber wenn ich nicht zur Oper gehen kann, dann heirate ich eben einen reichen Mann.«

»Heirate meinetwegen den Dogen – nur mach uns keinen Ärger!«

Chiaretta seufzte, und sie setzten ihren Spaziergang fort. »Maddalena?«, begann sie nach ein paar Augenblicken erneut. »Glaubst du, dass es eines Tages wirklich passiert? Ich will nicht für immer hier bleiben.«

Maddalena wandte sich ab, sagte aber nichts. *Ich weiß nicht, was ich will, wenn ich nicht Geige spielen darf,* dachte sie und schloss die Augen, um an gar nichts mehr zu denken. Chiaretta starrte sie weiter an und wartete auf eine Antwort, doch es kam keine.

Bald zog auch Chiaretta in den Schlafsaal für die heranwachsenden Mädchen und schlief wieder neben ihrer Schwester. Mit ihrem Auftritt im Chor hatte sie sich ein wenig Geld verdient – das, wenn man es zu dem Almosen addierte, das ihr ihre begrenzten Fähigkeiten in der Stick-Werkstatt eingebracht hatten, reichte, um ein kleines Skizzenbuch und Bleistifte anzuschaffen, genau wie es Maddalena vor einigen Monaten getan hatte. Wie bescheiden es auch sein mochte, jedes von Maddalenas Besitztümern schien zu beweisen, dass sie etwas erreicht und ihre Schwester hinter sich zurückgelassen hatte; in Bezug auf das Skizzenbuch allerdings, das bereits zur Hälfte mit Zeichnungen von schön geflügelten Engeln und den in den Pflasterritzen im Hof wachsenden Blumen gefüllt war, war Chiaretta besonders erpicht darauf, Maddalena einzuholen.

»Wie sollen wir sie denn auseinanderhalten?«, fragte sie, als sie ihr Päckchen öffnete und sah, dass ihr Buch, weil sie es im selben Laden gekauft hatte, von dem Maddalenas nicht zu unterscheiden war.

Maddalena legte ein Lesezeichen aus Spitze in das ihre, um es so auf Anhieb zu erkennen, zog jedoch am nächsten Tag dennoch das falsche aus dem gemeinsamen Cassone. Auf der Bettkante sitzend, zeichnete sie das Gesicht der schlafenden Chiaretta in ihr eigenes Buch, schrieb dann darunter: *Ich habe eine Idee,* formte dabei jeden Buchstaben langsam und sorgfältig, da sie nur selten Gelegenheit hatte, Schreiben zu üben.

Chiaretta war von der Skizze begeistert. Sie vergaß alle Regeln und öffnete den Mund, doch Maddalena legte den Finger auf die Lippen. Sie griff nach Chiarettas Notizbuch und tat mit fragendem Blick, als schriebe sie, um Chiaretta auf diese Weise um Erlaubnis zu bitten. Und Chiaretta nickte.

Ich sehe manchmal, wenn wir nicht reden dürfen, wie Mädchen Bücher hin- und herreichen. Das können wir doch auch tun.

Maddalena reichte ihrer Schwester das Buch.

Chiaretta schrieb zurück, und ihre Zunge lugte dabei zwischen den Zähnen hervor. *Du bist die* – sie strich ein Wort aus und versuchte es erneut zu buchstabieren – *fantastischste Schwester. Jetzt kann ich dir meine Geheimnisse schreiben, eh ich dran ersticke...*

Chiaretta war erst ein einziges Mal, am Tag des Faustkampfs auf der Brücke, im Büro der Priorin gewesen. Diesmal brachte eine *figlia di commun,* die sie aus ihrer Unterrichtsstunde geholt hatte, sie dorthin. Im Büro saß ein Mann mittleren Alters und plauderte mit der Priorin und der Maestra der Sängerinnen des *coro.*

»Entzückend«, rief er, als Chiaretta eintrat. »Sie ist sogar noch hübscher, als man mir erzählt hat. Ein schönes venezianisches Gesicht, die breite Stirn mit dem entsprechenden Verstand dahinter, und Augen, die Männerherzen brechen werden.« Er hielt inne. »Weißt du denn, wer ich bin?«

Die Priorin beeilte sich, an ihrer Stelle zu antworten. »Der Herr ist einer der *Nobili Uomini Deputati*«, sagte sie. »Er gehört zur Congregazione. Zu jenen Herren, für die wir vor dem Essen beten.« Sie zog die Augenbrauen in die Höhe, um zu verdeutlichen, dass sie von Chiaretta erwartete, sie wisse, was sie zu sagen habe.

»Wir sind Ihnen sehr dankbar«, sagte Chiaretta und verbeugte sich. Was hatte er gesagt? Irgendetwas über Verstand und das Brechen von Männerherzen? *Ich bin doch erst zehn,* dachte sie. *Ich muss mich wohl verhört haben.*

»Ich habe dich in der Kapelle singen gehört, und da dachte ich mir, ›wer ist wohl das Mädchen, das man kaum sehen kann – die Kleine im weißen Kleid, die all den Lärm veranstaltet?‹«

Fürs Lärmen wurden Figlie bestraft. Chiarettas Blick schoss alarmiert zur Priorin.

»Angenehmen Lärm, sollte ich sagen«, fügte er hinzu, als er ihre Betroffenheit sah.

Die Maestra billigte es nicht, wenn man kleinen Mädchen auf diese Weise den Kopf verdrehte. »Er ist gekommen, um

80

dich singen zu hören«, erklärte sie stirnrunzelnd. »Sing das Amen, das wir diese Woche geübt haben.«

Chiaretta blickte finster drein. Wie von anderen Figlie in diesem Ausbildungsstadium erwartete man von ihr, den Attive zu folgen und sie nachzuahmen, Erfahrungen zu sammeln, indem sie die Stücke lernte, die auch diese einübten, und mit ihnen zu proben. Als die Maestra Chiaretta erzählte, dass sie, obwohl sie eine gute Vertretung gewesen war, in nächster Zeit nicht mehr auftreten werde, war Chiaretta bei den Proben mürrisch und unruhig geworden und hatte sich nicht besonders bemüht, die Stücke zu lernen. Die Drohung, man werde ihr die Haare abschneiden und ihr mehrere Tage Einzelarrest angedeihen lassen, hatten sie zwar zur Vernunft gebracht, doch der Gesichtsausdruck der Maestra verriet, dass sie diesbezüglich ein gutes Gedächtnis hatte.

»*Brava!*« Der Mann klatschte, als sie das Lied beendet hatte. Er zog ein Bündel mit Papieren aus seinem Rock. »Kannst du Noten lesen?«

Die Maestra reagierte gereizt. »Das können alle unsere Mädchen. Sie wissen sicher, dass das zum regulären Unterricht gehört.«

»Natürlich, aber sie ist noch so jung, ich dachte, vielleicht …« Er reichte Chiaretta mehrere Blätter. »Könntest du das probieren?«

Die Maestra riss es ihr aus der Hand und las den Titel. »Das ist eine Opernarie, Exzellenz«, sagte sie. »Das ist absolut unpassend. Und außerdem ist es auf Italienisch.« Sie blickte hilfesuchend zur Priorin. »Die *figlie di coro* singen nur auf Lateinisch.«

»Sie muss die Worte ja gar nicht singen, Maestra. Ich wäre schon zufrieden, wenn sie nur die Noten singt.«

»Aber trotzdem ist es …«

»Tun Sie mir doch den Gefallen!«

Die Maestra presste die Lippen aufeinander und reichte Chiaretta die Noten.

»Noch einmal«, sagte der Mann, als sie es einmal gesungen hatte. »Und ich würde es gern mit Lautenbegleitung hören.« Die Priorin klatschte, und das eintretende junge Mädchen erhielt den Auftrag, ein solches Instrument aus der Sala zu holen.

Chiaretta wusste: Wenn die Maestra zornig war, bekam sie einen fleckigen Hals. Inzwischen aber begann sich die Farbe schon auf den Wangen auszubreiten. Als die Laute eintraf, griff sie danach und begann wortlos eine einfache Begleitung zu spielen, während Chiaretta sang.

»Entzückend«, rief der Mann, als sie geendet hatten, und applaudierte. »Und nun, Maestra, sagen Sie mir, was sie brauchen; ich möchte Sie für Ihre Mühen entschädigen.«

»Kohle für den Kamin«, erwiderte sie, noch ehe er seine Frage beendet hatte, als habe sie für derartige Anlässe eine fertige Liste im Kopf. »Wir haben nie genug, um die Kehlen der Mädchen offen zu halten. Und mehr Lampenöl für die Notenkopistinnen. Wir bitten immer um dasselbe, aber wir bekommen nie genug.«

Falls er ihren feinen Tadel an der übertriebenen Sparsamkeit der Congregazione mitbekommen hatte, so ließ er sich jedenfalls nichts davon anmerken. »Ich werde selbst eine Eingabe machen«, sagte er. Er nickte Chiaretta zu. »Es ist beruhigend, zu sehen, dass die Zukunft der Pietà gesichert ist.«

Noch vor dem Essen hatte die Maestra Chiaretta wissen lassen, dass sie in zwei Wochen mit den *figlie di coro* zu einem Picknick auf die Insel Torcello fahren werde. Zwar wäre es besser gewesen, wenn diese Ehre einem verdienstvolleren Mädchen zugekommen wäre, das sich anständig benahm und seine Noten lernte – so die Maestra –, doch die Congregazione hatte für diese Haltung offenbar kein Verständnis. Chiaretta würde ihr elfenbeinfarbenes Seidenkleid schon früher wieder anziehen können, als sie gedacht hatte.

6

Für die *figlie di commun* war die Congregazione eine geheimnisvolle Körperschaft, deren Mitglieder sie weder benennen konnten noch an ihren Gesichtern wiedererkannt hätten. Männer kamen nicht ins Kloster, oder nur ganz selten. Was aber ihre Bedeutung anging, so rangierte die Congregazione nur eine Stufe unterhalb der Heiligen.

Nur die *figlie di coro* kannten sie überhaupt. Gondeln holten sie mehrmals im Monat in kleinen Gruppen vor der Pietà ab, um sie zum Singen und Spielen in die Häuser vornehmer Venezianischer Familien zu bringen. Neidisch und voller Verlangen beobachtete Chiaretta, wie die älteren *figlie di coro* zurückkamen und von den prächtigen Häusern und dem Charme der Gastgeber erzählten und über Magenschmerzen klagten, die sie all dem vielen Essen verdankten.

Ihre besten Geschichten handelten von Techtelmechteln mit den Gästen. Chiaretta wusste von mehreren Heiraten von Figlie mit Männern, die sie zunächst in der Kapelle gehört hatten, um später festzustellen, dass ihre Schönheit und ihr Charme den Stimmen ebenbürtig waren. Einer jeden solchen Geschichte aber stand das Schicksal eines anderen Mädchens gegenüber, das ihr Chancen durch schiefe Zähne, Pockennarben oder ein Hinken zerstört sah. Viele von ihnen wurden erst gar nicht zu solchen Feiern eingeladen.

Zunächst hatte Chiaretta angenommen, dass die Figlie für solche Liebeleien bestraft würden, dann aber sah sie, dass diejenigen, die auf solche Weise erfreuen konnten, mehr Einladungen erhielten als alle anderen. Warum das so war, wusste sie nicht genau, außer dass die älteren Mädchen hin und wieder davon sprachen, wie eine Veranstaltung, bei der die eine oder andere großen Eindruck gemacht hatte, zur Zusage einer größeren Geldsumme an den *coro* geführt hatte.

Die noch kindliche Chiaretta war in erster Linie am Essen interessiert. Manchmal, wenn niemand hinsah, umfasste sie ihren Bauch, wie sie es Caterina hatte tun sehen, und flüsterte: »Noch nie im Leben hab ich so viel gegessen«. Dabei versuchte sie sich vorzustellen, wie sich das wohl anfühlen mochte. Und nun hatte sie, viel früher als erwartet, ihre erste Einladung erhalten und konnte ihre Träume mit der Wirklichkeit vergleichen.

In der Sala, wo die Sängerinnen unterrichtet wurden, hatte Chiaretta sich mit Antonia Morosini, einer jungen gleichaltrigen Venezianerin, angefreundet. Antonias Vater war einer der drei wichtigsten Männer für den *coro*, einer der *Nobili Uomini Deputati,* denen die Aufsicht über das Musikprogramm der Pietà oblag.

»Mein Vater hat die ganze Woche von dir gesprochen!«, sagte sie, als sie Chiaretta das nächste Mal sah. Da sie deren verwirrten Blick bemerkte, fuhr sie fort. »Du weißt schon – der Mann, der dich hat vorsingen lassen.«

»Das war dein Vater?«

»Dummerchen! Natürlich! So wie er über dich geredet hat, glaube ich, dass er dich am liebsten mit nach Hause gebracht hätte, wenn er nicht schon zwei Töchter gehabt hätte. Oder vielleicht hätte er uns in den Kanal geworfen und stattdessen dich genommen.«

Antonia kicherte zwar, aber Chiaretta wusste nicht, was daran so lustig sein sollte. Nur zu gerne wäre sie an Antonias Stelle gewesen und hätte deren Seidenkleider besessen, das filigrane silberne Band, mit dem sie ihr Haar zurückhielt, das selbstbewusste Lachen und ihre Stellung in der Welt.

»Ihm hast du es zu verdanken, dass du nächste Woche mit uns nach Torcello kommst«, fuhr Antonia fort.

»Kommst du denn auch?« Chiaretta hatte gedacht, das Picknick sei eine kleine Veranstaltung, an der nur einige Mitglieder

der Congregazione, die *figlie di coro* und ihre Anstandsdamen teilnahmen.

»Aber natürlich!« Antonia begann von Tafeln voller Bratenstücke, Früchte, Kuchen und Süßwein zu schwatzen, von Musikanten und Spielen und der Gelegenheit, am Kanal entlangzuwandern, Schmetterlinge zu fangen und den Vögeln zu lauschen.

Was sie beschrieb, war so weit von allem entfernt, was Chiaretta kannte, dass sie die Worte fast nicht begriff. Während der fünf Jahre, die sie nun in der Pietà lebte, war sie vielleicht zehnmal draußen gewesen. Sie liebte die Gondelfahrten, bei denen sie durch die Vorhänge lugte und die Boote beobachtete, die Fisch, Gemüse oder auch Möbel die Kanäle hinauf- und hinuntertransportierten. Einmal hatte sie eine mit Blumen geschmückte Hochzeitsgondel gesehen, ein andermal eine spezielle für Beerdigungen, in deren schwarz verhängter Felce man einen Sarg erkennen konnte. Der Canal Grande war eine offene Welt in ständiger Bewegung, während das Leben in der Pietà eher den Szenen auf dem geschnitzten Altar in der Kapelle ähnelte, wo Dutzende von Figuren für alle Ewigkeit in einen engen Raum gebannt waren.

Ihr letzter Ausgang war der Ausflug zur Kirche der Frari gewesen, wo sie sich Tizians Gemälde von der Himmelfahrt Mariens angesehen hatten. Auf dem Weg dorthin war sie stehen geblieben, um die Farben am Stand eines Gemüsehändlers zu bewundern. Die Artischocken waren violett wie blutunterlaufene Haut, die Erbsenschoten flaumig wie Raupen. Ihre Aufpasserin hatte sie weggerissen, noch ehe der Mann im Stand Chiarettas Blick erwidern konnte.

»Wenn du sie ansiehst, sehen sie dich auch an«, hatte sie gesagt. »Das gehört sich nicht.« Sie drohte mit dem Finger. »Benimm dich, Chiaretta«, sagte sie, »oder wir nehmen dich nicht mehr mit.«

Dieser Ausflug lag nun bereits mehrere Monate zurück. Figlie, die sich der Pubertät näherten, gingen seltener aus, und wenn sie sie einmal erreicht hatten, fast gar nicht mehr – sofern sie nicht im *coro* waren.

Nach ihrem flüchtigen Vorgeschmack auf das Singen im Chor empfand Chiaretta ihr Leben als zunehmend öde, und in der letzten Woche war es noch schlimmer geworden, weil Anna Maria mit einer Magenverstimmung auf der Krankenstube lag und sie sie in den Übungsräumen nicht mehr getroffen hatte.

Während der Ruhezeit ging Chiaretta in den Schlafsaal und sah, dass Maddalena ihr den Rücken zugewandt hatte und zu schlafen schien. Sie legte sich ebenfalls hin, stand jedoch, sobald es erlaubt war, wieder auf und begann, ihrer Schwester eine Nachricht zu schreiben.

Heute hab ich Antonia gesehen, sie komt zu dem Picknick. Sie sagt, wir machen Spiele und es gibt mer zu essen als ich je gesehen hab. Sie bringt ein Netz mit, damit wir Schmetterlinge fangen können. Ich bring dir einen mit, wen es geht.

Maddalena bewegte sich und drehte sich um. Ihr Gesicht war fleckig, Haare klebten ihr an den Wangen, als ob sie feucht wären. »Was ist denn los?«, flüsterte Chiaretta und blickte sich um, ob man sie gehört hatte.

Maddalena schüttelte den Kopf, und Tränen stiegen ihr in die Augen. Chiaretta reichte Maddalena ihr Skizzenbuch und den Bleistift und zerbrach sich den Kopf, während Maddalena mit heftigen Bewegungen schrieb.

Susana hat ihren Bogen zerbrochen, und Luciana hat ihr den gegeben, mit dem ich spiele. Sie hat ihr zwar gesagt, sie soll ihn in den Schrank stellen, damit auch ich ihn benutzen kann, aber ich hatte nicht den Eindruck, dass ihr viel dran lag.

Luciana ist eine Teufelin aus dem tiefsten Höllenschlund, schrieb Chiaretta und zeigte Maddalena, was sie geschrieben hatte, ehe sie es so heftig durchstrich, dass es bis auf die nächsten zwei Seiten durchdrückte.

Maddalena zwang sich zu einem Lächeln, als Chiaretta am Morgen des Picknicks in das elfenbeinfarbene Kleid schlüpfte. Ein unbemerkt gebliebener Wachstumsschub hatte die Taille in die Höhe rutschen lassen, sodass es am Saum zu kurz war. Maddalena musste heftig an den Schürbändern zerren, damit sie das Kleid hinten überhaupt noch zubekam, doch Chiaretta war zu zerstreut, um darauf zu achten.

In der Stille, die ihrem Aufbruch folgte, schlang sich Maddalena die Arme um den Leib, da sie fürchtete, sich bei all der Leere in ihrem Innern ganz zu verflüchtigen. Die wenige Freizeit, die man ihnen an Samstagen zusätzlich gewährte, dehnte sich eher quälend als verheißungsvoll vor ihr aus. Bis zu diesem Tag war ihr Chiarettas Leben und ihr eigenes als Einheit erschienen, jetzt aber ließ es sich nicht mehr verhehlen, dass Chiaretta einen anderen Weg einschlug, der sie nicht immer einschließen würde.

Und ihr eigener Weg? Besser, sie dachte gar nicht daran. Die Sonne stand noch nicht hoch genug, um die *Sala del Violino* zu erhellen, sodass Maddalena im Schrank herumtasten musste, in den Susana nach Anweisung der Maestra den Bogen hatte stellen sollen. Sie versuchte es noch einmal. Maddalena spürte, wie ihr die Hitze durch die Brust in Hals und Kopf schoss. *Was mach ich denn jetzt? Pizzicato spielen?* Sie stellte sich Lucianas hämische Miene vor und erinnerte sich an Chiarettas durchgestrichene Worte. *Luciana ist wirklich eine Teufelin,* dachte sie. Und trotz all ihrer Gebete trug diese Teufelin den Sieg davon.

Knarrend öffnete sich am anderen Ende des Saals eine Tür, und sie wich in einen dunkeln Winkel zurück, um nicht gesehen zu werden. Vielleicht konnte sie Luciana – falls sie es denn war – ja vom verschwundenen Bogen erzählen und sie anflehen, ihn ihr zurückzugeben. Doch was sie da hörte, war die Stimme eines Mannes. »Domine, ad adiuvandum!«, murmelte er. »Nur dreißig *Zecchini* für Papier? Und fünf für Geigenharz für die Bögen? Die haben doch keine Ahnung! *Deus in adiutorium!*«

Sie hörte, wie ein schwer beschuhter Fuß gegen einen Stuhl trat, sodass dieser über den Steinfußboden schlitterte. Maddalena hielt den Atem an, unsicher, ob sie ihre Anwesenheit nun kundtun oder lieber darauf hoffen sollte, dass er wieder verschwand, ohne zu bemerken, dass sie ihn belauscht hatte. Sie erkannte die hohe näselnde Stimme wieder, und mochte er auch Priester sein, so war er dennoch ein Mann, und sich allein mit einem Mann in einem Zimmer aufzuhalten – das ging einfach nicht.

Das Gemurmel ging weiter, und sie hörte, wie er einen Geigenkasten öffnete und dann das Geräusch eines Bogens, der über die Saiten geführt wurde. Zum Stimmen hielt er kurz inne, dann begann er zu spielen.

Der Bogen strich über die Saiten wie ein Seefalke, der mit den Luftströmungen über der Lagune steigt und fällt. Er beschleunigte das Tempo, bis er die Geige mit der Heftigkeit eines gefangenen und verwundeten Tieres bearbeitete. Die Noten erhoben sich wie fliegende Distelsamen, die durch die Sommerluft schweben, ehe sein Bogen hart in die Saiten biss, wie ein Hund, der nach einem Fremden schnappt.

Manchmal befand er sich mit den Saiten im Krieg, dann wieder küsste er sie mit seinem Bogen so, wie sie sich zu erinnern meinte, dass ihre Mutter sie geküsst hatte: zart, kaum, dass sie die Haut berührte; sie vergrub den Kopf in ihrem kleinen Körper und kniff sie in Bauch und Schultern, bis sie vor Lachen kreischte.

Die Sonne stand nun schon so hoch, dass sie den Raum erhellte. Als die ersten Strahlen durchs Fenster fielen, hatte er ihr den Rücken zugewandt, und das Licht verfing sich in seinem roten Haar. Und dann hörte sie ihn stöhnen und sah, wie er sich mit der Bogenhand an die Brust fasste. Er beugte sich nach vorne, gab ein seltsam krächzendes Geräusch von sich, als ob er keine Luft bekäme. Er schwankte zu einem Stuhl, ließ Geige und Bogen sinken und klammerte sich schwer atmend an dessen Rückenlehne.

Sie rannte quer durchs Zimmer und half ihm, sich zu setzen. Seine Augen wurden glasig. »Ich hole Hilfe«, sagte sie.

»Nein.« Er winkte ab. »Gleich geht es wieder.«

Ihr schlug das Herz bis zum Hals, als sie sah, wie Vivaldi kämpfte.

Doch der Schmerz ließ allmählich nach, und bald hatte er sich blass und schwitzend, aber erholt wieder aufgerichtet.

»Ich kenne dich«, sagte er, als er wieder normal atmete. »Du bist doch das Mädchen mit der Geige. Maddalena. Maddalena Rossa.« Er zupfte an seinen Haaren. »Was machst du hier?«

»Ich … ich bin zum Üben gekommen, gnädiger Herr.«

»Zum Üben?« Ein Lächeln umspielte seine Augen. »Triezt dich die Maestra denn nicht so schon genug?«

Maddalena blickte auf ihre Füße und überlegte, was sie sagen konnte.

»Nun ja«, meinte er und überging ihr Schweigen. »Dann lass mal hören, was du für Fortschritte gemacht hast.«

»Ich … ich kann nicht, gnädiger Herr.« Sie hatte eigentlich nichts weiter sagen wollen, doch ehe sie sich besinnen konnte, war sie schon mit der ganzen Geschichte von Susana und dem Bogen herausgeplatzt.

»Das können sie nicht machen.« Vivaldi runzelte die Stirn, während er ihr zuhörte. »Hier«, sagte er. »Spiel auf meiner.«

»O nein, gnädiger Herr«, rief Maddalena. »Das geht nicht. Sie ist zu kostbar. Und ich darf ja eigentlich gar nicht hier sein.«

»Unsinn.« Er zwinkerte ihr zu. »Ich bin schließlich Pfarrer.« Er reichte ihr die Violine. »Spiel.«

Als sie geendet hatte, blickte er sie unverwandt an. »Du hörst die Musik mit dem Herzen«, sagte er. »Das ist wichtig. Die meisten Menschen spielen nur mit den Händen. Oder schlimmer noch, manchmal nur mit dem Kopf.« Er hielt inne. »Warum weinst du denn?«

Erst da merkte Maddalena, dass ihr Tränen über die Wangen liefen.

»Ich weine, weil Ihre Geige so wunderbar ist«, sagte sie, und wenn sein Instrument auch das ihre an Wärme und Resonanz weit übertraf, war es doch nicht der einzige Grund. »Ich weine, weil ich kaum mehr zum Spielen komme. Geigenspielerinnen werden nicht mehr so viele gebraucht, eher Mädchen, die Blockflöte spielen.«

»Das ist ja auch ein schönes Instrument«, gab er ohne echte Begeisterung zurück. »Lassen sie dich statt Geige Blockflöte spielen?«

Sie nickte.

»Magst du die Flöte?«

Maddalena wusste, dass sie Ja hätte antworten müssen, doch sie brachte das Wort nicht über die Lippen.

Sein Gesicht begann sich zu röten, und einen Moment lang glaubte Maddalena, er werde einen weiteren Anfall bekommen. »Nur ans Geschäft denken sie«, murmelte er und starrte aus dem Fenster. »Kein Ohr. Keine Seele.« Dann wandte er sich wieder ihr zu und wechselte das Thema. »Am besten, wir zwei gehen jetzt, ehe wir noch Erklärungen abgeben müssen.«

Maddalena nickte und gab ihm seine Geige zurück. »Geht es Ihnen auch wirklich gut, gnädiger Herr?«

»Ach, das passiert mir von Zeit zu Zeit. Immerhin bewahrt es mich davor, Messen lesen zu müssen.« Er zwinkerte erneut, und Maddalena hielt sich die Hand vor den Mund, damit er nicht sah, dass sie lächelte.

Erst kurz vor der Schlafenszeit kam Chiaretta von Torcello zurück, doch die strenge Miene der Hausmutter signalisierte ihnen, dass die Geschichten dieses Tages bis zum nächsten Morgen warten mussten. Chiaretta schlüpfte aus ihrem Kleid und setzte sich neben ihrer Schwester aufs Bett. Maddalena küsste sie auf die Stirn. Ihr Haar roch nach Staub, ihre Haut war salzig von getrocknetem Schweiß und Seeluft. Sie tippte Chiaretta auf die Schulter und gab ihr mit den Augen ein Zeichen, sich umzudrehen, damit sie ihr das Haar lösen konnte.

Am nächsten Tag hätte Chiaretta am liebsten nur Blumen

und Libellen gezeichnet, um ihrer Schwester zu zeigen, was sie gesehen hatte. »Ich bin weiter gelaufen als ich je gelaufen bin«, sagte sie, als sie, die Skizzenbücher in der Hand, im Hof saßen. »Und ich habe bestimmt tausend Vögel gesehen.«

Sie blickte zu Maddalena auf. »Warum sieht man eigentlich nie junge Vögel? Im Nest sitzen doch diese winzigen zerzausten Dinger, aber herumfliegen sieht man immer nur ausgewachsene Vögel.«

»Keine Ahnung.« Maddalena hatte nur mit halbem Ohr zugehört, weil sie gleichzeitig versuchte, sich den Klang von Vivaldis Geige und sein Zwinkern in Erinnerung zu rufen. »Waren Antonias Geschwister auch dabei?«

»Ihr Bruder Claudio«, erwiderte Chiaretta. »Ihre Schwester ist schon im Kloster. Das Vermögen reicht nur für eine Mitgift, und ihre Eltern haben beschlossen, dass Antonia diejenige sein soll, die heiratet. Weil sie sie für klüger und gesünder halten.«

»Und was hat ihre Schwester dazu gemeint?«

»Keine Ahnung. Nichts. Die Eltern haben es so bestimmt.«

Maddalena schauderte innerlich, als sie merkte, wie Chiaretta das Schicksal eines Menschen mit einem Achselzucken abtat. *Was wird wohl aus uns werden?*, fragte sie sich. *Spielen Nonnen denn Geige?*

»Ist dir kalt?«, fragte Chiaretta.

»Nein.«

»Ich dachte, du hättest gezittert. Wie auch immer, die meisten Familien können es sich auch nicht leisten, alle Söhne zu verheiraten, sodass sie weiter in eigenen Räumen in den Häusern der Eltern wohnen. Wie es zum Beispiel Claudio tut. Antonia hat auch noch einen anderen Bruder, der schon verheiratet ist und weit weg in einer Stadt mit einem komischen Namen lebt, an den ich mich nicht mehr erinnern kann.«

»Tja, also wenn keiner heiratet, wie kriegen sie dann Kinder?«

»Das weiß ich doch nicht!« Verärgert über Maddalenas Fragen war Chiaretta lauter geworden, und Maddalena legte den

Finger auf die Lippen. Eine Glocke ertönte, und ihre Geste wurde überflüssig, da die Pietà aufs Neue in Stille versank.

In der Woche nach dem Picknick regnete es fast ununterbrochen, der Regen überschwemmte den Hof und trieb die Mädchen ins Haus. Die Seiten von Chiarettas Skizzenbuch begannen sich mit Zeichnungen zu füllen: Skizzen von Zelten und Tafeln, die mit Obst und Wein, Fleisch und Süßigkeiten beladen waren, von Wiesen mit grasenden Schafen und Kastanienbäumen, wobei sie sich bemühte, auch nicht das kleinste Detail zu unterschlagen. *Einige der Speisen waren mir fremd*, schrieb sie unter eine Zeichnung. Und unter eine andere hatte sie gekritzelt: *Ich bin auf einem Fad durch diese Wiese gelaufen und bin an diesem Kannal entlang gegangen und hab Eisvögel gesehen.*

Im Cassone, eingeschlagen in eine Serviette, hatte Chiaretta etwas versteckt, das sie von Torcello mitgebracht hatte. Am nächsten Tag holte sie es hervor. »Ich soll das für dich aufheben, hat Antonia gemeint, als Überraschung für einen grauen Tag«, sagte sie zu Maddalena. »Es heißt Blutorange.« Chiaretta zog die runde narbige Frucht heraus, hielt sie sich unter die Nase und atmete den Duft ein, ehe sie sie ihrer Schwester reichte. »Riech mal!«

Maddalena rollte die seltsame orange-rötliche Kugel in der Hand hin und her und betastete die feste Schale mit den Fingerspitzen, ehe sie sich die Frucht unter die Nase hielt. Als die Hausmutter ihnen den Rücken zuwandte, biss Maddalena auf Chiarettas Drängen fest hinein und riss ein kleines Stück Schale heraus.

Innen glänzte die Blutorange in allen Nuancen des Sonnenuntergangs, des Herbsts und der Gloriolen um die Köpfe der Buntglasheiligen. Dünner roter Saft lief ihr über die Hand. Die Süße genießend, leckte sie sich einen Finger nach dem anderen ab.

* * *

Luciana hatte die Stirn gerunzelt und ihre Mundwinkel zeigten nach unten, als sie Maddalena zur Blockflötenstunde erwartete. »Don Vivaldi hat dir ein Paket geschickt«, sagte sie. Sie reichte ihr einen langen, dünnen, in schlichtes Papier geschlagenen Zylinder. »Ich habe mir die Freiheit genommen und einen Blick hineingeworfen. Wie um Himmels willen ist bei ihm der Eindruck entstanden, du bräuchtest einen Geigenbogen?«

Maddalena spürte, wie ihr das Blut in die Wangen schoss. »Ich … ich wollte letzten Samstag üben und konnte den Bogen nicht finden.«

»Da hättest du zu mir kommen sollen. Aber das erklärt ja wohl noch nicht, Maddalena, wie *er* davon erfahren konnte.«

Maddalena blickte zu Boden. Wie sollte sie ihr erklären, wie sie dazu kam, ein privates Gespräch mit dem Geigenlehrer zu führen, ohne dass es klang, als habe sie jede Regel der Schicklichkeit mit Füßen getreten. Doch irgendetwas musste sie sagen.

»Es war an dem Tag, als der *coro* nach Torcello gefahren ist.«

Luciana winkte ab. »Ich weiß, ich weiß. Don Vivaldi hat mir alles erklärt, als er das da vorbeibrachte: Dass ihm übel geworden ist und du seine Hilferufe hörtest, als du draußen auf dem Korridor vorbeikamst.«

Er hat es ihr anders erzählt, dachte sie erstaunt. »Er hat mich gebeten, ihm vorzuspielen, und das konnte ich nicht, weil ich keinen Bogen hatte. Da hat er mich ein paar Minuten auf seiner Geige spielen lassen. Das ist alles.«

»Du hast also nicht die Gelegenheit ergriffen, um dich über die Behandlung zu beschweren, die du hier erfährst?«

»Nein, Maestra. Ich weiß, wie viel Glück ich habe, hier sein zu dürfen, und ich werde gut behandelt«, sagte sie. »Es tut mir leid, wenn ich Sie irgendwie in Verlegenheit gebracht habe.«

Luciana errötete. »Verlegenheit? Darum geht es ja wohl kaum. Wirklich, wie soll die Pietà funktionieren, wenn Mädchen über den Kopf ihrer Lehrerinnen hinweg handeln?«

»Ich habe nichts gesagt, Maestra.«

Luciana hielt weiterhin den Blick auf Maddalena geheftet, als überlege sie, ob sie ihr glauben sollte. Maddalena erwiderte ihren Blick, und schließlich hielt Luciana es nicht mehr aus. »Nun«, sagte sie. »Ich habe auch nicht gedacht, dass du so töricht wärst.«

»Es ist die Wahrheit, Maestra. Es ging ihm so schlecht, dass ich dachte, er müsse sterben, und dann, als es ihm wieder besser ging, bat er mich, zu spielen ...« Maddalenas Miene verdunkelte sich. »Wissen Sie denn, was ihm fehlt?«

Luciana räusperte sich. »Don Vivaldi ist als Drückeberger bekannt. Dein geschätzter Roter Priester hat zwar nach seiner Weihe ein paarmal die Messe gehalten, aber dann behauptet, es ginge nicht mehr, weil er unter Atemnot leide.« Sie schnaubte. »Wenn du mich fragst, dann war das ein Vorwand, damit er seine gesamte Zeit der Musik widmen kann. Dafür scheint es ihm ja gut genug zu gehen!«

Es bewahrt mich davor, die Messe lesen zu müssen, hatte er gesagt. Und gezwinkert. Und dennoch, der Anfall war echt gewesen. Sie konnte sich nicht vorstellen, wie jemand einer Sache zu entkommen versuchte, indem er sich etwas so Schlimmes antat.

»Hörst du mir eigentlich zu?«, brummte Luciana mürrisch.

»Es tut mir leid, Maestra. Er hat sich ans Herz gefasst und gekeucht, und ich wusste nicht, was ich machen soll. Es tut mir leid, wenn ich etwas falsch gemacht habe.«

Luciana ignorierte sie. »Offenbar habe ja – wenigstens seiner Meinung nach – *ich* einen Fehler gemacht, indem ich deinen Geigenunterricht zurückgestellt habe.«

Maddalenas Herz machte einen Satz. *Wenn ich nur wieder spielen dürfte, ich würde mich so anstrengen, dass sich alle Heiligen im Himmel für mich einsetzen würden.*

»Er will dich selbst unterrichten«, schloss Luciana. »Morgen fängst du an, einmal die Woche, eine Stunde. Ich soll deine täglichen Übungen überwachen und die Fortschritte mit ihm besprechen.«

Luciana entließ sie mit einer raschen Handbewegung und begann, Noten durchzusehen. Dann sah sie noch einmal auf. »Und schließ bitte den Mund. Es wirkt sehr unschön, wenn du ihn so aufsperrst.«

Maddalena presste die Lippen zusammen. Sie hielt das lange, dünne Paket fest. »Wo soll ich den Bogen denn aufbewahren?«

»Willst du ihn vielleicht mit ins Bett nehmen? Pack ihn in den Kasten und stell ihn zu den anderen.« Luciana blickte auf und sah, dass Maddalena zögerte. »Niemand wird ihn benutzen, falls du das befürchtest«, schnaubte sie. »Nicht, nachdem *er,* Vivaldi selbst, ihn eigens für dich gekauft hat.«

Maddalena trat an den Musikschrank und zog den vertrauten Geigenkasten heraus. Sie wickelte den Bogen aus dem Papier, fuhr mit den Fingern über das glänzende Holz, krümmte den Daumen darunter, um über die losen Haare zu streichen. Sie hob den Bogen an die Lippen, küsste ihn und blickte sich um. Nachdem sie sich so vergewissert hatte, dass niemand sie beobachtet hatte, schlich sie auf Zehenspitzen aus dem Raum. Als sie aber auf dem Gang stand, verzog sich ihr Mund zu einem breiten Lächeln und sie machte einen Luftsprung, ehe sie sich wieder fasste und in Richtung Klöppelsaal davonging.

7

Das Plakat, auf dem das Konzert angekündigt wurde, war zerrissen, die Schrift vom Schneematsch, der Venedig seit zwei Tagen bedeckte, verwischt. Man hatte es abgenommen und in der *Sala di Coro* beiseitegeworfen, bis das Wetter besser wurde und man ein Ersatzplakat aufhängen konnte.

»Hast du die *Tavoletta* gesehen?«, fragte eine der Figlie und reichte sie Chiaretta.

Chiaretta starrte darauf, las die Namen der Solisten, bis sie beim letzten anlangte.

Chiaretta – Sopran. Chiarettas Herz klopfte, als sie mit den Fingern über die beiden Worte fuhr und das Papier glatt strich.

»Gratuliere. Es ist deine erste, nicht wahr?«

»Was?« Chiaretta hatte die Frage gar nicht gehört.

»Deine erste Tavoletta. Schon gut. Ich sehe es ja.«

Chiaretta hatte zwar schon einige Solopartien gesungen, doch keine war bedeutend genug gewesen, um auf einer Tavoletta Erwähnung zu finden. Erst in der Vorwoche, als Maddalena für eine kranke Blockflötenspielerin eingesprungen war, hatte sie Chiarettas Stimme über der Kapelle schweben hören, als ihre Schwester bei der Sonntagsmesse das Sanctus sang. Obwohl sie Chiarettas Stimme schon viele Male gehört hatte und wusste, dass sie nicht objektiv beurteilen konnte, ob sie schöner war als andere, merkte sie dennoch am Prickeln auf ihrer Haut, dass sie etwas Magisches erlebte.

Und nicht nur Chiarettas Stimme hatte eine Verwandlung durchgemacht. Sie war einige Zoll gewachsen, trug ihr welliges Haar nun lang und offen, und die fast unmerklichen ersten Veränderungen der Pubertät hatten sie, was das Singen anging, konzentrierter und zielstrebiger gemacht. Die Folge war, dass man sie mehrere Jahre früher als vorgesehen ins zweite Ausbildungsstadium beförderte, sodass sie mit zwölf Attiva im *coro* wurde. Sogar ihre Rechtschreibung hatte sich verbessert, da sie dem Unterricht mit dem Eifer eines Menschen folgte, der den starken Wunsch hegt, so rasch wie nur möglich voranzukommen.

Zum Aufwärmen der Stimme streckte sie den Gaumen nach oben, bis die Schädelknochen vibrierten und sich der Schleim aus den Nebenhöhlen löste. Er lief ihr aus der Nase, und ein ganzer Kloß davon verstopfte ihr die Kehle, sodass sie ihn in ihr Taschentuch spucken musste. Sie zwang die Luft mit solcher Heftigkeit vom Zwerchfell nach oben, dass sie zuweilen würgen und einen Brechreiz unterdrücken musste. Dann wieder ließ sie mitten im Unterricht Rülpser oder Fürze wie Donnerschläge fahren.

Die Stimme sprang ihr nicht mehr aus der Kehle, sondern entströmte ihrem tiefsten Innern. Immer noch war sie ein, zwei Jahre von ihrer endgültigen Körpergröße entfernt, und sie würde wohl immer zierlich bleiben, aber ihre Soli füllten schon jetzt die Kapelle. Von unten war sie nun nicht mehr an ihrem elfenbeinfarbenen Kleid zu erkennen – man hatte es durch das Gewand des *coro* ersetzt – sondern an ihrer Stimme, die klar und geschmeidig wie die einer Lerche war, sanft und rein wie der kühle Film auf der Wange, wenn man aus dem Regen kam.

Obwohl es zu langsam geschah, als dass man es hätte wahrnehmen können, hörte Chiaretta irgendwann auf, Maddalenas *kleine* Schwester zu sein, und war nun einfach ihre Schwester. Ihre Erfahrungen ähnelten sich so weit, dass die drei Jahre Altersunterschied keine Rolle mehr spielten. Hinsichtlich ihrer Persönlichkeiten jedoch sah es etwas anders aus. Hätten Fremde das Kleeblatt beobachtet, dachte Maddalena zuweilen, hätten sie sicher Chiaretta und Anna Maria für die Schwestern gehalten, so ähnlich waren sie sich in ihrem Enthusiasmus und ihrer Redseligkeit. Für Maddalenas Gedanken war nie viel Zeit, und die meisten waren sowieso viel zu privat, als dass sie sie jemandem hätte mitteilen wollen.

Im Übungsraum mit Don Vivaldi war Maddalena ein anderer Mensch. Sie spielte mit einer Unerschrockenheit, zu der sie ansonsten nicht fähig war, und wenn sie sprach, sprudelten ihr die Worte nur so aus dem Mund.

»Noch einmal«, rief er im Eifer des Gefechts. »Noch einmal! Spiel es so, wie du es für richtig hältst!« Ein anderes Mal wieder schleuderte er ihr nur ein Wort hin. »Regen«, rief er dann, oder »Falke«, oder »Glut«, und sie versuchte, das Bild durch ihr Spiel zum Leben zu erwecken.

Als er einmal seinen Bogen über die höchsten Saiten jagte, fragte er sie: »Woran erinnert dich das?«

»An zwitschernde Vögel auf einem Baum.«

Er nickte. »Und das?« Er spielte ein dunkleres erregtes Gedränge von Tönen.

»Jemand hat die Vögel erschreckt, und jetzt fliegen sie davon.«

Mit der Zeit begann sie ihre eigenen musikalischen Bilder für ihn zu spielen. »Schnee, der auf mein Gesicht fällt«, sagte sie, oder: »Allein im Dunkeln.«

Damals im Dorf war sie immer gelaufen, bis sie keuchend und schwindlig zusammenklappte, und hatte sich dann wieder aufgerichtet und nach dem Horizont gestarrt. Ein Stück mit Vivaldi zu Ende zu bringen, war genau so. In diesen Augenblicken war die Stille vollkommen, ganz anders als die erzwungene Ruhe der Pietà, die nur an Verbote gemahnte, statt eine Ahnung davon zu vermitteln, was vielleicht möglich war.

»Wir sind seelenverwandt, Maddalena Rossa«, sagte er eines Nachmittags zu ihr und sprach sie mit dem Namen an, den nur er benutzte. »Wir wissen beide, dass Musik Poesie ist.« Maddalena spürte, wie ihre Wangen zu glühen begannen.

»Aber …«, er beugte sich in seinem Stuhl zurück und schloss

98

nachdenklich die Augen. Als er sie wieder aufschlug, wirkte er verwirrt.

Er griff nach seiner Geige. »Mir fehlen die Worte für das, was ich sagen will.«

Er stand auf und begann, begleitet vom Wippen seines Fußes und der rhythmischen Bewegung seines Kopfs einen schnellen Tanz zu spielen. Dann tanzte er, immer noch spielend, in kleinen Kreisen durch den Raum, beugte die Knie, wiegte sich in den Hüften und ließ mit wildem Grinsen Bauch und Schultern kreisen.

»Versuch es mal«, rief er innehaltend.

Maddalena war so überrascht, dass sie ihn nur anstarren konnte. *Versuch es?* Wie festgeschraubt saß sie auf ihrem Stuhl. »Ich will nicht«, sagte sie. »Ich meine, ich kann nicht.«

»Du kannst nicht? Warum nicht?«

»Ich ... ich weiß nicht.« *Weil ich gar nicht weiß, wie ich mich bewegen soll. Weil Leichtsinn verboten ist. Weil ich keine Sachen mag, die ich nicht gewohnt bin. Weil Sie mir Angst machen.*

Vivaldi trat zu ihr und setzte sich ihr gegenüber. Er keuchte, doch seine Wangen waren rosig und seine Augen glänzten.

»Weißt du, wie es ist, wenn man sich glücklich fühlt?«, fragte er. »Wenn du aufstehen und laut schreien willst? Wenn du dein Hemd packen und es über dem Kopf herumwirbeln willst, nur weil es sich gut anfühlt?«

»Ich ...«

»Das hatte ich auch nicht erwartet. Die Pietà billigt ein solches Glück nicht.« Er nahm ihre Hand. »Ich sage dir etwas. Du spielst wunderschön. Ich höre die besten Musiker Venedigs – ja ganz Italiens –, und einige von ihnen holen nicht halb so viel aus der Musik heraus wie du, obwohl sie eine bessere Technik haben. Die müssen sie auch haben – schließlich spielen die meisten schon länger, als du überhaupt auf der Welt bist.«

Er bemerkte, dass er noch immer ihre Hand hielt, doch statt sie loszulassen, drückte er sie. »Aber ich habe noch nie einen glücklichen Ton von dir gehört. Die Poesie in deinem Kopf ist – was nur? Traurigkeit? Einsamkeit?«

Er zog seine Hand zurück, und Maddalena presste die Hände zusammen, rang sie. »Ich kann nicht so sprechen.«

»Nun, versuch es doch einmal! Finde Worte für das, was deine Bilder aussagen sollen. Ein Vogel am Himmel? Ein fallendes Blatt? Eine flackernde Kerze? Was sagen all diese Dinge über dich?«

Es war, als nehme man eine Handvoll Asche. Ihre Gedanken rannen ihr durch die Finger, wollten keine Form annehmen. Dann flüsterte sie etwas.

»Ich kann dich nicht hören«, sagte er.

»Klein«, sagte Maddalena. »Ich fühle mich einfach klein.«

»Schon besser. Nun werden wir daran arbeiten, dass du dich allmählich größer fühlst.« Er stand auf. »Darf ich um diesen Tanz bitten?«

Maddalenas Magen fühlte sich an wie ein Topf, in dem das Wasser zu kochen beginnt. »Ich weiß nicht, wie das geht.«

»Ich auch nicht. Und ich habe festgestellt, dass das viel besser ist.« Er zog sie hoch und nahm ihre Hände. Dann begann er zu summen, und sie stellte fest, dass sich ihre Füße bewegten, ein wenig ungeschickt zwar, doch im Takt mit den seinen. Als er die Melodie zum dritten Mal wiederholte, erhob sie sich auf die Zehen und summte mit. Er war ihr so nah, dass sie die Schweißtröpfchen sehen konnte, die sein rotes Haar an den Schläfen bräunlich verfärbten, und die grünen Flecken in seinen grauen Augen – Augen, die forschten, sie herausforderten, etwas verlangten, was sie nicht recht begriff. Dann ließ er sie los.

»O je«, sagte er, setzte sich hin und wischte sich den Schweiß von der Stirn.

Keuchend ließ sie sich auf einen Stuhl fallen und schloss die Augen. *Mein ganzes Leben habe ich auf darauf gewartet. Mein ganzes Leben habe ich mir gewünscht, dass jemand über ein Zimmer voller Mädchen in ihren roten Kleidern und weißen*

Kappen blickt und mich sieht. Du – nein, du da drüben in der Ecke. Die mit dem kastanienbraunen Haar. Komm her. Ich weiß, wer du bist. Ich weiß, was du brauchst.

Als ihr nicht mehr das Blut in den Ohren rauschte, hörte Maddalena das Flüstern auf dem Gang, das erstickte Kichern, während Röcke sich raschelnd entfernten.

»Haben Sie das gehört?«, fragte sie Vivaldi.

»Das nächste Mal sollten wir sie dazubitten.« Er lächelte immer noch.

Der Moment war vorüber. Jetzt sitze ich in der Patsche, dachte sie und hegte die verwegene Hoffnung, sie möge sich täuschen.

»Du hast mit ihm getanzt?«, fragte Anna Maria finster. »Was hat denn das mit Musik zu tun?«

Maddalena starrte sie entgeistert an. »Leute tanzen zu Musik.«

»Aber nicht die, die sie spielen.«

Chiaretta hatte nicht richtig zugehört. »Ich wünschte, er würde mit mir tanzen«, sagte sie. »Na ja, vielleicht nicht unbedingt er, aber sonst einer. Irgendein hübscher Mann.« Sie wandte sich zur Seite und machte ein paar hüpfende Schritte, während sie am Tag nach Maddalenas Musikstunde zu den Übungsräumen gingen. »War es so?«

»Ich kann's dir nicht zeigen. Alle beobachten mich.«

Maddalena graute vor jedem Schritt in Richtung *Sala del Violino,* wo – das wusste sie – Luciana sie zornig, aber frohlockend erwartete. Luciana musste davon gehört haben, da sich Klatsch im Nu treppauf, treppab, in allen Korridoren, von einem Saal zum nächsten verbreitete, bis er in die letzten Winkel der Pietà vorgedrungen war. Schon wenige Stunden nach ihrer Lektion bei Vivaldi verstummten die Figlie im Klöppelsaal, als sie eintrat, und den ganzen Nachmittag über sah sie, wie sie sich feixende Blicke zuwarfen. Auch Anna Maria und Chiaretta hatten die Geschichte von den tanzenden Geigenspielern schon gehört, ehe sie Gelegenheit fand, sie ihnen am Abend selbst zu erzählen. Zur Maddalenas Erleichterung war das Gehörte nicht allzu sehr ausgeschmückt worden, doch die Wahrheit war ja schon verfänglich genug.

Luciana tat, als sehe sie sie nicht, und Maddalena öffnete ihren Geigenkasten Zoll um Zoll, die Vorderzähne in einer Grimasse seltsam entblößt, als ob das leiseste Quietschen sie verraten könne. Als sie ihren Bogen herausnahm, hörte sie, wie Luciana auf den Tisch klopfte.

»Ehe wir heute beginnen«, sagte sie, »muss ich noch etwas ansprechen.«

»O nein«, flüsterte Anna Maria.

Luciana starrte Maddalena so durchdringend an, dass die anderen Figlie sich nach ihr umdrehten. »Es ist offensichtlich«, sagte sie, an alle Figlie gewandt, »dass einige von euch nicht begreifen, was hier von ihnen erwartet wird.«

Maddalena merkte, wie es in ihren Schläfen hämmerte. Anna Maria rückte so nahe heran, dass sie sie streifte, während Luciana weitersprach. »Wir haben hier keine Solisten. Ihr seid Mitglieder eines Orchesters. Eure Aufgabe ist es, die Musik zu spielen, die vor euch liegt, die Stücke zu proben, die ihr spielen sollt.«

Wieder sah Luciana Maddalena an. »Die Sotto-maestre wissen, wie ihr euch verbessern könnte, sie kennen euch. Daher war ich immer der Auffassung, dass wir möglichst wenige auswärtige Lehrer engagieren sollten. Ihr seid eigentlich alle lang genug hier, um zu wissen, wann etwas aus dem Rahmen fällt, aber einige von euch wissen das offenbar nicht, und wo es in diesen Dingen sowohl Lehrer wie Schülerin an Urteilskraft gebricht …« Ihre Stimme senkte sich zu einem Brummen, als sie sich erneut an die Gruppe wandte. »Da schadet ihr dem *coro*. Schadet der Pietà. Und wer weiß, wohin das sonst noch führen wird.«

Sie sagte nichts mehr, schlürfte zu ihrem Stuhl zurück und setzte sich und überließ alles Weitere ihrer Phantasie. Sie bedeutete ihren Schülerinnen, Platz zu nehmen, und kehrte Maddalena den Rücken zu. Die anderen Figlie verteilten sich –

so eingeschüchtert, dass sie einander nicht einmal anzusehen wagten – möglichst schnell auf ihre Plätze.

»Du solltest lieber zu ihr gehen und mit ihr reden«, flüsterte Anna Maria.

»Ich weiß«, erwiderte Maddalena, ohne sich zu rühren.

»Jetzt, bevor sie anfängt.« Sie stieß sie ins Kreuz, und Maddalena schlich durch den Raum zu Luciana.

»Ja?« Luciana blickte auf.

»Ich wollte nur sagen, dass es mir leid tut. Er wollte mir beibringen …« *Er wollte mir beibringen, mich nicht mehr klein zu fühlen.*

»Das ist mir gleichgültig. Du weißt, dass ich nie etwas von dieser kleinen Sonderabmachung gehalten habe.« Lucianas Schauben hallte laut wie das eines Pferdes durch den Raum. »Offenbar – und ich bin sicher, es freut dich, das zu hören – ist es Maestro Vivaldi gelungen, das alles der *Priora* und der *Congregazione* zu erklären. Sie haben es in ihrem überlegenen Ratschluss nicht für nötig befunden, ihn hinauszuwerfen oder die gegenwärtigen Stunden zu beenden. Und sie sind zu dem Schluss gelangt, dass du keine Schuld daran trägst und zwei Tage bei Wasser und Brot eine angemessene Strafe sind.«

Maddalena fühlte, wie ein Schauer der Erleichterung sie durchlief.

»Aber man hat ihn strengstens verwarnt«, fuhr Luciana fort, »und du, Maddalena, solltest bedenken, dass auch du …« – sie schüttelte den Kopf und verzog die Lippen – »… getanzt hast!« Angewidert wandte sie sich ab. »Und nun, bitte, geh!«

Die Figlie hatten – und genau das hatte Luciana beabsichtigt – jedes ihrer Worte gehört. Als Maddalena sich umdrehte, um zu ihrem Platz zurückzukehren, beugten sich die anderen über ihre Noten und warfen ihr verstohlene Blicke zu. Sie registrierte sie kaum. Brot und Wasser – das war gar nichts. Ihr Leben war also doch noch nicht vorbei.

* * *

Vivaldi empfing Maddalena in der darauffolgenden Woche in sehr gedämpfter Stimmung. »Ich muss dir eine Menge Ungelegenheiten bereitet haben«, sagte er.

Maddalena wandte den Blick ab und fuhr mit dem Finger über ihren Bogen.

»Die Congregazione war nicht gerade amüsiert über meinen – eigentümlichen nannten sie es, glaube ich – Unterrichtsstil«, sagte er. »Ich habe ihnen versichert, dass es nicht mein Stil, sondern nur eine momentane Eingebung war.«

»Tut es Ihnen jetzt leid?« Maddalenas Stimme war kaum hörbar, während sie weiter an ihrem Bogen herumspielte.

»Ich habe immer wieder gesagt, wie leid es mir tut. Aber ich habe kein Wort davon ernst gemeint.« Er gab einen erstickten Laut von sich, der wie ein unterdrücktes Lachen klang. »Sie legten mir nahe, mir im Hinblick auf dich …« – er korrigierte sich – »…im Hinblick auf die *figlie di coro* keine Freiheiten mehr zu gestatten.«

Hat es Ihnen leid getan, dass sie mit mir getanzt haben? Maddalena hatte zu viel Angst vor der Antwort, um es ihn zu fragen. Vivaldi hatte bereits seine Geige aus dem Kasten genommen und den Kopf über die Saiten gebeugt, während er eine davon stimmte. Er seufzte, lehnte die Geige an den Kasten und trat, ihr den Rücken zuwendend, an den Ofen.

»Der *coro* ist ja – so kompetent. Aber wo bleibt bei alledem der Funke des Genies? Ich habe ihnen gesagt, dass ich, wenn sie sich *dafür* nicht interessieren könnten, auch kein Interesse habe, weiter hier zu unterrichten.« Er lachte leise und drehte sich um. »Ich habe natürlich geblufft. Ich kann es mir nicht leisten, diese Stelle zu verlieren.«

Er trat zu Maddalena, die immer noch mit den Fingern über die losen Bogenhaare fuhr. »Du bist so still…«, sagte er, »was ist denn los?«

Hat es Ihnen leid getan, dass Sie mit mir getanzt haben?

Als sie nicht antwortete, fuhr er fort. »Sie haben immer wieder betont, wie sehr sie mein Urteil hinsichtlich der Fähigkeiten der Figlie doch schätzen und wie freigeistig sie seien, mir zu erlauben, Zeit mit dir zu verbringen. Und gleichzeitig erzählen sie dann, dass ich dich zu einer dritten Geigerin ausbilden soll. Offenbar bin ich der Einzige, der darin einen Widerspruch erblickt. Aber wie kann es sein, dass so viele große Männer Venedigs sich irren?«

Er schnaubte. »Ich soll Brillanz bei den ersten Geigerinnen erzeugen … ob sie nun vorhanden ist oder nicht. Und aus Mädchen wie dir dritte Violinistinnen machen.« Er griff nach seinem Instrument und begann erneut, es zu stimmen. »Also werden wir mal einen anderen Ansatz probieren – das heißt, falls du dich entschließen kannst, mir deine Aufmerksamkeit zu schenken.«

Maddalena blickte auf. »Heißt *anderer Ansatz,* dass es kein besonderer ist?«

»Wie? So traurig? Natürlich ist es ein besonderer. Ich lasse mir doch nicht alles vermiesen. Und ich lasse auch nicht zu, dass etwas Gewöhnliches aus dir wird, nicht, wenn ich es verhindern kann. Auch wenn ich es in ein paar kurzen gestohlenen Minuten tun muss.« Er legte den Kopf schief und lächelte verschwörerisch.

»Hat es Ihnen leid getan, dass Sie mit mir getanzt haben?« Endlich war es draußen.

»Es tut mir nur leid, dass ich es nicht wieder tun kann.« Er zuckte die Achseln. »Außerdem habe ich darüber nachgedacht, und sie haben recht. Deine Phantasie hilft dir nicht, wenn du Attiva werden willst. Du spielst um deiner eigenen Zufriedenheit willen, und dem wird hier nicht viel Gewicht beigemessen.«

»Ich möchte, dass *Sie* zufrieden sind«, sagte Maddalena, und ihre Augen füllten sich mit Tränen.

Er spitzte den Mund und stieß langsam den Atem aus, sodass sich eine Haarsträhne von seiner Stirn löste. »Du verstehst das offenbar nicht. Wenn du kein Mündel der Pietà wärst und ich nicht Priester wäre und wir irgendwo in Venedig leben würden, könnten wir unsere Geigen auspacken und nach Herzenslust musizieren.« Seine Stimme verhärtete sich. »Aber nichts davon trifft zu. Die Pietà bezahlt mich nicht und bildet dich nicht aus, damit wir einander Kurzweil bereiten.«

Wenn wir in Venedig leben würden? Bilder wirbelten durch ihren Kopf. Ein Salon. Ein offenes Kaminfeuer. Geigen. Tanz.

Vivaldi warf ihr einen forschenden Blick zu. »Verstehst du?«

Die Vision löste sich auf, und sie war wieder im Übungsraum. Sie spürte die Kälte und schauderte. »Ja.«

»Und wenn du nicht bald dritte Violinistin bist …« Er führte den Satz nicht zu Ende. Die Congregazione würde eine gescheiterte Geigerin nicht ewig weiter unterstützen.

Maddalena starrte zu Boden. »Wenn ich die Musik nicht hätte …« Sie konnte nicht einmal den Gedanken zu Ende bringen.

»… würdest du sterben? Wie gut ich dich verstehe.« Er hielt inne. »Ich würde gern dein Gesicht heben, aber ich darf nicht. Ich will dir ein Geheimnis verraten, aber du musst mich anschauen.«

Sie gehorchte und sah die Anspannung in seinen Augen. »Ich erinnere mich nicht, mich je für den Priesterberuf entschieden zu haben«, begann er. »Mein Vater war ein Barbier, der im Orchester von San Marco die Geige spielte. Er machte sich Sorgen um meine Zukunft …« Seine Stimme wurde leiser, während seine Augen den Raum durchmaßen.

»Ich war nicht gesund, konnte nie richtig atmen, und ich hatte Herzprobleme. Noch ehe ich einen Monat alt war, glaubten meine Eltern, ich würde sterben. Als ich fünfzehn war, drängten sie mich ins Priesteramt. Ich kann nicht behaupten, dass ich mich stark dagegen zur Wehr gesetzt hätte – schließlich hatte ich auf diese Weise eine Stelle. Und wir dachten alle, es wäre das Richtige für mich. Seit meiner Kindheit trug ich immer ein Brevier bei mir. Das Gebet gibt mir Halt, und an den meisten Tagen befolge ich die Vorgaben des Heiligen Offiziums, so gut ich kann.«

Er war ein Erwachsener, ein Priester, ein Mann, und so sehr sie sich wünschte, seine Geschichte zu hören, so sehr sie diejenige sein wollte, der er sie erzählte, sie fühlte sich unbehaglich dabei. Trotzdem ließ sie ihn weitersprechen.

Er schüttelte den Kopf, als ob er einen unliebsamen Gedanken abschütteln wollte, und fuhr fort. »Nach meiner Weihe fühlte ich mich sehr unglücklich. Ich hielt die Messe, hörte Beichten, nahm mich der Kranken an, begrub die Toten, aber ich war nicht recht bei der Sache. Versteh mich bitte nicht falsch. Es hatte nicht mit fehlender Gottesliebe zu tun oder damit, dass ich geglaubt hätte, die Arbeit sei nicht wichtig genug, aber ständig flatterten mir all diese Melodien durch den Kopf. Es war, als würde ich versuchen, mit bloßen Händen einen ganzen Vogelschwarm einzufangen. Und bis ich sie dann endlich niederschreiben konnte, waren sie längst davongeflogen.

Eines Tages feierte ich die heilige Messe, und kurz bevor ich die Hostie heben musste, kam mir die herrlichste Musik in den Sinn. Ich schwöre dir, mir war, als hinge mein Leben davon ab, sie aufzuschreiben, ehe sie verloren ging. Ich bekam keine Luft, mir war, als müsse ich in Ohnmacht fallen, und so reichte ich dem anderen Priester die Hostie und verließ im Eiltempo den Altar. Dann setzte ich mich in die Sakristei und schrieb die Musik nieder.

»Und was ist als nächstes passiert? Haben Sie Ärger bekommen?«

»Selbstverständlich.« Er lachte leise. »Es ist schon merkwürdig, bei einer Krankheit, die mir so viele Schmerzen bereitet – du hast es ja leider selber miterlebt –, von ›Glück‹ zu reden. Aber ich konnte mich mit meiner Kurzatmigkeit entschuldigen, und dann erkannte ich, dass das vielleicht *die* Möglichkeit war, aus dem Amt des Gemeindepfarrers auszuscheiden. Gott möge mich auf der Stelle erschlagen, aber ich kann nicht umhin zu glauben, dass er lieber meine Musik hört als mein Gemurmel am Altar.«

Vivaldi bemerkte Maddalenas fragenden Blick. »Bin ich dir

zu nahe getreten, Maddalena Rossa? Wahrscheinlich hast du noch nie einen Priester so reden hören.«

Sie schüttelte den Kopf. »Nicht deswegen. Keiner – wenigstens kein Erwachsener – hat je so zu mir gesprochen. Ich meine, die Erwachsenen erzählen mir vieles, etwa, dass ich nicht träumen oder dass ich aufpassen oder mir die Flusen vom Rock zupfen soll.« Sie blickte auf ihren Rock hinunter und fuhr mit der Hand darüber, obwohl es nichts wegzuwischen gab. »Ich will mich ja nicht beklagen, aber wenn einen hier jemand ansieht oder beim Namen ruft, dann meistens, weil er zornig ist oder einem etwas auftragen will.«

»Beklag dich, soviel du willst. Ich verrate dich nicht.« Er zwinkerte ihr zu. »Aber wir sollten mit dem Unterricht beginnen«, sagte er. »Es wäre nicht gut, wenn ich dir heute gar nichts beibrächte.«

Rasch begann er sich einzuspielen und achtete nicht mehr auf sie, doch sie saß ihm zu nahe, als dass sie nicht das dünne Pfeifen in seiner Kehle und das Stocken des Atems gehört und die losen Enden seines roten Haars gesehen hätte, die ihm über die Schulterpartie seines Gewands fielen. Sie wagte es nicht, die Hand auszustrecken und ihm die Haare glatt zu streichen, wie sie es bei Chiaretta tat, aber einen Moment lang hätte sie es fast getan. Dann umschloss sie wieder die Welt der Pietà, und sie griff nach ihrer Geige.

Während der Ruhezeit an diesem Nachmittag bekam Maddalena Leibschmerzen, und plötzlich wurde sie sich dort, wo Oberschenkel und Bauch zusammentreffen, ihres Körpers gewahr. Ihr ganzes Leben lang hatte man ihr gesagt, ihre Finger dürften sich keinesfalls an diesen Ort verirren, doch das Gefühl war so merkwürdig, dass sie, ohne es zu wollen, hinfasste. Ihre Finger fühlten sich klebrig an, und sie hob sie in die Höhe und starrte verständnislos auf das Blut.

* * *

Derartige Dinge in einem Schlafsaal geheim zu halten war unmöglich, und Chiaretta war entsetzt über das, was sie für eine Verletzung tief in Maddalenas Körper hielt. Doch als sich die älteren Mädchen darüber unterhielten, wurde ihr klar, dass, wenn man nicht blutete, auch die Brüste nicht wuchsen. Ihre eigenen Brustwarzen waren zwar dick und geschwollen, aber das war auch schon alles, und Chiaretta hatte es satt, auf dieses Nichts hinunterzustarren, während sich bei den anderen *figlie di coro* schöne weiche Rundungen aus den Miedern wölbten. Sie wünschte sich etwas, mit dem sie renommieren konnte, auch wenn sie dafür das Bluten in Kauf nehmen musste.

»Aber da kann man doch nachhelfen«, riet ihr eine der Figlie, als ein halbes Dutzend von *coro*-Mädchen sich anschickte, zu einer Feier aufzubrechen, die Chiarettas erstes Privatfest in einem venezianischen Haus sein sollte. »Nimm einfach zwei Taschentücher und mach es so …« Das Mädchen schob die Finger tief in das Mieder ihres Kleids. Ihre Brust war so groß, dass die Warze herauslugte. Verlegen bedeckte sie sie wieder.

Chiaretta blickte auf ihre flache Brust hinunter. »Ich hab ja nichts zum Hochschieben«, sagte sie.

»Ich hatte auch nichts«, erwiderte das Mädchen und zupfte ihr Mieder zurecht. »Probier es. Du wirst überrascht sein.«

Chiaretta blickte auf die winzigen, zum Rand ihres Mieders hochgeschobenen Erhebungen, als sie aus der feuchtkalten Dunkelheit der Gasse neben der Pietà trat. Die hellen Steine der Riva degli Schiavoni reflektierten das auf der Lagune glitzernde Sonnenlicht. Sie vergaß ihre Befangenheit und blinzelte auf die leuchtenden Farben der Kleider und Masken der Passanten, die eines der vielen Feste des venezianischen Jahreskreises feierten. Eine große schwarze Gondel, die poliert worden war, bis sie glänzte wie ein Obsidian, lag am Steg vertäut. Die Felce war mit hellblauen Samtvorhänge versehen, die mit dem Wappen von Antonia Morosinis Familie bestickt waren. Der Gondoliere trug eine Brokatjacke im selben Blau, und auf seinem Kopf saß ein schwarzer Dreispitz. Als er die Figlie aus der Pietà treten sah, sprang er herunter, um ihnen an Bord zu helfen.

Chiaretta genoss jeden Schritt und stellte sich vor, sie besteige ihre Privatgondel, um nach einem Besuch in ihren Palazzo zurückzukehren. Eine plötzliche Unruhe am Kai riss sie aus ihrem Tagtraum. Irgendjemand rief einer der Solistinnen zu: »Agostina! Agostina! *Bravissima!*« Dann griff ein anderer den Refrain auf. Doch diesmal galt er Cecilia.

Und dann hörte sie es. »Chiaretta!« Sie drehte sich um und erblickte einen ganzen Haufen von Leuten, die sie zu kennen schienen. Sie hatten ihre Masken abgenommen und lächelten und winkten ihr zu. Eine Blume aus dem Strauß, den jemand aufgebunden hatte, um die Figlie damit zu bewerfen, landete auf Chiarettas Schuh, gefolgt von einer blaurosa Maske in Vogelform, die klackernd vor ihr auf den Boden fiel. Sie beugte sich hinunter, um sie aufzuheben, aber die Betreuerin hatte sie schon am Arm gepackt und zerrte sie aufgeregt gackernd mit sich fort.

Als sie die Gondel bestiegen, war sich Chiaretta nicht sicher, ob es das Schaukeln des Boots oder der ungewohnte Applaus war, der sie so benommen gemacht hatte, dass sie nach der Hand des Gondoliere greifen musste, um Halt zu finden. Als sie ablegten, blickte Chiaretta auf den Kai zurück. Ein Paar winkte – wenn die beiden sie im Innern der Felce auch unmöglich sehen konnten –, und obwohl es sehr leise klang, war sie sicher, dass sie ein weiteres Mal ihren Namen gerufen hatten.

Bei ihrer Ankunft wurden die *figlie di coro* die große Treppe des Morosini-Hauses in den *Piano nobile* hinaufgeleitet. Der Marmorboden des *Portego,* des Empfangsraums, der sich ohne Unterbrechung über die gesamte Länge der *Casa* erstreckte, warf das Sonnenlicht zurück, das an den Längsseiten des Raums von der *Loggia* hereinströmte, die auf den Canal Grande hinausging, und von Fenstern, die sich auf einen Hof öffneten. Große vergoldete Spiegel an den Wänden reflektierten ebenfalls das Licht, sodass der ganze Raum in einen schimmernden Perlenglanz getaucht war. An einem Saalende hatte man Banketttische aufgestellt, mit goldenem Damast überzogene Polsterstühle standen längs der Wände.

Winzige, auf Goldfäden aufgereihte Edelsteine glitzerten in Antonias Haar, die mit ihrer Mutter in der Saalmitte stand. Ihr Kleid hatte ein besticktes Damastmieder und einen lavendelfarbenen Seidenrock, der raschelte und schimmerte, als sie auf die Mädchen zugeeilt kam.

Sie zog Chiaretta beiseite. Ihr Atem roch nach kandiertem Ingwer, als sie Chiaretta ins Ohr flüsterte: »Es ist ein Mann da, dessen Familie mit meiner in Eheverhandlungen steht.«

»Ehe? Mit dir? Du bist doch erst dreizehn!«

»Schhh!« Antonia sah sich um, um sich zu vergewissern, dass niemand sie hörte. »Doch nicht jetzt … erst in ein paar Jahren. Meine Eltern meinen, es ist das Beste, wenn man es beizeiten arrangiert.«

Sie warf den Kopf zurück. »Sieh mal in die Ecke – er trägt eine rote Weste.«

Chiaretta konnte keinen jungen Mann entdecken, und ließ ihren Blick daher weiter über die Menge schweifen. »Nicht so auffällig«, flüsterte Antonia. »Es ist der mit dem schwarzen Beutel mit Goldbesatz, der mit meinem Bruder Claudio spricht.«

»Der ist ja steinalt!«, platzte Chiaretta heraus. »Willst du den heiraten?«

Antonia verzog keine Miene. »Ich glaube schon. Er soll eine gute Partie sein, sagen meine Eltern. Und ich könnte es schlimmer treffen. Er ist doch recht stattlich, findest du nicht?«

Chiaretta musste ja einräumen, dass der Gedanke an die Ehe aufregend war, zumal verheiratete Frauen in Häusern wie diesem lebten und Feste gaben, bei denen sie solche Juwelen trugen. Sie musterte den Mann erneut und versuchte, sich Antonia an seiner Seite vorzustellen. »Ich denke schon«, sagte sie.

Bernardo Morosini riss sich von seinen Gästen los und trat näher, um sie zu begrüßen. »Chiaretta, *Cara,* wie schön, Sie zu sehen. Willkommen in meinem Haus. Sind Sie heute auch gut bei Stimme?«

»O ja, gnädiger Herr«, erwiderte sie, »und wir haben etwas ganz Besonderes für Sie einstudiert.«

»Ach, wie schade, dass wir noch das Mahl durchzustehen haben. Aber nun haben Sie mir eine so entzückende Aussicht eröffnet, dass ich keine Minute mehr warten kann!« Um die Aufmerksamkeit seiner Gäste auf sich zu ziehen, hob er die Stimme. »Ich bitte um Ihr Gehör, meine Damen und Herren, diese bezaubernden jungen Damen hier erzählen mir, dass sie nicht singen wollen, ehe ich sie nicht verköstigt habe.«

Die Gäste lachten und begannen sich plaudernd zur Tafel zu begeben. Unsicher, was sie nun tun sollte, blieb Chiaretta ein wenig zurück, doch Antonia nahm sie bei der Hand. »Du sitzt neben mir. Das hat meine Mutter gesagt.«

Antonia führte sie zu einem Platz an der großen Tafel, die von jahrelangem, eifrigem Polieren schimmerte. Auf ihrer Mitte hatte man Kerzen entzündet; ihr Licht wurde vom Glanz dreier Silberschüsseln reflektiert, in denen sich eine reiche Auswahl an Früchten häufte.

»Als erstes gibt es Austern und anschließend Suppe«, sagte Antonia. Chiaretta wurde bang. *Von Austern habe ich noch nie gehört,* dachte sie finster, *aber Suppe esse ich jeden Tag. Wenn das alles ist, dann haben sie mich belogen.*

Diener waren mit Karaffen erschienen, aus denen sie Wein in Kelche aus Muranoglas gossen. Chiaretta sah, dass sogar die Gläser der Figlie gefüllt wurden, und stieß Antonia an. »Wir bekommen Wein?«

»Nur ein halbes Glas«, sagte Antonia und rümpfte die Nase. »Ich mag ihn sowieso nicht. Sie gießen dir ein bisschen Wasser dazu, wenn du darum bittest.«

Weitere Diener brachten Platten herbei, auf denen Muschelschalen angerichtet waren. »Für die Signorine?«, fragte einer von ihnen lächelnd, während er auf jeden ihrer Teller zwei Austern setzte. Der Klecks in der Muschelschale besaß die Farbe von halb verdautem Essen, wie es große Seevögel an der *Riva* zuweilen fallen ließen, und war ebenso schleimig. »Und das sollen wir essen?«, fragte Chiaretta Antonia.

»Das ist eine Auster! Die sind ganz köstlich.« Antonia führte sie zum Mund. »Und schmecken so frisch – wie das Meer.«

Sollte das Meer irgendeine Ähnlichkeit mit den Kanälen Venedigs besitzen, so war es mit Sicherheit nicht frisch. Chiaretta stocherte in dem grauen Klecks herum und beäugte den zitternden Glibber, während Antonia bereits ihre zweite verputzte.

»Nicht kauen, nur schlucken«, meinte eine Stimme zu ihrer Linken. Sie schob die Auster in den Mund, behielt sie kurz darin, schloss die Augen und schluckte sie hinunter. Sie würgte. Es hatte sich angefühlt wie der Schleim, den sie beim Einsingen immer hinunterwürgte. Die Augen tränten ihr, und sie spürte, wie ihr der Speichel im Rachen brannte.

»Hier«, sagte dieselbe Stimme, und sie spürte, wie eine Serviette ihren Mund streifte. Sie blickte in die Augen von Antonias Bruder, der neben ihr saß. »Das schockiert Sie wohl ein wenig, dass Menschen etwas essen, das so scheußlich aussieht«, meinte er.

»Und es schmeckt auch ziemlich grässlich«, versetzte Chiaretta. »Pardon. Das war wohl nicht sehr höflich.«

»Aber wenigstens ehrlich«, erwiderte er und betrachtete sie, als wolle er noch etwas hinzufügen. Doch da sprach die Frau zu seiner Linken ihn an. Er bat Chiaretta um Entschuldigung und wandte er sich zu ihr um.

Die Suppe wurde serviert, und obwohl sie gar nicht übel schmeckte und kleine Fleisch- und Gemüsestücke darin schwammen, trübte Chiarettas Stimmung sich noch mehr ein. Ein Teller Brühe und der widerwärtige Klecks in ihrem Magen waren nicht gerade das, was sie sich ausgemalt hatte.

Und dann wurden die Teller abgeräumt, und die Diener

brachten ein Gericht nach dem anderen herein – Fasan, Kalbsleber, Kalbfleisch; immer wieder kamen sie, um zu fragen, ob sie von diesem oder jenem noch mehr wolle, häuften ihr bunte Gemüseberge auf den Teller, gossen ihr eine Sauce über das eine, eine andere über das andre Gericht.

Sie aß, bis nichts mehr serviert wurde und verzehrte gerade, als Bernardo Morosini sich erhob, ihren letzten Bissen. »Wir haben auch noch Süßspeisen für Sie«, meinte er, »doch ich schlage vor, dass wir uns das für später aufheben und uns nun auf die andere Seite des Portego begeben. Ich für meinen Teil warte schon viel zu lange auf den Auftritt unserer Gäste. Wenn es auch Ihnen genehm ist?« Der Form halber ließ er den Blick über die Tafel schweifen, doch die Gäste hatten bereits ihre Stühle nach hinten gerückt.

Claudio war unter den ersten, die sich erhoben. »Signorina«, sagte er und zog Chiarettas Stuhl zurück. Sie wollte zart und anmutig wirken, als sie aufstand und ihm dankte, hatte jedoch das Gefühl, als sei ihr Magen inzwischen so groß wie ihr Kopf. Sie spürte, wie ihr aufstieß, doch zum Glück war Claudio bereits dabei, sich um jemand anderen zu kümmern, und sie konnte sich rasch die Hand vor den Mund halten.

Die Figlie versammelten sich, und sie stieß mit Antonia zu ihnen. Singen mit derart vollem Magen war allerdings nicht so angenehm, wie Chiaretta sich das vorgestellt hatte. Sie war irgendwie schläfrig und hatte Angst vor zu tiefen Atemzügen, da sie fürchtete, sie könnten als Rülpser aus ihr herausbrechen. Doch die Musik klang so köstlich und, wie sie von den Marmorböden widerhallte, auch so anders, und die Mienen der Gäste wirkten so zustimmend, dass sie nach wenigen Augenblicken das Gefühl hatte, ihre Stimme strahle von ihr aus wie Hitze von einer glühenden Kohle.

Allmählich wurde es Zeit für die Überraschung. Antonia hatte der Maestra die Lieblingslieder ihres Vaters genannt, und die Maestra hatte ein nicht allzu derbes daraus ausgewählt und mit den Figlie einstudiert.

Nach einer kurzen Einführung auf der Laute begann Chiaretta ein Solo.

Eine Taube sah ich vom Himmel fahren,
In meinen Garten stieß sie herab
Über der Brust gefaltet war ihr Flügelpaar
Im Schnabel aber trug sie eine Blüte …

Antonia und die anderen Figlie fielen ein und ihre Stimmen erfüllten den Portego.

Wollet ihr kosten der Liebe Duft?
Einen Duft, der so groß ist wie die Blume klein?

Antonias Vater tupfte sich die Augen, als die Mädchen geendet hatten. Ganz benommen vom rauschenden Applaus blickte Chiaretta um sich. Sie hielt Ausschau nach Claudio, wollte sehen, ob auch er klatschte, konnte ihn jedoch nicht entdecken; stattdessen fiel ihr Blick auf Antonias Zukünftigen. In seinen Augen nahm sie etwas Eigenartiges wahr, etwas Verschleiertes, das sie nicht begriff. Ohne es sich erklären zu können, spürte sie plötzlich die Taschentücher, die ihr gegen die Rippen drückten. Sie wandte sich ab und sah nicht mehr auf, bis der Applaus abgeebbt war.

Als die *figlie di coro* die Treppen hinuntergingen und dann die Gondel zur Heimfahrt bestiegen, brach bereits die Nacht herein. Mehrere der Gäste wollten sie zurückbegleiten, darunter auch Claudio und Antonias Anwärter. Die Männer saßen unter freiem Himmel, während sich die Mädchen vor Kälte zitternd in der Felce drängten.

Chiaretta war zu müde zum Reden, sodass sie den Kopf an die Schulter eines anderen Mädchens lehnte und dem Geschnatter lauschte. Mit geschlossenen Augen verlor sie sich erneut in der Vorstellung, Herrin über ein solches Haus zu sein und einen Mann zu haben, der eine jüngere Ausgabe von Antonias Vater war, ebenso freundlich und generös. Dann trüge sie Perlen im Haar und Blüten im Ausschnitt ...

Sie war wohl eingeschlummert, denn das nächste, was sie registrierte, war das dumpfe Anstoßen der Gondel gegen den Steg. Als sie die Felce verließ, sah sie, dass die Männer aus ihrer Begleitung inzwischen schwarze Capes angelegt und schwarze Hüte aufgesetzt hatten und ihre Gesichter hinter weißen Masken verbargen. Claudio stand noch mit seiner Maske in der Hand haltend auf dem Steg, während er die Gondolieri anwies, allein zur *Casa* zurückzukehren.

Als Chiaretta über Geländer stieg, das die Sitzplätze im Freien vom Deck trennte, packte einer der maskierten Männer ihre Hand. Und als er sie hochhob, spürte sie, wie sich seine Hand unter ihren Reifrock schob, ihre Kniekehle streifte, und seine Finger an der Innenseite des Schenkels bis fast ganz nach oben glitten. Erschrocken entwand sie sich ihm und blickte sich nicht mehr um, bis sie den Steg erreicht hatte. Dann schaute sie zurück und entdeckte das rote Wams unter seinem Umhang, sah, wie der Goldbesatz der schwarzen Geldkatze im Laternenlicht aufleuchtete.

8

Keinem, nicht einmal Maddalena, verriet Chiaretta, was der Mann getan hatte. Die nächsten paar Male, die Antonia zum Unterricht kam, ging sie ihr aus dem Weg, da sie sich irgendwie für das Geschehene verantwortlich fühlte. Monate vergingen, und der Vorfall verblasste in ihrer Erinnerung. Und dann auf einmal war das Thema Heirat für Antonia passé. Ihr Vater war zornig gewesen, ihre Mutter aufgelöst, Antonia verriet man nur, dass es sich für ein junges Mädchen nicht schicke, Näheres zu erfahren.

Chiaretta atmete erleichtert auf, als sie hörte, dass Antonia den Kerl nun doch nicht heiraten sollte. Das spöttische, starre Grinsen auf der weißen Maske drängte sich zuweilen in ihre Gedanken, als wolle es ihr einschärfen, mit einer solchen Tarnung werde keiner je eines Vergehens schuldig gesprochen, und Schweigen sei eben der Preis, wenn sie sich ihren guten Ruf bewahren wollte.

Bald war Chiaretta völlig in die Vorbereitungen für ein *Oratorium* vertieft, das, wie man den Figlie sagte, womöglich Francesco Gasparinis letztes für die Pietà sein werde.

»Liegt er denn im Sterben?«, fragte Chiaretta das neben ihr stehende Mädchen.

Sie hatte den Maestro di Coro nur zwei, drei Male gesehen, denn sein Ruhm war so beträchtlich, dass er gewöhnlich nur zu Erstaufführungen seiner neuesten Werke und den Generalproben erschien.

Doch durch die Art, wie jeder plötzlich in verändertem Tonfall sprach, sobald er erwähnt wurde, erhielt man den Eindruck, als sei er fast so wichtig wie der Doge.

»Nein, es heißt, er zieht sich aus dem aktiven Leben zurück«, erwiderte das Mädchen.

»Wieder mal«, kicherte eine ältere Figlia neben ihr.

Chiaretta kannte den Witz noch nicht, Anna Maria aber wusste Bescheid.

»Keiner ist mehr so recht glücklich mit ihm«, erzählte sie Maddalena und Chiaretta später. »Er müsste eigentlich öfter hier sein, heißt es, und die Stücke, die er schickt, sollen meistens nur Wiederaufgüsse von Bekanntem sein und nichts wirklich Neues.«

»Warum weißt du bloß immer soviel mehr als wir?«, fragte Maddalena.

»Ich platziere mich nur immer neben den Maestre, da höre ich so manches.«

Chiaretta überlegte einen Moment. »Ich habe eine Maestra mal etwas wie ›nicht das schon wieder‹ sagen hören, als sie die Noten durchsah, aber ich dachte mir, ich müsste mich wohl verhört haben, und fand es nur komisch.«

»Welche war es denn?«

»Fioruccia.«

»Ja, natürlich«, sagte Anna Maria. »Sie hasst Gasparini. Na ja, vielleicht ist es nicht unbedingt Hass. Sie betet immer, wenn ich sie mal außerhalb der Sala sehe, sodass ich annehme, dass sie überhaupt niemanden hassen darf. Aber sie kann ganz schön laut werden, sobald sie sich aufregt, und ich habe sie zu einer der anderen Maestre sagen hören, dass er Hurenmusik verwendet …«

»Wie bitte?«, japsten Chiaretta und Maddalena wie aus einem Munde.

»Er verpasst den Melodien, die er für Opernsängerinnen geschrieben hat, lateinische Texte, und dann singen wir sie. Sie behauptet, manche Leute im Publikum erkennen die Musik wieder und stellen sich Liebesszenen vor, während wir von Gott singen. Wie etwa bei diesem Duett beim Gloria letzte Woche …«

»Ich liebe dieses Duett!«, rief Chiaretta. »Ich wünschte, es wäre mein Solo gewesen.«

»Natürlich.« Anna Maria streckte die Hand aus und zog Chiaretta die Kappe über die Augen. »Kleines beifallssüchtiges Geschöpf! Aber ich schätze, genau das ist ihre Befürchtung. Raffiniert und kunstvoll genug, um uns stolz zu machen. Du weißt schon – die Sorte von Musik, die die Heilige Jungfrau nicht hören will.«

Wie konnte die Heilige Jungfrau es nicht hören wollen, wenn sie als Sängerin ihr Bestes gab? Trotzdem, da Fioruccia so viel betete, wusste sie vielleicht besser, was die da oben im Himmel betrübte, dachte Chiaretta. Sie begann nun etwas inbrünstiger vor einer Marienstatue in einer Nische in einem der Gänge zu beten. Sie forschte nach einem Zeichen der Missbilligung im Gesicht der Madonna und glaubte nach einigen Wochen, ihre Steinaugen seien weicher geworden. Woraus Chiaretta wiederum schloss, dass die Jungfrau ihr nun womöglich etwas mehr Raum für ihre hohen Töne und Triller zugestand – so lange sie nicht vergaß, anschließend zu beten. Und dennoch, nach jedem Auftritt sah sie sich verstohlen um und vergewisserte sich, dass sie nicht zu nahe an Fioruccia vorbei musste.

Maddalena verschwendete keinen weiteren Gedanken auf Fioruccia, insbesondere auch deswegen, weil die Congregazione Vivaldi als Komponisten engagierte, um die Defizite in Gasparinis Musik wettzumachen. Maddalena machte sich Sorgen wegen seiner Hagerkeit und weil er während der Stunden so schwer atmete, doch er versicherte ihr, er habe sich nie in seinem Leben besser gefühlt.

»Vielleicht werden Sie ja der nächste Gasparini«, sagte sie eines Nachmittags.

Vivaldi schüttelte den Kopf. »Niemals. Nie hat es an einem der Ospedali einen Maestro di Coro gegeben, der nicht Orgel gespielt hat. Und außerdem wüsste ich gar nicht, ob ich die Stelle wollte.«

»Warum denn nicht?«

»Aus demselben Grund, aus dem offenbar auch Gasparini das Interesse verloren hat. Es ist schwierig, so viel Energie in Schülerinnen zu investieren, die keine Zukunft haben.«

»Keine Zukunft? Was meinen Sie damit? Die Pietà wird es doch immer geben.«

»Aber dich nicht, deine Schwester nicht, Anna Maria nicht.« Er seufzte.

»Denk doch mal nach, Maddalena. Ein Mädchen singt oder spielt so wunderbar, dass ihr die ganze Stadt zu Füßen liegt. Ein paar Jahre lang tritt sie auf, um dann denen, die sie selbst unterrichtet hat, Platz zu machen. Oder aber sie tritt in ein Kloster ein, in dem kirchliche Amtsträger sich über das Thema auslassen, ob sich das Hören von Musik nun eher verderblich auf Frauen wirkt oder ob es sie adelt. Einige Jahre lang musiziert sie also, und anschließend nicht mehr, oder was wahrscheinlicher ist, sie schleicht umher und tut es heimlich und fühlt sich sündig dabei.«

Maddalena überlegte kurz. »Chiaretta möchte Opernsängerin werden. Was halten Sie davon?«

Vivaldi lachte. »Das kann sie vergessen.«

»Warum denn? Ist sie nicht gut genug?«

Sein Blick ging in die Ferne, als ob er sich Chiarettas Stimme ins Gedächtnis rufen wolle. »Nein«, sagte er. »daran liegt es nicht. Deine Schwester ist zur Opersängerin geboren.« Er stand auf, trat ans Fenster und überlegte einen Augenblick, ehe er sich wieder zu ihr umwandte. »Mit Oper kann man Geld verdienen, nicht wahr, und ich bin ein Priester ohne Pfarrei. Vom dem Geld, das ich mit Geigenstunden verdiene, kann ich nicht leben. Diese Institution« – er streckte die Hände in alle Richtungen – »liebt ihre Musik und lässt ihre Komponisten verhungern.«

Er setzte sich wieder, rieb sich die Schläfen und presste sich die Hände auf Augen und Stirn.

»Haben Sie … Schmerzen? Soll ich irgendetwas tun?«

»Nein. Ich dachte nur an die Opernsängerinnen, die ich kenne. Ich würde alles geben, um eine Sängerin wie Chiaretta zu bekommen. Nicht nur wegen ihrer Stimme oder weil sie so hübsch ist. Sie hat ein so großes dramatisches Gespür, soviel Temperament…«

Maddalena war verwirrt. »Ja dann …?«

»Die Pietà würde es niemals erlauben.« Er ließ die Hand vor sich durch Luft sausen, als wolle er sie entzweihacken. »Niemals. Die *putte* sind Engel. Jungfräuliche Engel. Anderenfalls wären sie nur Musikantinnen. Die Empore verkündet: ›Dies sind Frauen, die unter dem besonderen Schutze Gottes stehen.‹ Glaubst du wirklich, die Congregazione würde es dulden, dass der Eindruck entsteht, als befänden sich die Figlie quasi in der Ausbildung, um einmal solche angemalten Weiber zu werden, die in Gondeln herumlungern und im *Ridotto* spielen?«

Maddalena blickte auf ihre im Schoß gefalteten Hände und schwieg.

»Für die meisten Männer ist das, was ihr nicht sein dürft, viel aufregender als das, was ihr sein dürft.« Er flüsterte fast.

Maddalena war viel zu bedrückt, um zu überlegen, was er damit meinte. »Sie kann heiraten«, meinte sie in resigniertem Ton.

»Ja, das ist wahr. Aber wusstest du auch, dass Ehemänner schriftlich beeiden müssen, eine aus einem der Ospedali stammende Braut niemals außerhalb ihres Hauses singen oder ein Instrument spielen zu lassen? Und dass er außerdem eine sehr hohe Kaution stellen muss, die er verwirkt, falls sie es doch tut? Daher wird manches glückliche Kind von der schönsten Stimme Venedigs in den Schlaf gesungen, und so mancher Gatte in seinem Salon von einer Laute oder einem Cembalo unterhalten, doch das ist auch alles, was die jahrelange Ausbildung am Ende zeitigt.«

Maddalena lauschte schweigend und versuchte, das Gesagte zu verdauen.

Vivaldi unterbrach ihre düsteren Gedanken. »Du glaubst doch sicherlich nicht, dass eure musikalische Ausbildung allein dem Ruhme Gottes dient.«

»Nein«, sagte sie und war überrascht, dass ihre Stimme bebte. »Sie behaupten es zwar, aber wir wissen, dass sie damit unsere Heiratschancen verbessern wollen.«

»Und die verbessern sich dadurch ja auch. Aber die meisten von euch heiraten nicht, stimmt's?«

In ihren Jahren in der Pietà hatte Maddalena mehr Figlie im Kloster enden sehen als irgendwo sonst.

»So ist es doch, oder?« fragte er. Sie nickte.

»Vielleicht bin ich ja zu zynisch, *Cara,* und vielleicht sollte ich gar nichts mehr sagen, aber ich glaube, du begreifst nicht, worum es in der Pietà wirklich geht.«

Cara? Maddalena versuchte sich auf das, was er sagte, zu konzentrieren, doch ihr Herz hämmerte, weil er sie »Liebe« genannt hatte.

»Wie viele seid ihr momentan – achthundert, tausend Mädchen, wenn man die Patientinnen im Spital nicht mitrechnet? Kannst du dir vorstellen, wie viel es kostet, auch nur ein kleines Feuerchen in sagen wir – vielleicht hundert Räumen – zu unterhalten? Brot und ein bisschen Suppe für alle Bäuche? Die Congregazione ist zwar im Großen und Ganzen nicht auf Profit aus, aber das heißt nicht, dass sie nicht überall, wo es geht, ein bisschen Geld zu verdienen versuchen. Das sind keine Idioten. Und ihr seid keine Nonnen, daher könnt ihr qua Heirat gekauft oder wenigstens ausgeliehen werden, um bei ihren Festlichkeiten aufzutreten. Es gibt keine köstlichere Fantasie in Venedig, als eine von euch sein Eigen zu nennen, und die, die es sich leisten können, zahlen teuer für das Vorrecht eurer Gesellschaft, und wenn es nur eine Stunde währt. Ohne euch wäre die Pietà bankrott. Daran gibt es keinen Zweifel.«

»Aus Ihrem Munde klingt das so berechnend, als seien wir nichts weiter als« – sie suchte nach einem Wort – »Vieh.«

»Nein, nein. Ganz so ist es nicht. Ich denke, es beruht schon auf Gegenseitigkeit.« Er lächelte. »Wo wäre schließlich Maddalena Rossa ohne die Pietà?« – »Wo ich wäre?« Maddalena konnte keinen klaren Gedanken mehr fassen.

Vivaldi überbrückte ihr Schweigen. »Es ist schrecklich, zu etwas geboren zu sein, das man nicht darf. Vor allem, wenn man dann zusehen muss, wie man sein ganzes Leben mit etwas anderem zubringt.« Er hielt inne und fügte dann, fast flüsternd, hinzu: »Ich weiß es. Glaub mir, ich weiß es.«

* * *

Auch Vivaldis neuer Titel eines Maestro dei Concerti verlieh ihm kaum Einfluss auf die eng verflochtene Welt von Maestre und *coro*. Die Figlie arbeiteten sich nach oben, rückten durch Vorsingen von der dritten auf die zweite, schließlich auf die erste Position vor, und es gab auch keine Ausnahmen, nur weil irgendein Außenseiter – noch dazu einer, für den das hier sowieso nur eine Durchgangsstation war – es so haben wollte.

Doch Vivaldi hatte anderes im Sinn. In einer der Unterrichtsstunden reichte er Maddalena Noten und zitterte vor Ungeduld, als sie sie durchblätterte.

»Ein Konzert in F-Dur«, sagte sie. »Aber mit fünf Sätzen statt nur dreien?«

»Es sind drei, mit Überleitungen dazwischen«, erwiderte er. »Spiel die zweite Überleitung. Die, die mit *Adagio* überschrieben ist.«

Sie starrte auf die Noten und begriff immer noch nicht. Die erste und zweite Geige spielten ein *Ostinato,* nur eine einfache, sich wiederholende Phrase.

»Spiel den Part der dritten Geige«, verlangte Vivaldi. »Ich spiele den der ersten.« Zunächst entsprachen ihre Noten den seinen, doch am Ende jeder Phrase schwang sich ihr Part in anmutigen Bögen und Wellen auf und ab.

Es dauerte kaum eine Minute, und sie spielten es wieder und wieder. Maddalena verweilte bei jedem Ton, ehe sie ihn mit dem nächsten verband – ohne dabei die Finger zu heben, aus Angst, die Musik könne ihrem Griff entgleiten.

»Wie fallende Blätter«, sagte sie, als sie geendet hatte.

»Oder Schneeflocken.« Er lächelte. »Den Part der dritten Geige, Maddalena Rossa, habe ich nur für dich geschrieben. Für meine kleine Poetin. Heute kämpfst du um deinen Platz im *coro,* aber wenn du einmal älter bist, werden sie dich bitten, zu bleiben – falls du es dann noch möchtest.«

»Wenn Sie hier sind, will ich bleiben.« Immer noch schwang die Musik in ihr, und ihre Stimme klang entrückt und träumerisch.

Er blickte in eine andere Richtung, und seine Miene verdüsterte sich. »Das kann ich dir nicht versprechen; abgesehen davon wirst du dann die Lehrerin sein und mich nicht mehr brauchen.«

»Das kann ich mir nicht vorstellen.«

Er betrachtete sie fragend. »Es wird ja auch noch nicht morgen sein, Kleine. Aber du weißt ja, dass die Congregazione recht geldgierig ist, und wenn sie der Meinung sind, dass sie einen ausreichenden Vorrat an Musikstücken haben und eine Anzahl entsprechend ausgebildeter Geigerinnen, verfallen sie vielleicht auf den Gedanken, dass sie auch ohne mich auskommen, zumindest für eine Weile.«

Das Glücksgefühl, das die Musik in ihr ausgelöst hatte, hatte sich im Nu verflüchtigt. Maddalena spielte nervös mit den Fingern und versuchte, das jähe, Herzklopfen auslösende Angstgefühl zu verdrängen. Die Congregazione mag ja vielleicht ohne ihn auskommen, aber ich kann es nicht.

»Was denkst du?« Vivaldi flüsterte fast.

»Dass ich nicht weiß, was ich tun würde, wenn Sie gingen«, platzte es aus ihr heraus. *Halt jetzt den Mund,* befahl sie sich. *Du klingst wie ein dummes kleines Mädchen.* »Aber Sie sind doch jetzt Maestro dei Concerti«, meinte sie schließlich. »Hat das denn gar nichts zu bedeuten?«

»Das ist nur ein Titel und erst recht ein Grund, mich loszuwerden, weil sie mir dafür mehr zahlen müssen. Und wenn Gasparini zurückkommt – falls er es denn tut –, betrachten sie meinen Posten womöglich als reine Geldverschwendung.«

Er streckte den Arm aus und ergriff ihre Hand. »Ich habe dich beunruhigt.«

Maddalena nickte und biss sich auf die Lippe, damit er nicht sah, wie sie zitterte. Sie hörte ihn atmen, doch er sagte nichts, und sie hatte Angst, ihm in die Augen zu blicken.

»Hör mir zu, Maddalena Rossa«, unterbrach er das Schweigen. »Ich habe nicht so viel Einfluss wie die Congregazione, doch solange ich hier bin, kann dir nichts geschehen.«

Noch immer hielt Vivaldi ihre Hand. Sie senkte den Kopf und presste die andere an ihre Stirn, damit er ihre Tränen nicht sah. »Außer Chiaretta und Anna Maria gibt es niemanden, dem ich etwas bedeute«, sagte sie. »Ich meine, niemanden außer Ihnen.«

»Ja, du bedeutest mir etwas«, sagte er. »Und vielleicht mehr als du ahnst.« Er hatte seinen Stuhl näher herangerückt und den Arm ausgestreckt, um sie an sich zu ziehen. Sie verbarg ihr Gesicht an seiner Brust, und so sehr sie ihr geräuschvolles Atmen und die bebenden Schultern, die ihm verrieten, dass sie schluchzte, auch zu kontrollieren versuchte, es gelang ihr nicht. Sie spürte, wie er die Lippen auf ihren Nacken drückte, einmal und noch einmal.

Vor lauter Schreck versiegten ihre Tränen. Nur die runden feuchten Stellen auf seinem Hemd verrieten ihr, dass sie das Atmen nicht völlig vergessen hatte. Sie wollte den Kopf heben, doch erschrocken über die Nähe seines Gesichts, presste sie ihn rasch wieder an seine Brust.

»Genug geweint?«, fragte er, während er sich von ihr löste.

»Ich glaube schon«, sagte Maddalena. Sie sah ihn nun an, registrierte, wie sein Blick rasch über ihr Gesicht glitt und Einzelheiten aufnahm. Befangen wischte sie sich mit den Fingern über die feuchten Wangen. Sein Mund näherte sich dem ihrem bis auf wenige Zentimeter, und sie empfand ein süßes Ziehen im Magen, das bis in die Kehle hinaufstieg.

Er wich zurück. »Nein«, sagte er. »Es tut mir leid.« Er stand auf, murmelte leise und bekreuzigte sich.

Ihr war, als habe man ihr die Eingeweide herausgerissen, als seien diese irgendwie mit ihm verbunden und als könne sie sie nicht zurückbekommen, bis er sie erneut im Arm hielt und küsste. *Er ist Priester,* rief sie sich in Erinnerung und schlug rasch ein Kreuzzeichen. »Gegrüßet seist du, Maria, voll der Gnade«, flüsterte sie. »Der Herr ist mit dir ...«

Plötzlich spürte sie unter dem Kleid ihren Körper. *Ich bin eine Frau,* dachte sie, *kein kleines Mädchen.* »Mutter Gottes, bitte für uns Sünder«, murmelte sie mit einer Dringlichkeit, die sie niemals zuvor so empfunden hatte. *Allein der Wunsch, ihn zu küssen, ist eine Sünde, und trotzdem wünsche ich es mir.* »Jetzt und in der Stunde unseres Todes. Amen.«

Als sie ihr Gebet beendet hatte, blickte sie auf, doch er beobachtete sie so eindringlich, dass sie wegschauen und noch einmal beten musste, diesmal lautlos im Kopf, nur damit ihre Gedanken nicht abschweiften.

Er griff nach seiner Violine und legte sie in den Kasten. Einen Moment lang malte sie sich aus, mit ihm aus der Pietà durchzubrennen, aus Venedig zu fliehen, mit ihm wie Mann und Frau zusammenzuleben. Sie legte die Hände an den Kopf, um den kreisenden Gedanken Einhalt zu gebieten.

Er ließ seinen Kasten zuschnappen. »Bitte, verzeih mir, aber ich sollte keinen Moment länger bleiben.«

Maddalena spürte, wie sich ihr Körper wieder verschloss. »Bitte, bleiben Sie«, sagte sie und suchte krampfhaft nach einem Grund, der vernünftig klänge. »Wir müssen das *Concerto* noch viel öfter üben.« Angesichts seiner bestürzten Miene fügte sie hinzu: »Das, das Sie für mich geschrieben haben.«

Sein keuchender Atem wurde lauter. »Vielleicht war es ja ein Fehler.« Seine Stimme war kaum zu hören, den Blick hatte er abgewandt, und Maddalena war sich nicht sicher, ob er überhaupt wollte, dass sie ihn hörte. »Übe es ohne mich«, erwiderte er und eilte aus dem Zimmer.

* * *

Maddalena rührte sich nicht von der Stelle und überlegte, was da eben passiert war, stürzte sich erst auf das eine Detail, dann auf ein anderes, bis sie an einen Punkt gelangte, wo sie überhaupt nicht mehr wusste, was geschehen war.

Ihr erster Kuss hätte eigentlich ein bedeutsamer Augenblick sein sollten, doch da es nicht dazu gekommen war, wusste sie nicht recht, was sie davon halten sollte. »Es ist nichts passiert«, sprach sie laut vor sich hin, konnte es aber nicht glauben. Sogar die Möbel in der Sala hatten ihr Aussehen verändert. Und wenn es für Vivaldi nur ein gewöhnlicher Moment gewesen war, warum fing er dann plötzlich an zu schnaufen, und warum lief er so eilig davon?

Sie fragte sich, ob er sie vielleicht auf eine Weise haben wollte, in der – wie sie dunkel ahnte – Männer Frauen begehrten. Vielleicht empfand er ja etwas, das den flüchtigen Empfindungen glich, die sich auch in ihr geregt hatten, und verstand besser als sie, was sie bedeuteten und wie man darauf zu reagieren hatte. Sie wusste nicht, ob sie sich dergleichen ein zweites Mal wünschen sollte, es hatte sie zutiefst verwirrt. Doch wenn sie an das süße Regen dieses Etwas dachte, von dessen Existenz in ihrem Körper sie nichts geahnt hatte, wusste sie auch, dass sie die Chance, es noch einmal zu fühlen, nicht zurückweisen würde.

Etwas Großes war geschehen, auch wenn sie nicht geküsst worden war. Und wenn etwas geschah, war ihr erster Gedanke, es ihrer Schwester zu erzählen. Maddalena stellte ihren Geigenkasten in den Schrank zurück. Sie würde Chiaretta erst in einigen Stunden sehen, sodass sie Zeit hatte, sich zu überlegen, was sie ihr sagen wollte.

Während sie zum Klöppelsaal zurückwanderte, verweilte sie kurz vor einem Schrein, der sich auf einem der Gänge in einen Winkel schmiegte. Eine farbig gefasste Darstellung Mariens mit dem Jesuskind auf dem Arm blickte ihr entgegen. Maddalena konzentrierte sich auf die Augen, hoffte, eine Antwort darin zu lesen. Die Madonna starrte zurück.

Ist sie mir vielleicht böse? Glaubt sie, dass ich etwas getan habe, das nur liederliche Frauenzimmer tun? Der Gedanke war so komisch, dass er sie zum Lachen gereizt hätte, wäre Sünde keine so ernste Sache gewesen.

»Es tut mir leid«, flüsterte sie. »Dass ich an Dinge gedacht habe, an die ich nicht denken sollte. Ich werde es nicht wieder tun.«

Doch noch ehe sie den Klöppelsaal erreicht hatte, blieb sie stehen, um noch einmal den Druck von Vivaldis Lippen auf ihrem Nacken, die Wärme seines Atems in ihrem Gesicht heraufzubeschwören.

Als sie ihre Schwester am Abend schließlich traf, hatte Maddalena beschlossen, ihr nichts zu erzählen. Die Marienstatue hatte ihr keinen Trost spenden können, und sie hatte Angst vor Chiarettas Reaktion und davor, dass sie sich danach womöglich noch schlechter und verwirrter fühlen würde.

Ich habe Chiaretta immer alles Wichtige gebeichtet, dachte Maddalena. *Ohne dieses Vertrauensverhältnis, diese geteilten Geheimnisse wären wir wie alle anderen.* Auf dem Rückweg zum Schlafsaal versuchte Maddalena vor sich selbst zu begründen, warum sie ihrer Schwester zum ersten Mal etwas Bedeutendes verschwieg. Denn was gab es schließlich zu erzählen? Was war denn schon Großes dabei, nicht geküsst worden zu sein?

Maddalena erfuhr schon bald, wie schwer es war, Chiaretta etwas zu verheimlichen. Vielleicht erwähnte sie Vivaldi im Lauf der nächsten Woche zu häufig oder womöglich auch zu selten, ihre Schwester spürte jedenfalls, dass sich etwas verändert hatte.

Eines Nachmittags suchten Maddalena und Anna Maria die *Sala del Violino* auf, um während ihrer Freistunden zu üben; Chiaretta begleitete sie. Als Maddalena leichthin bemerkte, dass Vivaldi bei geschlossenen Fenstern und brennenden Kaminen noch mehr Atemprobleme habe als sonst, hatte sie geglaubt, beiläufig, ja gleichgültig zu klingen, doch Chiaretta stürzte sich auf ihre Worte.

»Du gebärdest dich ja wie seine Mutter!«, rief sie. »Nein – nein – wie seine Frau!«

»Tu ich nicht!«, versetzte Maddalena – ein wenig zu scharf. Chiaretta schürzte die Lippen und produzierte Kussgeräusche.

»Du bist einfach ekelhaft!«, zischte Maddalena.

Chiaretta hob die Augenbrauen, als ob ihr klar geworden sei, dass sie da auf etwas Interessantes gestoßen war. »Na?«, sagte sie und ihre Stimme beschrieb einen Bogen.

»Na … was?«, knurrte Maddalena. »Ich habe lediglich eine Bemerkung gemacht, und du drehst mir das Wort im Munde herum, als würde ich …« Sie konnte den Satz nicht zu Ende führen.

»Als ob du ihn im Übungszimmer küssen würdest?« Chiaretta setzte ihre Sticheleien nur selten fort, wenn sie merkte, dass sie einen Nerv getroffen hatte; doch aus irgendeinem Grund konnte sie nicht aufhören.

Maddalena wurde blutrot. »Woher …«, begann sie. *Woher weißt du das?* Sie sah Anna Marias und Chiarettas große Augen, die vor den Mund geschlagenen Hände und merkte, dass sie überhaupt nichts wussten.

»O je«, sagte Chiaretta. »Hab ich was Schlimmes gesagt?«

»Nein. Ich wünschte nur, du wüsstest etwas besser, wann du besser den Mund hältst.« Maddalenas Stimme klang barsch, und obwohl sie sah, dass ihr strenger Ton die Gefühle ihrer Schwester verletzte, hatte sie es diesmal nicht eilig, sich zu entschuldigen.

»Tut mir leid«, sagte Chiaretta. »Ich wollte dich nicht …«

Maddalena gewann ihre normale Farbe zurück, doch Chiaretta merkte, dass sie ihr auswich. Irgendetwas war geschehen, und Chiaretta musste wissen, was es war. »Er hat es doch nicht getan, oder?«, fragte sie

Maddalenas Augen glitzerten vor Wut. »Nein!«, zischte sie – erleichtert, dass es die Wahrheit war.

* * *

»Was ist das?« fragte Pellegrina, die erste Geigerin, und deutete auf die Noten. »Warum holen Sie sich nicht eine Anfängerin, um das zu spielen?«

Luciana zuckte die Achseln. »Maestro Vivaldi hat es so geschrieben, und genauso werden wir es auch spielen.«

Maddalena blickte auf angesichts der Schärfe, mit der die Maestra Pellegrina befahl, mit dem Jammern aufzuhören und endlich zu spielen. Nach dem Ende des ersten Durchgangs war Pellegrina noch unglücklicher. Schielend begann sie auf ihrer Geige zu sägen. »Irgendwo muss hier ein Fehler sein«, jammerte sie. »Wann kommt denn Maestro Gasparini wieder zurück?«

Pellegrina legte Eigensinn und Eitelkeit an den Tag, Eigenschaften, die man im *coro* für gewöhnlich dadurch in den Griff bekam, dass man von Zeit zu Zeit an jemandem ein Exempel statuierte. Pellegrina erbleichte, als Luciana auf sie zukam. Alle erstarrten. In etwa einer Woche wollte Luciana in den Ruhestand treten und sich zum Abschied womöglich noch einmal deutlich in ihrer aller Gedächtnis einprägen. Sie riss Pellegrina die Spitzenhaube vom Kopf und packte sie an den Haaren. Die Figlie erkannten die Geste und hielten den Atem an.

Ehe Luciana fortfahren konnte, hatte Pellegrina schon begonnen, Entschuldigungen zu wimmern. Und dann hörte man vom Eingang her eine sich räuspernde männliche Stimme.

»Maestro Vivaldi!«, sagte eines der Mädchen.

»So macht man das«, sagte Vivaldi und riss Pellegrina das Instrument aus den Händen. Er zog den Bogen auf eine Weise über die Seiten, die jede Note befreite und mit einer Sehnsucht und Melancholie erfüllte, für die Pellegrina kein Interesse hatte aufbringen können. Von Maddalenas Platz aus war sein Kopf im Profil zu sehen, und sie konnte den Blick nicht von ihm wenden. Schloss er die Augen, um etwas tief in der Musik Verborgenes auszukosten, kam es Maddalena vor, als sei sie die Einzige auf der Welt, die es ebenfalls vernehmen konnte.

Ihre letzte Stunde hatte Vivaldi abgesagt, und seit jenem

Nachmittag, an dem er sie fast geküsst hatte, hatte sie ihn nicht mehr gesehen. Als er hereinkam, hatte er nur Pellegrina angesehen, und Maddalena war sich nicht sicher, ob er sich ihrer Anwesenheit bewusst war. Doch wie konnte es sein, dass er sie nicht spürte, wo doch der Raum zwischen ihnen so aufgeladen war wie die Luft kurz vor einem Blitzschlag?

Maddalena war, als klebe ihr die Geige im Schoß, doch die anderen Figlie griffen nach ihren Instrumenten und spielten nun mit dem Maestro. Schließlich fand auch ihre von alleine den Weg, und ihr Bogen begann über die Saiten zu tanzen. Sie gelangten zu dem Punkt, wo ihr erstes Solo begann, und Maddalena spürte, wie ihr das Herz schwoll. Ihre ersten Noten würden wie ein Gruß an ihn sein, dachte sie, und während er sie beim Spielen beobachtete, würde er sich umwenden und lächeln. Doch plötzlich hob Vivaldi den Bogen von den Saiten, und nach wenigen Tönen verstummte die Sala.

»Glaubst du, dass du das schaffst?«, brummte er und reichte Pellegrina ihren Bogen zurück, ohne in Maddalenas Richtung zu blicken.

»Ja, gnädiger Herr«, antwortete Pellegrina, und obwohl ihre Augen zornig glitzerten, verriet die Blässe ihrer Wangen, wie erleichtert sie war, der Schere und der Schande entgangen zu sein.

»Gut«, erwiderte er und stolzierte aus dem Raum.

Maddalena und Chiaretta beobachteten durch ein Fenster, wie der Schnee zwischen den Dächern in die Gasse neben der Pietà fiel. Der erste Weihnachtstag war strahlend und warm gewesen, doch in den letzten paar Tagen hatte ein kalter Wind geblasen und Schnee gebracht.

Die Maestra klatschte in die Hände, damit die Figlie auf der Empore ihre Plätze einnahmen. Unter ihnen stapften die Kapellenbesucher umher, um sich den Schneematsch von den Schuhen zu treten, scharrten mit gemieteten *Scagni* über den Steinboden und raschelten mit ihren Programmen.

Maddalena stand am Geländer und nahm das Ganze in sich auf, ehe sie sich auf ihrem neuen Platz, dem der dritten Violinistin, niederließ. Ein Mann in Karnevalsmaske, der kurz zuvor die Kirche betreten hatte, erzeugte einen kleinen Auflauf. Ein Diener wischte ihm den Schnee vom Umhang, und am besten Aussichtspunkt der Kapelle machte man ihm einen Platz frei.

Vivaldi war nicht auf der Empore, da er erst im Konzert nach der Messe ein Solo hatte, und als er unerwartet auftauchte, zitterte er.

»Wissen Sie, wer das ist?«, fragte er die Sotto-maestra, die weit genug von Maddalena entfernt stand, dass diese seine Frage nur mit Mühe verstehen konnte. »Der König von Dänemark. Er reist inkognito und ist eigens gekommen, um uns zu hören.«

Vivaldi verschwand so rasch, wie er gekommen war, und wenige Minuten später beobachtete Maddalena von der Empore aus, wie er sich dem Gefolge des Königs näherte. Ihr war schon klar, dass es ein außergewöhnlicher Tag werden würde, weil sie ihr erstes Solo spielte, doch plötzlich war daraus mehr geworden, als sie sich jemals vorgestellt hätte. Sie blickte zum König von Dänemark und ihrem Mentor hinunter, der neben ihm nickte und sich verbeugte.

Maddalena lächelte. Er war zweifellos begeistert, doch sie konnte auch leicht erraten, was ihm sonst noch durch den Kopf ging. Während Vivaldi noch den König begrüßte, überlegte er sicher schon, wie viel Musik er noch fertig bekommen würde, um sie ihm in einigen Tagen zu verkaufen. Maddalena fragte sich, wie sie sich ihm in Erinnerung bringen konnte. Sie starrte ihn an, wollte ihn zwingen, zu ihr heraufzublicken, doch anstatt zu reagieren, verlagerte er nur das Gewicht und kehrte dem Balkon und ihr den Rücken zu. Sie empfand es als Zurückweisung, genau wie am Tag von Pellegrinas Bestrafung, als er aus dem Saal gestürmt war, ohne überhaupt Notiz von ihr zu nehmen.

Damals hatte sie sich so verletzt gefühlt, dass sie nicht einmal zur nächsten Stunde bei ihm kommen wollte. Er war nervös, als sie den Raum dann doch betrat, und brauchte einige Minuten, bis er bemerkte, dass auch sie nicht war wie sonst. Sie hatten wenig gespielt an jenem Tag, und beim Sitzen und Reden die Zeit vergessen. Er habe sie nicht verletzen wollen. Habe vielmehr geglaubt, Rücksicht zu nehmen, indem er sie ignorierte und ihr dadurch zeigte, dass er sich in Zukunft vollkommen professionell verhalten wollte, und sie sich keine Sorgen mehr zu machen brauche. Vor ihrem Solo, erklärte er, habe er jäh innegehalten, weil er, als er merkte, dass es nun kam, befürchtet habe, sie wolle es nach allem, was vorgefallen war, nicht mehr spielen. »Aber ich wusste natürlich, dass du da warst«, hatte er gesagt. »Glaub mir, ich spüre es, wenn du dich in einem Raum aufhältst.«

Sie bedeutete ihm etwas – sie wusste es – und er handelte in ihrer beider Interesse. Er war Priester, und sie war eine klösterlich lebende junge Frau. Um das, was sie miteinander teilten, zu bewahren, musste es aussehen, als gäbe es nichts. Denn falls irgendjemand erführe, dass er eine *figlia di coro* geküsst hatte, würde er mit Sicherheit seine Stelle verlieren. Und wenn er die verlor, war nicht nur die Möglichkeit zum gemeinsamen Musizieren dahin, sondern auch ihre Gespräche, die ebenso wichtig waren. Seit dieser Unterredung hatte Maddalena umgedacht und war zu der Ansicht gelangt, dass gerade die Tatsache, dass er sie wie alle anderen behandelte, zeigte, dass er sie für etwas Besonderes hielt.

Sie war seine Muse – so viel hatte er angedeutet –, und dennoch durfte die Verbindung zwischen ihnen nie öffentlich gezeigt werden und konnte, auch wenn sie miteinander allein waren, nur in subtilsten Andeutungen – einer gewissen Zärtlichkeit im Ton, einem Lächeln, einer verweilenden Berührung, wenn er sie korrigierte – zum Ausdruck kommen. Solche Momente hatten sich für Maddalena mit einer unerträglichen Köstlichkeit und Tiefe aufgeladen, weil sie alles waren, was sie besaß.

»Hier bin ich«, flüsterte sie auf der Empore, während Vivaldi mit dem König Konversation machte. »Sieh herauf.«

Vivaldi drehte sich um und gestikulierte in Richtung Empore. Er deutete auf verschiedene Punkte, als ob er dem König den Aufbau des *coro* erklären wollte, und Maddalena bildete sich ein – obwohl sie sich nicht sicher war –, dass sein Finger, wenn auch nur einen flüchtigen Moment lang, direkt auf ihr geruht hatte.

Habe ich ihn dazu gebracht? Vivaldi sprach noch immer mit dem König, doch er hatte sich abgewandt, und sie konnte sein Gesicht nicht mehr sehen.

Inzwischen war der *coro* herausgekommen, und Maddalena trat von der Brüstung zurück, um ihren Platz einzunehmen. Sie versuchte, in der Musik aufzugehen, doch ihr bevorstehendes Solo rückte näher, und bei einigen Takten setzte sie so früh ein, dass Pellegrina sie böse ansah und ihr, als die Geigen pausierten, die Zunge herausstreckte.

Und dann war der Moment gekommen. Sie hätte ihn nicht zu fürchten brauchen. Wie hypnotisiert liebkoste ihre Hand den Bogen, streichelte die Saiten, und obwohl sie als dritte Violinistin von den Zuhörern wahrscheinlich gar nicht bemerkt wurde, spielte sie das von Vivaldi für sie komponierte Adagio, als ob sie alles Herzeleid der Geschichte der Menschheit hineinlegen wolle. Danach setzte sie mit den anderen zum letzten heiteren Satz an, als ließe sich der Kummer mit einem Achselzucken abschütteln, weil das Leben letztendlich doch schön war.

Was es ja auch war. Als sie die Empore verließen, griff sie nach Chiarettas Hand und drückte sie.

Die Figlie summten vor Aufregung, als die Priorin sie durch einen schmalen Gang und eine offene Tür winkte, die Kloster und *Parlatorium* miteinander verband. »Ich treffe einen König!«, flüsterte Chiaretta ungläubig.

Ein Gitter teilte den Raum, und während sich auf der Seite

der Figlie nur eine Bankreihe befand, machten es sich der König und sein Gefolge auf der anderen Seite in Sesseln am Feuer bequem. Der *coro* stand im Hintergrund und sah zu, wie der König sich erhob, um am Gitter die Priorin zu begrüßen.

»Welch merkwürdiger Brauch«, meinte er und deutete auf die schmiedeeiserne Barriere. »Wir sehen die Mädchen, können uns aber nicht unter ihnen bewegen?«

»Nein, Eure Majestät«, versetzte sie. »Gegenwärtig nicht. So ist es bei uns Sitte. Doch wenn sie sich eine intimere Vorführung wünschten, so haben wir eine kleine Sala für Privatkonzerte, und ich bin sicher, dass sich etwas arrangieren ließe.«

Vivaldi betrat das Parlatorium auf der für das Publikum geöffneten Seite, und der König drehte sich applaudierend zu ihm um. »Bravo! Der Ruf der Pietà ist in der Tat ein hochverdienter. Ein wahrer Ohren- und Augenschmaus«, sagte er und blickte erneut auf die Figlie.

Der Ton des Königs war steif, und ob er die Musik wirklich schätzte, war unmöglich festzustellen, doch es spielte auch keine Rolle. Trotzdem war er ein König und stand fast in ihrer Reichweite. Vivaldi bat zunächst die Sängerinnen und im Anschluss daran das Orchester, ans Gitter zu treten. Der König streckte die Hand aus und schwang sie in ausdrucksvoller Geste, während er Figlia für Figlia musterte. »*Bravissime*«, sagte er. »Sagt man das nicht so bei Ihnen?«

Vivaldi nickte und blickte zu den Musikerinnen hinüber. Einen Moment lang ruhte sein Blick auf Maddalena, und er nickte ihr fast unmerklich zu, ehe er sich wieder dem König zuwandte. Sie sah weg, doch Chiaretta berührte Maddalena von hinten an der Schulter, um ihr zu signalisieren, das auch sie es bemerkt hatte.

Die rasche Versicherung der Priorin, dass man für den König ein Privatkonzert arrangieren könne, erwies sich als echtes Dilemma für die *Nobili Uomini Deputati,* die bereits einem eventuellen neuen Spender zugesagt hatten, die Figlie am einzigen

Abend, an dem der König Zeit hatte, bei einer Feier in dessen Haus musizieren zu lassen. Dänemark war weit, und von einer Bezahlung hatte der König nichts erwähnt, sodass die Congregazione zur Ansicht gelangte, eine Veränderung des gefassten Planes sei unklug.

Um der Situation einen möglichst vorteilhaften Anstrich zu geben, informierten die *Nobili Uomini Deputati* den König, er werde das Vergnügen einer Sondervorführung des großen Wunderkinds der Pietà, nämlich Anna Marias, haben, begleitet von den bekannten Schwestern Maddalena und Chiaretta, die mit sechzehn und dreizehn Jahren die aufsteigenden Sterne der Pietà seien. Und eine der größten Musikerinnen ihrer Zeit, Maestra Luciana, würde wegen des Konzerts zu seinen Ehren ihren Ruhestand unterbrechen. Chiaretta würde alle Gesangsstücke übernehmen, Maddalena die Violine spielen und Anna Maria, was immer sonst noch benötigt wurde. Zur Vorbereitung blieben ihnen drei Tage.

Man stellte eine Liste aus Gasparinis Werken zusammen, die Luciana vertraut genug waren, sodass sie sie in ihren Räumen lediglich auffrischen musste. Maddalena, Chiaretta und Anna Maria wurden von all ihren sonstigen Pflichten entbunden und sogar vom Gebet in der Kapelle freigestellt, um nur noch zu üben.

Vivaldi war außer sich, als er das Programm sah. »Was nützt es mir denn, wenn der König Gasparinis Musik hört?«

»Sie ist doch hübsch, auch wenn sie nicht von Ihnen stammt«, meinte Maddalena, »und bei einer so kurzen Vorbereitungszeit ist es ja wohl auch nachvollziehbar.«

»Nachvollziehbar?«, schnaubte Vivaldi. »Darum geht es doch nicht. Ein hübsches Konzert bezahlt mir nicht meine Miete.« Er warf ein paar Notenbögen auf die *Credenza* im Übungsraum. Die meisten fielen zu Boden, und Vivaldi raufte sich die Haare. »Aahh! *In te, Domine, speravi; non confundar in aeternum*«, flüsterte er, während er sich, immer noch betend, vornüber beugte und die verstreuten Papiere aufsammelte.

Maddalena ignorierte ihn und ordnete die Seiten eines Stücks, das, wie sie sah, ein *Nisi Dominus* für Kontraalt und Orchester war. Sie begann, die ersten Takte zu summen, und binnen Sekunden stand er neben ihr und packte die Noten.

»Meinst du, du könntest das spielen, wenn ich es für dich umschreibe? Eine Violine statt Orchester, ein Sopran, kein Kontraalt, und Anna Maria als Continuo? Das Cello – ja, das ist gut, das ist gut«, sagte er, ohne ihre Antwort abzuwarten.

Bis zum nächsten Morgen hatte er die ganze Motette umgeschrieben, trat in den Raum, wo die drei Mädchen übten, und blieb nur wenige Minuten bei ihnen, eher er wieder hinauseilte. »Ich muss nach Hause und mit dem Komponieren beginnen«, sagte er. »Wenn ich einen Auftrag bekomme, muss ich vorbereitet sein. Angeblich soll der König nicht lange bleiben.«

Skepsis war auf Maddalenas blasser Stirn eingeschrieben, als Vivaldi eintraf, und blieb auch dort, nachdem er wieder gegangen war.

»Wir spielen für einen König!«, krähte Chiaretta. »Warum freust du dich denn nicht?«

Der König war es nicht, der Maddalena beschäftigte. Luciana, mit der sie eines von Gasparinis Duetten spielen würde, brachte es dagegen immer noch fertig, Maddalena den letzten Nerv zu rauben.

»Da kannst du ihr mal zeigen, wie gut du inzwischen bist«, sagte Chiaretta. »Sie ist doch nur eine arme Teufelin. Weißt du noch?«

Anna Maria begriff zwar nicht, worauf sie anspielte, stieß jedoch ins gleiche Horn. »Sie ist eine hässliche alte Hexe, und du spielst inzwischen genauso gut wie sie«, sagte sie und betrachtete die beiden mit ihren ernsten, blanken Augen.

Maddalena nahm ihre Geige. »Das werden wir ja sehen.« Chiaretta und Anna Maria applaudierten.

* * *

Die drei hatten nur wenig Zeit, Vivaldis Stücke zu proben, da sie sich so darauf konzentriert hatten, Maddalena auf ihren Auftritt mit Luciana vorzubereiten. Maddalena fürchtete insgeheim, noch nicht weit genug zu sein, sagte jedoch nichts. Im zurückliegenden Jahr hatte Chiaretta begonnen, auf eine Art beiseitezuschauen oder auch nur ihr Gewicht zu verlagern, die Maddalena verriet, dass etwas sie irritierte. Sie konnte in einem bestimmten Ton »Hmm« sagen, und Maddalena wusste, dass sie – vor allem, wenn es um Vivaldi ging – etwas anwiderte. Obwohl die Beziehung zu ihrer Schwester nach wie vor eng war und von größter Loyalität geprägt, hatte sie seit dem Tag in der *Sala del Violino* – als Chiaretta gespürt hatte, dass Maddalena ihr nicht alles über Vivaldis Kuss oder Nichtkuss erzählte – gelitten.

Folglich rief jede Erwähnung des Maestro Chiarettas gesamtes Repertoire an Missbilligung hervor. Nie hätte Chiaretta geglaubt, dass Maddalena die Proben zu Vivaldis Stücken nur deswegen am Herzen lagen, weil sie sie gut spielen wollte. Sie glaubte, ihre Schwester gräme sich wegen des Mannes – ja schlimmer noch, wegen eines Mannes, den sie nie bekommen konnte. Am besten war es, dachte Chiaretta, nicht einmal seinen Namen zu erwähnen.

Am Tag der Aufführung hievte Luciana sich ein paar Stufen hinter Maddalena die Treppe hinauf und erfüllte den ganzen Treppenschacht mit ihrem angestrengten Schnaufen. Als sie den obersten Absatz erreicht hatten, fanden sie sich in einem Raum wieder, der kaum breiter war als ein Fenstersims, und eine Handvoll Musikerinnen nur dann beherbergen konnte, wenn sie während der gesamten Vorstellung standen. Luciana ächzte und ließ sich auf den Stuhl sinken, der trotz der beengten Situation für sie bereitgestellt worden war, während die beiden Schwestern und Anna Maria durch den Gazevorhang in die Sala hinunterlugten.

Vergoldete Putten mit schelmischem Lächeln hielten die dicken Brokatvorhänge des unter ihnen liegenden Raumes. Über einem Fußboden aus poliertem Stein waren Sessel mit weichen Samtpolstern verteilt, die so bequem wirkten, dass der König sich bereits in einem davon fläzte – wie Maddalena ohne Überraschung registrierte. Vivaldi und ein Mitglied des königlichen Gefolges unterhielten sich in einer Ecke. Weitere Stuckputten spielten Instrumente, während sie aus den vier Ecken der Decke auf die Gäste hinunterblickten.

Maddalena spürte, wie ihr Herz beim Anblick Vivaldis – aus einer jähen Furcht heraus, ihr Spiel können ihn enttäuschen – einen Satz machte. Doch jetzt blieb ihr nur noch eins: Weitermachen und das Beste hoffen. Als alle vier ihre Plätze eingenommen hatten, hob sie die Violine und leitete Chiarettas erstes Solo ein; Anna Maria antwortete mit einem insistierenden Zwei-Noten-Ostinato auf dem Cello.

»*Nisi, nisi Dominus*«, begann Chiaretta, und die Musik strömte dahin. Als Chiaretta zum nächsten Teil überging, lächelten die Mädchen über die von ihr gesungenen Worte. Vergeblich sei es, sich vor Tagesanbruch zu erheben, behauptete der Psalmist, eine Ansicht, die bei den Proben helles Gelächter hervorgerufen hatte, da sie ja jeden Tag ihres Lebens vor Morgengrauen aufgestanden waren. »*Surgite, surgite.*« Chiarettas Stimme hüpfte vor Aufregung, ersuchte die Welt mit der Dringlichkeit eines Menschen, der sein Haus beim Aufstehen in Flammen findet, sich endlich zu erheben.

Maddalenas und Anna Marias Begleitung war so flüssig und geschmeidig, dass Chiaretta das Gefühl hatte, nichts tun zu müssen, als mit ihrem Gesang die Sala zu füllen. Der kleine Raum verstärkte die Musik, und sie verlor sich in einer Art Klanghülle. Kurz bevor die Motette zu Ende war, warf sie einen Blick auf ihre Schwester und sah etwas so Unerwartetes, dass sie nach Luft schnappen und ein paar Noten improvisieren musste, damit ihr die Melodie nicht entglitt.

Luciana hatte sich über Maddalena gebeugt und blätterte die Noten für sie um. Sie hatte gesehen, wie die sich abrackerte, und sich wortlos aufgerappelt, um ihr zu helfen. Chiaretta blickte zu Anna Maria hinüber, die mit heruntergeklapptem Unterkiefer ihre Verblüffung signalisierte.

Luciana nahm für den Rest des Konzerts wieder auf ihrem Stuhl Platz, und die Geigen und das Cello spielten eine Komposition Gasparinis. Während des ersten Satzes wandte Maddalena den Blick ab, doch bei der schwierigsten Passage blickte sie auf, um mit ihrer Partnerin zusammenzuarbeiten, wie Vivaldi es ihr beigebracht hatte, und sah, dass Luciana bereits zu ihr herüberschaute. Später, als sie wieder hinüber blickte, hatte Luciana die Augen geschlossen, und ihr Gesicht wirkte so weich, wie Maddalena es noch nie gesehen hatte. *So muss sie wohl gewesen sein, als sie jung war,* dachte Maddalena. *Also hatte auch sie mal ein Herz.*

Als der Applaus von unten heraufklang, fühlte sich Maddalena plötzlich befangen und brach das Schweigen zwischen ihnen mit dem einzigen Wort, das ihr einfiel. »Danke.«

»Nein. Ich danke«, versetzte Luciana, doch ihren Gesichtsausdruck konnte Maddalena im trüben Licht nicht deuten. Dann wandte sich die alte Maestra an Anna Maria, bat diese, sie auf ihr Zimmer zu bringen, und war ohne ein weiteres Wort verschwunden.

* * *

Maddalena summte, als sie und Chiaretta sich die Schuhe banden, um sich nach der Mittagsruhe in den Probensaal zu begeben. Chiaretta fühlte sich von derselben Zufriedenheit erfüllt und hätte sich am liebsten noch einmal im Bett zusammengerollt und geschnurrt wie die streunenden Katzen, die sich manchmal in die Höfe der Pietà verirrten und sich an die Beine der Figlie schmiegten.

Maddalenas gute Laune hatte während der beiden düsteren Monate seit dem Besuch des Königs unvermindert angehalten. In der Karnevalssaison bestritten sie und Chiaretta mehrere

Auftritte pro Woche, häufig aufwendige Feiern außerhalb der Pietà. Vivaldi hatte seinen Auftrag vom König bekommen. Seine Opern brachten ihm Gewinn, und das einzige Problem war, dass sie ihn derart in Anspruch nahmen, dass er häufig ihre Stunden absagen musste. Dennoch fühlte sie sich ihm nach dem Erfolg des königlichen Privatkonzerts – einem Triumph, für den in weiten Teilen, behauptete er, sie verantwortlich sei – näher als je. So nahe, dass ihr war, als stehe er bei jedem ihrer Auftritte hinter ihrem Stuhl.

Maddalena und Chiaretta waren früh genug im Übungsraum, um auf die Riva degli Schiavoni hinausschauen und das vorüberziehende Spektakel des Karnevals betrachten zu können. Da unten schmeichelten sich Possenreißer und Clownsakrobaten bei maskierten Männern in schwarzen Umhängen ein. Damen, die sich unter glitzernden Larven mit den Gesichtern von Katzen, Vögeln oder Mythenwesen versteckten, paradierten in Federn und Juwelen. Hausierer verkauften Kuchen, Zitronen, Spielzeug, Blumen und Elixiere für jedes Zipperlein.

Jenseits des Getöses all dieser Stimmen mischte sich der Klang von Dudelsäcken und Trommeln mit den Rufen der Händler an ihren Ständen, die sich über den Broglio hinaus die Riva hinunter in Richtung Pietà erstreckten. Auf dem Canal Grande brachte eine nicht abreißende Prozession von Gondeln Bootsladungen von Feiernden zu den Anlegestellen an der Piazza San Marco, um wieder andere von dort mitzunehmen. Auf dem Boden mancher Gondeln lagen Männer mit gespreizten Beinen auf Frauen. Andere standen da und urinierten – an den Knien festgehalten, damit sie nicht ins Wasser stürzten – in großen dramatischen Bögen in die Lagune. Frauen warfen mit Konfetti und Blumen, während Männer auf unsicheren Beinen leere Weinflaschen in den Kanal schleuderten. Flache Boote voller Musikanten fuhren den Kanal hinauf und hinunter, und die Musik klang entlang der Wasserwege zu den Fenstern hinauf.

Die Bewohnerinnen der Pietà konnten sich nicht mehr auf

die Straßen hinauswagen, es sei denn unter strengster Bewachung, wenn es zu irgendwelchen Sonderauftritten ging wie dem großartigen alljährlichen Konzert, das in wenigen Tagen in den Gemächern des Dogen stattfinden würde. Maddalena und Chiaretta nahmen gemeinsam mit den andern Mitgliedern des *coro* ihre Plätze ein und warteten auf den Beginn der Generalprobe. Die Fenster waren wegen der Kälte geschlossen, doch das Knallen des Feuerwerks und die lauten Stimmen der Menschen auf der Straße hörte man nichtsdestotrotz.

Maestro Vivaldi war noch nicht eingetroffen. Nach zwanzig Minuten hielt es die Figlie nicht mehr auf ihren Plätzen; sie schauten zu den Fenstern hinaus oder begannen, ihre eigenen Partien zu spielen.

Dann ging die Tür auf, und Prudenzia, die neue Maestra del Violino kam mit einem Zettel herein, den sie auf den Notenständer legte.

»Mädchen«, sagte sie. »Fangen wir an. Ich leite heute die Probe.«

Während der nächsten zwei Stunden behielt Maddalena die Tür im Auge, doch Vivaldi ließ sich nicht blicken. Schließlich entließ Prudenzia sie. Sie nahm die Noten von ihrem Ständer und legte sie in einen Schrank. »Morgen früh betet ihr und zieht euch an. Am Mittag treten wir beim Dogen auf.« Sprach es und verließ sie ohne ein weiteres Wort.

Maddalena setzte sich wieder und tat, als übe sie eine schwierige Stelle, während sie wartete, bis die anderen gegangen waren. Als sie allein war, trat sie an den Schrank und begann, die Noten durchzublättern, um zu sehen, ob Prudenzia das Blatt zurückgelassen hatte.

Ganz unten im Stapel fand sie es, einen kleinen gefalteten Zettel, der von Bernardo Morosini, Antonias Vater, unterschrieben war. »Hiermit teilen wir mit, dass wir Don Antonio Vivaldi von seinen Pflichten an der Pietà entbunden haben. Bitte bereiten Sie die Mädchen auf das Konzert beim Dogen vor, da es wie vorgesehen aufgeführt werden soll.«

Immer wieder las Maddalena die Worte, bis sie den Zettel dann zwischen die Noten zurückschob. *Er ist fort. Einfach so.* Sie hielt die Hände vors Gesicht, presste sich damit die Augen zu, bis sie weh taten.

Ohne dass sie es wollte, stöhnte sie. Der Ton hallte im leeren Raum wider und vermischte sich mit dem schrillen Gelächter einer Frau, das von der Straße heraufschallte. Beides zusammen klang wie zwei Geigen, die statt mit Bögen mit groben Zweigen gestrichen wurden: das Kreischen der Frau auf der Straße und die Schreie in ihrem Kopf.

9

Maddalena überstand das Konzert des Dogen, indem sie die Augen schloss, damit ihr Vivaldis Abwesenheit weniger auffiel. Chiaretta war, als man sie Alvise Mocenigo, dem Dogen von Venedig vorstellte, charmant genug für sie beide, und danach konnte Maddalena wieder zur Pietà entwischen, indem sie Kopfschmerzen vorschützte – ehe man sie stundenlang auf einem Bankett festhielt.

Nach ihrer Rückkehr setzte sich Chiaretta aufs Bett ihrer Schwester, da sie hoffte, die leichte Bewegung werde sie aufwecken. Als Maddalena sich jedoch nicht rührte, stand Chiaretta seufzend wieder auf und suchte nach jemand anderem, der ihr beim Auskleiden half. Maddalena öffnete die Augen, um sich zu vergewissern, dass ihre Schwester auch wirklich fort war. Zum ersten Mal seit ihrer Ankunft in der Pietà wollte sie, dass ihre Schwester verschwand, dass alle verschwanden; sie wünschte sich nur noch, der Welt den Rücken zu kehren.

Chiaretta schlich zurück und legte sich auf ihr Bett. Maddalena hörte, wie sie sich in ihr Kopfkissen wühlte, Schultern und Hüften verdrehte, ihr Atem allmählich schwerer wurde. Mit inzwischen fast vierzehn Jahren schien Chiaretta von Auftritt zu Auftritt zu schweben und mühelos wie Konfetti durch die Luft zu segeln; auf Maddalena dagegen lastete momentan ein derartiges Gewicht, dass sie sich fragte, wie sie es bei der nächsten Probe schaffen sollte, den Bogen zu heben. Ein einziges Briefchen von Vivaldi – und wenn es nur ein paar gekritzelte Worte gewesen wären – hätte ihr gereicht. Sie stellte sich vor, wie sie das Kuvert öffnete, auf dem in wunderschönen, großen Buchstaben ihr Name geschrieben stand. Er würde als erstes von seiner Traurigkeit sprechen, dann schildern, wie heftig er um seinen Verbleib in der Pietà gekämpft hatte. Und würde schließen, indem er seine Rückkehr ankündigte, und sei es auch nur aus dem Grund, dass er sich ohne das Zusammenspiel mit ihr unvollständig fühlte. Einen Moment lang war sich Maddalena nicht sicher, wie er unterschreiben würde. *Dein Freund Vivaldi* war eine Möglichkeit, oder vielleicht doch nur mit den Initialen.

Nein, dachte sie. Er würde *Antonio* schreiben.

Zwei Tage waren erst vergangen, seitdem sie Prudenzias Zettel gelesen hatte. Vielleicht befand er sich ja noch in Venedig und hatte einfach keine Zeit gefunden, ihr zu schreiben. Der Gedanke genügte, damit ihr Körper sich entspannte, ihr Geist sich beruhigte. Um die Kälte fernzuhalten, zog sie sich die Decke bis an den Hals, dann schloss sie die Augen und schlummerte ein.

Als dann doch kein Brief kam, fand Maddalena sich damit ab. Wahrscheinlich hatte Vivaldi an Wichtigeres zu denken als an sie. Er schien nicht nur aus der Pietà, sondern ganz aus Venedig verschwunden zu sein. Eines Tages, als sie die Maestre beim Austausch von Klatschgeschichten belauschte, war sie sicher, seinen Namen gehört zu haben, und bildete sich ein, sie hätten auch Blicke zu ihr herübergeworfen.

Was flüsterten sie denn da? Machten sie etwa sie für seine Entlassung verantwortlich? Vielleicht ließen sie sich ja über den Bogen aus, das Tanzen, das Solo der dritten Geige, die Privatstunden – alles war möglich. Chiaretta hatte recht gehabt, die Stirn zu runzeln. Es wirkte unpassend. Schließlich war er Priester und sie eine junge Frau von fast siebzehn Jahren.

Und wenn die Bevorzugung seiner Geigenschülerin ihn die Stelle gekostet hatte? Die Vorstellung war so quälend, dass sie nichts mehr hinunterbekam. Sie stocherte in dem Essen auf ihrem Teller herum und dachte: *Ich habe zu essen, aber er, kriegt er auch etwas?* Jeder Happen schien sie anzustarren, als betrüge sie ihn damit.

All die wirren Gefühle ließen sich nur zum Schweigen bringen, indem sie sich sagte, dass es so wohl am besten sei. Vielleicht hatte sie sich ja getäuscht, als sie geglaubt hatte, sie habe ihm je etwas bedeutet. Es war albern gewesen, das anzunehmen, doch nun war sie klüger. Sie redete sich ein, die Sache sei abgeschlossen, versuchte, innerlich leer zu werden und erkaufte sich so ein paar Augenblicke Frieden. Doch ehe sie sich versah und ohne dass sie es wollte, waren die Gedanken wieder da.

Was hatte er gesagt? Damit etwas Besonderes zwischen ihnen sein könne, musste es aussehen, als gäbe es überhaupt nichts? Damals hatte das alles einen Sinn ergeben, doch im Rückblick fragte sie sich: Hatte er ihr keine Aufmerksamkeit geschenkt, weil sie etwas Besonderes war oder weil sie es eben nicht war? Irgendwann hatte er aufgehört, sich etwas aus ihr zu machen, und sie hatte es nicht bemerkt, weil sich an seinem Verhalten ja nichts geändert hatte. Seit er das Solo für die dritte Geige für sie geschrieben und sie danach beinahe geküsst hatte, hatte er sie fast vollständig ignoriert, obwohl sie sich doch so sehr bemüht hatte, ihn zufriedenzustellen. Chiaretta hatte recht. *Ich habe mich benommen wie eine kleine Ehefrau, und er hat es zugelassen.*

Die Monate vergingen, und sie war sich nicht mehr sicher, ob sie ihm böse sein sollte oder dankbar für das, was er ihr — wenn auch nur für kurze Zeit — geschenkt hatte. Manchmal verschmolzen die beiden Gefühle zu einem einzigen, und sie hasste ihn dafür, dass er sie etwas hatte kosten lassen, von dem er genau wusste, dass sie dann mehr wollen würde, es aber nie bekommen konnte. Nur ein sehr grausamer Mensch war zu so etwas in der Lage. Nachts konnte sie nicht mehr einschlafen, drehte und wendete die Fragen und wechselnden Antworten fortwährend hin und her, in der Hoffnung, dass sie sich irgendwann aufsetzen würde und sagen könnte: »Das war's!«, und es damit wirklich sein Bewenden hätte und all das Grübeln endlich vorbei wäre. Stattdessen versank sie mit jedem weiteren Gedankengang, jeder neuen Deutung nur noch tiefer in ihrem Trübsinn.

Als Prudenzia vorschlug, Maddalena solle ein neues Instrument erlernen, stellte sie die Geige ohne Murren beiseite und widmete sich ganz und gar dem Cello. Seine leisen und traurigen Töne zogen sie noch weiter hinab, bis sie kaum noch den Kopf heben konnte, und sie darum bat, ganz von den Streichinstrumenten befreit zu werden.

Vielleicht reicht es ja, wenn ich einfach nur den jeweiligen Tag überstehe, dachte sie und erinnerte sich, als sie wieder mit dem Blockflötenspiel begann, an Silvia und die Monotonie ihrer Unterrichtsstunden.

Silvia die Ratte. Der Spitzname erschien ihr jetzt so unfreundlich. Trotz ihrem affektierten Getue gegenüber Luciana und ihrem aufgeblasenen Selbstlob, der unübersehbare Mangel an Talent hatte Silvia schließlich doch noch eingeholt. Bald nach Vivaldis Verschwinden – denn nach ihm maß Maddalena die Zeit – hatte man Silvia gesagt, im *coro* könne sie nicht mehr weiter aufsteigen und man habe ihr daher einen Platz in einem Kloster auf der anderen Seite der Stadt gefunden. Maddalena hatte ihre Schreie durch den Korridor hallen hören.

»Gott, Gott, nur Gott allein«, hatte sie gekreischt, bis ein verräterisch klatschendes Geräusch und ein Schmerzensschrei durch den Gang schallte, der verriet, dass man sie geschlagen hatte, und zwar heftig, um sie zum Schweigen zu bringen. »Ich will sterben!«, waren die letzten Worte, die Maddalena hörte, ehe eine Tür zuschlug und Silvia allein gelassen wurde, um über ihrem Schicksal zu brüten.

Vielleicht ist es ja am klügsten, sein Herz an nichts ganz zu hängen, dachte Maddalena. *Vielleicht ist die Musik ja nur eine weitere Sache, die man nicht gefahrlos lieben kann.*

* * *

Mit siebzehn war Maddalena so dünn geworden, dass man ihre Knochen zählen konnte, und ihre Augen waren stumpf. Obwohl die damals vierzehnjährige Chiaretta kleiner als ihre

Schwester war, wog sie mindestens zehn Pfund mehr als diese. »Melancholie« lautete die Diagnose der Spitalsmutter, die sich besorgt über die Farbe von Maddalenas Urin zeigte und sie mit Aloe und Borretsch behandelte, um den Körper von seinem Überschuss an schwarzer Galle zu reinigen.

Nicht einmal ihre Schwester kam an Maddalena heran. Nach einem ihrer Auftritte bei der Einführung Giovanni Corners als neuem Dogen im Jahr 1709 versuchte Chiaretta ihr die Menschenmenge, die Farben, das Essen zu schildern, spürte jedoch, dass Maddalena gar nicht zuhörte. Auch Anna Maria schlief nicht mehr im Bett neben ihnen. Nachdem man sie bereits im Alter von einundzwanzig Jahren zur Sotto-maestra befördert hatte, war sie vor einiger Zeit ausgezogen.

Auf dem Weg zu einem ihrer Konzerte hatte Chiaretta beobachtet, wie der Gondoliere eine tote Möwe mit seinem Ruder beiseitestieß. Sie hatte gesehen, wie der schmutzige kleine Körper den Schlag entgegennahm und dann auf den Wellenkämmen und -tälern des Kanals weitertanzte. Etwas an Maddalenas Art, mit den Achseln zu zucken, erinnerte die fröstelnde Chiaretta an diesen Vogel.

Als die Congregazione ihr das Angebot machte, mit einer Gruppe von *figlie di coro* eine Woche in einer Villa außerhalb Venedigs am Brenta-Kanal zu verbringen, lehnte Chiaretta ab.

»Ich will dich nicht allein lassen«, schrieb sie in ihr Skizzenbuch.

»Du solltest aber gehen, wenn du das willst«, schrieb Maddalena zurück. »Anna Maria wird dir Gesellschaft leisten.«

»Dir ist doch sowieso egal, was ich tue.«

»Natürlich nicht.«

Chiaretta blickte auf die teilnahmslose Erwiderung ihrer Schwester, und trotz aller Sorge packte sie die Ungeduld. »Dann tue ich es halt«, schrieb sie. »Dir ist doch alles gleichgültig. Du erzählst mir überhaupt nichts mehr.« Ihr Gesicht verzog sich, und sie begann zu weinen. »Du machst mir Angst«, fügte sie hinzu und reichte ihrer Schwester das Skizzenbuch.

Chiarettas Tränen hatten Maddalena immer aufgerüttelt. Nun aber merkte Maddalena, dass sie sich nicht einmal erinnerte, wann sie ihre Schwester zum letzten Mal hatte weinen sehen. Und dennoch fehlte ihr die Energie, um die Situation zwischen ihnen irgendwie zu bereinigen. »Du hast dein Leben und ich meins«, schrieb sie. »Leb einfach deins. Und lass mich in Ruhe.«

»Aber du hast doch gar kein Leben«, flüsterte Chiaretta, und es war ihr egal, ob die Hausmutter etwas mitbekam. »Du versuchst es ja nicht mal. Ich weiß schon gar nicht mehr, wie du aussiehst, wenn du lächelst!«

»Nun, genau das ist es«, erwiderte Maddalena flüsternd. Mit weit geöffneten Augen beugte sie sich nach vorn und schüttelte den Kopf, wie um zu sagen, dass Chiaretta offenbar etwas nicht kapierte. »Das *ist* mein Leben. Schau dir diesen vertrockneten Apfel Luciana an. Wie alt ist sie jetzt, und wie viele Jahre muss sie noch mit diesen verfaulten Baumstämmen von Beinen herumhumpeln? Und Michielina, die vom Notenkopieren im Dunkeln erblindet herumtappt?« Ihre Stimme war so laut geworden, dass die Hausmutter ihr zuzischte, sie solle den Mund halten.

Sie griff nach dem Buch und zeichnete ein altes Weib. Darunter schrieb sie: »Maddalena – in einigen Jahren.«

Sie stand auf und klopfte sich den Rock ab, als müsse sie irgendwohin, setzte sich aber wieder.

Chiaretta legte das Buch beiseite. »Also gut«, flüsterte sie. »Wenn du es so haben willst.« Ihre Stimme verklang, und ihr Ultimatum blieb vage und unvollständig.

In der Villa am Brenta-Kanal wünschte sich Chiaretta die ganze Zeit über nur, die Woche wäre schon vorbei. Der Arbeitsaufwand war minimal – allabendlich ein kurzes Konzert für ihren Gastgeber und seine Gäste – und jeder Tag dehnte sich endlos vor ihr, weil sie die ganze Zeit nur an ihre Schwester dachte. Abends beim Essen lächelte sie, neigte den Kopf und blickte durch die Wimpern nach oben, da Mädchen dadurch angeblich anziehend und schüchtern wirkten. Nach dem Essen, beim Singen, zwang sie sich, alles zu vergessen, und im Anschluss an das Konzert bat sie ihre Gastgeber, so früh es die Höflichkeit erlaubte, sich verabschieden zu dürfen, und ging zu Bett. »Noch fünf Tage«, sagte sie sich, als sie im Dunkeln lag. Dann vier, dann drei.

Anna Maria bestand darauf, sie jeden Tag ins Freie zu zerren, einmal zu einem Spaziergang entlang des Treidelpfads, ein andermal zu einer Bootsfahrt auf einem Kanal. Bei der Rückkehr rang sich Chiaretta ein Lächeln ab und versicherte ihrer Freundin, dass sie sich schon viel besser fühle als vorher. Als nur noch zwei Tage vor ihnen lagen, arrangierte Anna Maria eine Kutschfahrt aufs Land, um ein Picknick zu machen. Der Stallbursche, der den Wagen lenkte, breitete im Schatten eines großen Baumes neben einem Kirschgarten eine Decke aus und richtete ihr Essen darauf an: kaltes Hühnchen, ein Stück weichen weißen Käse, einen Laib Brot und eine Flasche Wasser, um den Wein zu verdünnen. Sobald er aber seine Pflicht erfüllt hatte, schlenderte er zur Kutsche zurück und schlief im Schatten ein.

Nach Beendigung ihres Mahls legten sich Anna Maria und Chiaretta auf den Rücken und zogen sich die Hüte übers Gesicht, um sich vor den durchs Laub dringenden Sonnenstrahlen zu schützen.

Nach einer Weile drehte sich Chiaretta zu Anna Maria. Sie stützte sich auf den Ellbogen und legte den Kopf in die Hand. »Wenn ich nur wüsste, was ich mit Maddalena machen soll«, sagte sie.

»Du warst so still, ich dachte, du schläfst schon.« Anna Maria rollte herum und sah sie an. »Ich hatte Angst, dich darauf anzusprechen. Ich wollte dich nicht daran erinnern.«

»Das hättest du gar nicht gekonnt. Weil ich es keinen Moment lang vergessen habe.«

»Sie will einfach, dass Vivaldi zurückkehrt, das ist alles.«

Chiaretta schwieg und rieb an einem kleinen eingetrockneten Flecken auf ihrem Kleid.

Anna Maria beugte sich ein Stück weiter vor und wedelte mit der Hand vor Chiarettas Augen. »Ich habe gesagt, sie will, dass er zurückkommt.«

»Ich weiß. Ich hab dich gehört«, sagte Chiaretta. »Und was hältst du davon?«

»Nun ja, er ist anders als alle Priester, die ich je gekannt habe. Immer nur mit sich selbst beschäftigt. Ich glaube nicht, dass Priester so sein sollten.« Sie beobachtete einen über Chiarettas Rock krabbelnden Marienkäfer und hielt ihm den Finger hin. »Erinnerst du dich noch an diese Probe, als Caterina Fieber hatte und schließlich in Ohnmacht fiel?«

Chiaretta rümpfte die Nase. »Er war sauer, weil sie seinen Terminplan durcheinanderbrachte. Sprang herum und tobte, wie es so seine Art ist und fluchte leise auf Latein.« Plötzlich fühlte sie sich kraftlos, und das ganze Gespräch wurde ihr zu anstrengend. »Möchtest du ein paar Kirschen?«

Anna Maria stand ebenfalls auf und hakte sie unter. »Sie denkt einfach zuviel an ihn«, sagte Chiaretta, als sie ein paar Schritte zum Obstgarten hin gemacht hatten.

»Kannst du es ihr denn verübeln? Sie war nicht mal Attiva und hat Privatstunden von ihm bekommen.«

»Und die ganze Pietà hat über sie geredet. Er hat sie nur benutzt, um sich die Langeweile zu vertreiben. Sie hat ihm nichts bedeutet.« Chiaretta schüttelte angewidert den Kopf. »Er ist verschwunden, ohne sich auch nur zu verabschieden, und sie hockt immer noch elend herum. Er ist ein unglaublicher Egoist. Irgendwann, wenn ihm danach ist, wird er zurückkommen, und sie wird brav auf ihn warten.«

Anna Maria pflückte zwei Kirschen und reichte eine davon Chiaretta. »Ich glaube nicht, dass du ihn angemessen beurteilst. Hast du Maddalena mal beim Spielen zugehört? Wirklich zugehört? Sie war besser als jede andere im *coro*. Besser als ich auf alle Fälle. Und wie sie den Bogen über die Saiten gezogen hat, am liebsten hätte ich gesagt«, – Anna Maria schlug sich die Faust an die Brust – »›Hier, nimm mein Herz.‹ Und das hat sie sich nicht selber beigebracht. Das hat er aus ihr herausgeholt. Und das fehlt ihr jetzt. Das will sie wiederhaben.«

Chiaretta griff in die Zweige hinauf, pflückte noch ein paar Kirschen und legte sie zu der einen, die sie schon in der Hand hielt. *Das will sie wiederhaben.* Jetzt verstand sie. Sie starrte auf die Früchte in ihrer Hand und war sich nicht sicher, wie sie da hingekommen waren. Sie steckte sich eine davon in den Mund und kaute, ohne zu schmecken, während die anderen zu Boden fielen.

»Danke«, sagte sie zu Anna Maria. »Aber ich weiß nicht so recht, ob uns das weiterhilft.« Sie begann, zur Decke zurückzugehen, hielt dann aber inne und wandte sich zu ihrer Freundin um. »Leidest du manchmal wegen deiner Musik – ich meine, geht es dir auch so nah wie ihr?«

Anna Maria schenkte ihr ein schiefes Lächeln. »Ich bin ihr Wunderkind, das füllt mich völlig aus. Mir fehlt einfach die Zeit dazu. Oder das Temperament.«

»Mir auch«, gestand Chiaretta. »Wahrscheinlich sollte ich froh sein, dass er sie ausgebildet hat, aber ich sehe, wie sie, seit er weg ist, dahinwelkt, und …« Chiaretta vergrub das Gesicht in den Händen und begann zu weinen.

Anna Maria nahm sie in die Arme. »Weine nur. Das ist das erste Mal in dieser Woche, dass du loslässt.«

Chiaretta kam es vor, als hielte sie den Kopf eine Ewigkeit an die Brust der Freundin gepresst. »Es geht mir schon besser«, sagte sie dann.

»Stimmt das auch, oder tust du nur so – wie schon die ganze Woche?«

»Es stimmt.«

»Gut, gut«, erwiderte Anna Maria. »Eins noch, und dann brauchen wir nicht mehr darüber sprechen. Maddalena muss selbst ihren Weg finden, auch wenn es für dich so aussieht, als würde sie es nicht einmal versuchen. Auch, wenn du sie manchmal schütteln und ihr sagen willst, sie soll aufhören, sich selbst zu bemitleiden.«

Chiaretta blickte sie an und kniete sich dann auf den Boden, um die Reste ihres Picknicks zusammenzuklauben. »Da sind ja überall Ameisen. Sollen wir es ihnen einfach lassen?«

Anna Maria nickte, hob mit spitzen Fingern die Knochen auf und schleuderte sie ins Gras.

»Halt! Halt! Ich mach das!« Der Stallbursche kam angerannt.

»Sollen wir noch Kirschen pflücken?«, fragte Chiaretta.

»Beeil dich, sonst bleibt nichts für dich übrig«, sagte Anna Maria und rannte los.

Mit dem festen Entschluss, das sie trennende Zerwürfnis zu kitten, kam Chiaretta von ihrem Ausflug zurück. Bei ihrem Eintreffen wurde gerade das Mittagessen serviert, doch als sie sah, wie Maddalena auf ihren Teller starrte, ließ eine jähe Furcht sie alle Vorsätze vergessen. Vielleicht fiel ihr die fahle Blässe ihrer Schwester wegen ihrer Abwesenheit stärker auf, oder aber es war inzwischen etwas Schlimmes geschehen. Was immer der Grund sein mochte, Maddalena wirkte so verhärmt, dass Chiaretta zu ihr lief. Sie setzte sich neben sie, berührte sie am Knie, doch Maddalena reagierte nicht.

»Nicht jetzt«, flüsterte sie.

Die Mahlzeit dauerte eine Ewigkeit; dann endlich waren sie wieder im Schlafsaal.

Chiaretta saß auf ihrem Bett und starrte ihre Schwester an. »Ist Vivaldi gestorben?«, formte sie stumm mit den Lippen. Konnte es denn etwas anderes geben, das Maddalenas Aussehen derart verändert hatte?

Maddalena schüttelte den Kopf, doch inzwischen hatte sich die Hausmutter genähert und stand neben ihren Betten. Sie drehten sich auf den Rücken und blickten zur Decke, warteten, bis genug Zeit verstrichen war und sie aufstehen und ihre Skizzenbücher herausholen konnten.

Die Priora hat mir mitgeteilt, dass ich nur noch ein Jahr hier bleiben kann.

WAS?

Chiarettas Antwort nahm eine Viertelseite in Anspruch.

Ich sei dem coro nicht mehr von Nutzen, meint Prudenzia. In meinem Alter merke man einem Mädchen an, ob sie das Zeug dazu hat oder nicht.

Als Don Vivaldi noch hier war, warst du die Beste.

Maddalenas Gesicht verdüsterte sich.

Sie haben mich gefragt, ob er mich je …

Einen Moment lang hielt sie beim Schreiben inne, und Chiaretta griff nach dem Skizzenbuch.

Je was?

»Ob er mich je berührt hätte«, flüsterte sie. »Du weißt schon.«

Chiaretta dachte zurück an den Moment auf der Gondel, als der Mann seine Hand ihren Schenkel hatte hinaufgleiten lassen. »Das hat er doch nicht, oder?«

Maddalena griff wieder nach dem Buch.

NATÜRLICH NICHT! Vivaldis Lippen, die ihren Nacken streiften, das war eine so winzige Geste, und Chiarettas Gesichtsausdruck wirkte derart finster, dass Maddalena sich sicher war, dass sie sehr viel schwerwiegendere Dinge im Sinn hatte. Außerdem war es so lange her, dass es nur irritieren konnte, wenn sie jetzt davon anfing.

Chiaretta sah, wie ihre Schwester errötete. »Er hat dich nie hier berührt«, flüsterte sie nach vorn gebeugt und fuhr mit der Hand über ihr Mieder, »oder da?« Sie stieß die Hand durch ihre Rockfalten.

»Nein! Er ist Priester!« Maddalena schlug ein Kreuz, um ihre Worte auf eine Weise zu unterstreichen, die klar machte, dass das Thema erledigt war.

Sie packte das Skizzenbuch weg. Chiaretta ließ sich auf ihr Bett zurückfallen, Maddalena tat es ihr nach und fühlte sich derart von Einsamkeit überwältigt, dass sie – verloren wie ein im nächtlichen Nebel schreiender Küstenvogel – zitterte. *Wo wird er landen?,* fragte sie sich. *Und wo ich?*

Die Aussicht, Maddalena könne vielleicht für immer gehen, war so beängstigend, dass Chiaretta nur noch daran dachte, wie sie es anstellen konnte, sie zu begleiten. Nacht für Nacht lag sie wach und brütete abenteuerliche Pläne aus. Sie konnten weglaufen, doch wo sollten sie hin? Würden sie sich vielleicht als Männer verkleiden müssen, und wenn ja, wo bekamen sie die Kleidung her? Vielleicht konnten sie auch versuchen, sich ins Dorf ihrer Kindheit durchzuschlagen, aber würden sie dort womöglich heiraten müssen, damit sie bleiben konnten? Sie war erst sechs Jahre alt gewesen, als sie es verließen, erinnerte sich aber noch gut, wie zerlumpt die Männer dort waren und dass ihr Pflegevater zuweilen derart schmutzstarrend und stinkend nach Hause gekommen war, dass sie niesen musste und es ihr die Tränen in die Augen trieb.

Wir könnten zusammen ins Kloster gehen, dachte sie eines Nachts. Das war zumindest eine Möglichkeit, und sie konnte endlich einschlafen.

Die Priorin saß an ihrem Schreibtisch, als Chiaretta in ihr Büro geführt wurde. »Stimmt es, was die Hausmutter erzählt? Du willst Nonne werden?« Die Priorin hob die Stimme und warf missbilligend den Kopf zurück. »Das ist ziemlich ungewöhnlich, Chiaretta, für eine Attiva im *coro.*«

»Ja, Madonna, ich weiß, aber ich habe viel darüber nachgedacht«, erwiderte Chiaretta. »Ich will zusammen mit meiner Schwester die Gelübde ablegen.«

»Aber Chiaretta, mein liebes, liebes Kind!«, rief die Priorin. »Eure Zuneigung zueinander ist ja nicht zu übersehen, aber glaubst du denn auch, dass du dazu berufen bist?« Sie hob die Augenbrauen und fixierte sie.

Es schien eine schlichte und durchaus angemessene Frage zu sein, doch irgendwie traf sie Chiaretta mit der Wucht eines

Burchiello, der gegen einen Anlegepfosten kracht. Sie blickte zur Priorin auf und sah ihr falsches Lächeln, hörte ihre gespielte Besorgnis. *Hast du Maddalena gefragt, ob sie dazu berufen ist?*

Der Plan, der ihr in der Nacht so vernünftig erschienen war, begann zu bröckeln. Sie öffnete schon den Mund, um zu sagen, dass sie doch nicht Nonne werden wolle, dass es ihr leid tue, sie überhaupt belästigt zu haben, und dass sie sich einzig und allein wünschte, die Priorin gäbe Maddalena die Erlaubnis, zu bleiben. Doch ehe sie Gelegenheit dazu bekam, öffnete die Dienerin der Priorin die Tür.

»Signore Bembo ist da, Madonna. Soll ich ihn bitten, zu warten?«

»Nein, nein, bring ihn herein. Ich möchte, dass er das hört.«

Antonio Bembo trug den für die Patrizier Venedigs üblichen schwarzen Mantel, und Chiaretta erkannte in ihm einen der *Nobili Uomini Deputati.*

»Sie kommen mir sehr gelegen, Signore Bembo«, begann die Priora. »Chiaretta, sag ihm, war du mir eben mitgeteilt hast.«

Chiaretta wollte schon damit herausplatzen, dass alles ein Riesenfehler gewesen sei, doch als sie den Gesichtsausdruck der Priorin sah, hielt sie inne. Die Priorin wirkte wie festgenagelt und verlagerte ihr Gewicht, als sei sie nervös und versuche, dies zu verbergen.

In diesem Augenblick meldete sich in einem verborgenen Winkel von Chiarettas Geist eine Stimme und flüsterte ihr zu, dass sie – wenn sie auch erst vierzehn war und es mit dem Scharfsinn Signore Bembos und der Priorin sicher nicht aufnehmen konnte – vielleicht eine Chance hatte. Wenn sie nur allen Mut zusammennahm und das begonnene Spiel fortsetzte, würde sie am Ende doch nicht im Kloster landen, und ihre Schwester womöglich ebensowenig.

Sie holte tief Luft. »Ich habe Madonna erzählt, dass ich Nonne werden möchte.« Der freundliche Ausdruck, mit dem Signore Bembo sie begrüßt hatte, verschwand.

Die eigens für sie angefertigten Kleider, die Einladungen aufs Land und in prachtvolle Häuser am Canal Grande, ihr Name auf den Tavolette? Das hatte etwas zu bedeuten. *Sie haben Pläne mit mir.*

Sie wandte sich wieder zur Priorin. »Ich will unserem Herrn dienen«, sagte sie und war überrascht, wie fest ihre Stimme klingen konnte, während sie log. Sie schickte ein stummes, Vergebung heischendes Stoßgebet gen Himmel und fügte der Liste ihrer zu beichtenden Vergehen etwas hinzu, das, wie sie dachte, womöglich Blasphemie war. *Aber es geht um meine Schwester. Gott werde ich es später erklären.*

Als sie die Augen aufschlug, sah sie, dass die Priorin sich wieder gefasst hatte. »Es gibt viele Arten, ihm zu dienen, mein Liebes. Mit deiner Stimme tust du es jede Woche. Und nicht nur Gott hört dich, sondern, was ebenso wichtig ist, du führst andere zu ihm.« Signore Bembo nickte beifällig.

Ich sage ihr, ich will die Pietà verlassen, und sie versucht, es mir auszureden. Maddalena bittet sie, bleiben zu dürfen, und sie hört nicht auf sie. Hier muss ich nicht ehrlich sein. Sie hat es nicht verdient. Ich muss mich nur durchsetzen. »Vielleicht bin ich ja egoistisch, Madonna, aber ich sorge mich mehr um meine eigene Seele.« Sie wandte sich an Signore Bembo, blickte ihn unter den Wimpern hervor an, wie sie es in der Villa geübt hatte.

»Welcher Makel könnte denn deine Seele beschmutzen?« Ungläubig brach es aus ihm heraus.

Der Blick zarter Unschuld hatte gewirkt. »Es ist die Musik«, sagte Chiaretta, faltete die Hände im Schoß und setzte erneut ihren Augenaufschlag ein. »Manchmal singe ich nur, um mich selbst zu hören, und ich bin dann so stolz, dass ich oft eine ganze Messe singe, ohne auch nur ein einziges Mal an Gott zu denken.«

Bitte Gott, lass mich nicht vor meiner nächsten Beichte sterben, betete sie. Aber die Gesichter von Signore Bembo und der Priorin waren so ernst geworden, dass sie der Übermut packte.

»Ich glaube, ich sollte vielleicht ganz mit dem Singen aufhören.«

Signore Bembo lachte leise, und Chiaretta bekam plötzlich Panik. *Wenn es nicht klappt, gehe ich in den Kanal.*

»Dafür, Chiaretta, ist die Beichte da«, sagte er. »Gott verlangt von dir lediglich, dass du deine Schwächen erkennst und ihn um Hilfe bittest, sie zu überwinden.«

Die Priorin nickte. »Die Lösung liegt nicht im Aufhören, meine Liebe, man muss seinen Stolz in den Griff bekommen.«

Chiaretta schwieg. Ihr fiel nichts mehr ein. *Ich kriege nicht, was ich will, und nun werde ich meine Schwester verlieren oder mit ihr im Kloster landen.* »Maddalena hat keine Berufung«, sagte sie. »Ich will nicht, dass sie ins Kloster geht.« Sie schlug die Hände vors Gesicht und versuchte, die Tränen zurückzuhalten.

Die Miene der Priorin verdüsterte sich, als sie Chiaretta vor sich zusammensinken sah. »Seit fast zwanzig Jahren bin ich hier Priorin, und ich weiß, was die Entwicklung zur Frau bei den jungen Mädchen anrichten kann. Es macht sie launisch, doch manchmal auch nur faul und unkontrollierbar. Chiaretta, sieh mich an.«

Chiaretta nahm die Hände vom Gesicht und griff nach dem Taschentuch, das Signore Bembo ihr reichte.

»Die Priora hat uns fortlaufend über deine Schwester informiert«, sagte er. »Sie war eine durchaus vielversprechende Musikerin, aber …«

Die Priorin mischte sich ein. »Vielleicht weißt du es ja nicht, aber die Congregazione ist an den Fortschritten aller Mädchen sehr interessiert. *Sie* waren es, die dich schon so früh befördert haben, und *sie* entscheiden auch, wer bleibt und wer geht. Falls du den Schleier nimmst, so nur, weil sie es dir gestattet haben. Über deine Zukunft entscheidest nicht du allein.«

Chiaretta ging es gegen den Strich, dass andere derart weitreichende Entscheidungen für sie treffen sollten, doch in diesem Fall brauchte sie die Hilfe der Congregazione, um aus der

Klemme herauszukommen, in die sie sich selbst hineinmanövriert hatte. Sie wandte sich an Signore Bembo. »Bitte, schicken Sie meine Schwester nicht weg. Ich bitte Sie, gnädiger Herr.« Sie hielt inne, und wieder stiegen ihr Tränen in die Augen, diesmal ohne einen Hauch von Berechnung. »Ich bitte Sie.«

»Unsere Strategie lautet, schauen und warten, ob die Mädchen des *coro* die mit ihrer« – Signore Bembo hielt inne und suchte nach dem feinfühligsten Ausdruck – »Weiblichkeit verbundenen Probleme nach ein, zwei Jahren überwinden und sich dann wieder nützlich machen. Deine Schwester hat nun schon seit mehreren Jahre kaum etwas Brauchbares zum *coro* beigetragen.«

Das ist nicht der Grund!, wollte Chiaretta ihm entgegenhalten, doch vor allem wollte sie ihn nicht verärgern. »Es wird schwer für mich werden, Signore, wenn sie nicht mehr da ist. Ich übe jetzt meine ersten großen Partien ein. Ich habe nie ohne sie gelebt.«

»Es ist ja auch nicht geplant, sie sofort wegzuschicken«, sagte die Priorin in einem Ton, der schon etwas mitfühlender klang.

»Ich weiß, dass Maddalena Probleme hat«, fuhr Chiaretta fort. »Es ist eine Veränderung mit ihr vorgegangen, die ich nicht verstehe, und ich glaube, sie selbst ebensowenig. Aber bitte, bitte, lassen Sie sie nicht so einfach fallen.«

»Ich glaube kaum …«, begann die Priorin, doch Signore Bembo winkte ab.

»Sie gehört nicht in ein Kloster«, sagte Chiaretta eindringlich. »Kann man sie nicht zur Ader lassen? Gibt es kein Tonikum?« Und dann fiel ihr etwas anderes ein. »Vielleicht würde es ihr Freude machen, eine Schülerin zu unterrichten. Vielleicht könnte ihr das helfen.«

»Aber meine Liebe, niemand außer den Giubilate darf durch das Unterrichten von Externen Geld verdienen«, warf die Priorin ein. »Das wolltest du doch gewiss nicht vorschlagen.«

»Vielleicht könnte sie sie ja als Hilfslehrerin unterstützen?«

Chiaretta fand immer mehr Gefallen an der Idee. »Sie ist so geduldig und freundlich, ich weiß, dass sie eine gute Lehrerin wäre. Und sie würde auch kein Geld verlangen.«

»Mit Signore Bembos Erlaubnis« – die Priorin blickte ihn an – »will ich mit Maestra Luciana die Möglichkeit erörtern, Maddalena als Assistentin zu ihrem Unterricht hinzuzuziehen?«

Luciana! Daran hatte Chiaretta gar nicht gedacht. *Lieber würde Maddalena Nonne werden.* »Maestra Luciana ist eine sehr begabte Musikerin«, sagte sie, »aber die Fähigkeiten meiner Schwester hat sie aus mir nicht nachvollziehbaren Gründen nicht erkannt.« Es gefiel ihr, wie sie sich anhörte – eine reife Frau, die wichtige Dinge klarzustellen hatte, obwohl sie nicht so recht wusste, wo diese Stimme und das Gebaren auf einmal herkamen. »Ich glaube nicht, dass sie zustimmen wird, oder, sollte sie es doch tun, unserem Plan zum Erfolg verhelfen könnte.«

Die Priorin blickte Chiaretta forschend an. Sie holte Luft, als ob sie etwas sagen wollte, überlegte es sich dann aber anders.

»Nun denn«, sagte sie und erhob sich von ihrem Schreibtisch, um Chiaretta zu signalisieren, dass ihre Besprechung zu Ende war.

DRITTER TEIL

Chiaretta Triumphans
1710–1716

10

Elisabetta Contarini war so blass, dass das blaue Aderngeflecht durch die dünne Haut ihrer Handrücken schien. Ihr Haar war so fein, dass es aus den Kämmen rutschte, die es ihr aus dem Gesicht halten sollten, und dünne Strähnen fielen ihr – während sie sich über ihre Geige beugte – über die Schläfe auf die rechte Wange. Konzentriert biss sie sich auf die Unterlippe und entblößte die Spitzen ihrer kleinen, leicht gebogenen Schneidezähne. Ihr Mund war die beinahe perfekte Miniaturausgabe der Herzform ihres Gesichts.

»Es ist sehr schwer«, flüsterte sie mit ihrer mädchenhaften Stimme.

»Ja, das ist wahr«, erwiderte Maddalena. »Versuch es einfach noch einmal, und vergiss nicht, dass deine Hand beim Greifen nicht kreisen soll.«

Der Reichtum von Elisabettas Familie zeigte sich im Seidenbrokat ihrer Kleider ebenso wie in den perlenverzierten Goldspangen in ihrem Haar. Und wenn sie einmal pro Woche zu Sing- und Geigenstunden in die Übungsräume kam, sorgte die Bedeutung ihres Vaters als Mitglied der Congregazione für Wirbel.

Seit fast einem Jahr war Maddalena – zunächst als Assistentin Lucianas – ihre private Geigenlehrerin. In den ersten Monaten hatte Chiaretta die Elfjährige auf dem Weg zu ihren Singstunden abgeholt. Und nachdem sie sie erst einmal bezaubert hatte, indem sie ihr dieselbe Atemtechnik beibrachte, die auch sie selbst vor Jahren von Michielina auf der Empore gelernt hatte, kam sie scheinbar beiläufig auf Luciana zu sprechen. Wie Chiaretta vermutete, hatte Elisabetta Angst vor der Maestra, und zwar so große Angst, dass sie auch nach mehr als sechs Monaten kaum Fortschritte gemacht hatte. Im Laufe einiger Wochen hatte Chiaretta sie so weit bearbeitet, dass ihr Vater darum bat, man möge ihr Maddalena als Lehrerin zuteilen statt der entstellten und übelriechenden Luciana, die – deutete Chiaretta an – die Ursache der Albträume war, unter denen Elisabetta auf einmal litt.

Sobald Luciana von der Bildfläche verschwunden war, stellte Maddalena fest, dass Elisabetta ganz und gar nicht schüchtern war. Vielmehr sehnte sie sich so heftig nach einem Menschen, mit dem sie sich austauschen konnte, dass Maddalena sie oft ermahnen musste, sich auf die Musik zu konzentrieren. Als sie zum ersten Mal über ihre Familie sprach, musste Elisabetta erstaunt feststellen, dass Maddalena keine Ahnung hatte von den sechs Dogen Venedigs, die zu Elisabettas Vorfahren zählten, wobei der erste bereits im elften Jahrhundert regiert und der jüngste bis zu seinem Tode vor nicht ganz dreißig Jahren der Republik gedient hatte. In Elisabettas Welt wusste man so etwas einfach.

Als Elisabettas Eltern die Entscheidung trafen, dass ihre ältere Schwester nicht für die Ehe geeignet sei, beschlossen sie, dass an ihrer Stelle Elisabetta heiraten sollte. Der Familie blieben nur noch wenige Jahre Zeit, um das Mädchen in eine Trophäe für einen Edelmann zu verwandeln, und die Stunden in der Pietà waren Teil dieser Vorbereitung. Elisabetta erzählte das alles in distanziertem Ton. Eltern wählten für ihre Töchter, und Töchter fügten sich, ohne sich je eine eigene Meinung zu bilden.

Zwar besaß Elisabetta kein besonderes Talent für die Violine, doch sie liebte die Stunden. »Sollen wir nicht ein bisschen phantasieren«, bettelte sie, nachdem sie sich eine Weile mit ihrer eigenen Musik abgemüht hatte. »Fallende Blüten in einem Obstgarten«, sagte Maddalena dann und improvisierte eine Melodie, oder »Summende Bienen an einer Honigwabe«, oder »Ein Wind fährt über die Lagune«, und Elisabetta klatschte entzückt in die Hände.

Mit der Zeit gewann Maddalenas Gesicht wieder ein wenig Farbe, und sie legte um die Hüften herum etwas zu. Auch zu

Feiern wurde sie wieder eingeladen, und, was das Wichtigste war, sie war auf die Empore der Pietà zurückgekehrt.

Chiaretta triumphierte. Maddalena wusste zwar, dass ihre Schwester bei der Priorin gewesen war und erreicht hatte, dass man ihr wenigstens eine Gnadenfrist gewährte, Näheres aber wollte Chiaretta ihr nicht erzählen. Mit der Zeit wurde der Erfolg ihres Besuchs im Büro der Priorin offensichtlich. Das Thema Kloster war endgültig erledigt.

Als sich die Augusthitze allmählich auch in den Räumen der Pietà bemerkbar machte, packten Maddalena und Chiaretta ihre Taschen, um mit einer kleinen Gruppe von Attive an den Brenta-Kanal zu fahren und ein paar Tage in einer Villa auf dem Lande zu verbringen. Chiaretta, die Maddalena bisher nur von solchen Ausflügen hatte berichten können, war außer sich vor Freude, dass die inzwischen achtzehnjährige Maddalena nun selbst ihre erste Reise machte.

»Vielleicht findest du ja einen Bewunderer«, plapperte Chiaretta auf ihre Schwester ein. »Du bist so hübsch, sie werden begeistert sein von dir.«

Zwar war Maddalena keine ausgesprochene Schönheit, aber ihr Haar hatte einen schimmernden Kastanienton, und ihre Wangenknochen und das leicht eckige Gesicht verliehen ihr ein markantes Aussehen, das manche reizvoll, ja womöglich sogar unwiderstehlich nennen mochten. In einigen Familien hätte sie gewiss als die attraktive Tochter gegolten – neben Chiaretta allerdings musste sich jede mit dem zweiten Platz begnügen.

Die Figlie fuhren mit der Gondel nach Fusina, wo sie in eine Privatbarke umstiegen und Zugpferde sie entlang eines Treidelpfads zur Villa Foscari zogen, dem ersten der großen Häuser am Kanal. Da Chiaretta und die anderen sich vor Sonne und Hitze schützen wollten, trat Maddalena allein aufs Deck hinaus. Fast zehn Jahre war es her, dass sie ihre Pflegefamilie auf dem Land verlassen hatte, zehn Jahre, in denen sie keine grasenden Kühe, keinen durch Wiesen führenden Feldweg, kei-

nen Himmel gesehen hatte, der nicht durch Hausdächer be-
grenzt war, sodass sie es trotz der Warnung der mitreisenden
Anstandsdamen, sie werde sich noch einen Sonnenstich holen,
nicht über sich brachte, wieder hineinzugehen.

Schließlich erreichten sie die Villa. Für Maddalena sah sie
aus, als habe jemand an der Rückseite eines griechischen Tem-
pels einen Palast errichtet. Das flache Dach der Villa war von
vier turmartigen weißen Kaminen und einer kleinen dreiecki-
gen Attika aufgelockert. Ein offenes Säulenportal mit Giebel-
dach ragte aus dem Bau hervor, den Zugang bildeten zwei
weiße Marmortreppen, die vom den Rasen durchschneidenden
Pfad nach oben führten.

Die Barke hielt an einer kleinen Anlegestelle, und mehrere
livrierte Männer traten aus dem Erdgeschoss unterhalb des
Portals. Sie eilten in Richtung Steg, um den Mädchen an Land
zu helfen und ihre Habseligkeiten zum Haus zu tragen. Chiaretta war eine der letzten, die das Schiff verließen, und Maddalena, die herumstand und auf sie wartete, betrachtete die Mädchen, die sich entlang des Kiespfads wie rote Blumen vom
grünen Rasen abhoben.

Drinnen wanderte Maddalena durch den Portego, der sich
von einem Ende des Hauses bis zum anderen erstreckte. Keine
gequälten Heiligen oder traurig blickenden Madonnen ver-
schworen sich hier, um sie zu demütigen, und keine Abbildung
himmlischen Lohns deutete an, was durch Gehorsam womöglich zu gewinnen war. Die mit Fresken versehenen Wände zeigten Banketttafeln, schwer beladen mit Obst und gebratenem
Fleisch, umgeben von lässig gekleideten Menschen, die in Momenten festgehalten waren, da sie ein Geheimnis weitergaben,
einen flüchtigen Kuss tauschten oder gar mit einem Hündchen
spielten. Trompe-l'œil-Fenster besaßen Vorhänge, die in den
Raum zu wehen schienen, und gemalte Türen öffneten sich in
nicht existierende Zimmer. Der ganze Raum war eine Einladung zum Lebensgenuss, wie sie Maddalena noch nie gesehen
hatte.

Chiaretta packte ihre Schwester am Ellbogen. »Wir müssen hinaufgehen und uns ausruhen, ehe die Gäste kommen.« Sie bugsierte sie in Richtung einer Tür, die sich in einer Nische am anderen Ende des Raumes befand. Am obersten Absatz einer Treppe war ein weiterer Portego, von dem die Kammern der Figlie abgingen. Maddalena und Chiaretta setzten sich auf ein Schlafpodest, das sich in einem der Zimmer einige Fuß über dem Boden erhob. In dem karg eingerichteten Raum nahm das Bett fast den gesamten Platz ein – wenn man vom *Cassone* unterm Fenster einmal absah, in dem sie eine mit Blatt- und Blumengirlanden bestickte zusätzliche Decke fanden.

Maddalena breitete die Decke über sich und ihre Schwester und drehte sich zu Chiaretta um. »Danke«, sagte sie.

»Wofür denn?«

Sie spielte mit einer Haarsträhne Chiarettas, nicht weil diese verrutscht war, sondern weil sie in einer jähen Gefühlsaufwallung das Bedürfnis hatte, ihre Schwester zu berühren.

»Für alles«, sagte sie, vergrub den Kopf im Kissen und schloss die Augen.

Außer den Figlie hatten die Foscari etwa ein Dutzend Gäste eingeladen, sodass die Gesellschaft im Saal knapp dreißig Personen umfasste. Am ersten Abend wurde erst konzertiert und danach gespeist, um den von der Reise ermüdeten Figlie entgegenzukommen. Noch ehe die Instrumente eingepackt waren, entzündeten Diener Fackeln an den Wänden, die eine mit grüngoldenem Brokat gedeckte Tafel beleuchteten. Am selben Tag von benachbarten Bächen und Wiesen herbeigeschafftes Wild und Fisch häuften sich auf Platten, daneben Gemüse aus dem Garten und mit Gewürzen der Levante gesprenkelter Reis. Nach dem Essen servierte man ein berauschendes Getränk, süß wie Sirup, in kleinen Gläsern, dazu gab es Panna Cotta, die mit Beeren aus dem an das Gut grenzenden Wald bestreut war.

Als alle das Mahl ausgiebig gepriesen und sich erhoben hatten, begaben sich die meisten Gäste ins Freie, um die kühle

Nachtluft zu genießen. Von kleinen Booten auf dem Kanal, deren Laternen beim Vorübergleiten träge Schleppen ins Wasser malten, klang Gelächter und Gesang über den Rasen herüber.

Maddalena sah ein halbes Dutzend Menschen aus einem Boot steigen und den Pfad heraufkommen. Eine der Frauen kreischte, weil ein Mann sie verfolgte. Ein anderer Mann fing sie auf, als sie über ihren Rocksaum stolperte, und griff ihr, als sie ihm in die Arme fiel, unters Mieder, um ihre Brüste zu liebkosen. Wieder ein anderer blieb mit einer Frau hinter den anderen zurück. Eine Flasche Wein umklammernd, beugte er sich nach vorn, um sie zu küssen.

Maddalena glitt rasch hinter eine Säule, um nicht gesehen zu werden. Als sie am Säulenportal angelangt waren, bemerkte einer der Männer die Mädchen in ihren Konzertkleidern. »Seht mal, wen wir hier haben!«, rief er aus und zog anerkennend eine Augenbraue hoch.

Alvise Foscaris Gattin trat zwischen den Säulen hervor, und der Mann wandte sich der Hausherrin zu und küsste ihr die Hand, ehe er ihr ins Innere folgte.

»Sie können hervorkommen. Die Luft ist rein.« Es war die Stimme eines weiteren Gasts, der Zeuge des Spektakels geworden war.

»Ich gehe lieber«, erwiderte Maddalena, die sich plötzlich überfordert fühlte.

»Bitte bleiben Sie doch. Ich habe nicht oft Gelegenheit, mit einer von Ihnen zu sprechen.«

Maddalena hatte keine Ahnung, was sie darauf erwidern sollte, aber es spielte auch keine Rolle, weil er den Großteil der Unterhaltung bestritt. Er hieß Marco Valiero und war an diesem Abend von der einige Meilen entfernten Villa seiner Eltern herübergekommen. Er war attraktiv auf eine Art, wie es perfekte Körperpflege und gut sitzende Kleidung von höchster Qualität bei einer durchschnittlichen Erscheinung zuwege bringen; legte man jedoch strengere Maßstäbe an, war er ein leicht übergewichtiger Mann Ende zwanzig von mittlerer Statur und mit unauffälligen Zügen. Dennoch besaß er gute Manieren, und binnen Minuten hatte sich Maddalena genügend entspannt, um zu merken, dass sie seine Gesellschaft genoss.

»Sind die Menschen hier immer so?«, fragte sie ihn.

»Wie diese? Ich fürchte ja. Sonst würden wir nämlich vor Langeweile sterben. Ich meine, wir besuchen einander, aber natürlich benehmen wir uns nicht alle so.« Er machte eine ausladende Geste und verbeugte sich, als begrüße er eine Prinzessin. »Manche von uns haben weit bessere Manieren.«

Maddalena lächelte.

»Schön!«, sagte er. »Ich habe mich schon gefragt, ob Sie auch Zähne haben. Bis jetzt hatten Sie nämlich die Lippen so fest aufeinandergepresst, dass ich mir da nicht sicher war.«

Sie lächelte wieder.

»Noch besser!« Er nahm ihre Hand und küsste sie.

Eine der Anstandsdamen stand plötzlich neben Maddalena, um ihr zu sagen, dass sich die Figlie für die Nacht auf ihr Zimmer zurückzuziehen hätten.

»Es war mir ein Vergnügen«, sagte Marco, als sie sich zum Gehen wandte, doch Maddalena wurde weggeführt, noch ehe sie etwas entgegnen konnte.

Ins Bett gekuschelt und hinter vorgezogenen Vorhängen unterhielt sie sich mit Chiaretta über den vergangenen Tag. »Wer waren diese Frauen?«, fragte sie.

»Die, die mit dem Boot gekommen sind?«, erwiderte Chiaretta. »Kurtisanen.«

Maddalena erinnerte sich an die Hand im Mieder und den indiskreten Kuss auf dem Pfad. Nachdem sie jahrelang allen Klatsch und Tratsch der Pietà mitbekommen hatte, wusste sie, was sich zwischen Männern und Frauen abspielte, aber noch nie hatte sie Derartiges mit eigenen Augen gesehen.

»Wer war der Mann, mit dem du gesprochen hast?«, fragte Chiaretta.

Maddalena erzählte ihr von dem Gespräch, doch als sie zum

Handkuss gelangte, merkte sie, wie ihre Schwester sich versteifte.

»Maddalena«, sagte sie. »Ich komme mir wie eine Anstandsdame vor, die mahnend den Finger hebt. Aber du musst wirklich aufpassen.« Chiaretta setzte sich auf und sah ihre Schwester an. »Die meisten dieser Männer haben Ehefrauen, einige sind verlobt. Was jedoch nicht heißt, dass sie nicht nach weiblicher Gesellschaft Ausschau halten würden – bloß sollten nicht ausgerechnet wir das sein. Und die meisten Junggesellen können sich eine Heirat gar nicht leisten, sie suchen lediglich Zerstreuung.«

»Aber ich verstehe nicht. Ich dachte, es geht nur darum, dass wir Jungfrauen bleiben.«

»Und die meisten Männer wollen auch nicht, dass irgendwer glaubte, sie würden das nicht respektieren.« Chiaretta dachte zurück an die Hand, die sie vor so vielen Jahren am Schenkel berührt hatte, und schauderte. »Aber nicht alle. Für manche sind wir wohl so eine Art Sport.«

Maddalena hatte sich inzwischen ebenfalls aufgesetzt. »Wie du das sagst, klingt es so schmutzig.«

»Muss es aber nicht sein – solange wir bei Verstand bleiben und nicht den Kopf verlieren. Erinnerst du dich, was man vor ein paar Jahren über Zanetta, die Sopranistin, erzählt hat? Die, die sich auf einem dieser Ausflüge mit einem Mann hat erwischen lassen?«

Maddalena nickte. Es war vor ihrer Zeit gewesen; sie hatten nur gehört, dass Zanetta damals behauptete, sie habe einen Blick in einen Pavillon nahe des Hauptgebäudes werfen wollen und sich nicht alleine hineingewagt. Der Mann wiederum schwor bei seiner Ehre, sie nicht berührt zu haben, und dennoch waren sie an einem verbotenen Ort kurzzeitig außer Sichtweite gewesen. Bald nach ihrer Rückkehr in die Pietà wurde sie mit streichholzkurzen Haaren in ein Kloster geschickt.

Maddalena griff nach der Hand ihrer Schwester, als wolle sie sich vor den Schlussfolgerungen aus Zanettas Geschichte in

Sicherheit bringen. »Ich stecke doch nicht etwa in der Klemme, oder?«

»Nein. Ich allerdings unterhalte mich mit keinem Mann länger als ein paar Minuten, wenn ich allein mit ihm bin. Und wenn ich mal kokettiere, dann mit allen.« Chiaretta drückte Maddalenas Hand. »Ich blase die Kerze aus, damit wir schlafen können.«

Maddalena hatte ihren Kopf schon aufs Kissen gebettet. »Du musst sehr vorsichtig sein«, sagte Chiaretta, während sie ihre Schwester sorgfältig zudeckte. »Man wird so leicht zum Opfer der Klatschbasen. Sollte er morgen wieder kommen, würde ich an deiner Stelle nicht mehr allein mit ihm sprechen.«

Er war nicht da, doch als Maddalena am folgenden Abend den Gesprächen ringsum lauschte, erfuhr sie, dass Marco Valiero eine Frau hatte, die ihm im Vorjahr einen Erben geboren hatte. Im Spätsommer erwartete sie ihr zweites Kind und war daher ans Haus gebunden. Es war also lediglich die Laune eines Sommerabends gewesen.

Für mich ist es keine Laune, dachte sie, als sie nach dem Konzert noch wach lag und an die Leichtigkeit dachte, mit der ihre Schwester mit all der Aufmerksamkeit umging. *Da bin ich lieber in der Pietà.*

Am darauffolgenden Morgen begleitete Alvise Foscari sie an die Anlegestelle, um die Mädchen zu verabschieden und ihnen das Versprechen abzunehmen, dass sie wiederkommen würden. Der Himmel hatte sich verdunkelt, und als sie ablegten, begann es zu regnen. Obwohl Maddalena die ganze Strecke bis Fusina aus den Schiffsfenstern starrte, verlor sich der auf der Hinreise empfundene Zauber im Platzregen und dem bitteren Nachgeschmack ihrer Begegnung mit Marco Valiero. Mit der Gondel trafen sie am Nachmittag an der Anlegestelle der Pietà ein und begaben sich in den Schlafsaal, um vor dem Abendessen noch ein wenig zu ruhen.

Sobald Maddalena und Chiaretta auf ihre Betten gesunken

waren, trat Anna Maria mit ernster Miene ein, um sie zu begrüßen. »Habt ihr schon die Neuigkeiten gehört?«, flüsterte sie.

Vivaldi. Ist Vivaldi etwas zugestoßen?

»Gestern Nacht ist Maestra Luciana im Schlaf gestorben«,
sagte sie.

Chiaretta stieß einen Freudenschrei aus und schlug sich
dann die Hand vor den Mund. Einen kurzen Moment lang
schalt sie sich für ihre Schadenfreude, gab ihr dann jedoch
nach. Ihre Schwester war Luciana stets mit einer gewissen Er-
gebenheit gegenübergetreten, doch für Chiaretta war Luciana
eine Schlange. »Gott ebnet dir den Weg«, flüsterte sie, doch
Maddalena war sich da nicht so sicher.

Lucianas Tod hatte im Grunde keinerlei Auswirkungen auf
Maddalenas Leben. Immer noch übte sie Tag für Tag und unterrichtete einmal pro Woche Elisabetta. Und dann, als sich das
Laub zu färben begannen, wurden Elisabettas Stunden abbe-
stellt. Sie war erkrankt. Anfang September erhielt Maddalena
eine Nachricht von der Priorin, in der es hieß, Elisabetta werde
nicht mehr kommen. Die Krankheit habe sie derart geschwächt, dass ihre Eltern es für besser hielten, ihr die Belas-
tungen der Niederkunft, wie sie mit einer Eheschließung
zwangsläufig verbunden waren, zu ersparen. Sie hatten beschlossen, sie in einem der luxuriösesten venezianischen Klöster unterzubringen und statt ihrer die dritte Tochter zu verheiraten. Geige spielen musste Elisabetta nun nicht mehr können,
erklärte die Priorin, sodass es besser war, wenn sie ihre Zeit darauf verwandte, zu Hause wieder zu Kräften zu kommen.

»Du kannst ja eine andere Schülerin nehmen«, sagte Chiaretta, die die gedrückte Stimmung ihrer Schwester missver-
stand – was ihr nur selten passierte.

»Das kann ich«, erwiderte Maddalena und dachte an das
sanfte Kind, das sie liebgewonnen hatte. »Aber wie soll ich eine
zweite Elisabetta finden?«

Maddalena erfuhr nie, was Elisabetta eigentlich vom Heira-

173

ten hielt. Ehefrau zu sein war kein Kinderspiel, nicht einmal für die Reichen. So viel hatte sie angesichts all der Messen für Frauen, bei denen sie selbst mitgesungen hatte, begriffen – Messen für Frauen, die im Kindbett gestorben waren und kaum älter waren als sie selbst. In mancher Hinsicht schien das Klosterleben das bessere Los zu sein. Und dennoch fiel es ihr schwer, sich vorzustellen, dass Elisabetta oder sonst jemand bereit war, den Rest seines Lebens in einem Gefängnis – denn nichts anderes war es – zu verbringen. Jedes Mal, wenn sie sich vorstellte, wie Elisabetta mit gesenktem Blick und wortlos ihr Heim verließ, sich dabei aber so verzweifelt und verraten fühlte, dass sie am liebsten tot umgefallen wäre, noch ehe die Klostertüren hinter ihr zuschlugen, empfand Maddalena einen stechenden Schmerz.

In ihrer freien Zeit nähte sie ein seidenes Lesezeichen, das sie an den Kanten mit fliegenden Vögeln bestickte und in der Mitte mit einem P, für das ihr die Narbe an ihrer Ferse als Muster gedient hatte. Sie schickte es Elisabetta mit der Bitte, sie und die Pietà nicht zu vergessen. Dann nahm sie ihr Seidenkissen erneut zu Hand und nähte ein zweites, ähnliches, für Silvia. »Von deiner Freundin Maddalena«, schrieb sie, »die hofft, dass es dir wohlergeht.«

Der erste herbstliche Kälteeinbruch traf Venedig wenige Wochen später, und die Stadt begann, sich auf eine weitere Karnevalssaison vorzubereiten. Die Nächte wurden länger, und mit wachsendem Unbehagen sah Maddalena dem herannahenden Winter entgegen. Sie nahm ihren warmen Umhang aus der Truhe und hüllte sich, lange bevor ihre Schwester den ihren hervorholte, darin ein. Mit zunehmender Sorge beobachtete Chiaretta, wie Maddalena wieder schweigsam wurde und ihre Schritte sich verlangsamten.

Als Chiaretta an einem Tag Ende September einmal den Übungsraum des Chors betrat, lag ein Schwirren in der Luft. »Was ist denn los?«, fragte sie, doch ehe man ihr antworten konnte, öffnete sich die Tür am anderen Zimmerende. Zwar verbarg der Körper der Maestra die hinter ihr im Türrahmen stehende Gestalt zum Teil, doch es war nicht zu verkennen, um wen es sich handelte. Niemand sonst hatte so rote Haare.

»Die meisten von euch kennen Don Vivaldi ja bereits«, sagte die Maestra. »Und für alle, die ihn noch nicht kennen: Er ist unser alter und« – sie nickte in Richtung des Priesters – »unser neuer Maestro dei Concerti.«

Doch Chiaretta hörte schon gar nicht mehr hin. Obwohl man sie für das unerlaubte Verlassen der Probe eine Woche auf Wasser und Brot setzen würde, war sie schon aus dem Zimmer gestürzt, um ihre Schwester zu suchen.

* * *

Vivaldis kommentarloses Verschwinden aus der Pietà schmerzte Maddalena zuweilen immer noch; doch solche Gedanken kamen ihr inzwischen nur noch selten. Sie wusste längst, dass es nichts mit ihr zu tun hatte. Die Männer der Congregazione waren zwar nicht unzufrieden mit ihm gewesen, empfanden aber sein Salär – genau wie er es erwartet hatte – als überflüssige Aufwendung. Vor nicht langer Zeit nun waren der Priorin Tuscheleien zu Ohren gekommen, in denen der *coro* scharf kritisiert wurde. Bei einem Konzert im Karneval hatte eine der Maestre ein Mitglied des Rates der Zehn sagen hören, dass der *coro* der Pietà inzwischen der schlechteste von allen vier Ospedali sei. Schlimmer noch, die anderen pflichteten ihm bei. Da man Gasparini bereits einen weiteren Urlaub genehmigt hatte, sah sich die Congregazione zu raschem Handeln gezwungen. Vivaldis Dienste, so schien es, wurden nun doch noch benötigt.

Maddalena hatte ihre Erinnerungen verwahrt wie einen Stapel Briefe, die man mit einem Band verschnürt, damit sie beisammen bleiben. Vivaldi hatte sie einst einem freudlosen Schicksal entrissen und sie auf den Weg gebracht, auf dem sie schließlich zu einer Attiva des *coro* wurde. Dafür war sie ihm dankbar, obwohl noch mehr von dem seither Geschehenen auf die Intervention Chiarettas zurückzuführen war. Im Grunde wusste sie gar nicht, ob sie ihm – abgesehen von ihrer Kunstfertigkeit an einem Instrument, das sie nur selten spielte – überhaupt etwas verdankte. Die Ehemaligen übten immer noch großen Einfluss auf die Beförderungen und Platzierungen im *coro* aus, und auch nach dem Konzert für den König von Dänemark hatte ihr Luciana nie eine Chance gegeben. Obwohl Maddalena Elisabetta Geigenunterricht erteilt hatte und auch selbst übte, spielte sie bei Konzerten noch immer die Blockflöte.

Und nun war Luciana tot, und er war zurück. Maddalena wünschte, sie hätte ihre Aufregung allein damit begründen können, dass sie nun die Chance hatte, im *coro* wieder Violine zu spielen. Sie wünschte, sie würde sich nichts aus ihm machen. Doch so sehr sie ihre Phantasien, was seine Rückkehr wohl zu bedeuten habe, auch im Zaum zu halten versuchte – es gelang ihr nicht. Sie dachte an ihre gemeinsamen Stunden, wie er ihr zugezwinkert, sie manchmal gestreift hatte, dachte an seine Koseworte und schob alle Verletztheit beiseite und wollte nicht mehr, als ihn wieder in ihrem Leben zu haben.

Die Enttäuschung begann schon, als sie nicht zu den Geigenspielerinnen gehörte, die er zum Vorspielen bestellt hatte. Da er viele neue Stücke für den *coro* komponieren würde und diese den Musikerinnen und Sängerinnen auf den Leib zu schreiben gedachte, wollte er als erstes jede Attiva selbst hören. Er hatte sich bereits durch die Streichinstrumente bis zu den Holzbläserinnen durchgearbeitet, als Maddalena Nachricht erhielt, dass sie mit dem Vorspielen an der Reihe sei.

Er hat dich unter den Blockflötenspielerinnen als erste angefordert, schrieb Chiaretta, und obwohl sie ihre Schwester hatte aufheitern wollen, klang es sogar für sie ziemlich falsch.

Er hat nicht gemerkt, dass ich auf der Liste mit den Geigen fehle, schrieb Maddalena. *Am liebsten würde ich ihn gar nicht sehen.*

Aber jetzt ist er da und hat das Kommando, schrieb Chiaretta. *Nimmst du die Geige mit?*

Wozu denn das? Es ist doch sowieso schon alles entschieden, oder?

Chiaretta kringelte das Wort *entschieden* ein und zog einen Strich zum Rand der Seite. *Hast* du *es entschieden? Du musst sagen, was du willst, und zuweilen musst du auch darum kämpfen. Wenn du es wirklich willst. Aber vielleicht willst du es ja gar nicht.*

Maddalena holte ein Messerchen aus dem *Cassone* und spitzte ihren Bleistift; sie ließ sich Zeit, Chiarettas Bemerkung zu verdauen.

Wenn er mich fragt, kann ich ihm ja vielleicht erzählen, was passiert ist, schrieb sie.

Es ist nicht gut zu warten, bis die Leute selbst auf etwas kommen. Meistens tun sie es nicht.

Chiaretta beugte sich vor. »Nimm die Geige mit!«, flüsterte sie.

Als Maddalena die Sala betrat, sah sie, wie der Blick Prudenzias, der neuen Maestra, zu ihrer Hand mit dem Geigenkasten schoss, und sie lief rot an, weil sie fürchtete, die Maestra hintergangen zu haben. Auch Vivaldi schien, als er es bemerkte, ein wenig zu erröten, doch Maddalena war sich nicht sicher, da sie aus lauter Befangenheit den Blick gesenkt hielt.

Vivaldi begrüßte sie mit der Distanziertheit eines unvoreingenommenen Gastgebers. Er hörte sich ihr Spiel auf der Blockflöte an, und als sie geendet hatte, standen Falten auf seiner Stirn. »Du bist recht gut«, sagte er. »Technisch sehr geschickt. Aber ich bin ein wenig verwirrt. Dein Name stand nicht auf der Liste der Geigenspielerinnen, und trotzdem sehe ich, dass du einen Geigenkasten dabei hast.«

Maddalena spürte, wie ihr in den Achselhöhlen der Schweiß ausbrach. Und dann erinnerte sie sich an Chiarettas Worte und wagte den Sprung. »Mir wurde gesagt, dass es schon genug *figlie del violino* gibt und man mich bei den Blockflöten braucht.« Sie rang mit sich, blickte auf und sah ihn an. »Aber ich liebe die Geige.«

Vivaldi musterte sie ein paar Sekunden, legte den Kopf zur Seite, als wolle er den Rest dessen, was sie noch zu sagen hatte, von ihren Augen ablesen. Er wandte sich an die Maestra. »Ich würde Maddalena gerne spielen hören.«

Maddalena öffnete den Kasten, und ihre Hände zitterten so stark, dass es ihr schwerfiel, den Bogen zu spannen. Sie begann eines von Elisabettas Lieblingstücken, das sich in die Höhe schraubten, bis die Töne hoch oben schließlich fast verklangen, ehe sie wieder zu Boden flatterten.

Sie hielt inne. »Es tut mir leid«, sagte sie. »Ich hatte es so eilig, zu spielen, dass ich mein Instrument wohl nicht richtig gestimmt habe. Ich kann noch einmal von vorne beginnen, wenn Sie möchten ...«

Vivaldis Augen funkelten, und ein Lächeln spielte um seine Mundwinkel. »Nein, das wird nicht nötig sein. Ich dachte, die Blockflöte ... dass du dich inzwischen vielleicht damit angefreundet hättest und wollte mich nicht erdreisten ...«

Er wandte sich an Prudenzia. »Ich hoffe, Sie werden den Verlust verschmerzen können, doch ich glaube, bei den Violinen werden ihre Dienste dringender benötigt.« Er nickte Maddalena flüchtig zu. »Das sollte genügen.« Wieder an die Maestra gewandt, fragte er, »Hören wir uns heute noch jemanden an?«

Solange ich hier bin, wird dir nichts geschehen.

Bei der Rückkehr zum Probenraum hielt Maddalena vor einer Nische inne. »Danke«, flüsterte sie der Marienstatue zu. *Chiaretta hatte recht,* dachte sie. *Letztlich hat Gott mir doch den Weg geebnet.* »Danke«, flüsterte sie erneut und berührte den kühlen Steinmantel Mariens mit den Fingerspitzen. »Danke, danke, danke.«

11

Die ersten Noten waren für eine Geige geschrieben, die zwischen wenigen Tönen hin- und herwippte. Eine zweite Geige griff dieselbe Melodie auf, was zu einer pulsierenden Wiederholung führte, die sich dann dehnte und verlangsamte, bis die Musik dem Schaukeln eines Boots in einer stillen Nacht ähnelte.

Maddalena saß im Übungsraum – ihre Stunde bei Vivaldi begann gerade –, schlug die Seiten um und stellte sich die Töne vor. »*Laudate pueri Dominum*«, las sie und fuhr mit dem Finger die über den Noten stehenden Worten nach. »Das sieht wunderbar aus.«

»Meine erste Motette für Sopran und Violine, eigens für die Pietà geschrieben«, sagte Vivaldi. »Eine Überraschung für deine Schwester.« Er hielt inne. »Und für dich.«

»Das ist aber für eine erste Violine.«

Amüsiert über ihre Verwirrung, lächelte er. »Verstehst du denn nicht?«, fragte er. »Du bist befördert worden. Du bist erste Geigerin. Keine außer dir kann meine Musik so spielen, wie sie meiner Auffassung nach klingen soll.«

»Aber das sieht ja aus wie …«

Er schnitt ihr den Satz ab. »Bevorzugung? Lass es so aussehen. Prudenzia ist sich mit mir einig, und wer kann etwas dagegen sagen, wenn die Maestra del Violino derselben Meinung ist? Vor allem jetzt, wo Luciana nicht mehr da ist und die Arme nicht mehr in Angst und Schrecken versetzen kann.« Er lächelte. »Ich bin nicht mehr bloß Geigenlehrer. Ich habe jetzt wirklich etwas zu sagen. Und das heißt, dass sich für dich einiges ändern wird.«

* * *

179

Einige Wochen später saß Maddalena auf der Empore der Kapelle und schob sich die Violine unters Kinn. Die Erregung im Orchester stieg, als die Bassgambenspielerin sich richtig ins Zeug legte und das Emporengitter zu vibrieren begann. Immer wieder pulsten die Saiten, erst laut, dann leise, und steigerten sich auf Chiarettas Einsatz hin.

Und dann erklang ihre Stimme, reich und voll aus einer reifen Frucht hervorquellende Nektartropfen. »Lobet, ihr Knechte, den Namen des Herrn«, sang sie auf Latein, wechselte die Tonart, schmückte ihre Melodie aus und ließ die Musik verwirrend und neu erscheinen. Nach einem Lauf von hohen Tönen hämmerte sie die Worte förmlich heraus, ehe sie zum unteren Ende ihres Stimmumfangs hinabtauchte und ihren Gesang in der Reprise mit dem Stakkato der Instrumente verschmelzen ließ.

Unter Vivaldis Händen hatte sich der trockene Bibeltext verwandelt. Er stürmte, ging auf Zehenspitzen, hüpfte und donnerte durch die Worte der Psalmen hindurch. »*Sit nomen Domini*«, sang Chiaretta mit der Anmut einer Mutter, die einem schläfrigen Kind hilft, sein Gutenachtgebet zu beenden. »*Suscitans, suscitans!*«, rief sie atemlos aus, als ob Gottes Ankunft so unmittelbar bevorstehe wie ein Blitz an einem tiefschwarzen Sommerhimmel, ehe ihre Stimme dann wieder zu einer freudig tänzelnden Tonfolge abhob.

Das Ende der Motette begann mit langsamen, melancholischen Tönen auf den tiefen Saiten von Maddalenas Violine, begleitet von einem Cello und einem zarten Pizzicato auf den anderen Saiteninstrumenten. »*Gloria Patri et Filio …*«, begann Chiaretta. Als sie die nächsten Worte des Lobpreises, »*et Spiritui Sancto*«, erreichte, hielt sie die letzte Note, sodass Maddalena den Anfang der Melodie aufgreifen konnte, ehe ihre Stimme wieder abfiel. Und dann, als Maddalena an derselben Stelle anlangte, hielt wiederum sie ihre letzte Note, während Chiaretta erneut auf die gleiche Weise die Melodie aufgriff, sodass sich ein nahtloser Übergang nach dem anderen zwischen

Stimme und Geige vollzog, die Klänge über-, unter- oder umeinander herum geführt wurden wie bei einem von unsichtbarer Hand gewebten Stoff. Chiarettas Stimme stieg immer höher, und Maddalena folgte ihr wie ein Echo. Dann waren sie wieder beisammen, endeten unisono, während ihre Musik sich hob und senkte wie der Atem Gottes.

Nach dem Beifall für *Laudate Pueri* gönnte er sich so wenig Ruhe, dass er zuweilen Proben abbrechen musste, sich auf seinen Stuhl fallen ließ und um Atem rang. In allen Räumen, in denen der Maestro arbeitete, wurden Duftessenzen aufbewahrt, und aus dem Hospital wurden, wenn die Anfälle länger anhielten, Pflegerinnen mit dampfenden Handtüchern und Salben entsandt. Viel mehr konnte man nicht tun, und obwohl jede Figlia ihm das Duftkissen unter die Nase hätte halten können, bestand die unausgesprochene Übereinkunft, dass – sofern Maddalena anwesend war – sie dies übernahm.

Nicht einmal ein Jahr, nachdem sie und Chiaretta das *Laudate pueri* aufgeführt hatten, wurde sie zur Sotto-maestra del Violino befördert, wobei sie sich die Aufgabe mit Anna Maria teilte. Wenn auch Maddalenas rascher Aufstieg einiges Stirnrunzeln hervorrief, es ließ nach, sobald Vivaldi auch andere begünstigte, mehrere Monate lang nichts mehr für Maddalena schrieb und neue Werke für Blockflöten, Mandolinen, Lauten, Violen und Celli ebenso wie für sämtliche Stimmen komponierte.

Mit der Ernennung zur Sotto-maestra ließ Maddalena den Klöppelsaal für immer hinter sich. Obwohl sie durch die Befreiung vom Klöppeln Zeit gewann, war Vivaldis Zögern, mit einem neuen Stück für sie zu beginnen, eine Erleichterung, denn ihre neue Pflichtenlast war erdrückend. Zu ihren Verantwortlichkeiten gehörte die Aufsicht über die Stunden der Iniziate ebenso wie der Unterricht zweier fortgeschrittener Schülerinnen. Außerdem erwartete man von allen Sotto-maestre, dass sie für das korrekte und rechtzeitige Kopieren der Noten sorgten, die Instrumente pflegten und reinigten, beim Vorspielen anwesend waren, mit dem *coro* probten und, bei Abwesenheit der Maestre, auch dirigierten.

Als sich die ersten Blätter einzurollen und an den Rändern zu verfärben begannen, die Bäume eine dicke Schicht sommerlichen Staubes trugen, trafen die Noten für ein *Salve Regina* bei den Kopistinnen ein. Maddalena war die erste, die sie zu sehen bekam. In die linke Ecke über dem Titel hatte Vivaldi zwei Namen geschrieben. *Maddalena Rossa – Violine* stand da und *Chiaretta – Sopran.*

Maddalena fuhr mit den Fingern über die Seiten, als berühre sie etwas Heiliges. Am Anfang des dritten Satzes hielt sie inne. Über den ersten Takt hatte Vivaldi ein einziges Wort geschrieben. *Tanz.*

Als ein paar Wochen später die ersten Töne über der Kapelle schwebten, kündigte sich in ihnen schon die Kühnheit seines *Salve Regina* an. Während des gesamten ersten Satzes blieb das Orchester stumm. Maddalena spielte eine weiche, fließende Melodie, ehe Chiaretta einsetzte und sie eine Oktave höher wiederholte. Sie wechselten sich ab, teilten sich die Musik, als ob sie aus einem Kelch tränken, verweilten am Ende mit dem Widerstreben von Menschen, die wissen, dass die Zeit für solche Süße fast vorüber ist, und das Glas nicht wieder gefüllt werden wird.

Nach einem kurzen Vorspiel des Orchesters setzte Chiaretta zum zweiten Teil ein. *»Ad te, ad te clamamus, exsules filii Hevae«,* sang sie, »zu dir rufen wir verbannten Kinder Evas.« Nur halb im Scherz hatte sie Vivaldi bei den Proben beschuldigt, sie für alle verbannten Kinder gleichzeitig singen zu lassen. Vivaldi war begeistert. »Du verstehst mich vollkommen. Du bist die unüberhörbare Verkörperung ihrer Forderung«, sagte er. »Das musst du mit deiner Stimme zum Ausdruck bringen.«

Die perlenden Silben, die gespannten *Melismen,* die langgezogenen Vokalisierungen, die sich in Klangkaskaden auflösten, erschöpften sie, und Chiaretta gab Maddalena zu verstehen, dass sie sie, wenn sie fertig war, einige Male Atem schöpfen lassen sollte.

Dann nickte sie, und es wurde Zeit für den Tanz.

Für das *Salve Regina* hatte Maddalena mit dem *coro* geprobt, wobei sie die Figlie am ersten Tag aufforderte, ihre Instrumente zunächst beiseite zu legen. Sie teilte die Noten aus und ließ sie ihre jeweilige Instrumentalstimme summen. Die Stimmen klangen dünn vor Befangenheit, und das Tempo wurde immer langsamer, bis auch die letzte aufgab und verstummte.

»Versucht doch mal, den Kopf vor und zurück zu bewegen«, sagte sie. »Und nun probiert es nach den Seiten.« Sie zog einen Stuhl zwischen zwei Figlie, legte die Arme um ihre Schultern und begann sie im Rhythmus der Musik hin- und herzuschieben. »La, la la la – und jetzt weitermachen, aber versucht, dabei zu singen«, sagte sie, und die Figlie sangen und stießen mit den Schultern zusammen, bis sich alles in Kichern auflöste. »Genug«, befahl sie. »Und nun nehmt eure Instrumente zur Hand.«

Bei ihrem Auftritt strahlten die Figlie übers ganze Gesicht. Die Cellistinnen und Bassgeigenspielerinnen ruckten, während sie ihre Saiten zupften, mit den Köpfen, und die anderen Figlie wiegten sich in lebhaftem Rhythmus. Dann wurde die Musik wieder ernst. Im letzten Teil stimmten die Violinen eine keuchende Melodie an, die einem auf dem Dudelsack eines Schäfers gespieltem Schlaflied ähnelte. Dann verstummte alles bis auf Maddalenas Violine und eine Theorbe im Hintergrund.

»*Et Iesum benedictum*«, begann Chiaretta und schlang sich die Arme um den Leib, als wolle sie mit der Schönheit dieser schlichten Melodie verschmelzen. »*O clemens, o pia, o dulcis Virgo Maria.*« Das tief empfundenste aller Liebeslieder an die Jungfrau Maria erfüllte die Kapelle, obwohl es nicht lauter als ein Flüstern war und die Melodie am Ende einfach verklang.

Als sie die Augen aufschlug, spürte Chiaretta, wie ihr die

Schweißtropfen den Rücken hinunterliefen. Der verklingende letzte Ton einer Komposition schien immer alle Luft aus der Kapelle zu saugen und ein momentanes Vakuum zu schaffen, bis die Musik vollkommen verschwunden und die gewöhnliche Welt wieder zurückgekehrt war. Doch diesmal war die Leere nicht spürbar. Nicht das Geräusch scharrender Füße, sich räuspernder Kehlen oder – an einem Ort, an dem Applaus nicht gestattet war – beifälliges Gemurmel stieg von der Kapelle aus. Sie blickte durchs Gitter und sah, dass sich die gesamte Gemeinde erhoben hatte und klatschte.

Maddalena trat zu ihr und legte die Arme um ihre Schwester. »Du warst großartig«, sagte sie. »Sieh sie dir an!«

»Du aber auch«, erwiderte Chiaretta mit vor Rührung heiserer Stimme. Gemeinsam verließen sie die Empore, während das Publikum, das sich wieder auf die Regeln des Anstandes besonnen hatte, schweigend zusah, wie sich ihre Silhouetten entfernten.

Zu denen, die Chiaretta mit ihrem *Salve Regina* beeindruckt hatte, gehörte auch Claudio Morosini. Er war schon etwas früher aus der Villa am Brenta-Kanal zurückgekehrt, um in der schwülen Sommerhitze Venedigs noch Geschäfte zu erledigen, und hatte beschlossen, das Unangenehme mit dem Schönen zu verbinden und die Messe und das Konzert in der Pietà zu besuchen.

In den darauffolgenden beiden Wochen fand er sich zu den Besuchszeiten im Parlatorium ein, traf Chiaretta allerdings nicht an. Schließlich befahl ihr die Priorin, zu erscheinen, denn sie genieße inzwischen einen derartigen Ruf, dass Gäste darauf hofften, sie zu sehen und mit ihr zu sprechen. Woraufhin sie sich fügte, Woche für Woche mit den anderen Figlie hinunterstieg und ans Gitter trat. Sie beteiligte sich an der ziellos dahinfließenden Konversation und bot den Gästen karge Erfrischungen an, ohne den jungen Mann hinter seiner

Maske, der kam und ging und mit niemandem sprach, je zu registrieren.

Vier Wochen später wurde Chiaretta zur Priorin gerufen. »Du hast einen Bewunderer«, begann sie. »In der Familie sind bereits Diskussionen im Gange, ob er dich heiraten kann.«

»Heiraten?« Chiaretta lehnte sich in ihrem Stuhl zurück. »Um wen handelte es sich?«

»Um einen Mann aus einem der ältesten Häuser Venedigs. Die Familie engagiert sich schon seit Generationen in der Congregazione. Ich glaube, du kennst seine Schwester, Antonia.«

»Claudio?« *Nach meiner ersten Auster hat er mir seine Serviette gereicht,* dachte sie, *und mir den Stuhl zurechtgerückt, als wäre ich eine Dame.* Und dann machte ihre Erinnerung einen Satz, und sie stieg wieder aus der Gondel, während sein Gefährte ihr den Schenkel streichelte.

Sie führte die Hand zum Mund. »Priora…« Sie wusste nicht, wie sie fortfahren sollte. »Ist er denn nett?«, fragte sie beinahe flüsternd. »Ich meine, den Anschein hat es ja, aber …«

Die Priorin lachte. »Sein Vater wenigstens behauptet es, aber wer würde seinem Sohn schon etwas anderes nachsagen?« Sie blickte Chiaretta verwundert an. »Deine Reaktion verblüfft mich doch einigermaßen. Hin und wieder sind die Mädchen ja verwirrt, die meisten aber sind so enthusiastisch, dass es ihnen gar nicht in den Sinn kommt, Fragen zu stellen. Außer, wie alt und wie reich er ist – und natürlich, ob er gut aussieht.«

»Das weiß ich ja alles schon.«

»Ja, natürlich«, erwiderte die Priorin. »Um deine Frage zu beantworten, ja, er hat eine gute Erziehung genossen. Er stammt aus einer angesehenen Familie – einer wirklich bemerkenswerten Familie – aber natürlich ist das keine Garantie für einen guten Charakter. Immerhin kann ich noch hinzufügen, dass er nicht zu den Adligen gehört, die das Geld der Familie mit vollen Händen verschleudern, ohne es durch eigene Bemühungen wieder zu mehren. Ich finde es begrüßenswert, wenn wohlhabende Männer mit ihrer Zeit etwas Produktives anzufangen wissen.«

»Arbeitet er denn?«

»Nicht direkt. Er besitzt ein Geschäft, in dem venezianische Gemälde verkauft werden. Er unterhält eine Künstlerwerkstatt und einen kleinen Laden in der Nähe der Rialto-Brücke. Außerdem investiert er in eines der Opernhäuser – das Teatro Sant'Angelo, glaube ich.« Sie wies auf die andere Seite des Arbeitszimmers. »Das da ist eine Vedute – so nennt man diese Werke. Sein Vater hat sie der Pietà geschenkt. Willst du sie dir ansehen?«

Als sie vor das Bild traten, erläuterte es ihr die Priorin. »Es ist zwar ziemlich klein, doch Signore Morosini sagt, dass das für die meisten dieser Panoramen gilt. Es soll wohl so sein.« Sie stand nun vor dem Gemälde, und die Priorin fuhr, ohne es zu berühren, mit dem Finger am unteren Rand entlang. »Der Zauber liegt in den Details – so winzig, aber doch so deutlich erkennbar, so lebendig.«

Chiaretta beugte sich vor. »Das ist doch die Anlegestelle an der Pietà.«

»Ja. Und siehst du die Gondel?« Da, kaum ameisengroß, war ein Grüppchen von Figlie zu erkennen, denen man an Bord half. Die Priorin lächelte. »Schaust du, ob du dabei bist?«

»Sie sind zu klein, um jemand Bestimmten darzustellen«, murmelte Chiaretta und registrierte den Abschnitt der Riva degli Schiavoni zu beiden Seiten der Pietà – die Modistin, den Apotheker, den Metzger, genau wie in der Wirklichkeit – und die Lagune, auf der es von Booten wimmelte. Der Himmel über den Gebäuden war gewaltig und bedrohlich, als wolle er sich hinabstürzen und die Menschen auseinandertreiben, damit sie sich eine Zuflucht suchen.

Die Priorin trat zurück, als wolle sie ihr Gespräch fortsetzen, doch Chiaretta bemerkte es nicht. Sie versuchte, tiefer in das Gemälde einzudringen, wollte es zwingen, ihr zu offenbaren, was mit dem winzigen Mädchen im rotweißen Kleid, das die

Hand des Gondoliere ergriff, geschehen würde, während sich die Welt um sie herum weiter drehte.

Chiaretta hatte sich so auf das Bild konzentriert, dass sie, als sie aufblickte, einen Moment lang dachte, sie falle in Ohnmacht. »Ich …«, sagte sie und streckte haltsuchend die Hand nach einem Stuhlrücken aus.

Die Priorin nahm sie am Arm und führte sie zurück zu ihrem Sitzplatz. »Ich weiß, es ist ein ziemlicher Schock.«

Chiaretta nickte. »Darf ich kurz nachdenken?«

»Natürlich.«

Chiaretta schloss die Augen und lauschte dem Knacken des Feuers, dem Rascheln der Seiten im Hauptbuch, dem Klirren der Feder im Tintenfass, dem leisen Atem der Priorin. Bilder von Truhen voller wunderschöner Kleider und von Dienern, die sie umschwirrten, stiegen vor ihr auf. Sie würde eine eigene Gondel besitzen und der Pietà Besuche abstatten …

Besuche. Der Gedanke ließ sie jäh innehalten. Sie würde ihre Schwester zurücklassen müssen. Und das Singen. Mit immer noch geschlossenen Augen und einer gedämpften und distanzierten, beinahe geisterhaften Stimme fragte sie: »Stimmt es denn, dass ich, wenn ich heirate, nicht mehr singen darf?«

Röcke raschelten, als die Priorin aufstand, um sich neben sie zu setzen.

»Für die Familie, zu Hause, darfst du singen, öffentliche Auftritte aber sind ausgeschlossen. Ob man weitere Gäste zur Familie zählt, ist Auslegungssache, allerdings hat man die Durchsetzung – um es gelinde auszudrücken – zuweilen ziemlich streng gehandhabt. Hin und wieder gibt es Ärger wegen eines Ehemanns, der seine Frau auszubeuten versucht, indem er sein Haus zu einem privaten Konzertsaal umfunktioniert, was ja niemand wollen kann. Manchmal aber haben unsere Bräute auch auf Festen in ihren eigenen Häusern gesungen oder gespielt; entscheidend ist, dass damit kein Geld verdient wird.

Chiaretta hatte die Augen geöffnet und blickte mit bekümmerter Miene zu der Priorin.

»Die Entscheidung liegt bei dir, mein Kind«, meinte die Priorin. »Aber mittlerweile bist du fast zwanzig, nicht wahr? Und du weißt so gut wie ich, was passieren wird, wenn du zweiundzwanzig wirst.«

Chiaretta nickte. Zwei Beförderungen hatten die Musikerinnen in der Pietà zu überstehen. Die erste mit sechzehn, wenn die Mädchen, denen keine vielversprechende Zukunft winkte, für andere Arbeiten eingeteilt oder ins Kloster geschickt wurden. Sie und Maddalena gehörten zu denen, die die nächsthöhere Stufe erklommen hatten, was sechs weitere Jahre der Ausbildung und der Auftritte bedeutete. Maddalena war vor knapp einem Jahr zweiundzwanzig geworden und hatte schriftlich beeiden müssen, dass sie dem *coro* als Gegenleistung für das, was die Pietà in sie investierte, zehn weitere Jahre dienen würde. Auch wenn sie einen Bewerber hatte und heiraten wollte, musste sie warten, bis ihre Verpflichtung erfüllt war.

»Es ist natürlich ein Jammer, wenn du gehst«, fuhr die Priorin fort, »weil du noch viele gute Jahre vor dir hast – wahrscheinlich deine besten, da deine Stimme ja jetzt erst ihre volle Klangfülle erreicht. Und weil die Pietà dich verlieren wird; aber es gibt andere, die nachrücken können. Es gibt immer andere. Gegenwärtig sind wir an Stimmen sehr reich – Caterina, Barbara, Anastasia …«

Caterina. Fast Grund genug, um zu bleiben, schon allein aus Trotz. Manchmal musste Chiaretta sich ungeheuer zusammenreißen, nur um neben ihr singen zu können. Obwohl Vivaldi mehrere Stücke für Chiaretta geschrieben hatte, hatte er doch ebenso viele für Caterinas seidige, tiefe Stimme komponiert, und sogar nach dem Erfolg des *Salve Regina* hatte Caterinas Name zuweilen weiter oben auf den Tavolette gestanden als der Chiarettas. Und was noch schlimmer war, sowohl Caterina als auch Barbara schienen gerne Andeutungen zu machen, dass Chiaretta von Glück reden könne, so hübsch zu sein, da ihre Stimme ja recht dünn und ihr Repertoire dürftig sei und sie ohne Maddalenas besonderer Beziehung zu Vivaldi immer noch im Chor sänge.

Die sind doch nur eifersüchtig, hatte ihr Maddalena ins Skizzenbuch geschrieben. *Das glauben die doch selber nicht.* Aber es ärgerte Chiaretta, vor allem auch, dass Caterina und Barbara nie über Vivaldi redeten, ohne Maddalena zu erwähnen, und nie auf Maddalena zu sprechen kamen, ohne auch Vivaldi mit einzubeziehen und dabei zu grinsen, als ob die beiden ein Verhältnis hätten, mit allem, was dazu gehörte.

Es stimmte, früher hatte sie sich Sorgen gemacht, das Vivaldi die Naivität und Loyalität ihrer Schwester ausnützen könnte, doch seit seiner Rückkehr und Maddalenas Beförderung schien ihre Beziehung rein professioneller Natur zu sein. Die Privatstunden, die das meiste Gefeixe ausgelöst hatten, waren nicht mehr häufiger als bei jeder anderen Musikerin, die sich auf ein schwieriges Solo vorbereitete.

Die Stimme der Priorin führte Chiaretta wieder auf das Thema zurück. »Du bist eine schöne junge Frau und hast einen Bewerber, der wahrscheinlich nicht warten wird. Du müsstest ja nicht sofort heiraten. Du könntest auch noch ein Jahr oder länger warten, da die Congregazione vermutlich darauf besteht, dass du zum Nutzen der Pietà noch eine Weile bleibst.«

»Könnte die Congregazione ihre Zustimmung auch verweigern?«

»Zu deiner Verheiratung? Selbstverständlich. Und sie würden es tun, wenn der Bewerber nicht geeignet wäre.« Sie lachte. »Claudio Morosini ist der Sohn einer der *Nobili Uomini Deputati.* Ich denke, es ist nur eine Frage des Preises, den seine Familie der Congregazione entrichtet, um sie davon zu überzeugen, dass die Pietà dabei keinen allzu schweren Verlust erleidet. Doch wenn du bereit bist, dich mit ihm zu treffen, gebe ich euch Gelegenheit, hier in meinem Studierzimmer miteinander zu sprechen, und wenn du zustimmst, können die Verhandlungen beginnen …«

»Verhandlungen?«

»Über deine Mitgift und das Legat der Familie an den *coro*, um den Verlust deiner Dienste auszugleichen.«

»Aber ich habe keine Mitgift. Ich habe nur ein paar Sachen im *Cassone*.«

»Unsere Mündel sind keine Hungerleider. Wir sind stolz, wenn sie eine gute Partie machen, und statten jede mit einer Mitgift aus.«

Chiarettas Schläfen pochten. »Kann ich es mir noch eine Weile überlegen?«

»Selbstverständlich, aber die Familie wäre natürlich sehr überrascht, zu hören, dass es in Venedig ein Mädchen gibt, das bei einem Antrag von Claudio Morosini nicht vor Freude einen Luftsprung macht. Ich würde ihnen wenigstens gerne sagen, dass es dir recht ist, wenn er dir einen Besuch abstattet.«

»Also gut dann – ja.« Chiaretta nickte, zum einen, weil ihr der Gedanke gefiel, und zum anderen, weil es ein Gespräch beendete, das sie erschöpft hatte. Dass sie die Macht hatte, eine Entscheidung zu treffen, war ein schönes Gefühl, doch von der Erfüllung ihrer Wünsche war sie noch weit entfernt. *Ich will singen, wo, wann und wie lange ich will*, dachte sie. *Und ich will meine Schwester nicht verlassen.* In einer Welt jedoch, in der sich die meisten ihrer Wünsche nicht verwirklichen ließen, hatte sie mit der Zusage, ihn zu treffen, vielleicht die richtige Entscheidung getroffen.

Aber womöglich auch nicht. Sie schauderte. *Ich will gar nicht darüber nachdenken.* Doch während sie zum Schlafsaal zurückging, dachte sie an nichts anderes.

12

Chiaretta legte ihre Nadel beiseite und seufzte. Jeden Augenblick musste es zur Sext läuten, und dann war Zeit für das Mittagessen. »Warum sind sie noch nicht da?«

»Vielleicht kommen sie ja am Nachmittag«, erwiderte Maddalena und blickte von ihrer Arbeit auf. Man hatte ihnen die Erlaubnis gegeben, den Morgen in einem kleinen Raum neben dem Studierzimmer der Priorin zu verbringen. Chiaretta hatte Gesicht und Hals mit einem rauhen Stoff abgerieben und sich in die Wangen gekniffen, bis ihre Haut glühte. Man hatte ihr befohlen, ihr schwarzes Konzertkleid zu tragen, geschmückt mit einem Spitzenkragen, den Maddalena einige Jahre zuvor für sie geklöppelt hatte. Maddalena hatte ihr die Haare gebürstet, bis sie schimmerten, und sie im Nacken zu einem Knoten geschlungen.

»Geht es dir auch wirklich gut?«, fragte Chiaretta ihre Schwester.

Maddalena lachte. »Das sollte ich dich fragen!«

»Nein. Du weißt, was ich meine.«

Nur wenige Jahre zuvor hatte Chiaretta die Priorin gebeten, Maddalena nicht fortzuschicken, und nun sah es aus, als würde sich statt ihrer Chiaretta verabschieden. Kaum hatte sie ihre Zustimmung zu dem Treffen mit Claudio gegeben, wurde ihr beklommen zumute, und fast wäre sie zur Priorin zurückgekehrt, um das Ganze abzusagen.

Danach hatte sich Chiaretta auf ihr Bett gesetzt und eine Zeichnung von sich angefertigt, auf der ihr Tränen über die Wangen liefen. *Ich habe einen derartigen Aufstand gemacht, damit du hier bleiben kannst, weil ich dich gebraucht habe, und jetzt – was bin nur für eine Schwester, wenn ich dich jetzt ver-*

lasse?, schrieb sie, ehe sie sich vor die Kammer der Maestre begab, wo Maddalena inzwischen lebte, um schweigend zu warten. Als Maddalena heraustrat, reichte sie ihr das Skizzenbuch.

Maddalena deutete in die Richtung von Chiarettas Schlafsaal, und sie gingen hinein und setzten sich auf Chiarettas Bett. *Das ist etwas anderes,* schrieb sie zurück, *Ich bin zufrieden hier. Und du bist es nicht.*

Aber du wirst alleine sein!

Allein in der Pietà? Das würde ich mir manchmal vielleicht wünschen! Aber ich habe immer gewusst, das du gehen würdest. Maddalena zeichnete einen Schmetterling und schrieb *Chiaretta* daneben. *Du kannst nicht dein ganzes Leben auf einer einzigen Blume verbringen,* schrieb sie darunter. *Wenn du hier bliebest, würdest du dein wahres Leben vergeuden.*

Mein Leben vergeuden? Sie wandten die Köpfe, um zu sehen, ob die Hausmutter sie gehört hatte, doch sie konnten sie nirgends entdecken. »Maddalena, du hörst doch den Applaus!«, flüsterte sie. »Siehst all die Feiern, die ich besuche. Der Doge begrüßt mich persönlich! Ich habe durchaus Erfolg.«

»Ich habe geschrieben ›dein wahres Leben‹. Es gibt, von der Musik einmal abgesehen, so viele andere Dinge, die du liebst. Wäre es nicht herrlich, sich frei in der Stadt bewegen zu können? Hausherrin zu sein, ein eigenes großes Bett haben und Privatgemächer? Schöne Kinder, die du heranwachsen siehst?«

Es war – und Chiaretta wusste es – genau das, was sie sich wünschte.

Und so waren sich die beiden einig geworden. Chiaretta würde versuchen, Claudio unvoreingenommen zu begegnen, und wenn er ihr gefiel, würde sie ihn heiraten.

Und jetzt blieb ihr nichts anderes, als zu warten.

Die Glocke ertönte. Die beiden Schwestern bekreuzigten sich und begannen zu beten. Ehe der letzte Glockenton verklungen war, kam ein Mädchen aus dem Büro der Priorin, um Chiaretta abzuholen.

»Die Priora erlaubt Ihnen, die Sext ausfallen zu lassen«, sagte sie. »Es ist Besuch für Sie gekommen.«

Chiaretta wandte sich an Maddalena, die sie an sich zog, um sie zu umarmen. Im nächsten Moment trat Maddalena wieder zurück und hielt ihre Schwester auf Armeslänge von sich entfernt.

»Geh!«, sagte Maddalena. Chiaretta errötete vor Aufregung, doch ihr Blick irrte nur ängstlich hin und her, und sie machte keine Anstalten aufzubrechen.

»Geh!«, wiederholte Maddalena. Sie legte die Finger auf die Lippen und dann an Chiarettas Wange. »Bring ihn dazu, dich so sehr zu lieben, wie ich es tue.«

Obwohl sie ihm bei mehreren Anlässen begegnet war, konnte Chiaretta sich nur noch erinnern, dass Claudio braune Haare hatte und mittelgroß war. Im Studierzimmer der Priorin erblickte sie nun einen kräftigen Mann mit breitem Gesicht, der an die dreißig Jahre zählte und dessen glattrasierte Wangen rötlich schimmerten. Seine Augenbrauen waren dicht, aber schön geschwungen, die Zähne gerade und gesund. Die Augen besaßen den dunklen Braunton von Walnussholz und die Haut darunter war ganz leicht geschwollen, was sie noch wärmer erscheinen ließ. Es waren freundliche Augen, entschied sie, und die feinen Fältchen, die sie umrahmten, wiesen nach oben und verrieten, dass sie häufig Gelegenheit zum Lächeln fanden.

Er hat eine sympathische Stimme, dachte sie, nachdem er etwas gesagt hatte. Die könnte man durchaus jeden Tag hören. Aber auch wenn er weniger attraktiv gewesen wäre, sie begegnete bei diesem Treffen nicht nur dem Mann, sondern auch der Welt, die er repräsentierte – einem möglichen Leben außerhalb der Pietà. Am schönsten fand sie am Singen, dass sie von der Empore aus den Menschen da unten etwas zurufen konnte, und Claudio hatte ihren Ruf gehört.

Im Studierzimmer der Priorin spürte sie das Gemälde mit den Figlie an der Anlegestelle im Rücken. Diesmal war sie nicht das zögernde Mädchen auf dem Bild, das in die Gondel stieg. Nein, sie war das Mädchen, das der Künstler vergessen hatte, das Mädchen, das dem Blick der Aufpasserin entwischt war und bereits den Kai entlangsteuerte, um zu sehen, was ihm das Leben sonst noch zu bieten hatte. Und deswegen sagte Chiaretta, als die Priorin am nächsten Tag nach ihr schicken und sie fragen ließ, ob sie eine Antwort für Claudio Morosini habe, nach nur kurzem Zögern: Ja, sie wolle ihn heiraten. *Mein Leben soll beginnen,* dachte sie. *Ich fange an, mein eigenes Bild zu malen.*

Wochenlang hatte Chiaretta keinen weiteren Kontakt mehr zu Claudio. Die Priorin verriet ihr lediglich, dass Gespräche im Gange seien, Gespräche, bei denen man sie nicht benötige, und dass man, ehe sie nicht abgeschlossen seien, keine Verlobung bekannt geben könne. Mit jedem Tag, der verging, wurde Chiaretta besorgter, und die Aufforderung, ins Büro der Priorin zu kommen, erfüllte sie mit solcher Beklemmung, dass sie in Tränen aufgelöst dort eintraf.

Mitten auf dem Fußboden des Studierzimmers stand ein großer hölzerner *Cassone.* Oben und an den Seiten war in vergoldetem Relief das Wappen der Morosinis zu erkennen.

»Das ist ein Geschenk für dich«, sagte die Priorin. »Zur Verlobung.«

Chiaretta schlug die Hände vor den Mund. »Heißt das ...«

»Jawohl.«

Chiaretta sank auf einen Stuhl. »*Virgo Dei genitrix*«, begann sie und bekreuzigte sich. Die Priorin tat es ihr gleich, beugte den Kopf und betete mit ihr. Als sie geendet hatten, öffnete Chiaretta die Augen und starrte die Priorin an. »Ich heirate«, sagte sie und versuchte, sich an den Gedanken zu gewöhnen.

Die Priorin lächelte. »Claudio war sehr besorgt, du könntest glauben, er meine es nicht ernst, weil es so lange gedauert hat, aber er hat mir erlaubt, es dir jetzt zu erklären. Die Bedingungen für deinen Abschied von der Pietà waren noch das geringste Problem, obwohl sich die Congregazione großzügig abfinden lässt, das kann ich dir versichern. Aber Claudio gehört dem Adel an, und eine Heirat eines Aristokraten darf nicht stattfinden, ehe die Verlobung bei den *Avvogadori di Commun* registriert ist. Wenn Braut und Bräutigam nicht beide dem Adelsstand angehören, erfolgt eine solche Registrierung nur selten.«

»Sie meinen, es hätte auch schiefgehen können? Warum haben Sie mir das denn nicht gesagt?« Chiaretta spürte, wie ihr die Hitze in die Wangen stieg. »Es war ...« – *Folter,* dachte sie bei sich, bezähmte jedoch ihren Ärger.

»Weil für Claudio das Ergebnis nie infrage stand. Die Mitglieder der *Avvogadori* wechseln Jahr für Jahr, und in diesem Jahr hat seine Familie viele Unterstützer. Das Umgehen der Regeln hat einfach seine Zeit gedauert.« Die Priorin setzte sich Chiaretta gegenüber und beugte sich vor, um ihren Worten Nachdruck zu verleihen. »Trotzdem ist es eine große Leistung. Eine registrierte Ehe bedeutet für dich, dass deine Kinder als ehelich anerkannt werden. Deine Söhne werden einmal dem Senat angehören, und deine Töchter können gute Partien machen. Ohne Registrierung«, – sie zuckte mit den Achseln – »wäre die Sache ganz einfach. Wir würden dich nicht gehen lassen, und er hätte gar nicht gefragt.«

Die Priorin blickte Chiaretta in die Augen. »Claudio ist ein guter Mann. Er wird einen wunderbaren Ehegatten abgeben. Trotzdem wirst du Schwierigkeiten meistern müssen – es gibt Menschen, die meinen, er hätte lieber eine ihrer Töchter heiraten sollen. Und ich habe auch gehört, dass Claudios Mutter nicht völlig überzeugt ist. Daher musst du stark sein; aber ich weiß, dass du das bist. Das habe ich immer gesehen.«

Die Priorin stand auf und trat zu dem *Cassone.* »Denk nur immer daran, dass mit der Registrierung alles erledigt ist. Wenn die *Avvogadori di Commun* dich für Claudio Morosini für gut genug befinden, dann bist du es auch.« Sie beugte sich vor und steckte einen Schlüssel in das Schloss. »Möchtest du einen Blick hineinwerfen?«

Im *Cassone* entdeckte Chiaretta lediglich einen schwarzen Umhang mit Schleier, auf den man ein Gebetbuch in elegant gepunztem Ledereinband gelegt hatte. »Das ist für eine Braut?«, fragte sie. »Sieht eher aus, als sollte ich Nonne werden.«

»Dein weißes Kleid kriegst du später, zur Hochzeit.« Die Priorin schob Umhang und Schleier beiseite, und auf dem Boden des *Cassone* kam ein schwarzes Kleid zum Vorschein. »Nimm es heraus«, sagte sie. »Werfen wir mal einen Blick darauf.« Das Gewand bestand aus einem schweren Samtrock sowie Mieder und Ärmeln aus Damast, der mit schwarzen und einigen goldenen Fäden bestickt war. Der Schlitz in der Mitte des Mieders war mit einer weißen Seidenbiese und Spitze verziert, die bis zu den Schlüsselbeinen hinauf reichte. »Es ist wunderschön«, flüsterte Chiaretta und hielt es in die Höhe. »Und es gehört mir?«

»Selbstverständlich.« Die Priorin lachte. »So schickt es sich für einen stolzen Bräutigam, der dich seiner Familie vorstellen will. Morgen früh kommt er, um dich zu eurer Verlobungsfeier abzuholen. Und damit« – sie hielt den Umhang in die Höhe – »wirst du dich verhüllen müssen, und im ersten Ehejahr wirst du auch das hier tragen müssen.« Die Priorin griff nach dem Schleier und drapierte ihn über Chiarettas Scheitel.

Als die Priorin den Schleier wieder wegzog, sah sie, dass Chiaretta rot geworden war. »Es ist alles so merkwürdig«, sagte sie, verbarg das Gesicht in den Händen und spürte, wie ihr Atem ihr die Finger wärmte.

»Nun komm«, sagte die Priorin. »Probieren wir das Kleid einmal an. Das sollte doch jede hübsche junge Braut glücklich machen.«

Als Claudio am nächsten Nachmittag das Studierzimmer der Priorin betrat und Chiaretta wartend vor dem Feuer stehen sah, konnte er sein Entzücken nicht verbergen. Antonia, die vor Kurzem verheiratet worden war, war am Morgen mit Lotionen und Ölen gekommen und hatte jeden sichtbaren Zentimeter von Chiarettas Haut damit eingerieben, sodass sie nun strahlte und roch wie eine Mischung aus Wald und Blumengebinde. Danach hatte sie Chiaretta die Haare gebürstet, sie an den Seiten mit von zu Hause mitgebrachten Schmuckstücken hochgesteckt, ehe sie noch einen Hauch Farbe auf Chiarettas Lippen und Wangen getupft und ihr beim Ankleiden geholfen hatte.

Diesmal war die Gondel tatsächlich nur ihretwegen gekommen. Eine kleine Öllampe warf ihr Licht über die bunten Kissen und gemusterten Überwürfe, die Claudio in die Felce hatte legen lassen, um sie warm zu halten. In der Kabine sitzend hielten sie nervös Abstand voneinander, während sich Antonia, vor Begeisterung zappelnd, über das Glück ausließ, das ihre beste Freundin nun zu ihrer Schwester mache.

Als sie die Anlegestelle des Palazzo Morosini erreichten, hatte man Fackeln entzündet, obwohl sich die Schatten des Nachmittags eben erst zu vertiefen begannen. Im *Piano nobile* spiegelte sich der Schein der Kandelaber auf den Beistelltischen in den dahinterhängenden Spiegeln. Diener bewegten sich mit kleinen Weingläsern zwischen den Gästen hindurch, während ein Musikertrio – wie es früher Chiaretta getan hatte – im Hintergrund spielte.

»Da sind sie ja endlich!«, dröhnte Bernardo Morosini. »Wo ist meine Frau?«

Eine korpulente Frau mit fleischigem, aus den Rändern ihres Mieders quellendem Hals kam quer durch den Raum auf sie zugesegelt. Ihr blond gebleichtes Haar bildete eine Art Krause um ihren Kopf. Die Goldfäden im grünen Brokat an Ärmeln und Vorderschlitz ihres Kleides wurden, während sie auf sie zukam, von den Fackeln in einem seltsamen Winkel beleuchtet, sodass ein giftiges Grün entstand, das erst verschwand, als sie vor ihnen stand.

»Giustina«, sagte Bernardo, »ich darf dir unsere neue Tochter vorstellen.«

»Ich habe dich singen hören«, sagte Giustina Morosini mit ausdrucksloser Stimme.

»Danke.« Erst nachdem sie es gesagt hatte, wurde Chiaretta klar, dass Giustinas Bemerkung eigentlich kein eindeutiges Kompliment war.

»Sag mir, Lieber, steht das Datum der Hochzeit denn schon fest? Ich fühle mich so schlecht informiert«, sagte Giustina und warf Bernardo einen kühlen Blick zu.

Claudio nahm ihre Frage auf. »Die Congregazione besteht darauf, dass wir ein Jahr warten. Das muss ich dir doch gesagt haben.« Ob Giustina es mitbekam oder nicht, Chiaretta spürte seine Verärgerung, was ihre Laune beträchtlich hob.

»O, da haben wir ja noch reichlich Zeit. Und du wirst sicher feststellen, dass du noch eine Menge zu lernen hast.« Hinter Giustinas Lächeln schien sich mehr Übung als Aufrichtigkeit zu verbergen, und es war – zwecks Begrüßung eines neuen Gasts – von einem raschen Abgang gefolgt. Dennoch fand Chiaretta, dass die erste Begegnung im Großen und Ganzen gar nicht so schlecht verlaufen war. Bernardo ergriff ihren Arm, bemerkte zu Claudio, er entführe ihm seine Braut, und brachte sie ans andere Ende des Saals, um sie einigen seiner Gäste vorzustellen.

Nach einigen Minuten kam Claudio, um seinem Vater zu sagen, man könne das Essen servieren. »Aber mach dir keine Sorgen«, sagte er zu Chiaretta, »ich habe mich vergewissert, dass keine Austern serviert werden.«

Claudio trat zu den Musikern, um die Aufmerksamkeit seiner Gäste zu erlangen. »Ehe wir Platz nehmen, möchte ich euch allen etwas sagen«, meinte er und forderte Chiaretta mit einer Geste auf, sich zu ihm zu gesellen.

Als die Gäste schwiegen, lächelte Claudio. »Ich habe sehr großes Glück«, sagte er. »Ich heirate einen Engel.« Er küsste Chiaretta auf die Wange. »Und obgleich es viele Gebräuche gibt, denen wir uns entziehen, so gibt es doch einen, der zu bedeutend ist, um ihn zu ignorieren.«

Während er sprach, trat Antonia neben ihn und hielt ein langes flaches Futteral in ihren ausgestreckten Armen, das er öffnete.

Eine Perlenkette kam zum Vorschein. »Für meine Braut«, sagte er.

Chiaretta flog, als Antonia auf sie zutrat, vor lauter Überraschung die Hand zum Mund. »Sind sie nicht wundervoll? Leg sie an!«, sagte Antonia. »Von jetzt an trägst du sie bis zu deinem ersten Jahrestag, so wie ich meine.« Sie griff an ihren Hals und berührte die Kette.

Claudio trat so vor sie hin, damit die Gäste sie sehen konnten. »Darf ich?«

Chiaretta nickte, und Claudio ließ den Verschluss zuschnappen. Als die Gäste applaudierten, griff sie hinauf, um die Perlen zu streicheln, die hintereinander aufgereiht, schwer, vollkommen und kalt ihren Hals umspannten.

Als Chiaretta in dieser Nacht in die Pietà zurückkehrte, wurde sie an der Türe von einer *figlia di commun* abgefangen, die sie bat, nicht in den Schlafsaal zu gehen, sondern sich stattdessen bei der Priorin zu melden.

Die Priorin trug einen wollenen Morgenmantel, ihr Haar hatte sie für die Nacht locker zurückgebunden. »Ich habe deine Sachen aus dem Schlafsaal holen lassen«, sagte sie. »Wenn andere Mädchen dich in diesen Kleidern kommen und gehen sehen, führt das nur zu Phantastereien und zu Neid. Solange du hier bist, musst du die Schulkleidung tragen und dich an den regulären Stundenplan halten.«

Die Priorin deutete auf die Perlen. »Sie sind schön. Wenn du sie selbst behalten willst, kannst du das tun, oder du überlässt sie mir, damit ich sie für dich aufbewahre.« Von dem ungewohnten Gewicht hatte sie im Laufe des Abends einen steifen Hals bekommen. »Ich würde sie gerne bei Ihnen lassen«, sagte sie. Ihre Augen brannten vor Müdigkeit, und sie versuchte, ein Gähnen zu unterdrücken.

»Darf ich zu Bett gehen?«, fragte sie und sah sich um, als ob ihr neues Bett womöglich in einer Ecke der Studierzimmers der Priorin stehen könnte.

»Es tut mir leid«, sagte die Priorin. »Es ist spät. Ich bringe dich jetzt hin.«

Sie gingen zur Tür hinaus und wandten sich in die Richtung, die dem Schlafsaal, der Chiarettas Heimat gewesen war, genau entgegengesetzt war; sie brachte sie in einen anderen Flügel.

»Auf diesem Gang gibt es mehrere leere Räume«, sagte die Priorin. »Das hier war einmal das Zimmer Lucianas. Hier bleibst du bis zu deiner Hochzeit.«

Die Kammer war groß, wenn auch nur halb so geräumig wie die der Priorin, mit einem ordentlich gemachten Bett an der einen Wand und einem Sitzbereich an der anderen; in der Mitte standen ein Stuhl und ein Tisch. In einer weiteren Ecke befanden sich mehrere Schränke und ein kleiner Schreibtisch. Ein Prie-dieu stand daneben vor einer Nische, in der sich eine kleine Statue der Heiligen Jungfrau befand, die über ihrem Herzen die Hände faltete und himmelwärts blickte.

»Ich zünde dir die Lampe an und helfe dir beim Auskleiden«, verfügte die Priorin. »Und morgen sage ich den *figlie di commun,* die die Giubilate bedienen, sie sollen sich erkundigen, ob du etwas brauchst.«

Die Priorin verließ sie, und Chiaretta kroch ins Bett und schlief ein. Als sie später erwachte, war das Öl der Lampe erloschen und der Raum finster. Sie hatte Angst vor der Dunkelheit, schrie auf und stieg aus dem Bett, um sich zur Türe zu tasten. Auf dem Gang schien der Mond durch die Fenster und ließ die Möbelstücke wie Tiere erscheinen. Sie schloss die Tür wieder und ging wieder zu Bett, zog sich die Decke über den Kopf und lag wach bis zum Morgen.

* * *

Chiaretta bat, man möge ihr doch erlauben, in den Schlafsaal zurückzukehren, doch die Priorin blieb hart. »Es geht nicht nur um die Kleidung oder deinen veränderten Stundenplan«, sagte sie. »Auch wenn die Figlie in dieser Hinsicht nicht völlig naiv sind, ist es doch ungesund, wenn sie sich ständig damit auseinandersetzen« – sie suchte nach den richtigen Worten –, »was Heiraten bedeutet.« Sie seufzte. »Ich bedaure, das sagen zu müssen, aber obwohl du noch immer Jungfrau bist, gibt es dennoch einen gewissen« – sie hob die Hände und stieß frustriert über die Beschränkungen der Sprache den Atem aus – »Makel. Das ist wohl der beste Ausdruck dafür. Und folglich kommt, so gut ich dich auch verstehe, deine Rückkehr in den Schlafsaal nicht infrage.«

»Dann lassen Sie doch bitte Maddalena bei mir wohnen! Ich habe noch nie allein geschlafen. Vielleicht könnte sie ihre Sachen ja dort lassen, wo sie sind, und nur Abends kommen. Es ist Platz genug für ein weiteres Bett.«

Ehe der Tag zu Ende war, stellte Chiaretta fest, dass man ihre Bitten erhört hatte.

»Wahrscheinlich würde ich dich sonst überhaupt nicht mehr sehen«, sagte Maddalena an diesem Abend, als sie in das Bett stieg, das man ihr ins Zimmer gestellt hatte.

Wie sich herausstellte, sah Maddalena Chiaretta fast genauso oft wie zuvor. In den ersten paar Monaten der Verlobung war Chiarettas Tagesplan weniger stark beeinträchtigt, als sie erwartet hatten.

Die Karnevalssaison begann in der ersten Oktoberwoche, wurde in den beiden Wochen vor Weihnachten kurz unterbrochen und steigerte sich dann bis zu seinem Höhepunkt vor dem Aschermittwoch und dem Beginn der Fastenzeit. Karneval war eine Zeit erlaubter Ausschweifung, sanktionierten Exzesses, wie sie sich für die Zöglinge der Pietà – auch die Versprochenen unter ihnen – ganz und gar nicht schickten. Chiarettas Einladungen wurden genauestens geprüft, und der leiseste Hinweis auf etwas Anstößiges bedeutete, dass sie überhaupt nicht hingehen durfte.

Die meisten der genehmigten Einladungen waren nachmittägliche Zusammenkünfte der Morosini-Frauen und ihrer Freundinnen. Claudio erschien dabei nur selten, und Chiaretta sah ihn oft tagelang nicht. Antonia zeigte sich wegen der Abwesenheit ihres Bruder keineswegs besorgt oder überrascht. »Er heiratet zwar«, sagte sie, »aber deswegen will er trotzdem von jedem, der zum Karneval einen Fuß nach Venedig setzt, Aufträge ergattern – vor allem, wo er doch immer so redet, als seien das Teatro Sant'Angelo und die Pietà nur zehn Dukaten vom Bankrott entfernt. Du machst dir gar keine Vorstellung, wie viel Arbeit die Republik Venedig mit sich bringt. Jeder erwachsene Bürger verbringt die Hälfte seiner wachen Stunden in der einen oder anderen Versammlung.« Sie verdrehte die Augen. »Außerdem sind diese Einladungen derart von alten Klatschtanten überlaufen, dass ein Mann, der auch nur ein Fünkchen Verstand besitzt, Geschäfte vorschützen würde, auch wenn er nur einen Termin bei seinem Schneider hat.«

Weder Claudio noch Antonia konnten verstehen, wie quälend diese Besuche für Chiaretta waren. Für die Unterhaltungen hatte sie keinen Sinn. Sie kannte niemanden von denen, über die da getratscht wurde, und oft begriff sie auch nicht, was die Leute getan hatten, dass es so ausführlicher Erörterung bedurfte. Der eine war zu Fremden auf ein Fest gegangen. Der andere wurde viel zu häufig in Gesellschaft seiner Gattin in der Öffentlichkeit gesehen. Ein anderer war so betrunken, dass er die Treppe des Ridotto hinunterstürzte. Noch mehr aber hasste Chiaretta die aufgesetzte Rücksichtnahme: »Ach, die liebe Chiaretta kann ja unmöglich wissen, wovon wir sprechen«, bemerkten die Damen hin und wieder. Was sie damit sagen wollten, war klar. Sie gehörte nicht dazu.

Eines Nachmittags im Hause Antonias entschuldigten sich Giustina und mehrere andere, um auf ein anderes Stockwerk zu gehen und sich Stoffmuster aus dem Exportgeschäft von

Antonias Ehemann Piero anzusehen. Antonia und Chiaretta gingen nach oben in deren Wohnung, um sich unter vier Augen zu unterhalten.

»Er ist ein Morosini, und du hast nicht mal einen Nachnamen«, sagte Antonia, während sie eine neuerliche Brüskierung erörterten. »Was hast du denn erwartet? Nicht nur du musst dich an sie gewöhnen. Das gilt auch andersherum.«

Antonia hatte nicht ganz unrecht. Als es Zeit wurde und Chiaretta zur Pietà zurückmusste, sagte sie ihrer Freundin, sie wolle die anderen Frauen suchen, um sich von ihnen zu verabschieden. Auf einer tieferen Etage hörten sie die Stimmen Giustinas und ihrer Freundinnen, die durch eine offene Tür in den Portego hinausdrangen.

»Was für eine Enttäuschung«, meinte eine von ihnen.

»Und natürlich hatten so viele von uns gehofft ...«

Antonia hielt Chiaretta zurück.

»Ich weiß.« Es war Giustinas Stimme. »So viele heiratsfähige Töchter aus guten Familien standen zur Wahl. Und natürlich war Bernardo, der nur um sie herumschwarwenzelte, keine Hilfe.«

»Gehen wir«, flüsterte Antonia.

Chiaretta schüttelte den Kopf und widersetzte sich dem Ziehen an ihrem Arm.

»Claudio ist eigensinnig. Ich nehme an, deswegen ist er ein so guter Geschäftsmann«, sagte eine andere Frau. »Und außerdem finde ich sie charmant. Sie wird dich womöglich noch überraschen.«

»Meine Tante«, wisperte Antonia. Erleichtert, dass wenigstens eine sie unterstützte, trat Chiaretta näher an die Tür. »Sie ist ziemlich bescheiden – und gewiss nicht verwöhnt. Sie erziehen sie gut dort.«

»Um vielleicht einen Fleischer zu heiraten«, erwiderte Giustina, und mehrere lachten.

Chiaretta trat zurück, als wolle sie einem Knüppel ausweichen. Antonia brachte sie in Windeseile in ihre Gemächer hinauf, damit sie sich wieder fangen konnte.

»Warum ist deine Mutter nur so gemein?«, schluchzte Chiaretta. »Ich kann doch nichts für meine Herkunft.«

»Meine Mutter ist eine Wölfin«, erwiderte Antonia. »Ich konnte es kaum erwarten, zu heiraten und aus dem Haus zu kommen. Über alles ärgert sie sich.«

»Warum hast du mir das nicht gesagt?«

Antonia war bestürzt. »Was hätte ich dir denn sagen sollen? Und was hätte es geändert? Hättest du Claudio abgewiesen? – ›Nein, ich kann dich nicht heiraten, weil deine Mutter eine Hexe ist, die mit dem Teufel im Bunde steht.‹«

»Ich muss in einem Haus mit ihr leben.«

»Es ist ein großes Haus. Und mach dir keine Gedanken. Überlass das mir und Claudio. Wir haben viel Übung. Jahrelange Praxis.« Antonia lachte, doch dann runzelte sie die Stirn und verstummte.

»Chiaretta«, sagte sie schließlich, »weißt du irgendetwas über deine Eltern?«

»Nein. Warum?«

»Nun, es ist nur eine Beobachtung, aber alle wissen, dass viele Findelkinder von unseren erlauchten venezianischen Edelmännern gezeugt wurden.« Sie zuckte die Achseln. »Es tut mir leid, das zu sagen, aber sogar mir sind einige Mädchen in der Pietà aufgefallen, die einigen Leuten aus meiner Familie sehr ähnlich sahen.« Sie wackelte mit ihrer hohen breiten Stirn. »Die Morosini-Stirn, du weißt schon.«

Chiaretta betrachtete sie verdutzt. »Ich will damit sagen«, fuhr Antonia fort, »dass durchaus die Möglichkeit besteht, dass ihr – viele von euch – einen adligen Vater habt. Vielleicht konnte Claudio deswegen die *Avvogadori* davon überzeugen, die Heirat zu genehmigen. Vielleicht gab es da ja einen geheimen Nachrichtenfluss. Vielleicht auch nicht, aber es ist eine Möglichkeit.«

In der Pietà wussten die Figlie nicht genug über ihre Eltern, als dass es zum Anlass von Grübeleien geworden wäre, und Chiaretta hatte nie daran gedacht, dass ihr Vater oder ihre Mutter oder beide womöglich unter den Menschen waren, an denen sie auf dem Kanal vorüberfuhr oder für die sie gar sang.

»Sieh mal«, sagte Antonia. »Sei nicht betrübt wegen meiner Mutter. Sag dir einfach das nächste Mal, wenn du ihr begegnest, dass du deinen Vater und Großvater und weiß Gott wie viele Generationen vorher vielleicht nicht benennen kannst, es aber durchaus wahrscheinlich ist, dass sie genauso vornehm sind wie ihre.«

Chiaretta bedachte, was Antonia ihr gesagt hatte, während die Morosini-Gondel sie zurück zur Pietà brachte. Als sie ins Studierzimmer der Priorin trat, um ihre Perlen abzugeben, bat sie diese um ein Gespräch.

»Ich würde gerne wissen, welche Unterlagen es über mich gibt«, sagte sie. »Darüber, wie ich hierher gekommen bin.«

Die Priorin schenkte Chiaretta ein flüchtiges Lächeln, als habe sie mit dieser Frage gerechnet. »Normalerweise lehnen wir solche Fragen ab«, sagte sie. »Dieses Wissen hat keinen Einfluss auf das Leben einer Figlia hier bei uns und könnte mehr Schaden anrichten als Gutes bewirken. Doch ich vermute, ich weiß, warum du fragst. Ich kann dir nicht versprechen, dass ich dir alles sagen werde, aber vielleicht kann ich etwas in Erfahrung bringen.«

Einige Tage später hatte Chiaretta ihre Antwort. »Deine Mutter scheint eine Kurtisane gewesen zu sein«, sagte die Priorin, »und aus dem Zustand zu schließen, in dem sie dich verlassen hat, lebte sie vermutlich recht gut. Aus alledem können wir schließen, dass ihr Gönner – vermutlich dein Vater – entweder ein Adliger oder ein reicher Kaufmann war, doch ich würde auf das erstere tippen. Sie war krank und wusste, dass sie dich und deine Schwester nicht großziehen konnte. Ich habe den Brief gelesen, den sie hinterließ, und kann dir mit Sicherheit sagen, dass sie dich geliebt hat.«

Chiarettas Augen füllten sich mit Tränen. »Sie hat einen Brief hinterlassen?«

»Ja, einen wunderschönen Brief, voller Sorge um dich und deine Schwester. Durch das Geld, das sie beilegte, war es uns möglich, euch gemeinsam in Pflege zu geben. Sonst wärt ihr wohl beide hier und wüsstet nicht einmal, dass ihr Geschwister seid.«

Chiaretta war sprachlos.

Die Priorin griff nach einer bestickten Tasche auf ihrem Schreibtisch. »Ich habe beschlossen, dir den Brief diesmal noch nicht zu zeigen. Vielleicht werde ich es eines Tages tun. Aber ich habe etwas anderes, dass du möglicherweise sehen willst.« Sie holte zwei cremefarbene Gegenstände heraus und legte sie in Chiarettas Hand.

Chiaretta fuhr mit den Fingern über die geschnitzte Blume, die sich auf jedem der beiden befand. »Ich verstehe nicht.«

»Sie gehören zu den Dingen, die deine Mutter hinterlassen hat. Sie hat einen Kamm in drei Teile gebrochen, um, sollte sie je zurückkehren, beweisen zu können, dass sie wirklich eure Mutter ist. Ein Stück für jede von euch.«

Chiaretta fuhr über die rauen Kanten des Elfenbeins und versuchte, es zu begreifen. Meine Mutter hat das mit ihren eigenen Händen zerbrochen. Ihre Mutter war immer ganz abstrakt für sie gewesen, und auf einmal war sie im Studierzimmer präsent. Chiaretta blickte auf, als ob sie ihren Geist festhalten wolle, ehe er verschwand, und stellte überrascht fest, dass der Raum sich nicht verändert hatte und nur die Priorin vor ihr stand.

»Es ist uns lieber, wenn die Figlie nichts über die Existenz solcher Gegenstände wissen«, sagte die Priorin. »Unter den gegebenen Umständen könnte ich dir wohl erlauben, dein Stück zu behalten, aber ich wüsste nicht, wie ich es bei Maddalena zulassen könnte.«

Chiaretta hatte – seit die Priorin redete – nicht aufgehört zu weinen, hatte die beiden Elfenbeinstücke – seit sie in der Hand hielt – unaufhörlich gestreichelt. *Ich will mein Stück. Ich will wissen, dass es an einem sicheren Ort untergebracht ist. Ich will wissen, dass meine Mutter bei mir ist.*

Immer noch sprach die Priorin. »Ich dachte daran, es dir vorzuenthalten – wegen Maddalena, aber auch daran, dass ich dich vielleicht davon überzeugen könnte, es ihr nicht zu zeigen oder ihr nichts davon zu sagen.«

Das geht nicht, dachte Chiaretta. Sie legte die Elfenbeinblumen in den Beutel zurück und reichte ihn der Priorin. »Danke«, sagte sie. »Aber ich kann das nicht vor Maddalena geheim halten, sodass Sie beide Stücke behalten sollten, wenn Sie einverstanden sind.« Chiaretta blickte sie unverwandt an, und quälende Minuten verstrichen.

»Gut«, meinte die Priorin schließlich, während ein Lächeln sich von ihren Augenwinkeln über das ganze Gesicht auszubreiten begann. »Du hast dich seit deiner Kindheit immer wacker geschlagen. Mir tut jeder da draußen, der dich überreden will, etwas gegen deinen Willen zu tun, nur leid.«

Sie gab Chiaretta den Beutel. »Ich bin mir sicher, dass sie bei dir gut aufgehoben sind.«

»Und ich kann sie meiner Schwester zeigen?«

»Ja, aber nur, wenn sie bereit ist, es niemandem sonst zu erzählen. Und ich glaube, es ist das Beste, wenn du ihr Stück für sie aufbewahrst. Kannst du mir das versprechen?«

Chiaretta nickte und verwahrte den Beutel in ihrer Schürzentasche. »Es ist mir wichtiger als meine Perlen«, sagte sie und tätschelte die Ausbuchtung.

Sie wandte sich zum Gehen, doch die Priorin hielt sie zurück. »Eins will ich dir noch sagen. Falls du dich je fragst, liebes Kind, ob du dich deiner Herkunft schämen solltest – nein, mit Sicherheit nicht. Die Pietà existiert, weil Venedig ein Problem hat, an dem du keine Schuld trägst. Diejenigen, die dich verletzt haben – ich vermute, deshalb hast du das Thema angesprochen –, sind auch die, deren Söhne und Brüder uns jedes Jahr neue Mündel einbringen, weil sie keine Frau finden, die sie heiraten dürfen oder die zu heiraten sie sich leisten können.« Sie hielt inne und schloss die Augen. »Manchmal denke ich, die Mutter Gottes muss um uns weinen, wenn sie sieht, wie unsere Stadt durch den Stolz einiger weniger, die nur an ihre hohen Ämter denken, die Bande zwischen Eltern und Kindern zerstört.«

Als Weihnachten den Karneval unterbrach, begann Chiaretta Claudio häufiger zu sehen. Am Weihnachtsabend besuchten sie eine Messe unter den goldenen Kuppeln der Basilica di San Marco und spazierten danach über den Markusplatz.

»Ich habe nie jemanden gesehen, der so eifrig betet wie du«, sagte Claudio, als sie die Kirche verließen und stehen blieben, um die Reihen der Kerzen in den Fenstern um den Platz zu bewundern.

»Was hast du denn erwartet? Bei all dem Schweigen in der Pietà kann man sich mit Gott und der heiligen Jungfrau noch am ehesten unterhalten.« Chiaretta lachte, wurde aber gleich wieder ernst. »Möchtest du wissen, worum ich gebetet habe?«

»Ich würde mich geehrt fühlen.«

»Darum, dass deine Mutter mich akzeptiert.«

»Wie kommst du darauf, dass sie es nicht tut?«

Sie hat gesagt, ich soll einen Fleischer heiraten. »Ich dachte, das ist offensichtlich. Antonia wartet nur darauf, dass ich ihr gestatte, das Problem dir gegenüber anzusprechen.«

»O je«, sagte Claudio. »Wenn sie mir ins Gewissen redet, dann habe ich mit Sicherheit nichts mehr zu lachen.« Er lächelte, bis er Chiarettas niedergeschlagene Miene bemerkte. »Das sollte ein Scherz sein, Liebes. Ein unglücklicher Versuch, ich muss es zugeben.«

Sie begannen wieder über die Piazza zu schlendern, und Claudio fuhr fort. »Antonia ist eine der direktesten Menschen, die ich kenne. Ziemlich unverblümt zuweilen, aber Ehrlichkeit ist mir lieber als Raffinesse.« Wieder hielt er inne und zog Chiaretta näher an sich. »Du zitterst ja. Ist dir etwa kalt oder hast du Angst?«

»Ein bisschen von beidem.«

»Ich bringe dich jetzt nach Hause, damit du dich aufwärmen

kannst. Und ich nehme mir meine Mutter vor. Das verspreche ich dir.«

* * *

Als der Karneval wieder begann, nahm Chiaretta die neuerliche Abgeschiedenheit in der Pietà aus ganzem Herzen an, wandte sich intensiv ihrem Gesang zu und kostete die letzten Monate aus, die sie mit ihrer Schwester verbringen würde. Und dann war der Karneval zu Ende, und der Fest- und Ausflugstrubel steigerte sich ein letztes Mal, ehe die Sommerhitze einsetzte und die Vornehmen aufs Neue der Stadt den Rücken kehrten.

Im Mai erlaubte man Chiaretta, mit Claudio und seinen Angehörigen am Himmelfahrtstag in der Familiengondel zu sitzen. An diesem Tag – in Venedig nannte man ihn Sensa – machte der Doge die alljährliche Fahrt von seinem Palast zur Mündung der Lagune. Es war das größte Fest des Jahres, doch bis zu diesem Jahr hatte Chiaretta stets an der obersten Fensterreihe der Pietà gestanden, um mit dem Rest des *coro* zu beobachten, wie die offizielle Dogen-Gondel, der *Bucintoro,* vorüberfuhr. Diesmal würde sie auf einem von Hunderten sich in der Lagune drängenden Booten stehen, um dem Bucintoro bis zum Rande des Meeres zu folgen. Dort wurde ein Goldring ins Wasser geworfen, eine Zeremonie, die die Vermählung der venezianischen Republik mit dem Meer symbolisierte.

Die Gondel der Morosinis war poliert worden, bis der Lack nur so glänzte. Man hatte bestickte Seidenkissen auf den Sitzen verteilt, und die Felce war mit Decken und Teppichen geschmückt. Claudio hatte ihr einen Sonnenschirm gekauft, den er ihr, während sie Platz nahmen und vom Steg der Pietà abstießen, über den Kopf hielt. Chiaretta winkte zu Maddalena, Anna Maria und den anderen *figlie di coro* hinauf, als sie sie an den Fenstern entdeckte. Während die Mädchen zurückwinkten, kreuzten sich ihre Blicke mit dem einer Frau in einem rosa Seidenkleid, die eine Karnevalsmaske trug; sie saß in einer

Gondel neben einem Mann, der sie in diesem Moment auf den Hals küsste. Als die Frau die Mädchen entdeckte, warf sie ihnen Handküsse zu, und der Mann stand auf und winkte, gerade als sich das Getöse des Kanonenfeuers beim Dogenpalast entlud.

»Siehst du ihn?« Claudio deutete in Richtung des Broglio, ein paar hundert Meter den Canal Grande hinauf. Er fasste Chiaretta um die Taille und hob sie hoch, damit sie den Bucintoro besser sehen konnte. Das Schiff von der Größe eines schwimmenden Palastes hatte mehrere Stockwerke, war in leuchtendem Rot gestrichen und mit Gold verziert. Gewaltige rote Fahnen, mit den Emblemen des Dogen bestickt, hingen vom goldenen Bugspriet herunter, der weit in die Luft ragte. Die Galionsfiguren, ein goldenes Puttenpaar, das etwa sechs Meter maß und mehrere Tonnen wog, lugte hinter den in der Brise flatternden Flaggen hervor.

»Ich höre die Fanfare«, sagte Bernardo. »Sie bringen den Dogen aus seinem Palast. Jeden Moment müssen sie den Anker lichten.«

Feuerwerkskörper explodierten und laute Rufe drangen aus den Nachbarbooten, als sich auf dem Bucintoro zweiundvierzig kräftige, von verborgenen Ruderern geführte Ruder gleichzeitig in Bewegung setzten. Er begann den Kanal hinunterzufahren, und Männer in schwarzen Umhängen und Karnevalsmasken und Frauen in Kleidern, die im Sonnenlicht schimmerten, erhoben sich, um zuzusehen. Familien jubelten in flachen Peote und Burchielli, die man erst am Vortag von Fischköpfen, Salatblättern und Abfällen all der anderen Dinge, die sie zu ihrem Lebensunterhalt kauften und verkauften, gesäubert hatte, und nun mit bunten Stofffahnen und Blumengirlanden geschmückt waren.

Kleine Barken mit Kammerorchestern an Bord tänzelten in der Heckwelle, die der Bucintoro hinter sich herzog.

Die Gondeln der ausländischen Botschafter und des päpstlichen Nuntius waren die einzigen, die nicht schwarz sein mussten. Die goldenen Phantasieboote von bis zu fünfzig Fuß Länge waren vom Bug bis zum Heck mit wirren Schnörkeln, Muscheln und Geflecht verziert. Ihre Felce hatten die Gestalt griechischer Tempel und waren mit geschnitzten Göttern und Göttinnen, Delphinen und mythischen Meereswesen geschmückt. Vorhänge aus Seidendamast, goldbestickt und mit goldenen Fransen besetzt, verschafften ihren Passagieren Schatten und Ungestörtheit.

Da er die Sensa Zeit seines Lebens kannte, beobachtete Bernardo das Spektakel gleichgültig. »Ich weiß ja nicht, wie ihr beiden das seht«, sagte er, »aber ich finde es hier draußen verdammt heiß. Ich gehe mal rein.« Er taumelte ein wenig wegen des vielen Weins, den er seit ihrer Abfahrt genossen hatte. »Sollte ich einschlafen, weckt mich bitte nicht wegen der Ringzeremonie. Ich kenne sie schon.«

»Die Pietà wäre wohl nicht gerade begeistert von diesem Aufpasser«, sagte Claudio, »aber ich bin entzückt.« Er zog sie an sich, seine Lippen glitten über ihre Wange in Richtung Mund. »Darf ich?«, fragte er.

»Der Gondoliere«, flüsterte sie.

»Mach dir seinetwegen keine Gedanken. Seine Pflicht ist es, wegzusehen, und, noch wichtiger, verschwiegen zu sein.« Er blickte zum Gondoliere hinauf, der sich bemühte, sie ins offene Wasser und von den anderen Booten wegzumanövrieren. »Sag es ihr, Biasio. Erzähl ihr von deinem Eid.«

Der Gondoliere lachte. »Machen Sie sich wegen mir keine Sorgen, Signorina. Sehe ich etwas, erinnere ich mich nicht, und erzähle ich etwas, so sterbe ich.«

»Das stimmt«, sagte Claudio. »Wenn man ihnen nicht völlig vertrauen kann, finden sie keine Arbeit. Jeder, der etwas Gesehenes oder Gehörtes weitergibt, wird höchstwahrscheinlich früher oder später im Kanal treiben, weil ihm die anderen Gondolieri die Kehle aufgeschlitzt haben.«

Chiaretta schauderte. »Wie schrecklich.«

»In ein paar Jahren wirst du sagen, ›wie wunderbar‹. Trotzdem sollst du ein wenig Privatsphäre haben.« Er hielt den Sonnenschirm schief, um sie dem Blick des Gondoliere zu entziehen. Er bewegte sein Gesicht näher zu ihr, und sie wandte den Kopf, sodass seine Lippen die ihren streiften. Er hatte sie schon einige Male geküsst, und sie empfand wieder jenen allmählich vertrauten, süßen Schmerz, der sich von ihrem Kinn zu den Rippen fortpflanzte und ihr das Atmen erschwerte. Seine Lippen pressten sich auf ihren Mund, und der Schmerz verwandelte sich in einen angenehm durchdringenden Stich. Eine Hand schob sich hinter ihre Schultern, die andere wanderte zu ihrer Taille hinab, während er sie an sich zog.

Und dann erscholl ein derartiges Getöse, dass er zurückwich und den Sonnenschirm beiseite stieß. »Sieh«, sagte er und half ihr auf. »Der Doge wirft den Ring ins Wasser. Das soll das Meer so besänftigen, dass es uns ein Jahr lang Friedenswetter beschert.«

»Friedenswetter. Hoffentlich«, sagte Chiaretta, streckte die Hand nach oben und strich ihm über die Wange. Sie drehte sich zum Gondoliere um, der sie angrinste und die Hand vor die Augen hielt.

13

Um die Sommersonnenwende herum hatten sich die Reichen Venedigs im Rahmen der alljährlichen *Villeggiatura* aufs Land begeben. Obwohl die Gezeitenströme das meiste Dreckwasser aus dem Canal Grande herauswuschen, mussten die Zurückgebliebenen den Gestank von Schwefel und verrottendem Abfall ertragen, der von den kleineren Wasserwegen und Plätzen im Innern der Stadt zu ihnen heraufwehte. Da die Pietà an der Lagune lag, blieb ihr das Schlimmste zwar erspart, aber dennoch verschmachteten die Figlie fast in der Hitze und suchten wann immer es ging Zuflucht in schattigen Ecken des Hofes oder in Räumen mit kühlem Durchzug.

Trotz aller Abgeschlagenheit hatte Maddalena Vivaldi noch nie so erregt erlebt. In der schwülen Seeluft entkleidete er sich bis auf die weißen Seidenhemden, die durchsichtig waren vor Schweiß und die bleiche Haut seiner Brust und seines Rückens entblößten. Wütend stampfte er auf, weil er in den Proben so viel Zeit mit zerbrochenen Rohrblättern und ausgefransten Saiten vergeuden musste, und der lateinische Wortschwall, der eher nach Flüchen als nach Gebeten klang, wollte nicht verebben.

Zu den schlimmsten Ausbrüchen kam es, wenn er außer Sichtweite der Attive war und nur die Sotto-maestre als Zeugen hatte. Anders als die anderen hatte Maddalena Vivaldis Zorn bereits erlebt, vor allem, wenn er versuchte, eine neue Opernsaison mit seinen Verpflichtungen an der Pietà zu vereinbaren. Und sie wusste längst, dass es das Beste war, sich mit irgendetwas, das gerade anstand, zu beschäftigen und abzuwarten, bis er sich wieder beruhigt hatte.

Zum Durchgehen eines neuen Musikstücks setzte sich jede

Sotto-maestra einer Instrumentengruppe vor Beginn der Proben mit Vivaldi zusammen. Kam Maddalena an die Reihe, war sie meist durch all ihre Verpflichtungen so abgelenkt, dass sie gar keine Gelegenheit hatte, sich darüber Gedanken zu machen, wie anders sich der Ton ihrer Unterredungen angehört hatte, als sie noch jünger war. Und daher war es ein Schock für sie, als er eines Morgens die Geige in den Schoß legte und ihr sagte, dass er gar nicht wisse, was er ohne sie anfangen würde.

»Als ich das in Padua gespielt habe«, sagte er über ein Stück, »waren die Musiker immer einen halben Taktschlag hinter mir, und ich musste sie förmlich zwingen, es so zu spielen, wie ich es komponiert habe.«

Sein Blick wurde weich. »Mit dir ist es einfach besser«, sagte er. »Darauf kann ich mich verlassen.« Der zärtliche Tonfall überraschte Maddalena, und einen Moment lang verschwand die Mauer aus Abwehr, hinter der sie sich sonst verschanzte – ihre Professionalität, Verantwortung, Reife –, und sie fühlte sich wieder wie das junge Mädchen, das nur für Vivaldis Komplimente, die Gesten der Vertrautheit zwischen ihnen gelebt hatte. *Das war damals, und jetzt ist jetzt,* rief sie sich zur Ordnung und versuchte die Beklommenheit, die ihr Herzklopfen verursachte, zu unterdrücken. *Ich will das nicht, nicht noch einmal.*

Er zog seine Violine aus dem Kasten. »Siehst du einen Unterschied?« Maddalena brauchte ein paar Sekunden, bis ihr auffiel, dass er sein Instrument verändert und das Griffbrett bis fast zum Steg hinunter versetzt hatte. »Begreifst du, was ich damit bezwecke?«, fragte er, griff nach dem Bogen und spielte die höchste Tonlage auf der Normalvioline, sprang dann von Intervall zu Intervall, bis seine Finger nicht mehr weiter konnten.

»Und sieh dir das an.« Er fuhr mit den Fingern über das Holz seines Bogens, um ihr zu zeigen, wie er die Wölbung flacher gestaltet hatte. »Ich habe ein bisschen herumexperimentiert«, sagte er. »Versuch das mal mit deinem.« Er sprang zwischen der tiefsten und der höchsten Saite hin und her.

»Es geht nicht«, sagte sie. »Sie wissen doch, dass der Bogen sofort abprallt.«

»Meiner nicht!« Sein Gesicht glühte vor Erregung. »Ich werde Venedig etwas so Unglaubliches bieten, dass sich die Venezianer am nächsten Tag beim Aufwachen fragen werden, ob sie es vielleicht nur geträumt haben. Warte nur, Maddalena Rossa, warte.«

Das Concerto in der drückend heißen Kapelle neigte sich dem Ende zu, als Vivaldi jene *Kadenz* anstimmte, mit der er vor Maddalena geprahlt hatte. Sie begann, durchaus im Rahmen des Üblichen, mit einer raschen Tonfolge, die zu ein paar volkstanzartigen Takten überleitete. Er spielte eine kurze musikalische Phrase, wiederholte sie in immer höherer Tonlage, schraubte sich höher und höher, kam immer näher an den Steg und drehte den Bogen, bis die Töne nicht mehr die einer Violine waren, sondern die von Vögeln, die auf einem Baum zwitscherten. Er griff hinüber zur tiefsten Saite und fügte einen einzelnen synkopierten, heulenden Ton dazu, ehe er die Geige absetzte und den Rest des Orchesters in die überbordernden Schlusstakte führte.

»Hat es dir gefallen?«, fragte er sie danach.

»Ich glaube, ich habe während der gesamten Kadenz den Atem angehalten.«

»Gut«, sagte er, klappte seinen Geigenkasten zu und versetzte ihm einen triumphierenden Klaps.

Maddalena war erleichtert, dass er gar nicht bemerkt hatte, dass sie ihm seine Frage nicht beantwortet hatte. Die Kadenz war nicht so sehr schön als vielmehr eine Herausforderung an den Zuhörer, war eher großartig als angenehm. Tagelang klang sie ihr noch in den Ohren.

Und Vivaldi hatte recht gehabt. Seine Kadenz war Stadtgespräch. Aber obwohl er in den folgenden Wochen leichten Schritts und mit den gestrafften Schultern eines Siegers in die

Pietà kam, hatte er sich schon bald wieder in seine Arbeit vergraben.

In wenigen Monaten würde Chiaretta heiraten, und die Zeit, noch etwas für sie zu komponieren, wurde allmählich knapp. Für ihren letzten öffentlichen Auftritt schrieb er ihr eine Rolle in einem neuen Oratorium. Alle fünf Solostimmen in *Juditha Triumphans,* männliche wie weibliche, mussten von *figlie di coro* gesungen werden. Die übrigen Sängerinnen würden, sofern sie hohe Stimmen besaßen, einen Chor hebräischer Frauen bilden, oder, bei tiefer Stimmlage, die feindlichen babylonischen Soldaten singen. Alle Musikerinnen und Sängerinnen des *coro,* sogar viele der Ruheständlerinnen und Iniziate, würden teilnehmen, damit das Heer des mächtigen Nebukadnezar und der heroische Widerstand Judiths nicht zu dürftig klangen. Die Säle der Pietà hallten wider von den Klängen der Figlie, die nicht nur die übliche Auswahl an Holzblas- und Streichinstrumenten spielten, sondern auch Trommeln schlugen und Trompeten bliesen.

Schon vor dem großen Finale im November sollten über zwei Monate hinweg Konzerte stattfinden, und der Druck, der auf den Leiterinnen des *coro* lastete, war größer als alles, was Maddalena bisher erlebt hatte. Vivaldi stand kurz vor dem Zusammenbruch. Einige Tage vor dem Eröffnungskonzert kam eine Krankenschwester auf Zehenspitzen in die Sala geschlichen und bat Maddalena flüsternd mitzukommen. Der Maestro hatte etwa eine Stunde zuvor die Probe verlassen und war, offenbar nicht mehr atmend, in der Halle gefunden worden. Man hatte ihn ins Spital gebracht, wo ihn die Pflegerinnen mit aromatischen Kräutern und Essenzen wiederbeleben konnten, doch da sie gehört hatten, dass Maddalena mehr darüber wisse, wie man seine Anfälle zu behandeln habe, ließen sie nach ihr schicken.

Als Maddalena eintraf, war Vivaldis gewöhnliche Gesichtsfarbe schon wieder zurückgekehrt, und auch die Atmung hatte sich verbessert. Die Schwestern räumten auf, doch gerade in dem Moment, als sie eintrat, wurden sie zu einem Epileptiker

216

gerufen. Eilig ließen sie alles fallen und hasteten davon. Und plötzlich war Maddalena mit Vivaldi allein.

»Keiner sorgt sich um mich wie du«, sagte er, immer noch ein wenig atemlos. »Wie schnell du gekommen bist.«

Maddalena setzte sich nicht zu ihm, obwohl er sie mit einer Geste dazu aufforderte. Sie trat an den Tisch der Schwestern und begann, feuchte Tücher zu falten und Flaschen und Kästen mit Duftessenzen zu Gruppen zusammenzustellen. Seit seiner Rückkehr war es ihr gelungen, nie unbeschäftigt mit ihm allein zu sein.

Er braucht mich nicht. Ich sollte mich einfach entschuldigen und wieder gehen, dachte sie, doch die Neugier, was er wohl als Nächstes sagen würde, hielt sie fest. »Die Schwestern scheinen wirklich tüchtig zu sein«, sagte sie. »Wie ich sehe, haben sie Sie sehr gut versorgt.«

»Das sind Krankenschwestern. Sie würden das für jeden tun.« Er atmete so laut aus, dass Maddalena ihre Arbeit unterbrach und sich umdrehte. Er beobachtete sie.

»Ich lebe allein«, sagte er. »Wenn man von der Dienerin absieht, die mir für ein Entgelt das Essen zubereitet und hinter mir aufräumt.« Er stand auf und zupfte an seiner Kleidung herum, wobei er sorgfältig vermied, sie anzublicken. »Ich frage mich oft, wie es wäre, wenn ich kein Gelübde abgelegt hätte, ob ich eine Frau finden könnte, die sich um mich kümmern würde, weil sie es wirklich möchte.«

Wozu erzählt er mir das?

»Wenn ich daher zur Pietà komme … Vielleicht sollte ich dir das nicht sagen …« – er drehte sich zu ihr um – »dann freue ich mich darauf, dich zu sehen. Du bist der wahrhaftigste und aufrichtigste Mensch, den ich kenne.« Maddalena sah, wie er sie mit seinem Blick umfing, während sie ihm, den Rücken an den Tisch gepresst, gegenüberstand. »Und nun sehe ich dich, so reif und vollkommen, und …« Seine Augen glänzten, und die Stimme brach ihm – ganz leicht, aber unüberhörbar. »Und ich bin so stolz.«

Er setzte sich hin und forderte sie erneut auf, sich zu ihm zu setzen, doch sie rührte sich nicht von der Stelle. Er spreizte die Hände auf den Knien und begann, in kurzen, nervösen Bewegung vor und zurück zu schaukeln. »Versteh mich nicht falsch«, sagte er. »Was geschehen ist, ist geschehen. Aber ich kann nicht umhin, den Mann zu beneiden, der dich einmal zur Frau bekommt.«

Ich sollte wirklich gehen, dachte sie. *Ihn für seine Kühnheit zurechtweisen und dann zur Tür hinausgehen.*

Vivaldi blickte auf und registrierte ihr langes Schweigen. »Hab ich zuviel gesagt?«

»Ich denke schon.«

»Verzeih mir. Nach meinen Anfällen bin ich häufig offener als sonst. Vielleicht, weil ich erkenne, dass der nächste Moment mein letzter auf Erden sein könnte, und nicht will, dass etwas ungesagt bleibt.«

»Vielleicht.«

»Maddalena, sieh mich an.« Er stand auf, um ihr ins Gesicht zu schauen, trat aber nicht näher. »Ich sage nichts mehr, ich verspreche es dir. Aber ich will, dass du weißt, dass ich die mit dir verbrachten Augenblicke mehr schätze als alles andere in meinem Leben. Und es würde mich unendlich traurig stimmen, wenn meine Worte bewirkt hätten, dass dir meine Gesellschaft unangenehm ist.«

»Nein«, sagte Maddalena, »das haben sie nicht. Aber ich werde bei der Probe gebraucht.« Mit einem Nicken drehte sie sich um und verließ das Zimmer.

Während der nächsten halben Stunde verpasste Maddalena ihre Einsätze, las die Noten falsch und ließ schließlich den Bogen sinken. Sie schützte Kopfschmerzen vor und bat darum, sie zu entschuldigen. Als sie im stillen Zimmer auf ihrem Bett lag, wusste sie nicht, was sie nur mehr beunruhigte: Das, was er gesagt hatte, oder sein Versprechen, es niemals zu wiederholen.

* * *

Chiaretta erzählte sie nichts von der Unterredung. Sie erinnerte sich, wie sehr das Thema Vivaldi die Beziehung zu ihrer Schwester schon früher belastet hatte, und sie wollte nicht Dinge aufrühren, die man besser ruhen ließ. Doch ein offenes Gespräch mit ihrer Schwester wäre auch aus einem anderen Grund schwierig gewesen: Noch vor der Begegnung im Spital hatte ein Streit zwischen Chiaretta und dem Maestro zu einem beklemmenden Schweigen zwischen den Schwestern geführt.

Für die Hauptrolle der Judith brauchte es eine dramatische Stimme, damit sich das Publikum vorstellen konnte, dass Judith dem Holofernes mit einem Hieb den Kopf abschlagen konnte; Chiarettas Stimme war dazu viel zu lieblich. Chiaretta akzeptierte zwar, dass ihre letzte Rolle keine Titelpartie werden sollte, zum ernsthaften Konflikt aber kam es, als sie erfuhr, dass auch die zweitwichtigste Rolle nicht für sie vorgesehen war. Vagaus, den Eunuchen und Diener von Nebukadnezars General Holofernes sollte Barbara singen, die – dessen war Chiaretta sicher – Vivaldi bereits zu ihrer Nachfolgerin aufbaute.

Chiaretta war vor den Kopf gestoßen. »Mein letzter Auftritt, und ich spiele die Dienstmagd?«, hatte sie gesagt und mit den Noten vor Vivaldis Gesicht herumgefuchtelt.

»Es tut mir leid«, hatte er erwidert. »Ich kann es nicht riskieren, dir eine größere Rolle zu geben. Du hast keine Zeit zum Üben. Sogar mit dieser wird es schwierig werden.«

»Ich bin die beste Notenleserin von allen«, versetzte Chiaretta. »Sie könnten doch den Tonumfang ein wenig reduzieren. Ich könnte Barbaras Rolle übernehmen oder den Ozias singen. Der tritt sowieso erst ganz am Ende auf, und er hat kaum Text. Und ich wäre die Letzte. Man würde sich an mich erinnern.«

»Stimmt.« Vivaldi nickte. »Aber es geht nicht nur um die Anzahl der Töne, die du hast. Welchen Eindruck willst du denn hinterlassen? Willst du, dass das Publikum dich in der Rolle eines Dieners hört? Und – noch schlimmer – eines Eunuchen?«

Chiaretta musste zugeben, dass sie ihrem Publikum als attraktive Frau im Gedächtnis bleiben wollte; und die Sache war, wenigstens fürs Erste, vom Tisch, als er sie auf die apokryphe Geschichte verwies und sie darauf aufmerksam machte, dass er die Figur der Abra überhaupt nur erdacht habe, um eine geeignete Rolle für sie zu haben.

Ihr zweiter Ausbruch folgte, als sie die Noten für ihre vier Arien erblickte und nur die ersten beiden singen wollte. »Langweilig«, lautete ihr Verdikt über die dritte, und »dürftig« war noch die netteste Vokabel, die sie für die letzte Partie fand, die sie in der Öffentlichkeit singen sollte.

»Er hat versprochen, eine Rolle für mich zu schreiben, und nun hör dir das an!« Eines Abends in ihrem Zimmer verhackstückte sie die vierte Arie. Maddalena, die sich seit Wochen als Friedenstifterin abmühte, musste zugeben, dass sie ein wenig nach den Märschen klang, die die Dorfjungen bei ihren Soldatenspielen schmetterten.

Chiaretta stand kaum eine Probe durch, ohne die Stimme zu einem Knurren zu senken oder vor Wut zu verstummen, noch ehe sie geendet hatte. Maddalena versuchte ihre Schwester dazu zu bewegen, die Sache doch einmal von Vivaldis Warte aus zu betrachten – schließlich habe er doch eine Geschichte zu erzählen und sie spiele nur eine von vielen Rollen. Aber Chiaretta schlug um sich, weil ihre Schwester es auch noch wagte, ihn zu verteidigen.

Die Solistinnen bekamen jeweils nur ihre eigenen Partien zum Proben; zum Gemetzel kam es erst, als Chiaretta klar wurde, wie sich die Stücke des Oratoriums zusammenfügten. Auf ihre letzte Arie folgte eine von Barbara gesungene. Eine Figlia namens Giulia spielt den Ozias, Statthalter der belagerten hebräischen Stadt Bethulia, und ihr würde die Schluss-Arie und das letzte *Rezitativ* zufallen.

»Das sind die letzten Noten, die ich singen werde!« Bei ihrer nächsten Einzelprobe schleuderte Chiaretta Vivaldi die Noten vor die Füße. »Ich hasse diese Musik! Und Sie machen es noch schlimmer, indem sie die nächste Arie soviel besser machen; die

220

Leute werden mich schon vergessen haben, noch ehe ich von der Emporenbrüstung zurückgetreten bin!«

»Wie soll eine Dienstmagd die letzten Worte eines Oratoriums singen, Chiaretta? Um die Geschichte geht es.«

»Dem Publikum ist es völlig egal, ob Holofernes mit seinem abgeschlagenen Kopf singt«, versetzte Chiaretta. »Sie kommen, um die Sängerinnen zu hören.«

Vivaldi bekam einen roten Kopf. »Sie kommen«, sagte er, »um die Musik zu hören. Auf die Gesamtkomposition kommt es an, und nicht nur auf dich.«

Zur nächsten Probe weigerte sich Chiaretta zu erscheinen, und als Vivaldi kommentarlos die Zweitbesetzung anforderte, ließ sie ihm ausrichten, dass sie in dieser Aufführung überhaupt nicht singen werde.

»Caterina stolziert herum und tut, als wäre sie tatsächlich die Judith und ich ihre Dienstmagd. Und ist dir noch nicht aufgefallen, wie Barbara mich angrinst?« Chiaretta weinte mit vors Gesicht geschlagenen Händen, als sie mit ihrer Schwester in ihrem Zimmer saß. »Und Giulia auch. Warum tut er mir das nur an?«

Maddalena wusste, dass Chiarettas Ankündigung, nicht aufzutreten, nur eine leere Drohung war. Ihr letzter Auftritt hätte dann bereits während der Messe in der Vorwoche stattgefunden, und danach nicht mehr zu singen, wäre mehr gewesen, als sie ertragen konnte.

»Deine Schwester hat sich unmöglich benommen«, sagte Vivaldi zu Maddalena in einer Probenpause, während Chiaretta in ihrem Zimmer schmollte. »Aber damit zu drohen, dass sie nicht singt? Das ist einfach lächerlich. *Figlie di coro* tun, was sie gesagt bekommen. Darüber befinden zu wollen, ob eine Rolle gut genug für sie ist oder nicht! Das ist ja wie bei den Operndiven.« Er schauderte. »Davon abgesehen, wie groß ist die Chance, dass sich die Congregazione bei einer Abschiedsvorstellung eine Gelegenheit zum Geldverdienen entgehen lässt, nur um dem Ego deiner Schwester zu schmeicheln? Und auch ihre neue Familie wird ihre Wutausbrüche kaum begrüßen.« Er klang bitter vor lauter Verdruss. »Nein«, sagte er. »Sie wird singen.«

»Das klingt, als hätten Sie nichts mehr für sie übrig«, sagte Maddalena.

»Das ist es nicht, ganz und gar nicht«, sagte er. »Es tut mir furchtbar leid um sie. Und für mich, und für dich, und für uns alle. Du wirst nie wieder mit ihr spielen. Ich kann nie wieder für sie komponieren. Kein Kapellenbesucher wird mehr ihre Stimme hören. Und das alles ist nichts im Vergleich mit dem, was das Wissen um ihren Verlust für sie bedeuten muss. Sie hat ein Talent, das zu entwickeln sie kaum Zeit hatte, und das Jahrzehnt des Ruhmes, das nun folgen könnte, wird sie nun nicht mehr erleben.«

Er schüttelte den Kopf. »Nein, sogar in diesen letzten paar Wochen, in denen sie nur Wutanfälle hatte und meine Musik beleidigt hat, habe ich sie nur bedauert. Und mich gefragt, was ich täte, wenn die Kirche mir verboten hätte, die Geige zu spielen.« Er hielt inne. »Ich kann es mir ehrlich gesagt nicht vorstellen. Gott helfe mir, aber ich glaube, ich wäre lieber tot.«

Die leisen Trommel- und Trompetenklänge wurden lauter, als Chiaretta und Maddalena den Gang entlang Richtung Emporentreppe liefen. An der Tür vor der Stiege hielt Chiaretta inne. »Das ist das letzte Mal, dass ich diese Stufen hinaufsteige.«

Maddalena sagte nichts. Sie hob die Hand und tat, als wolle sie den Ärmel ihrer Schwester glatt streichen, um sie berühren zu können. Ein Mädchen von vielleicht zehn kam mit einem Krug den Gang entlang. Sie starrte Chiaretta an, bis sie bei ihnen ankommen war, dann senkte sie Entschuldigungen murmelnd den Kopf und stieg die Treppe hinauf.

»So muss ich damals ausgesehen haben«, sagte Chiaretta und betrachtete das Mädchen, das sich beim Hinaufsteigen mühte, das Wasser nicht zu verschütten. »Damals, als ich die Stufen hinaufgeschlichen und auf Michielina gestoßen bin. Vor so langer Zeit, dass ich mich kaum richtig erinnern kann.«

»Wir müssen hoch«, musste Maddalena ein zweites Mal sagen. Chiarettas Mund war leicht geöffnet, sie riss die Augen auf und kniff sie wieder zusammen, als ob ihr so viele und so widersprüchliche Gedanken durch den Kopf gingen, dass sie sich gegenseitig blockierten und sie sich ganz leer fühlte. Sie holte Luft, als wolle sie etwas sagen, streckte dann aber nur die Hand nach Maddalena aus, um sie an sich zu ziehen und lange und fest zu drücken.

Schließlich erreichten die beiden die Empore. Die Kapelle unter ihnen war schon fast voll. Maddalena begann, ihre Violine zu stimmen, unterbrach sich jedoch einen Moment. »Ist Claudio schon da?«, fragte sie.

»Ich weiß nicht«, sagte Chiaretta und lugte durch einen Spalt im schwarzen Gazevorhang. »Ich sehe ihn nicht.«

Sie hatte gar nicht richtig geschaut. Ihr war, als hätte sich die Menge versammelt, um ihrer Hinrichtung beizuwohnen. »Ich glaube, ich habe einen Fehler gemacht«, flüsterte sie, unsicher, ob man sie hören sollte oder nicht.

»Hier ist es ja voller als im Himmel!«, bemerkte Anna Maria grinsend und schloss die Augen, ehe sie sich ans Cembalo setzte. Während die anderen Musikerinnen hereinkamen und ihre Plätze einnahmen, ließ sie ihre Finger über die Tasten gleiten. Als nächstes trafen die Sängerinnen ein und nahmen direkt hinter dem Gitter Aufstellung. Mechanisch schloss Chiaretta sich ihnen an. Der letzte, der erschien, war Vivaldi mit seiner Geige. Bei der Eröffnung stand er an einer Stelle, wo er von den Blechbläserinnen und Streicherinnen gesehen werden konnte, und als die Figlie nickend ihre Bereitschaft signalisierten, hob er seinen Bogen, um ihnen den Einsatz zu geben.

Die Blechbläser schmetterten eine Fanfare, die den Schauplatz in zwei gegnerische Lager aufspaltete, ehe Maddalena und die anderen, unterstützt von den Celli und Bassgamben, wild zu geigen begannen. Am Ende der Sinfonie hatte man jedes Instrument gehört: Die Kesselpauken schlugen, bis die Notenständer klapperten, die Holzblasinstrumente dudelten, wäh-

223

rend im Hintergrund ein Ensemble von Lauten-, Mandolinen-, Theorben- und Erzlautenspielerinnen heftig klimperte.

Dann erstarb die Musik, und Vivaldi setzte zu einem furiosen Solo an, bei dem ihn Maestra Prudenzia als erste Geigerin begleitete, gefolgt von Maddalena, die die zweite Violine spielte. Zusammen webten sie ein Gespinst, getragen von wachsender Erregung, das mit einem donnernden Schlusscrescendo aus Trommeln und Blechbläsern endete.

Und dann begann die Geschichte. Holofernes hatte seine Truppen zusammengezogen, und sein Diener trat auf, um ihm mitzuteilen, dass eine schöne Frau aus dem hebräischen Lager seine Bekanntschaft zu machen wünsche. Caterina trat nach vorn, und begann – ohne einen Takt Rezitativ – zu singen. Ihre Stimme war weich und fließend, als sie von Judiths Ängsten und Hoffnungen sang und jede Phrase mit Anmut und einer Spur von Melancholie umhüllte.

Obwohl durch Fenster und Gänge der Pietà schon die Novemberkälte zu dringen begann, wurde es auf der vollen Empore rasch warm. Figlie, die nur zur Verstärkung des Chors da waren, begannen, bereits gespielte Notenblätter aufzuheben, und fächelten damit den schweißglänzenden Musikerinnen Luft zu.

Und dann war Chiaretta an der Reihe. »*Ne timeas non*«, sang sie. »Fürchte dich nicht!« Von Anna Maria am Cembalo begleitet, schwebte Chiarettas Stimme über der Kapelle, und die Töne stiegen und fielen, verebbten und flossen mit vollkommener Leichtigkeit. Maddalena legte ihre Geige in den Schoß, während sie ihrer Schwester zusah. Obwohl Abra eigentlich von Judiths Schönheit singen sollte, schien es Maddalena, als ob nicht nur die Musik, sondern auch der Text ihrer Schwester vollkommen entsprachen. »*Cedit ira, ridet amor*«, sang Chiaretta. »Wenn ich die Schönheit deines Antlitzes erblicke, weicht der Zorn, und die Liebe beginnt zu strahlen, und jeder applaudiert deinem edlen Geiste.«

Ehe sie endete, fiel die Geigerin neben Maddalena in Ohnmacht, und das Zusammenkrachen zweier Kesselpauken ganz hinten ließ vermuten, dass eine weitere Musikerin der Hitze zum Opfer gefallen war. Die jüngsten Figlie brachten Tücher, die man in hastig herbeigeschleppten Eimern befeuchtet hatte, damit sich Musikerinnen und Sängerinnen, wenn sie ein paar Takte Pause hatten, die Stirn abwischen konnten.

Chiaretta scharrte mit den Füßen, füllte die Lungen und atmete in stillen Seufzern aus, während sie auf ihren nächsten Einsatz wartete. In der Stunde der Not rief Judith Abra um Hilfe. »Wie eine Turteltaube spreche ich zu dir, getreue Freundin«, sang Caterina und gurrte selbst wie eine Taube. Die Musik war so wunderschön, so vollkommen, dass Chiaretta trotz ihrer Neidgefühle spürte, wie sie ihr erlag. Als das Solo zu Ende war, reichte eine der jüngsten Iniziate Caterina ein Tuch, damit sie sich den Schweiß abwischen konnte, und erschöpft vergrub sie, ohne den bewundernden Blick des Mädchens zu bemerken, ihr Gesicht darin.

Vivaldi hatte Chiaretta eine spektakuläre Arie geschrieben, mit der sie dem Vorausgehenden etwas entgegenzusetzen hatte, doch zu ihrem Schrecken klang ihre Stimme schon im einleitenden Rezitativ unsicher und schrill. Angestrengt versuchte sie, ihre Kehle zu öffnen, während Maddalena die Melodie spielte, in die sie einsetzen musste. Ihr letztes Zusammenspiel sollte vollkommen werden. Ihre Stimme fing sich wieder. Und im Nu hatten sie Caterinas Arie vergessen gemacht, und das Publikum gehörte Chiaretta.

Maddalenas Begleitung verstummte, und allein Chiarettas Stimme erhob sich in einem herzzerreißenden Abschied über der Kapelle. Während ihre Stimme sich hob und senkte, trillerte und flötete, gab sie alles, was sie nur geben konnte. Sie sang, als könne sie von der Empore hinab durch den Hintereingang der Kapelle hinaus und direkt ins Paradies fliegen, ehe sie wieder auf der Erde landete und die Arie zu Ende brachte.

»Abra! Abra!«, schrie Judith ein paar Minuten später, nachdem sie Holofernes den Kopf abgeschlagen hatten. Die Mission glückte, und Chiaretta erfüllte ihre Figur mit freudigem Leben, ließ ihre Stimme nach oben und unten gleiten, als sei sie trunken vor Glück. Und dann stimmte sie die verhasste letzte Arie an, trotzte ihr jeden liebenswerten Takt ab. Sie holte noch einmal Luft, ließ ihre Stimme noch einmal emporsteigen und, während sie sie in die Dachsparren schickte, verabschiedete sie sich von ihr. Und dann war es vorbei.

* * *

In der Woche, die ihnen bis zur Hochzeit noch blieb, schien den Schwestern jede Bewegung, jeder Schritt unnatürlich und befangen. Obwohl Maddalena den Luxus, die letzten paar Monate allein in Gesellschaft ihrer Schwester üben zu können, genossen hatte, bekam das Spielen in ihrem Zimmer nun etwas Quälendes, und so ließ sie die Geige in ihrem Kasten.

Eines Abends begann Chiaretta zu summen und verstummte dann wieder.

»Mach weiter«, drängte Maddalena.

Chiaretta lächelte matt. »Ich muss wohl jetzt langsam üben, wie es ist, nicht üben zu müssen.« Sie legte die Stopfarbeit beiseite, und schweigend gingen sie zu Bett.

Chiarettas Brautkleid und Schleier wurden in einem Raum neben dem Studierzimmer der Priorin bereitgelegt. Maddalena bürstete ihrer Schwester die Haare, die sie beim Eintreffen Antonias und ihrer Mutter nach venezianischer Tradition offen tragen würde. Antonia war zum ersten Mal schwanger, hatte in der Taille zugelegt und klatschte, als Chiaretta geschnürt wurde, vor Aufregung in die Hände. Sogar Giustina ließ sich von der Erregung anstecken, als sie half, ein Familienerbstück, einen mit Juwelen besetzten Anhänger, den sie selbst ausgewählt hatte, um Chiarettas Hals zu legen.

Venezianische Frauen wurden stets in ihrer Familienkirche verheiratet. Für die aus der Pietà hervorgehenden Bräute vertrat die Pietà die Stelle der Familie, doch um die Aufregung und Phantasie der anderen Figlie im Zaum zu halten, gestattete man ihnen normalerweise nicht, daran teilzunehmen. Bei Chiarettas Hochzeit erhielten Anna Maria und der Rest des *coro* eine Sondererlaubnis, um schweigend von der Empore aus zuzusehen. Allein Maddalena erlaubte man, der Trauung gemeinsam mit Claudios engsten Angehörigen im Kirchenraum der Kapelle beizuwohnen. Sie standen in einem kleinen, von Kerzen erhellten Bereich in Altarnähe, während die Kapelle ringsum im Dämmerlicht lag. Die farblose Stimme des Priesters verlor sich im Dunkel, während er die Hochzeitsliturgie herunterleierte.

Als man sie offiziell zu Mann und Frau erklärt hatte, schritt Chiaretta an Claudios Arm durch das dunkle, stille Kirchenschiff. Bernardo eilte voran, um die Tür zu öffnen, und sie traten hinaus ins strahlende goldene Sonnenlicht. Die Riva war voller Zuschauer, die sich drängelten und gegenseitig anstießen, um einen Blick auf die Braut zu erhaschen. »Chiaretta! Chiaretta!«, riefen sie immer wieder.

Obwohl sie verschleiert war, konnte sie, den blumenbestreuten Weg entlangschreitend, ihre Gesichter erkennen. *Sie weinen.*

Und dann, als sie die Gondel bestieg, hörte sie, was sie sonst noch sagten. »*Addio!*«, riefen sie aus. »Lebwohl, Chiaretta. *Addio!*«

Die vom silbernen *Ferro* bis zum Heck geschmückte Gondel glitt durch das von Tausenden von Blütenblättern rosa, gelb und rot gefärbte Wasser davon, wurde kleiner und kleiner, bis sie nicht mehr zu sehen vor.

Maddalena, die auf dem leeren Steg stand, erschien es, als überquere die Gondel den Styx. Es war wie Sterben.

VIERTER TEIL

Masken
1716–1719

14

Am Morgen nach ihrer Hochzeit erwachte Chiaretta allein in ihrer Schlafkammer. Sie setzte sich auf, zog die Bettvorhänge zurück und sah, wie durch ein winziges verglastes Fenster schwaches Sonnenlicht ins Zimmer drang. Ich habe das Morgengebet versäumt, dachte sie. *»Domine, labia mea aperies«*, murmelte sie, während sie sich bekreuzigte und dann innehielt, unsicher, ob es womöglich schon so spät war, dass sie lieber die Terz statt der Prim beten sollte. Sie schlug die Samtdecke zurück, um aus dem Bett zu steigen und ihre Gebete am hölzernen Prie-dieu in der Zimmerecke fortzusetzen. Aber das schmerzende Wundheitsgefühl zwischen ihren Schenkeln ließ sie zusammenzucken, und sie blickte hinunter und entdeckte einen Blutfleck auf dem Laken.

Sie zog die Decke darüber, wollte ihn verbergen, setzte sich aufs Bett zurück, hatte das Gebet, angesichts der Ungeheuerlichkeit ihrer Situation, völlig vergessen. In der Pietà sprach Maddalena vielleicht eben einer mit einer neuen Technik ringenden Attiva Mut zu und Anna Maria machte sich wieder einmal Sorgen um nicht rechzeitig für die Probe kopierte Noten. Bei der Vorstellung solch süßer Vertrautheit blutete ihr das Herz. *Es ist vorbei,* dachte sie. *Es gibt keinen Weg zurück.*

Von der Priorin hatte Chiaretta erfahren, worauf sie sich in ihrer Hochzeitsnacht ungefähr gefasst machen musste, doch nun, allein in ihrem Zimmer, ließ sie verwirrt noch einmal alles Revue passieren, als sei sie sich nicht ganz sicher, dass ihr das wirklich alles zugestoßen war. In der Pietà war das Entkleiden eine einfache Sache, doch als Claudio ihre Brautrobe über die Taille hinabsinken ließ und ihr dann beim Heraussteigen half, gab ihr das Korsett ein Gefühl, als sei sie noch immer vollständig angezogen. Als sie es gelockert hatte, konnte sie – so schien ihr – zum ersten Mal seit dem Morgen richtig durchatmen. Claudio stand hinter ihr, umfasste sie, hielt sie fest, um sie dann zu sich herumzudrehen und so heftig zu umarmen, dass sie sich, als er sie wieder losließ und ihre nackten Brüste seinem Blick preisgegeben waren, verletzlicher und ungeschützter fühlte, als sie erwartet hätte.

Ohne ihr die verbliebenen Unterkleider abzustreifen, brachte er sie zu Bett, und stand noch einmal auf, um die Kerze auszublasen. Als er zurückkam, war er nackt und drückte das unvorstellbar große Ding an sie, das, wie man ihr verraten hatte, das Siegel ihrer Jungfräulichkeit erbrechen und sie offiziell und vollständig zu seiner Frau machen würde. Es war einiges an gutem Zureden nötig, bis sie sich ausreichend entspannte, um ihn zwischen ihre Schenkel zu lassen. Und dann, während sie ängstlich wimmerte und er sie flüsternd zu beruhigen versuchte, schob er sich heftiger an sie heran, bis sie aufschrie, da es brannte, als sie ihn in sich spürte. Es war nicht so schmerzhaft, wie man ihr gesagt hatte – mehr Schock als irgendetwas sonst –, und als er zu stöhnen begann, hatte sie entsetzliche Angst, irgendetwas in ihr könne ihn verletzt haben. Als er erstarrte und dann ächzend neben sie fiel, dachte sie einen Moment lang, er sei tot, bis er nach dem Laken fasste und sich die Stirn abwischte.

»Geht es dir gut?«, fragte sie, und er brach in Gelächter aus. »Das müsste *ich dich* fragen«, meinte er. »Habe ich dir sehr weh getan?« Sie verneinte, doch dann, ganz unvermittelt, begannen die Tränen zu fließen, und obgleich er wissen wollte, weshalb, konnte sie es ihm nicht erklären.

Er hielt sie in den Armen, bis sie eingeschlafen war. Und als sie erwachte, war er fort. Chiaretta hatte keine Ahnung, was sie als Nächstes tun sollte. Sie trat zum Prie-dieu und kniete sich auf die Bank. *Liebe Gottesmutter, bitte verzeih mir, wenn ich heute nicht richtig bete. Ich kenne mich ja selber nicht mehr.* Sie presste sich die Hände aufs Gesicht, um die gerötete Haut zu kühlen. »Bitte hilf mir, Claudio eine gute Ehefrau zu sein«, flüsterte sie. »Und hilf mir, diese Welt, für die ich mich entschieden habe, zu begreifen.«

Neben dem Prie-dieu stand ein großer vergoldeter *Cassone*. Der Deckel war aufgeklappt, und sie sah den kleinen Beutel, der die Stücke des Elfenbeinkamms enthielt, auf einem Stoß Leinzeug liegen. Sie hob ihn auf, hielt ihn einen Moment, tastete nach den beiden Stücken darin, küsste ihn und verstaute ihn dann – allen fremden Blicken entzogen – zuunterst in der Truhe.

Trotz ihres Versprechens hätte Chiaretta ihrer Schwester beim Abschied gern deren Kammstück gegeben, doch Maddalena hatte nicht danach gefragt. Als Chiaretta ihr die Elfenbeinstücke zum ersten Mal gezeigt hatte, hatte Maddalena sie lange betrachtet, ehe sie sie ihr zurückgab und meinte, sie wolle sie nie wieder sehen. »Sie bringen mich nur zum Grübeln«, sagte sie. »Und ich will mich nicht erinnern.« Chiaretta aber wollte sich erinnern. Unter den Morosinis fühlte sie sich schon seltsam genug. Zu wissen, dass ihre Vergangenheit genauso mit realen Menschenwesen bevölkert war wie die jedes anderen, half ein wenig. Sie wusste eben nur nicht, wer sie gewesen waren.

Während sie die Kammstücke im *Cassone* verstaute, ruhte ihre andere Hand auf einem Paar spitzenverzierter Kopfkissenbezüge, die Maddalena ihr als Hochzeitsgeschenk genäht und geklöppelt hatte. Bei ihrem Anblick überkam Chiaretta eine jähe Furcht: Wie würde sich der Abschied von der Pietà wohl auf die Beziehung zu ihrer Schwester auswirken? Andererseits wiederum, wenn sie sich in diesem Zimmer umsah, dann wirkte die Zukunft nicht düster, sondern lediglich unbekannt. Ihr Bett war so groß und bequem, dass man auf einer Wolke zu schlafen meinte, und der Salon nebenan, von dem Claudio gesagt hatte, dass er ebenfalls ihr gehörte, war größer als die Kammer, die sie bis zum Vortag mit Maddalena geteilt hatte. Claudio besaß auf demselben Stockwerk eigene Räume, und weil seine Eltern eine Etage tiefer wohnten, gehörte der Portego, auf den ihre Zimmer hinausgingen, ihnen allein. Und Claudio? Sie würde sich wohl an ein Leben gewöhnen müssen, in dem alles, einschließlich der Gewohnheiten ihres Mannes, neu für sie war. Trotzdem hatte sie angenommen, dass er, wenn sie erwachte, bei ihr sein würde.

Sie steckte sich die Haare auf, wie man es – das hatte Antonia sie gelehrt – von einer neuvermählten Patrizierin erwartete, und schlang sich ein dünnes Goldband vom Haaransatz rings den Scheitel. »Chiaretta Morosini«, sprach sie sich laut im Spiegel an. *Ich habe einen Nachnamen.* »Chiaretta Morosini«, sagte sie noch einmal und versuchte so zu lächeln, wie sie es draußen in der Welt tun würde.

Sie schlüpfte in ein schlichtes Kleid, das – wenn sie das Haus nicht verließe – für tagsüber geeignet wäre. Der u-förmige Ausschnitt war mit einem aus Goldfäden gewebten und mit winzigen Glasperlen besetzten Band eingefasst. Direkt unterhalb der Brust ansetzend, fiel ein voluminöser Seidenrock bis zum Boden, und die engen Ärmel in einem Blauton, der ihre Augenfarbe unterstreichen sollte, bauschten sich am Ellbogen, um den Armen Bewegungsfreiheit zu verschaffen. Nachdem sie die weichsohligen Schuhe geschnürt hatte, öffnete sie die Tür.

Auf dem Portego herrschte Stille. Die zunehmende Dunkelheit des Regentags hatte das natürliche Licht fast zum Verschwinden gebracht. »Claudio?«, rief sie. Das Echo ihrer Stimme erstarb, ohne dass eine Reaktion darauf gefolgt wäre. Sie klopfte an die Tür seines Arbeitszimmers, und als sie keine Antwort erhielt, stieß sie sie auf und sah, dass die Lampen nicht brannten.

Vom Licht, das durch das Fenster des Portego fiel, angezogen, trat Chiaretta hinaus auf die Loggia über dem Canal Grande. Gondolieri fuhren vorüber und schienen, während sie zwischen den Booten hin- und herriefen, die ins Wasser fallenden Regentropfen nicht zu bemerken. Sie holte tief Luft und genoss das seltsame Gefühl, allein im Freien zu sein.

»Was machst du denn da draußen?« Giustina Morosini stand im Portego und bedeutete Chiaretta, sofort wieder hineinzukommen. »Du zitterst ja«, rief sie in einem Ton, der ausnahmsweise einmal eher besorgt als kritisch klang. »Claudio ist geschäftlich unterwegs«, sagte sie, da sie die Frage ihrer frischgebackenen Schwiegertochter schon vorausahnte. »Ist alles in Ordnung?«

»Ja«, erwiderte Chiaretta rasch. Und dann, als ihr klar wurde, dass Giustina an das dachte, was zwischen ihr und Claudio in ihrer Hochzeitsnacht vorgefallen war, errötete sie.

»Nachdem du nun aufgestanden bist, werde ich die Dienerinnen anweisen, die Laken zu wechseln«, sagte Giustina und wies auf die zum *Piano nobile* hinunterführende Treppe. »Komm mit und hör mir zu, damit du in Zukunft weißt, wie du mit ihnen umzugehen hast.«

Sie läutete. »Zuana wird in einer Minute hier sein. Unsere Diener bleiben außer Sichtweite, aber du wirst feststellen, dass sie nie weit weg und stets prompt zur Stelle sind. – Die Laken in der Kammer der Signora müssen gewechselt werden«, wies sie die junge Dienerin an, die ins Zimmer geeilt war. »Und sorge dafür, dass es richtig gemacht wird und keine Flecken mehr zu sehen sind.«

»O je«, sagte sie, als die Dienerin davonhastete, und sie sich umdrehte und Chiarettas hochrotes Gesicht erblickte. »Ich habe dich in Verlegenheit gebracht. Nun, du wirst lernen, dass es sich nicht vermeiden lässt, den Dienerinnen Einblick in persönliche Angelegenheiten zu gewähren. Wichtig ist lediglich, dass du deine Geheimnisse für dich behältst. Möchtest du heute in deinen Gemächern frühstücken?«

Chiaretta hatte keine Ahnung, was sie darauf erwidern sollte. »Ich weiß nicht«, sagte sie. »Ist das …?« *Ist das hier so üblich?*

Giustina schnitt ihr das Wort ab. »Tu einfach, wonach dir zumute ist«, meinte sie mit gezwungenem Lächeln.

»Es« – stotterte Chiaretta – »Es tut mir leid, aber ich weiß nicht, wonach mir ist.«

»Schon gut.« Giustinas kurz angebundene Art verriet, dass Chiaretta die kostbare Zeit der Hausherrin verschwendete. »Heute werde ich Zuana bitten, dir das Frühstück in deinen Räumen zu servieren. Wegen des Abendessens kannst du dann selbst entscheiden.«

»Zuana?«

»Das Dienstmädchen, das eben hier war. Sie ist dein Mädchen. Sie ist noch ziemlich jung, aber ich glaube, du wirst mit ihr zufrieden sein.«

Giustina schwieg, und in der folgenden Stille hörte Chiaretta einen raschen leisen Wortwechsel zwischen zwei Dienerinnen auf dem Stockwerk unter ihnen und das Quietschen eines Schrankscharniers, als etwas weggeräumt wurde. Irgendwo außerhalb des Hauses läutete eine Kirchenglocke.

»Wird Claudio denn zum Abendessen wieder zurück sein?«, unterbrach Chiaretta das Schweigen so liebenswürdig, wie es ihr möglich war.

»Das bezweifle ich, obwohl er uns womöglich überrascht. Schließlich ist es der erste Tag nach seiner Hochzeit. Allerdings isst er oft auswärts, und du solltest dich nicht darauf verlassen.«

Chiaretta meinte die Spur eines Lächelns in Giustinas Zügen zu erkennen, als sei ihr Wissensvorsprung hinsichtlich ihres Sohnes eine Waffe, die sie stets scharf und griffbereit halten würde. *Wie hat Antonia ihre Mutter genannt? Eine Wölfin.* Claudio und Antonia hatten sich wahrscheinlich bemüht, helfend einzugreifen, doch wenn Giustina sich nicht dazu durchringen konnte, sie freundlicher zu behandeln, würde Chiaretta wohl allein mit der Schwiegermutter zurechtkommen müssen.

Obwohl sie erst vor Kurzem aufgestanden war, fühlte sie sich plötzlich erschöpft und entschuldigte sich. Sie ging in ihr Zimmer zurück, legte sich aufs Bett, und die Augen brannten ihr so heftig, dass sie sie kaum schließen konnte. Dann hörte sie ein schüchternes Klopfen.

»Madonna?«, rief eine leise Stimme.

Sie öffnete die Tür und erblickte Zuana, die ein Tablett trug.

»Ihr Frühstück«, sagte sie in leicht fragendem Tonfall. Als sie Chiarettas rote Augen sah, fragte sie: »Madonna befinden sich wohl?«

»Ja«, erwiderte sie. »Soll ich dir das Tablett abnehmen?«

Zuana schenkte ihr eine versonnenes Lächeln. »Nein, Madonna, ich mache das.« Sie deckte den Tisch für Chiaretta und verschwand mit einem Nicken.

Überwältigt von ihrem Unwissen sogar hinsichtlich der einfachsten Dinge starrte Chiaretta auf den vor ihr stehenden Teller. Sie kaute, ohne zu schmecken, legte dann die Serviette beiseite und kroch wieder ins Bett, wobei ihr auffiel, dass die Laken sauber waren. Als sie erwachte, hatte jemand das Essen weggeräumt, ohne dass sie es mitbekommen hatte.

Bei Einbruch der Nacht war Claudio immer noch nicht zu Hause. Chiaretta zog sich einen Schal, den sie im *Cassone* gefunden hatte, um die Schultern und trat auf die Loggia hinaus, um die am Mond vorbeiziehenden letzten Regenwolken zu betrachten. Ein Boot mit einer Musikantengruppe fuhr hinter einer Gondel her, in der Chiaretta die Umrisse eines sich umarmenden Paars erkennen konnte.

Als eine weitere Gondel an der Loggia vorüberglitt, hörte sie die Melodie eines ihrer Solos aus der Pietà. Sie begann zu singen, erst beinahe flüsternd, doch unversehens schwoll ihre Stimme an. Der Gondoliere kehrte zurück, bis er direkt unterhalb des Balkons stand. Das Licht seiner Laterne tanzte auf dem dunklen Wasser des Kanals, als er die zweite Stimme zu singen versuchte. Ein Nachtreiher schrie im Vorbeifliegen und leistete seinen Beitrag zur Nachtmusik.

»Was tust du denn da?« Claudios Stimme hallte durch den Portego, und seine Stiefel klackten über den Marmorboden, als er auf sie zugeschritten kam. »Geh weg da! Begreifst du denn nicht?« Er zerrte so heftig an ihrem Arm, dass sie aufschrie. »Ich hab dir doch gesagt, dass du nicht öffentlich singen darfst!«

Während er sie von der Loggia zurückzerrte und die Tür hinter sich zuzog, funkelte er sie mit zornig gerunzelter Stirn an. »Sing im Haus für mich und für meine Familie. Sing, wenn ich es dir sage. Aber bis dahin halt bitte den Mund!«

Chiarettas im dämmrigen Licht des Portego aschfahl gewordenes Gesicht bewog ihn, seinen Griff zu lockern. Er senkte die Stimme und versuchte, es ihr zu erklären. »Ich habe ein Versprechen geleistet, habe einen Schuldschein unterzeichnet. Weißt du, was das bedeutet?«

Sie presste die Lider zusammen und schüttelte den Kopf.

»Chiaretta, eine Denunzierung ist eine schreckliche Sache. Ich könnte ins Gefängnis geworfen werden. Mein Geschäft verlieren. Manche verlieren sogar ihr Leben …«

Schluchzend und keuchend riss Chiaretta sich von ihm los. Sie rannte ihn ihre Kammer und schlug die Tür hinter sich zu.

Am Tag davor, als Chiarettas Gondel zwischen den anderen Booten in der Nähe des Dogenpalasts verschwunden war, war Maddalena in die Kirche zurückgegangen. Die Kerzen um den Altar hatte man schon ausgeblasen, und während sich ihre Augen an die Dunkelheit gewöhnten, wurde ihr Blick zur Empore hinaufgezogen, wo eine einzige Öllampe brannte. Eine einsame Gestalt hob sich wie ein Schattenriss vor dem schwachen Licht ab.

»Anna Maria?«, flüsterte Maddalena. »Bist du das?«

»Maddalena? Wo bist du? Ich sehe nichts.«

»Ich sitze auf einer der Bänke. Ich stehe auf. Siehst du mich jetzt?«

»Kaum. Was machst du denn da?«

»Nur dasitzen und nachdenken.«

»Ich bin gekommen, um Orgel zu üben. Macht es dir etwas aus?«

»Nein.« Maddalena seufzte und setzte sich wieder. Mechanisch bekreuzigte sie sich, doch es kamen keine Gebete, nur eine Leere, so dunkel wie das Kapellenschiff.

Maddalena hörte das schabende Geräusch der Bank, als Anna Maria an der Orgel Platz nahm. Sie stützte die Ellbogen auf die Knie und das Gesicht in die Hände. Der dumpfe Klang der Orgel ging ihr auf die Nerven wie eine Zunge, die einen schmerzenden Zahn abtastet.

Sie stand auf und stahl sich aus der Kirche. Allmählich brach der Abend an, und Nebel legte sich über den Hof. *So hat er ausgesehen, als ich ihn das erste Mal sah,* dachte sie, schloss die Augen und erinnerte sich. Die Orgel in der Kapelle verstummte. Einen Augenblick lang stand die Zeit still, und es gab keine Zukunft, um die sie sich hätte sorgen müssen, kein Leben ohne Chiaretta, an das sie hätte denken können. Dann setzte die Musik wieder ein. Ihre Füße bewegten sich mechanisch, sagten ihr, dass es Zeit war, weiterzuleben.

Die Kammer, in der sie mit ihrer Schwester übernachtet hatte, war allen Lebens beraubt. Auch Maddalena würde ausziehen, denn man hatte ihr befohlen, ins Quartier der Maestre zurückzukehren. Am besten, du tust es rasch, dachte sie und trat an den *Cassone,* um ihre Sachen zusammenzusuchen. Drinnen lag, in all der Eile zurückgelassen, Chiarettas Skizzenbuch. Maddalena saß auf dem Bett und strich über den Einband, ehe sie es aufschlug.

Heute hab ich Antonia gesehen, sie komt zu dem Picknick. Sie sagt, wir machen Spiele und es gibt mer zu essen als ich je gesehen hab. Einige der Speisen waren mir fremd.

… bin an diesem Kannal entlang gegangen und hab Eisvögel gesehen.

Maddalena blätterte einige Seiten zurück; sie wusste, was sie finden würde. »Susana hat ihren Bogen zerbrochen«, hatte sie geschrieben, »und Luciana hat ihr den gegeben, mit dem ich spiele. Sie hat ihr zwar gesagt, sie soll ihn in den Schrank stellen, damit auch ich ihn benutzen kann, aber ich hatte nicht den Eindruck, dass ihr viel dran lag.«

Sie blätterte die Seite um. »Luciana ist eine Teufelin aus dem tiefsten Höllenschlund.«

Maddalena fuhr über die Kerbe, die Chiaretta beim Ausstreichen dieser Worte in das Skizzenbuch gekratzt hatte und küsste den Einband, ehe sie die Türe hinter sich schloss.

Die Steinwände des Gemachs, in dem Maestre und Sottomaestre zusammen lebten, war von abgewetzten Tapisserien bedeckt, die einen Teil der Kälte abhielten; ansonsten war der Raum klein genug, dass er durch einen Kohleofen beheizt werden konnte. In der Mitte lag ein Teppich, auf dem mehrere Stühle und ein Tisch standen. Anna Maria saß wartend auf Maddalenas Bett und sprang auf, um sie zu begrüßen. »Wo warst du denn heute?«, sagte sie, legte ihr den Arm um die Schultern und führte sie zu einem der Stühle. »Ich hab gerufen, als ich mit dem Spielen fertig war, aber es war niemand da.«

»Ich habe gepackt, und« – Maddalena setzte sich und zuckte zusammen, obwohl sie keinen Schmerz empfand – »das war's dann wohl.«

Sie stand auf und warf Anna Maria ein mattes Lächeln zu, als sie Chiarettas Skizzenbuch im *Cassone* neben ihrem Bett verstaute. Als sie den Deckel herunterklappte, zwangen sie die jäh auf sie eindrängenden Erinnerungen, sich aufs Bett zu setzen, als ob ihr jemand einen Schubs gegeben hätte. Sie schlug die Hände vors Gesicht und begann zu weinen.

Chiaretta kniete auf dem Prie-dieu, bis die Kerze erlosch. Dann tastete sie sich suchend durch das unvertraute Gemach zu ihrem Bett, legte sich darauf und starrte ins Dunkel. *Ich gehöre nicht in dieses Haus,* dachte sie. *Ich werde nie dazugehören.* Doch was konnte sie jetzt noch daran ändern? Genügte Claudio womöglich dieser einzige Fehler, um ihre Ehe annullieren zu lassen? Sie sei eine Gefahr für ihn, hatte er gesagt. Und wenn er die Ehe tatsächlich für ungültig erklären ließ, wo sollte sie dann hin? Nach dem, was in der letzten Nacht geschehen war, konnte sie jedenfalls nicht zurück in die Pietà. *Vielleicht könnte ich wegziehen, irgendwohin gehen, wo ich singen kann. Ich würde mich schon irgendwie durchschlagen, vielleicht ein Engagement als Opernsängerin finden. Ich habe Ersparnisse in der Pietà. Ich kann sie bitten, mir mein Geld zu geben, und Venedig verlassen.*

Zum ersten Mal, seit sie am Morgen erwacht war, empfand sie etwas anderes als Angst. Doch ihr Plan würde wohl nicht aufgehen, sie wusste es. Die Pietà würde ihr ihre Ersparnisse kaum aushändigen, um etwas Derartiges zu tun. Und auch wenn sie es täten, was würde sie konkret unternehmen?

Ich gehe einfach zu einem Gondoliere und sage ihm, er soll mich – ja, wohin soll er mich eigentlich bringen? Aus der Stadt hinaus? Nie war sie allein in Venedig spazieren gegangen, nie hatte sie Geld in der Hand gehabt. Und auch wenn sie aus der Stadt hinauskam, wo sollte sie hin? Sie kannte die Namen einiger anderer Städte – Rom, Mailand, Florenz – wusste aber nicht, wo sie lagen. Sie starrte an die Decke und schalt sich für all die Dinge, die sie nicht wusste, bis sie schließlich einschlief.

Ein paar Stunden später wachte sie auf und sah, dass Claudio in einem Stuhl an ihrem Bett saß.

»Ich habe dir beim Schlafen zugesehen«, sagte er, »und mich wie ein Idiot gefühlt.« Er streckte er die Hand aus, um ihr beim Aufsetzen behilflich zu sein. »Du bist der erste Mensch, den ich kenne, der nicht dieselbe Erziehung genossen hat wie ich«, sagte er. »Ich darf einfach nicht davon ausgehen, dass du Dinge, von denen du keine Ahnung haben kannst, sofort begreifst.«

Chiaretta saß auf der Bettkante. »Es tut mir so leid«, flüsterte sie.

Claudio zog sie zu sich hoch. »Komm mit in mein Zimmer«,

240

sagte er. »Zuana konnte kein Feuer bei dir machen, weil sie, als du nicht reagiert hast, Angst hatte, das Zimmer zu betreten.« Er legte den Arm um sie und führte sie zur Tür. »Bei mir ist es wärmer, und die Lampen sind schon angezündet.«

Claudios Studierzimmer hatte eine mit goldenen und scharlachroten Ornamenten bemalte Holzvertäfelung. Ein Bücherregal nahm eine der Wände ein, ein Fenster mit schweren Samtvorhängen die andere. Und ein kleiner offener Kamin spendete genügend Licht, um das über dem Kaminsims hängende Porträt eines grimmig dreinblickenden Mannes zu beleuchten.

»Mein Großonkel Francesco«, sagte Claudio, als er Chiaretta zu dem Gemälde hinaufblicken sah. »Er war der Befehlshaber der venezianischen Flotte, wenn nicht gerade das Dogenamt seine Energien in Anspruch nahm.« Er wies auf einen Sessel. »Der hier ist am bequemsten. Ich kann Tee bringen lassen, wenn du möchtest.«

Chiaretta schüttelte den Kopf, nahm Platz und verteilte ihre Robe um sich herum, während Claudio fortfuhr. »Ich habe das Porträt hier bei mir hängen, damit es mich daran erinnert, wer ich bin. Einer der alten Familien Venedigs anzugehören, heißt, dass ich von ihnen allen etwas habe.« Er setzte sich und rückte näher an sie heran. »Wenigstens von jedem Morosini – ob gut oder schlecht.«

»Claudio, ich …«

Er ergriff ihre Hand. »Du musst nichts sagen. Ich war nicht höflich. Ich habe mich schändlich benommen, und *ich* muss mich bei *dir* entschuldigen. Ich würde gern noch einmal von vorn anfangen.«

»Ich weiß nicht …« Chiarettas Stimme versagte.

»Was weißt du nicht?«

Es platzte aus ihr heraus. »Ob du glaubst, dass du einen Fehler gemacht hast. Ob du mich noch willst. Ob ich das alles schaffe.«

Claudio erhob sich und trat hinter ihren Stuhl, beugte sich

nach vorn und legte die Arme um sie. »Hätte ich dich gebeten, mich zu heiraten, wenn ich mir nicht sicher wäre, dass du diese Aufgabe mit großer Würde meistern wirst?« Er beugte sich hinunter und vergrub sein Gesicht an ihrem Hals. »Du bist so stark, wie du schön bist«, sagte er und küsste sie immer wieder, bis sie ihm auf die Hand schlug und meinte, er solle aufhören, sie zu kitzeln.

»Schon besser«, versetzte er. »Ich will dich lächeln sehen.« Er trat wieder vor sie und zog sie hoch. »Du bist meine Frau«, sagte er und sah sie an. »Ich bin so stolz und so glücklich.« Er lächelte. »Und ganz Venedig beneidet mich.«

Das Feuer war ausgegangen, und das Licht der Morgendämmerung begann bereits ins Zimmer zu dringen, doch Chiaretta und Claudio waren des Redens noch immer nicht müde. Seine Mutter, da waren sie sich einig, konnten sie, solange sie im selben Haus wohnten, schwerlich ignorieren. Normalerweise jedoch bestand in der Familie die stillschweigende Übereinkunft, dass jedes Stockwerk des Hauses für sich war, und es war eher unwahrscheinlich, dass Giustina ohne Vorwarnung in Chiarettas Bereich eindringen würde, ebenso wenig, wie Chiaretta und Claudio unangekündigt bei ihr erscheinen würden. Die Umstände dieses Morgens waren ungewöhnlich gewesen, und sie würde sich derartige Auftritte nicht zur Gewohnheit machen. Falls doch, würde Claudio – nicht Chiaretta – die Sache in die Hand nehmen.

Vielleicht änderte sich das alles ja noch, doch wenn Chiaretta jetzt an Giustina herantrat – darin stimmten sie überein –, würde sie nichts gewinnen. Wahrscheinlich würde sie sich nach jedem Versuch nur noch elender fühlen. Obwohl sich Giustina für die Erziehung ihrer Schwiegertochter verantwortlich fühlen mochte, war Chiaretta wahrscheinlich viel besser dran, wenn sie sich ihren Lektionen weitestgehend entzog. Am folgenden Tag wollte Claudio bei Antonia vorbeischauen und sie bitten, möglichst oft zu kommen und seine Frau zu besu-

242

chen. Von ihrer Freundin konnte Chiaretta alles Nötige lernen, und sobald die Schwangerschaft Antonia zu einem zurückgezogeneren Leben zwang, konnte Chiaretta ihr in Antonias Haus Gesellschaft leisten.

»Ich hoffe nur, dass sie dich nicht in ein Ungeheuer verwandelt.« Claudio lachte und zog Chiaretta hoch. »Aber zunächst mal muss ich dich ins Bett bringen. Ich habe dich die ganze Nacht wach gehalten.«

In ihrem Schlafgemach streifte er ihr die Robe ab, sodass sie nur in ihrem dünnen Seidenhemd vor ihm stand. Er musterte sie von oben bis unten, während sie die Arme nach ihm ausstreckte, und ein Seufzen entrang sich ihm. »Aber ich wäre ein Flegel, wenn ich dir so rasch wieder beiwohnen würde.« Er schlug die Decke zurück. »Schlaf jetzt. Alles wird gut. Lass uns nur Zeit.«

15

Die Maske bestand aus Leder, das man gespannt, zu einem Katzengesicht gepresst und in perlmuttartig schimmernden Weiß- und Blautönen bemalt hatte. Ein filigranes Gebilde aus goldenem Netzgewebe und Draht bauschte sich vom Nasenrücken wie Engelsschwingen nach vorn, als ob die Katze selbst eine Maske trüge.

»Sie ist wunderschön«, sagte Chiaretta und fuhr mit den Fingern über die falschen Perlen und winzigen Glaskügelchen, die den Rand der Maske bildeten. Sie reichte sie Claudio und drehte sich um. »Hilfst du mir, sie aufzusetzen?«

Als er eine Schleife gebunden hatte, trat sie hinaus in den Portego, um sich selbst in einem der vergoldeten Spiegel an den Wänden zu betrachten.

In der Pietà hatte Chiaretta ihr Spiegelbild nur dann gesehen, wenn sie während der wenigen Minuten vor einem Konzert an ihrer *Maniera* gearbeitet hatte und die Figlie einen Handspiegel herumgehen ließen. Zwei Monate nach ihrer Hochzeit war das Gefühl, das sie hatte, wenn sie durch den Portego ging oder in den Silberspiegel auf ihrer Frisierkommode schaute und sich in neuen Kleidern und Frisuren erblickte, noch immer gewöhnungsbedürftig.

So sehe ich mit offenen Haaren aus, und *so, wenn ich morgens aufwache,* oder *so, wenn ich gehe,* dachte sie bei sich, weniger aus Eitelkeit als neugierig und verwundert.

Chiaretta stand vor dem riesigen Spiegel und sah zu, wie die maskierte Gestalt ihre Bewegungen nachahmte. Ihr war ein wenig flau, wie ihr zuweilen wurde, wenn sie bei heftigem Wellengang eine Gondel bestieg oder verließ. Sie nahm die Maske ab, und das Gefühl verschwand, dann hielt sie sie vors Gesicht und nahm sie – in einem allmählichen Prozess der Selbstvergewisserung – immer wieder herunter.

Sie sieht wirklich wunderschön aus zu meinem neuen Kleid, dachte sie. Das Mieder aus schimmerndem silber- und aquamarinfarbenem Brokat betonte ihre vollen Brüste; und darunter bauschte sich ein Rock aus Metern von Taftseide, die bei jeder Bewegung raschelte.

Als sie sich nach Claudio umdrehte, damit er ihr nochmals die Maske band, verschlug es ihr den Atem, als sie einen Mann in Dreispitz und schwarzem *Domino* erblickte, der sie aus einigen Metern Entfernung beobachtete. »Hat meine *Bauta* dich erschreckt?« Die Stimme ihres Gatten hatte sich – unter dem Rand der schlichten weißen, auf seiner Oberlippe aufliegenden Maske – bis zur Unkenntlichkeit verändert.

Sie wurde leichenblass und streckte, von der Erinnerung an den Mann mit der weißen Maske vor so vielen Jahren überwältigt, haltsuchend die Hand nach dem Stuhl aus. »Ich mag das nicht«, sagte sie.

»Ach Unsinn! Alle lieben den Karneval. Man braucht nur ein bisschen Zeit, um sich dran zu gewöhnen.«

»Aber wenn wir uns verlieren? Wie soll ich dich dann wiederfinden?«

Claudio hatte Hut und Maske abgelegt, und stand in einem Seiden-Domino, der seinen Kopf bis auf ein kleines Loch für das Gesicht bedeckte, vor ihr. Er beugte sich vor, um sie auf die Wange zu küssen. »Ein anderer Mann in einer Bauta wird dich in seine Gondel zerren und in sein Haus schleppen, und ich sehe dich nie wieder.«

Er beobachtete sie, um sicherzugehen, dass sie seinen Scherz verstand, ehe er hinzufügte: »Das wird natürlich nicht passieren. Ich werde dich keine Sekunde lang aus den Augen lassen. Oder noch besser …« Er verschwand in ihrem Schlafgemach und kam mit dem Stück purpurroter Seide, in das die Maske eingewickelt gewesen war, zurück: »Hilf mir, es zu falten, und steck es an meinen Hut.

Als Chiaretta ihm ihre Maske gereicht hatte, damit er sie wieder festband, schüttelte er den Kopf. »Die ist für Gesellschaften.«

Er verschwand in seinem Studierzimmer und brachte eine Bauta, die genauso aussah wie seine. »So etwas musst du tragen.«

Er half ihr in den Domino, und nachdem er ihr die weiße Maske festgebunden hatte, ging er noch einmal in sein Zimmer und kehrte mit einem Dreispitz wie dem seinen zurück.

Chiaretta betrachtete sich im Spiegel und spürte, wie die Übelkeit sie wieder überkam. Zwei Gestalten starrten sie daraus an. Eine war groß und abgesehen von der weißen Maske von Kopf bis Fuß in Schwarz gewandet. Die andere war kleiner und trug einen Taftrock unter dem schwarzen Umhang. Sie schloss die Augen und atmete durch die Nase. Im Nu wurde ihr heiß unter der Maske, und als sie die Schultern unter dem Domino bewegte, sagte sie sich, dass sie, solange sie nicht in den Spiegel blickte, ja nur sie selbst war.

Sie nahm Claudios Arm, und gemeinsam stiegen sie die Treppe hinunter und traten auf den Steg hinaus. Als sie die Gondel bestiegen, blickte Chiaretta hinauf zur purpurroten Rosette auf seinem Hut. Bei diesem Anblick wurde sie von jäher Zärtlichkeit überwältigt, sodass sie sich nur noch wünschte, mit ihm hinaufzulaufen in ihre Schlafkammer, ihre Kostüme abzustreifen und sich der Liebe hinzugeben.

Der Gondoliere legte ab, und sie fuhren Richtung Rialto-Brücke auf den Canal Grande hinaus. In der Dunkelheit ringsum glitten Boote voller schwarzer Gestalten durchs Wasser, deren weiße Masken im Lampenlicht schaurig aufleuchteten.

Der Ort, an den Claudio sie brachte, sollte eine Überraschung sein, die er nicht verderben wollte. Erst als sie die hell erleuchtete Fassade des Teatro San Giovanni Grisostomo erblickte, begriff Chiaretta, dass sie ihre erste Oper erleben würde, und zwar nicht im Teatro Sant'Angelo, sondern als Gast von Logeninhabern im luxuriösesten Theater Venedigs.

»Wenn du das einmal gesehen hast, bist du, fürchte ich, völlig verdorben und wirst mein armes kleines Theater nicht mal mehr besuchen wollen!« Claudio schrie beinahe, damit sie ihn bei dem Geplärr der Leute, die Erfrischungen und Karten verkauften, überhaupt hören konnte. »*Scenario!*«, rief er aus und hielt eine kleine Münze in die Höhe, um die Aufmerksamkeit eines kleinen Programmverkäufers zu erregen.

Während sie sich durch den Vorraum schoben, sah Chiaretta, dass die Mehrzahl der Anwesenden dieselben Dominos und weißen Masken anhatten wie sie und Claudio, obwohl auch einige schwarze Masken mit gerunzelten Stirnen und hervortretenden Augen trugen.

»Was sind denn das für welche?«, fragte sie, unter ihrer Maskenlippe hervormurmelnd.

»Es sind Figuren aus der Commedia dell'arte«, erwiderte Claudio. »In einem Jahr kennst du sie alle.«

»Und was ist das für ein Vogel?« Sie wies mit dem Kopf auf eine Person, die mit einer Maske mit aufgemalter Brille und langem Schnabel auf sie zuhumpelte.

Claudio hob seine Maske leicht an, um deutlicher sprechen zu können. »Bei der letzten Pestepidemie hat ein Arzt seine Maske mit Kräutern ausgestopft, um sich beim Behandeln seiner Patienten vor Ansteckung zu schützen.«

»Hat es denn funktioniert?«

»Nicht besonders lange, aber alle liebten die Maske.«

Die Maske des Pestdoktors streifte beim Vorbeigehen Chiarettas Schulter und entschuldigte sich mit weicher hoher Stimme, ehe sie weiterging.

»War das eine Frau?«, fragte Chiaretta erstaunt.

Claudio drehte sich, um der Person nachzusehen. »Das kann man nie wissen in Venedig«, antwortete Claudio und musterte die Gestalt, während sie um eine Ecke verschwand. »Sie – oder er – trägt *Pianelle*. Das sind diese lächerlich hohen Holzpantoffeln, die heute kaum mehr jemand trägt. Heutzutage holen sich die Frauen lieber nasse Füße, als dass sie auf Stelzen herumspazieren, und ich zumindest bin froh darüber.« Er legte ihr den Arm um die Schultern. »Ich mag deine Größe.«

Als sie die Treppe erreichten, hakte Claudio sie unter. Nachdem sie mehrere Fluchten hinaufgestiegen waren, fand Chiaretta sich in einem Gewölbegang wieder. Livrierte Diener standen vor einem Dutzend oder noch mehr vergoldeten Türen, und als Claudio vor einer davon stehen blieb, geleitete sie der Page hinein.

Die Loge, die sie betraten, bestand aus zwei Abteilen. Hinten, direkt neben der Tür gruppierten sich um einen Tisch, auf dem Spielkarten verstreut lagen, eine Couch und ein dazu passender Sessel. Auf einer Kredenz an der Seite standen mehrere Weinflaschen und Silbertabletts mit Käse und eingelegten Speisen. Ein Wandspiegel war so aufgehängt, das er auch denjenigen, die sich im hinteren Teil der Loge befanden, den Blick auf die Bühne ermöglichte. In der Mitte der Loge hatte man einen Vorhang zugezogen. Durch ihn hindurch konnte Chiaretta eine vergoldete Balkonbrüstung erkennen sowie ein gutes halbes Dutzend mit rotem Samt gepolsterter Stühle.

Die Eigentümer der Loge waren zwar noch nicht eingetroffen, doch nach wenigen Minuten wurde Claudio von einem Mann begrüßt, der seine Maske abnahm, um sein Gesicht zu zeigen. Marco Grimoni, dessen Familie das Opernhaus gehörte, machte die Runde, um seine Freunde in ihren Logen zu begrüßen.

»Ich habe gehört, du würdest kommen«, sagte er zu Claudio. »Und ich wollte deine Braut, die berühmte Chiaretta della Pietà, kennenlernen.« Er verbeugte sich und ergriff ihre Hand. »Verflixter Karneval! Seit Jahren habe ich versucht, Ihr Gesicht zu sehen, und nun tragen Sie eine Maske!«

»Du kannst deine Bauta absetzen«, meinte Claudio zu ihr gewandt, und griff nach oben, um ihr den Dreispitz abzuneh-

248

men. Er löste ihre Maske und half ihr, den Domino über den Kopf zu ziehen.

»Brava!«, rief Marco. »Das beweist, dass die *putte* doch Engel sind!« Schwungvoll hob er ihre Hand und küsste sie auf das Handgelenk.

Die Ankunft der Logeneigentümer unterbrach ihr Gespräch. Während Claudio plaudernd auf dem Sofa saß, begleitete Marco Chiaretta nach vorne. Sie blickte auf die Logenränge, die die Rückwand und die Seiten des Theaters einnahmen. Die Säulen waren mit vergoldeten Reliefs aus Muscheln, Blumen und Blättern geschmückt. In Marmor gehauene menschliche Figuren stützten jede Loge von unten.

Sie beugte sich übers Geländer, um aufs Parkett hinunter zu schauen, wo Dutzende von Menschen umherliefen. »Wo wollen die alle sitzen?«, fragte sie Marco.

»Sie sitzen nicht«, sagte er, »es sei denn, sie mieten sich einen Platz. Genau wie in der Pietà.« Er deutete auf ein paar Leute, die Bänke nach vorne trugen. »Es dauert immer noch eine Stunde, bis es losgeht. Dann wird es da unten brechend voll.«

»Aber wie können die Leute etwas sehen?«

Marco lachte leise. »Es ist sowieso keiner besonders aufmerksam.« Er deutete nach oben. »Sehen Sie sich mal die Decke an!«

Auf einer Seite war das Grimani-Wappen abgebildet sowie eine Gestalt, die Marco zufolge den Ruhm verkörperte, umgeben von Putten und Gottheiten mit Blumengirlanden in den Händen. Auf der anderen Seite konnte man ein Darstellung der Venus bewundern.

»Sie ist wunderschön«, sagte sie.

»O, aber das Beste haben Sie noch gar nicht gesehen«, prahlte Marco. »Eines der Wunder Venedigs!« Und im selben Moment begann sich das Bild der Venus zu bewegen, und ein Kronleuchter von fast dreißig Fuß Durchmesser senkte sich herab. Vier goldene und silberne Arme, auf denen Dutzende weißer Kerzen brannten, trafen sich in der Mitte, im Wappen der

Familie Grimani. Von ihm gingen vergoldete Strahlen aus, die mit perlmuttfarbenen Kugeln inkrustiert waren.

»Bravo!«, sagte Claudio, der sich ihnen von hinten näherte und sich einen Stuhl ans Geländer zog. »Für meine Braut«, sagte er und reichte Chiaretta ein Gläschen bernsteinfarbenen Weins. »Die Grimanis veranstalten das schönste Spektakel der Stadt, noch ehe die Oper beginnt.«

»Und während wir warten, können wir uns ein wenig dem widmen, was vor der Vorstellung so geboten ist.« Marco deutete auf die gegenüberliegenden Logen. »Da drüben sind die Gradenigos und genießen den ersten Gang ihres Abendessens.« Er ließ seinen Blick über die Logen schweifen. »Was haben wir denn da?«

Er deutete auf eine Loge, wo ein Mann in einer Bauta das Mieder einer maskierten Frau umfasste, ehe sie den Vorhang zuzogen. »Wir tun einfach so, als könnten wir uns gar nicht vorstellen, wer sie sind«, meinte Marco. »Schließlich tragen sie ja Masken. Wer könnte es also sagen?«

»Ich habe nicht die geringste Ahnung«, wiederholte Claudio mit hochgezogenen Augenbrauen, während die beiden Männer einen Blick wechselten, der Chiaretta unverständlich blieb.

Direkt unter ihnen sah sie im Parkett zwei Männer streiten. Sie rissen sich die Masken von den Gesichtern und begannen, sich zu prügeln. Bald mischten sich andere ein, bis ein ganzer Haufen von Körpern am Boden sich schlug und trat, während sich ein paar Frauen heftig Luft zufächelten und Leute im ersten Logenrang hinunterwarfen, was immer sie gerade zur Hand hatten.

Das Orchester hatte während der letzten fünf, zehn Minuten mit dem Stimmen der Instrumente begonnen, war jedoch wegen des Getöses nicht zu hören, bis der Dirigent seine Leute anwies, so laut zu spielen, wie sie nur konnten. Als der Kronleuchter wieder nach oben stieg und das Bild der Venus vor das Loch in der Decke glitt, spielten sie die ersten Noten.

Chiaretta sah zu, wie sich der Vorhang hob vor einem Schauplatz, der an einen alten griechischen Hafen erinnerte. Ein Schiff lag an einem Kai in der Mitte der Bühne, während sich vorn auf der Seite ein Tempel befand. Chiaretta blickte in einen Palasthof mit einer Marmortreppe, die zu einer Schlafkammer im Zwischengeschoss auf der anderen Bühnenseite führte. Das Ganze ging derart nahtlos in den gemalten Hintergrund über – er stellte eine Küste mit einer Armada von Schiffen dar –, dass man den Eindruck gewann, das Theater habe keine Rückwand.

Das Publikum im Parkett applaudierte und wandte sich wieder seinen vorigen Beschäftigungen zu. Tänzer sprangen auf die Bühne, boten ein Ballett dar und bereiteten den Auftritt des Helden und seines soldatischen Gefolges vor. Nach einigen Minuten Rezitativ durchdrang eine Stimme den Lärm im Theater und errang für kurze Zeit die Aufmerksamkeit der Menge. Obwohl die Tonlage sich im weiblichen Stimmumfang bewegte – es war die gleiche wie die Caterinas, wenn sie die Judith sang –, hallte ihr Klang mit mehrfacher Lautstärke von der Rückwand und der Decke des Theaters wider.

»Weißt du, wer das ist? Du erlebst hier einen der großen *Kastraten* unserer Zeit«, informierte sie Claudio. »Das ist Senesino. Sobald die Oper abgesetzt wird, reist er weiter nach Dresden, aber angeblich soll er demnächst für Händel in London singen.«

Würde sich die Heldin tatsächlich in ein Männlein verlieben, aus dessen Kostümkragen Fettwülste quollen? *Er sieht aus wie eine Walnuss mit Armen und Beinen,* dachte Chiaretta. Doch als er weitersang, begann sein Stimmvolumen alles, sogar die Liebe zu einer Walnuss, in den Bereich des Vorstellbaren zu rücken.

»Die Lungen eines Mannes, und die Stimme eines Knaben«, sagte Claudio. »Doch welchen Preis zahlt er dafür!«

Senesinos Stimme wurde lauter, ging über zu einer Kadenz voller Triller und rasanter Tonfolgen, die sich immer höher schraubten, bis das gesamte Publikum ihm lauschte. Von einer schwungvollen Geste seiner dicklichen Arme dirigiert, setzte das Orchester ein, und die Arie endete in explosionsartigem Applaus.

Dann füllte sich die Bühne aufs Neue mit Soldaten, denen Frauen zum Abschied winkten. Senesino bestieg das Schiff in der Bühnenmitte, um ihn herum wogten die gemalten Wellenkämme, und sein Fahrzeug begann zu schaukeln. Ein Gott schwang sich von den Dachsparren herunter, und sie sangen ein Duett, ehe der Gott wieder über der Bühne verschwand. Als das Schiff die Bühne verließ, erhob Senesino die Stimme. Während er sein Schwert emporreckte, senkte sich der Vorhang nach dem ersten Akt.

Abgesehen von der Seeschlacht samt Kanonen, Rauchentwicklung und einem sinkenden Schiff, das unter der Bühne verschwand, wurde die restliche Oper vom Publikum weitgehend ignoriert. Die Plätze auf der gegenüberliegenden Seite waren leer, außer wenn Senesino sang, und unter Chiaretta waren die Leute in den niedersten Rängen mit einem Wettbewerb beschäftigt, aus dem als Sieger hervorging, wer am weitesten in die Menge spucken konnte.

Während Chiaretta verfolgte, wie die restlichen Sänger gegen den Lärm ankämpften, dachte sie an die verzückten Zuhörer, die ihrem Gesang auf der Empore der Kapelle gelauscht hatten. An diesem Abend hatte bereits eine Sopranistin ihre Arie unterbrochen, war in die Kulisse gestürmt und hatte die Zuhörer angeschrien, sie sollten aufhören, Gegenstände auf die Bühne zu werfen, eine andere hatte leise weitergesungen, als sei es das Ganze gar nicht wert, aber die meisten machten einfach tapfer weiter.

Schließlich wurde es sogar Chiaretta langweilig, und sie gesellte sich zu Claudio. Der Alkohol hatte ihm die Wangen gerötet, und fröhlich verlor er beim Kartenspiel. Sie stellte sich hinter ihn und legte ihm die Finger auf die Schultern. Er griff nach oben und tätschelte ihr die Hand. »Meine Glücksbringerin ist gekommen«, sagte er zu seinem Freund und gewann die nächsten drei Runden.

Zum letzten Mal fiel der Vorhang, der Kronleuchter fuhr herunter, und das Publikum begann ins Freie zu strömen. Chiaretta unterdrückte ein Gähnen und legte Domino und Bauta an, hakte Claudio unter und stieg mit ihm zum Eingangssaal hinab und trat hinaus ins Freie.

Der Platz vor dem Theater hatte sich in eine wüste Szenerie mit Karnevalsmasken, Jongleuren, Straßenmusikanten und Esswaren- und Andenkenverkäufern verwandelt. Claudio führte sie durch das Gewühl und einige Seitengassen und schirmte sie mit seinem Körper von der in beide Richtungen drängenden Menge ab.

Und dann waren sie an der Rialto-Brücke. Der steinerne Bogen war voller Menschen und erinnerte Chiaretta an den Tag, an dem sie als kleines Mädchen die Kämpfe an der Ponte dei Carmini miterlebt hatte. Betrunkene grölten unzüchtige Lieder, die durch die Nacht waberten, doch an diesem Abend landete nur hin und wieder eine Feder von einer Maske oder eine leere Weinflasche im Kanal.

Dennoch hakte sich Chiaretta fester unter und schmiegte sich eng an Claudio. Sie wollte nach Hause. Daheim sein. Im Palazzo Morosini, ihrem eigenen Bett, ihrem eigenen Zimmer, den eigenen Mann an der Seite.

Maddalena lauschte den Klängen dieser ersten Karnevalsnacht hinter den Wänden der Pietà. An diesem Abend war sie bereits im Parlatorium gewesen, und eine Gruppe nach der anderen war an ihnen vorbeigezogen. Die Gesichter ganz nahe am Gitter, schwatzten und kicherten die Figlie, boten ihren Gästen durch die Absperrung hindurch Gebäck und Wein an oder klatschten in die Hände, während die Feiernden sie mit Handpuppen und Zaubertricks unterhielten.

Maddalena hatte sehen wollen, ob sich vielleicht auch Chiaretta unter ihnen befand. Seit ihrer Hochzeit war sie zweimal mit Antonia da gewesen, doch die Unterhaltung durch das Gitter hindurch war so quälend gewesen, dass beide froh waren, als der Besuch vorbei war. An diesem Abend aber war Chiaretta nicht gekommen, und obwohl es Maddalena nicht überraschte, war sie dennoch enttäuscht, als sie das überfüllte Parlatorium verließ und, ohne einen Blick auf ihre Schwester erhascht zu haben, wieder nach oben ging.

Wenige Tage später traf Vivaldi ein, um zwei Konzerte zu besprechen, die Maddalena betreuen sollte. Das Haar hing ihm strähnig herunter, und die Augen waren rotgerändert. Seine Hände zitterten, als er die Geige aus dem Kasten nahm, und sie sah, wie seine Arme mehrmals zuckten, wie es die ihren zuweilen taten, wenn sie aus einem Albtraum erwachte.

»Befinden Sie sich auch wohl?«, fragte sie ihn.

Er tat ihre Frage ab. »Das sind nur die Nerven. Nächste Woche hat *L'Incoronazione di Dario* Premiere, und die Bühnenmalereien sind noch nicht fertig, der Kastrat führt sich weiß Gott wie auf, und die Investoren meinen, ich könnte auch ohne Geld eine Oper produzieren.«

Vivaldi wartete ihre Antwort nicht ab. »Ich hatte einen Auftrag für zehn Concerti«, erzählte er Maddalena mit verschwörerischem Grinsen, »und habe sie innerhalb von drei Tagen geliefert.«

»Wie haben Sie denn das geschafft?«

»Ich habe nicht mehr geschlafen! Und sie waren auch nicht ganz neu, aber Originalwerk hin oder her! Ich habe frühere Stücke genommen und sie hier und da ein wenig abgeändert. So machen es doch alle.«

Er kicherte.

»Manchmal reiße ich nur die Titelseite weg, schreibe eine neue und widme das Ganze der Person, die es bestellt hat. Keiner merkt es. Der Kunde, dem ich die Stücke verkauft habe, reist sowieso demnächst ab.«

Das klang nicht gerade ehrlich, und Vivaldi registrierte die zweifelnde Miene Maddalenas. »Ich habe gar keine andere Wahl«, sagte er. »Kompositionen werden sehr schlecht bezahlt. Ich habe ein Haus und zwei Diener. Ich habe zu essen und sie auch. Und meinem Vater geht es nicht gut, sodass er vielleicht bald zu mir ziehen wird.«

Er hob die Hände und warf ihr einen hilflosen Blick zu. »Für dich, Maddalena, kann Musik sein, was immer du dir darunter vorstellen magst – Traum, Luxus, Gefühl, Leidenschaft, wer weiß? Für mich aber ist sie ein Geschäft, und wenn ich komponierend am Schreibpult sitze, bin ich leider die meiste Zeit über vor allem Kaufmann.«

Er sah ihr düsteres Gesicht. »Verachte mich nicht«, sagte er. »Ich habe keine andere Wahl. So ist es nun einmal.«

Begleitet von Ticks und wilden Gesten brachen die Worte aus ihm heraus. Stumm stellte Maddalena den Zinnkrug mit Wasser auf den Tisch neben seinem Geigenkasten und wartete ab.

Ich habe Besseres zu tun, dachte sie und griff nach den neuen Noten, die er mitgebracht hatte. *Ich könnte sie zu den Kopistinnen bringen. Ich habe ein Konzert zu proben. Ich muss eine Schülerin im Spital besuchen.*

Kommentarlos nahm er einen Schluck. »Die Congregazione ist nicht zufrieden mit mir, weil ich fast meine ganze Zeit auf meine Opern verwende.«

»Opern?« Sie riss sich zusammen, versuchte, interessierter zu klingen, als sie es war. »Gibt es denn noch eine andere außer *Dario?*«

»*Penelope la Casta.* Du weißt schon, die Geschichte von der Frau des Odysseus.« Vivaldi nahm noch einen Schluck und überlegte kurz. »Sie ist ein bisschen … wie du. Geduldig. Wie sie immer da ist und wartet.«

Wartet? Er glaubt tatsächlich, ich habe nichts Besseres zu tun, als drauf zu warten, dass er hier auftaucht? Maddalena begann ihren Bogen zu entspannen. »Sie müssen sich ausruhen«, sagte sie, bemüht, sich ihren Ärger nicht anmerken zu lassen.

Vivaldi beugte sich nach vorn und vergrub, die Ellbogen auf die Knie gestützt, das Gesicht in den Händen. »Du bist immer so gut zu mir. Ich glaube, du hast recht.«

Die zärtlichen Worte, die ihr einst Kraft gegeben hatten, taten ihr jetzt nur noch weh. *Geh,* dachte sie. *Geh endlich.*

Er war schon dabei, zusammenzupacken. »Wenn ich noch nicht krank bin, dann werde ich es«, sagte er. »Und sie sind alle so unerbittlich. So unerbittlich.« Er ließ seinen Geigenkasten zuschnappen. »Ich sollte besser nach Hause gehen.«

Maddalena beobachtete von einem Fenster aus, wie er die Gasse neben der Pietà entlang ging, die Hand an die Brust gepresst, ob aus Schmerz oder Gewohnheit, sie wusste es nicht. Sie merkte, wie ihr flau wurde wie vor Jahren, als sie in dem Schrank nach dem fehlenden Bogen getastet hatte. Er war ein schwieriger Mann, doch seit seiner Rückkehr war die Musik des *coro* immer göttlich gewesen und manchmal derart exquisit, dass ihr war, als schwebe ihr Herz vor ihrer Brust, als erfahre sie die Musik ganz unmittelbar und ohne jede Einschränkung.

»Ich habe es nicht so gemeint«, flüsterte sie, doch während sie es noch sagte, war ein anderer Teil in ihr froh, seinen Rücken hinter einer Hausecke verschwinden zu sehen.

Als Maddalena Vivaldi wiedersah, brachte er Neuigkeiten mit, die sie nicht hören wollte. *Dario* war ein finanzieller Erfolg, auch wenn die Oper nicht viel Lob geerntet und er sich mit der Rolle des *Impresario* in der halsabschneiderischen Theaterwelt Venedigs offenbar übernommen hatte. Noch vor der ersten Aufführung von *Penelope* hatte er beschlossen, nach dem Karneval nach Mantua zu reisen, um dort sein Glück zu versuchen. Den Vertrag mit der Pietà hatte man in gegenseitigem Einvernehmen gelöst, und er war lediglich gekommen, um sich zu verabschieden.

Als Maddalena an diesem Abend allein im Bett lag, dachte sie an seine letzte Abreise zurück. Die hatte damals beinahe ihr Leben zerstört, und es erschien ihr seltsam, dass sie sich an ihre damaligen Gedanken und den Grund ihrer Verzweiflung nicht mehr erinnern konnte. *Ich erkenne mich selbst nicht wieder,* dachte sie.

Sie drehte sich auf die Seite und blickte sich in der Kammer um. *Solange ich hier bin, wird dir nichts geschehen,* hatte er damals gesagt, doch da lag sie nun, eine der Leiterinnen des *coro,* und brauchte seine Zusicherung nicht mehr.

Aber warum fühle ich mich so leer? Seit seiner Rückkehr hatte sie sich unermüdlicher Geschäftigkeit hingegeben und sich so viele Jahre lang eingeredet, es mache ihr nichts aus, dass sie es selbst schon fast glaubte. Jetzt aber stellte sie sich eine Kutsche vor, die unterwegs war zu einer neuen Stadt, darin Vivaldi, den Kopf voller Musik, und sie wünschte, sie wäre an seiner Seite.

Grübelnd setzte sie sich auf. Die Decke rutschte ihr auf den Schoß, sodass die nackten Schultern der kalten Nachtluft des Schlafsaals ausgesetzt waren.

Er ist der genialste Musiker seiner Zeit.

Er ist Priester.

Und ich bin eine Waise, die Geige spielen kann.

Das war alles. Der Rest waren ein paar Gefälligkeiten und Glück und nichts weiter.

Nichts weiter? Sie hatte da ihre Zweifel. Sie war eine erwachsene Frau, und ihr Urteil in derlei Dingen war inzwischen treffender als bei seiner letzten Abreise. Sie bedeutete ihm etwas, dessen war sie sich sicher, doch warum sollte sie sich über seine Gefühle oder das, was sie für ihn empfand, den Kopf zerbrechen und stundenlang wachen? Maddalena legte sich wieder hin. Sie fühlte sich wohl in ihrer jetzigen Stellung, sie war gerne hier. Was änderte es schon, wenn er mit ihr zusammensein wollte? Wozu sich überhaupt Gedanken machen, ob sie mit ihm zusammensein wollte? Was hätte es für einen Sinn, sich jetzt noch einmal der Vergangenheit zuzuwenden und sich zu fragen, ob das, was sie für ihn empfunden hatte, nun als Liebe oder Vernarrtheit oder sonst etwas zu bezeichnen war?

Er war fort, und allein der Gedanke an ihn zerrte sie in eine solche Melancholie hinab – wie Steine, die man an unerwünschte Dinge band, um diese auf dem Grund der Lagune zu versenken.

Was ist nur los mit mir? Ihre Hände waren kalt und klamm, als sie sie ans Gesicht presste. Anna Maria murmelte im Schlaf, und Maddalena hörte, als sich eine der Sotto-maestre umdrehte, ein Bett knarren. Vielleicht sind ja meine *Körpersäfte* nicht mehr im Gleichgewicht. *Vielleicht sollte ich darum bitten, zur Ader gelassen zu werden,* dachte sie, *damit dieser Krieg in meinem Innern aufhört.*

Doch auch ein anderes Gefühl war manchmal da, eine überraschende Leichtigkeit, fast eine Art Leichtsinn. Vivaldi mit seinen Launen, schwachen Lungen, seinen Knausereien und Schwindeleien hatte etwas Erschöpfendes. Nun, da er nicht mehr so viel Raum einnahm, würde ihr Leben leichter werden. Sie konnte sich jetzt ganz auf den *coro* konzentrieren, ganz in der Musik und der nächsten Generation von *putte* aufgehen. In ein paar Jahren, wenn Prudenzia in den Ruhestand trat, würde sie Maestra werden. Und unter ihren Schülerinnen gäbe es weitere Elisabettas, die sie um ihrer Reinheit und ihrer Ungekünsteltheit willen lieben konnte.

Das sollte doch genügen, dachte sie, aber eigentlich, fand sie, hätte sie beim Ausmalen ihrer Zukunft mehr Begeisterung empfinden sollen. Und dann traf es sie mit aller Wucht. *Ich will jemanden lieben und wiedergeliebt werden. Nicht so, wie Schwestern einander gern haben, nicht, wie ich die* putte *liebe und sie meine Zuneigung erwidern, sondern* – sie hielt einen Moment inne, ehe sie es sich eingestand – *wie Mann und Frau.* Vielleicht hatte ihr der Umgang mit Vivaldi Einblick in Empfindungen gewährt, die Menschen in anderen Lebensumständen fühlten, nach denen sie handelten. Nur wenn er fort war, merkte sie, dass ihrem Leben etwas fehlte. Aber konnte das Liebe sein? Liebe sollte doch etwas anderes sein, nicht dieser quälende, bohrende Schmerz im Herzen.

Wie würde es sich wohl anfühlen, in die warme Aura einer anderen Person einzutauchen und darin zu leben? Sie legte sich

258

wieder hin und versuchte es sich vorzustellen. Der einzige Mensch, den sie je umarmt, je fest gehalten hatte, war ihre Schwester. Und nun war sie fort, und Vivaldi ebenfalls. Sie spürte, wie etwas aus ihrem Innern sie zu überwältigen begann, die ersten Regungen von Verzweiflung und Selbstmitleid.

»Nein!«, flüsterte sie in ihr Kopfkissen.

Nie wieder wird es mir so schlecht ergehen wie bei seinem letzten Verschwinden.

Das Kissen war heiß von ihrem Atem.

Nie wieder.

16

Im achten Monat der Schwangerschaft wölbte sich Antonias Bauch wie eine Laute. Jeden Morgen brachte ihr Chiaretta heimlich all die Süßigkeiten und anderen Leckereien, die Antonias Arzt und auch ihr Ehemann ihr wegen ihres beängstigenden und immer noch wachsenden Leibesumfangs verboten hatten.

»Wenn sie mal die Kinder bekommen, können sie sich meinetwegen zu Tode hungern«, sagte Antonia, als Chiaretta eines Tages kurz vor Ende des Karnevals bei ihr eintraf. Sie machte Chiaretta ein Zeichen, die Schmuggelware aus der Tasche zu holen und auf ihren Schoß zu legen.

Dann beugte sie sich aus der vor dem Kopfbrett ihres Bettes angehäuften Kissenwolke so weit sie konnte nach vorn und wickelte das Päckchen aus.

»Gebrannte Nüsse, oh! Und kandierte Früchte!«, quiekte sie und schob sich ein Stück Zitronat in den Mund. »Du bist ja so lieb zu mir, aber was meinst du, könntest du mir morgen vielleicht ein bisschen Wein hereinschmuggeln? Von diesem süßen, den ich so liebe?«

»Antonia!« Chiaretta klatschte ihr auf das unter der Decke hervorlugende Knie. »Den zu verstecken, ist nicht so einfach, wie soll ich das machen? In die Küche gehen und sagen, ich brauche eine Flasche Wein?«

»Warum nicht? Sie sind deine Bediensteten! Sie werden niemandem etwas verraten.«

»Nur deiner Mutter.«

»O bitte, erinnere mich nicht daran.« Antonia stöhnte. Sie hielt sich den Bauch. »Santa Maria, tut das weh. Ich kann es kaum erwarten, dass es endlich vorbei ist.« Sie lehnte sich zurück und holten ein paarmal tief Luft. »So«, sagte sie, »nun erzähl mir, was mein Bruder so treibt.«

Chiarettas Gesicht verdüsterte sich. »Gestern Nacht ist er nicht nach Hause gekommen.«

»Und wie oft ist das schon passiert?«

»Ich weiß nicht.«

»Gut. Du zählst schon nicht mehr mit. Das ist ein Fortschritt. Du hast meiner Mutter doch nichts davon gesagt, oder?«

»Nein, natürlich nicht!« Als Chiaretta zum ersten Mal Claudios Bett unberührt vorgefunden hatte, war sie in Panik zu Giustina geeilt, da sie davon ausging, er sei im Kanal ertrunken oder liege, nachdem man ihn denunziert und verhaftet hatte, in einer Gefängniszelle. Giustina hatte kein Mitleid mit ihr gehabt. Chiaretta sei töricht und undankbar. Claudio werde wohl tun, worauf Ehemänner ein Recht hatten, und wenn man sie zur Gattin eines Patriziers erzogen hätte, wüsste sie das auch. Von diesem Tag an hatte Chiaretta sich geschworen, Giustina nie wieder zu behelligen, und wenn Claudio die ganze Woche nicht nach Hause kam.

»Ich wüsste gar nicht, ob Piero daheim ist oder nicht. Und es ist mir auch völlig gleichgültig.« Antonias Zustand machte sie weinerlich und böse, begierig, über ihren Mann herzuziehen, seine Spielsucht, seine Huren und seine unverzeihliche Dummheit.

An diesem Tag zuckte sie nur die Achseln. »Hilfst du mir bitte in meinen Sessel?« Als sie bequem saß, begann sie. »Glaub mir, das Ungewöhnliche ist, wie viel Aufmerksamkeit Claudio dir widmet, und nicht, wie wenig. Bis jetzt hast du zwar noch keine eigenen Freunde, aber bis zum nächsten Karneval wirst du welche haben, und es würde mich überraschen, wenn er dich dann überhaupt noch ausführt – oder wenn du es überhaupt noch willst. Ehemänner sind nicht besonders amüsant.«

»Aber ich sehe andauernd verheiratete Frauen, die ausgehen!«

»Aber doch nicht mit ihren Ehemännern!« Antonia blickte Chiaretta an, als ob sie den Verstand verloren hätte. »Sobald ich wieder meine Figur habe, suche ich mir einen *cavaliere servente,* oder vielleicht auch zwei oder drei, die mir Geschenke bringen, mich in die Oper oder zum Essen ausführen oder zum Spielen mit mir ins Ridotto gehen.«

»Einen *cavaliere servente?*«

In gespieltem Erstaunen riss Antonia die Augen auf und ließ den Kiefer herunterklappen.

»Mach dich nicht lustig über mich, Antonia.«

»Tut mir leid«, sagte Antonia. »Ich bin eine ewige Nörglerin.« Sie zuckte zusammen und drückte die Hand seitlich in den Bauch. »Das Kind bewegt sich, und manchmal tut es richtig weh. Willst du mal fühlen?«

Sie griff nach Chiarettas Hand und presste sie an ihren Leib. Chiaretta spürte, wie das Kind dem Druck auswich und sich auf Antonias anderer Bauchseite einrichtete. »Wie ist es eigentlich?«, fragte sie.

»Schwanger zu sein? Grässlich, aber ich glaube, ich werde meine kleinen Hervorbringungen gern um mich haben.« Sie ließ sich wieder in ihren Sessel zurücksinken und legte ihre geschwollenen Füße auf eine mit Samt und Brokat bezogene Ottomane. »Ach je, hoffentlich wird es ein Junge. Jede Nacht bete ich um einen Jungen.«

»Warum denn?«

»*Maritar o monacar,* Chiaretta! Das kann dir doch nicht entgangen sein?«

Ehe oder Kloster. *Wäre Bernardo mein Vater, hätte man mich vielleicht gezwungen, Nonne zu werden oder einen doppelt so alten Mann zu heiraten, den ich überhaupt nicht liebe,* dämmerte es Chiaretta plötzlich.

Und das war nicht übertrieben. Genau das hatte er mit Antonia und ihrer Schwester gemacht. In mancherlei Hinsicht – so merkwürdig es scheinen mochte – hatten sie und Maddalena Glück gehabt, dass ihre Mutter sie verlassen hatte. So hatten sie zumindest ein paar Entscheidungen selbst treffen können.

Sprach Antonia über Piero, war ihr Ton schon jetzt von Sarkasmus und Bitterkeit durchtränkt. Und dennoch strahlte sie
noch Optimismus aus: Die Ehe mochte zwar enttäuschend
und langweilig sein, für das Leben an sich aber galt dies nicht.
Hinter all ihrem Gemaule stand das Schreckgespenst der anderen Alternative, das leblose Gesicht ihrer Schwester, das durch
das Gitter des Parlatoriums des Klosters San Zaccaria blickte,
wenn die Frauen der Familie sie dort besuchten.

Antonia sprach immer noch. »Wenn ich das Wochenbett
hinter mir habe, lasse ich mir eine neue Garderobe anfertigen.
So schlank wie vorher wird man nie wieder, heißt es, das wird
Piero ein Vermögen kosten.«

Sie hatte Chiaretta bereits ein Dutzend Stoffmuster gezeigt,
die sie sich unter den teuersten aus dem Warenbestand ihres
Mannes ausgesucht hatte. »Und dann ziehe ich meine Bauta
über und präsentiere mich in all diesen wunderbaren Kleidern
meinem Liebhaber!«

»Liebhaber? Du hast einen Liebhaber?« Dieser Tag steckte ja
voller Überraschungen. »Ist es das, was man unter diesen – wie
nanntest du sie? – *cavalieri serventi* zu verstehen hat?«

Antonia musterte sie verblüfft. »Du hast wirklich keine Ahnung, oder?«

Chiaretta schüttelte den Kopf.

»Ein *cavaliere servente* ist ein Mann, der immer zur Verfügung steht, um dich auszuführen, dir kleine Geschenke zu machen oder dich zu besuchen, damit du dich nicht langweilst.
Sehr viel nützlicher als ein Ehemann. Und er erwartet auch
keine fleischliche Liebe. Ja, im Grunde hängt sogar alles davon
ab, dass sie außen vor bleibt.«

Sie griff nach Chiarettas Hand und tätschelte sie, als ob sie
ein Kind beruhigen müsste. »Und was ein Liebhaber ist, weißt
du natürlich, nicht wahr?«

»Das habe ich mir inzwischen zusammengereimt, danke.«

263

Chiaretta beugte sich ein Stückchen vor und flüsterte: »Hast du einen?«

»Noch nicht, aber bald. Ehrlich, Piero …« Sie rümpfte die Nase, als ob sie verrottenden Abfall gerochen hätte, und vervollständigte ihren Gedanken, indem sie die Augen schloss.

Chiaretta trat ans Fenster, um sich zu sammeln. *Ich will keinen Liebhaber oder* cavaliere servente. *Ich will meinen Mann.*

»Chiaretta?« Antonia blickte sie forschend an, und Chiaretta merkte, dass sie wohl eine ganze Weile in Gedanken versunken gewesen sein musste.

»Tut mir leid«, sagte sie. »Es ist nur – manchmal frage ich mich, ob es richtig war, Claudio zu heiraten.«

Antonia war betroffen. »Du wirkst doch immer so glücklich.«

»Ich bin glücklich. Ich liebe ihn. Und er ist auch sehr gut zu mir.«

Ausnahmsweise überbrückte Antonia die Stille einmal nicht mit Witzen oder Neckereien, sondern wartete, dass sie weitersprach.

»Ich will nur, dass Claudio bei *mir* bleibt. Ich habe das alles nicht gewusst. Es ergibt keinen Sinn für mich. Vielleicht hätte ich in der Pietà bleiben sollen.«

Antonia lachte. »Das glaubst du doch wohl selber nicht – du als altes Weib in der Pietà? Außerdem ist es dazu jetzt zu spät.« Sie beugte sich zu Chiaretta, so weit ihr dicker Bauch es ihr gestattete, und ihre Stimme klang feierlich. »Die Ehe ist nicht das, wofür du sie hältst. Sie ist etwas, das uns die Freiheit schenkt, uns auf dieser Welt zu amüsieren, das ist alles. Glaub mir, und nichts anderes tut Claudio.«

Als sie Chiarettas betroffenes Gesicht sah, beeilte sie sich, es zu erklären. »Dein einziger wirklicher Irrtum ist, dass du erwartest, Claudio sei anders als die anderen. Damit machst du dich unglücklich. Und es ist Zeitverschwendung. Besser, du lernst schnell, selbst mitzuspielen. Ohne Risiko ist das Leben in Venedig sinnlos. Willst du für den Rest deiner Tage auf deiner Loggia sitzen und versuchen, zu erraten, welches von den Paaren in den Gondeln wohl dein Mann mit seiner Geliebten ist?«

Chiaretta schlug die Hand vor den Mund. »Woher weißt du das?«

»Ich habe einfach nur getippt. Ich habe es ja selbst getan, bis ich beschloss, mir nichts mehr daraus zu machen.«

Die Nachmittagssonne beschien die gegenüberliegende Seite des Kanals, Antonia musste sich ausruhen. Und ausnahmsweise war Chiaretta froh, dass ihr die späte Stunde einen Vorwand bot, sich zu verabschieden.

Wer ist diese ewige Heulsuse?, fragte sich Chiaretta, als sie in der verdunkelten Felce nach Haus fuhr. *Was ist bloß aus mir geworden? Und was soll ich dagegen tun?*

Sie rieb sich die Stirn, um den quälenden Gedanken an das, was Claudio vor ihr verbarg, loszuwerden. Vielleicht war er ja jetzt zu Hause. Vielleicht würde sie diesen Abend nicht damit verbringen, in ihrem Essen herumzustochern und die Gedanken an das, was er womöglich trieb, zu verdrängen. Vielleicht würde Bernardo sie in den *Piano nobile* einladen, damit sie mit ihnen speiste. Um des Humors ihres Schwiegervaters willen lohnte es sich sogar, Giustina zu ertragen, auch wenn Claudios Stuhl leer blieb. Doch auch Bernardo war nur selten zu Hause, vielleicht aus eben den Gründen, die ihr Antonia gerade darzulegen begonnen hatte.

Claudio war zu Hause, und bei ihrem Anblick hellte seine Miene sich auf. Er küsste sie und verbrachte die halbe Stunde vor dem Abendessen in ihrem Salon, berichtete ihr von seinen Geschäften und der nächsten Opernsaison im Teatro Sant'Angelo. Er lauschte Chiarettas vager Erwiderung über den Besuch bei Antonia und sprang dann auf.

»Fast hätte ich es vergessen!«, rief er und zog eine kleine Schachtel aus seinem Rock, die zwei große, an Haarnadeln befestigte Perlen enthielt. Er beugte sich über sie, um sie ihr ins Haar zu stecken, küsste sie dabei auf die Ohren und knabberte an ihren Ohrläppchen, bis sie quiekte und sich ihm entwand.

Das wünsche ich mir von dir, dachte sie. *Das macht mich glücklich.* Sie spürte das vertraute Kribbeln in den Brüsten, spürte, wie ihre Brustwarzen hart wurden, und wandte ihm das Gesicht zu, um ihn zu küssen und ihm mit der Zungenspitze spielerisch über die Lippen zu fahren.

»Soll ich den Bediensteten sagen, dass wir später essen?«

»O ja, bitte«, erwiderte Chiaretta, ergriff beim Aufstehen seine Hand und drehte ihm den Rücken zu, damit er ihr die Schnürbänder ihres Mieders lösen konnte.

Später standen sie im Freien und lauschten einem Kammerorchester auf einem Burchiello, das jemandem im Nachbarhaus ein Abendständchen darbrachte. Mit Blumen in der Hand stand ein junger Mann singend unter einem Balkon, wenn Chiaretta auch nicht sehen konnte, ob sich jemand dort aufhielt.

»Du bist geschaffen zum Küssen«, sang er. »Und jeder stürbe vor Entzücken, könnt er erblicken dein Gesicht in dieser Nacht.« Dann hob er die Stimme und flehte in sich wiederholendem Refrain: »Um Himmels willen, sag nicht Nein.«

In der feuchten Luft der Frühlingsnacht schmiegte Chiaretta sich an Claudio. »Was halten denn ihre Eltern davon?«, fragte sie ihn.

»Ihre Eltern? Er besingt die Dame des Hauses.«

Chiaretta drehte sich um und sah ihn erstaunt an.

»Es ist ja nicht mehr als Schmeichelei. Wahrscheinlich schaut er morgen früh vorbei, um sich seinen Dank für die Serenade abzuholen. Dann bringt er den schon etwas welken Strauß mit und rezitiert ein selbst verfasstes Gedicht, das davon handelt, dass die Blumen so zertrampelt sind wie sein Herz, weil sie ihn nicht erhören will.«

»Und weiter?«

»Nichts weiter. Obwohl er womöglich hofft, dass sie schließlich doch noch Ja sagt, wird sie ihn nicht erhören. Denn solange sie ihn neckt und lockt, kommt er, aber es wäre ein großer Fehler, die Sache außer Kontrolle geraten zu lassen.«

»Was hält denn ihr Mann davon?«

»Es ist ihm egal. Solange sich alle an die Regeln halten, ist er sogar froh darum. Es macht seine Frau glücklich.« Er zog sie an sich. »Wahrscheinlich hat sie mehr als nur einen *cavaliere servente*. Das wirst du auch haben.« Er drückte die Lippen auf ihr Haar. »Ich werde dir dabei helfen, den ersten auszuwählen, jemanden, der dich nicht ausnutzt.«

Er sah sie an. »Warum so traurig? Du brauchst Freunde. Brauchst Bewunderer. So ist es nun mal. Und ich habe nichts dagegen.« Er löste sich von ihr. »Sollen wir hineingehen?«

Etwa eine Stunde später, als Chiaretta schon in ihrem Bett lag, hörte sie auf dem Portego Zuanas Stimme, die Claudio eine gute Nacht wünschte. Die Absätze seiner Stiefel klackten auf dem Marmorboden, und das Geräusch verlor sich, als er die Treppe zur Anlegestelle hinunterstieg.

Am folgenden Morgen sah Chiaretta zum ersten Mal seit ihrer Heirat nicht nach, ob Claudio sich in seinen Gemächern aufhielt. Stattdessen setzte sie sich mit ihrer Schmuckschatulle an ihre Frisierkommode, hielt diesen Ohrring, jenen Kamm, irgendeinen Anhänger hoch, drehte den Kopf von einer Seite auf die andere und lächelte, als habe sie einen Bewunderer.

Sie rief nach Zuana, die sie frisierte, ihr die Perlenkette umlegte, ihr das Korsett schnürte und ihr in eines ihrer schönsten Kleider half. Sie würde einen Schleier tragen müssen, doch darunter war sie gepudert und trug Schönheitspflästerchen, und sollte sie jemandem begegnen, mit dem sie kokettieren konnte, so würde sie es tun.

»Ich möchte meine Schwester besuchen«, sagte sie zum Gondoliere. »Bring mich zur Pietà.« Was sie zu lernen hatte, konnte man zwar nicht in einem Kloster voller Jungfern üben, doch ihr fiel momentan einfach nichts anderes ein. Ganz allein loszufahren war für den Anfang genug.

Obwohl Chiaretta in der Pietà aufgewachsen war, durfte sie sich außer im Parlatorium dort nirgends mehr aufhalten. In ihren schönen Kleidern, mit dem frisierten Haar empfand sie auf der anderen Seite des Gitters tiefes Unbehagen, so geschnürt und geschminkt und von den Mädchen in ihren rot-weißen Kleidern getrennt, weil sie einem Mann gestattet hatte, zwischen ihren Beinen zu liegen. *Ich gehöre nirgends mehr hin*, dachte sie, während sie auf ihre Schwester wartete.

Maddalena wirkte gelassener, als sie sie jemals erlebt hatte, und Chiaretta hatte das seltsame Gefühl, als sei sie die Gefangene und nicht ihre Schwester hinter der Absperrung. Ihre Schönheitspflästerchen und ihre Schminke mochten vielleicht andere Mädchen beeindrucken, Maddalena jedoch durchschaute sie.

»Was ist mit dir?«, fragte sie. Obwohl Chiaretta es während der ersten fünf Minuten leugnete und alles abstritt, zogen sie sich bald in eine Ecke zurück und steckten die Köpfe zusammen.

Chiaretta wusste nicht, was sie sagen sollte. Wo sollte sie beginnen? Maddalena streckte die Hand durchs Gitter, und Chiaretta schlang die Finger in die ihrer Schwester. Minutenlang schwiegen sie, während sie sich die Augen abtupfte, damit die Schminke nicht verlief.

»Soll ich das Skizzenbuch holen, damit wir schreiben können?« Maddalenas Stimme klang vorsichtig, enthielt aber genau die Prise Spott, die Chiaretta ein Lächeln entlockte.

»Nein. Ich will nur einfach mit dir zusammensitzen, wenn es geht.«

Maddalena drückte ihr die Hand. »Natürlich.«

Stumm verharrten sie eine Weile, bis Maddalena das Schweigen brach. »Du weißt doch, dass Vivaldi abreist, oder? Er bleibt noch bis zum Ende des Karnevals, dann geht er nach Mantua.«

»Claudio hat es mir erzählt. Und dir geht es gut?« – »Es ist nicht mehr wie beim letzten Mal«, sagte Maddalena. »Ich bin erwachsen geworden, bin Sotto-maestra. Ich weiß jetzt, wer ich bin.«

Chiaretta suchte nach einem Hinweis im Gesicht ihrer Schwester, der das Gegenteil bekundete, fand aber keinen.

»Ich meine das ernst«, sagte Maddalena. »Ich brauche ihn nicht mehr.«

* * *

Antonias Kind war eine Junge und wurde nach Picros Vater Alexandro genannt. In den Tagen nach der Geburt saß und lag Antonia gemäß venezianischem Brauch, von Kissen gestützt, in ihrem Bett, während sich ein stetiger Strom von Gratulanten durch ihr Schlafzimmer schob. Der Säugling wurde einer Amme übergeben, die ihn zu täglichen Besuchen zu Antonia brachte, während diese sich einer wichtigeren Aufgabe, nämlich der Wiedererlangung ihrer Figur, widmete.

Monate später und in ein engeres Korsett geschnürt, holte Antonia nach, was sie während des vergangenen Karnevals und bei all den Frühlingsempfängen versäumt hatte. Piero hatte durch eine neue Garderobe Wiedergutmachung geleistet, und im April stand sie am Festtag des heiligen Markus mit Chiaretta vor den großen Spiegeln des Portego im Palazzo Morosini und bewunderte sich, während sie sich für die Feier fertig machten.

Chiarettas erster Hochzeitstag war gekommen und gegangen, die Perlen waren wieder verstaut, doch sie hatte gewartet, bis Antonia wieder ausgehen konnte, um ihren Plan, ein von Claudio unabhängiges Leben zu führen, in die Tat umzusetzen. Antonia hatte recht gehabt, im zweiten Karneval hatte er nur wenig Zeit mit ihr verbracht, und hätte sie nicht mit Bernardo einen Abend in der Oper verlebt und ein paar Feiern mit Antonias Freunden in kleinen privaten Lustschlösschen, so hätte sie nichts vom Karneval mitbekommen, das sie nicht auch von ihrem Balkon aus beobachten konnte. Nun aber war sie bereit, sich aufs Neue hinauszuwagen.

Einige Wochen zuvor hatten Claudio und Piero verkündet, sie wollten mit Investoren des Teatro Sant'Angelo von einer Barke aus die Regatta verfolgen, die den Höhepunkt des Fests darstellte. Da sie ihre Gattinnen nicht mitnahmen, machten sie den Vorschlag, Antonia und Chiaretta könnten doch miteinander ausgehen und den Gondolieri bei ihrem alljährlichen Rennen über die Lagune zusehen.

Ehe Claudio sich verabschiedete, überreichte er Chiaretta mit der roten, *Bocolo* genannten Rosenknospe das traditionelle Geschenk zum Markustag, die ein Mann der von ihm geliebten Frau verehrte. Er hatte sie geküsst und ihr eine schöne Zeit mit Antonia gewünscht, ehe er seine Bauta anlegte und das Haus verließ. Chiaretta brach den Stiel vom *Bocolo,* steckte sich die Blüte ins Mieder und tat den Anflug von Schuldgefühl – weil sie sie benutzte, um ihre Brüste für jemand anderen zu betonen – mit einem Achselzucken ab. Claudio wusste ja nicht nur, was sie tat, sondern hatte das Ganze sogar mit Piero erörtert. Seine Frau benötige einen Begleiter, hatte Claudio ihm gesagt. Sie verbringe zu viel Zeit alleine und wäre sicher glücklicher, wenn sie sich nicht so viel entgehen ließe. Piero gab das alles an Antonia weiter, nicht, weil er Claudios Vertrauen missbrauchen wollte, sondern damit Chiaretta von den Überlegungen ihres Mannes erfuhr, ohne dass peinliche Gespräche darüber geführt werden mussten.

Antonia hatte noch zwei weitere Personen eingeladen, die ihnen Gesellschaft leisten sollten auf dem Burchiello, das sie für den Tag gemietet hatten, damit ihr Gondoliere am Rennen teilnehmen konnte. Die beiden brachten Schaumwein mit, und Antonia steuerte das Mittagessen bei. Antonias Gäste waren zwei von Pieros Cousins, die sie für am geeignetsten hielt, um an ihnen das Flirten zu erproben.

»Luca und Andrea wissen, wer du bist«, sagte Antonia, als die beiden Frauen die breite Treppe von Chiarettas Wohnung hinabstiegen. »Sie haben dich schon in der Pietà singen hören. Andrea spielt Cembalo und hat eine sehr hübsche Stimme, bringt sie aber nur selten zu Gehör.«

Sie passierten den *Piano nobile,* und Antonia verlangsamte kaum ihre Schritte, um einen Blick durch die Tür zu werfen. »Gut. Meine Mutter ist nicht zu Hause. Ich muss sie also nicht begrüßen.«

Sie plauderte weiter, während sie die restlichen Stufen zur Anlegestelle hinunterstiegen. »Luca gehört zu den Menschen, deren größtes Talent es ist, dass man sich in ihrer Gesellschaft wohlfühlt. Du wirst ihn mögen. Alle mögen ihn.«

Chiaretta hörte ihr gar nicht zu, weil sie immer noch an die letzten Worte dachte, die Antonia gesagt hatte, als sie ihr Schlafgemach verließen. »Claudio findet unseren Plan für den heutigen Tag perfekt«, hatte sie gesagt. *Wenn er für ihn perfekt ist,* schwor sich Chiaretta, *dann sorge ich dafür, dass er das auch für mich wird.*

»Hast du mir zugehört?«, fragte Antonia, als sie im modrigfeuchten Bootshaus unter dem Palazzo innehielten. »Jeder, der dich einmal singen gehört hat, wird sich in dich verlieben, vor allem, wenn er dich dann auch noch zu Gesicht bekommt. Zwei Dinge musst du dir merken: Lass es nicht zu, dass einer meiner Cousins dich auf den Mund küsst, auch wenn sie es ganz beiläufig wirken lassen, und kein Ton aus dieser hübschen kleinen Kehle. Für alles, was sie begehren, sollten sie jahrelang betteln müssen.«

Die Männer standen, Bauta-Masken und Dreispitze in den Händen, in ihren Dominos an der Anlegestelle. Luca Barberigo war klein, um die Körpermitte herum ein wenig stark, und hatte, obwohl er noch keine dreißig war, schon Geheimratsecken. Er machte einen irgendwie arglosen Eindruck und flößte Chiaretta Vertrauen ein. Andrea Corner dagegen war hochgewachsen und ernst, hatte graublaue Augen und derart kantige Züge, dass man Narben zu erkennen meinte, wo gar

271

keine waren. Seine Haare waren dicht und beinahe schwarz, ohne jene rötlichen oder goldenen Einsprengsel, die man bei so vielen Venezianern fand.

Sie saßen mit den Frauen in der Sonne, während das Boot unter Hunderten von anderen auf die Lagune hinausglitt. Luca öffnete eine Flasche Wein aus dem Veneto und reichte jedem ein Gläschen. »Auf die Tragödie der Ehe«, sprach er. »Die uns zweier weiterer schöner Venezianerinnen beraubt hat.«

Angesichts von Lucas linkischer Schmeichelei verzog Antonia das Gesicht, was Luca allerdings kalt ließ. Er ergriff Chiarettas Hand und küsste sie. Und Chiaretta entzog sie ihm nicht, sondern warf ihm ein kokettes Lächeln zu.

Noch ehe sie ihre Gläser geleert hatten, goss Luca ihnen nach, und Chiaretta machte sich einen Spaß daraus, ihr Glas zu verstecken. Bald ertönte Geschrei vom anderen Ende der Lagune und verkündete, dass das Rennen begonnen hatte. Chiaretta sah Dutzende mit Blumen und Bannern geschmückte Gondeln näher kommen. Antonia hob ihre Maske und starrte in die Ferne, versuchte die Banner von Pieros Familie und ihrer eigenen zu erkennen. Während die Gondeln herenglitten, entdeckte sie unter den Booten an der Spitze das Morosini-Banner und machte Chiaretta darauf aufmerksam.

Die Menge tobte, als die Boote vorbeizogen, und die Morosini-Gondel lag leicht in Führung, als sie an ihnen vorüberkamen. Während die Gondeln passierten, hob auf einer Barke auf der anderen Seite der Rennstrecke ein jubelnder Mann seine Maske und beugte sich über die Frau an seiner Seite. Eine rote Rosenknospe fiel aus ihrer Hand, als er sie küsste, um danach sofort wieder sein Gesicht zu bedecken. Doch ein Blick hatte genügt. Chiaretta spürte, wie ihr das Herz stockte. Es war Claudio.

Als die Regatta vorbei war, schützte Chiaretta einen Migräneanfall vor und bat, sehr zu Antonias Enttäuschung, nach Hause gebracht zu werden. Und als Claudio an diesem Abend zurückkehrte, vernahm sie mit Schrecken seine Schritte im Portego. *Was kann ich ihm sagen?*, dachte sie, doch er ging schlafen, ohne bei ihr vorbeizuschauen und ihr Gute Nacht zu wünschen.

Als Chiaretta am nächsten Tag aufstand, hatte Zuana auf einem Tablett in ihrem Ankleidezimmer eine Nachricht von Luca hinterlassen. Er dankte ihr für die gemeinsam verbrachte Zeit und erkundigte sich, ob er sie, wenn sie das nächste Mal ausgehe – wohin auch immer –, begleiten dürfe.

Luca war sympathisch und ein angenehmer Gesellschafter, doch Andrea interessierte sie mehr. Er hatte ein Selbstbewusstsein, das ihm aus jeder Pore drang, eine Intensität, die Chiaretta schon beim ersten Blick durch und durch gegangen war. Zwar sprach er nicht viel – das Plaudern und Hofieren überließ er Luca –, doch während der ganzen Zeit auf dem Boot hatte sie sich gewünscht, er würde Luca beiseiteschieben und sich ganz auf sie konzentrieren.

Zuana klopfte an ihre Tür und brachte eine weitere Nachricht in versiegeltem Umschlag sowie eine rote Rosenknospe.

»Einen Tag zu spät, doch aufrichtig empfunden«, hatte Andrea in kühner Handschrift darauf geworfen.

»Wünscht Madonna noch etwas?«, fragte Zuana.

Chiarettas Herz klopfte. »Ja«, sagte sie. »Ich fühle mich schon sehr viel besser. Und werde heute Morgen ausgehen.« Antonia würde wissen, was als nächstes zu tun war.

Antonias Rat war schlicht: Ermutige beide! Luca sei der ideale *cavaliere servente* – gehorsam, bequem und kaum in Gefahr, es mit der Verehrung zu übertreiben. Er war ein guter Begleiter für Theater und Oper, würde in den Casinos ihre Schulden begleichen, als sei es das reine Vergnügen, sich die Taschen leeren zu lassen. Was Andrea anging – hatte Chiaretta denn nicht bemerkt, dass er kaum den Blick von ihr wenden konnte?

»Noch besser als Luca«, sagte Antonia. »Für den kleinen zusätzlichen …« Sie imitierte den Schauder erotischer Erregung.

»Es ist besser als die körperliche Liebe«, sagte sie. »Mit jemandem nicht zu schlafen, meine ich, aber die ganze Zeit über daran zu denken, während man mit jemandem zusammen ist. Findest du nicht?« Sie blickte in Chiarettas verständnislose Miene. »Nein, offenbar nicht«, sagte sie. »Du bist immer noch in deinen Mann verliebt.«

Später saß Chiaretta auf dem Balkon des Palazzo Morosini und studierte erneut die beiden Briefchen. Wie hatte Antonia es ausgedrückt? *Ohne Risiko ist das Leben in Venedig inhaltsleer.* Sie ging hinein und läutete nach Zuana. *Die Ehe schenkt uns die Freiheit, uns auf dieser Welt zu amüsieren, das ist alles.* »Bring mir Schreibpapier und zwei Kuverts«, befahl sie dem Mädchen.

17

Die endlosen Lustbarkeiten Venedigs waren, wenigstens für Maddalena, etwas, das es zu ertragen galt. Vor allem in der Hochsaison des Karnevals wurden mehrmals pro Woche Gruppen von *figlie di coro* zu Auftritten in Paläste, Kirchen und andere städtische Institutionen entsandt. Unaufmerksam an den Tagen zuvor, unmöglich am betreffenden Tag selbst, albern und kichernd am darauffolgenden, machten die Figlie die Proben für ihre Lehrerinnen zu einem Albtraum. Jahr für Jahr freute sich Maddalena auf den Beginn der Fastenzeit, und die einzige Hoffnung bis dahin war, dass ihr ihre Pflichten hin und wieder ein paar ungestörte Momente mit ihrer Geige gestatteten.

Als der Aschermittwoch den Festlichkeiten dann ein jähes Ende setzte, lehnte sich die Pietà zurück wie ein Zecher, der nach einer langen durchfeierten Nacht heimkehrt und sich in seinen vertrauten Sessel sinken lässt. Die Stimmung in der *Sala del Violino* wurde ruhiger, bot den Figlie spürbare Entlastung, die, ob sie es nun zugaben oder nicht, für eine Weile genug von der Außenwelt gesehen hatten. Auch die Iniziate, die, obwohl sie in der Regel nicht zu den Eingeladenen gehörten, die Aufregung teilten, beruhigten sich, da ihre Phantasie nun nicht mehr von den neuesten Klatschgeschichten genährt wurde.

In dieser speziellen Fastenzeit jedoch konnte Maddalena kaum Entspannung erwarten. Anna Maria war ein paar Monate zuvor zur Maestra del Violino befördert worden und hatte damit Prudenzia ersetzt. Prudenzia war gleichzeitig in die Stellung einer der beiden Maestre di Coro aufgerückt – die höchste Position unter den Frauen des *coro*, die nur noch dem männlichen Direktor beziehungsweise der Priorin unterstellt war. Die inzwischen achtundzwanzigjährige Maddalena war lange eine von zwei Sotto-maestre del Violino gewesen, jetzt aber war sie allein. Bald würde eine neue ernannt werden, und Maddalena wäre nur noch für die Attive der Streichinstrumente verantwortlich, doch vorerst versuchte sie, die Aufgaben von zweien zu erledigen.

Trotz der damit verbundenen Arbeit brachten die Anfängerinnen etwas Kostbares in ihr Leben. Oft waren sie so klein und mager, dass sie sie am liebsten mit unter ihren Umhang genommen und an sich gedrückt hätte, bis sie sich wieder in die Welt hinaustrauten. Manche von ihnen stierten finster und heftig wie Soldaten vor sich hin, während sie mit etwas kämpften, das ihre Finger nicht zuwege brachten. Andere seufzten fast die ganze Stunde lang, ließen die Schultern hängen, während ihre Lehrerinnen, Figlie, kaum älter als sie selbst, es ihnen zum dritten oder vierten Mal erklärten. Sobald man sie ein paar Minuten allein ließ, sanken einige von ihnen, vor allem die Kleinsten, sofort in tiefen Schlaf, während sie ihre Geigen umklammerten und die Bögen geräuschvoll zu Boden klapperten.

Das bin ja ich, dachte Maddalena dann, wenn sie eine von ihnen betrachtete, *und die da ist Chiaretta, und da ist Anna Maria,* während sie durch den Raum ging und strahlte, weil etwas gelang, oder die Hand auf die Schulter eines Kindes legte, das aus Enttäuschung oder Erschöpfung in Tränen ausbrach. *Einen* Geist aus der Vergangenheit aber hatte sie sich gelobt, zu bannen: In ihrer Sala sollte es nie eine Luciana geben.

Wenige Monate nach ihrer Ernennung zur Sotto-maestra hatte sie ein kleines Mädchen erlebt, das in Tränen aufgelöst war wegen der Worte ihrer Lehrerin, einer Dreizehnjährigen namens Gerita. Ihr erster Impuls war es, Gerita zu schelten, doch sie hielt sich im Zaum. *Das sind ja alles nur kleine Mädchen,* dachte sie. Nach der Stunde nahm sie sie beiseite.

»Warum hast du Cornelia geschimpft?«

»Weil sie einen Fehler gemacht hat. Ich habe ihr gesagt, was sie zu tun hat, aber sie hat es nicht getan.«

»Meinst du, dass sie sich bemüht hat?« Gerita überlegte kurz. »Ich denke schon. Sie hat die Stelle immer wieder geübt.«

»Und hat das Schimpfen geholfen?«

»Nein«, brummte Gerita verdrossen. »Vielleicht ist sie einfach nicht besonders gut.«

»Aber wenn sie es lernen würde, wäre sie gut, besonders für jemanden, der seit kaum einem Jahr spielt«, erwiderte Maddalena. »Was also, meinst du, sollten wir tun?«

»Ich weiß nicht. Vielleicht sie einfach noch ein wenig weiter üben lassen?«

»Warum probierst du es nicht aus? Und wenn sie sich nicht verbessert, gib mir Bescheid, und wir überlegen gemeinsam weiter.« Maddalena streckte die Hand aus und richtete Geritas Haube, obwohl es nicht nötig gewesen wäre. »Aber lass Cornelia deine Enttäuschung nicht zu sehr spüren. Es hilft nämlich nichts.«

Sie ahmen nur das nach, was man ihnen vormacht, dachte sie, während sie Gerita nachblickte. *Und das gilt für alles: dafür, wie man den Bogen hält, für die Grifftechnik und für die Ermahnungen.*

Im zweiten Jahr als Sotto-maestra musste schließlich auch Maddalena mit dem Orchester ein Konzert einüben. Wochenlang hatten sie düsteres, kaltes Wetter gehabt, und viele der Figlie waren durch Erkältungen und Husten geschwächt. Die Musik stammte zum Teil von Vivaldi und war aus Werken zusammengestellt, die der *coro* früher schon aufgeführt hatte. Der erste Satz war heiter und hatte einen mitreißenden Rhythmus, doch die Figlie spielten ihn schleppend. Frustriert wollte Maddalena sie schon fortschicken, um allein zu üben, als sie plötzlich eine Idee hatte.

»Mädchen!« Mit dem Bogen klopfte sie auf den Notenständer. »Ich will euch etwas fragen.« Sie blickte eine nach der anderen an. »Es ist eine ganz einfache Frage: Was macht euch glücklich?«

Einige der Mädchen zogen die Stirn in Falten, andere aber guckten nur verlegen drein.

»Was meinen Sie damit?«, fragte eine zurück.

»Genau das, was ich gesagt habe«, erwiderte sie. »Kätzchen im Hof? Fleisch zum Abendessen? Bei was hüpft euch vor lauter Freude das Herz im Leib, sodass ihr am Abend sagt: ›Das war wirklich ein schöner Tag!‹«

Gerita, die inzwischen zu einer hübschen Sechzehnjährigen herangewachsen war, richtete sich kerzengerade auf: »Ich weiß etwas! Ich bin glücklich, wenn sie uns auf dem Kai Blumen zuwerfen.«

Ein anderes Mädchen kicherte. »Und ich, wenn wir auf den Festen Wein bekommen.«

»Ich bin glücklich, wenn meine Decke schön warm ist.« Das Stimmchen war kaum zu vernehmen. Mehrere Mädchen wandten die Köpfe nach Benedetta, der winzigen dunkelhaarigen Viola-d'amore-Spielerin mit dem Wolfsrachen, der sie so befangen machte, dass sie nur selten den Mund auftat.

Einen Moment lang wurde die Stimmung ernster, bis die Figlie sich wieder abwandten. »Ich mag das Feuerwerk über der Lagune!«, rief eine von ihnen aus.

»Schön«, sagte Maddalena. Dann spielte sie die Musik mit heruntergezogenen Mundwinkeln als düsteren Trauermarsch. Einige der Mädchen kicherten. Dann straffte sie die Schultern, verkündete: »Feuerwerk!«, und spielte die Passage erneut, diesmal klar und strahlend. »Und jetzt seid ihr dran.«

Die Figlie griffen nach ihren Geigen. Die Melodie war frisch, das Tempo lebhaft, und als sie geendet hatten, tauschten sie glückliche, geheimniskrämerische Blicke, ehe Maddalena sie wieder zur Ordnung rief.

Maddalena nickte Gerita zu. »Steh auf und zeig uns, wie du dich fühlst, wenn jemand dir Blumen zuwirft. Benutz deine Geige dafür.«

Gerita begann zu spielen, bog sich in der Taille und wiegte sich in den Hüften, während sie ihren Freundinnen im *coro* kokett zulächelte. Sie verbeugte sich und nahm wieder Platz, und die anderen Figlie applaudierten.

Maddalena griff noch ein paar andere heraus, ließ sie vorspielen, und rief schließlich Benedetta nach vorn. »Dir ist schön warm in deinem Bett, und du schläfst langsam ein.« Sie griff nach ihrer Violine und spielte den getragenen Beginn des langsamen Satzes. »Du spielst deinen Part und ich meinen.«

Benedetta schloss die Augen und fing an. Die Luft im Raum stand still. Die Phrasen entströmten ihrer Viola so natürlich wie Atemzüge, so vertraut wie ein aufsteigender Kloß in der Kehle. *Mein Bett gibt mir die Wärme zurück, die es mir gestohlen hat. Meine Beine und Arme fühlen sich an wie eine Blume, die sich entfaltet, wenn die Sonne scheint.* Maddalena verstand, was Benedettas Musik ihr zu erzählen versuchte.

Inzwischen hatte Maddalena aufgehört zu spielen, umschlang ihre Violine, und sah zu, wie Benedetta fortfuhr. Das Seufzen der Kleinen war der einzige Laut im Raum, als sie schließlich die Augen aufschlug und sah, dass der ganze *coro*, noch immer vertieft in ihre Geschichte, sie anstarrte.

Die Probenzeit war um, doch niemand wollte gehen. »Die Musik läuft uns nicht weg«, sagte Maddalena, als sie sie anwies, ihre Instrumente wegzuräumen. »Sie kommt von euch.«

* * *

Als Claudio erklärte, er halte das Arrangement mit Luca und Andrea für perfekt, wusste Chiaretta nicht, wie sie den Schlag verkraften sollte. Inzwischen war ein weiteres Jahr vergangen, Antonia zum zweiten Mal schwanger und wegen andauernder Übelkeit ans Haus gefesselt, doch die anderen drei hatten den Jahrestag ihrer ersten Begegnung gefeiert, indem sie sich am Markustag das Gondelrennen ansahen. Diesmal verbrachte Chiaretta den Nachmittag lachend und zurückgelehnt, ließ die Hand durchs Wasser gleiten und den Blick hin und wieder auf den drei Rosenknospen in ihrem Mieder ruhen.

Dreimal hatte sie den Karneval erlebt, und ihre anfängliche Furcht hatte sich zu Begeisterung und schließlich zu einer gewissen Hemmungslosigkeit entwickelt. »Vergiss all den Unsinn, den sie dir in der Pietà eingebläut haben, von wegen Gott, der ständiges Gutsein von dir verlangt«, sagte Antonia. »Ich meine, wäre es dir an seiner Stelle nicht lieber, wenn die Leute sich hintereinander anstellen und um Vergebung bitten würden, als ganz allein im Himmel zu hocken, weil niemand irgendwas Schlimmes getan hat?«

Chiaretta kniete sich nach dem Erwachen noch immer auf ihr Prie-dieu, doch hinsichtlich des Offiziums hatte sie inzwischen die Übersicht verloren und es durch ein eigenes Morgengebet ersetzt, eine Beschwörung der heiligen Jungfrau, ihr ein Zeichen zu geben, falls sie an diesem Tage mit etwas ihr Missfallen erregte. Das Abendgebet war oft kaum mehr als ein Sich-Bekreuzigen, während sie ins Bett kroch, mit einer Bitte um Vergebung, falls die Muttergottes ein Zeichen geschickt hatte, das ihr entgangen war.

»Ich fühle mich deswegen nicht weniger fromm«, erzählte sie Maddalena ein paar Tage nach Ostern. »Jetzt, wo ich wirklich Grund habe, mir wegen meiner Sünden Sorgen zu machen, achte ich viel mehr darauf.«

Maddalena lächelte. »Hier gibt es nicht viel Gelegenheit zu sündigen. Und ich wüsste nicht, warum Gott von unseren vielen Gebeten beeindruckt sein sollte, denn sie zwingen uns ja dazu.« Sie überlegte kurz. »Wenn ich Gott wäre, würde ich nur das gelten lassen, was ein Mensch freiwillig tut.«

Chiaretta wirkte erleichtert. »Nun ja, ich beichte jede Woche. Das ist eine freie Entscheidung. Und sonntags gehe ich zur Messe.« Sie überlegt kurz. »Außer im Sommer, wenn ich auf dem Land bin.« Sie runzelte die Stirn. »Vielleicht schaffe ich es doch nicht ganz so oft. Aber in der Fastenzeit gehe ich jeden Tag.«

Diesen letzten Satz sprach sie mit der hellen Stimme, die Maddalena von Kindheit an geliebt hatte. Sie bedeutete Chiaretta, näher ans Gitter zu kommen, griff durch die Stäbe und streichelte ihr die Wange. »Du hast dich überhaupt nicht verändert. Und ich kann mir nicht vorstellen, weshalb Gott dich nicht genauso lieben sollte, wie wir alle es tun.« Sie blickte quer durch das Parlatorium zu Tür. »Sie eingeschlossen.«

Niemand war da, doch Chiaretta wusste, wen sie meinte. Seit fast einem Jahr begleiteten Luca und Andrea sie auf ihren Besuchen bei Maddalena, ehe sie dann zu dritt in einem der nahegelegenen Restaurants einkehrten. An diesem Tag hatten die Männer, weil das Wetter seit Wochen zum ersten Mal besser war, einen Spaziergang entlang des Kais gemacht, um sie eine Weile mit ihrer Schwester allein zu lassen.

»Vor allem der große«, fuhr Maddalena fort. »Du drehst ihm immer den Rücken zu, sodass dir entgeht, wie er dich ansieht, ich aber sehe es.«

»Andrea? Luca bewundert mich. Aber Andrea – nun, er scheint mich amüsant zu finden, aber das ist alles. Er ist sehr schweigsam.«

»Er sieht auch sehr gut aus.«

Chiaretta errötete.

»Du magst ihn«, konstatierte Maddalena.

»Mehr als Luca. Luca ist zwar ungeheuer witzig und sehr süß, aber manchmal auch ein bisschen tölpelhaft.« Chiaretta betrachtete ihre Hände und begann an ihren Handschuhen herumzuzupfen. »Andrea mag ich – anders.«

Maddalena lächelte sie fragend an. »Ich kenne mich ein bisschen aus mit Gefühlen für Männer, auf die man sich keine Hoffnung machen darf.«

Chiaretta blickte auf. »Vivaldi?« Nun wartete Chiaretta auf eine Antwort, doch ehe Maddalena etwas entgegnen konnte, ging die Tür des Parlatoriums auf, und Luca und Andrea traten ein.

»Brrr!«, machte Luca. »Ganz schön kalt da draußen für April.« Er trat ans Gitter. »Darf ich die Dame für eine kurze Woche entführen?«

Maddalena lächelte. »Nur wenn Sie mir Ihr Wort darauf geben, dass Sie sie wohlbehalten zurückbringen.«

»Wohlbehaltenst«, versicherte Luca und schlug wie ein Soldat die Hacken zusammen. »Und pünktlich.«

Er half Chiaretta beim Aufstehen, während Andrea ihr den Umhang hielt. »Sind Sie bereit für das Diner?«, fragte Andrea mit so leiser Stimme, dass die Routinefrage etwas Privates und Zärtliches erhielt.

»Hmm«, stimmte Chiaretta zu und sah, seinem Blick ausweichend, zu Maddalena zurück. Die Veränderung ihres Ausdrucks war zu geringfügig, als dass irgendjemand außer ihrer Schwester sie bemerkt hätte. Sie hatte die Brauen zusammengezogen und die Augen verengt, wie sie es tat, wenn sie auf der Empore der Pietà stand, um zum ersten Mal eine neue Komposition zu singen – entschlossen, selbstbewusst und ein wenig bang.

* * *

Am Himmelfahrtstag im Mai fühlte sich Antonia dann kräftig genug, um auszugehen und sich in dem von Luca für den Tag gemieteten Burchiello den Bucintoro anzusehen. Das breite, flache Boot bot auch Platz für drei Musikanten, die für sie spielten, während das Fahrzeug auf der Lagune schaukelte, sowie für einen Diener, der ihnen nachschenkte und das Mittagessen servierte. Unter einem leuchtendroten Verdeck versammelte sich das Quartett und nahm die Masken ab. Chiarettas Gesicht war schweißnass, sie wandte es zu Antonia und reichte ihr eine Serviette, um ihr zu signalisieren, sie möge es abtupfen, ohne ihr die Schminke zu verwischen.

»Darf ich?«, fragte Andrea. Chiarettas Herz machte einen Satz.

»Aber gewiss doch!«, erwiderte Antonia an ihrer Stelle und reichte Andrea mit durchtriebenem Blick das Tuch.

Mit einer Ecke der Serviette tupfte Andrea Chiaretta über

Stirn und Wangen, und als er am Mund angekommen war, fuhr er die Konturen der Lippen nach. Befangen senkte sie den Kopf, blickte aber gleich wieder auf und sah, dass Andreas Blick den ihren fixierte. Er betrachtete ihr Gesicht Zoll um Zoll, und Chiaretta hätte nicht sagen können, ob es einige Sekunden oder Minuten dauerte. Dann nahm er die Serviette und trocknete ihr den Hals, bewegte die Hand weiter nach unten, bis er ihr am Mieder entlang über den Brustansatz fuhr.

Chiaretta war, als wirbelten die Gesichter der Freunde um sie herum. Antonia lächelte triumphierend, Luca blickte, im Bemühen, nicht zornig zu wirken, streng, und Andreas Miene war wie immer ernst, doch irgendwie offener, als habe man eine Tür, durch die Geheimnisse und Vertrauliches herausoder hineingelangen konnten, einen Spalt weit geöffnet.

Nachdem der Bucintoro an ihnen vorübergefahren war, begann der Diener, während sie in einen ruhigeren Teil der Lagune bei der Insel Giudecca glitten, für das Mittagessen zu decken. Sie hatten genug für alle dabei, und nachdem die Musikanten gespeist hatten, nahmen sie wieder ihre Plätze ein und begannen aufs Neue zu spielen.

»Mir ist irgendwie nach Singen zumute«, rief Antonia den Musikern zu. »Kennt ihr das? *Quando fra l'altre donne ad ora ad ora.*«

»Ah, Petrarca«, meinte einer der Musiker und griff die Melodie mit seiner Geige auf. »Wenn die Liebe sich zeigt in einem holden Gesicht unter anderen Frauen zuweil«, sang Antonia, und Luca stimmte ein, wobei sich seine Stimme, durch die Wirkung des Weins und der Wellen beeinflusst, hob und senkte. »Um so weniger schön all die Gesichter als deins, um so mehr wächst meine Liebe zu dir.«

Antonia und Luca waren zusammengerückt und tauschten innig verliebte Blicke, ehe sie in Gelächter ausbrachen. Antonia wandte sich an Chiaretta. »Warum singst du uns nicht etwas vor?«, fragte sie.

»Ich? Ich kann nicht. Das weißt du doch!«

»Ach, niemand kümmert sich mehr darum!« – »Zumindest nicht auf diesem Boot!«, erwiderte Luca und blickte auf die Musiker. »Wisst ihr, wer sie ist?«, fragte er und deutete in Chiarettas Richtung.

»Gewiss«, antwortete der Leiter der Kapelle. »Chiaretta della Pietà. Wer könnte sie jemals vergessen?«

»Und würdest du sie denunzieren, wenn sie dich mit einem Liedchen ehrte?«

Der Musiker blickte zu den beiden anderen und machte die Geste des Kehle-Aufschlitzens. Sie grinsten und erwiderten sie.

»Was also singst du für uns?«, fragte Luca. »Doch hoffentlich nichts Frommes.«

»Ich weiß nicht«, sagte Chiaretta. »Ich müsste Claudio fragen.«

»Ach bitte!«, bettelte Antonia. »Der ist doch ständig in Wien oder Rom oder sonst wo. Das könnte Monate dauern!«

»Antonia, ich kann nicht«, sagte Chiaretta flehend.

»Lasst sie in Ruhe.« Andreas Stimme klang entschieden. »Sie hat euch gesagt, dass sie nicht kann.«

Antonia und Luca stöhnten, da sie wussten, dass das Thema damit erledigt war.

»*Ich* singe«, sagte Andrea.

Antonia klappte der Kiefer herunter. »Du singst doch sonst nie!«

»Ich singe sehr gern, ich trete nur nicht gerne auf. Heute aber, anlässlich dieses besonderen Tages …« Er wandte sich an Chiaretta. »Kennst du Veronica Franco?«

»Nein. Ich glaube nicht, dass ich ihr jemals begegnet bin.« Sie wandte sich an Antonia. »Oder doch?«

»Das wäre höchst unwahrscheinlich«, sagte Andrea. »Denn sie ist seit über hundert Jahren tot. Sie war eine wunderschöne Kurtisane hier in Venedig – und eine Dichterin von solchem Scharfsinn, dass sie unsere Urgroßväter wahrscheinlich verrückt gemacht hat. Möchtest du etwas von ihr hören?«

»O ja, bitte.«

Andrea begann zu singen und forderte die Musiker auf, in sein Lied einzustimmen. »Begehren fügt dem Herzen Schmerzen zu«, sang er, »aus welchem springen Furcht und Hoffen.« Seine Stimme war weich und voll wie ein Bogen, der über die Saiten eines Cellos gleitet. »Aus Argwohn fehlte ich, aus Fehlern wurde dauerhaftes Weh. Mein eigensinniger Wahn aber gebar eintausend Hinterlistigkeiten, die später ich entgegennehmen muss als Schaden, den ich selbst gewirkt.«

Als er endete, applaudierten alle, und Chiaretta sagte beinahe flüsternd: »Das war wunderschön.«

»Ein wenig dunkel«, erwiderte Andrea. »Ich weiß gar nicht, warum mir das in den Sinn gekommen ist.«

»Ja, es klingt ziemlich fatalistisch«, stimmte Chiaretta zu.

»Wahrscheinlich, aber ich glaube, es soll eher eine Warnung sein«, sagte Andrea.

»Eine Warnung, sich nicht erwischen zu lassen!« Antonia streckte die Hand aus und nahm einen Schluck aus Lucas Glas.

»Nein, das nicht«, sagte Andrea. »Wenn wir jemanden lieben, müssen wir uns in Acht nehmen vor dem Schaden, den unsere verrückten Gedanken anrichten können. Das hat sie, glaube ich, gemeint.« Ein Windstoß kräuselte das Wasser, und Andrea blickte zum Horizont. »Es ist ein Sturm im Anzug«, sagte er zu Luca. »In einer Stunde wird es regnen. Wir sollten die Damen nach Hause bringen.«

Einige Tage nach Claudios Rückkehr kam Chiaretta bei einem intimen Abendessen in ihrer Wohnung auf Antonias Bitte zu sprechen.

Er zuckte die Achseln. »Und?«, fragte er. »Hast du es getan?«

»Nein!«, entgegnete Chiaretta schockiert. »Ich habe ihr gesagt, dass es nicht geht. Andrea hat mich verteidigt, und damit war es erledigt.«

»Ein Hoch auf Andrea!« Claudio hob sein Glas zu einem Toast. »Und erst recht auf meine vernünftige und loyale Gattin.«

Chiaretta spürte, was er dachte, und wartete. »Venedig verändert sich«, meinte Claudio schließlich. »Es wird alles nicht mehr so streng gesehen. Ich will nicht behaupten, dass eine Denunziation keine erste Angelegenheit mehr wäre, aber es ist auch nichts, aus dem man nicht mehr herauskommt. Eher eine Unannehmlichkeit, teuer zwar, aber niemand wird wegen eines Liedchens meine Leiche aus dem Gefängnis abholen müssen.«

»Und der Schuldschein? Da war doch etwas mit einem Schuldschein bei der Pietà, oder?«

Er griff über den Tisch und berührte ihre Hand. »In der Pietà würden sie es nicht einmal wagen anzudeuten, dass ich den Schuldschein einlösen soll. Wegen so etwas werden sie sich doch nicht mit der Familie Morosini anlegen. Sieh dir meinen Vater an. Durch seine Feste verdienen sie Monat für Monat mehr Geld, als ihnen diese erbärmliche Schuldverschreibung einbrächte.« Claudio überlegte einen Moment. »Eigentlich ist es eine wunderbare Idee.«

»Was denn?«

»Dass du wieder singst. Was hältst du davon, wenn wir nach deiner Schwester schicken und einen Liederabend veranstalten, nur für ein paar Freunde? Wenn die Pietà es gestattet, ist die Frage, ob du für andere Leute singen darfst, doch wohl entschieden. Denkst du nicht?«

»Ich habe seit Jahren nicht mehr gesungen, Claudio.«

Sein Gesicht glühte im Kerzenlicht. »Außer für mich. Die Welt verzichtet schon viel zu lange auf deine Stimme.« Obwohl die Spuren des Alters in seinem Gesicht, die erste Andeutung von Grau in seinem Haar nicht zu übersehen waren, war er in diesem Augenblick für Chiaretta der schönste Mann, der je gelebt hatte.

Und so war es beschlossen. Kurz bevor die Patrizier Venedigs in ihre Sommervillen aufbrachen, versammelten sich mehrere Dutzend Gäste im *Piano nobile* des Palazzo Morosini zu einem

Abend in kleinem Kreise, bei dem sie von der ehemaligen Chiaretta della Pietà und ihrer Schwester unterhalten wurden.

Andrea hatte zugesagt – wieder zu Antonias Erstaunen –, die Schwestern auf dem Cembalo zu begleiten. In der Woche zuvor, als Maddalena zum Proben in den Palazzo kam, erzählte sie den beiden vom ihrem Plan, Benedetta und Cornelia zu deren erster Privatvorstellung mitzubringen. Maestra Prudenzia hatte zwar bezweifelt, ob es klug sei, Benedetta und nicht lieber ein hübscheres Kind zu schicken, doch Maddalena hatte darauf bestanden: Sofern die Auswahl der Musikerinnen ihr obliege, ergehe die Einladung an die fleißigsten und die besten unter ihnen. Und außerdem, dachte Maddalena, schloss man keine *figlia di coro* leichter ins Herz als die winzige Benedetta mit ihrem süßen vernarbten Gesichtchen. Wäre Maddalena ein reicher venezianischer Adliger gewesen, hätte Benedetta ihr am ehesten und schnellsten die Börse geöffnet.

Maddalena hatte zuvor kaum Kontakt mit Andrea gehabt, und nun wurde ihr klar, warum Chiaretta ihn mochte. Er war ein Mensch, der lächelte, wenn etwas lustig war, und es unterließ, wenn dem nicht so war. Die Art, mit der er Chiaretta betrachtete, hatte weder etwas Gaffendes noch Aufdringliches, sondern verriet lediglich die Sorge, sie könne es in einem zugigen Raum nicht warm genug haben, nicht genug zu essen bekommen oder sich nicht genug Ruhe zu gönnen. Seine Wirkung auf Chiaretta war nicht zu übersehen. Sie strahlte, sobald er sich in ihrer Nähe befand.

»Ich werde darauf achten müssen, was wir servieren.« Chiaretta lachte und erzählte ihnen die Geschichte von den Austern. »Inzwischen liebe ich sie ja, aber sie sehen schon ziemlich beängstigend aus.«

»Fische mit großen, glotzenden Augen sind wahrscheinlich auch nicht zu empfehlen«, meinte Andrea. »Sie wirken immer ein bisschen vorwurfsvoll.«

»Und auch keine kleinen Tiere«, fügte Maddalena hinzu. »Auf manchen der Feste, die wir besucht haben, wurden Drosseln mit Köpfen serviert, und eine der Figlie erbrach sich, noch während sie am Tisch saß. Die anderen fingen wegen der armen toten Vögelchen zu weinen an, und das anschließende Konzert haben sie zu meinem Bedauern vollkommen verpatzt.«

Auf der Gesellschaft der Morosinis ereignete sich nichts dergleichen. Benedetta und Cornelia saßen mit großen Augen am Tisch, nahmen sich ein zweites und drittes Mal von den Speisen, die ihnen zusagten, und wechselten angesichts der Weinmenge in ihren Gläsern verstohlene Blicke. »Wein wird euch nicht nachgeschenkt«, flüsterte Maddalena, die am selben Tisch saß, ihnen zu. »Vergesst nicht, dass ihr noch spielen müsst.«

Nach dem Essen spielte Maddalena mit den Figlie eine Triosonate und bat anschließend Chiaretta nach vorn. Schon bei den ersten Tönen entstand Unruhe unter den Zuhörern, als glaubten sie, dass sie die Melodie eigentlich kennen müssten, ohne sie jedoch zuordnen zu können. Und dann begann Chiaretta zu singen.

»*Salve Regina, Mater misericordiae*« Ihre Stimme erhob sich über den Portego. »*Vita, dulcedo, et spes*«, sang sie. »Sei gegrüßt, o Königin, Mutter der Barmherzigkeit. Unser Leben, unsere Wonne und unsere Hoffnung.« Benedetta und Cornelia, die beide einen einfachen Continuo spielten, konnten den Blick nicht von Chiaretta wenden, während sie ihrer Stimme lauschten, die sie bis zu diesem Tag nur aus Erzählungen gekannt hatten.

Als sie fertig war, stand Claudio auf. »Soeben habt ihr die Musik gehört, die bewirkte, dass ich mich in diese Frau verliebte.« Die Männer applaudierten, und die Frauen seufzten.

»Im Wissen darum hat Chiaretta eine weitere Überraschung für euch vorbereitet.« Andrea stand auf und setzte sich ans Cembalo. Er und Maddalena spielten die ersten Noten, und Chiaretta stimmte ihre persönliche Lieblingsarie aus ihrem letzten Auftritt an. »Gewahr ich deine Schönheit«, sang sie, »weichen Zorn und Wut, und Liebe scheinet auf.«

Als sie geendet hatte, trat Claudio ans Fenster. »Kommt her und seht euch das an.« Er machte eine einladende Geste. Schwankend stand ein Dutzend Bootsleute, das die Musik gehört hatte, unter dem Fenster auf dem Kanal. Chiaretta wollte zurückweichen, doch Claudio schob sie ans Fenster. »Beruhige dich«, sagte er. »Nun beruhige dich doch.«

Als die Gäste wieder Platz genommen hatten, begann Andrea zu sprechen. »Es gibt noch mehr Überraschungen heute Abend«, sagte er uns blickte zu Chiaretta hinüber, »und diese hier ist für dich.« Er setzte sich an das Cembalo, und Antonia und Claudio stellten sich neben ihn.

»Andrea hat mir erzählt, dass du eine besondere Vorliebe für Veronica Franco hegst«, sagte Claudio, »und uns schien es, als könnte dieses Gedicht für niemand anderen als dich geschrieben sein.«

Andrea begann zu spielen. »*Occhi lucenti et belli*«, sangen sie in mehrstimmigem Chor. »Schön strahlendes Augenpaar, welches im Nu so vieles verrät! Zarte Gefühle – süß, verletzend und wild –, sie dringen in dies versengte Herz, das dir geben will, was du nur wünschst.« Während sie sangen, waren sowohl Claudio als auch Andrea ganz auf Chiaretta konzentriert. »Einer, der lebt und stirbt für dich, wünscht nur, dass dies schöne, liebe Augenpaar stets heiter sei, glücklich und klar.«

Maddalena hatte den Arm um die Taille ihrer Schwester gelegt. Chiarettas Knie gaben nach, und Maddalena hielt sie fester, um sie zu stützen. *Sie lieben sie beide,* dachte Maddalena. *Und wenn sie es vorher nicht wusste – nun weiß sie es.*

18

Der in diesem Sommer auf einem Ruderboot auf dem Brenta-Kanal geschmiedete Plan war so kühn, dass er nur von Antonia stammen konnte. Mit ihren zwei Kindern, Dienerschaft und einem Kindermädchen war sie für den Sommer zur Morosini-Villa hinausgereist, und jeden Tag stahlen sie und Chiaretta sich für eine Weile davon. An diesem Tag hatte sich auch Luca zu ihnen gesellt, der zu einem kurzen Ausflug von der Barberigo-Villa etwas weiter oben am Kanal heruntergekommen war.

Schon an der Anlegestelle hatte sie das Thema angeschnitten, doch dann war es wieder in Vergessenheit geraten, als Luca ungelenk zum gegenüberliegenden Ufer ruderte, um dann in unbeabsichtigtem Zickzack wieder den Steg anzusteuern, und zwar in einem Tempo, bei dem sie im Falle eines Zusammenstoßes alle im Wasser landen würden.

»Ich wünschte, Andrea wäre bei uns, um mir meinen Sonnenschirm zu halten«, schmollte Antonia, als Luca das Boot endlich wieder auf Kurs gebracht hatte. »Oder dass Luca mehr Hände hätte.«

»Apropos, hast du Andrea überhaupt gesehen?« Chiaretta versuchte, nonchalant zu wirken, während sie auf die Antwort wartete.

»Nicht sehr häufig«, erwiderte Luca. »Er ist für ein, zwei Tage vorbeigekommen, als er geschäftlich in Padua war, aber er sagte, er habe diesen Sommer keine Zeit für die *Villeggiatura.*«

»Wegen dieser Buchbinderei-Beteiligung?«, fragte Antonia.

»Wegen der und etwas anderem, irgendeinem Verfahren für den Noten-Druck – verdammt!« Luca ruderte so nahe am Ufer, dass die Weidenzweige ihn streiften und ihm die Mütze vom Kopf fegten.

Sobald er sie wieder in die Mitte des Kanals befördert hatte, wandte er sich an Chiaretta. »Und was hältst du nun von Antonias Idee?«

Chiaretta stöhnte. »Ich hatte gehofft, du hättest die Sache vergessen.«

»Aber was spricht denn dagegen?«, fragte Antonia.

»Es ist purer Wahnsinn. Ich kann nicht in einer Oper singen!«

»Du könntest es natürlich nicht, wenn sie wüssten, dass du es bist«, erwiderte Antonia. »Aber diese Frauen verschwinden derart unter Schminke und Perücken, dass sie deine eigene Mutter sein könnten, und du würdest sie nicht erkennen.« Sie schlug die Hand vor den Mund. »Es tut mir leid«, sagte sie. »Ich hatte vergessen, dass du keine Mutter hast.«

Antonia machte so häufig und ohne jeden Hintergedanken gedankenlose Bemerkungen, dass sich das zu einer ihrer gewinnendsten Eigenschaften entwickelt hatte.

»Was ja so nun auch wieder nicht stimmt. Ich habe eine, ich weiß nur nicht, wer sie ist. Du hast also recht – sie könnte da stehen und sich das Herz aus dem Leib singen, und ich würde sie trotzdem nicht erkennen. Andererseits wiederum glaube ich, dass ich *deine* Mutter auch dann erkennen würde, wenn sie als König von Frankreich verkleidet wäre.«

»Mit Bart!«, kreischte Antonia. »Das wäre ein Anblick! Aber Spaß beiseite, warum nicht, wenn du dir sicher sein könntest, dass du nicht erwischt wirst?«

»Nun, zum einen wäre es eine Menge Arbeit.«

»Du müsstest ja nicht die ganze Oper bestreiten«, sagte Antonia. »Wir könnten uns eine aussuchen, bei der die Sopranistin zwischen den Szenen eine lange Pause hat, sodass ihr die Kleider tauschen könntet. Wenn du dann aufgetreten bist, tauscht ihr wieder die Kleider, und schon machen wir uns mit unserem köstlichen kleinen Geheimnis Richtung Ridotto davon.«

Nur das Zwitschern der Vögel in der Luft und das Plätschern der Ruder waren zu hören, während sie auf Chiarettas Antwort warteten. »Es klingt schon lustig«, sagte sie.

»Lustig?«, unterbrach sie Luca. »Es klingt nach so einem Riesengaudium, dass ich das Gefühl habe, wenn du es nicht machst, dann habe ich umsonst gelebt.«

»Also, nun übertreib mal nicht.« Antonia gab ihm einen Klaps auf die Hand. »Es wird uns nur verdammt leid tun, etwa für die nächsten zehn Jahre oder so, weiter nichts.«

Chiaretta beugte sich über den Bootsrand und sah einen Frosch, der sich neben ihnen abstieß, ehe er wieder im braunen Wasser verschwand. Zwei Pferde, die auf einer Weide grasten, kamen in der Erwartung auf eine kleine Leckerei ans Ufer. Ihr Gewieher holte sie in die Gegenwart zurück. Sie setzte sich auf. Antonia und Luca starrten sie an.

»Und?«, fragten beide.

»Es ist absurd, darüber zu diskutieren. Claudio müsste seine Zustimmung geben.«

»Am besten wäre es vielleicht, er wüsste gar nichts davon«, meinte Luca. »Für den Fall, dass es Ärger gibt.«

Chiaretta musterte ihn verblüfft. »Sollte es Ärger geben, hat er mit Sicherheit das Recht, davon zu erfahren.«

Antonia seufzte. »Mit dir macht es keinen Spaß. Abgesehen davon: Was wäre, wenn er es sich im Grunde wünschen würde, aber nicht darüber Bescheid wissen will? Indem du es erwähnst, würdest du das Ganze verderben. Denn dann müsste er es vielleicht ablehnen, obwohl er nichts dagegen gehabt hätte.«

»Das Risiko würde ich eingehen.«

»Und wenn er Ja sagt, machst du es dann?«

Chiaretta seufzte. »Ich denke darüber nach. Ehrlich.«

Antonia klatschte in die Hände. »Also, ich würde es mir so vorstellen: Es sollte am Teatro Sant'Angelo stattfinden. Niemand, der dort arbeitet, wird seine Stelle riskieren, indem er etwas sagt, auch wenn sie womöglich dahinterkommen. Claudio ist an dem Theater beteiligt, und man denunziert nicht den Inhaber oder dessen Gattin, es sei denn, man ist dumm wie Bohnenstroh. Übrigens soll auch Vivaldi zum Karneval zurückkommen.«

»In die Pietà?« *Nicht schon wieder.* Die Besorgnis in Chiarettas Stimme registrierend, warf Antonia ihr einen fragenden Blick zu. »Das weiß ich nicht«, sagte sie. »Wahrscheinlich kommt er nur zur Opernsaison. Schwer vorstellbar, dass er in die Pietà zurückkehrt, wo er jetzt doch so berühmt wird. Wie auch immer, glaubst du, wir könnten ihn überreden, mitzumachen?«

»Ich habe mich ihm gegenüber vor seiner Abreise abscheulich benommen«, sagte Chiaretta.

Luca legte den Kopf schief. »Das ist das erste Mal, dass ich so etwas von dir höre.«

»Er schrieb damals vier Arien, und zwar in folgender Reihenfolge: Erst eine wunderbare, dann noch eine wunderbare, die aber an die direkt vorher oder nachher nicht herankam, dann eine gute, aber lächerliche, und zuletzt eine absolut grauenhafte.«

»Ich habe sie geliebt«, protestierte Antonia. »Vor allem die, die wie das Gurren einer Turteltaube klang.«

»Die habe ich nicht gesungen. Genau darum geht es ja. Ich musste die danach…«

»Er wird mitmachen«, unterbrach sie Luca. »Er würde sich die Chance, dich in einer seiner Opern singen zu hören, nie entgehen lassen. Ich glaube, der kleine Rote Priester wird sich nicht mehr einkriegen vor Begeisterung, wenn wir ihm von unserer Idee erzählen.«

»Luca!« Antonia spielte die Geschockte und begann ihn zu schelten, als zwei riesige Libellen an ihrer Wange vorbeisurrten und neben ihrem Ohr in der Luft stehen blieben. »Mach sie weg da!«, kreischte sie und wedelte mit den Armen, bis das Boot schaukelte. Luca stand auf, und das Boot machte einen Satz. »Nein! Nein! Setz dich, sonst kentern wir noch!«

Als Luca sich wieder auf seinen Platz sinken ließ, waren die Libellen verschwunden und das Thema Oper zu Chiarettas Erleichterung mit ihnen.

* * *

Jedes Mal, wenn Chiaretta glaubte, sie habe das Leben in Venedig begriffen, zeigte sich alsbald, dass sie sich getäuscht hatte. Sie hatte keinen weiteren Gedanken mehr an die Oper verschwendet, so sicher war sie sich, dass Claudio ablehnen würde. Antonia und Luca hatten das Thema auf der ersten von Bernardos Herbstgesellschaften erneut angeschnitten. Bei der Vorstellung, Chiaretta öffentlich auftreten zu lassen, wenn auch nur einmal und in Verkleidung, hatte Claudio zunächst gezögert, am Ende des Abends aber war er begeistert.

»Du wirst dich dein Leben lang daran erinnern«, flüsterte er nachts, als sie miteinander im Bett lagen. »Und es ist Karneval, sollte also jemand behaupten, er habe dich gesehen, so sagen wir einfach, er habe wohl zu tief ins Glas geschaut und dass du an diesem Abend zu Hause warst.« Er stützte sich auf den Ellbogen und strich mit einem Finger über ihren Bauch. »Und sogar wenn du die Wahrheit sagen würdest, würde die Polizei dich vermutlich bitten, deine Aussage zu ändern, nur damit sie nichts unternehmen müssen.«

»Würdest du kommen, wenn ich singe?« Claudio ließ sich auf die Matratze zurücksinken und atmete hörbar aus. »Nein, ich glaube, das wäre ein bisschen zu riskant. Ich werde dafür sorgen, dass ich außerhalb der Stadt zu tun habe, aber mein Gott, wie schade es ist, dass ich mir das entgehen lassen muss.«

»Ich weiß nicht, ob ich es will, wenn du nicht zusiehst.«

»Aber ich werde dir zusehen. Ich werde den ganzen Tag daran denken, und wenn du auf der Bühne stehst, sitze ich, wo immer ich gerade bin, im Kaffeehaus und stelle mir vor, wie du da oben stehst.« Er drehte sich zu ihr um und begann, ihr Haar zu streicheln. »Ich habe nur eine Bitte.« – »Welche denn?«

»Erlaubst du mir, dass ich dich mir nackt vorstelle?« Er riss sie in seine Arme und warf sich auf sie, vergrub den Kopf an ihren Hals und brummte wie ein Bär. Sie kreischte vor Wonne, bis er sie mit seinen Küssen zum Schweigen brachte.

* * *

Als Vivaldi zur herbstlichen Karnevalssaison aus Mantua zurückkehrte, traten Andrea und Luca mit ihrem Plan an ihn heran. Und noch eine Woche später schüttelten sie die Köpfe über ihn.

»Er war so begeistert, dass er Latein zu reden und Gott zu danken begann, als hätte *der* irgendwas damit zu tun«, erzählte Luca beim gemeinsamen Abendessen mit Antonia und Chiaretta.

»Du solltest nicht so reden, Luca«, schalt ihn Chiaretta.

»Über wen, Vivaldi oder Gott?«

»Beide! Fürchtest du nicht Gottes Zorn, wenn du solche Dinge sagst?«

Andrea lächelte amüsiert. »Vielleicht hast du ja noch nie das Sprichwort gehört, dass wir zunächst Venezianer sind und erst in zweiter Linie Christen.«

Chiaretta verstummte, unsicher, wie sie auf einen derart gefährlichen Gedanken reagieren sollte.

»Nun, ich weiß nicht, ob da überhaupt viel Frömmigkeit im Spiel ist!«, sagte Luca. »Er versuchte, uns eine Abschrift – sogar mehr als eine, wenn wir es wünschen – von deiner Partie anzudrehen, und bot an, dass er sie für eine etwas höhere Summe auch passend für deine Stimme umschreiben würde. O, und dann meinte er noch, für ein paar zusätzliche Zechinen würde er auch speziell für diese Aufführung ein paar Stücke einfügen, die du schon kennst – natürlich mit anderem Text, damit sie zur Handlung passen.«

Luca lachte. »Ich dachte, wenn ich noch ein paar Minuten länger bleibe, wird er auch noch versuchen, mir sein Bett zu verkaufen, oder vielleicht seinen Diener.«

»Hört auf«, rief Chiaretta mit einer Stimme, die so ungewöhnlich schroff klang, dass Luca verstummte und alle sie nur anstarrten. »Was bringt ihr schon zuwege, was auch nur annähernd an seine Leistungen heranreicht? Manchmal, wenn ich auf die Noten geblickt habe, die er für mich geschrieben hatte, habe ich so heftig gezittert, dass ich sie beiseitelegen musste. *So* habe ich ihn in Erinnerung – auch wenn er nicht sehr liebenswert wirken mag.« Ihre Stimme verlor sich zu einem Flüstern. »Beim Komponieren offenbart er etwas, das alles übertrifft, dem ich je begegnet bin.«

»So als würde er die Musik der Sphären vernehmen.« Andrea schien in die Ferne zu blicken, als er das sagte. »Als ziehe er die Schönheit von den Sternen herab und reiche sie dir mit den Worten: ›Das habe ich im Himmel gefunden. Hier. Für dich.‹« Er streckte die leere Hand aus, als biete er Chiaretta ein Geschenk an.

Wie kann er das wissen? Wie kann er es nur so genau treffen?, fragte sich Chiaretta.

Luca und Antonia blieb nichts weiter, als sich zu räuspern und sich der Frage zuzuwenden, welchen Likör sie vor ihrem Aufbruch noch nehmen wollten.

»Ich hätte gerne so einen süßen Dessertwein aus dem Süden«, sagte Chiaretta und wandte sich von Andrea ab, während er dem Kellner ein Zeichen gab.

* * *

Nur eine Vivaldi-Oper stand in der Herbstsaison auf dem Programm, doch die Rolle der Rosane in *La Verità in Cimento* war ideal für Chiaretta. Die Sopranistin, die die Rosane sang, hatte zwischen ihren Auftritten genügend Zeit, um aus ihrem Kostüm zu schlüpfen – ehe Chiaretta gegen Ende des ersten Akts auf die Bühne trat –, und es dann vor zweiten Akt wieder anzuziehen. Chiaretta würde im Ensemble singen, ein paar Zeilen Rezitativ haben und mit der Schlussarie des Aktes enden.

Was Antonia, Luca und Andrea betraf, so war kein Ereignis der herbstlichen Karnevalssaison spannender als die Nachmittage im *Piano nobile* des Palazzo Morosini, wo sie Chiaretta bei der Vorbereitung unterstützten.

Zunächst äußerten sich Chiarettas Bedenken in Form heftigster Abwehr. »Ich hasse Rosane«, sagte sie. »Zelim ist ein netter Mann, der sie wirklich liebt, und sie liebt ihn ja auch, bis dieser Melindo aufkreuzt. Und nur weil Melindo der Thronerbe ist, putzt sie plötzlich Zelim herunter und behauptet, sie sei in Melindo verliebt. Doch sobald es dann aussieht, als sei Zelim der wahre Erbe, heißt es plötzlich wieder Zelim, Zelim, Zelim.«

»Das ist doch alles nur Vorwand für den Gesang«, sagte Antonia. »Wenn du das wirkliche Leben suchst, dann bleib zu Hause.«

»Aber sie ist so ein liederliches Frauenzimmer!« Chiaretta fuchtelte mit den Noten. »Hör dir das mal an: ›Melindo lieb ich wohl, doch kostet's mich mein Glück, und find ich Wonn' bei Zelim, dann lebe wohl, Melindo.‹ Wer sagt denn so etwas?«

»Rosane.« Luca zuckte die Achseln. »Ich finde, es klingt ganz lustig.«

»Komm schon, Chiaretta, sing es auf Latein, wenn du dich dann besser fühlst.« Antonia verdrehte die Augen. »Jetzt lass es uns endlich hören.«

Andrea nahm ihr die Noten ab und spielte die Melodie auf dem Cembalo.

Die Musik wirbelte und wogte durch den Portego, und binnen weniger Takte wiegte sich Antonia mit ihr und spreizte die Hände vor sich, als spüre sie unter ihnen die Brust eines Liebhabers.

»*Dio mio!*«, rief sie. »Das hat der kleine Pfaffe geschrieben?«

Antonia stand neben Andrea und sang die ersten Takte. Nach einiger Zeit fiel Andrea ein. Luca packte Chiaretta am Ellbogen und schob sie in Richtung Cembalo. »Das willst du nicht singen?«, fragte er und hob ungläubig die Stimme. »Das ist phantastisch!«

»Hm«, brummte Chiaretta. »Dann probier ich es eben.« Ehe sie es sich noch einmal anders überlegen konnte, begann Andrea die Einleitung zu spielen.

»*Geliebter, du meine Hoffnung, meine Lust*«, sang sie. Ihre Stimme hallte vom Boden wieder und tanzte im goldenen

Licht des Portego. Am Ende des ersten Teils hielt sie inne und wandte sich Beifall heischend an Antonia.

Doch Antonia blickte finster drein. »Also, das ist doch kein Wiegenlied! Sie ist ein Flittchen und denkt, keiner hört sie, sodass sie sich damit brüstet, wie verführerisch sie ist und dass es ihr doch wohl gelingen sollte, jeden Mann zu kriegen, den sie haben will.«

Chiaretta blickte hilfesuchend zu Andrea, doch der nickte. »Ich fürchte, Antonia hat recht.«

»Versuch es mal so.« Antonia sang die Melodie, betonte den Anfang jedes Takts und beendete ihn mit einem gehauchten Seufzer. »Wenn ich es singe, klingt es zwar nicht besonders gut, aber so ähnlich sollte es sein.«

Andrea begann wieder zu spielen, und Chiaretta imitierte Antonia.

»Viel besser!«, rief Luca.

»Aber immer noch nicht gut genug.« Antonia hob die Schultern, ließ sie kreisen und drückte mit den Armen ihre Brüste nach oben. »Schau mal her.«

»*Amato ben tu sei la mia speranza*«, sang sie und wandte sich an Luca. Ihr Brustansatz quoll über den Rand ihres Ausschnitts, als sie die Schultern sinken ließ und sich zu Luca vorbeugte. »*Tu sei il mio piacer.*« Sie schob ihr Gesicht nur wenige Zentimeter vor das seine, formte jedes Wort mit den Lippen, als wolle sie ihn herausfordern, sie zu küssen.

»*Ma per serbare a te costanza, non vuo turbare il mio goder.*« Sie wandte sich ab und drehte sich langsam tanzend im Kreis, ehe sie wieder zurückkehrte und vor ihn trat. Kaum eine Armeslänge von ihm entfernt, stemmte sie die Hände in die Hüften und wiegte sich hin und her. »Doch lass ich meine Lust mir nicht verderben, nur um dir treu zu sein«, wiederholte sie und zwinkerte Luca zu.

»*Brava!*« Luca klatschte.

Andrea applaudierte ebenfalls. »Nicht übel, Antonia.«

»Ich wünschte nur, du wärst nicht die Gattin meines Vet-

298

ters«, meinte Luca, legte den Arm um Antonias Taille und zog sie in freundschaftlicher Umarmung an seine Seite. »Vor allem in Schlafzimmernähe.«

Andrea wandte sich an Chiaretta. »Was ist denn?«

Die Augen in ihrem ernsten Gesicht waren riesengroß. »Ich kann das nicht.«

»Warum nicht?«, fragte Luca. »In der Pietà hast du den Kopf des Holofernes in einen Sack gestopft.«

Während er und Antonia noch lachten, starrte Andrea sie an. »Du bist eine schöne, sinnliche Frau. Natürlich kannst du das.«

Chiaretta spürte ein Kribbeln auf der Haut. Ihr wurde heiß. »Ich …«

Antonia und Luca lachten nicht mehr. Alle sahen sie nur an und warteten.

»Ich weiß eigentlich nicht, warum. Ich habe so etwas einfach noch nie gemacht. In der Pietà konnte man mich nicht sehen. Und die Musik war auch nicht wie diese hier.«

»Du musst spielen lernen«, sagte Andrea. »Ein bisschen zumindest.«

»Luca, erinnerst du dich noch an die Dicke vor ein paar Jahren, die dastand wie eine Kuh und der wir abnehmen sollten, sie sei so verführerisch, dass Männer für sie sterben würden?« fragte Antonia. »Ist sie je wieder nach Venedig gekommen?«

»Wohl kaum. Nachdem im letzten Akt aus dem Publikum eine Bank nach ihr geworfen wurde, sicher nicht.«

»Hör auf, Luca«, rief Chiaretta. Sie hatte schon genug Sängerinnen erlebt, die man in den Opernhäusern Venedigs erbarmungslos ausgebuht hatte, und die Erinnerung daran ließ sie noch zögerlicher werden.

Andrea stand auf. »Wir haben Chiaretta zu der Sache überredet, und ich glaube nicht, dass es richtig ist, ihr jetzt solche Geschichten zu erzählen. Sie helfen ihr nicht, im Gegenteil, sie jagen ihr auch noch Angst ein.« Er blickte Luca und Antonia in die Augen. »Wir haben zu tun.«

Antonia griff nach Chiarettas Hand. »Es tut mir leid. Manchmal vergesse ich immer noch, dass du in gewisser Hinsicht nicht ganz von hier, nicht durch und durch Venezianerin bist.« Sie blickte zu Andrea hinüber. »Spiel es noch einmal.«

Obwohl es ihr nicht gelang, die Anwesenheit der beiden Männer im Raum zu vergessen, war Chiaretta bald in der Lage, ihre Befangenheit so weit abzulegen, dass sie Kopf, Schultern, Hüften und Mund passend zum Inhalt der Arie bewegen konnte. Und nach und nach verschwand ihre Verlegenheit gänzlich.

»Es macht dir Spaß!«, sagte Antonia eines Nachmittags, nachdem sie Chiaretta dabei beobachtet hatte, wie sie, ihr Rezitativ übend, im Portego herumstolziert war.

Chiaretta schenkte ihr ein verruchtes Lächeln. »Ich kann gar nicht fassen, wie viel Spaß es mir macht.«

»Nun denn«, meinte Andrea. »Dann lasst uns doch das Ensemble probieren.«

Chiaretta griff nach den Noten und blätterte sie wortlos durch.

»Ich habe es schon zu Hause gespielt«, sagte Andrea, der ihre Gedanken las. »Es ist nicht nur schön, es ist erhaben.« Er begann zu spielen.

»*Aure placide e serene …*« Chiarettas Stimme erhob sich wie die stille Brise, von der sie sang. Sie hielt die hohen Töne einen Moment lang, ehe sie die Stimme sanft senkte und die Melodie nacheinander den anderen überließ.

»Du wiederholst meine Klagen«, sangen alle schließlich in so vollkommenem Einklang, dass es wehtat. Als sie endeten, schien die Musik noch einen Moment lang in der Luft zu schweben, ehe sie erstarb.

»*Mater Dei*«, flüsterte Chiaretta leise. »Das ist …« Sie verstummte. Kein Wort konnte die Schönheit des Gesungenen wiedergeben.

»Nie ist mir eine Musik derart ans Herz gegangen«, murmelte Andrea. »Nie.«

Er betrachtete Chiaretta mit eindringlichem Blick. Die strahlenden, makellosen Harmonien hatten sie aller Verstellung entkleidet und sie war so auf sich selbst zurückgeworfen, dass sie, statt den Blick abzuwenden, zurückstarrte.

Lange Zeit.

Antonia räusperte sich und brach den Bann damit. »Was hältst du davon?«, fragte sie Luca.

Ausnahmsweise war Luca einmal sprachlos. Er wies mit dem Kinn in Richtung Chiaretta, die ihr Gesicht in den Händen verbarg, während Andrea sie an sich zog und sie in den Armen wiegte.

Vierzehn Tage vor der Aufführung kam Zuana eines Morgens in Chiarettas Wohnung hinauf, um ihr zu sagen, dass Andrea im *Piano nobile* auf sie warte. Da für diesen Tag keine Probe vorgesehen war und Chiaretta sich Sorgen machte, es könne etwas schiefgegangen sein, strich sie nur rasch ein paar lose Haarsträhnen zurück und zog eine Morgenrobe über, wie sie zum Empfang eines regelmäßigen Besuchers angemessen war. Dann eilte sie nach unten und sah Andrea am Cembalo sitzen, wo er die Noten durchsah.

Als er sie in ihrem Morgenmantel mit unfrisiertem Haar und banger Miene erblickte, erhob er sich von der Bank. »Es tut mir leid, dass ich so unerwartet hereinschneie. Ich habe dich erschreckt, nicht wahr?«

»Ist etwas Schlimmes passiert?«

»Nein, eigentlich eher etwas Wunderbares. Ich dachte, du würdest es sofort wissen wollen. Das hier ist ein Geschenk für dich von Maestro Vivaldi.« Er überreichte ihr die Noten. »Und absolut gratis, wie ich hinzufügen darf«, meinte er lächelnd.

»*Di due rai languir costante*«, las Chiaretta den Titel vor und begann die Noten zu überfliegen. »Es ist hinreißend. Aber ich begreife nicht ganz.«

»Es ist eine kleine Melodie, die ich die Gondolieri habe singen hören. Vivaldi hat sie noch ein wenig ausgeschmückt und mitsamt dem Text für eine deiner Arien übernommen. Gestern Nachmittag habe ich ihn zufällig auf dem Broglio getroffen, und er fragte, ob ich sie dir nicht vorbeibringen kann, da er sich nicht wohlfühle.«

Chiaretta legte die Noten in einem ordentlichen Stoß auf das Cembalo. »Ein wirklich hübsches Geschenk, und sobald ich kann, werde ich es mir ansehen, aber erst nach der Oper.«

»Nein«, widersprach Andrea. »Ich bin gekommen, weil die Sache keinen Aufschub duldet. Er hat das Stück geschrieben, damit du es in der Oper singst. Das heißt, falls du schaffst, ein weiteres Stück einzustudieren.«

Chiaretta griff wieder nach den Notenblättern und vertiefte sich in sie. »Ich weiß nicht …«

Andrea streckte die Hand aus, um die Seiten, sobald sie mit ihnen fertig war, entgegenzunehmen, und spielte die Musik auf dem Cembalo an. »›Sich sehnen immerzu nach einem Augenpaar sollt' Wonne sein und ist doch Qual‹«, sang er, während er die Melodie erneut zu spielen begann. »›O Bote der Liebe, lindre meine Glut und schenke mir Zufriedenheit.‹ Kaum Text zum Auswendiglernen, in erster Linie Vokalisation, und die Grundmelodie ist einfach.«

Chiaretta reichte ihm die letzten paar Notenblätter. »Vielleicht ist ihm nicht recht klar, wie sehr ich aus der Übung bin.«

»Vielleicht sieht er aber auch nur die einzigartige Chance, dich noch einmal etwas singen zu hören, das er nur für dich komponiert hat. Ich an deiner Stelle würde mich ungeheuer geschmeichelt fühlen.«

»Ich fühle mich geschmeichelt. Aber es klingt nicht nach Rosane. Ich begreife nicht, wie und wo man das unterbringen soll.«

»Ach, das spielt keine Rolle. Opern ändern sich doch ständig – ein Kastrat besteht darauf, etwas aus der Oper vom letzten Monat in Rom zu singen, weil das besser zu seiner Stimme passt, und eine Diva beschwert sich, dass die Noten zu hoch oder tief sind oder dass sie etwas Dramatischeres oder Lyrische-

302

res haben will – was auch immer –, und der arme Komponist muss wohl oder übel mitspielen. Diesmal macht er es zur Abwechslung mal aus eigenem Antrieb.«

Chiaretta begann auf den Tasten an einem Ende des Cembalos zu klimpern. »Ein Versuch kann wohl nicht schaden«, meinte sie und setzte sich neben Andrea auf die Bank. »Und wenn es mir doch zu viel wird, sage ich ihm, dass ich es nicht schaffe.«

Sie war ihm so nahe, dass sie den zarten Lavendel-Myrte-Geruch in seiner Kleidung roch und sehen konnte, wo sich in den Nähten seines Rocks ein paar Stäubchen angesammelt hatten. Seit dem Tag, da er sie in den Armen gehalten hatte, war Chiaretta dankbar gewesen um Antonias und Lucas ständige Anwesenheit, weil sie nicht mit Andrea hatte allein sein wollen. Und nun hatte sie sich, ohne zu überlegen, was sie da tat, in ihrem Morgenmantel so nah neben ihn gesetzt, dass sie spürte, wie sein Schenkel gegen ihren drückte.

Rasch stand sie auf. »Ich blättere die Seiten um«, sagte sie, trat neben die Bank und griff um ihn herum, um die Noten zu ordnen.

Andrea spielte mit der rechten Hand eine vereinfachte Version der Holzbläserbegleitung und mit der linken den Continuo. Es klang wie ein Baum voller Singvögel, die in fröhlichem Chor zwitscherten, während sich darunter Menschen im Tanze drehten, und Chiaretta verliebte sich derart in das Stück, dass sie ihn beschwor, doch noch länger zum Üben zu bleiben.

Schließlich musste er gehen. »Wenn es dir recht ist, komme ich morgen wieder«, sagte er und stand auf, um Umhang und Hut zu holen.

Ein Räuspern ließ sie aufschrecken, und als sie sich umdrehten, erblickten sie am anderen Ende des Portego Giustina. Sie kam auf sie zu. »Ich habe mich schon gefragt, wer das sein könnte.« Sie musterte Chiaretta, registrierte ihre Morgenrobe und das unfrisierte Haar.

Chiaretta wurde bang ums Herz. Wie spät war es wohl? Und

warum hatte sie – ehe sie begannen – nicht daran gedacht, nach oben zu gehen und sich anzuziehen?

Giustina presste die Lippen zusammen, grüßte Andrea mit eisiger Höflichkeit und richtete kein weiteres Wort an Chiaretta.

»Ich muss mich entschuldigen«, sagte Andrea. »Dass ich mich heute Morgen so aufgedrängt habe.« Er wandte sich an Chiaretta. »Ich lasse Ihnen die Noten hier und komme morgen wieder, wenn es genehm ist.« Chiaretta nickte. Sie war viel zu verunsichert, um etwas darauf zu entgegnen.

Giustina folgte Andrea, als er den Portego durchquerte, mit den Augen und wandte sich, als er fort war, an Chiaretta. »Nicht in meinem Haus.«

Chiaretta öffnete den Mund, um sich zu entschuldigen, hielt dann aber inne. »Ich weiß überhaupt nicht, wovon du sprichst.«

»Du meinst also, dass mein Sohn, wenn er jetzt hereinkäme und dich mit einem anderen Mann in deinem Nachthemd anträfe, erfreut sein würde?«

Ich habe nichts Böses getan und schulde ihr keine Erklärung.
»Dies ist das Haus meines Mannes und – auch meins«, erwiderte Chiaretta. »Mein Mann würde darauf vertrauen, dass ich weiß, wie mich zu verhalten habe. Außerdem ist das hier, wie ich vielleicht hinzufügen darf, nicht mein Nachthemd.«

Giustina kniff die Augen zusammen, schwieg jedoch und starrte Chiaretta weiterhin an, die sich wiederum bemühte, Giustinas Blick standzuhalten. Dann sagte die Schwiegermutter: »Es ist eine Sache, männliche Freunde zu haben. Das erwartet man. Und Andrea besitzt die Billigung meines Sohnes.« Sie wandte den Blick nach einer vom Portego abgehenden, offen stehenden Tür. »Ich muss mich jetzt hinsetzen und hätte gern, dass du mit mir kommst.«

Chiaretta folgte ihr in einen kleinen Salon. Der offene Kamin war kalt, die Lampen nicht angezündet, und das einzige, kleine, hochliegende Fenster warf nur einen Schatten in den

Raum. »Es hat keinen Sinn, die Diener anzuweisen, Feuer zu machen. Wir bleiben nicht lang.« Sie bedeutete Chiaretta, sich auf einen Stuhl ihr gegenüber zu setzen.

»Ich habe gesehen, wie Andrea dich anschaut – schon lange vor dem, was heute passiert ist –, und obwohl er genau weiß, was sich bei einer verheirateten Frau gehört, ist es unverkennbar, dass …« Sie hielt inne, als wisse sie nicht recht, wie sie es ausdrücken solle, »dass er gewisse Leidenschaften hegt.«

»Andrea hat mir nie irgendeine Leidenschaft bekundet.«

»Er ist ein Ehrenmann. Was aber nicht heißt, dass er nicht auf ein Zeichen deiner Gewogenheit hofft.«

»Ich liebe meinen Mann, Giustina.«

In dem düsteren Raum konnte Chiaretta den Gesichtsausdruck ihrer Schwiegermutter nicht recht entziffern, hörte sie jedoch mit einem Seufzer, der wie eine Mischung aus Ärger und Ergebung klang, ein- und wieder ausatmen.

»In Venedig lieben viele mehr als nur eine Person«, sagte Giustina. »Und solange die Leute ihre Geheimnisse für sich behalten, wird wahrscheinlich auch kein Kummer daraus erwachsen. Aber täusche dich nicht, Chiaretta, die Unvorsichtigen müssen teuer bezahlen.«

»Möchtest du damit vielleicht andeuten, dass ich untreu gewesen bin?«

»Ich will dir nur klar machen, welchen schweren Fehler du damit begehen würdest.«

Chiaretta erhob sich. »Ich schätze deine Sorge«, sagte sie und versuchte, ihren Ärger zu verbergen. »Aber das muss mir keiner sagen.«

»Ach tatsächlich? Wusstest du, dass man sich in Venedig scheiden lassen kann, und dass Ehebruch ein Grund dafür ist? Und wusstest du, dass geschiedene Frauen nur selten die Mittel besitzen, um alleine zurechtzukommen? Und die Rückkehr zu deiner Familie – das wäre wohl ein Problem für dich, nicht wahr?«

Chiaretta fühlte, wie ihr das Blut in die Wangen stieg, und

war dankbar, dass es so dunkel war und Giustina die Wirkung ihrer Worte nicht sehen konnte. *Könnte es sein, dass er mich verlässt?*, fragte sie sich, wollte ihrer Schwiegermutter aber nicht die Genugtuung gönnen, ihr diese Frage zu beantworten.

»Danke für den Rat«, versetzte sie. »Doch wie du schon so charmant ausgeführt hast, hatte ich noch keine Zeit, mich anzukleiden.« Sie drehte sich um und ließ Giustina im Dunkeln sitzen.

* * *

»Ich weiß nicht, warum sie dich immer noch so grässlich behandelt«, sagte Antonia zwei Wochen später, als sie vor Chiarettas Auftritt den Bühneneingang passierten. »Sie weiß, dass ihre Unterstellungen nicht der Wahrheit entsprechen.«

»Ich habe Leute über Scheidung reden hören. Sie *ist* möglich.«

»In deinem Fall nicht. Wenn du danach völlig auf dich allein gestellt wärest, würde das Gericht sie nicht zulassen. Sie versucht nur, dir Angst einzujagen.«

»Nun, das ist ihr gelungen. Ich dachte sogar schon daran, nicht zu singen, fand aber dann doch, dass ich ihr nicht so viel Macht über mich einräumen darf.«

»Du bist eine richtige Morosini geworden!« Antonia grinste sie an. »Lass uns deine Garderobe suchen.«

»Maestro Vivaldi meinte, er würde mich persönlich empfangen«, sagte Chiaretta und blickte verwirrt auf das Durcheinander der Gänge und Türen. Kulissenteile und Requisiten blockierten die Gänge, als sie und Antonia hintereinander in eine Richtung strebten, in der sie die Bühne vermuteten. Das Licht war so schwach, dass sie – in der vergeblichen Hoffnung, dann etwas besser zu sehen – ihre Masken abgenommen hatten. Als ihnen zwei Bühnenarbeiter mit einem zusammengerollten Teppich entgegenkamen, drückten sie sich gegen einen gemalten Prospekt.

»Entschuldigen Sie«, rief Antonia den beiden nach. »Wo ist denn Signorina Stradas Garderobe?«

»Geradeaus und dann rechts«, rief einer der beiden über die Schulter zurück.

Antonia zuckte die Achseln und ging weiter. Sie gelangten auf einen breiteren Korridor, wo ein halbes Dutzend von Leuten in Kostümen sich mit zwei Polizisten unterhielten. Antonia fragte erneut, und einer der Posten verließ die Gruppe und brachte sie zur Garderobe der Diva.

»Sind Sie mit ihr befreundet?«

»Nein …«, fing Chiaretta zu sprechen an, doch sofort übertönte Antonia sie mit ihrem »Ja«.

Gerade als er der Wachmann die Hand hob, um an die Tür zu klopfen, hielt er inne. »Warten Sie mal«, sagte. »Ich kenne Sie doch – Sie sind doch Chiaretta della Pietà, nicht wahr? Ich habe Sie im Karneval im Parlatorium gesehen und einige Male auch auf der Riva, als Sie aus waren.«

»Nein, da irren Sie sich«, erwiderte Antonia rasch. Nie zuvor hatte Chiaretta ihre Freundin furchtsam erlebt. Ihr eigenes Herz pochte so heftig, dass sie kein Wort herausbrachte.«

»Warten Sie hier«, meinte der Polizist. »Ich bin gleich wieder da.«

»*Sancta Maria*«, flüsterte Antonia. »Hoffentlich gibt das keinen Ärger.«

Chiaretta blickte den Gang auf und ab. »Sollen wir uns aus dem Staub machen?«

Sie hörten eine vertraute Stimme aus Anna Maria Stradas Garderobe, und Vivaldi öffnete die Tür. »Ah. Da seid ihr ja!« Als er ihre verschreckten Gesichter sah, bat er sie hinein. Die Diva saß an ihrem Schminktisch und machte, während sie ihre Maske auflegte, ihre Aufwärmübungen. Sie nickte ihnen zu, machte jedoch keine Anstalten aufzustehen.

»Die Polizei weiß, dass sie hier ist …«, flüsterte Antonia.

Vivaldi griff sich an die Brust. »*Deus in adiutorium*«, stotterte er. »Ich hätte mich nie darauf einlassen dürfen!«

307

Chiaretta hatte sich auf einen Stuhl sinken lassen. *Claudio könnte im Gefängnis landen. Und was würde dann aus mir werden?* Vivaldi bekreuzigte sich, und obwohl Chiaretta schon eine Weile nicht mehr gebetet hatte, flogen ihre Finger nun automatisch an die Stirn, um es ihm nachzutun. *Ich hätte mich nie dazu überreden lassen dürfen.* Sie bekreuzigte sich ein zweites Mal.

Es klopfte. »Sollen wir antworten?«, flüsterte Antonia, doch Anna Maria hatte sich bereits erhoben. Lächelnd öffnete sie die Tür, als ob sie einen Bewunderer erwarte. Und machte ein langes Gesicht, als statt dessen zwei Polizisten hereinmarschierten.

»Chiaretta della Pietà?«, meinte der zweite. Chiaretta drehte sich der Magen herum. Antonias Hand an ihrer Schulter spannte sich an wie ein Schraubstock.

»Mein Gott, du hast recht!« Er klatschte dem Ersten auf den Rücken. »Das ist sie ja tatsächlich!« Er fingerte in seiner Tasche nach ein paar Zecchini. »Du hast gewonnen«, meinte er und reichte dem Ersten die Münzen.

»Mein Bruder war ganz verrückt nach Ihnen«, erklärte der erste Polizist. »Und als Sie geheiratet haben, war das für ihn das Ende der Welt. Als ich Sie daher …«

»Sie haben uns zu Tode erschreckt!« Antonia stellte sich vor sie hin und drohte ihnen mit dem Finger.

»O, das tut mir leid. Ich habe ganz vergessen …«

»Sie werden also keine Meldung machen?«, unterbrach ihn Vivaldi.

»Sie meinen, weil sie nicht singen darf?«, fragte der erste Polizist. »Wir wollen sie hören, nicht verhaften. Wir sagen kein Sterbenswörtchen.«

Der zweite Wachmann lachte. »Wenigstens einmal im Leben freue ich mich, im Dienst zu sein.«

Vivaldis Erleichterung war offenkundig. »Dann gestatte ich Ihnen in meiner Eigenschaft als Impresario, sich den ersten Akt in meiner Loge anzusehen.« Mit dem Kopf nickend bedankte er sich und brachte die beiden Wachmänner zur Tür. Er schloss sie hinter ihnen und vergewisserte sich, dass der Riegel auch ordentlich vorgelegt war.

»*Dio mio.*« Er lehnte sich erschöpft mit den Rücken an die Tür. Chiaretta presste die Hand vor den Mund. »*Dio mio*«, echote sie.

Chiaretta hatte mehrere Vorstellungen von *La Verità in Cimento* besuchte, um sich das Arrangement ihrer Szenen einzuprägen, und eines Nachmittags hatte sie sich sogar mit Vivaldi getroffen, um sich das gesamte Bühnenbild anzusehen. Nun aber, da alles hell erleuchtet war und alle Schauspieler in den Kulissen standen, erkannte sie die Bühne, trotz aller Vorbereitung, kaum wieder.

Anna Maria Strada war dicker als sie, und das Kostüm schlackerte derart um Chiarettas Leib, dass die Zuschauer es wohl kaum übersehen würden. Zum Glück konnte sie, sobald sie einmal an den Bühnenarbeitern vorbei war, unbeobachtet im Dunkeln warten. Als nur noch ein paar Minuten blieben, verließ Antonia sie, um ihr gemeinsam mit Luca und Andrea von der Loge aus zuzusehen. Während sie allein auf ihren Auftritt wartete, rieb sich Chiaretta, um die Nerven zu beruhigen, die Hände und drückte die Knie zusammen. Schweiß rann ihr die Achseln hinunter, und ihr Kopf fühlte sich an, als werde er von der riesigen Perücke verschlungen, die so heiß war, dass sie das Gefühl hatte, die Kopfhaut stehe in Flammen. Ihre Schminke war so dick, dass sich, sobald sie den Mund bewegte, Falten bildeten.

La Mantovanina, die Mezzosopranistin, die die Sultansgattin Rustena spielte, kam zu ihrem Auftritt nach oben und stellte sich neben Chiaretta in die Kulissen. Auf der Bühne erging sich der Sultan Mamud in einem langen Rezitativ-Dialog mit seiner Geliebten Damira.

»Der Maestro hat uns erzählt, du kommst von außerhalb und willst singen«, meinte La Mantovanina leise. »Kannst du denn was?«

Noch ehe Chiaretta etwas erwidern konnte, verließ Mamud die Bühne und hastete so schnell an ihr vorbei, dass sie eilig zurücktreten musste. »Blöde Kuh, hat mir wieder die Schau gestohlen«, brummte er noch, ehe er verschwand.

Als sie sich wieder nach La Mantovanina umwandte, war die Mezzosopranistin – aufgewühlt angesichts Damiras Komplott, Rustenas Sohn zugunsten ihres eigenen als Erben abzusetzen – bereits auf der Bühne. Schließlich trat Damira in die Kulisse und ließ La Mantovanina allein auf der Bühne zurück.

»O«, sagte sie und musterte Chiaretta. »Du singst also heute Abend für Anna Maria.« Sie zuckte die Achseln. »Ich wünschte, du würdest für mich singen. Ich habe fürchterliche Kopfschmerzen.« Sie ging zu einem Schemel und setzte sich ohne ein weiteres Wort.

»Wieder mal zu tief ins Glas geschaut, Margarita?« Girolamo Alberini nickte Chiaretta zu, ehe er hinüberging, um die Schultern der Diva zu kneten. Er trug einen goldenen Turban und eine bunt gemusterte Jacke zu roten Pluderhosen, die sich kräftig über seinen hohen Stiefeln bauschten. Sein weich und speckig wirkendes Gesicht bestätigte, was seine Stimme bereits verraten hatte: dass er nämlich der Kastrat in der Rolle des Zelim war.

Albertini blickte sich um. »Wo ist denn La Coralli? Wir müssen gleich weitermachen. Das zarte Blümchen ist schon fast dahin.«

Margarita kicherte. Auf der Bühne sang La Mantovanina, dass die Freude kurzlebig wie eine Blume sei. Albertini sang die letzten paar Zeilen mit leiser Stimme mit, um die Kehle zu öffnen. »Dies elend Leben hat die Lust mir nur geschenkt, wenn sie in gleichem Maß von Bitterkeit und Schmerz begleitet war«, sang er und hielt inne, um sich umzublicken. »Wo bleibt dieses Mädchen bloß?«

Und im selben Moment glitt eine weitere Sängerin im Kostüm eines türkischen Prinzen neben ihn.

»Spät, spät, spät«, tadelte Albertini.

»Bedaure, bedaure, bedaure.« Obwohl Chiaretta wusste, dass eine Frau die Rolle des Melindo spielte, war sie dennoch überrascht, als sie La Corallis Hose und die gebundene Brust entdeckte. Verlegen, weil sie sie angestarrt hatte, senkte Chiaretta den Blick.

La Mantovanina fegte auf der anderen Seite von der Bühne, und Chiaretta spürte, wie La Coralli sie von hinten anstieß.

»Guck nicht ins Publikum«, flüsterte sie. »Tu einfach, als wär keiner da.«

Chiaretta blinzelte in das grelle Licht. *Ich bin auf der Bühne. Sie können mich sehen.* Plötzlich war nur noch Leere in ihrem Kopf.

La Coralli packte sie am Handgelenk, als wüsste sie, dass Chiaretta sich womöglich versucht fühlen würde, davonzulaufen. Dann kamen die vertrauten Klänge vom Orchester, und ehe sie einen weiteren Gedanken fassen konnte, hatte sie bereits die ersten Noten gesungen. »Stille Winde, heitre«, sang sie. Die Töne traten klar und schön hervor, doch ihr Herz schlug so rasch, dass sie kaum genug Luft bekam.

»Süße Bäche murmeln.« Die Stimme des Kastraten war so gewaltig, dass Chiaretta einen Moment lang so verblüfft war, dass sie das Spielen vergaß. Dann reckte sie den Hals, wandte sich hochmütig von ihm ab und Melindo zu.

»Zweige, hold und arglos«, sang La Coralli, und obwohl es merkwürdig war, mit einer als Mann verkleideten Frau zu flirten, beugte Chiaretta sich ihr entgegen und berührte sie an der Wange, wie sie es Anna Maria Strada hatte tun sehen.

»Flüsternd, murmelnd wiederholst du meine Klagen.« Chiarettas Stimme erhob sich kräftig, voll und klar über die der anderen. *Ich tu's*, dachte sie. *Ich tue es!*

Die anderen verließen die Bühne, und der glucksende Klang der Flöten stieg aus dem Orchester empor, markierte den Beginn der Arie, die Vivaldi für sie in die Oper eingefügt hatte. So sehr Chiaretta die beschwingte Melodie liebte, war sie zunächst doch sehr skeptisch gewesen. Bei der Arie würde sie allein auf der Bühne stehen, und nachdem sie gehört hatte, dass mitunter Bänke nach unfähigen Diven geschleudert wurden, hatte es einiger Mühe bedurft, sie zu überzeugen, dass ihr das nicht passieren könne.

»Sich sehnen immerzu nach einem Augenpaar sollt' Wonne sein und ist doch Qual«, sang sie. Zuweilen spielten nur die Flöten, zuweilen traten sie in den Hintergrund, zuweilen begleiteten sie sie, wie ein Lerchenschwarm, der auf einer Wiese landete. Gegen Ende der Arie konnte Chiaretta ihre Stimme – als Antwort auf die Flöten – nach Herzenslust mit Verzierungen versehen. Sie trällerte und trillerte derart selbstbewusst, als blicke sie Andrea beim Spielen über die Schulter, und obwohl das Licht heiß und der Raum vor ihr schwarz war, dachte sie an nichts anderes als seine anmutigen Finger auf den Cembalotasten.

Die Bassgambenspieler zupften die letzten Noten des Continuo, und mit einem einzigen Arpeggio des Cembalos verwandelte sich Chiaretta erneut in Rosane. *Ich hab es fast geschafft*, dachte sie und spürte, wie eine Last von ihr abfiel. *Das ist es. Geh raus und genieß es.* Sie trat an den Bühnenrand und blickte in die dunkle Menge. »*Amato ben tu sei la mia speranza*«, sang sie und dehnte das *A* im letzten Wort, als ob jeder von ihnen der Liebhaber sei, den sie sich vorstellte.

Sie wirbelte davon. Sie malte sich aus, Luca und Andrea seien mit ihr auf der Bühne und winkte und neckte sie abwechselnd, lud sie ein und stieß sie wieder von sich. Und dann, als das Orchester ein letztes Mal die Begleitung spielte, trat sie an den Bühnenrand, wanderte an ihm entlang, blickte ins Publikum und hauchte ihm Küsse zu. Als die letzten Töne verklangen, schlenderte sie souverän wie eine Kurtisane mit einer Schar von Bewunderern im Schlepptau von der Bühne.

La Coralli erwartete sie in der Kulisse. »Wer zum Teufel bist du?«, fragte sie sie, ehe sie Chiaretta wieder auf die Bühne scheuchte. »Geh raus und verbeug dich.«

Aus den Logen brandete der Applaus sturmflutartig über sie hinweg. »Brava! Bravissima!«

»Anna Maria, ich liebe dich«, schrie jemand, als »*Viva La Strada!*«-Rufe überall im Theater erschollen.

Chiaretta stand im Licht, fühlte sich winzig und gleichzeitig riesengroß. Sie streckte die Arme aus, als wolle sie die Menge umarmen, und verließ dann winkend die Bühne.

La Coralli wartete schon. »Wer bist du?«, fragte sie wieder.

»Ich lebe in Venedig«, sagte Chiaretta, und sich an Antonias Worte erinnernd korrigierte sie sich. »Ich komme von hier.« *Endlich,* dachte sie, *endlich fühlt es sich wahr an.*

»Du bist keine Opernsängerin?« La Coralli schüttelte verblüfft den Kopf.

»Nein.«

»Und warum nicht?«

»Mein Mann erlaubt es nicht.« Chiaretta lächelte insgeheim über ihre Notlüge.

»Da haben wir ja Glück gehabt«, sagte La Coralli. »Sonst wäre Anna Maria ihre Rolle wohl los.« Sie lachte. »Und ich obendrein – falls es dich nicht stören würde, dir die Titten zu bandagieren und Hosen zu tragen.« Sie machte eine Geste in Richtung Chiaretta. »Komm schon. Ich muss dir das Kostüm ausziehen.«

Nach der Aufführung erschien Andrea allein vor Chiarettas Garderobe. Seine Augen funkelten. »Du warst großartig«, sagte er. »Hast du den Applaus gehört?«

»Auf der Bühne erschien er mir furchtbar laut, aber ich habe ihn zuvor eben nur in der Loge gehört.«

»Er war auch lauter als für alle anderen. Du hast sogar ein paar Streitereien geschlichtet. Denn sie hörten auf, um dir zuzuhören, und vergaßen dann wohl, worüber sie sich gestritten hatten.«

»Hat es dir gefallen?«

Er schüttelte fassungslos den Kopf. »Einen Moment lang

dachte ich, du hättest den Mut verloren und es sei doch Anna Maria, weil ich mir nicht vorstellen konnte, wie jemand derart selbstbewusst auf die Bühne marschieren und das Publikum« – er ballte die Fäuste vor der Brust um seinen Worten Nachdruck zu verleihen – »so packen kann, wie du es getan hast. Dann merkte ich natürlich, dass nicht sie es war, weil ich deine Stimme so gut kenne.« Und ohne sie aus den Augen zu lassen, atmete er tief ein und langsam wieder aus.

»Ich weiß nicht, wo das plötzlich herkam. Auf einmal war ich da oben und hab es einfach getan.«

Immer noch sah er sie an.

»Wo sind die anderen?«, fragte sie und wandte sich, um seinem Blick auszuweichen, zur Tür.

»Luca und Antonia sind schon ins Ridotto gegangen, um die Feier vorzubereiten.« Er lachte, und die Spannung war weg. »Für eine Aristokratin ist Antonia äußerst taktlos, aber mit ihrer freundschaftlichen Treue macht sie es wieder wett. Sie hat nach deinen Arien am lautesten gebrüllt und Beifall geklatscht. Luca musste sie richtiggehend bremsen, sonst wäre sie völlig ausgerastet, und wir wollten ja nicht, dass die Leute stutzig werden.«

Er hielt inne. »Kann ich dir vielleicht helfen?«

Chiaretta hatte ihr Kostüm bereits abgelegt und ihr eigenes Kleid wieder angezogen, aber es hinten nicht schließen können. Der Vorschlag einer so intimen Handreichung beunruhigte sie zwar, aber die Ankleiderinnen waren alle mit Anna Maria davongelaufen, um ihr beim Kostümwechsel zu helfen.

Sie wandte Andrea den Rücken zu, und er begann die Haken zu schließen und sie zu schnüren. »Ich habe von den Polizisten gehört«, sagte er.

Die Polizisten. War das immer noch derselbe Abend? »Das scheint eine Ewigkeit her zu sein«, sagte Chiaretta. »Ich hatte sie schon vergessen.«

Seine Bewegungen schüttelten sie leicht hin und her, und sie spürte, wie seine starken Finger gegen ihren Rücken drückten.

Sie schloss die Augen und versuchte, sich auf etwas anderes zu konzentrieren.

»Fertig«, sagte er, und sie drehte sich um. Sein Blick war wieder eindringlich geworden, und sie spürte, insgeheim nach Luft schnappend, wie sich das Korsett um ihre Rippen spannte.

»Wir sollten gehen«, gelang es ihr zu sagen. »Luca und Antonia müssten inzwischen im Ridotto sein.«

Andrea stand da, nahm ihr Haar, ihre Augen, ihre Wangen, ihren Mund in sich auf, ehe er sie kurz und diskret von Kopf bis Fuß musterte.

»Und verspielen gemeinsam Lucas Geld, nehme ich an«, sagte er. »Komm, ich helfe dir noch in deine Bauta.«

Er legte ihr den Arm um die Taille, um sie über die überfüllte Piazza Sant'Angelo zu führen. Jungen entzündeten Knallfrösche, und zwei betrunkene Frauen zeigten der jubelnden Menge ihre Brüste. Bunt zusammengewürfelte Musikantentruppen spielten an allen Ecken, während sich Jongleure, Pantomimen und Zauberer auf der Kirchentreppe um die besten Plätze schlugen. Der Duft karamellisierten Zuckers und gerösteter Nüsse drang aus einem Stand, in dem ein Mann ein Bärenjunges an einer Kette hielt, während Kinder hineinflitzten, um es zu necken.

»Bekommen sie denn nie genug davon?«, fragte Chiaretta und hielt sich enger an Andreas Seite.

Er lockerte den Griff um ihre Taille. »Es ist der letzte Abend vor der Weihnachtspause. Sie wollen wohl sichergehen, dass sie ihrem Beichtvater in den nächsten zwei Wochen auch genug zu erzählen haben.«

Als sie an der Kirche von San Moisè vorbeikamen und in Richtung des Casinos abbogen, erhellte ein Feuerwerk den Himmel.

»Komm, sehen wir es uns an«, sagte Andrea, als sie am Eingang des Ridotto vorbeikamen und die paar restlichen Stufen zur Riva zurücklegten. Die Öllampen auf den in der Lagune schaukelnden Booten kritzelten Lichtlinien in die Dunkelheit. Die Kuppel von Santa Maria della Salute leuchtete im Mondlicht, und Chiaretta konnte die Umrisse der dort versammelten Menschenmenge erkennen. Dann wurde der Himmel erneut von den goldenen Funken erleuchtet, die in brennenden, glühenden Aschestücken in den Kanal stürzten und mit Hunderten von leisen Zischlauten erloschen.

Ein glühender Schauer regnete unmittelbar neben ihnen auf den Fußweg, und Andrea zog sich enger an sich. »Treten wir ein wenig zurück.« Er zog sie in einen überdachten Winkel zwischen zwei Gebäuden, und obwohl sie nun keinen Schutz mehr vor der Menge oder den Funken benötigte, rückte Andrea nicht von ihr ab. Stattdessen wandte er sich ihr nun ganz zu.

»Chiaretta«, sagte er. »Nimm deine Maske ab. Ich muss dir etwas sagen, das keinen Aufschub mehr duldet.« Sein Blick wurde weich, als er ihr in die Augen schaute, und er hob die Hand, um ihr über die Wange zu streichen. In ihrer Nähe ging ein weiterer Funkenregen nieder, doch er schien ihn nicht zu bemerken. »Claudio ist mein Freund. Genauso wie du. Aber meine Gefühle für dich bereiten mir eine solche Qual, und ich wollte dir nur sagen, falls du je das Gefühl haben solltest, dass du mehr – wenn du je wünschen solltest, dass mehr zwischen uns ist, würde ich deine Ehre mit meinem Leben verteidigen.«

Chiaretta presste sich beide Hände auf den Mund und starrte ihn an. Er schob eine Hand in ihren Nacken, löste mit der anderen behutsam die Finger von ihrem Gesicht, zog sie an sich und küsste sie. Seine Lippen waren dünner als die Claudios, doch seine Zunge erkundete die Winkel ihres Mundes mit einer Zartheit, dass Nadelstiche süßer Wonne durch ihre Schultern und Arme, durch ihren Hals und bis zum Ende ihrer Wirbelsäule liefen.

Er löste sich von ihr. »Es tut mir leid«, sagte er. »Ich habe mir etwas genommen – ohne deine Zustimmung.«

Sie stellte sich auf die Zehenspitzen und blickte ihm in die Augen. »Hier hast du sie«, sagte sie und erwiderte seinen Kuss.

Am darauffolgenden Morgen, kurz nach Tagesanbruch, riss ein Anfall von Übelkeit Chiaretta aus ihrem unruhigen Schlaf, der so heftig war, dass sie es kaum zum Waschbecken schaffte, ehe sie sich erbrach. Schon in der Woche zuvor hatte sie mit diesem Gefühl gerungen, es jedoch als Nervosität wegen des Auftritts abgetan und im Laufe des Vormittags wieder vergessen.

Als Zuana kam und sich erkundigte, ob sie frühstücken wolle, stutzte sie angesichts des aus dem Becken dringenden Geruchs und der Gestalt ihrer Herrin, die wie ein achtlos hingeworfener Mantel auf ihren Bett lag. Sie beeilte sich, das Becken zu entfernen, und als sie es trocken und sauber wieder zurückbrachte, hatte Chiaretta sich aufgesetzt.

»Ich weiß nicht, was das auf einmal war«, sagte Chiaretta. »Ich bin aufgewacht und mir war übel, aber jetzt geht es mir, glaube ich, wieder besser.« Ihr Brustwarzen fühlten sich wie heiße Kohlen an, und ihre Brüste waren hart wie Steine; als sie sie zu berühren versuchte, zuckte sie vor Schmerz zusammen.

»Wünscht Madonna, dass ich die Dame des Hauses bitte, heraufzukommen?«

Giustina? Warum sollte es sie nach Giustina verlangen? Ihr fragender Blick brachte Zuana zum Lächeln. »In solchen Zeiten, Madonna, tauscht sich eine Frau womöglich gerne mit einer anderen aus. Oder sollte ich vielleicht Ihren Gatten rufen?«

In solchen Zeiten? Und dann dämmerte es ihr. Ihre Hand flog zum Mund. »Zuana. Soll das heißen …?«

»Ja, Madonna. Es ist das erste Anzeichen.«

Alle Gedanken an Andrea verschwanden. *Ich bekomme ein Kind.*

FÜNFTER TEIL

Segen

1723–1726

19

Donata Morosini hielt sich die blauweiße Katzenmaske vors Gesicht. »Ich will die hier aufsetzen!«

»Die ist dir zu groß, *Cara*. Sie gehört deiner Mutter. Pass auf!« Die filigranen goldenen Flügel hatten sich in den etwas mehr als sechs Jahren, seit Claudio Chiaretta die Maske geschenkt hatte, ein wenig verbogen, aber sie war immer noch schön. Besina, das junge Kindermädchen, nahm sie ihr aus der Hand.

Die Kleine verzog das Gesicht. »Aber es ist ein Kätzchen. Meine mag ich nicht. Sie ist nichts Besonderes.«

»Das soll sie auch nicht sein. Du sollst aussehen wie alle anderen. Sie gehört zu dem Bauta-Kostüm, das dein Vater für dich gekauft hat.«

»Aber es ist doch ein Fest. Ich will eine Maske aufsetzen.« Donata wirbelte in ihrem Seidenhemd und dem langen Unterrock herum und übte ihren neuen Tanz ein, schloss die Augen und zählte konzentriert und laut flüsternd die Schritte. »Ich bin vier und singe auf einem Fest!«, krähte sie.

»Fast vier, und nur, wenn du vorher deinen Mittagsschlaf machst!« Chiaretta kam mit einem einjährigen Jungen ins Zimmer. Sie stellte ihn auf den Boden, hielt ihn an einem Arm fest und schob ihren Finger durch ein am Rücken seines Jäckchens befestigtes Band, das ihm beim Gehenlernen helfen sollte. »Geh zu Besina!« Der Kleine lallte, sein breites Gesichtchen war nass vom Sabbern, weil er einen neuen Zahn bekam. Sie hielt ihn weiter fest und schob ihn vorwärts, während er Fuß vor Fuß setzte.

»Brav, Maffeo!«, lobte sie, als sie das Band dem Kindermädchen reichte.

»Seinen *Girello* wird er wohl bald nicht mehr brauchen«, bemerkte Besina, nahm ihn hoch und setzte ihn in sein Laufstühlchen aus poliertem Holz mit den geschnitzten Blättern und Blumen. Maffeo brabbelte, während er mit feuchten Fingern die Muster auf dem *Girello* betastete und sich dann quer durchs Zimmer zu seiner Schwester schob.

»Ja, da hast du womöglich recht. Noch ein, zwei Wochen, dann läuft er. Ist mein Mann schon aus der Pietà zurück?«

»Nein, Madonna, ich glaube nicht. Soll ich mich erkundigen?«

»Nein, aber könntest du ihm eine Nachricht hinterlassen, dass ich ihn gerne sehen würde, ehe die Gäste eintreffen?«

»Natürlich.« Besina warf einen Blick auf Maffeo, der begonnen hatte, an seinen Fingerknöcheln zu saugen. »Entschuldigen Sie, Madonna, aber ich glaube, es wird Zeit, ihn zu füttern. Soll ich ihn zur Amme bringen?«

»O ja, bitte. Dann kann ich Donata zu Bett bringen.« Chiaretta sah zu, wie Besina den Kleinen aus dem *Girello* zog und in ihren Armen hüpfen ließ. Er wimmerte, und Chiaretta trat zu ihm, strich ihm übers Haar und küsste ihn auf die Stirn. Er streckte die Ärmchen nach ihr aus, doch sie wich zurück. »Geh mit Besina, mein Liebling. Ich sehe dich dann, wenn du ausgeschlafen hast.«

Donata saß in der Ecke des Kinderzimmers und wiegte ihre Puppen in der geschnitzten Holzwiege, in der schon Generationen von Morosinis gelegen hatten.

»Muss ich einen Mittagsschlaf machen?«, fragte sie ihre Mutter.

»Das Fest beginnt ja erst in ein paar Stunden. So wird die Zeit schneller vergehen.«

»Darf ich in deinem Bett schlafen?« Donata drehte sich um und warf ihrer Mutter ein genau berechnetes Lächeln zu. »Mit dir?«

Chiaretta lachte. »Warum nicht. Vielleicht schlafe ich ja nicht ein, aber ich lege mich zu dir, bis du es tust.«

Sie half ihrer Tochter ins hohe Bett und schlüpfte selbst unter die Decke. Donata drehte sich zu ihr um und barg ihr Köpfchen an Chiarettas Schulter.

»Und wann kommt meine Tante?«, fragte Donata.

»Welche denn?«

»Maddalena. Wer kommt denn sonst noch? Antonia?«

»Kann sein.« Antonia hatte soeben ihr viertes Kind geboren, und die rasche Folge der Schwangerschaften und eine Totgeburt hatten sie so schwer und apathisch gemacht, dass sie nur noch selten ausging. Ein drittes Mädchen, dachte Chiaretta und spielte mit Donatas feinem Blondhaar, während deren Atemzüge flacher wurden und sie leise schnüffelte, was – wie Chiaretta wusste – dem Einschlafen vorausging.

Antonia hatte mehrere Wochen gebraucht, um sich einen Namen für ihre jüngste Tochter zu überlegen, und hatte sie nach der Geburt – kaum dass sie einen Blick auf sie geworfen hatte – zur Amme geschickt. »Klosterfutter«, hatte sie nur gemeint. »Piero wird nicht begeistert sein.«

Claudio, dachte Chiaretta zufrieden, war von seiner vollkommenen kleinen Tochter und seinem Söhnchen entzückt gewesen. Piero war kein annähernd so guter Vater und Ernährer wie er. Nach ihren beiden letzten Kindern hatte Antonia keine neue Garderobe mehr bekommen, und Chiaretta hatte mit Bestürzung registriert, wie fleckig und verschlissen das Bettzeug des jüngsten Säuglings teilweise wirkte. Obwohl Pieros Familie einst zu den wohlhabendsten Venedigs gezählt hatte, war er selbst weder übermäßig intelligent, noch hatte er je besonderen Geschäftssinn an den Tag gelegt. In den beiden letzten Jahren war das Gerede über seine Spielschulden derart schlimm geworden, dass es Chiaretta schwerfiel, Antonia noch unbefangen in die Augen zu blicken.

Als das Gerücht zirkulierte, Piero sei – für eine letzte Wette – unter den Spieltisch gekrochen, um ein paar Zecchini zusammenzuklauben, die er zuvor hatte fallen lassen, dementierte er es. Die Sache geriet wieder in Vergessenheit und wurde von

Klatschgeschichten über irgendeinen Anderen abgelöst. Die Masken, die alle außer dem Bankhalter im Casino trugen, verschafften Piero eine Tarnung und Antonia die Möglichkeit, der wachsenden Schande ihres Mannes einigermaßen zu trotzen. Aus diesen und anderen Gründen war Antonia in den letzten paar Jahren zur Einsiedlerin geworden und sehnte sich nur selten nach Besuch, nicht einmal von ihren ältesten Freunden.

Ich habe meine wunderbaren Kleinen zur Gesellschaft, dachte Chiaretta. *Antonia wird sich schon wieder fangen. Eines Tages wird sie ihre Kinder betrachten und begreifen, was für ein Segen sie sind.* Als sie selbst ihre Gesichtszüge und ihre Persönlichkeit in Donata wiedererkannte, hätte sie ihre Tochter am liebsten an sich gezogen und nie wieder losgelassen. Die Heftigkeit ihrer Liebe überwältigte Chiaretta zuweilen, und sie bestand darauf, dass nichts sie von ihren Kindern trennen durfte, auch wenn es die venezianische Sitte eigentlich so vorsah.

Bald nachdem sich während ihrer Schwangerschaft mit Donata ihr Bauch wölbte, wurde ein Anwesen der Morosinis, das an einem der kleineren Plätze Venedigs gelegen war, plötzlich frei, weil die Familie, die es gemietet hatte, nach Österreich zurückkehrte. Chiaretta bestand darauf, dass sie und Claudio es zu ihrem Heim machten. Allein Zuana nahm sie mit in die *Ca'* Morosini, und Claudio behielt nur seinen persönlichen Diener. Völlig neue Bedienstete arbeiteten für sie, die durch keinerlei Loyalitäten mit dem Palazzo Morosini und der dort lebenden, verdrießlichen Frau verbunden war.

Das Haus ging auf einen belebten Platz hinaus, auf den Besina Donata oft mitnahm, um in den Läden vorbeizuschauen und mit den Verkäufern zu schwatzen, von denen sie häufig kleine Geschenke mitbrachten – einen Apfel vom Gemüsehändler oder eine bunte Feder von der Putzmacherin. Zweimal die Woche führte Chiaretta Donata zur Messe auf der anderen Seite des Platzes, gefolgt von einer Einladung ins Kaffeehaus.

Der Portego auf dem *Piano nobile* war nur etwa halb so groß wie der, den sie verlassen hatten, und damit ideal für die kleinen Gesellschaften, die Chiaretta bevorzugte. Der Portego auf dem nächsthöheren Stockwerk, auf dem sie lebten, war wunderbar für ihr Töchterchen, um dort in Strümpfen zu tanzen oder beim Singen ihre Stimme vom Terrazzoboden widerhallen zu hören.

Obwohl sie größere Privatgemächer hätte haben können, hatte sich Chiaretta für einen Bereich des neuen Hauses entschieden, in dem es neben ihren eigenen Räumen auch noch ein geeignetes Zimmer für die Kinder gab. Besina wohnte zwar mit den anderen Dienern im Erdgeschoss, hatte aber ein weiteres Bett im Kinderzimmer stehen.

Donata murmelte im Schlaf, und Chiaretta merkte, dass auch sie eingedöst war. Da sie in den Stunden bis zum Empfang noch viel zu tun hatte, zog sie den Arm unter dem Hals ihrer Tochter hervor und schlüpfte aus dem Bett. Sie klopfte an Claudios Tür, doch er war immer noch nicht zurück. Im Vorjahr war sein Vater nach kurzer Krankheit gestorben und hatte Claudio seine Funktion in der Congregazione vermacht. Und die Congregazione beanspruchte einen größeren Teil seiner Zeit, als Chiaretta es sich je hätte vorstellen können. In diesem Jahr diente Claudio darüber hinaus im *Rat der Zehn* und kehrte oft so erschöpft nach Hause zurück, dass er Minuten, nachdem er die Stiefel von den Füßen gezerrt hatte, schon eingeschlafen war.

Inzwischen hatte Chiaretta sich auch daran gewöhnt, dass der Boden, auf den seine Stiefel fielen, nicht immer der heimische war. Antonia hatte recht gehabt. Die Frau auf dem Boot war eine Kurtisane gewesen, und obwohl auch hin und wieder ein Aristokrat dumm genug war, sich in eine von ihnen zu verlieben, galt ihre Gesellschaft als eine Zerstreuung, um die sich niemand große Gedanken machte. Claudio verlangte nichts weiter von seiner Frau, als dass sie sich um seine Wünsche und Bedürfnisse kümmerte und in Privatangelegenheiten diskret war. Und Chiaretta erwartete und bekam dasselbe von ihm. Vielleicht hatten die Venezianer ja letztlich doch recht: Wer nicht davon ausging, dass Gatte oder Gattin die Quelle allen Glücks und Vergnügens war, führte ein zufriedeneres Leben.

Heute war es unwahrscheinlich, dass er vor der Ankunft der Gäste auch nur wenige Minuten ausruhen konnte. Unter dem guten Dutzend Geladener war ein alter Mann, den Claudio ermuntern wollte, doch die Pietà in seinem Testament zu bedenken, sowie ein weiterer Spender, der seine Gunst dem *coro* eines anderen Ospedale, nämlich dem Mendicanti, zuzuwenden schien. Ging alles gut, würde ein Privatkonzert unter der Leitung der berühmten Violinistin Maddalena della Pietà zu zwei vorteilhaften Zusagen an einem einzigen Abend führen.

Als Chiaretta wieder zu ihren Räumen zurückeilte, hörte sie Claudios Schritte auf der Treppe. In seinen schwarzen Patrizierumhang gewandet, schwitzte er in der schwülen Hitze des Juniabends.

Sie nahm ihm den Mantel ab und folgte ihm in sein Arbeitszimmer. »Hast du sie bekommen?«, fragte sie und wies auf das kleine Paket, das er in der Hand hielt.

»Ja. Sie haben mich noch reingelassen. Wo ist sie denn?«

»Sie schläft – in meinem Bett. Leg es doch einfach auf das Kissen.«

Claudio ging auf Zehenspitzen ins Schlafzimmer und beugte sich einen Moment lang über seine Tochter, ehe er das Päckchen neben den aus der Decke ragenden Arm legte. Chiaretta empfand einen süßen Stich, während sie ihm zusah. Claudio zeigte die Liebe zu seinen Kindern offener als jeder andere Vater, den sie kannte. Wann immer möglich, nahm er sich Zeit für sie und tolerierte es auch, in seinem Arbeitszimmer gestört zu werden, nur um sich küssen zu lassen oder einen Blick auf einen neuen Zahn zu tun. *Ich bin so froh, mit ihm verheiratet zu sein,* dachte Chiaretta.

Donata bewegte sich und öffnete die Augen. »Papa!« Ihre

Hand stieß gegen das Päckchen, und sie setzte sich auf, um nachzusehen, was es war. »Ein Geschenk für mich?«, fragte sie und riss die Augen auf. Sie zerrte an der Verpackung und enthüllte die winzige rosa-goldene Pappmaschee-Larve mit dem kleinen Stab daran, mit dem man sie vor die Augen halten konnte.

»Deine Mama hat mir verraten, dass du dir ein Kätzchen wünschst, das zu deinem neuen Festkleid passt«, sagte Claudio. »Gefällt sie dir?«

Donata war bereits aufgestanden, um zum Spiegel zu laufen; Claudio drehte sich zu seiner Frau um und nahm sie in die Arme, ehe beide sich losrissen, um sich auf ihre Gäste vorzubereiten.

Chiaretta hatte kaum Zeit gefunden, sich anzukleiden, als Maddalena mit einigen *figlie di coro* in schwarzen Konzertkleidern aus der Pietà eintraf. Chiaretta sah zu, wie einige von ihnen am anderen Ende des Portego trödelten, genauso wie sie es in ihrem Alter getan hatte. Maddalena blieb mitten im Raum stehen und wandte sich um. »Kommt«, drängte sie sie. »Ich stelle euch eurer Gastgeberin vor.« Die Figlie, von denen die meisten dreizehn oder vierzehn Jahre alt waren, näherten sich schüchtern Chiaretta.

»Stimmt es, dass Sie mal im *coro* waren?«, fragte eine von ihnen und betrachtete den Brokat und Samt von Chiarettas Robe und die Juwelen, die in ihren Haaren funkelten.

»Ja, das ist richtig«, sagte sie und streckte die Hand aus, um einen verirrten Faden von der Schulter des Mädchens zu klauben. Das Mädchen senkte den Blick und bekam rote Wangen vor Überraschung über die zärtliche und unerwartete Geste.

Donata hatte Maddalena vom ersten Moment an in Beschlag genommen, prahlte mit ihrer Maske und bat sie, mitzukommen und sich die neue Puppe anzusehen, die sie nach ihr benannt hatte. »Maffeo kann schon fast gehen!«, säuselte sie, als sie auf die Treppe zusteuerten, die zu ihrem Schlafzimmer führte. Maddalena blickte zu Chiaretta, die sie noch nicht einmal hatte begrüßen können. Mittlerweile war Maddalena von der Sotto-maestra zur Maestra del Violino befördert worden, doch sie hatte sich mit inzwischen einunddreißig Jahren kaum verändert. Ihr Haar war ein wenig verblasst, hatte nicht mehr die volle rote Kastanienfarbe ihrer Jugend, doch ihr Gesicht zeigte kaum Altersspuren und leuchtete noch immer von innen. Sie warf Chiaretta ein hilfloses Lächeln zu, als Donata sie davonzerrte.

Die *figlie di coro* hatten sich ans andere Ende des Raumes begeben, um ihre Instrumente in die Ecke zu stellen, und Chiaretta beobachtete sie, während sie gleichzeitig ein Auge auf die Diener hatte, die bereits den ersten Gang auftrugen. Eine Hand berührte sie am Ellbogen, und sie drehte sich um und erblickte Andrea.

»Hallo«, sagte er. Chiaretta blickte über ihre Schulter, um zu sehen, ob Claudio sie beobachtete. »Er ist mit einigen deiner Gäste in der *Sala d'Oro*«, sagte Andrea. »Wie geht es dir?«

Mehr als einen Monat war Andrea in Geschäften unterwegs gewesen, und sie war sich nicht sicher gewesen, ob er rechtzeitig für diesen Abend zurückkehren würde. Sie registrierte die vertraute Empfindung in ihren Lenden, die sie bei jedem Wiedersehen mit ihrem Liebhaber überkam.

»Du bist wieder da«, flüsterte sie. Dann löste sie sich, straffte Körper und Gesicht, um für ihn genauso auszusehen wie für jeden anderen Gast. »Darf ich dir ein Glas Wein anbieten?«, fragte sie mit gespielter Unbefangenheit. »Bald?«, flüsterte sie mit flehentlichem Blick. »Ich habe dich schrecklich vermisst.« Sie drehte sich um und winkte einem Diener, sich um ihn zu kümmern, und ging dann weiter, um einen anderen Gast zu begrüßen.

Nach dem Essen setzte sich Chiaretta ans Cembalo am anderen Ende des Portego, und Donata stellte sich neben ihr auf, um für die Gäste gemeinsam ein Kinderlied zu singen. Maddalena stand auf der Seite und sah zu, wie ihre Nichte die neue Maske beim Singen abwechselnd vors Gesicht hielt und wieder wegzog. Die Zeit würde zeigen, ob Donata neben dem blonden Haar auch das Talent der Mutter besaß, doch ihr kokettes Lächeln und ihre laute, selbstbewusste Stimme ließen keinen Zweifel daran, dass sie zumindest ihr Temperament geerbt hatte.

Dann sang Chiaretta ein Solo, bei dem sie von ihrer Schwester begleitet wurde. »*Benedetto sia il giorno, ed il mese, e l'anno*«, sang sie. »Gesegnet sei der Tag, der Monat, das Jahr, die Jahreszeit, die Zeit, die Stunde, der Moment, das herrliche Land und der Ort, wo ich mich zum ersten Mal von den schönen Augen gefesselt fand, die mich heute noch in ihrem Bann halten.« Chiaretta blickte zu Donata, die neben ihrem Vater saß und sein Bein umklammerte, zwinkerte ihr zu, um ihr so zu zeigen, dass diese Worte ihr galten.

Maddalena improvisierte ein Zwischenspiel, und Chiaretta griff die Melodie wieder auf. »Gesegnet sei der süße Schmerz, den ich empfand, als ich zum ersten Mal die Liebe spürte, und ihr Pfeil und Schmerz mich tief im Herzen traf.« Bei diesen Worten wandte sich Chiaretta von allen anderen in ihrem Leben ab und blickte nur noch auf ihre Schwester, deren Augen alles bestätigten, was beide fühlten.

Nach dem Spiel der Figlie hakte Chiaretta sich bei Maddalena unter und steuerte mit ihr auf die Festtafel zu, wo Teller mit Nougatstückchen und kandierten Früchten für die Gäste bereitstanden.

»Oh, Maddalena, das wird dich interessieren«, begann Claudio und rückte ihr einen Stuhl zurecht. »Vivaldi kehrt zur Pietà zurück. Erst heute ist die Entscheidung gefallen.«

Maddalena streckte die Hand aus, um sich an der Tischkante festzuhalten. Ein Löffel fiel klirrend zu Boden, und ein Diener, der herbeigeeilt war, um ihn aufzuheben, murmelte Entschuldigungen, die Maddalena nicht hörte. Sie starrte auf den Wein, den man ihr ins Glas schenkte. Das Kerzenlicht hatte seinen vergoldeten Rand in einen winzigen Heiligenschein verwandelt und erhellte die karmesinrote Flüssigkeit darin, doch Maddalena sah es nicht.

Gesegnet die Jahreszeit, die Zeit, die Stunde …

So viel hatte sich verändert, seit sie ihn das letzte Mal gesehen hatte.

Es war genug Zeit verflossen seither, um all ihre Erinnerungen umzuformen und für immer fortzuräumen.

Und nun kam er zurück, um ihr aufs Neue die Ruhe zu rauben.

20

In der Ecke der Stube, in der Maddalena saß und arbeitete, krachte die Kohle im Ofen und raschelte, wenn sie zu Asche zerfiel. Auf der Holzplatte des Schreibtischs lag ein dicker Notenstapel und vor ihr ein Bogen Papier, auf das sie einige Noten kopiert hatte. Die Öllampe flackerte auf dem Schreibtisch, und sie streckte die Hand aus, um die Flamme zu regulieren und näher heranzurücken, damit sie mehr Licht bekam.

Sie blickte auf eine Notenzeile. »Viola«, sagte sie und summte beim Niederschreiben jede Note mit. Vivaldi hatte etwas ganz Wunderbares für Benedetta komponiert, und während Maddalena die Feder in das Tintenfass tauchte, ermahnte sie sich, sich allein darauf zu konzentrieren, wie schön es klingen würde. An den Komponisten durfte sie gar nicht denken, schärfte sie sich ein, obwohl ihr seine vertraute Hand auf jeder Seite entgegensprang.

Claudio – so erfuhr sie später – hatte mit seiner Bemerkung überhaupt nicht sagen wollen, dass Vivaldi in Person und als Maestro dei Concerti zurückkehren werde. Die Congregazione hatte lediglich vertraglich mit ihm vereinbart, dass er monatlich zwei Konzerte für sie zu komponieren hatte, die er entweder mit der Post schicken oder persönlich dort abliefern sollte. Er hatte sich für ersteres entschieden und, soweit sie wusste, in den beinahe zwei Jahren seit Claudios Ankündigung bei dem Bankett keinen Fuß nach Venedig gesetzt.

Es brauchte nicht viel, damit sie, wenn sie an ihn dachte, die Magenkrämpfe und die Schwere im Kopf wieder heimsuchten. *Kopier die Noten,* sagte sie sich. *Schreib sie einfach ab.*

Doch zuweilen schaffte sie es nicht, dies zu beherzigen, vor allem nicht in Momenten wie diesem, wenn ihr die Finger in der Kälte erstarrten und sie die Arbeit unterbrechen musste, um sie wieder zu wärmen. Während sie die Hände über den Ofen hielt, schweiften ihre Gedanken zurück zu den Blicken, die sie und Vivaldi gewechselt hatten, und dazu, wie ihnen, wenn sie das Ende eines Stücks erreicht hatten, der Schweiß auf der Stirn gestanden hatte. Wie er sich über sie gebeugt hatte, um ihr zu zeigen, wie sich der Fingersatz variieren ließ, und wie dabei sein rotes Haar aufgeleuchtet und den ganzen Raum zum Glühen gebracht hatte.

Sie vermisste ihn, vermisste die sprühende Energie des *coro,* wenn er mit ihnen spielte. Sie vermisste sogar seine Launen und Wutanfälle. Die waren zu erwarten bei einem Mann, dessen ganzes Wesen so von Musik durchdrungen war, dass für gute Manieren nicht mehr viel übrig blieb. Er war ein Genie. Der *coro* spielte die Musik, die er schickte, und spielte sie gut, doch es war nicht dasselbe wie damals mit ihm.

Wie alt er wohl inzwischen ist? Wahrscheinlich näher an der Fünfzig als an der Vierzig, dachte Maddalena. Sie fragte sich, wie das Alter ihn wohl verändert haben mochte. Sie selbst hatte sich mit Sicherheit verändert. Die heftigen Stimmungen ihrer Jugend waren verschwunden; inzwischen genoss sie die einfachen Freuden – wenn sie etwa sah, wie Donata und Maffeo mit ausgestreckten Armen auf sie zuliefen oder wenn sie ihre von einem Rückschlag getroffenen, um Tapferkeit bemühten Schülerinnen tröstend umarmte. Obwohl das Leben aufregend gewesen war, solange Vivaldi an der Pietà gewirkt hatte, hatte auch seine Abwesenheit etwas für sich, dachte sie. Nicht soviel Energie, aber dafür mehr Ruhe. Weniger Leidenschaft, dafür mehr Frieden.

Nein, dachte sie, es wäre schon schön, wenn er selbst wieder zurückkehrte, schön, wenn sie wieder zusammen spielen könnten, aber es war auch schön, wenn das alles nicht geschah.

Zunächst war Chiaretta wütend auf Claudio gewesen, weil er die Wirkung seiner Ankündigung nicht besser bedacht hatte, doch Maddalena hatte zu bedenken gegeben, er habe nicht wissen können, was Vivaldi ihr bedeutete. »Wenn ich es ihm erkläre, wird er sich entschuldigen wollen, ganz sicher«, hatte Chiaretta gesagt, doch ohne es auszusprechen, wussten beide, dass es Maddalena peinlich gewesen wäre, ihre Kindheitsgefühle zu offenbaren.

Maddalena hielt die Hände über den Ofen, öffnete und schloss sie wie Glieder einer Zange. Sie rieb sie aneinander, um sie zu wärmen, und ging an ihr Pult zurück.

Schreib einfach die Noten ab.

»Viola«, sagte sie und griff nach der Feder.

Einige Wochen später wartete sie auf der Empore über der Kapelle, um einen Blick auf Chiaretta und Donata zu erhaschen, die mit Andrea kommen wollten, um Benedetta spielen zu hören. Maddalena selbst spielte nicht, tat es nur noch selten in der Kapelle und fand auch nur noch hin und wieder Zeit für einen Konzertabend in den großen Häusern Venedigs. Die Sorge darum, dass die Figlie gut unterrichtet und behandelt wurden, verschaffte ihr eine ganz andere Befriedigung als ein Solo auf der Empore, und eine sehr viel nachhaltigere.

Chiaretta, Donata und Andrea traten ein, und sie beobachtete, wie Andrea Mutter und Tochter zu ihren Plätzen begleitete. Alle drei bekreuzigten sich und beteten. *Wie merkwürdig es doch ist, dass sie keine Familie sind,* dachte Maddalena. *Was für eine seltsame Stadt dieses Venedig ist.* Sie selbst zog dem Ganzen die gazeverhangene Empore, wo alles so viel einfacher war, bei Weitem vor, doch sie war auch froh, dass ihre Schwester einen Mann zur Seite hatte, der sich so gut um sie kümmerte. Und der darüber hinaus auch von Donata geliebt wurde, falls denn die Art, wie sie das Köpfchen neigte und ihn anlächelte, während ihre Finger über seine Jacke wanderten, einen Hinweis darauf gab.

* * *

Nach dem Konzert kamen die drei ins Parlatorium, um sie zu besuchen. Donatas Mund war klebrig von den Krümeln des Gebäcks, das ihr eine der Figlie gegeben hatte, und sie roch nach Honig, als sie die Lippen schürzte, um Maddalena durchs Gitter zu küssen.

»Benedetta war sehr gut«, sagte Donata. »Eines Tages spiele ich auch im *coro!*«

»Du klingst genau wie deine Mutter, als sie sechs war, mein kleines Goldstück«, erwiderte Maddalena.

Inzwischen trat bei ihren Besuchen sogar Andrea ans Gitter, um sich mit Maddalena zu unterhalten. Sie wusste auch schon seit einiger Zeit, dass er und ihre Schwester einmal in der Woche in Räumen zusammenkamen, die er in einem Palazzo an einem der kleineren Kanäle gemietet hatte. Der Palazzo hatte einen Torweg, der sich zu einem winzigen Platz hin öffnete und zu einem privaten Eingang führte. Der Rest des Hauses war gerade nicht bewohnt, was dem Arrangement größtmögliche Sicherheit garantierte.

Als Chiaretta ihr flüsternd von der Affäre mit Andrea berichtete, wusste Maddalena zunächst nicht, was sie davon halten sollte. Die Ehe galt als heilig, doch Venedig hatte seine ganz eigenen Gebräuche, und sie war froh, dass sie gar nicht erst zu versuchen brauchte, diese zu verstehen. Noch war es nötig, sie zu verurteilen. Sie vertraute darauf, dass Chiaretta wusste, was sie tat, und brachte Andrea den Respekt entgegen, den ein Mann, den ihre Schwester erwählt hatte, verdiente. Es ging sie wirklich nichts an, dachte sie, solange niemand, den sie liebte, dadurch zu Schaden kam.

Und bei ihren häufigen Besuchen in der Ca' Morosini sah sie ja, dass Chiarettas Beziehung zu Claudio nicht darunter zu leiden schien. Ob er die Wahrheit über seine Frau und Andrea kannte, konnte Maddalena nicht beurteilen, doch falls er es tat, ließ er sich seinen Ärger darüber nicht anmerken. Maddalena mochte Andreas trauriges Gebaren und sein sanftes Herz. Sie mochte auch Claudio, weil er Chiaretta das Leben ermöglichte, das sie sich wünschte, und ihr die nötige Sicherheit gab. Zwei Männer liebten ihre Schwester, und Maddalena war dankbar dafür.

An diesem Tag war das Parlatorium zu beiden Seiten des Gitters gut besucht. Es war das erste Konzert der Herbstsaison gewesen, und die Figlie und ihre Gäste unterhielten sich laut und lebhaft.

Donata hatte sich mit Andrea entfernt, um einem Mann zuzusehen, der in einer Ecke Kartentricks vorführte, und Maddalena beugte sich näher zum Gitter, um ihre Schwester besser zu hören.

»Ich habe gesagt« – Chiaretta erhob die Stimme – »dass Maestro Vivaldi im November als Impresario für eine Oper in Claudios Theater engagiert worden ist.«

Vivaldi? In Venedig? Maddalena wusste zwar, dass er früher wegen seiner Opern gelegentlich nach Venedig gekommen war, nicht aber seit seiner Wiedereinstellung bei der Pietà. *Kommt er etwa wieder zurück?*

Chiaretta hatte sich umgewandt, um nach Donata und Andrea Ausschau zu halten, sodass ihr der bange Blick ihrer Schwester entging. Sie drehte sich wieder zu ihr und fuhr fort. »Claudio meint, es wird langsam Zeit. Die Congregazione ist richtiggehend empört über ihn. Er schreibt nur etwa halb so viel, wie sie vereinbart haben.«

Chiaretta registrierte Maddalenas gerunzelte Stirn. »Machst du dir Sorgen deswegen? Ich glaube nicht, dass er viel Zeit in der Pietà verbringen wird.«

Maddalena zuckte die Achseln. »Ich habe wohl einfach den Punkt erreicht, wo es mir lieber ist, ihn auf Distanz zu haben.« Sie überlegte kurz. »Aber es ist lange her. Ich würde ihn gern sehen, und ich würde ihn gern mit Benedetta und Cornelia und all den anderen Figlie bekannt machen, die jetzt seine Musik spielen.«

Ihr Herz raste, während sie sprach, und sie hörte die Anspannung in der eigenen Stimme. *Ist es Vorfreude oder Angst.?,* fragte sie sich und wusste, dass sie sich selbst keine ehrliche Antwort darauf zutraute.

Die Tavoletta mit der Ankündigung von Vivaldis Inszenierung von *L'Inganno Trionfante in Amore* hing schon vor dem Teatro Sant'Angelo, als Chiaretta dort eintraf, um ihm einen wütenden Besuch abzustatten. Soeben hatte sie Donata zu einer Musikstunde in der Pietà gebracht und in einer kurzen Unterredung mit der Priorin erfahren, dass Vivaldi seit seiner Rückkehr nach Venedig vor einem geschlagenen Monat wegen der Proben für die Oper noch mit niemandem Kontakt aufgenommen hatte. Zwar beharrte Maddalena darauf, dass sie nichts erwarte, doch Chiaretta kannte ihre Schwester zu gut, um die verräterischen Zeichen ihres Schmerzes nach Wochen ohne ein Wort oder einen Besuch von ihm nicht zu erkennen.

»Unerträglicher Kerl«, murmelte sie vor sich hin, als sie durch die Tür des Theaters trat. Vivaldi wedelte mit den Armen und brüllte die Schauspieler auf der Bühne an, und als einer von ihnen davonstolzierte, drehte er sich um, steuerte den Ausgang an und nickte der auf einer Bank neben der Tür zum Vorraum sitzenden Patrizierin zu, ohne sie zu erkennen.

»Maestro Vivaldi«, rief sie, folgte ihm ins Foyer und hob ihren Schleier.

»Chiaretta! Verzeihen Sie mir. Ich wusste nicht, dass Sie das sind.« Er atmete scharf ein – mit dem vertrauten ruckartigen Keuchen.

»Sie sehen gut aus«, erwiderte Chiaretta steif. Tatsächlich wirkte er so gehetzt wie immer. Seine Haut hatte die Farbe von Magermilch, und sein Haar machte den Eindruck, als habe er es selbst geschnitten; doch er bewegte sich mit derselben zappeligen Anspannung, die sie von ihm kannte, als ob etwas zu Mächtiges, nicht zu Unterdrückendes direkt unter der Oberfläche schlummere.

»Ich hätte mich nach Ihnen erkundigen sollen, als ich hier angekommen bin«, sagte er, »aber ich war so beschäftigt.

Nächste Woche haben wir Premiere – aber das wissen Sie wohl.«

»Ich werde kommen.« Ihr Ton was eisig, doch er schien es gar nicht zu bemerken.

»Sie ist nicht sehr gut. Lediglich ein *Pasticcio,* und ich habe auch nur die Musik arrangiert. Haben Sie Anna Girò im San Moisè gehört? Sie ist wirklich atemberaubend.«

Chiaretta ignorierte seine Frage. »Ich würde gern über meine Schwester sprechen.«

»Maddalena? Wie geht es ihr?«

Sein Ton war so flapsig, dass sie vor Ärger rot anlief. »Gut geht es ihr, unbegreiflich aber ist mir, wie Sie nach Ihrer Rückkehr nach Venedig soviel Zeit verstreichen lassen können, ohne sich ihrer Anwesenheit hier zu erinnern.« Sie holte Luft, um weiterzusprechen, überlegte es sich dann jedoch anders.

Vivaldis Miene verdunkelte sich. »Ihr Mann hat Sie doch sicherlich davon unterrichtet, wie unzufrieden die Congregazione mit mir ist? Ich glaube nicht, dass ich in der Pietà willkommen wäre, nicht einmal als Besuch.«

»Wenn Sie neue Musik mitbrächten, würde man Sie gewiss willkommen heißen.«

Vivaldi trat, von der Kürze ihrer Antwort überrascht, zurück. »Leider ist das vorerst nicht möglich. Sie sehen ja, wie beschäftigt ich bin.«

Er wies in Richtung der Bühne, wo einige Sänger und Orchestermusiker untereinander schwatzten und Bühnenarbeiter Kulissen aufbauten. Ihr Blick folgte dem seinen und beide schwiegen einen Moment und sahen ihnen zu. Chiaretta dachte an Maddalena, die allein in ihrem Zimmer seine Noten kopierte. Er konnte sich hier unmöglich vorstellen, wie viel Zeit man in der Pietà zum Nachdenken hatte, wie alles, das aus dem Rahmen fiel, in der Dunkelheit der schlaflosen Nächte immer wieder durchgespielt, wie die Vergangenheit nach den kleinsten vergessenen Einzelheiten durchforscht und wie jedes künftige Vergnügen im Vorhinein ausgekostet wurde.

Chiaretta fragte sich, ob er wohl dasselbe dachte wie sie. Wie verschieden das Teatro Sant'Angelo und die Pietà doch waren! Hier schien er den Leuten nicht viel Respekt abzunötigen, doch dort behandelten ihn die Musikerinnen, als sei er der Doge persönlich. *Bewundert ihn hier irgendjemand?*, fragte sie sich. *Es sieht nicht so aus.*

»Als Sie für meine Schwester und mich Stücke komponiert haben, hat uns das mehr bedeutet, als Sie sich überhaupt vorstellen können«, sagte sie und war überrascht, wie ihr die Stimme dabei zitterte.

»Ich fühle mich geschmeichelt.« Er fasste sich mit der Hand an die Brust, wie sie es ihn so oft hatte tun sehen, wenn er versucht hatte, sich bei den Würdenträgern, die die Pietà besuchten, einzuschmeicheln. »Sie sind sehr gütig, dass Sie hierher kommen und mir das sagen.«

Unerträglicher Kerl! »Glauben Sie, Maestro Vivaldi, dass ich den ganzen Weg hierher auf mich genommen habe, um Ihnen ein Kompliment zu machen?« Sie schluckte schwer, um sich zu beruhigen, und überlegte, wie sie ihm das, weswegen sie zum Theater gekommen war, beibringen sollte.

»Meine Schwester ist inzwischen Maestra del Violino. Und ich weiß, dass sie das zum Teil Ihnen verdankt. Doch auch nach all den Jahren bedeutet ihr die Erinnerung an das Spiel mit Ihnen viel. Ich bin lediglich gekommen, um Sie zu fragen, ob meine Schwester für Sie irgendeine Bedeutung hatte.« Sie rümpfte unwillig die Nase und wandte den Blick ab. »Vielleicht hatten Sie ja zu viele ganz ähnliche Schülerinnen.«

»Chiaretta, ich habe es nicht vergessen, aber ...«

Sie schnitt ihm das Wort ab. »Ich habe gesagt, was ich sagen wollte. Machen Sie daraus, was Sie wollen.« Sie drehte sich um und schritt zur Tür hinaus.

Innerhalb einer Woche erhielt die Congregazione zwei *Concerti* mit einem Brief und der Bitte um Unterstützung durch die Maestra del Violino bei der Vorbereitung eines neuen Hauptwerks für die Pietà.

»Hast du etwas damit zu tun?«, fragte Maddalena Chiaretta.

»Ich habe ihn zwar kurz im Theater gesehen«, erwiderte Chiaretta. »Aber *darüber* haben wir nicht gesprochen.« *Das ist ja nun ziemlich nah an der Wahrheit,* dachte sie.

* * *

Anna Giròs Brüste quollen über den Rand ihres Mieders, als wollten sie die Flucht ergreifen. Obwohl sie nicht eigentlich dick war, strahlte ihr ganzer Körper eine Fleischlichkeit aus, die – da waren sich die meisten einig – der Tugend nicht gerade förderlich war. Ihr Gesicht war hübsch genug, um wohlhabende und einflussreiche Männer zu bezaubern, obwohl sie momentan eine so dicke Schicht von Bühnenschminke trug, dass sie damit auch einen akuten Anfall von Blattern hätte kaschieren können. Man hatte sie, als sie im Vorjahr aus Mantua nach Venedig gekommen war, um in Albinonis *Laodicea* die Hauptrolle zu singen, als zwanzigjährige Sensation angekündigt. Herablassende Kritiken ihres Gesangs aus einigen Kreisen waren von so überschwenglichem Lob aus anderen gekontert worden, dass die meisten Venezianer nur die Achseln gezuckt hatten angesichts der doch offensichtlichen Schlussfolgerung: dass nämlich La Girò einigen der *Cognoscenti* von Venedig mehr als nur ihr musikalisches Talent offerierte.

Trotz der Meinungsverschiedenheiten über die Größe ihrer Begabung begann Vivaldi ab dem Moment seiner Ankunft in Venedig Claudio und andere Geldgeber des Teatro Sant'Angelo zu drängen, doch das nötige Geld aufzubringen, um die Verpflichtung der Diva sicherzustellen. Claudio hatte ihr venezianisches Debüt besucht und war nicht so beeindruckt, dass er wegen ihrer Premiere im Teatro Sant'Angelo seine Geschäftsreise hatte verschieben wollen – sodass Chiaretta und Andrea in der Morosini-Loge mit Lucas und Antonias Gesellschaft vorlieb nehmen mussten.

Inzwischen waren sie von dem schon zum ersten Gang des

Abendessens reichlich genossenen Wein beschwipst und ließen sich ziemlich sarkastisch über das Spektakel auf der Bühne aus. Anna breitete die Arme aus, um einen langgezogenen Ton zu halten und seufzte schwer beim Versuch, ihre Schwierigkeiten zu kaschieren, wenn die Musik plötzlich in tiefere Tonlagen rutschte. Zwar hatte Anna eine Altstimme und neigte daher bei den hohen Tönen nicht zum Kreischen, doch Chiaretta hörte die raschen Wechsel in der Tonart, die das Orchester vornahm, damit sie die tiefsten Töne schaffte, ohne wie ein knurrender Hund zu klingen.

Antonia war es gelungen, nun schon fast zwei Jahre lang nicht mehr schwanger zu werden, und sie hatte einen Teil ihres alten Temperaments zurückgewonnen. »Guck doch mal, wie sie mit den Armen herumfuchtelt! Du könntest aus dem Stand da hinaufsteigen und besser singen, ohne auch nur ein einziges Mal zu üben«, sagte sie zu Chiaretta, nachdem Anna eine Arie beendet hatte und mit großem Applaus von der Bühne gefegt war.

»Ah, aber es geht ja nicht nur um die Stimme«, sagte Andrea. »Man kommt doch ganz offensichtlich schwer an ihr vorbei, und man könnte durchaus argumentieren, dass sie großartig sein muss, wenn die Leute das sagen.« Er wandte sich an Chiaretta. »Was meinst du?«

Sie reagierte darauf nur mit einem Achselzucken. Sie hatte nicht wirklich zugehört. Als sie Vivaldi im Theater aufgesucht hatte, um ihm seine Rücksichtslosigkeit gegenüber Maddalena bei seiner Rückkehr nach Venedig vorzuwerfen, hatte er es kaum erwarten können, ihr von Anna zu erzählen. *Ich musste ihn daran erinnern, dass ich eine Schwester habe,* dachte sie. *Was ist diese Anna Girò für ihn?*

Sie zogen sich in den hinteren Teil der Loge zurück und waren gerade bei einem weiteren Gang, als Luca eine Bemerkung über den Herzog von Massa machte. Antonia, die verstehen wollte, was dahinter steckte, fragte Andrea, warum er lache.

»Offenbar wünschte sich Anna ein Cembalo und kaufte es

mit dem Geld, das ihr Freund, der Herzog, ihr gegeben hatte.«
Andrea zog die Augenbrauen in die Höhe. »Und, na ja, sagen
wir mal, es war mehr als genug Geld, um einen über das Wesen
dieser Freundschaft nachdenken zu lassen.«

Luca tunkte eine Gabel mit Fleisch in die Sauce und schob
sie sich in den Mund. »Anna, so heißt es, soll ja ein sehr freund-
liches Mädchen sein«, meinte er mit anzüglichem Grinsen.
»Wie auch immer, der Mann, der ihr das Cembalo verkaufte,
bildete sich jedenfalls ein, dass man ihn hereingelegt habe und
ging vor Gericht.«

Er legte seine Gabel beiseite und wischte sich mit der Serviette den Mund ab. »Ich bin überrascht, dass du nichts davon
gehört hast, Chiaretta«, sagte er und griff nach seinem Wein-
glas. »Denn dein alter Freund Vivaldi war auch in die Sache
verwickelt.«

Chiarettas Herz klopfte. »Was hatte er denn damit zu tun?«

»Er war der Mittelsmann. Vivaldi wurde verklagt. Offenbar
hatte der alte Graf Anna doppelt so viel Geld gegeben, wie sie
für das Cembalo benötigte. Und der Mann, der es verkaufte,
bekam den Eindruck, dass der gute Priester ihn betrogen
hatte.«

»Ein amüsanter kleiner Skandal ohne wirklichen Anlass«,
sagte Andrea. »Was ist dabei, wenn sie nicht das gesamte Geld
für das Cembalo ausgegeben hat? Schließlich war er doch mit
dem Preis einverstanden.«

»Das Gericht sah das genauso, aber man fragt sich natürlich,
warum Vivaldi sich überhaupt darauf eingelassen hat«, gab
Luca zu bedenken und spitzte dann die Ohren. »Ist das nicht
La Girò?« Sie standen auf, um sie singen zu sehen, und das Gespräch war beendet. Chiaretta stand neben ihnen, blickte hinab
auf die Bühne, hörte aber keine Note.

Mit ausdrücklicher Genehmigung der Pietà sollte Maddalena
den ungewöhnlichen Schritt unternehmen und Vivaldi in seinem Haus aufsuchen, um dort mit ihm zu arbeiten. Er war

lange krank gewesen und hatte die *Nobili Uomini Deputati* überzeugt, dass es in ihrem eigenen Interesse sei, wenn er während des Winters nicht unnötig in der Stadt umherziehen müsse. Daheim habe er alles, was er brauche, zur Hand, während er sich mit einer Sache herumschlage, die – wie er ihnen versicherte – das größte Instrumentalwerk seiner Laufbahn werden solle. Um ihnen den Vorschlag zu versüßen, sollte die Violine, die Maddalena bei ihm spielen würde, bei Vollendung des Werks Eigentum der Pietà werden – ein teures Geschenk, das die stets klamme Congregazione schwerlich zurückweisen konnte.

Fioruccia, die die Verwendung von Gasparini'schen Opernmelodien für den *coro* einst so offen verschmäht hatte, erklärte sich – als jemand darauf hinwies, ihre Abneigung gegen Opernkomponisten sei die beste Garantie für die Verhinderung jeglichen Verstoßes gegen die Moral – grollend bereit, für Maddalena die Anstandsdame zu spielen. Aber auch dann dauerte es noch einen Monat, bis die Vereinbarung stand, vermöge derer eine Frau aus der Pietà das Haus eines Mannes aufsuchen durfte, obwohl dieser ein Priester war.

Vivaldi lebte in einem Teil Venedigs, den Maddalena vorher noch nie betreten hatte. Die Kanäle und die sie säumenden Fondamenti verengten sich bei jeder Abzweigung, bis die bröckelnden Bauten sich wie eine Reihe von Bettlern in abgerissenen Kleidern über sie beugten. Eine Frau trat aus einer Tür, um den Inhalt ihres Schmutzkübels in den Kanal zu kippen, und schreckte eine magere Katze auf, die in einer dunklen Gasse, nicht breiter als eine Schubkarre, Deckung suchte. Auf der anderen Seite inspizierten zwei Ratten einen kleinen Abfallhaufen und ignorierten die Flüche des Mannes, der im Vorbeigehen nach ihnen trat.

Lebt er tatsächlich hier?, fragte sich Maddalena und blickte an den Häusern hinauf. *Wie kann hier Musik entstehen?*

Sie fuhren unter einer Brücke hindurch und gelangten in einen breiteren Kanal, gesäumt von gepflegten Häusern, deren strahlende Farben in der Sonne aufleuchteten und vom Wasser reflektiert wurden. *Schon besser,* dachte Maddalena, doch gleich wurde ihr wieder bang, als der Gondoliere den Kanal überquerte und auf einen anderen zuruderte, der so klein war, das er nicht einmal einen Fußweg hatte und in den so wenig Licht fiel, dass es dort sicher schwierig war, Tag und Nacht zu unterscheiden.

Innerhalb von Sekunden hielt er an einem kleinen Steg neben einem hübschen, doch ziemlich schlecht erhaltenen, rosafarbenen Haus, das auf den größeren Kanal hinausging. Mit dem Ende seines Ruders klopfte er an die Tür, und während er auf eine Antwort wartete, wandte er sich wieder zu ihnen um. »Es ist sehr kalt, Madonne«, sagte er. »Wenn es Ihnen recht wäre, würde ich in der Gaststube warten, an der wir eben vorbeigekommen sind. Dort haben sie einen Ofen.« Er zeigte auf ein kleines Lokal auf der anderen Kanalseite, vor dem zwei Männer sich unterhielten und dabei, um sich zu wärmen, mit den Füßen aufstampften.

Als er Fioruccias Miene sah, fügte er noch hinzu: »Ich trinke nicht, falls Sie sich deswegen Gedanken machen. Ich will mich nur aufwärmen. Sie können, sobald Sie fertig sind, einen Diener nach mir schicken.«

Gerade in diesem Moment schwang die Türe auf, und Fioruccia konnte, da ein Diener die Hand nach ihr ausstreckte und ihr hineinhalf, keinen Streit deswegen anfangen. Als er dann auch Maddalena auf die dunkle Anlegestelle zog, drang ihr die kalte Luft und der Modergeruch in die Nase. Der Diener öffnete eine weitere Tür zu einem Gang, der von einer einzigen Öllampe erhellt wurde, die ihr schwaches Licht auf einen an mehreren Stellen verschlissenen Teppich warf.

»Hier«, sagte er und wies auf eine Tür am anderen Ende. Sie gelangten in einen Wohnraum, in dem ein kleines Feuer Dunkelheit und Kälte ein wenig milderte.

»Ich sage ihm Bescheid, dass Sie hier sind«, verhieß der Diener und klopfte an eine geschlossene Tür.

Maddalena hörte, wie ein Stuhl gerückt wurde, und dann Schritte, die sich der Türe näherten. Sie öffnete sich knarrend.

Vivaldi war kleiner, als sie ihn in Erinnerung hatte, und seine Augen wirkten düsterer. Die Haut unter seinem Kinn war schlaff geworden, und seine Wangen- und Kieferknochen standen noch stärker hervor.

»Ah!«, meinte er nur zur Begrüßung.

Maddalena war erstaunt, dass er nichts davon sagte, wie lang es doch her sei oder auch nur, dass er sich freue, sie zu sehen.

»Ich freue mich, Sie wiederzusehen«, sagte sie, doch er nickte nur, als sei er zu zerstreut, um es zu registrieren, und erwiderte nichts.

Er trug einen Hausmantel aus moosgrüner Wolle, über dem ihm sein ungepflegtes Haar auf die Schultern fiel. Fioruccia bedachte seine Erscheinung mit einem finsteren Blick. »Verzeihen Sie«, entschuldigte er sich, ihre Miene deutend. »Es ist wegen der Kälte. Wenn Sie darauf bestehen, kann ich auch meinen Priesterrock anziehen, aber er ist noch feucht, weil ich gestern in den Regen geraten bin.«

»Das wird nicht nötig sein«, versetzte Fioruccia und starrte mit solcher Verachtung auf seine Füße und die Pantoffeln, dass er seinem Diener befahl, ihm ein Paar Strümpfe und Schuhe zu bringen.

Er bedeutete ihnen, ihm ins Arbeitszimmer zu folgen. Der Raum war beinahe genauso groß wie das Wohnzimmer, allerdings so vollgestopft, dass man sich kaum darin bewegen konnte. Die Wände waren mit Bücherregalen bedeckt, in denen sich ohne jede erkennbare Ordnung Papiere stapelten. Ein Cembalo, ein großer Schreibtisch und ein Notenständer teilten sich die freie Bodenfläche. Und auf allen dreien lagen Noten und andere Papiere. Neben dem offenen Kamin, in dem ein winziges Feuer brannte, stand ein reichverzierter Sessel mit ausgefranstem Polster und einem kleinen, nicht dazu passenden Tisch, auf dem ein Tablett mit Teekanne und einer mit ranziger Butter beschmierter Brotkruste balancierte.

»Aufräumen lohnt hier gar nicht mehr«, sagte Vivaldi und bedeutete seinem Diener, das Tablett mitzunehmen, »aber so arbeite ich nun leider einmal.« Er ging um den Schreibtisch herum, nahm einen Rosenkranz zur Hand, murmelte ein Gebet, küsste ihn dann und verstaute ihn wieder in einer Schublade. Mit schwungvoller Geste schob er den ganzen Dokumentenwust beiseite.

»Ich habe Ihnen draußen ein Feuer machen lassen«, sagte er an Fioruccia gewandt, »wo Sie es, während wir hier arbeiten, behaglicher haben. Ich werde meinen Diener auch bitten, Ihnen eine Lampe anzuzünden.«

Fioruccia sah weiter finster drein, als wolle sie sich weigern, sie allein zu lassen, doch nach einem zweiten Blick auf die unaufgeräumte Stube seufzte sie resigniert.

Als Fioruccia versorgt war, holte Vivaldi seine Violine aus dem Kasten und kam sofort zur Sache. »Erinnerst du dich noch an damals, als ich dich fragte, wonach das klinge?« Er spielte ein paar trillernde Noten und sah Maddalena an.

»Zwitschernde Vögel auf einem Baum«, sagte sie. »Und dann haben Sie sie klingen lassen, als flögen sie weg.« Ihre Worte klangen abgehackt und ausdruckslos. *Klein.* Und so fühlte sie sich wieder, wie sie so unbeachtet in seinem Arbeitszimmer saß, während er sich in seine Musik hüllte.

»Das hat mich auf eine Idee gebracht, die mir seither nicht mehr aus dem Kopf geht.« Ohne den Bogen aus der Hand zu legen, drückte er mit der Fingerspitze auf eine Seite in einem aufgeschlagenen Notizbuch, damit es nicht zuklappte. »Hör dir das an.« Er räusperte sich und begann zu rezitieren.

Der Frühling ist gekommen in all seiner Pracht,
Und die Vögel begrüßen ihn mit heiterm Gesang.
Und eines Zephirs Atem inspiriert die Bächlein
zu ihrem Murmeln, derweil sie plätschern dahin.

* * *

Er schloss das Buch und spielte das Gezwitscher der Vögel. Als er geendet hatte, rezitierte er aus der Erinnerung weiter.

Die Luft ist erfüllt von düsteren Wolken,
Es folgen Donner und Blitz.
Doch wenn wieder Stille einkehrt,
Kehr'n auch die Vögel zurück und singen aufs Neu'.

Es spielte eine wilde Kadenz, die den Vogelflug darstellte. »Weißt du, wer das Gedicht geschrieben hat?«, fragte er.

Sie schüttelte den Kopf. »Ich kenne es nicht.«

»Ich«, sagte er. »Vier Sonette habe ich geschrieben, eines für jede Jahreszeit, und ich werde zu jedem ein passendes Concerto komponieren. Ich nenne es *Die vier Jahreszeiten*. Was hältst du davon?

»Ich verstehe nicht, was Sie meinen.«

»Ich dachte, dass vor allen anderen du es verstehen würdest.« Verärgert runzelte er die Stirn. »Du musst es verstehen.« Er griff nach seiner Geige und begann zu spielen. »Es geht so.«

Rasch spielte er eine heitere Melodie und wippte mit dem Fuß, um einen Continuo zu erzeugen. »Das wird das Orchester spielen. Das schafft die Frühlingsstimmung. Und dann kommt die Solo-Violine und spielt das hier«, sagte er und begann mit dem Vogelgezwitscher. »Und dann« – er wechselte in eine tiefere, fließendere Melodie – »hören wir das Geräusch eines bei der Schneeschmelze im Frühling dahinfließenden Bächleins. Und dann erschreckt der Donner die Vögel.« Er schloss die Augen und begann mit einer wilden Jagd von Tönen. »Aber sie fliegen wieder auf ihre Zweige zurück, und wir beenden den ersten Satz dann hiermit.« Er spielte die Anfangsphrasen noch einmal, doch diesmal in einer verhalteneren Tonart, mit einem Anflug von Melancholie.

Maddalenas Stimmung hatte sich beim Musizieren gehoben. Es schien, als sei es erst gestern gewesen, dass er das letzte Mal bei ihr gesessen und mit ihr zusammen gespielt hatte. *Nichts in meinem Leben ist dem hier vergleichbar. Nichts kann es erset-zen,* dachte sie und nahm es hin, dass sie, wenn sie die Musik haben wollte, auch mit dem egozentrischen, oft gedankenlosen Mann, der sie schuf, zurechtkommen musste.

»Das Problem ist: Wie finde ich jemanden, der es so spielt, wie ich es haben will?«, fuhr er fort. »Da ist Regen, der Wind pfeift vor einer Tür, ein Mann stürzt betrunken zu Boden, und ein Hund bellt, während sein Herr schläft.«

Sein Atem begann zu stocken, und in kurzen Sätzen stieß er zwischen flachem Keuchen die Worte heraus. »Du bist die ein-zige, die ich kenne, die das versteht. Alle anderen streiten sich deswegen mit mir oder spielen es einfach so, wie es ihnen passt. Ich brauche jemanden, der es spüren kann – und auch die an-deren Musikerinnen dazu bringt, dass sie es fühlen. Maddalena Rossa …«

Ihre Köpfe fuhren herum, als im Nebenraum eine schrille Stimme erklang. Fioruccias Schnarchen im Wohnzimmer wurde von der Stimme einer jüngeren Frau unterbrochen.

»Wer sind Sie?«, hörte Maddalena die Stimme zu Fioruccia sagen, ehe jemand Tür des Arbeitszimmers aufriss.

»Anna!« rief Vivaldi alarmiert.

Die Frau trug eine Perücke und einen überladenen Hut, der ganz und gar nicht dem venezianischen Stil entsprach. Ihr Ge-sicht war geschminkt wie für eine Abendgesellschaft, und eine ihrer Brustwarzen hatte begonnen, sich aus dem Mieder zu schieben.

Mit dem Kinn wies die Person nach Maddalena, musterte Vivaldi finster und stemmte die Hände in die Hüften. »Wer ist das?«

Er holte tief Luft, doch sie blieb ihm im Halse stecken und er hustete, bis er fast erstickte. Sein Atem verwandelte sich in ein stakkatoartiges Keuchen, während er sich an die Brust fasste und auf einen Sessel sank.

»Paolina!«, schrie Anna. »Komm schnell!«

Im Nu kam eine andere, ein paar Jahre ältere Frau ins Zimmer geeilt. Sie war ganz ähnlich gekleidet, hatte jedoch ihre Perücke abgenommen, und das braune, am Schädel klebende Haar verlieh ihrem gepuderten und mit Rouge versehenem Gesicht die Erscheinung einer Karnevalsmaske.

Sie schien weder Maddalena noch Fioruccia zu bemerken, die inzwischen hellwach geworden war und neben der Türe stand. »Ist es denn schlimm?«, fragte Paolina.

»Ich glaube schon«, erwiderte Anna. »Ich hole die Diener.«

Paolina trat an einen Schrank und zog einen kleinen Beutel heraus. Sie streute einen Löffel Kräuter in ein Taschentuch, drehte seine Enden zusammen und zerrieb den Inhalt zwischen ihren Handflächen, um die ätherischen Öle freizusetzen.

»Einatmen«, sagte sie, hielt das Duftpäckchen vor Vivaldis Nase und stützte ihn mit dem Arm im Rücken. »Anna, bringt den Dampf.« Vivaldi nickte mit aufgerissenen Augen, sagte jedoch nichts.

»Nimm das«, bellte Paolina und reichte Maddalena das Taschentuch. So nahe neben ihm sah Maddalena, dass sich seine Lippen blau verfärbt hatten. Paolina kam mit einem Umschlag zurück, und als sie Vivaldis Rock lockerte, und sein dünnes Hemd aufriss, bemerkte Maddalena, wie sich – während er um jeden Atemzug rang – die Haut unter dem Brustkorb nach innen zog.

Ein Geruch nach Kampfer und Senf erfüllte die Luft, als Paolina den Wickel um seine Brust legte. Als Anna mit dem Diener zurückkehrte, der eine Schüssel mit heißem Wasser und dampfende Verbände trug, atmete er schon leichter. Dennoch befahl ihm Paolina, sich nach vorn zu beugen und durch das Tuch zu atmen, bis es abgekühlt war.

Wieder trat sie an den Schrank und wühlte in einer Schachtel, in der sich mindestens ein Dutzend beschrifteter Päckchen mit Kräutern und Pulvern befand. »Lavendel, Süßholz, Ingwer, Kamille, Ysop«, flüsterte sie.

Paolina wandte sich an den Diener, der Tücher und Schüssel

getragen hatte. »Koch mir Wasser mit einem Löffel Honig. Nein – nimm zwei Löffel. Bring es mir dann in einer Teekanne.« Sie nahm zwei der Päckchen. »Das Übrige erledige ich selbst.«

Maddalena stand daneben und sah zu, wie Vivaldis Diener ihn in seine Räume zurückführte, um sich umzuziehen, während Paolina die Kräuter für seinen Tee vorbereitete.

Als die Frauen allein im Studierzimmer waren, wandte sich Anna erneut an Maddalena. »Und wer sind Sie nun?«, fragte sie mit der Miene eines Menschen, der sich im eigenen Heim befindet.

Doch noch ehe Maddalena ihr antworten konnte, hatte Fioruccia sie am Arm gepackt. Und mit wogenden Schultern führte die Anstandsdame sie durch den Gang und über den dunklen *Portico* zum Hinterausgang des Hauses. Als Fioruccia aber die Tür aufriss, erblickte sie nur das Wasser des Kanals unter sich, sodass sie durchs Haus zurück fegte und verlangte, man möge sie zum Vorderausgang bringen.

»Mit Vergnügen«, erwiderte Anna geziert lächelnd und mit einem übertriebenen Knicks. »Folgen Sie mir.«

Draußen drang die Kälte auf sie ein, noch ehe sie ihre Umhänge um sich schlagen konnten. Fioruccia stürmte in das Lokal und zerrte den Gondoliere von seinem Stuhl, wobei sie ihm den warmen Wein verschüttete. »Bring uns nach Hause«, befahl sie.

In der Felce zog Fioruccia die Vorhänge zu und warf sich in die Polster. Sie bekreuzigte sich und bewegte betend die Lippen; sie presste die Finger aneinander, als ließe sie die Rosenkranzperlen zwischen ihnen hindurchgleiten.

Wer waren nur diese Frauen?, grübelte Maddalena. Sie kannten sich aus im Haus und befahlen den Dienern, als ob sie dort lebten. Aber das war doch nicht möglich. Vivaldi war Priester. Ein Priester, der sein Gelübde gebrochen hatte – soviel schien offensichtlich. Maddalena hatte Männer und Frauen im Um-

348

gang miteinander oft genug beobachtet, um zu wissen, dass diese Anna keine Schülerin, keine flüchtige Bekannte war.

Warum hatte er sich nicht für sie entschieden, um sein Gelübde zu brechen, wenn ihm sein Zölibatsversprechen doch nicht so heilig war? Der Verrat betäubte Maddalena so sehr, dass sie wie festgefroren auf ihrem Sitz verharrte.

Bilder von Vivaldi und ihr als Mann und Frau wirbelten ihr durch den Kopf, als Liebende, die nebeneinander in einer Kutsche saßen und in eine neue Stadt fuhren, als Paar, das in Hauskleidern vor einem Feuer Tee und Gebäck miteinander teilte. Die Bilder verschoben sich, und sie sah Vivaldi und Anna in der Kutsche, Vivaldi und Anna vor dem Feuer, und sie wusste, dass diese Bilder wahrscheinlich der Wahrheit entsprachen. Warum hatte er ihr gesagt, dass er sie begehrte, sie aber nicht zusammen sein konnten, wenn er dann kehrtmachte und genau dieses Leben mit einer anderen Frau führte?

Ich sollte ihn hassen für diese Falschheit, dachte Maddalena. *Er ist ein Heuchler. Von mir aus kann sie ihn gern behalten.*

Und dann war ihr alles auf einmal so klar, dass sie die Hand auf den Mund presste, damit Fioruccia ihr Keuchen nicht mitbekam. *Vielleicht hat ihn gar nicht sein Priestertum davor zurückschrecken lassen, mich zu küssen. Vielleicht hat er es ja um meinetwillen nicht getan.*

Denn wenn sie ein Paar geworden wären, was dann? Sie konnte die Pietà nicht verlassen, es sei denn als Ehefrau oder als Nonne, und Priester konnten keine Frauen haben. Selbst wenn er sich vom Priesteramt hätte befreien lassen – die Pietà hätte ihr keinesfalls erlaubt, einen abtrünnigen Priester zu heiraten. Das wäre unmoralisch gewesen und, schlimmer noch, in den Augen der Pietà ein entsetzlicher Skandal. Und wenn sie durchgebrannt wäre, um mit ihm zusammenzusein, was für ein Leben hätte sie dann gehabt, mit einem Opernimpresario von Stadt zu Stadt ziehend? Wohin sie auch gekommen wären, hätte man über sie getuschelt, und weil sie eine Frau war, hätte sie nicht einmal als Musikerin auftreten können.

Er hat zwar gehandelt, als wäre es ihm um seine Arbeit ge-
gangen, aber in Wirklichkeit hat er mich beschützt. Er hat
meine Ehre gerettet.

In ihrem Kopf drehte sich alles. Sie hatte einen Menschen erlebt, der in seinem eigenen Haus gefangen war und entehrt wurde, einen Menschen, dessen Falschheit ihr allen Grund geboten hätte, ihn zu verachten, und konnte jetzt nur noch denken, dass sie womöglich die ganze lange Zeit über alles missverstanden hatte: Warum er ihr das erste Mal, als er ging, nicht geschrieben hatte, warum er ihre Anwesenheit so oft nicht zu registrieren schien, warum er sie nicht besucht hatte, nachdem er nach Venedig zurückgekehrt war. Jede andere hätte ihn nach der geschmacklosen Szene, deren Zeugin sie geworden war, als den Abscheulichsten aller Männer verworfen, und stattdessen …

Es fiel ihr schwer, das Wort auch nur in ihren Gedanken zuzulassen, jenes Wort, das sie sich in all den Jahren so oft verboten hatte.

Ich liebe ihn.

Ich kann ihn nicht haben, aber trotzdem liebe ich ihn.

Fioruccia hatte aufgehört zu beten. »Hoffentlich bist du jetzt zur Vernunft gekommen, was diesen Kerl betrifft.« Sie spie die Worte förmlich aus. »Schamlos ist er! Du weißt doch, was die Leute sich erzählen, nicht wahr?«, bedrängte sie sie. »Oder etwa nicht?«

Maddalena schüttelte den Kopf, doch sie hörte kaum hin. Sie stellte sich Vivaldi vor und fragte sich, was er wirklich all die Male gedacht hatte, als sie geglaubt hatte, er ignoriere sie, all die Male, als sie davon ausgegangen war, sie sei ihm gleichgültig.

»Also wirklich, wie kann man so alt werden, wie du es bist und dennoch so naiv bleiben?«, fuhr Fioruccia fort. »Mit Huren verkehren! Ha! Dieser Mann ist eine Schande für die Kirche. Und warum sie dir das alles durchgehen und dich hierherkommen lassen, ich begreife es einfach nicht.« Sie senkte die

Stimme und murmelte etwas von den Huren von Babylon und dem Niedergang Venedigs, während sie sich zur anderen Seite der Felce drehte, als wolle sie sich ganz aus Maddalenas Gegenwart entfernen.

In heftig jagenden Stößen pulste das Blut durch Maddalenas Schläfen.

»Bitte …«, flehte sie.

»Was, bitte?«, zischte Fioruccia. »Ich soll das nicht sagen? Ha!«, kicherte sie, und Maddalena spürte, wie ihr ihr Leben aufs Neue entglitt.

21

Es war eine ziemliche Krise«, sagte Claudio ein, zwei Tage später zu Chiaretta, als sie – die Kinder schliefen schon – in ihrer Wohnung zu Abend aßen. »Die Anstandsdame hat sich immer noch nicht wieder hinausgewagt, obwohl ich vermute, dass sie das eher tut, um das Klatschniveau zu steigern.«

»Was hat Maddalena gesagt?«

»Nicht viel. Vivaldi habe häufig solche Anfälle, meinte sie, und dass sie nicht wisse, wer die Frauen waren, doch eine von ihnen schien seine Pflegerin zu sein und habe die Sache recht souverän gehandhabt.«

Claudio überlegte einen Moment. »Ich habe diese ›Pflegerin‹ gesehen«, sagte er und nahm einen Schluck Wein. »Paolina Girò, Annas Schwester. Das ist vielleicht ein Gespann. Wir ließen den Maestro kommen, um uns mit ihm zu unterhalten, und er bestand darauf, dass die Beziehung rein professioneller Natur sei. Als sie nach Venedig kamen, haben sie sich ein eigenes Haus gemietet, doch nach unseren Berichten gehen sie zu allen Tages- und Nachtzeiten bei ihm ein und aus, als ob sie dort wohnen würden. Es könnte sich zu einem richtiggehenden Skandal auswachsen.«

»Ein Skandal, und Maddalena mittendrin?«

»Nein. Dafür werden wir Sorge tragen. Aber ein Priester mit einer Opernsängerin und ihrer Schwester – das ist schon ein bisschen viel für den Geschmack der Venezianer, obwohl ich mir sicher bin, dass sie sich alle schon drängeln, um sich als erste auch noch vom letzten Detail schocken zu lassen.«

Chiaretta schob ihr Essen auf dem Teller hin und her und bekam keinen Bissen hinunter. Claudio fiel es nicht auf. »Dennoch fürchte ich, dass Vivaldi seinen Hut nehmen muss«, fuhr er fort. »Nicht, dass es einen großen Unterschied macht. Wir kriegen kaum eine Note von ihm, bei all den Aufträgen, die er von anderer Seite bekommt. Und vielleicht schenkt er dem Teatro Sant'Angelo ja ein bisschen mehr Aufmerksamkeit, wenn wir ihn bei der Pietà feuern.«

Chiaretta hatte nicht zugehört. »Ich weiß, dass morgen ein Unterrichtstag ist, und sie in der Pietà keinen Besuch haben sollen«, platzte sie dazwischen. »Aber ich muss meine Schwester sehen. Ich muss wissen, wie es ihr geht. Lässt sich das arrangieren?«

Maddalena lag im Bett und konnte nicht einschlafen; sie ging jede Einzelheit dieses Nachmittags mit dem erschrockenen Abstand eines Menschen durch, der darauf wartet, dass Blut aus einer Wunde zu quellen beginnt. Die Frau, die er Anna genannt hatte, war hereingefegt, als ob sie zum Haus gehörte. Und dann war die andere eingetreten und hatte die Rolle übernommen, die sonst Maddalena innegehabt hatte. Und sie hatte sich weit geschickter angestellt, diese Schublade und jenes Säckchen herausgezogen und die Diener hierhin und dahin befohlen. Sie hatte ihm das Hemd aufgerissen, und Maddalena hatte zum ersten Mal eine nackte Männerbrust erblickt. Nicht die irgendeines Mannes, sondern desjenigen, in dessen Herz sie aufgrund der Vorkommnisse dieses Tages einen tiefen Blick hatte werfen können. Dadurch war sie auch mit dem konfrontiert worden war, was sich in ihrem eigenen verbarg.

Das alles hatte etwas von der Verrücktheit des Traums. Fioruccia raste ins Studierzimmer der Priorin, kaum dass die Gondel am Steg festgemacht war, und wartete nicht einmal, bis Maddalena ausgestiegen war. Welchen Schrecken Fioruccia auch erlitten haben mochte, durch die Freude – da war Maddalena sich sicher –, diese Geschichte erzählen zu können, war er mehr als wettgemacht.

Es ist nun einmal passiert, sagte sich Maddalena. *Ich schaue einfach, was als nächstes geschieht, dann weiß ich schon, was ich zu tun habe.* Und obwohl sie normalerweise die Dinge lieber gründlich durchdachte, als zu beten, bekreuzigte sie sich in ihrem Bett. *Auch wenn ihn das für immer aus meinem Leben entfernt, ich will die Musik nicht verlieren,* flüsterte sie. *Lass mir nur die.*

* * *

»Was ist denn passiert?«, fragte Chiaretta, angesichts von Maddalenas übernächtigt wirkender Erscheinung, als sie sich im Parlatorium gegenüber saßen.

»Ich weiß nicht«, erwiderte Maddalena. »Zwei Frauen sind hereingekommen, als ob sie da zu Hause wären, und ehe ich michs recht versehen hatte, schüttelte die eine ein Kunststückchen nach dem anderen aus dem Ärmel, um ihn zu kurieren, und die andere führte sich auf, als ob ich irgendwas verbrochen hätte.«

»Claudio hat mir erzählt, dass die Congregazione ihren Vertrag mit Vivaldi aufhebt und ihm verbietet, je wieder für die Pietà zu arbeiten.«

»Nein! Das können sie nicht!« Maddalena stieß ihren Stuhl zurück und stand auf. »Nein!«

»Weißt du, was du da sagst, Maddalena? Du hast dich jahrelang von diesem Menschen missbrauchen lassen. Und jetzt verteidigst du ihn?« Chiarettas Ton war so scharf, dass ihre Worte wie Glas zwischen ihnen zerklirrten.

»So ist es nicht«, widersprach Maddalena. »Du hast ja keine Ahnung.«

Chiaretta war zu erregt, um ihr zuzuhören. »Du siehst entsetzlich aus. Niemand glaubt, dass du irgendetwas Schlimmes getan haben könntest, aber sieh dir doch mal an, was er getan hat.« Sie wedelte ihr mit den Händen vor dem Gesicht herum, als wolle sie einen Gestank vertreiben, der die Luft zwischen ihnen verpestete. »Er hätte dich nie bitten dürfen, ihn in seinem Haus zu besuchen – wenn er wusste, dass mit diesen Frauen zu

354

rechnen war! Es überrascht mich, dass man ihn nicht längst denunziert hat. Ein Priester und eine unbegabte kleine Opernsängerin, und die Schwester noch obendrein?«

»Ich verteidige ihn ja nicht. Ich weiß, dass es keinen guten Eindruck macht. Aber, Chiaretta …« Maddalena warf ihr einen flehentlichen Blick zu. »Die Musik!«

Chiaretta schüttelte langsam den Kopf und funkelte ihre Schwester nur wortlos an.

»Ehe sie hereinkam, hat er mir etwas gezeigt«, sagte Maddalena. »Ich glaube, es könnte das großartigste Werk werden, dass je einer komponiert hat, wenn das, was er mir vorgespielt hat …«

Maddalena war kein Mensch, der übertrieb. Obwohl Chiaretta mir ihrer Strafpredigt noch nicht zu Ende war, beschloss sie, ihr zuzuhören.

»Ich will diese Musik spielen, wünsche es mir mehr, als ich mir je etwas im Leben gewünscht habe.« Sie faltete die Hände. »Kannst du mir helfen?«

Was sie da hörte, erfüllte Chiaretta mit größtem Widerwillen, doch sie registrierte auch die Leidenschaft in der Stimme ihrer Schwester. »Vielleicht ist es schon zu spät, weißt du«, sagte sie. »Ich wünschte, es gäbe einen Weg, dir zu helfen, ohne ihm zu helfen, aber dem ist wohl nicht so.« Sie stand auf und strich sich den Rock glatt. »Ich werde mit Claudio reden.«

Ein paar Tage später wurde Maddalena zu einem vertraulichen Gespräch ins Büro der Priorin gerufen. »Die Congregazione hat der Angelegenheit von Maestro Vivaldi viel Zeit gewidmet«, erzählt sie ihr, »und sie baten mich, dich von ihrer Entscheidung in Kenntnis zu setzen. Wir wollen die Kontrolle über die ersten Aufführungen seines neuen Werks nicht aus der Hand geben, und er hat uns versichert, dass er nicht weitermachen kann, wenn er nicht weiß, dass du die erste Violine spielst. Darum haben wir beschlossen, dich weiter mit ihm zusammenarbeiten zu lassen.«

Maddalena stieß den angehaltenen Atem mit so offensichtlicher Erleichterung aus, dass es ihr Mühe bereitete, unter dem sie durchdringenden Blick ihres Gegenübers nicht zusammenzuzucken. »Du hängst zu sehr an ihm«, meinte die Priorin nach kurzem Schweigen. »Das schickt sich nicht.«

»Legen Sie meiner Arbeit mit ihm jede Beschränkung auf, die Sie für nötig halten. Auch ich möchte nicht in Verlegenheit gebracht werden. Nur diese Musik will ich spielen.«

Die Priorin senkte den Blick auf ihren Schreibtisch, ehe sie wieder zu Maddalena aufsah. »Du weißt ja, meine Liebe, jede Leidenschaft, sogar die Leidenschaft für die Musik, kann unser Urteil zu trüben, und der Maestro ist eindeutig nicht in der Lage, deinen Ruf zu schützen.« Sie beugte sich vor, um Maddalena aufmerksamer zu mustern. »Du bist ungeheuer begabt, aber vielleicht solltest du dich stärker zurückhalten.«

Es geht nicht um Zurückhaltung, dachte Maddalena. *In der Musik geht es einzig um Hingabe.*

Die Priorin rückte noch näher heran, als wolle sie Maddalena in ein Geheimnis einweihen. »Wenn wir die Herbstsaison mit einem derartigen Stück eröffnen, verschafft uns das einen Vorsprung vor den anderen Ospedali – und zwar für das ganze Jahr. Nach den Konzerten will die Congregazione Empfänge für Spender veranstalten, und der Mann deiner Schwester hat sich bereit erklärt, die erste Aufführung noch diesen Sommer in seiner Villa zu finanzieren. Natürlich werden die damit erzielten Spenden dem *coro* sehr willkommen sein.«

Sie fuhr fort. »Die Congregazione meint, man solle lieber den Eindruck erwecken, an all den Gerüchten sei nichts dran, was man am besten dadurch erreicht, dass man die Zusammenarbeit mit Don Vivaldi wenigstens fürs Erste aufrecht erhält. Doch es wird strenge Regeln geben.«

Die Priorin zählte die Liste an ihren Fingern auf. Trotz seiner Unpässlichkeiten werde Vivaldi zu Maddalena in die Pietà kommen. Paolina Girò werde für die Spitalsverwaltung der Pietà eine Liste ihrer Tinkturen, Tees, Inhalierpulver und Wickel erstellen, die das Spital dann im Notfall bereithalten werde. Sollte es zu einem Anfall kommen, musste Maddalena nach der Schwester läuten und, sobald diese eintraf, den Raum verlassen. Sie selbst durfte ihm keine Hilfe leisten, um jeden Körperkontakt zu vermeiden. Sie mussten fortwährend mit mindestens zwei Stuhlbreiten Abstand voneinander arbeiten, und zwar in einem Teil des Raumes, der von jedem Vorbeikommenden vom Korridor aus einzusehen war. Dennoch würde ständig eine Aufpasserin bei ihnen sitzen.

»Allein unser Vertrauen in deine Tugend«, sagte die Priorin, »ermöglicht uns dies. Ich hoffe, du weißt nun, wie sehr wir deinen Beitrag zu schätzen wissen«, betonte sie noch einmal und stand auf, um ihr zu bedeuten, dass das Gespräch beendet war.

* * *

Mitte Juni waren die Girò-Schwestern und die Geschehnisse jenes Nachmittags längst aus Maddalenas Gedanken verdrängt, da sie fast bis zur Erschöpfung arbeitete, um die Aufführung der *Vier Jahreszeiten* auf die Beine zu stellen. Die Figlie hatten Vivaldis Sonette auswendig lernen müssen, damit sie wussten, was sie eigentlich mit ihrem Spiel zum Ausdruck zu bringen versuchten, und manchmal, wenn ihr Geist keine Ruhe fand, sprach sie sich die Gedichte selbst im Dunkeln vor, stellte sich den Frühling vor, die durchs Gras fahrende Brise, das Surren von Mücken und Fliegen in der Sommerhitze, dann den Herbst mit den betrunkenen Erntearbeitern und dem erlegten Wild, und schließlich die Stürme und klappernden Zähne des Winters.

Auch an diesem Abend hatte der Schlaf sich trotz der Erschöpfung nicht einstellen wollen. »Langsamen Schrittes geh'n wir übers Eis«, flüsterte sie, »bedächtig, ängstlich, auszugleiten.« Die Worte wurden von einem Gähnen verschluckt. »Ein rascher Schritt bedeutet Sturz; wir wagen's dennoch, bis unter den Füßen das Eis nachgibt und bricht.«

Morgen würde sie den *coro* noch einmal die Stakkato-Achtelnoten spielen lassen, mit denen die Musik das Gehen auf dem Eis imitierte. Es musste genau stimmen, um Vivaldis phantastisches Solo vorzubereiten, das die Empfindung des Kontrollverlustes wiedergab, wie man sie beim Ausrutschen und Stürzen auf dem Eis erlebte, doch die Einbildungskraft der Figlie war noch nicht genügend stimuliert, und es klappte nicht recht.

Obwohl Maddalena sich noch nicht zufrieden gab, war Vivaldi von der Leistung des *coro* begeistert. Die Musikerinnen waren besser, als er den *coro* in Erinnerung hatte, sagte er ihr, und sie die beste Orchesterleiterin, mit der er je zusammengearbeitet habe. Sie akzeptierte sein Lob, doch ihr Herz verzehrte sich nicht mehr danach. Sie hatte darüber nachgedacht, was Liebe in ihrem Alter bedeuten konnte, und war zu dem Schluss gelangt, dass sie sich wohl kaum in großen Leidenschaftsausbrüchen realisiert, sondern in einer neuen und tiefen Zuneigung zu einem Menschen, der, wie sie jetzt sah, ihr sowohl Beschützer als auch Freund gewesen war. Und vor allem bewirkte die Liebe bei ihr, dass sie seine Musik genauso gespielt haben wollte, wie er selbst es wünschte.

Bis zur ersten Aufführung in Chiarettas Villa war es nur noch ein Monat, und sogar die göttlichste und inspirierteste Musik lief letztendlich auf Stunden und Stunden harter Arbeit, gerissener Saiten und wunder Finger hinaus. Sie drehte sich um, schloss die Augen und schlief bald ein.

22

Die Türen zu beiden Enden des Portego in der Sommervilla der Morosinis waren weit aufgerissen, sodass jedwede Brise auch wirklich hineinfand. Die Feuchtigkeit der Rasenflächen und der Kanäle hatten an diesem Julitag für erstickende Schwüle gesorgt, und am Nachmittag war es drinnen wie draußen kaum auszuhalten.

Chiaretta trat auf die Eingangstreppe hinaus, um in der Hoffnung, ein rascher Gewitterschauer möge die Luft vor der Ankunft der Gäste noch abkühlen, einen Blick auf den Himmel zu werfen. Sie trug eine Abschrift der vier Sonette bei sich, die die Musik des abendlichen Konzerts begleiten sollten, und überflog das Sommergedicht. »Unter dem erstickenden Gewicht der schweren Sonne«, las sie und wischte sich eine feuchte Haarsträhne aus der Stirn, »schmachten Mensch und Tier, und die Pinien sind versengt.« Vivaldi hatte es exakt getroffen.

Sie registrierte ein Ruderboot, das in diesem Moment am Steg festmachte. Donata kam als erste herausgesprungen und rannte über den Rasen. Zwar waren sie noch zu weit weg und man konnte sie nicht hören, doch Chiaretta sah, wie Besina ihr etwas zurief, und Donata machte – die Arme ausgebreitet wie die Flügel eines Vogels – einen weiten Bogen und lief zu ihrem Kindermädchen zurück. Inzwischen nahm der Ruderknecht Maffeo aus Besinas Armen und setzte ihn auf dem Steg ab. Chiaretta beobachtete, wie ihr inzwischen fast vierjähriger Sohn auf seine Füße blickte, während er sich an den starren Steg darunter zu gewöhnen versuchte. Dann rannte er los über das Gras und holte seine Schwester ein, während sie die letzten paar Meter zu Besina zurückhüpfte.

Das Kindermädchen schalt nun Donata, weil sie davongelaufen war. Chiaretta, der jede Geste ihrer Tochter vertraut war, beobachtete aus der Entfernung, wie diese den Kopf hängen ließ und einen Zeh hin- und herschob, während sie die Maßregelung über sich ergehen ließ. Dann sagte Besina etwas, und Donata stürmte erneut los und forderte Maffeo auf, mit ihr zu kommen. Besina folgte ihnen und holte sie schließlich ein, als die Kinder stehen blieben, um aus einem der Beete entlang des Pfades Blumen zu pflücken. Aus einem der Büsche flog ein Schmetterling auf, und sie verfolgten ihn und waren Chiaretta inzwischen so nahe, dass sie ihr Lachen hörte.

Donata stand dem Haus zugewandt, streckte den Finger aus, um dem Schmetterling einen Landeplatz anzubieten, und Chiaretta trat hinter eine der Eingangssäulen. Sobald sie sie entdeckten, kämen sie auf sie zugerannt, und sie wollte ihnen noch eine Weile zusehen. Besina war wirklich ein Segen, jung genug, um ein heiteres Gemüt zu haben, doch strikt im Hinblick auf die bei der Erziehung eines patrizischen Kindes zu gewährenden Freiheiten und notwendigen Verbote. Claudios Mutter war mit Besina ganz und gar nicht einverstanden gewesen und hatte Chiaretta drängen wollen, eine griesgrämige alte Kinderfrau einzustellen, die ihr irgendjemand empfohlen hatte. Die wisse nämlich, wie man Kinder richtig erzog, hatte Giustina deren Methode gelobt, die Chiaretta eher ans Zureiten von Pferden erinnerte. Denn nach Giustinas Überzeugung hatten Menschen vor allem eine Rolle auszufüllen und besaßen erst an zweiter Stelle eine Persönlichkeit, sodass es nur zu Problemen führen konnte, diesen zweiten Aspekt überhaupt zu ermutigen. *Am Ende hat sowieso jeder eine Persönlichkeit,* dachte Chiaretta. *Und leider ähnelt sie nur zu oft der deinen.*

Donata sprang in die Höhe und versuchte einer der Statuen, die den Pfad zum Haus säumten, eine Blume in die herabhängende Hand zu drücken. Maffeo hob die Arme, damit Besina ihn hochnahm und er es nachmachen konnte. Maffeo war noch zu jung, um etwas anderes zu tun, als Schmetterlinge zu fangen, bitte und danke zu sagen und – wenn man es ihm sagte – still zu sein. Doch eines Tages würde dieser kleine Junge mit dem breiten, fröhlichen Gesicht, das dem seines Vaters so ähnelte, dem Großen Rat angehören, Mitglied der Congregazione der Pietà werden, Gäste in seine Loge im Teatro Sant'Angelo einladen und in jeder nur denkbaren Hinsicht ein venezianischer Edelmann sein. *In jeder,* dachte Chiaretta, einschließlich des Doppellebens und der liebenswürdigen Inkaufnahme eines ebensolchen bei seiner Frau. Sich vorzustellen, wie der kleine Junge im Gras aufwuchs, um all die Enttäuschungen und vergifteten Wonnen des Erwachsenendaseins zu erleben, war hart und ein wenig schmerzhaft, doch das stand ihm – wie allen anderen – nun einmal bevor.

Mit ihren inzwischen sieben Jahren durchmaß Donata die Kindheit in einem Tempo, das ihre Mutter verblüffte. Schon in einigen wenigen Jahren würde sie selbst über ihr Schicksal bestimmen müssen. Claudio und Chiaretta waren sich einig, dass Donatas Entscheidungen, wie eingeschränkt auch immer, dennoch ihre eigenen sein sollten, und sollte sie heiraten wollen, hatte sie das Recht, hinsichtlich ihrer Gattenwahl ernst genommen zu werden. *Was für ein Glück ich doch habe,* dachte Chiaretta. *Dass ich diesen starken und gütigen Mann und zwei wunderbare Kinder lieben darf.*

Und sie liebte sie in der Tat. Warum es so viele Venezianer als vulgär betrachteten, zu viel Gefühl zu zeigen, begriff sie nicht, und es kümmerte sie auch nicht. Und wenn Giustina und sogar Claudio nicht so unnachgiebig darauf bestanden hätten, dass das Stillen für eine Morosini einfach nicht in Frage kam, hätte sie auch dies getan. Der damals erzielte Kompromiss hatte darin bestanden, dass keines der Kinder zum Stillen aus dem Haus gegeben wurde. Seit ihrer Geburt war kaum ein Tag vergangen, an dem sie nicht mit ihren Kindern zusammen gewesen war, und ihre Nähe machte es auch Claudio möglich, tiefe Zuneigung zu ihnen zu fassen. Oft wunderte er sich etwas wehmütig, wie sehr sich ihre Kindheit doch von der seinen unterschied. Insgeheim musste Chiaretta dann immer lächeln, doch sie sagte nichts. Niemand, der Eltern hatte, konnte wirklich ermessen, was es hieß, weder Vater noch Mutter zu haben, auch wenn die Vorstellung mancher Eltern von Kindererziehung zu wünschen übrig ließ.

Sie beobachtete, wie Maffeo die erste Stufe der Treppe erreichte und sich daran abmühte. Donata hob ihr Kleidchen und hüpfte stufenzählend hinauf.

»Mama!«, rief sie, als sie ein Stück von Chiarettas Kleid hinter der Säule hervorlugen sah. »Warum versteckst du dich?«

Donata verbarg sich hinter einer andern Säule und linste kichernd dahinter hervor. Maffeo aber rannte direkt auf seine Mutter zu, grabschte nach ihrem Rock und blickte zu Donata zurück, als sei er der Sieger eines Wettrennens. Chiaretta beugte sich zu ihm hinunter, schlang die Arme um ihn, und er sah ihr nasses Gesicht. »Bist du traurig, Mama?«, fragte er.

»Nein, mein Schatz«, erwiderte sie, wischte sich über die Wangen und gab ihm einen Kuss. »Mama ist sehr, sehr glücklich.«

Inzwischen hatten sich dunkle Wolken zusammengezogen, und der erste Donnerschlag krachte, dass es klang, als reiße es einen Ast von einem Baum. Beide Kinder drückten sich enger an Chiaretta und hielten sich an ihrem Rock fest. Besina scheuchte sie ins Haus, Chiaretta aber blieb zwischen den Säulen stehen, um sich das Gewitter anzusehen.

Eine kleine Barke legte an. An Bord waren zwei Frauen in leuchtenden Sommerfarben und großen Hüten mit Netzen, die ihre Gesichter verbargen. Während sie zum dräuenden Himmel aufblickten, trat ein Mann im Priestergewand aus der Kabine, dessen roter Schopf unter dem Dreispitz hervorblitzte. Im selben Moment, in dem er ans Ufer sprang, wurde der Himmel von einem Blitz erhellt, und es begann zu regnen. Die Frauen verschwanden in der Kabine, während der Mann durch den Regen hastete.

»Maestro Vivaldi«, begrüßte ihn Chiaretta, als er neben ihr

stand. »Wie ich sehe, haben Sie eine Mitreisegelegenheit gefunden.« Obwohl sie sich bemühte, wie eine liebenswürdige Gastgeberin zu klingen, hatte sie sich den vorwurfsvollen Unterton nicht verkneifen können. Maddalena mochte ja von seiner Musik ganz hingerissen sein, was sie betraf, verwandelte der Mann sein Leben in ein Schlachtfeld, und je früher dieses Konzert vorbei war, um so besser.

»Ja. Was für ein Zufall, Anna – La Girò«, beeilte er sich hinzuzufügen, »singt morgen in Padua. Und sie und ihre Schwester schlugen mir vor, sie bis hierhin zu begleiten, und da ich ja nur ein armer Musiker bin …«

Halt, dachte sie, und schnitt ihm das Wort ab, indem sie sich, kaum dass sie das Haus betreten hatten, an einen Diener wandte. »Bring Maestro Vivaldi auf sein Zimmer, und sorge dafür, dass seine Kleider getrocknet werden.«

»Ich muss wirklich los«, sagte sie zu ihrem Gast, und ohne diesen zu bitten, sie zu entschuldigen, durchquerte sie den Portego und entschwand in Richtung Obergeschoss.

Maddalena wartete schon in Chiarettas Suite, um mit ihrer Schwester Tee zu trinken.

»Der Maestro ist da«, sagte Chiaretta.

»Schön«, erwiderte Maddalena.

»Diese Weiber haben ihn mitgenommen.«

Die gequälte Gesichtsausdruck ihrer Schwester währte so kurz, dass er Chiaretta völlig entging. »Wie praktisch«, erwiderte Maddalena, als sie sich wieder gefangen hatte.

Chiaretta läutete nach Zuana und bestellte Tee. Nachdem Zuana gegangen war, wandte sie sich an ihre Schwester: »Wie kommt ihr eigentlich miteinander zurecht, du und Don Vivaldi, seit …« Sie hielt inne, wusste nicht recht, wie sie es formulieren sollte.

Maddalena zuckte die Achseln. »Mir geht es gut«, sagte sie. »Mir bereitet es keine Probleme, mit ihm zu arbeiten.«

Chiaretta war verblüfft, dass ihre Schwester so beiläufig über ihn sprechen konnte, wenn auch die geröteten Wangen ein gewissen Maß an innerer Beteiligung vermuten ließen. »Ich habe nie begriffen, wie du angesichts eines Menschen, der dich so oft verletzt hat, so ruhig bleiben kannst. Du kannst von Glück reden, dass du dich nie in ihn verliebt hast. Sonst müsstest du ihn jetzt wahrscheinlich hassen.«

Maddalena wusste nicht recht, was sie darauf erwidern sollte, und sie spielte mit dem Gedanken, Chiarettas Bemerkung einfach abzutun. Doch unter so ungewöhnlichen Umständen, in einem behaglichen Zimmer im Haus ihrer Schwester sitzend und ohne ein Gitter zwischen ihnen oder einen Lauscher in der Nähe, wünschte sie plötzlich, dass Chiaretta alles erfuhr.

»Als ich ein kleines Mädchen war, war er wie ein Kreuzritter für mich, der durch die Pietà galoppierte, um mich zu retten.« Sie blickte zu ihrer Schwester auf. »Und das hat er wirklich getan, weißt du. Vergiss das nicht! Was immer es mit diesen Girò-Frauen auf sich hat, vergiss dass nicht.«

Sie bemerkte gar nicht, dass Chiaretta ihre Hand ergriffen hatte. »Doch als ich dann älter wurde, erkannte ich, dass es *mein* Leben ist. Und nicht das Anhängsel des Lebens eines anderen. Obwohl die Pietà fast jede Stunde meines Lebens für sich beansprucht, ist es immer noch meins.«

Maddalena registrierte die Hand ihrer Schwester und begann – während sie ihre eigenen Gedanken ordnete – mit Chiarettas Fingern zu spielen. »Als ich ihn in seinem Haus besuchte, und La Girò auftauchte … Das klingt jetzt vielleicht seltsam in deinen Ohren, und ich kann dir auch nicht genau sagen, wie ich darauf komme«, fuhr Maddalena fort, »aber an diesem Nachmittag habe ich in meinem tiefsten Innern zum ersten Mal wirklich gewusst, dass ich ihm etwas bedeute. Und obwohl ich zugeben muss, dass er im Grunde ein ziemlich närrischer Mann mit einer großen Begabung ist, empfinde ich die größte Loyalität für ihn.«

»Dann liebst du ihn. Zumindest ein bisschen.« Chiaretta blickte ernst.

»Gibt es denn so was wie ein bisschen Liebe? So habe ich mir das nie vorgestellt. Es ist wohl schwer zu beantworten.« Maddalena überlegte kurz. »Ich fühle mich jetzt sicher in seiner Gegenwart«, sagte sie. »Ich wüsste nicht, wie er mich noch verletzen könnte – weil ich ihn nicht mehr brauche, und das machte es mir leichter, mein Herz zu öffnen. Und ich glaube nicht, dass er auch nur ahnt, wie teuer er mir ist.«

Sie betrachtete Chiaretta mit einem langen, liebevollen Lächeln. »Du erinnerst dich doch an die Pferde, die wir vorgestern beim Picknick mit den Mädchen gefüttert haben? Wenn du ihnen die Hand mit etwas hinhältst, kommen sie herbeigaloppiert, aber kümmern sie sich etwa sonst um dich? Und wenn jemand etwas für sie hat, spielt es dann eine Rolle, was für ein Mensch er ist? So sehe ich meine Beziehung zu Vivaldi. Ich will ihn nicht unbedingt um mich haben, aber ich kann mir auch nicht vorstellen, ihn zu meiden, egal unter welchen Umständen er lebt.«

Beide schwiegen. »Ich muss mich jetzt ausruhen«, sagte Maddalena und entzog ihrer Schwester sanft die Hand. »Was du heute Abend zu hören bekommst, Chiaretta, ist – da bin ich mir sicher – die ungewöhnlichste Musik, die je komponiert worden ist.«

»Hmm«, meinte ihre Schwester. »Kann ja sein, und ich bin froh, dass du dich innerlich mit ihm ausgesöhnt hast, aber ich muss gestehen, dass ich auch froh sein werde, wenn er wieder fort ist.« Sie erhob sich. »Ich habe noch viel zu tun. Findest du dein Zimmer, oder soll ich dich hinbringen?«

»Ich finde schon meinen Weg«, versicherte ihr Maddalena. »Immer.« Angesichts von Chiarettas verwirrter Miene fügte sie hinzu: »Ich finde immer meinen Weg. Und von dir habe ich gelernt, wie man das macht, weißt du.«

Ein lärmender Vogelchor zwitscherte in den Bäumen, als die letzten Gäste unter einem blauweißen Nachmittagshimmel eintrafen. Vivaldi hatte darauf bestanden, das Konzert noch bei

Tageslicht beginnen zu lassen, sodass die Zuhörer durch die Fenster hinter dem Orchester die sanft durchs Blattwerk fahrende und an den Frühling gemahnende Brise sehen konnten. Und wenn sie es richtig berechnet hatten, würden sie das Winterkonzert beenden, wenn sich in der Abenddämmerung der Himmel entfärbte.

Er hatte sein Priestergewand mit einem schwarzen Samtrock vertauscht, den er über spitzenbesetztem Hemd, maßgeschneiderter Hose und weißen Strümpfen trug. Maddalena trug eine schlichte Robe in der roten Farbe der Pietà, die Figlie weiße Musselinkleider mit Sträußchen bunter Sommerblumen in den Miedern.

Vivaldi spielte die ersten Noten gemeinsam mit allen anderen Violinen, während die Bassgambe einen treibenden Continuo sägte. Dann wiederholten die Figlie die Einleitung ohne ihn, und danach imitierte er den Gesang eines Vogels, zu dem sich in heiterer Erwiderung Maddalena und Cornelia gesellten.

Hinter ihnen auf einem Kübelbaum auf der Loggia hockten zwei Goldfinken, neigten die Köpfchen und blickten sich um, als habe die Musik sie gerufen. Langsam zogen die Wolken über den Himmel, und das Orchester verlangsamte sich zum fließenden Klang eines Baches. Die Bassgambe, die nun irgendwie zu schwer klang, wich einem klimpernden Cembalo-Continuo. Die Figlie entlockten jeder Note sämtliche Nuancen, ehe sie – in eine Molltonart wechselnd – zur Hauptmelodie zurückkehrten und mit dramatischer Bogenführung zur Schilderung eines Frühlingsschauers übergingen. Gerade als sie in Andeutung des Vogelfluges ihre Töne wieder nach oben zogen, flogen auch die Goldfinken draußen davon, und das Publikum murmelte anerkennend. Vivaldi stimmte sein nächstes Solo an, in dem er den Vogelflug mit den immer noch erregten Klängen des Orchesters kontrastierte, ehe es wieder ruhiger wurde, und die Vögel, wenigstens die musikalischen, zurückkehrten.

Als der erste Satz vorüber war und der zweite begann, zogen die Zuhörer die auf ihren Stühlen vorgefundenen Sonette zurate. Nun spielten die Geigen ein weiches, wogendes Ostinato, das an einen leichten, durchs Gras fahrenden Lufthauch gemahnte, während Vivaldi eine träge Melodie intonierte, die von einem schlafend unter einem Baum ausgestreckten und sich räkelnden Schäfer erzählte. Nur das vom Cello wiedergegebene Bellen seines Hundes durchbrach den vollkommenen Frieden der Szene.

Die Musik des Sommers verging fast vor Hitze, beschwor die Dumpfheit eines von Mücken und Fliegen gepiesackten glutheißen Nachmittags. Kuckuck, Turteltaube und Goldfink flatterten und sangen in den Bäumen. Bis ein plötzliches Unwetter, krachend und heftig, das Sommerkonzert beendete.

Der Herbst war eine Zeit des Feierns. Violinen spielten eine kratzige Dudelsack-Imitation, und Holzflöten ahmten tanzende Bauern nach. Der Wein führte im Nu einen Rausch herbei, und Vivaldis Solo folgte einem stolpernden Bauern, der von den Zechenden unbemerkt den Schauplatz verließ und taumelnd zu Boden sank.

Chiaretta und Claudio standen in einer Nische. Und nicht weit von ihnen spielten ihre Kinder vor einem Wandteil mit einem von Chiaretta in Auftrag gegebenen Fresko, auf dem die beiden durch eine Trompe-l'œil-Tür lugten.

Donata und Maffeo konnten sich, an ihre Porträts gelehnt und ihre gemalten Gesten imitierend, das Kichern kaum verkneifen. Claudio deutete in ihre Richtung, um auch Chiaretta darauf aufmerksam zu machen, und sie ergriff seine Hand und drückte sie.

Obwohl einige Zuhörer noch immer ihre Programme studierten, wirkten inzwischen mehr als nur ein paar Vereinzelte irritiert ob der Herausforderung, die die Sonette und die ungewohnten und unvorhersagbaren Klänge des Orchesters für sie darstellten. Einige wandten die Köpfe nach der Banketttafel um, um sich der dortigen Fortschritte zu vergewissern. Beim vierten Concerto aber waren die Raschelgeräusche der sich umdrehenden Menschen nicht mehr zu überhören.

Die Bässe kamen als erste, gefolgt von den Violinen mit zitternden Trillern, die im Grunde gar keine Melodie sein wollten, sondern nur die Nachahmung des Bibberns in der Kälte. Vivaldis Solo ließ einen Nordwind durch die Musik wirbeln, der zitternde Beine und klappernde Zähne zur Folge hatte. Der zweite Satz beschwor die sinnliche Erfahrung der Wärme am Feuer, während draußen der Regen fällt, ein Effekt, der durch das weiche, rhythmische Zupfen der Saiten erzielt wurde. Und endlich schloss das Werk mit Menschen, die übers Eis glitten, um unter einem Dach Schutz vor einem Sturm zu suchen. Vivaldis Geige kreischte und pfiff wie der Wind, der um die Ecken eines Gebäudes und durch die Bäume heult. Das Orchester verstärkte den Klang zu einem Schneesturm, der in die Bässe hinabwirbelte und sich wieder erhob, wobei die Violinen die Solo-Melodie kurz aufgriffen, ehe die Bässe sie wieder nach unten trieben. Und dann, ohne dem Publikum auch nur eine Chance zu geben, den Schluss vorauszuahnen, legten die Figlie ihre Instrumente in den Schoß.

Die Gäste saßen einen Moment lang reglos da und begriffen nicht, dass das Konzert zu Ende war. Einige begannen zu klatschen, dann folgte höflich der Rest, doch bald war der Applaus verklungen. Die Gäste eilten zur Tafel und sahen zu Claudio, um sich zu vergewissern, ob es schon Zeit war, zum Essen Platz zu nehmen.

Chiaretta hatte sich mit ihrem Mann zum Orchester begeben. Sie umarmte Maddalena, spürte, wie die Hitze ihres Körpers durch den feuchten Stoff ihres Kleides drang. »Du warst einfach großartig!«, sagte sie. An Vivaldi gewandt meinte sie. »Maddalena hatte recht. Ein ungewöhnliches Stück.«

Sie hatte das Adjektiv mit Bedacht gewählt. *Die Vier Jahreszeiten* waren ein atemberaubendes Werk, doch sie würde es ein zweites Mal hören müssen, um zu wissen, wie sehr es ihr wirklich gefiel. Und wo immer in diesem Augenblick kleine Gruppen von Gästen murmelnd beisammenstanden, überwogen wahrscheinlich die kritischen Stimmen das Lob. Sie konnte sich genau vorstellen, was sie sagten. Die Musik, die die jeweilige Jahreszeit beschrieb, war wohltuend und heiter, doch hielt dies nie lange an. Auch wenn die Kunst in den disharmonischen Tönen unverkennbar war, war es nicht angenehm, ihnen zu lauschen. Der Sommer brachte neben frischen Brisen auch Mücken mit sich, und der Winter mehr Eis und Schnee als warm knisterndes Kaminfeuer, doch solche Dinge wollten die Leute nicht hören. Für einen Komponisten, der immer so bestrebt gewesen war, zu gefallen, hatte Vivaldi seinem Publikum, das sich leichte Sommerabendkost erwartete, eine ziemliche Überraschung bereitet, die nicht unbedingt angenehm war.

Als Chiaretta das Orchester verließ, um sich ihren Gäste zuzuwenden, war sie in Gedanken schon nicht mehr bei dem Stück, sondern dachte an die beiden Musiker. Ihre Schwester hatte ein Niveau erreicht, das Chiaretta eigentlich nicht begreiflich war oder ihr je vorstellbar gewesen wäre. Keiner außer Vivaldi reiche noch an sie heran. Maddalena und Vivaldi waren eine Welt für sich, wenn auch eine merkwürdige – ein befleckter Priester und eine weltabgeschiedene Jungfer, die dennoch spielte, als wisse sie alles von der Welt.

Noch am selben Abend erkrankte Vivaldi. Und auch wenn er sich bis zum Morgen wieder erholt hatte, hatte ihn doch der Schlafmangel nach der intensiven Aufführung zu sehr erschöpft, um mit dem Rest des *coro* nach Venedig zurückzukehren. Am besten fuhr er, fanden alle, mit Chiaretta und den Kindern zurück, die Maddalena am folgenden Tag zur Pietà zurückbegleiten würden.

An ihrem Reisetag war das Wetter dann kühl genug, sodass Donata und Maffeo mit Vivaldi an Deck der Barke sitzen konnten, doch wurden sie bald müde und gingen nach unten, um den kleinen, von den Dienern zubereiteten Imbiss einzunehmen und im kühlen Schatten ein Nickerchen zu machen.

Als sie sich hingelegt hatten, ging Maddalena ins Freie und setzte sich zu Vivaldi, während Chiaretta bei den Kindern blieb.

»Wie fandest du es?«, fragte er sie, sobald sie Platz genommen hatte.

»Das Konzert? Die Figlie haben großartig gespielt.«

»Das habe ich nicht gemeint. Wie hast du die Reaktion empfunden?«

»Einige haben es durchaus als das gesehen, was es ist.«

»Und was ist es?«

»Ein Meisterwerk. Vielleicht sogar zu meisterhaft.«

Er schnaubte. »Einige der Melodien gefallen mir. Vielleicht kann ich sie in etwas leichter Verständlicherem wiederverwenden.«

»So schnell würde ich nicht aufgeben. Vielleicht könnten Sie es ja vor den Aufführungen ein wenig erklären. Stellen Sie sich einfach mit Ihrer Geige hin und spielen Sie ein paar Takte. Sagen Sie, ›Das ist der Hund‹ oder ›Das ist die Brise.‹«

Vivaldi schien ihr aber gar nicht zuzuhören. »Ich habe die Venezianer überschätzt«, sagte er so leise und mutlos, dass es fast nicht zu hören war.

»Vielleicht. Aber jemanden zu überschätzen muss nicht immer schlecht sein.« Spontan streckte sie den Arm aus und strich ihm über die Hand. »Ich zum Beispiel bin froh, dass Sie mich überschätzt haben.«

Sein Blick schoss von ihrer Hand zu ihrem Gesicht. »Was willst du damit sagen?«

»Dass Sie mich ausgewählt waren, als ich noch jung war, und darauf bestanden haben, dass ich meine Chance bekomme. Geben Sie diese Chance auch den Venezianern.«

»Ich habe ihnen schon so viele gegeben. Der *coro* ist in Venedig, du bist in Venedig, aber sonst gibt es kaum einen Grund, hier zu bleiben. Überall sonst wird meine Musik besser aufgenommen.«

»Dass ich in Venedig war, hat Sie nie hier gehalten.«

»Und woher willst du das wissen?« – »Weil Sie gegangen sind. Zweimal schon.«

»Aber ich bin auch geblieben – als ich hätte gehen können.« Maddalena starrte ihn verständnislos an. Er fuhr fort: »Es gab Zeiten, da ich mich durch die Behandlung, die ich in der Pietà erfuhr, derart erniedrigt fühlte, dass ich ans Aufhören dachte. Aber ich habe es nicht getan, weil eine Unterrichtsstunde mit dir bevorstand oder ich ein Solo für dich schreiben wollte. Ich habe in Mantua und auch in Rom Stücke für dich komponiert, von denen du nie erfahren hast, weil andere sie spielten.«

Er sah weg. Sein Blick folgte den trottenden Bewegungen der Zugpferde, die die Barke zogen, ohne dass er sie zu sehen schien. »Manchmal frage ich mich, warum ich nicht vor meinem ewigen Gelübde begriffen habe, dass ich nicht für das Priesteramt geeignet bin.« Er atmete ein und mit einem Seufzer wieder aus. »Dass ich zuviel von der falschen Sorte Leidenschaft in mir trage.«

Er betrachtete Maddalena mit einem so traurigen Gesicht, dass sie spürte, wie ihr die Tränen in den Augen zu brennen begannen. »Ich war einmal sehr von dir angetan – ja, bin es noch immer. Die Kirche würde von ›Versuchung‹ sprechen.« Er versuchte zu lächeln. »So ist es. Das ist meine große Beichte.«

»Ich war zu jung, um es zu begreifen«, erwiderte Maddalena leise. »Ich verstehe jetzt, dass Sie jedes Mal, wenn Sie mir weh getan haben, auch versucht haben, mich nicht noch schlimmer zu verletzen.«

Er beugte sich vor. »Ich konnte es dir nie zeigen, aber genau so war es.« Er nahm ihre Hände in die seinen. »Bei meiner ersten Entlassung ging ich nach Hause und schrieb dir einen Brief, und als ich damit fertig war, merkte ich, dass ich ihn nicht abschicken konnte, ohne dich in Schwierigkeiten zu bringen. Ich wusste, dass du mein Verschwinden nicht begreifen würdest, aber was konnte ich tun? Und als sie mich wieder einstellten, und dein Name nicht auf der Liste der Geigerinnen stand, habe ich mich gefragt, wie ich dich wieder zurückholen könnte, ohne es so aussehen zu lassen, als lägst du mir zu sehr am Herzen. Als ich dich dann mit deinem Geigenkasten hereinkommen sah, erschien es mir wie ein Wunder. Es gab viele solche Male, wo ich wusste, dass du mich missverstehen würdest, aber …«

Er schwieg und schien erst in diesem Moment zu merken, dass er ihre Hände umfasst hielt. Er zog seine Hände zurück, doch sie ergriff sie aufs Neue und hielt sie in den ihren.

»Sie sind das Beste, was mir je passiert ist«, sagte sie. Und einen Blick nach der geschlossenen Kabinentür werfend fügte sie hinzu, »von meiner Schwester einmal abgesehen.«

Der Kopf war ihm schon fast bis auf die Knie gesunken, und sie spürte seinen Kummer. »Sie haben mir einen Bogen gekauft, da war ich noch nicht einmal Attiva«, flüsterte sie.

Er blickte auf. Ihr Aufheiterungsversuch schien Wirkung zu zeigen. »Ich habe es geliebt, dir beim Spielen zuzusehen«, sagte er. »Weißt du noch, was ich dir am ersten Tag in der Sala gesagt habe?«

Maddalena schüttelte den Kopf.

»Ich habe gesagt, dass du keine Angst vor dem Schwierigen hast. Allerdings wusste ich damals nicht, dass das Schwierige auch mich einschließen würde.«

Sie lächelte. »Ich glaube, ich bin jetzt alt genug, um damit fertig zu werden.« Sie überlegte, ob sie es dabei belassen sollte, beschloss jedoch dann, weiterzusprechen. »Manchmal, wenn ich mir darüber Gedanken machte, wie das Leben hätte sein können, dachte ich auch an uns – an uns ohne die Pietà, ohne die Kirche; mit nichts, um das wir uns kümmern mussten außer der Musik. Zwei Menschen, die Geige spielen und miteinander alt werden. Und dann sagte ich mir, dass zuweilen das, was offenbar und eigentlich sein soll, dennoch nicht geschieht. Jetzt aber, wo ich hier bei Ihnen bin, denke ich, dass alles genau so ist, wie es sein soll, und dass es gut so ist. Sie sind einer meiner geschätztesten Freunde geworden, und ich liebe mein Leben.«

Seine Augen leuchteten, während er ihr zuhörte, dann wurde er wieder traurig. »Ich wünschte, ich könnte dasselbe von mir behaupten.«

Sie rückten wieder auseinander, lehnten sich an die Barkenseiten und schwiegen.

Schließlich ergriff Vivaldi wieder das Wort. »Es tut mir leid um jede Schwierigkeit, die ich dir durch«, – er tastete nach einem Wort – »meine Handlungen verursacht habe.«

Er wischte ein Insekt beiseite, das auf seinem Ärmel gelandet war, und verfolgte seinen Flug in Richtung Ufer. »Die Girò-Schwestern haben ihr eigenes Haus, weißt du. Ich brauche eine Pflegerin, und du hast gesehen, dass Paolina wirklich gut ist. Und Anna – ich schreibe einige meiner besten Arien für sie. Aber sie ist noch so jung und kann manchmal sehr ... anstrengend sein.«

»Hm.« Maddalena hatte nach dem vorausgegangenen Gespräch nicht so schroff sein wollen, doch die Girò-Schwestern gehörten nicht zu den Menschen, mit denen sie sich jetzt auseinandersetzen wollte. »Ich finde, dieser Umgang würdigt Sie herab.«

Noch ehe er etwas erwidern konnte, traten Maffeo und Donata aus der Kabinentür. »Wir sind fast da«, rief Donata. »Wir haben durchs Fenster geschaut.«

Auch Chiaretta kam mit ihrem gepackten Korb nach oben. Während Vivaldi mit den beiden Kindern plauderte, warf sie einen forschenden Blick auf Maddalena, den diese mit einem flüchtigen Lächeln erwiderte, um der Schwester zu signalisieren, dass alles in Ordnung war.

In Fusina stieß die Barke an den Steg, und im Nu waren sie fertig zum Aussteigen. Vivaldi half Maddalena als erster hinaus. Und während er Chiaretta und den Kindern zur Hand ging und sie wartend am Kai stand, hörte Maddalena plötzlich das Gelächter einer Frau aus einem Taverneneingang dringen. Zwei Männer eskortierten Anna Girò und ihre Schwester, die beide in Reisekleidung waren.

Plötzlich aber blieb Anna stehen. »Tonio?«, sagte sie und trat unsicher auf Vivaldi zu. »Was ist denn das?«

Sie warf die Hand in Maddalenas Richtung. »Die schon wieder?«

Vivaldi sah sich um, ob vielleicht jemand sie beobachtete. »Das ist meine Partnerin«, zischte er.

»Ach ja?«

Chiaretta kam näher und legte den Arm um Maddalena, die wie angewurzelt stehen geblieben war.

»Wer ist diese Frau, Mama?«, fragte Donata.

Anna schob ihr Gesicht direkt vor das Vivaldis. »Ich hab genug«, meinte sie, heftig lallend. »Such dir 'ne andre Sängerin. Such dir 'ne andre Pflegerin.« Und während sie redete, schwankte sie derart, dass sie nach seinem Arm greifen musste, um nicht zu stürzen.

»Anna. Annina!«, flehte er. »Hör doch auf!«

Mit der Routine der Diva gestikulierte Anna Girò aufs Neue in Maddalenas Richtung. »Entscheide dich, Tonio! Sie oder ich.«

Chiaretta packte Maddalena am Ellbogen. »Gehen wir.«

Maddalena nickte, riss sich jedoch los. »Warte.«

Und sie baute sich vor Anna auf blickte sie der Sängerin direkt in die Augen. Anna wich mit flackerndem Blick einen Schritt zurück, als sei sie sich nicht sicher, wozu Maddalena in der Lage war.

»Über mich, Signorina Girò«, sagte Maddalena, »hat er nicht zu entscheiden.«

Sie wandte sich nach Chiaretta um und hakte sie unter. Und ohne sich noch einmal umzusehen, kehrten sie zum Steg zurück, wo die Morosini-Gondel sie erwartete.

In der Felce wimmerte Maffeo. »Die mochte ich nicht, Mama.«

»Ich auch nicht.«

»Maddalena?«, Donata drehte sich um, sodass sie auf ihrem Sitz kniete und ihre Tante besser sehen konnte. »Was hast du denn damit gemeint? Warum willst du nicht, dass er sich für dich entscheidet? Mag er dich nicht mehr als sie?«

Maddalena blickte über die Schulter ihrer Nichte hinweg zu Chiaretta, und Chiaretta verstand den Hilferuf. »Natürlich mag er Maddalena mehr, Liebes. Aber ihr Leben ... und dein Leben, und das von Maffeo und mir ...«

»Und das von Papa und Andrea«, fügte Maffeo feierlich hinzu, als zähle er all die Menschen auf, für die er jeden Abend betete.

»Ja, Liebes. Das von Papa und Andrea auch. Die Sache ist, dass jedes Leben nur dem betreffenden Menschen gehört. Niemand sollte sagen, ›Ich entscheide mich für dich‹, wenn der Betreffende das gar nicht will.«

»Aber ich will es.« Donata hatte sich erhoben und neben ihre Mutter gesetzt.

»Ich weiß«, sagte Chiaretta und legte den Arm um sie. »Es ist ja auch schön, beachtet zu werden, nicht wahr? Und schön, wenn einen jemand für was Besonderes hält. Aber es gibt noch ein viel wunderbareres Geschenk, als dass sich jemand für uns entscheidet.«

»Und was ist das?«

»Selbst zu entscheiden.«

SECHSTER TEIL

Jahreszeiten
1730–1732

23

Der Knoten in Maddalenas Brust schien zunächst kaum der Beachtung wert. Obwohl das Haar an ihren Schläfen zu einem durchsichtigen Grau verblichen war und sie an manchen Tagen mit steifen Gelenken erwachte, schritt sie mit siebenunddreißig immer noch leichtfüßig aus und spielte die Geige mit solcher Leidenschaft, dass sie danach benommen und schweißgebadet war.

In nicht einmal drei Jahren, an ihrem vierzigsten Geburtstag, würde sie sich zurückziehen und sich unter den Giubilate einreihen. Sie würde auftreten, wenn es nötig war, einzuspringen, hin und wieder an einem Ripieno teilnehmen, und würde, falls sie es wünschte, das Geld für den Unterricht externer Schülerinnen behalten dürfen. Ein schönes Leben, stellte sie sich vor, obwohl sie nicht so recht wusste, wie sie es ausfüllen sollte.

Doch der Knoten wuchs, und als sie einen zweiten in ihrer Achselhöhle entdeckte, ging sie ins Spital der Pietà, um eine der Pflegerinnen dazu zu befragen. Die Schwester ertastete ihn durch Maddalenas Kleid. »Hast du Schmerzen?«, fragte sie.

»Nein. Nur manchmal, wenn ich zu spielen beginne, spüre ich etwas, doch abgesehen davon brauche ich mich wohl nicht zu sorgen.« Am Satzende hob sie ein wenig die Stimme. »Ich dachte nur, ich frage lieber.«

»Dieses Leiden wird durch eine Stauung im Fluss der Säfte bewirkt«, erwiderte die Pflegerin. Sie trat an einen Schrank, ging Flaschen und kleine Kästen durch, zog einige davon heraus und brachte sie mit zum Tisch. »Ich bereite dir eine Salbe zum Einreiben«, sagte sie. »Sie sollte schwarz sein wie die schwarze Galle, die sich in deiner Brust angesammelt hat.«

In einer Marmorschüssel zerstieß sie Mineralklumpen zu einem feinen Pulver und verrührte sie mit Kräutern. »Und damit die Säfte wieder in Bewegung kommen, mische ich feuchte und warme Elemente darunter, denn die schwarze Galle ist kalt und trocken.« Sie ging zum Schrank zurück, um etwas anderes zu holen. »Bist du unter dem Saturn geboren?«, fragte sie sie über die Schulter blickend.

»Nein.«

»Gut, denn das würde die Behandlung erschweren.« Die Schwester kehrte mit einer dunklen Tinktur zurück. »Lass dein Kleid herunter«, sagte sie, während sie den Inhalt der Schüssel zu einer groben, tintenschwarzen Paste vermengte.

»Sie brennt vielleicht ein bisschen, während sie einwirkt«, sagte die Schwester, als sie die Paste auftrug. »Aber mach dir keine Gedanken. Die Wirkstoffe müssen bis zum Knoten vordringen und ihn neutralisieren.« Sie formte eine Kompresse und band einen Stoffstreifen um Maddalenas Brust, um diese dort zu befestigen. »Über Nacht bleibst du im Spital, denn wir müssen dir ein Abführmittel geben, um deine Därme zu reinigen. Die Kompresse allein genügt nicht.«

Die befallene Stelle wurde im Laufe eines Monats rot und druckempfindlich und entzündete sich, was die Pflegerin als Zeichen dafür interpretierte, dass die Behandlung überaus wirksam gewesen war, sodass Maddalenas Säfte nun mehr zum Feuer als zur Erde tendierten. Und die weiche und geschwollene Haut, meinte die Schwester, eigne sich nun wunderbar zum Schröpfen.

Ein Wundarzt sollte die Behandlung vornehmen. Mit einem Köfferchen, in dem sich eine Auswahl kleiner Messer und mehrere Gläser befanden, traf er ein. Er stürzte eines der Gläser über Maddalenas Brust und entzündete eine Kerze. Das Glas haltend, wartete er, bis sich die Luft darin erhitzt hatte und eine Saugwirkung erzeugte, die die Haut glattzog, bis ein luftdichter Verschluss entstanden war. Die Hitze wirkte weiter, bis sich unter Maddalenas Haut eine Blase bildete, in der Blut aufstieg. Als sich eine ausreichende Blutmenge angesammelt hatte, löste er das Glas mit dem Fingernagel. Er nahm eines der Messer und stach die Blase auf, wobei er das Blut in einem Glas auffing, es schwenkte und dabei betrachtete.

»Das sollte helfen«, sagte er. »Dieses Blut ist eindeutig vergiftet.«

Im Laufe der Monate steckte man Maddalena Kompressen mit Basilikum und Zitrone unters Kopfkissen und ins Mieder. Sie schluckte Arsen, Myrrhe, Wermuttee und gemahlene, in Wein aufgelöste und zu einem Sirup eingekochte Alraunwurzel. In der Kapelle wurden besondere Gebete über ihrem ausgestreckten Leib gesprochen. Sie lag auf einem Spitalbett, und Blutegel saugten an ihren Brustwarzen. Von den Aderlässen an der vorgeschriebenen Stelle am Arm, wo das Ungleichgewicht ihrer Säfte am wirksamsten beeinflusst werden konnte, wurde ihr schwindlig.

Ihrer Schwester aber erzählte Maddalena nur, dass sie eine Entzündung an der Brust habe. Was war auch schon mehr zu sagen? Jede Nacht betastete sie sie mit wachsender Sorge. *Kein Anlass zur Beunruhigung,* versuchte sie sich selbst einzureden, nahm die Hand weg und legte sie auf die Decke, damit sie ja nicht wieder zur betreffenden Stelle zurückwanderte. *Eine Sache, mit der man leben muss,* konstatierte sie, wahrscheinlich nichts anderes als ein Knoten am Knie oder eine Unregelmäßigkeit am Schädel. Es tut ja nicht weh, und das heißt wohl, dass es nichts Ernstes ist, redete sie sich jeden Abend mit derselben monotonen Regelmäßigkeit ein, mit der sie auch ihre Gebete sprach. *Und außerdem sollte doch wohl wenigstens eine von all diesen Arzneien wirken.*

Ein Jahr später, kurz nach ihrem achtunddreißigsten Geburtstag, glitt Maddalena auf den feuchten Stufen der Kapelle aus und brach sich das Bein. »Es war merkwürdig«, erklärte sie Chiaretta, als die sie im Spital der Pietà besuchte. »Eigentlich war es gar kein richtiger Sturz. Vielleicht werde ich einfach nur alt.«

Als Maddalena wieder in ihr Wohnquartier zurück durfte, stellte Chiaretta ihre Besuche ein. Im sechsten Monat schwanger, hatte sie vorzeitig Gewicht zugelegt und war, wie ihre Schwester, nicht mehr so gut zu Fuß. Der Grund zeigte sich zwei Monaten später, als sie Zwillinge gebar, einen Jungen namens Tomà und ein Mädchen, das Bianca Maria genannt wurde. Sobald sie sich davon erholt hatte, reiste die Familie für den Sommer zur Villa ab, von wo aus sie sich nur brieflich mit ihrer Schwester austauschen konnte. Chiaretta fand es zwar merkwürdig, aber nicht besorgniserregend, als Maddalena ihr schrieb, sie sei zu beschäftigt, um sie zu besuchen. Ihren Briefen war kein Hinweis auf irgendwelche Probleme zu entnehmen, da sie ganz aus heiterem Geplauder über die Figlie und deren Konzerte sowie Fragen nach den Kindern bestanden.

Als Chiaretta sie zum ersten Mal nach ihrer Schwangerschaft besuchte, starrte sie entsetzt durchs Parlatoriumsgitter. Auf Anna Maria gestützt, kam Maddalena auf sie zu. Chiaretta presste die Hand auf den Mund, damit niemand ihr Keuchen hörte. Maddalena stützte sich auf einen Stock, und ihre Haut war aschfahl.

Sie stirbt. Chiaretta schüttelte den Gedanken wieder ab und begrüßte sie. »Ein Stock?«, meinte sie fragend und versuchte, dabei aufgeräumt zu klingen.

Maddalena setzte sich und seufzte erleichtert. »Gott sei Dank habe ich nur noch ein Jahr bis zu meinem Ruhestand, dann kann ich den ganzen Tag im Zimmer sitzen«, meinte sie mit einem winzigen Lachen. Chiaretta hörte, wie ihr schon dieser einzige Satz den Atem nahm, doch Maddalena sprach heiter, als man ob ihre Bemerkung als Scherz verstehen sollte.

»Ich sage ihr immer wieder, dass sie mehr auf sich achten soll«, mischte Anna Maria sich ein. »Sie isst nicht genug, und so kann das Bein einfach nicht heilen.« Chiaretta registrierte denselben Ärger in Anna Marias Stimme, den sie an diesem Morgen bei sich selbst wahrgenommen hatte, als Donata den

Brei aus Linsen und Rote Bete beiseite schob – den der Koch zum Kurieren ihrer Magenschmerzen bereitet hatte – und ihn mit den Worten kommentiert hatte, er sähe einfach zu hässlich aus, um ihn zu essen.

»Und du bist eigensinniger, als gut für dich ist«, hatte Chiaretta geschimpft.

Maddalena musterte die beiden ein wenig finster. »Ich will nicht über mich reden. Erzähl mir lieber von den Zwillingen!«, sagte sie in einem Ton, der klarstellte, dass das Thema damit abgeschlossen war. »Sie sind jetzt wie alt – fünf Monate schon?«

»Ich kann es kaum erwarten, sie dir zu zeigen. Tomà ist ein kleiner Tunichtgut«, begann Chiaretta und musste sich anstrengen – so gern sie sonst über ihre Kinder sprach –, den Themenwechsel zu akzeptieren.

»Wie seine Mutter, als sie klein war.« Anna Maria lachte.

»Und Bianca Maria ist eine Miniaturausgabe von dir«, sagte Chiaretta zu Maddalena. »Unglaublich süß. Dunkles Haar mit einem leichten Rotton. Und sie weint fast nie.« Ihre Miene wurde ernst. »Geht es dir auch wirklich gut?«, fragte sie. »Ich weiß, wie sehr du dich zusammenreißt.«

»Mir geht es gut.« Maddalena holte Luft, als wolle sie noch mehr sagen, tat es aber dann nicht. Chiaretta wartete, und schließlich fuhr ihre Schwester fort. »Ich weiß nicht, warum mir ständig so übel ist. Nachts fällt mir manchmal das Atmen schwer, und ich habe keine Lust zu essen. Wahrscheinlich liegt es an all den ekelerregenden Sachen, die ich schlucken muss, um wieder gesund zu werden.«

»Du würdest es mir doch sagen, nicht wahr?«

»Natürlich.«

Das durch die Fenster einfallende Licht wurde schwächer, und Chiaretta stand auf, um ihren Umhang umzulegen. Maddalena winkte sie zum Gitter zurück. »Die Treppe«, sagte sie. »Die Treppenaufgänge sind dunkel und können recht schlüpfrig sein, und es tut weh, rauf und runter zu steigen. Du weißt, wie sehr ich mich über deine Besuche freue, aber können wir uns nicht eine Zeit lang schreiben, bis es meinem Bein wieder besser geht?«

Chiaretta blickte zu Anna Maria, um zu sehen, was diese dachte. Das Gesicht ihrer Freundin war ausdruckslos, als ob auch sie keine Ahnung habe, warum Maddalena diesen Vorschlag machte. »Aber wie willst du dann Donata und Maffeo sehen?«, sagte Chiaretta. »Und die Kleinen?«

»Ich werde eben warten müssen. Aber nicht lange.«

Chiaretta schüttelte den Kopf. »Ich kenne dich, Maddalena. Du siehst gar nicht gut aus, und den ganzen Sommer lang hast du mich im Glauben gewiegt, es ginge dir gut. Ich will mich selbst vergewissern.«

»Chiaretta, bitte. Die Schmerzen …«

Was soll ich nur tun?, grübelte Chiaretta. Sie starrte in Maddalenas Augen, als ob sie sie so zwingen könne, ihr einen Hinweis zu geben. Keine der beiden sprach ein Wort.

Dann mischte Anna Maria sich ein. »Ich könnte hin und wieder herunterkommen und dir erzählen, wie es ihr geht«, schlug sie vor.

Maddalena und Chiaretta rissen den Blick voneinander. »Das ist eine wunderbare Idee«, pflichtete Maddalena ihr bei.

Chiaretta war sich da nicht so sicher. Schließlich hatte ihr Anna Maria den ganzen Sommer über nicht geschrieben, wo doch ganz offensichtlich etwas nicht gestimmt hatte. Dennoch kannte Chiaretta ihre Schwester auch gut genug, um zu wissen, dass diese Anna Maria vermutlich selbst gedrängt hatte, sie keinesfalls zu beunruhigen. Zumindest würde sie auf diese Weise etwas erfahren. »In Ordnung«, sagte Chiaretta. »Aber es darf sich nicht zu lange hinziehen.«

Es wurde Zeit, sich zu verabschieden, und Chiaretta hielt zu ihrem üblichen Lebewohl die Wange ans Gitter. Maddalena küsste sie und wandte Chiaretta die ihre zu. Da war nichts mehr zwischen der schlaffen Haut und dem Schädel, und erneut kämpfte Chiaretta gegen die aufsteigende Panik.

»Nächste Woche. Um die selbe Zeit«, sagte sie zu Anna Maria. »Oder auch früher. Gib mir Bescheid, und ich komme, egal, was gerade ist.«

Anna Maria nickte. Sie hatte die Stirn gerunzelt und konnte Chiaretta nur eine Sekunde ins Auge blicken, dann sah sie schon wieder weg.

Als sie nach Hause kam, waren Donata und Maffeo noch im Unterricht, und die Zwillinge schliefen. Chiaretta blieb im Portego stehen, blickte in den Spiegel und beugte sich nach vorn, um ihr Spiegelbild eingehender zu betrachten. Um die Schläfen war das Haar noch feiner geworden, und obwohl die grauen Fäden nicht so stark mit dem Blond kontrastierten, um wirklich aufzufallen, sah sie, wie sich nun – da sie sich in ihren Dreißigern befand – ihre Erscheinung veränderte. Die Haut um die Augen zeigte die ersten Fältchen, die Lippen wurden dünner. Das Gesicht, das ihr aus dem Spiegel entgegenblickte, war zwar immer noch hübsch, aber eindeutig älter und wirkte nun – durch die Sorge um ihre Schwester – auch angespannt.

Claudio war nicht da, sodass sie ihm ihren Kummer nicht anvertrauen konnte. Seit mehr als einem Monat befand er sich schon auf Geschäftsreise. Giovanni Antonio Canal, ein früherer Kulissenmaler für das Teatro Sant'Angelo, malte inzwischen in Claudios Atelier unter dem Namen Canaletto Veduten, und seine Gemälde kamen in ganz Europa derart in Mode, dass Claudio länger fortblieb und in immer mehr Städten Aufträge akquirierte. Im letzten Brief hatte er ihr geschrieben, dass er in ein bis zwei Wochen zu Hause sein werde, und Chiaretta versuchte, die Sorge um ihre Schwester bis zu seiner Rückkehr beiseitezuschieben und sich mit dem Bemuttern ihrer kleinen Zwillinge und der Beaufsichtigung ihres achtjährigen Sohnes und ihrer elfjährigen Tochter abzulenken.

Maffeo hatte sich zu einem dunklen, hübschen Kind entwickelt und besaß den kräftigen Körperbau und die starken Augenbrauen Claudios. Donatas Haar, das zunächst blond wie das von Chiaretta gewesen war, hatte mittlerweile einen rötlichen Schimmer angenommen, der irgendwo zwischen dem Ton ihrer Mutter und dem ihrer Tante changierte. Auch Chiarettas blaue Augen hatte sie nicht geerbt, sondern eher die haselnussbraunen Maddalenas, umrahmt von langen, dunklen Wimpern. Ihre Farben glichen denen, die Tizian in seiner Malerei gefeiert hatte.

Schon mehr als die Hälfte ihres Lebens lernte Donata Cembalo. Nachmittag für Nachmittag saß sie zufrieden und verträumt an der Klaviatur und bewegte mit wachsender Sicherheit ihre Finger, während ihre Schenkel an die Chiarettas stießen und sie den Klängen lauschte, die von einer geheimen Quelle im Innern ihrer Mutter ausgingen. Oft gesellte sich auch Andrea zu ihnen, und hin und wieder auch Luca, und Donata hüpfte vor Freude, wenn sie mit ihr auf der Bank saßen und ein mehrstimmiges Lied nach dem anderen anstimmten.

Einige Monate nach ihrem letzten Besuch bei Maddalena saßen Chiaretta und Donata allein am Cembalo, als Zuana ins Zimmer trat, um Chiaretta zu sagen, dass einer von Claudios Geschäftspartnern unten in der *Sala d'Oro* auf sie warte.

»Ich bin ja gar nicht richtig angezogen«, sagte sie. »Bitte ihn doch, zu warten.«

»Er sagt, es sei dringend, Madonna.«

Donata spürte, wie sich der Körper ihrer Mutter anspannte. »Mama?«, fragte sie.

»Spiel weiter, *Cara*«, erwiderte sie, strich sich den Rock glatt und kontrollierte – ehe sie aus dem Raum eilte – ihr Haar im Spiegel.

Ein Mann stand am Fenster der *Sala d'Oro*. Das Licht ergoss sich in den Raum, wurde von den vergoldeten Wänden zurückgeworfen und brachte die roten Brokatvorhänge zum Glühen. Er hörte ihre Stimme und zuckte zusammen. Als er sich umdrehte, sah Chiaretta seine düstere Miene.

Maddalena, dachte sie. »Geht es um meine Schwester?«

»Maddalena della Pietà?« Er wirkte verwirrt. »Nein, Madonna, es geht um Ihren Gatten.«

Nach knapp einer Stunde rief Chiaretta Donata und Maffeo zu sich. Mit geschwollenem Gesicht und kaum vernehmbarer Stimme sagte sie ihnen, dass ihr Vater tot sei. Irgendwo außerhalb Münchens hatte die Kutsche, mit der Claudio gereist war, ein Rad verloren. Gefährt und Gespann waren eine Uferböschung hinabgestürzt, wobei er sich den Hals gebrochen hatte. Claudios sterbliche Überreste befanden sich schon auf dem Weg nach Venedig, um in der Heimat beerdigt zu werden.

Sie hielt jedes der Kinder lange im Arm und erhob sich schließlich. »Die nächsten Tage, bis zur Beerdigung, schlaft ihr beide in meinem Bett. Und nun muss ich zur Pietà.«

Sie trat an ihre Frisierkommode und starrte in den Spiegel, konnte jedoch ihr Bild nicht mit ihrer Person zusammenbringen. Sie griff nach einem Rouge-Töpfchen und begann sich etwas davon auf die Wangen zu tupfen, doch sie hatte zuviel erwischt, und es verklebte ihr die Poren. Verständnislos rieb sie daran. Bis Donata neben sie trat, ihre Hand packte und von den grellroten Flecken wegzog.

»Lass mich das machen, Mama«, sagte sie. Sie nahm ein Tuch und rieb, bis Chiarettas Gesicht wieder sauber war. »Nimm einfach einen Schleier«, meinte sie mit erstickter Stimme. »Irgendwann wirst du schon wieder hübsch sein.«

Die Priorin führte Chiaretta in ihr Büro. »Wir haben die Nachricht soeben erhalten«, sagte sie. »Es tut mir so leid für dich.«

Chiaretta dankte ihr mit der Steifheit einer Schauspielnovizin, die zum ersten Mal eine Rolle spricht. »Ich weiß, dass es viel zu bereden gibt, aber zuerst will ich meine Schwester sehen.«

Die Piorin zuckte fast unmerklich zusammen und holte rasch Luft. »Ich rufe sie, aber du weißt ja, dass es ihr nicht gut geht.«

»Ich weiß. Ich wollte es mit Claudio besprechen, wenn er …« Ihre Stimme verklang und sie schlug die Hände vors Gesicht und begann zu schluchzen.

386

Die Priorin legte ihr den Arm um die Schultern und führte sie zu einem Stuhl. »Warte hier«, sagte sie. »Ich werde Anna Maria bitten, ihr herunterzuhelfen.«

Wenige Minuten später betrat Maddalena den Raum. Chiaretta brauchte einen Augenblick, um zu begreifen, dass die geisterhafte Erscheinung an Anna Marias Arm ihre Schwester war. Spröde abgebrochene Haarsträhnen hatten sich aus dem Knoten im Nacken gelöst und lagen wie Spinnweben um ihre Wangen. In dem hageren Gesicht waren die Augen riesengroß geworden.

»Wir mussten es ihr versprechen«, sagte Anna Maria fast wimmernd.

Chiaretta hörte und sah nichts, als die Priorin die Wahrheit von Anna Marias Aussage bekräftigte. Die Arme um Maddalena schlingend, spürte Chiaretta die scharfen Schulterknochen der Schwester unter dem schlaffen Kleid. Die Ungeheuerlichkeit all dessen, was da geschah, überwältigte sie, und sie begann, in Maddalenas Armen zu schluchzen.

»Chiaretta, ich …« Maddalena verstummte und begann ebenfalls zu weinen.

Lange hielten sie einander. Dann löste Chiaretta sich von ihrer Schwester und betrachtete sie. Sie sprach in einem Ton, der gleichzeitig befehlend und flehentlich klang.

»Komm mit mir nach Hause«, sagte sie.

Claudios persönliche Habe wurde in sein Arbeitszimmer verbracht, sein Schlafzimmer aber für Maddalena vorbereitet, damit sie so nahe wie möglich bei Chiaretta sein konnte. Ein weiteres Bett für die Pflegerin stellte man in den kleinen Vorraum. Maddalenas Aussehen erschreckte Maffeo, der zunächst vor ihr zurückwich und sich eine Woche lang weigerte, sie zu küssen, doch Donata setzte sich Tag für Tag an ihr Bett, um ihr vorzulesen, und Besina brachte ihr jeden Tag die Zwillinge vorbei.

Donata machte einen Riesenwirbel um das Aufschütteln und Umdrehen von Maddalenas Kissen, und eines Tages, als

Maddalena schlief, stießen Donatas Finger gegen den kleinen Beutel, der unter einem davon lag, und sie zog ihn heraus. »Was ist denn das?«, flüsterte sie ihrer Mutter zu.

Chiaretta holte die Kammstücke heraus und legte sie ihr in die Hand. »Nur etwas Hübsches, das zerbrochen ist. Ich habe den Beutel unters Kissen gesteckt.«

»Die kleinen Blümchen sind so wunderbar«, sagte Donata und strich mit den Fingern darüber, wie auch Chiaretta es getan hatte, als sie sie zum ersten Mal erblickte.

»Sie weiß nicht, dass der Beutel unter ihrem Kissen liegt«, sagte Chiaretta. »Und es soll ein Geheimnis bleiben. Unser Geheimnis zwischen Mutter und Tochter.«

Als Donata und Maffeo nach ein paar Wochen wieder in ihre eigenen Betten zurückkehrten, war Chiaretta zum ersten Mal wieder allein. Andrea hatte sie ausrichten lassen, dass sie ihn eine Weile nicht sehen wolle. So sehr sie sich auch danach sehnte, in den starken Armen eines Mannes zu liegen, jetzt wollte sie, dass es Claudios Arme waren, und da dies nicht sein konnte, ehrte sie ihn durch ihr Ungetröstetsein.

Als dann der Tag der Testamentseröffnung kam, holten Antonia und Piero sie in ihrer Gondel ab und begleiteten sie zum Büro des Anwalts. Giustina war nicht lange nach ihrem Mann gestorben, Claudios zweite Schwester befand sich in einem Kloster, und sein ältester Bruder hatte sich dauerhaft in Antwerpen niedergelassen, sodass der Kreis, der der Verlesung beiwohnen würde, nur aus ihnen dreien bestand. Piero und Antonia hielt es kaum auf ihren Sitzen. Sie rutschten hin und her und zerbrachen sich in abgehacktem, spitzem Ton den Kopf über Claudios Nachlass und was es wohl bedeuten würde, wenn er der Konvention gefolgt war und seinem Bruder, den außer Antonia niemand von ihnen überhaupt kannte, die Kontrolle darüber hinterließ.

Als sie in der Praxis des Anwalts angekommen waren, zog dieser ein dickes Pergament-Dokument hervor. Antonia war die erste, die bedacht wurde. Piero entspannte sich, als er hörte, dass seine Frau eine kleine jährliche Unterstützung erhalten werde, seine Miene verfinsterte sich jedoch wieder, als der Anwalt dann weiterlas. Niemand außer Antonia durfte das Geld abheben, und der *Commissare* des Nachlasses hatte sicherzustellen, dass es auch wirklich für ihre persönlichen Bedürfnisse und die Führung des Haushalts verwendet wurde.

Die im Kloster lebende Schwester sollte ihre gegenwärtigen Jahresbezüge bis zu ihrem Tod weiterempfangen, die Claudio darüber hinaus auch noch um einen kleinen Betrag aufstockte. Sie würde ihre Tage in ihrem wohlausgestatteten Zimmer im Kloster San Zaccaria beschließen, mit genug Geld, um Empfänge zu veranstalten, Parfüm und andere Luxusgüter zu kaufen und stets modisch gekleidet zu sein.

Seinem Bruder hinterließ Claudio nichts, erklärte vielmehr, dass ihr Patrimonium vom Vater gerecht geteilt worden sei, der es jedem von ihnen freigestellt habe, mit seinem Erbe nach Gutdünken zu verfahren. Und seine Entscheidung sei es nun einmal, alles seiner Familie zu hinterlassen. Erstaunt hörte Chiaretta zu, wie der Anwalt laut Claudios Worte verlas.

»Meiner geliebten Frau Chiaretta, die die große Freude meines Lebens war, hinterlasse ich mein gesamtes Vermögen und ernenne sie auch zum Commissare darüber. Sie soll sicherstellen, dass unsere Kinder gleiche Erbteile von ausreichendem Wert erhalten, damit meine Töchter Donata und Bianca Maria, wenn sie dereinst das Erwachsenenalter erreichen, selbst entscheiden können, ob sie heiraten oder das Kloster wählen. Ebenso sollen meine Söhne Maffeo und Tomà ausreichende Patrimonien erhalten, sodass sie in der Lage sind, zu heiraten, die Familiengeschäfte fortzuführen, sich an neue Unternehmungen zu wagen, so sie es für angebracht halten, und ihre Verpflichtungen gegenüber der Republik zu erfüllen. Mögen meine geliebten Söhne, unterstützt von liebenden und tüchtigen Gattinnen, so glücklich werden wie ich, ebenso wie meine Töchter, denen ich, so sie denn heiraten, dasselbe wünsche.

Was die Verwaltung meiner Unternehmungen durch meine Frau betrifft, will ich ihr dringend anraten, Hilfe in Anspruch zu nehmen, auf die sie von Seiten Luca Barberigos und Andrea Corners gewiss zählen kann. Beide sind ausgezeichnete Geschäftsleute, denen ich vertraue und von denen ich glaube, dass ihnen die Interessen meiner Frau und meiner Kinder am Herzen liegen.«

Der Anwalt las immer noch, doch Chiaretta konnte nichts mehr aufnehmen. Alles – die Häuser, die Beteiligung am Opernhaus, das Vedutenatelier, wirklich alles – hatte Claudio ihr hinterlassen. Und sie dazu noch aufgefordert, Andrea in ihrem Leben zu behalten.

Hat er es denn gewusst?

Der Anwalt fuhr fort, doch Chiaretta hörte nichts mehr. Als er das Testament zusammenfaltete und beiseitelegte, erhoben sich Antonia und ihr Mann.

»Kommst du mit uns zurück?« Pieros Stimme klang hohl und steif.

Der Anwalt antwortete an ihrer Stelle. »Wir müssen uns noch eine Weile allein unterhalten«, meinte er. »Ich kümmere mich darum, dass sie nach Hause kommt.«

Als sie gegangen waren, zog der Anwalt ein weiteres Dokument hervor. »Es gibt da noch einen Nachtrag zum Testament«, sagte er. »Und da er sonst niemanden betrifft, dachte ich, ich teile Ihnen das unter vier Augen mit. Es gibt noch einen weiteren Nachlass, und zwar an die Pietà.«

Ehe er fortfuhr, holte er tief Luft. »Es fällt mir schwer, Ihnen das zu sagen, Chiaretta. Aber ihr Mann hatte ein weiteres Kind, eine Tochter von einer hier wohlbekannten Kurtisane. Da sie das Mädchen nicht aufziehen wollte, sorgte Claudio für dessen Aufnahme in die Pietà. Er hat sich um die Kleine gekümmert, so gut er konnte, aber man hat die Elternschaft geheim gehalten.«

»Wie alt ist sie denn inzwischen?«, flüsterte Chiaretta.

»Ich glaube, etwa so alt wie ihre älteste Tochter, vielleicht auch etwas älter. Ich fürchte, ich darf Ihnen den Namen nicht nennen und auch sonst nichts, außer dass sie gesund ist, eine *figlia di commun*.« Er zwang sich zu einem knappen Lächeln. »Offenbar nicht mit musikalischem Talent gesegnet, aber durchaus hübsch. Auf jeden Fall sieht die Verfügung eine jährliche Zahlung zur Aufstockung ihrer Aussteuer vor, worum Sie sich kümmern müssen, da Sie jetzt der Commissare sind.«

Er sah, wie Chiaretta ins Leere starrte. »Es tut mir leid, aber ich dachte, Sie sollten das wissen.« Er wartete darauf, dass sie etwas sagte, doch sie zeigte immer noch keine Reaktion. »Ihr Gatte war ein ungewöhnlicher Mann«, fuhr er fort, »und was sein Vertrauen in Sie betraf, womöglich ein Mann der Zukunft.« Er griff nach den Unterlagen, um seinen Worten Nachdruck zu verleihen. »Er hat Sie geliebt, und ich hoffe, dieses Kind veranlasst Sie nicht, dies in Zweifel zu ziehen.

»Nein«, erwiderte Chiaretta und kehrte in die Realität der Kanzlei zurück. »Nein, ich zweifle nicht daran. Es ist nur so merkwürdig, zu wissen, dass es da ein Kind in der Pietà gibt, das ebenso wenig über seine Herkunft weiß wie ich, und dass ich es ihm nicht sagen kann, ja nicht einmal weiß, um welches Kind es sich dabei handelt.«

»Er hat es so gewollt. Es tut mir leid. Wenn Sie darauf bestehen würden, die Akten einzusehen, dann …«

Chiaretta schnitt ihm das Wort ab. »Ich werde den Willen meines Gatten respektieren. So wie er mich respektiert hat.«

Die Miene des Anwalts verdüsterte sich. »Sie werden in vielerlei Hinsicht Hilfe benötigen, nicht nur momentan, sondern für lange Zeit. Für niemanden ist es leicht, so viele Aufgaben zu schultern, wie Claudio es tat, und die meisten Menschen, mit denen Sie künftig zu tun haben werden, sind es nicht gewohnt, auf Frauen zu hören.« Er hielt inne und fragte dann: »Haben Sie vor, Andrea um Hilfe zu bitten?«

Sie registrierte, dass er lediglich Andrea und nicht Luca erwähnte. Sie suchte nach einer diskreten Formulierung für das, was sie ihn fragen wollte. »Wusste mein Mann …?«

Da er ihr Unbehagen bemerkte, unterbrach er sie. »Von Ihrer Beziehung zu Andrea?«

»Ja«, sagte sie. »Ich muss das wissen, ehe ich entscheide, ob ich seine Unterstützung annehme.«

»Er wusste es. Und soweit ein Mann eine solche Sache überhaupt billigen kann, fand Claudio, dass Sie eine gute Wahl getroffen hatten. Genau das, denke ich, versucht er Ihnen in seinem Testament mitzuteilen. Und natürlich wusste er auch, dass Sie eine problematische Geschichte über ihn erfahren würden.«

Er beugte sich nach vorn. »Falls Sie sich jemals fragen, Chiaretta, ob Sie eine gute Ehefrau gewesen sind oder ob Sie eine echte Rivalin hatten, so denken Sie daran, was er heute für Sie getan hat. Sie haben ihn verändert. Hätte er irgendeine andere Frau geheiratet, würde sich nun sein Bruder einschalten und nicht nur Claudios Vermögen verwalten, sondern auch über Ihr weiteres Leben und das Ihrer Kinder bestimmen. Stattdessen sind Sie seit heute eine der mächtigsten Frauen Venedigs.«

Er ließ seine Worte wirken. »Es wird nicht leicht werden, aber wenn Sie mich benötigen …«

Sie hatte das Gesicht in den Händen vergraben, klagte um ihren Mann, um die Jahreszeit, die Zeit, die Stunde, den Augenblick, das schöne Land und den Ort, die ihr solchen Segen gebracht und solchen Schmerz bereitet hatten.

24

Trotz ihrer zunehmenden Schwäche bemühte sich Maddalena nach Kräften, aufzustehen, um Chiaretta zu unterstützen, doch auch die einfachsten Aufgaben in Kinderpflege und Haushalt wurden ihr zuviel. Die Knochen taten ihr so weh, dass sie kaum einen Schritt machen konnte, ohne aufzuschreien, und sogar das Atmen fiel ihr schwer. So legte sie sich wieder ins Bett, beschämt, nur eine weitere Last für ihre Schwester zu sein, und wünschte sich, der Tod käme rascher, um sie beide zu befreien.

Chiaretta war so erschöpft, dass sie zuweilen verzweifelte. Der durch die *Sala d'Oro* ziehende Strom von Claudios Mitarbeitern und Partnern riss nicht ab, und obwohl sie Luca gebeten hatte, sich einen Gutteil des Tages zu Besprechungen zur Verfügung zu halten, um deren Anliegen einzuschätzen und sich über Claudios geschäftliche Unternehmungen ins Bild zu setzen, erforderten sogar seine Zusammenfassungen am Ende des Tages mehr Aufmerksamkeit, als sie aufbringen konnte. Chiaretta hatte nicht nur zwei Kinder, die um ihren Vater trauerten, sondern auch Zwillinge, die noch kein Jahr alt waren und die sie ebenso in den Mittelpunkt ihres Lebens stellen wollte wie früher Donata und Maffeo. Und zu alledem verbrachte sie gleichzeitig – wie sie wusste – die letzten Wochen mit ihrer Schwester.

Ich schaffe es nicht, dachte Chiaretta. Jede Nacht weinte sie in ihr Kissen. Doch jeden Morgen stand sie auf und unterhielt sich liebenswürdig, während Zuana ihr die Haare frisierte und ihr beim Anziehen half. Im Laufe der Jahre hatte Chiaretta Zuana lieb gewonnen, die inzwischen selbst die Beeinträchtigungen des Alters zu spüren begann. Danach besuchte Chiaretta ihre Schwester. Fühlte Maddalena sich gut genug, bestellte Chiaretta für beide ein leichtes Frühstück, und während sie warteten, bürstete sie ihrer Schwester das Haar, schüttelte ihre Kissen auf und half ihr, das Nachtkleid zu wechseln.

Nach dem Frühstück begab sich Chiaretta ins Kinderzimmer zu den Zwillingen. Sie redete und spielte eine Weile mit ihnen, bevor sie in die Bibliothek weiterging, um nach Donata und Maffeo zu sehen, die hier mit ihrem Lehrer arbeiteten. Ein kurzes Schultertätscheln und ein Kuss auf die Wange, mehr Zeit war meist nicht, ehe sie wieder los musste, um den Rest des Tages in Besprechungen mit Investoren im Teatro Sant'Angelo, Vorarbeitern des Malateliers und anderen zu verbringen, mit denen ihr Mann Geschäfte gemacht hatte.

Die Abende gehörten Donata und Maffeo, und sobald Chiaretta mit ihnen zu Abend gegessen hatte, versammelten sich alle im Zimmer Maddalenas, um Spiele zu spielen oder zu musizieren, während Maddalena ihnen zusah und lauschte. Mindestens einmal die Woche schickte Chiaretta die Gondel zur Pietà, um Anna Maria abzuholen; doch diese kam immer allein. Chiaretta hatte vorgeschlagen, Benedetta oder eine andere Figlia mitzubringen, doch Maddalena verweigerte dies strikt. So sehr es ihr auch gefallen hätte, sich noch einmal an der Gegenwart und der Musik ihrer Figlie zu wärmen, auf keinen Fall wollte Maddalena die Mädchen mit einer traurigen Erinnerung belasten, die die anderen, glücklicheren womöglich verdrängt hätte.

Die Beziehung zu Andrea hatte Chiaretta noch immer nicht wieder aufgenommen. Ihr Kummer war noch zu frisch. Hin und wieder lud sie Luca und Andrea zu einem Familienessen ein, sowohl aus Dankbarkeit für die gewährte Unterstützung aber auch, weil sie wollte, dass Maffeo an ihrem Beispiel sah, wie Edelmänner handelten. Beide hatten versprochen, Maffeo, sobald er ein wenig älter war, unter ihre Fittiche zu nehmen und ihn zu lehren, was er zu Hause nicht lernen konnte – wie man jagte, wie man beim Kartenspiel gewann und wie man mit den Frauen umging, die ihn mit Sicherheit einmal umschmeicheln würden.

Als Frau konnte Chiaretta nicht Mitglied des Großen Rats werden. *Noch eine Aufgabe mehr würde mich umbringen,* dachte sie, und erkannte noch deutlicher, wie schwer die Last gewesen war, die Claudio geschultert hatte. Einen Wunsch jedoch hatte sie, mit dem sie sein Andenken ebenso wie das Maddalenas zu ehren gedachte: Sie wollte Claudios Sitz in der Congregazione der Pietà übernehmen. Die Priorin hatte sich bei der Vorstellung zwar zunächst ereifert. Obwohl Frauen die Tagesgeschäfte der Einrichtung führten, war die einzige Frau, die jemals im Vorstand gesessen hatte, die Priorin selbst, und sie befand sich dort eher, um Anweisungen in Empfang zu nehmen als welche zu erteilen.

Langsam jedoch erwärmte sie sich für diese – wie sie inzwischen fand – beachtenswerte Idee, dass eine *figlia di coro,* die mittlerweile als Oberhaupt einer der ältesten Adelsfamilien amtierte, zurückkehrte, um ihre einzigartige Sicht in den Vorstand einzubringen. Mochte die Congregazione sich auch sträuben, die Priorin war nun entschlossen, die Sache durchzusetzen. Schließlich kam es zu einem Kompromiss. Seit vielen Generationen hatte die Familie Morosini der Einrichtung sowohl große Summen Geldes als auch ihre Dienste als Direktoren zur Verfügung gestellt. Da Maffeo für ein derartiges Engagement jedoch noch zu jung war, sollte Chiaretta bis zu seiner Volljährigkeit als seine Vertreterin agieren.

»Und wenn es so weit ist«, meinte die Priorin in einem privaten Moment zu Chiaretta, »wer weiß, wer weiß?« Die Haltungen der Venezianer änderten sich so rasch, dass man sie womöglich auffordern werde, zu bleiben, und Maffeo sich etwas anderes suchen müsse. »Solange es nicht das Ospedale dei Mendicanti ist«, fügte die Priorin mit einem verschmitzten Lächeln hinzu.

Nur eine Sache war nun noch zu erledigen, und als Maddalena dem Tod immer näher rückte, konnte sie nicht mehr warten. Chiaretta zerriss einen Bogen nach dem anderen, während sie mit der Formulierung des Briefes rang. Und dann eines Morgens wollte Maddalena fast nicht mehr erwachen, und Chiaretta sah das Blut auf ihrem Kissen. Es blieb keine Zeit mehr, nach Formulierungen zu suchen. Chiaretta ergriff die Feder und schrieb. *Kommen Sie rasch. Maddalena liegt im Sterben.*

Der Brief erreichte Vivaldi in Mantua mitten in der Arbeit an einer neuen Oper. Binnen weniger Tage stand er im Portego der Ca' Morosini.

»Komme ich zu spät?«, fragte er.

»Nein«, erwiderte sie. »Aber es wird nicht mehr lange dauern.«

Vivaldi wirkte noch müder, als man es von einem Mann mittleren Alters nach einer unerwarteten und unbequemen Reise erwarten konnte.

Chiaretta hörte das für ihn typische Schnaufen und fragte: »Haben Sie alles mitgebracht, was Sie bei einem Anfall brauchen?«

Er deutete auf die Reisetasche, die neben seinem Geigenkasten stand. »Paolina hat alles Nötige eingepackt.«

Er sah, wie Chiarettas Miene vereiste, sobald der Name Paolina Girò fiel. »Es stimmt nicht, was sie über mich verbreiten«, sagte er, und es klang bitter. »Diese Gerüchteköche, Klatschtanten, alle miteinander! Denen ist doch völlig egal, ob sie einen Menschen ruinieren.«

Er japste und zuckte, als leide er unter Schmerzen. »Ich bin ein kranker Mann. Ich brauche eine Pflegerin. Anna, wiederum …« Er schüttelte den Kopf und schnaubte. »Anna ist ein Irrtum, von dem ich offenbar nicht loskomme.«

Chiaretta starrte ihn an, wollte ihm sagen, wie wenig sie seine Probleme momentan interessierten, hatte aber keine Lust, die dafür nötige Energie aufzubringen. Sie ergriff seine Hand. »Danke, dass Sie gekommen sind«, sagte sie.

»Ich komme direkt von der Poststation. Falls Sie sich um Ihren Ruf sorgen, kann ich auch woanders wohnen.«

Trotz seines selbstmitleidigen Tons blickte Chiaretta erneut auf den alternden, verletzlichen, unglücklichen Mann, der da vor ihr stand, und Jahre des Ärgers und Grolls verschwanden, als die Erinnerungen andrängten, die so stark waren, dass sie alles bedeutungslos werden ließen, was sie sonst noch über ihn dachte.

»Lassen Sie die Leute reden«, sagte sie. »Sie sind ein alter Freund.« Sie gab dem Diener ein Zeichen, seine Sachen mitzunehmen, hakte ihn unter und ging mit ihm zur Treppe.

Obwohl Vivaldi ein Pfarrer ohne Pfarrei war, hatte er sich hin und wieder zur Verfügung gestellt, um einem Sterbenden die letzten Sakramente zu spenden.

Dennoch zuckte er erschrocken zusammen, als er Maddalena erblickte, die inmitten des riesigen Betts fast zu einem Nichts zusammengeschrumpft war. Sie schien zu schlafen, doch als er sich näherte, spürte sie, dass jemand da war, und schlug die Augen auf.

Als sie ihn wie durch einen dichten Nebel wahrnahm, murmelte sie: »Hat es geläutet? Komme ich zu spät zu meiner Stunde?« Sie versuchte, sich aufzusetzen. »Meine Geige ist nicht da! Chiaretta!«

Chiaretta eilte zu ihrer Schwester. »Hier bin ich. Sieh mal, wer dich besuchen kommt!« Sie half Maddalena, sich aufzusetzen und strich ihr das Haar aus den Augen. »Es ist Don Vivaldi. Er ist aus Mantua gekommen.«

»Susana hat meinen Bogen genommen. Und ich bin zu krank, um zu spielen.« Sogar in dem stillen Gemach war Maddalenas Stimme kaum hörbar.

»Deswegen ist er aber nicht gekommen. Er ist hier, um dich zu besuchen.«

Vivaldi war näher ans Bett getreten. »Maddalena? Maddalena Rossa? Ich bin's.«

»Maestro«, murmelte sie, schloss dann wieder die Augen und schien eingeschlafen zu sein.

Chiaretta machte Vivaldi ein Zeichen, deutete auf einen leeren Sessel in der Ecke, und nachdem sie Maddalena wieder zugedeckt hatte, setzte sie sich neben ihn. »Wegen des Laudanums schläft sie stundenlang. Wenn Sie sich ausruhen möchten, kann ich Ihnen Ihr Zimmer zeigen und Sie später rufen.«

»Spielen Sie mir etwas vor?« Die Bitte, die vom Bett kam, war so leise, dass weder Chiaretta noch Vivaldi sie beim ersten Mal hörten. Maddalena wandte den Kopf in Richtung der Stimmen. »Spielen Sie etwas.«

Chiaretta eilte zur Tür, um einem Diener aufzutragen, die Geige aus Vivaldis Zimmer zu holen. Als sie eintraf, hob er sie aus dem Kasten und begann, die ersten Takte zu spielen, die er je für sie geschrieben hatte.

»Erinnerst du dich?«, fragte er. »Du warst die dritte Geigerin, und die anderen haben sich so geärgert.«

Ein Lächeln huschte über ihre Lippen.

»Und dann war da noch das«, sagte er und begann ein anderes Stück, das er für sie komponiert hatte, ließ es auf den hohen Saiten wirbelnde Pirouetten drehen, bis die Melodie zu den traurigen, tiefen Tönen hinunterglitt. »Ich erinnere mich an alle«, sagte er mit tiefer, erstickter Stimme.

Maddalena hatte wieder die Augen geschlossen. »Soll ich noch etwas spielen?«, fragte Vivaldi.

»Jetzt nicht«, murmelte sie. »Ich muss schlafen.«

Auch Vivaldi war erschöpft, und sowohl er als auch Chiaretta schliefen bis zum frühen Nachmittag. Dann wurde Chiaretta von der Krankenschwester geweckt, die kam, um ihr zu sagen, dass Maddalenas Atmen kaum mehr wahrnehmbar sei, und sie auch auf Schütteln nicht reagiere. Chiaretta ließ Vivaldi benachrichtigen, der binnen Minuten mit einer kleinen Tasche und einem Brevier erschien.

»Ich habe alles Nötige mitgebracht, um ihr die letzte Ölung zu spenden«, sagte er.

Chiaretta blickte auf ihre Schwester, die reglos im Bett lag. »Dann sollten Sie besser gleich anfangen.«

Vivaldi bekreuzigte sich, und Chiaretta tat es ihm nach. »*Pax huic domui*«, begann er.

»Friede diesem Hause und allen seinen Bewohnern«, erwiderte Chiaretta.

Vivaldi ließ den Finger über einige Seiten gleiten, ehe er fortfuhr. »Herr, ich bin nicht würdig, dass du eingehest unter mein Dach; aber sprich nur ein Wort, so wird meine Seele gesund.« Beim Hören der vertrauten Sätze erwachte Maddalena und schlug die Augen auf.

Vivaldi trat zu ihr. »Bist du stark genug für die Eucharistie?« Sie nickte, und er legte die Hostie zwischen ihre Lippen. Dann zog er ein Fläschchen Öl aus der Tasche, salbte Maddalenas Augenlider, Ohren, Nasenlöcher, Lippen und Hände und sprach jedes Mal ein Gebet. Als er damit fertig war, bat er Chiaretta, ihm zu helfen, die Decke von Maddalenas Füßen zu ziehen, und salbte auch sie.

»Was ist das?«, fragte er, als er mit dem Öl über die silbrige Narbe an ihrer Ferse fuhr.

»Das ist das Zeichen der Pietà.« Chiarettas Stimme zitterte. »Sie bringen es an, damit sie uns wiederfinden.«

Einen Moment lang sah er sie verständnislos an. »*Kyrie eleison*«, begann er und stellte das Öl beiseite, während Chiaretta in das Gebet einstimmte. Er reichte ihr ein kleines Tuch, um das überschüssige Öl von Maddalenas Gesicht zu tupfen.

»Ich bin fertig«, sagte er.

Maddalenas Lippen öffneten sich, und ihre Augen waren leer, doch sie schien noch etwas sagen zu wollen.

Chiaretta beugte sich nach vorn und konnte nur ein Wort verstehen.

Sing.

Sie blickte zu Vivaldi. »*Salve Regina.* Der letzte Teil.«

Vivaldi griff nach seiner Geige und begann, Maddalenas Partie zu spielen. Chiaretta trat ans Bett und bettete sie auf ihre Kissen zurück.

»*Et Iesum benedictum*«, begann sie. Sie hob Maddalenas schlaffen und fast gewichtslosen Körper ein wenig an, nahm sie in die Arme, wiegte sie im Rhythmus der Musik. »*O clemens, o pia, o dulcis Virgo*«, sang sie. *Meine milde, heilige, süße jungfräuliche Schwester,* dachte sie, während ihr die Tränen in den Augen brannten und ihr die Stimme in der Kehle erstickte.

Ein schwaches Lächeln trat auf Maddalenas Lippen, wie immer bei diesem Stück, ihrem liebsten unter allen, die sie gemeinsam gespielt und gesungen hatten. Vielleicht war es das, was sie ihr sagen wollte, als sie etwas murmelte, das Chiaretta nicht verstehen konnte. Als Vivaldi die letzten Noten spielte, wurden Maddalenas Schultern schwer. »Geh«, flüsterte Chiaretta, während sie ihre Schwester zur Musik wiegte.

Anmerkung der Autorin

Das vorliegende Werk ist ein historischer Roman, der zum Teil auf realen Personen basiert. In den Archiven des Ospedale della Pietà ist dokumentiert, dass Antonio Vivaldi »einen Bogen für Maddalena Rossa« erwarb, und obwohl ich kein Datum für den Eintrag ermitteln konnte, verhalf mir die Notiz zum ersten Handlungselement für *Die Geigenspielerin*. Da die *figlie di coro* nur Vornamen trugen, ist anzunehmen, dass das Mädchen damit in einer Zeit, in der mehr als nur eine Figlia namens Maddalena im *coro* spielte, als »die rothaarige Maddalena« von den anderen unterschieden wurde.

Chiaretta war der Name einer berühmten Sopranistin des *coro*, allerdings erst in einer späteren Epoche. Eines der drei Handlungselemente, die nicht damit im Einklang stehen, ist die Tatsache, dass ich Chiaretta die Rolle der Abra in *Juditha Triumphans* zuteile, die in Wirklichkeit von einer Figlia namens Silvia gesungen wurde. Ich habe zwar versucht, Chiaretta noch nachträglich in Silvia umzubenennen, doch da ich bereits Silvia die Ratte konzipiert hatte, drängte sich deren Bild beim Umschreiben immer wieder in den Vordergrund. Am Ende kam ich zu dem Schluss, dass Chiaretta mir selbst ihren Namen eingeflüstert hatte, und beließ es dabei. Zu meiner Erheiterung erfuhr ich später, dass aus einem Register der Pietà hervorgeht, dass diese spezielle Silvia bereits in ihren Sechzigern war, als sie die Abra sang, sodass sich ihr Name letztlich als mein geringstes Problem erwies.

Anna Girò gab es tatsächlich, und Vivaldis Beziehung zu ihr verursachte einen Riesenskandal, obwohl nichts Genaues darüber bekannt ist. Seit der Zeit ihrer ersten Begegnung in Mantua waren sie und ihre Schwester Paolina bis zu Vivaldis Tod fast ständig bei ihm, obwohl er behauptete, Paolina sei nur seine Pflegerin und Anna lediglich eine seiner Operndiven. Zeitgenössische Berichte über ihre Stimme lassen bezweifeln, dass allein die Qualität ihres Gesangs ihr derartige Aufmerksamkeit hatte sichern können.

Anna und Paolina besaßen ihr eigenes Haus in Venedig, doch Anekdoten, darunter eine des bekannten Schriftstellers Carlo Goldoni, deuten an, dass sie tatsächlich mit Vivaldi zusammenlebten. Jedenfalls war der Skandal so groß, dass Vivaldi seinetwegen wichtige Aufträge verlor – da man sich natürlich fragte, wie die offenbar sexuelle Beziehung eines Priesters zu einer der Schwestern oder gar beiden mit seinem Amt vereinbar sei. Ich habe jede konkrete Anspielung auf diese Möglichkeit vermieden, denn sollte Vivaldi sein Keuschheitsgelübde gehalten haben, wäre das Schreiben eines Romans, in dem anderes behauptet wird, ein schreckliches Vergehen an einem Künstler, der sich selbst nicht mehr zur Wehr setzen kann.

Anna Maria della Pietà ist ebenfalls eine historische Persönlichkeit und etwa so alt wie Chiaretta und Maddalena. Schon als Säugling von ihren Eltern zurückgelassen, verbrachte sie ihr ganzes Leben in der Pietà und wurde über achtzig Jahre alt. Von 1720 bis 1737 wirkte sie als erste Geigerin. Vivaldi schrieb 37 Konzerte für sie. Ein Bewunderer verfasste ein Gedicht über sie, in dem er ihr Geschick am Cembalo, der Geige, dem Cello, der Viola d'amore, Laute, Theorbe und Mandoline pries. Von ihrem Geigenspiel behauptete er,

Anna Maria, die Kluge,
Wahres Inbild von Güte und Schönheit
... spielt die Geige auf eine Weise
Die jeden Lauschenden ins Paradies versetzt.
Doch wie es auch sein mag – wahr ist, dass
Auch da oben die Engel so spielen.

* * *

Das zweite Mal bin ich wissentlich von den Fakten abgewichen, um die Daten von Anna Marias Leben auf den Roman abzustimmen. Anna Maria wurde 1694, zwei Jahre nach der Figur der Maddalena geboren, doch weil ich fand, ihre Geschichte verdiene, in das Buch aufgenommen zu werden, verschob ich ihr Geburtsdatum auf einen früheren Zeitpunkt, um sie ein wenig älter als Maddalena zu machen, sodass sie bereits im Schlafsaal der älteren Mädchen sein kann, als Maddalena dort eintrifft.

Der dritte Punkt, in dem ich geringfügig von den Tatsachen abweiche, ist die Zurückdatierung der Aufführung von *La Verità in Cimento* von der tatsächlichen Premiere im Herbst 1720 auf den Herbst 1719. Ich habe mich dazu entschieden, um auf diese Weise eine schlüssigere Chronologie für die Geburt der Kinder Chiarettas und die Premiere der *Vier Jahreszeiten* im Jahr 1726 zu erreichen. Niemand war bisher in der Lage zu ermitteln, für welche Oper Vivaldi die Arie *Di due rai languir costante* geschrieben hat, doch da es gängige Praxis war, das Material einer Oper den Möglichkeiten der jeweiligen Sänger anzupassen, sah ich kein Problem darin, sie hier zu verwenden.

Über Vivaldi selbst gibt es nur eine Handvoll Berichte. Dieses fast durchgängige Schweigen erweist den Reichtum der musikalischen Landschaft Venedigs im achtzehnten Jahrhundert, wo es sogar einem Künstler von seinem Rang nicht gelang, sich deutlich aus dem Rest hervorzuheben. Seine gesundheitlichen Beschwerden (wahrscheinlich war es Asthma, obwohl auch manche von Angina pectoris sprechen) waren real, obgleich vermutlich nie geklärt werden kann, ob sie der legitime Grund waren oder als bequeme Entschuldigung herhalten mussten, als er bereits ein Jahr nach seiner Priesterweihe aufhörte, die Messe zu lesen. Skeptische Zeitgenossen zweifelten am Ausmaß seiner Einschränkung und weisen auf die rastlose Energie hin, mit der er eigene Projekte vorantrieb, darunter Hunderte von Kompositionen, seine Rolle als Impresario des Teatro Sant'Angelo und all die Jahre fast ununterbrochenen Reisens durch Italien und den Rest Europas.

Offensichtlich war er, obwohl er keine Pfarrei besaß, frommer Katholik und in Venedig wegen seiner ungewöhnlich leuchtend roten Haare als *Il Prete Rosso* bekannt, der Rote Priester. Obzwar ein Augenzeuge schilderte, dass er manchmal mit dem Rosenkranz in der Hand komponiere, hielt ihn seine Religiosität nicht davon ab, ein gewiefter und, wie manche behaupten, skrupelloser Geschäftsmann zu sein, der bereit war, »Originalwerke« in leicht abgewandelter Form an mehrere verschiedene Käufer zu verscherbeln. Tatsächlich war dies eine weitverbreitete Praxis unter den schlecht bezahlten Komponisten, die eine riesige Nachfrage zu befriedigen hatten. Vivaldi neigte zu Paranoia und Selbstmitleid, doch kann der heutige Leser angesichts des fast inquisitorischen Klimas, das im Venedig des achtzehnten Jahrhunderts herrschte, der rigiden gesellschaftlichen Rollenverteilung, die dort galt, und dem wilden Auf und Ab bei der Durchsetzung der Gesetze vielleicht besser verstehen, dass er Angst hatte und sich missbraucht fühlte.

Den Höhepunkt seines Erfolgs als Opernkomponist erreichte Vivaldi in Venedig etwa um die Zeit, in der er auch *Die vier Jahreszeiten* schrieb. Sein Stil wurde jedoch bereits damals von dem deutscher Komponisten in den Schatten gestellt, vor allem von Händel und Bach. Er komponierte weiterhin für Mäzene, und nach einem letzten Versuch, seinen Ruf in Venedig noch einmal aufzupolieren, reiste er in der Hoffnung auf ein besseres Auskommen nach Wien an den Hof Kaiser Karls VI. Das Glück war jedoch nicht auf seiner Seite, da Karl überraschend starb und Vivaldi ohne alle Aussichten in einer fremden Stadt zurückließ. 1741 starb er dort verarmt im Alter von dreiundsechzig Jahren, und – tragisch vorwegnehmend, was auch Mozart fünfzig Jahre in der selben Stadt zustoßen sollte – wurde in einem anonymen Armengrab verscharrt. Anna Girò, die mit ihm nach Wien gekommen war, kehrte nach Italien zurück und heiratete im Jahr 1748 einen Adligen.

Die Pietà existierte noch bis zum Ende des Jahrhunderts. Als 1797 die venezianische Republik an Napoleon fiel, wurden viele der Klöster aufgelöst, und Laieneinrichtungen wie die Ospedali wurden vom selben reformatorischen Eifer erfasst. Die Gebäude der Pietà wurden zerstört, und heute steht an der Stelle, wo sich einst die Kapelle erhob, das Hotel Metropole. Im Foyer sind mehrere Marmorsäulen erhalten. Andernorts im Gebäude gibt es noch ein paar Reste, einschließlich einer steinernen Wendeltreppe, die die Figlie benutzt haben müssen, und eines Steinbrunnens im Hof, wo sie einen Teil ihrer Rekreationszeit verbrachten. Sonst ist nichts geblieben von dem gewaltigen Gebäude, das einst eine der großen venezianischen Institutionen beherbergte. An der wieder aufgebauten Kapelle an der Riva degli Schiavoni daneben weist eine Tafel auf Vivaldis Beziehung zur Pietà hin, und vor Kurzem hat im ersten Stock ein kleines, dem *coro* gewidmetes Museum eröffnet.

Vivaldis Werk geriet für fast zwei Jahrhunderte in Vergessenheit. Bis in die Mitte des zwanzigsten Jahrhunderts war der Komponist lediglich Gelehrten bekannt, die sich mit seiner Epoche auseinandersetzten. Dann wurde in den 1930ern in Turin eine große private Notensammlung entdeckt, und in den 1950ern waren die ersten Aufnahmen der *Vier Jahreszeiten* in breitem Umfang erhältlich. Dennoch hat die ungeordnete und fast zufällige Art der Rettung eines Teils seiner Musik es trotz der anschließenden Erforschung erschwert, sicher festzustellen, wann und für wen sie als erstes aufgeführt wurde. Obwohl viele seiner Kompositionen gesammelt und professionell veröffentlicht wurden, werden ihm andere nur auf Grund des Papiers, auf dem sie festgehalten wurden, zugeschrieben – in der Annahme, dass eine Papierlieferung aufgebraucht wurde, ehe man eine weitere kaufte. Dennoch haben Aufzeichnungen, die in der Pietà aufbewahrt wurden, und gekritzelte Vermerke auf manchen der Noten, die überdauert haben, bestätigt, dass die in diesem Roman in der Kapelle aufgeführten Werke tatsächlich zum Repertoire der *figlie di coro* gehörten. Bisher hat niemand die frühe Aufführungshistorie der *Vier Jahreszeiten* zweifelsfrei belegt, doch die Art der Musik hat viele zur Vermutung veranlasst, dass das Werk für ein privates Publikum in Auftrag gegeben wurde. Da die *figlie di coro* viele solche Auftritte hatten, hielt ich es für durchaus plausibel, dass sie in einer Umgebung wie der von mir beschriebenen aufgetreten sein könnten.

Heute hat Vivaldi den ihm gebührenden Platz als einer der größten Komponisten aller Zeiten eingenommen, obwohl bis in unsere Tage nur einige seiner Werke wie *Die vier Jahreszeiten* und das berühmte *Gloria* allgemein bekannt sind. Seine Musik für die weibliche Stimme ist ein weitgehend unentdeckter Schatz, und viele seiner anderen Instrumentalkompositionen, von denen hier nur wenige Aufnahme fanden, sind womöglich noch erstaunlicher als *Die vier Jahreszeiten*.

Vivaldi könnte zur Entwicklung der Musikerinnen und Sängerinnen der Pietà beigetragen haben, aber auch sie leisteten einen gewaltigen Beitrag zur Entwicklung Vivaldis. Ehe er als Geigenlehrer an die Pietà kam, versuchte er sich zwar als Komponist, war aber nur als grandioser Geiger berühmt. Er muss die Disziplin, Verlässlichkeit und durchgehend hohe Qualität der Musikerinnen des *coro* als kostbare Ressource erlebt haben; darüber hinaus bot die Welt der Pietà den zusätzlichen Vorteil klösterlicher Ruhe und eine Umgebung, in der einen nur selten irgendwelche Personen oder Intrigen von der Musik ablenkten. Tatsächlich hat trotz Vivaldis großem Interesse am Komponieren von Opern keine einzige seiner Opern den Weg ins Repertoire heutiger Opernhäuser gefunden, was klar beweist, dass Vivaldis musikalischer Ruf auf jenen Musikgenres beruht, die er für die Pietà komponierte. Obwohl er auch für andere Kirchen, Höfe und Einzelpersonen schrieb, ist es seine Musik für Kammerorchester, sind es seine im Allgemeinen weniger bekannten religiösen Werke für Chor und Frauenstimmen, die am stärksten seine Größe bezeugen.

Die Wiederentdeckung und -aufführung Vivaldis hat auch ein wachsendes Interesse an den *figlie di coro* der vier venezianischen Ospedali mit sich gebracht. In ihren Mauern konnten sich Frauen als Musikerinnen (und, wie vor Kurzem entdeckt wurde, auch als Komponistinnen) entwickeln, während die venezianische Gesellschaft als Ganze kein Interesse an der Ausbildung außergewöhnlichen Talents bei den eigenen Töchtern zeigte. Bedauerlicherweise hat man, obwohl die Pietà so viele Jahrhunderte bestand, kein einziges Tagebuch einer Figlia gefunden, und in Ordnern und Registern haben kaum mehr als Einzelheiten überdauert, um uns von den Tausenden von Leben zu erzählen, die hier verbracht wurden. Vielleicht können Maddalena, Chiaretta, Anna Maria und die anderen in *Die Geigenspielerin* dazu beitragen, ihnen eine Stimme zu geben.

Danksagung

Mein größter Dank geht an meine Freunde und meine Familie, die das Interesse nicht verloren, auch wenn der Versuch und der Prozess, die *figlie di coro* zum Leben zu erwecken, lange Zeit diffus und unergiebig schien. Außer Lynn Wrench und James Fee, denen das Buch gewidmet ist, möchte ich meinem Sohn, Ivan Corona, und Chelsea Huff für ihre Unterstützung und ihre Anregungen danken.

Unter meinen Kollegen hat mich Stephanie Robinson fachmännisch zur Sopranstimme beraten, Elizabeth Meehan hat mir die Streichtechniken nahegebracht, und Catherine Lopez, Judith Krumholz, Helen Elias, Farrell Foreman und Jerry Fenwick haben mich während der gesamten Zeit ermutigt. Weitere Unterstützung in Sachen Geigentechnik erhielt ich von der Violinistin Mary Karo, die Informationen zum Fortschreiten eines unbehandelten Brustkrebses stammen von Dr. Barbara Parker.

Bei historischen Romanen ist stets viel Recherche nötig, und folglich erlangten Werke einer ganzen Reihe von Menschen, die ich niemals kennenlernte, für die Stimmigkeit des Buchs eine wichtige Bedeutung. Mein Dank gilt den Beiträgen der Gelehrten Patrick Barbier, Jane Berdes, John Booth, Stanley Choinacki, Robert C. Davis, Robert Donnington, Joanne M. Ferraro, Wendy Heller, H. C. Robbins Landon, Mary Laven, John Martin, Dennis Romano und Jutta Gisela Sperling. Zwei weiteren Menschen möchte ich besonders danken: Zunächst Professor Michael Talbot, der in seinen E-Mails mehrere wichtige Punkte für mich klärte. Und Philippe Monnier, dessen Buch *Venedig im 18. Jahrhundert* von 1910 (deutsche Ausgabe: Verlag Georg Müller, München 1928) eine echte Inspiration für mich war.

Im Piccolo Museo della Pietà in Venedig stellte mir der Chefarchivar Dottore Giuseppe Ellero großzügig seine Zeit und sein Wissen zur Verfügung, um mir das Leben in der Pietà nahezubringen. *Molte grazie per tutto l'aiuto che Lei gentilmente mi ha dato.*

Die Arbeit bei *Voice* mit der Lektorin Sarah Landis, der Programmleiterin Pam Dorman und der Verlegerin Ellen Archer war das pure Vergnügen. Und Redaktionsassistentin Kathleen Carr sorgte dafür, dass alles reibungslos vonstatten ging. Schreiben ist ein einsames Geschäft, die Veröffentlichung eines Buches aber erfordert Teamarbeit, sodass ich diesen wunderbaren Frauen sehr dankbar bin. Mein tiefempfundener Dank geht an Laura Klynstra, die Art-Direktorin von *Voice,* sowie an Jessica Shatan Heslin, die Herstellerin, die für den wunderbaren Umschlag und das Layout der Originalausgabe von *Die Geigenspielerin* verantwortlich ist.

Barbara Braun, meiner früheren Agentin, danke ich aufrichtig für ihre Arbeit für dieses Buch.

Und schließlich – weil es nie zu spät ist, sich einer Lehrerin zu entsinnen – ein dickes Dankeschön an die inzwischen pensionierte Jane C. Bradford von The Bishop's School in La Jolla, Kalifornien. Sie hat meine Highschool-Ergüsse in Empfang genommen und mich so geschickt dazu angeleitet, sie in gut formulierte Aufsätze zu verwandeln, dass ich nicht einmal merkte, was für eine harte Arbeit das war.

Glossar

Arpeggio = Gebrochener Akkord, bei dem die Töne nicht zusammen, sondern in kurzen Abständen erklingen. Im weiteren Sinne eine Form der musikalischen Begleitung

Attiva = Plural *attive*. Musikerin oder Sängerin im zweiten oder einem noch späterem Stadium der Ausbildung, die als Mitglied des Chors oder Orchesters auftrat

Avvogadori di Commun = Gruppe von Adligen, die für die Registrierung patrizischer Ehen gemäß der venezianischen Gesetzesvorschriften verantwortlich war, um auf diese Weise die Abstammungslinien der Aristokratie zu schützen

Bauta = Plural *baute*. Traditionelle Kombination aus schwarzer Kapuze, weißer Maske und schwarzem Dreispitz, die im Karneval, aber auch zu verschiedenen anderen Zeiten getragen wurde, um die eigene Identität zu verbergen

Broglio = Platz zwischen dem Markusplatz und der venezianischen Lagune, heute meist als *Piazzetta* bezeichnet

Burchiello = Plural *burchielli*. Kleines, auf den Wasserwegen Venedigs einst häufig anzutreffendes Boot

Ca' = Abkürzung für *casa* (Haus). Palastartiges Wohngebäude. Der Begriff wird in Venedig häufig anstelle des Wortes *palazzo* verwendet.

Cara = ›meine Liebe‹

Cassone = Hölzerne Truhe zum Verwahren von Kleidung und Haushaltsgegenständen

Cavaliere servente = Plural *cavalieri serventi*. Platonischer Freund und Vertrauter, der eine Dame begleitete und ihr persönliche Dienste erwies

Commissare = Vermögensverwalter

Concerto = Plural *concerti*. Orchestrale Komposition in drei Sätzen, in der ein Soloinstrument oder eine Instrumentengruppe mit dem Orchester-Ensemble kontrastiert

Congregazione = Verwaltungsrat der Pietà

Continuo = Einfacher Hintergrundrhythmus, der von einem Cello, Cembalo oder anderen Instrumenten gespielt wird und dem Orchester hilft, auch ohne Dirigent das richtige Tempo zu halten

Coro = Wörtlich ›Chor‹; in der Pietà waren damit allerdings sowohl das Orchester als auch die Sängerinnen gemeint.

Doge = Titel des Oberhauptes der Republik Venedig. Der Doge wurde

410

vom Großen Rat von Venedig auf Lebenszeit gewählt und besaß in erster Linie zeremonielle Pflichten und nur wenig reale Macht.

Domino = Schwarzseidener Maskenmantel, der im Karneval in Venedig getragen wird. Domino wird auch der Träger dieses Mantels genannt.

Felce = Private Kabine in der Mitte einer Gondel

Ferro = Silberner Schmuck am Bug einer Gondel

Figlia = Plural *figlie*. Wortwörtlich ›Tochter‹; in der Pietà wird der Ausdruck im Sinne von Mündel, Pflegling, Zögling verwandt.

Figlia di commun = In den → Ospedali unterschied man bei der musikalischen Erziehung zwischen Minderbegabten und Mädchen, die man im Orchester und im Chor einsetzen konnte. Erstere waren die *figlie di commun,* letztere die *figlie di coro.*

Figlia di coro = Mitglied des → *coro* eines → Ospedale (→ *figlia di commun*)

Fondamento = Plural *fondamenti*. Schmale Gehsteige entlang der kleineren Kanäle

Frotta = Kampf zwischen zwei Parteien (→ Pugni)

Giubilata = Plural *giubilate*. Ehrenname für die Ehemaligen des → *coro*

Impresario = Leiter und Produzent von Opern

Iniziata = Plural *iniziate*. Mädchen im ersten Stadium der musikalischen Ausbildung, ehe es zur → Attiva befördert wurde

Kadenz = Kompliziertes und schwieriges Solo, komponiert oder improvisiert, das gewöhnlich am Ende eines Musikstücks eingeschoben ist und dem Musiker die Möglichkeit gibt, seine Vituosität zu beweisen

Kastrat = Männlicher Sänger, den man vor der Pubertät kastrierte. Ziel war es, die Reinheit und Höhe der Knabensingstimme zu erhalten, die aber durch das voll entwickelte Lungenvolumen so kräftig wie die eines erwachsenen Mannes ist.

Körpersäfte = Seit der Antike glaubte man, dass vier Säfte (Blut, Schleim, gelbe und schwarze Galle) je nach ihrem Verhältnis im Körper Persönlichkeit und Gesundheit des jeweiligen Menschen bestimmten.

Laudanum = In der Medizin des Mittelalters Bezeichnung für Beruhigungsmittel. Meist handelte es sich um in Wein aufgelöstes Opium.

Loggia = Überdachter Balkon im Freien

Maestra = Plural *maestre*. Musiklehrerin; Bezeichnung für die höchste Stufe der weiblichen Lehrerschaft der *figlie di coro*. Die → Sotto-maestre standen eine Stufe tiefer.

Maestro = Musiklehrer; wurde in der Pietà in verschiedenen Bedeutungen verwendet. Der Maestro di coro war verantwortlicher Leiter des → *coro.* Ihm untergeordnet waren andere, die entsprechend ihren Funktionen benannt waren. Vivaldi etwa war zunächst Maestro del Violino und später Maestro dei Concerti.

Maniera = Wörtlich ›Manier‹; ein musikalischer Begriff zur Bezeichnung des Einübens und der Praxis bestimmter Ausdrucksmöglichkeiten und Gesten beim Singen

Melisma = Tonfolge oder Melodie, die auf einer Wortsilbe gesungen wird

Nobili Uomini Deputati = Aus drei Mitgliedern der → Congregazione bestehende Gruppe, die für die Gestaltung des Musikprogramms der Pietà zuständig war

Offizium = Stundengebet. Die vorgeschriebene Ordnung der Gebete im Tageslauf. Im Text finden Prim, Laudes, Sext, Non, Vesper und Komplet Erwähnung.

Oratorium = Opernartige Komposition, die jedoch konzertant, also ohne Bühnenbild, Inszenierung oder Kostüme, aufgeführt wird. Im Mittelpunkt stehen meist geistliche Stoffe.

Ospedale = Plural *ospedali*. Einrichtung zur Erziehung verwaister und verlassener Kinder. Die Bezeichnung, die so viel wie ›Hospital‹ bedeutet, hat mit dem Ursprung dieser Institutionen zu tun, die zunächst in Seitenflügeln von Krankenhäusern eingerichtet wurden. Die musikalische Erziehung spielte eine große Rolle in der Ausbildung in den Ospedali.

Ostinato = Kurze musikalische Phrase, die fortwährend wiederholt wird

Parlatorium = Besuchszimmer in einem Kloster oder → Ospedale, das in der Mitte durch ein Gitter geteilt ist

Pasticcio = Musikalisches Werk, das aus Musikstücken mehrerer Komponisten oder aus verschiedenen Werken eines Komponisten besteht

Peota = Plural *peote*. Kleines, auf den Wasserwegen Venedigs einst häufiges Boot

Pianelle = Hölzerne Plateau-Pantoffeln, die von den vornehmen Damen Venedigs zuweilen getragen wurden

Piano nobile = Hauptgeschoss, meist im ersten Stock über dem Eingang einer venezianischen Ca (→ *Ca'*), das vor allem zum Empfangen und Bewirten von Gästen diente

Pizzicato = Spielweise von Streichinstrumenten (etwa der Violine), bei der die Saiten nicht mit dem Bogen gestrichen, sondern mit den Fingern gezupft werden

Portego = Großer Vielzweckraum, der sich über die gesamte Länge einer venezianischen Ca (→ *Ca'*) erstreckt

Portico = Portikus. Laufgang oder von Säulen getragener Vorbau an der Haupteingangsseite eines Hauses

Prie-dieu = Möbelstück, das der persönlichen Andacht dient und aus einer Kniebank und einer pultartigen Vorrichtung zum Ablegen des Gebetbuchs oder zum Aufstützen von Händen oder Ellbogen während des Betens besteht

Priora = Titel der ranghöchsten Frau in der Pietà, gleichbedeutend mit Direktorin oder Äbtissin

Pugni = Wörtlich ›Fäuste‹, bezeichnet hier jedoch die Kombattanten in den traditionellen Kämpfen zwischen den Nicolotti und Castellani, den Bewohnern östlicher und westlicher Teile von Venedig

Putta = Plural *putte* (dt. Putte, Plural Putten). Engelsfigur, häufige Bezeichnung für eine *figlia di coro*

Rat der Zehn = Eine Gruppe, die vom Großen Rat der venezianischen Aristokratie in einem komplizierten Verfahren gewählt wurde, um für eine bestimmte Zeit als Verwaltungsrat der Stadt zu fungieren

Rezitativ = Ein dem Sprechen angenäherter Gesang in Oper und Oratorium

Ridotto = Spielcasino

Rio = Kleiner Kanal

Ripieno = Erweiterung eines Orchesters oder Chors über seine normale Größe hinaus

Riva = Breite Straße entlang eines Kanals und der Lagune

Sala = Saal, Raum

Sala d'Oro = Raum im → *Piano nobile,* der als Kontor genutzt wurde und üppig mit Gold verziert war, um den Reichtum der Familie zur Schau zu stellen

Scagno = Plural *scagni.* schuhe mit genagelter SohleSolfeggio = Italienische Bezeichnung für Gesangsübungen zur Schulung der Stimme und des Gehörs

Sotto-maestra = Assistentin der → Maestra

Stakkato = Musikalische Spielweise, bei der jeder Ton kurz und abgehackt gespielt wird

Tavoletta = Plural *tavolette.* Plakat, das ein Konzert ankündigt

Vedute = ›Ansicht‹, ›Aussicht‹; bezeichnet die wirklichkeitsgetreue Abbildung einer Landschaft oder eines Stadtpanoramas

Villeggiatura = Rückzug der gehobenen Stadtgesellschaft aufs Land während des Sommers

Zecchini = Kleine Goldmünzen (dt. Zechinen), die in der Republik Venedig verwendet wurden

Musik in Die Geigenspielerin

Außer *Die vier Jahreszeiten* werden die im folgenden genannten musikalischen Werke Antonio Vivaldis im Roman thematisiert. Die Nummerierung folgt dem Ryom-Verzeichnis (RV). Da die musikhistorische Forschung immer noch neue Werke Vivaldis entdeckt, muss das Werkverzeichnis in unregelmäßigen Abständen aktualisiert werden. Die folgende Liste entspricht dem Stand von Oktober 2008.

L'Estro Armonico, Concerto Nr. 7 in F-Dur, RV 567
L'Estro Armonico (›Das harmonische Wagnis‹) ist ein zwölfteiliger Konzertzyklus für Violinen und Streichorchester. Er wurde 1711 veröffentlicht und besteht aus vier Dreiergruppen, von denen jede mit einem Konzert für vier Violinen beginnt. Im siebten Konzert werden alle vier Violinen und das Cello solistisch eingesetzt; vermutlich war es ursprünglich jedoch für zwei Violinen konzipiert. Wie viele seiner Concerti hat er auch diese wahrscheinlich für die Pietà komponiert. Die Sammlung hat Vivaldis Einfluss in Europa entscheidend gesteigert.

Nisi Dominus, Psalm 126, RV 608
Dass Vivaldi auch vielfältige geistliche Musik geschaffen hat, war über zweihundert Jahre, bis zu Beginn des 20. Jahrhunderts, in Vergessenheit geraten. Mehr als zwanzig seiner Psalmvertonungen sind erhalten. Den 126. Psalm hat Vivaldi in unterschiedlichen Kompositionen hinterlassen. Die Fassung in g-Moll, die er im Roman für eine der Figuren umschreibt, ist zwischen 1713 und 1717 entstanden und war eigentlich für eine Altstimme konzipiert – nicht wie im Buch für einen Sopran –, für Viola d'amore, Streicher und Basso continuo.

Laudate pueri Dominum, Psalm 112 in c-Moll, RV 600
Auch den 112. Psalm hat Vivaldi mehrfach vertont. Die Fassung in c-Moll für Sopran, Violine, Streicher und Basso continuo ist um 1714 entstanden.

Salve Regina in F-Dur, RV 617
Das *Salve Regina* wird in vielen Klöstern bis heute außerhalb der großen Festzeiten zum Abschluss des letzten Stundengebetes gesungen, um am Ende des Tages Maria um ihre Fürsprache anzurufen. Vivaldis Fassung in F-Dur mit der Besetzung Sopran, Violine, Streicher und Basso continuo ist allerdings wahrscheinlich erst nach 1720 entstanden.

Dritter Satz und *Cadenza* des *Concerto Fatto per la Solennità della Santa Lingua di San Antonio in Padua*, RV 212

Das Concerto in D-Dur ist 1712 für die Basilika San Antonio in Padua entstanden und hat mit seinen hochvirtuosen Kadenzen großes Aufsehen erregt.

Juditha Triumphans, RV 644

Juditha Triumphans ist das einzige erhaltene Oratorium Vivaldis. Es besteht aus 25 Arien und fünf Stücken für Chor.

Das Libretto stammt von Iacopo Cassetti; der Sieg der alttestamentarischen Judith über Holofernes wird als Allegorie auf das Ende der türkischen Belagerung von Korfu erzählt.

Das Auftragswerk wurde 1716 mit großem Erfolg in der Pietà aufgeführt. Es existiert ein Original-Textbuch, auf dem die Namen der Sängerinnen vermerkt sind.

L'Incoronazione di Dario, RV 719

Die Oper (›Die Krönung des Darius‹) entstand 1716 und wurde in der Karnevalssaison 1717 am Teatro Sant'Angelo, an dem sich Vivaldi als Impresario betätigte, aufgeführt. Canaletto hat – damals noch als Assistent seines Vaters – mit am Bühnenbild gearbeitet. Das Libretto beruht auf einer stark überarbeiteten Vorlage von Adriano Morselli.

La Verità in Cimento, RV 739

Die Oper *La Verità in Cimento* (Libretto: Giovanni Palazzi und Domenico Lalli) wurde im Oktober 1720 in Venedig im Teatro Sant'Angelo uraufgeführt; sie ist unvollständig überliefert. Der Titel lässt sich frei als ›Die Wahrheit auf den Prüfstein gestellt‹ übersetzen.

L'Inganno Trionfante in Amore, RV 721

Die Uraufführung der Oper (etwa: ›Der gelungene Liebesbetrug‹) nach einem Libretto von Matteo Noris und Giovanni Maria Ruggieri fand im Herbst 1725 im Teatro Sant'Angelo statt. Eine Partitur ist nicht erhalten, nur der Text und einzelne Arien.

Weltbild Buchverlag
–Originalausgaben–
Deutsche Erstausgabe 2009
Copyright © 2008 Laurel Corona
Originally published in the United States and Canada
by Hyperion as THE FOUR SEASONS. This translated
edition published by arrangement with Hyperion.
Copyright © der deutschsprachigen Ausgabe 2009
Verlagsgruppe Weltbild GmbH
Steinerne Furt, 86167 Augsburg
Alle Rechte vorbehalten

Projektleitung: Gerald Fiebig
Übersetzung: Maria Mill
Redaktion: Carmen Dollhäubl
Umschlag: Zeichenpool, München
Umschlagabbildungen: Domenichino (Domenico Zampieri)/
Bridgeman Art Library (Porträt), Canaletto/Getty Images
(Stadtansicht), Narcisa Floricica Buzlea/Shutterstock
(Texthintergrund), Andrejs Pidjass/Shutterstock (Textur
Schultertuch), Allyson Ricketts/Shutterstock (Goldornamente)
Satz: avak Publikationsdesign, München
Gesetzt aus der Adobe Garamond 11/12,5 pt
Druck und Bindung: CPI Moravia Books s.r.o., Pohorelice

Gedruckt auf chlorfrei gebleichtem Papier

Printed in the EU

ISBN 978-3-86800-054-2

2013   2012   2011   2010
Die letzte Jahreszahl gibt die aktuelle Ausgabe an.